U0941596

智囊

（明）冯梦龙 编

浙江古籍出版社

出版说明

《智囊》初编成于明天启六年（1625），之后此书经冯梦龙增补，重刊时改名《智囊补》，其他刊本也称《智囊全集》《增智囊补》《增广智囊补》等，内容均与《智囊补》同。冯梦龙（1574—1646），字犹龙，别署龙子犹，又号墨憨斋主人，长洲（今江苏苏州市）人。年轻时屡试不第，仕进无门，跟当时的许多读书人一样，出入青楼歌场，过着散诞放浪的生活。直到五十七岁时才考取贡生，历任丹徒训导、福建寿宁知县等职，六十五岁时离任，回到苏州。李自成起义和清兵入关、南下，对他的思想冲击很大，他为抗清斗争奔走于江、浙、闽等地，最后郁郁而终。

冯梦龙一生著述甚丰。在传统文化方面，著有《麟经指月》《四书指月》《春秋衡库》等；在史志方面，著有《甲申纪事》《中兴实录》《中兴伟略》等；在戏曲方面，编有《墨憨斋定本传奇》，其中《双雄记》《万事足》为他本人创作，其他则大都为他改编写定；在民歌方面，编有《挂枝儿》《山歌》《折梅笺》等；在笔记小说方面，编有《智囊》《古今谭概》《情史》《笑府》等；在通俗小说方面，将罗贯中的二十回本《平妖传》增补为四十回，还在《列国志》的基础上撰成《新列国志》。其中《智囊》《古今谈概》《情史》三部书，可谓冯梦龙在“三言”之外的又一个“三部曲”系列的小说类书。《智囊》旨在“益智”，《古今谈概》旨在“疗腐”，《情史》旨在“情教”，均表达了冯梦龙对世事的关心。《智囊》是其中最具社会政治特色和实用价值的故事集。

《智囊》全书共收上起先秦，下迄明代的历代智慧故事一千两百余则，因内容不同分为十部二十八卷，即《上智》《明智》《察智》《胆智》《术智》《捷智》《语智》《兵智》《闺智》和《杂智》。其中《上智》《明智》《察智》收录历代政治故事；《胆智》《术智》《捷智》收录各种有关治理政务手段的故事；《语智》收录辩才善言的故事；《兵智》收录各种出奇制胜的军事谋略；《闺智》收录历代女子的智慧故事；《杂智》收录各种黠狡小技以至于种种骗术。全书既有政治、军事、外交方面的大谋略，也有士卒、漂妇、仆奴、僧道、农夫、画工等小人物日常生活中的奇机智。书中涉及的典籍几乎涵盖了明代以前的全部正史和大量笔记、野史，故这部关于智慧和计谋的类书具有重要的资料和校勘价值。另外，书中各部类之前的总叙、分叙，各篇之后的评语，文中的夹批，均由冯梦龙撰写，最直接、最集中地表达了冯梦龙的政治态度、人生价值和爱憎之情，是研究冯梦龙思想的第一手材料。

《智囊》的刻本很多，其中以郑振铎先生所藏明末还读斋刻的《智囊全集》最精。此外，明刻本《智囊》、日本翻刻本《智囊》、明天禄阁《智囊补》、清初斐斋的《智囊补》等也都是较好的版本。本书即用以上几种本子校勘而成，并对文中有疑问的地方尽可能查找原出处加以订正。不当之处，还请读者批评指正。

智囊自叙

冯子曰：人有智犹地有水，地无水为焦土，人无智为行尸。智用于人，犹水行于地，地势坳则水满之，人事坳则智满之。周览古今成败得失之林，蔑不由此。何以明之？昔者桀、纣愚而汤、武智，六国愚而秦智，楚愚而汉智，隋愚而唐智，宋愚而元智，元愚而圣祖智。举大则细可见，斯《智囊》所为述也。

或难之曰：智莫大于舜，而困于顽、嚚，亦莫大于孔，而厄于陈、蔡。西邻之子，六艺娴习，怀璞不售，鹑衣㲉食；东邻之子，纥字未识，坐享素封，仆从盈百。又安在乎愚失而智得？冯子笑曰：子不见夫凿井者乎？冬裸而夏裘，绳以入，畚以出，其平地获泉者，智也，若夫土穷而石见，则变也。有种世衡者，屑石出泉，润及万家。是故愚人见石，智者见泉，变能穷智，智复不穷于变。使智非舜、孔，方且灰于廪、泥于井、俘于陈若蔡，何暇琴于床而弦于野？子且未知圣人之智之妙用，而又何以窥吾囊？

或又曰：舜、孔之事则诚然矣。然而"智囊"者，固大夫错所以膏焚于汉市也，子何取焉？冯子曰：不不！错不死于智，死于愚。方其坐而谈兵，人主动色，迨七国事起，乃欲使天子将而己居守，一为不智，谗兴身灭。虽然，错愚于卫身，而智于筹国，故身死数千年，人犹痛之，列于名臣。晚近斗筲之流，卫身偏智，筹国偏愚，以此较彼，谁妍谁媸？且"智囊"之名，子知其一，未知二也。前乎错，有樗里子焉；后乎错，有鲁匡、支谦、杜预、桓范、王俭焉，其在皇明，杨文襄公并擅此号。数君子者，迹不一轨，亦多有成功竖勋、身荣道泰。子舍其利而惩其害，是犹睹一人之溺，而废舟楫之用，夫亦愈不智矣！

或又曰：子之述《智囊》，将令人学智也。智由性生乎，由纸上乎？冯子曰：吾向者固言之：智犹水，然藏于地中者，性；凿而出之者，学。井涧之用，与江河参。吾忧夫人性之锢于土石，而以纸上言为之畚锸，庶于应世有瘳尔。

或又曰：仆闻"取法乎上，仅得乎中。"子之品智，神奸巨猾，或登上乘，鸡鸣狗盗，亦备奇闻，囊且秽矣，何以训世？冯子曰：吾品智，非品人也。不唯其人，唯其事，不唯其事，唯其智。虽奸猾盗贼，谁非吾药笼中硝、戟？

吾一以为蛛网，而推之可渔，一以为蚕茧，而推之可室。譬之谷王，众水同舟，岂其择流而受！

或无以难，遂书其语于篇首。冯子名梦龙，字犹龙，东吴之畸人也。

智囊补自叙

忆丙寅岁，余坐蒋氏三径斋小楼近两月，辑成《智囊》二十七卷。以请教海内之明哲，往往滥蒙嘉许，而嗜痂者遂冀余有续刻。余菰芦中老儒尔，目未睹西山之秘籍，耳未闻海内之僻事，安所得匹此者而续之？顾数年以来，闻见所触，苟邻于智，未尝不存诸胸臆，以此补前辑所未备，庶几其可。虽然，岳忠武有言："运用之妙，在乎一心。"善用之，鸣吠之长可以逃死；不善用之，则马服之书无以救败。故以羊悟马，前刻已厌其繁；执方疗疾，再补尚虞其寡。第余更有说焉。唐太宗喜右军笔意，命书家分临《兰亭》本，各因其质，勿泥形模，而民间片纸只字，乃至搜括无遗。佛法上乘不立文字，四十二章后，增添至五千四十八卷而犹未已。故致用虽贵乎神明，往迹何妨乎多识？兹补或亦海内明哲之所不弃，不止塞嗜痂者之请而已也。书成，值余将赴闽中，而社友德仲氏以送余故同至松陵。德仲先行余《指月》《衡库》诸书，盖嗜痂之尤者。因述是语为叙而畀之。

吴门冯梦龙题于松陵之舟中

目　录

语智部

兵智部

闺智部

杂智部

上智部

冯子曰：智无常局，以恰肖其局者为上。故愚夫或现其一得，而晓人反失诸千虑。何则？上智无心而合，非千虑所臻也。人取小，我取大；人视近，我视远；人动而愈纷，我静而自正；人束手无策，我游刃有余。夫是故，难事遇之而皆易，巨事遇之而皆细。其斡旋入于无声臭之微，而其举动出人意想思索之外。或先忤而后合，或似逆而实顺。方其闲闲，豪杰所疑；迄乎断断，圣人不易。呜呼！智若此，岂非上哉？上智不可学，意者法上而得中乎？抑语云“下下人有上上智”，庶几有触而现焉？余条列其概，稍分四则，曰“见大”，曰“远犹”，曰“通简”，曰“迎刃”，而统名之曰“上智”。

见大卷一

一操一纵，度越意表。寻常所惊，豪杰所了。集“见大”。

太公　孔子

太公望封于齐。齐有华士者，义不臣天子，不友诸侯，人称其贤。太公使人召之三，不至；命诛之。周公曰：“此人齐之高士，奈何诛之？”太公曰：“夫不臣天子，不友诸侯，望犹得臣而友之乎？望不得臣而友之，是弃民也；召之三不至，是逆民也。而旌之以为教首，使一国效之，望谁与为君乎？”

齐所以无惰民，所以终不为弱国。韩非《五蠹》之论本此。

少正卯与孔子同时。孔子之门人三盈三虚。孔子为大司寇，戮之于两观之下。子贡进曰：“夫少正卯，鲁之闻人。夫子诛之，得无失乎？”孔子曰：“人有恶者五，而盗窃不与焉。一曰心达而险，二曰行僻而坚，三曰言伪而辩，四曰记丑而博，五曰顺非而泽。此五者有一于此，则不免于君子之诛，而少正卯兼之。此小人之桀雄也，不可以不诛也！”

小人无过人之才，则不足以乱国。然使小人有才而肯受君子之驾驭，则又未尝无济于国，而君子亦必不概摈之矣。少正卯能煽惑孔门之弟子，直欲掩孔子而上之，可与同朝共事乎？孔子下狠手，不但为一时辩言乱政故，盖为后世以学术杀人者立防。

华士虚名而无用，少正卯似有大用而实不可用。壬人佥士，凡明主能诛之；闻人高士，非大圣人不知其当诛也。唐萧瑶好奉佛，太宗令出家。玄宗开元六年，河南参军郑铣阳、丞郭仙舟投匦献诗。敕曰："观其文理，乃崇道教，于时用不切事情，宜各从所好。罢官度为道士。"此等作用，亦与圣人暗合。如使佞佛者尽令出家，谄道者即为道士，则士大夫攻乎异端者息矣。

诸葛亮

有言诸葛丞相惜赦者。亮答曰："治世以大德，不以小惠。故匡衡、吴汉不愿为赦。先帝亦言：'吾周旋陈元方、郑康成间，每见启告，治乱之道悉矣，曾不及赦也。'若刘景升父子，岁岁赦宥，何益于治乎？"及费祎为政，始事姑息，蜀遂以削。

子产谓子太叔曰："惟有德者，能以宽服民；其次莫如猛。夫火烈，民望而畏之，故鲜死焉；水懦弱，民狎而玩之，则多死焉。故宽难。"太叔为政，不忍猛而宽。于是郑国多盗，太叔悔之。仲尼曰："政宽则民慢，慢则纠之以猛。猛则民残，残则施之以宽。宽以济猛，猛以济宽，政是以和。"商君刑及弃灰，过于猛者也；梁武见死刑辄涕泣而纵之，过于宽者也。《论语》"赦小过"，《春秋》讥"肆大眚"。合之，得政之和矣。

光武帝

刘秀为大司马时，舍中儿犯法，军市令祭遵格杀之。秀怒，命取遵。主簿陈副谏曰："明公常欲众军整齐，遵奉法不避，是教令所行，奈何罪之？"秀悦，乃以为刺奸将军，谓诸将曰："当避祭遵。吾舍中儿犯法尚杀之，必不私诸将也。"

罚必则令行，令行则主尊，世祖所以能定四方之难也。

使马圉

孔子行游，马逸食稼，野人怒，絷其马。子贡往说之，毕词而不得。孔子曰："夫以人之所不能听说人，譬以太牢享野兽，以《九韶》乐飞鸟也。"乃使马圉往谓野人曰："子不耕于东海，予不游西海也，吾马安得不犯子之稼？"野人大喜，解马而予之。

人各以类相通。述《诗》《书》于野人之前，此腐儒之所以误国也。马圉之说诚善，假使出子贡之口，野人仍不从。何则？文质貌殊，其神固已离矣。然则孔子曷不即遣马圉，而听子贡之往耶？先遣马圉，则子贡之心不服；既屈子贡，而马圉之神始至。圣人达人之情，故能尽人之用。

后世以文法束人，以资格限人，又以兼长望人，天下事岂有济乎？

选押伴使

“三徐”名著江左，皆以博洽闻中朝，而骑省铉尤最。会江左使铉来修贡，例差官押伴。朝臣皆以词令不及为惮。宰相亦艰其选，请于艺祖。艺祖曰：“姑退，朕自择之。”有顷，左珰传宣殿前司，具殿侍中不识字者十人以名入。宸笔点其一，曰：“此人可。”在廷皆惊，中书不敢复请，趣使行。殿侍者莫知所以，弗获已，竟往。渡江，始铉词锋如云，旁观骇愕。其人不能答，徒唯唯。铉不测，强聒而与之言。居数日，既无酬复，铉亦倦且默矣。

岳珂云：“当陶、窦诸名儒端委在朝，若令角辩骋词，庸讵不若铉？艺祖正以大国之体，不当如此耳。其亦‘不战屈人兵之上策’欤？”

孔子之使马圉，以愚应愚也。艺祖之遣殿侍者，以愚困智也。以智强愚，愚者不解；以智角智，智者不服。

白沙陈公甫，访定山庄孔旸。庄携舟送之。中有一士人，素滑稽，肆谈亵昵，甚无忌惮。定山怒不能忍。白沙则当其谈时，若不闻其声；及其既去，若不识其人。定山大服。此即艺祖屈徐铉之术。

胡世宁

少保胡世宁，仁和人。为左都御史，掌院事。时当考察，执政请禁私谒。公言：“臣官以察为名。人非接其貌，听其言，无以察其心之邪正、才之短长。若屏绝士夫，徒按考语，则毁誉失真，而求激扬之，难当矣。”上是其言，不禁。

公孙弘曲学阿世，然犹能开东阁以招贤人。今世密于防奸，而疏于求贤，故临事遂有乏才之叹。

韩　滉　　钱　镠

韩滉节制三吴，所辟宾佐，随其才器，用之悉当。有故人子投之，更无他长。尝召之与宴，毕席端坐，不与比坐交言。公署以随军，令监库门。此人每早入帷，端坐至夕，吏卒无敢滥出入者。

吴越王尝游府园，见园卒陆仁章树艺有智而志之。及淮南围苏州，使仁章通言入城，果得报而还。镠以诸孙畜之。

用人如韩滉、钱镠，天下无弃才、无废事矣。

按史，淮南兵围苏州，推洞屋攻城。守将孙琰置轮于竿首，垂绠投锥以揭之，攻者尽露；炮至，则张网以拒之。淮南人不能克。吴越遣兵来救。苏州有水通城中，淮南张网缀铃悬水中，鱼鳖过皆知之。都虞候司马福欲潜行入城，故以竿触网。敌闻铃声，举网，福因得过。凡居水中三日，乃得入城。由是城中号令与援兵相应，敌以为神。疑即一事，姓名必有一误。

燕昭王

燕昭王问为国。郭隗曰：“帝者之臣，师也；王者之臣，友也；伯者之臣，宾也；危国之臣，虏也。唯王所择。”燕王曰：“寡人愿学而无师。”郭隗曰：“王诚欲兴道，隗请为天下士开路。”于是燕王为隗改筑宫，北面事之。不三年，苏子自周往，邹衍自齐往，乐毅自赵往，屈景自楚归。

郭隗明于致士之术，便有休休大臣气象，不愧为人主师。

汉高封雍齿而功臣息喙，先主礼许靖而蜀士归心。皆予之以名，收之以实。

丙吉　郭进

吉为相，有驭吏嗜酒，从吉出，醉呕丞相车上。西曹主吏白欲斥之。吉曰：“以醉饱之失去士，使此人复何所容？西曹第忍之，此不过污丞相车茵耳。”此驭吏，边郡人，习知边塞发奔命警备事。尝出，适见驿骑持赤白囊，边郡发奔命书驰至。驭吏因随驿骑至公车刺取，知虏入云中、代郡。遽归。见吉白状，因曰：“恐虏所入边郡，二千石长吏有老病不任兵马者，宜可豫视。”吉善其言，召东曹案边郡吏科条其人。未已，诏召丞相、御史，问以所入郡吏。吉具对。御史大夫卒遽不能详知，以得谴让；而吉见谓忧边思职，驭吏力也。

郭进任山西巡检，有军校诣阙讼进者。上召讯，知其诬，即遣送进，令杀之。会并寇入，进谓其人曰：“汝能讼我，信有胆气。今赦汝罪，能掩杀并寇者，即荐汝于朝。如败，即自投河，毋污我剑也。”其人踊跃赴斗，竟大捷。进即荐擢之。

容小过者，以一长酬；释大仇者，以死力报。唯酬报之情迫中，故其长触之而必试，其力激之而必竭。彼索过寻仇者，岂非大愚！

假书

秦桧当国，有士人假其书谒扬州守。守觉其伪，缴原书管押其回。桧见之，即假其官资。或问其故，曰：“有胆敢假桧书，此必非常人。若不以一官束之，则北走胡、南走越矣。”

西夏用兵时，有张、李二生，欲献策于韩、范二公。耻于自媒，乃刻诗于碑，使人曳之而过。韩、范疑而不用。久之，乃走西夏，诡名张元、李昊，到处题诗。元昊闻而怪之，招致与语，大悦，奉为谋主，大为边患。奸桧此举，却胜韩、范远甚，所谓“下下人有上上智”。

有人赝作韩魏公书谒蔡君谟。君谟虽疑之，然士颇豪，与之三千，因回书，遣四兵送之，并致果物于魏公。客至京，谒公谢罪。公徐曰：“君谟手段小，恐未足了公事。夏太尉在长安，可往见之。”即为发书。子弟疑谓包容已足，书可勿发。公曰：“士能为我书，又能动君谟，其才器不凡矣。”至关中，夏竟官之。边批：手段果大。

又，东坡元祐间出帅钱塘。视事之初，都商税务押到匿税人南剑州乡贡进士吴味道，以二巨卷，作公名衔，封至京师苏侍郎宅。公呼讯其卷中何物。味道恐蹙而前，曰：“味道今秋忝冒乡荐，乡人集钱为赴省之赆以百千，就置建阳纱得二百端。因计道路所经场务尽行抽税，则至都下不存其半。窃计当今负天下重名而爱奖士类，唯内翰与侍郎耳。纵有败露，必能情贷，遂假先生名衔，缄封而来。不知先生已临镇此邦，罪实难逃。”公熟视，笑，呼掌笺吏去其旧封，换题新衔，附至东京竹竿巷，并手书子由书一纸，付之，曰：“先辈这回将上天去也无妨。”明年味道及第，来谢。二事俱长人智量者。

楚庄王　袁盎

楚庄王宴群臣，命美人行酒。日暮，酒酣烛灭，有引美人衣者。美人援绝其冠缨，趣火视之。王曰：“奈何显妇人之节，而辱士乎！”命曰：“今日与寡人饮，不绝缨者不欢。”群臣尽绝缨而火，极欢而罢。及围郑之役，有一臣常在前，五合五获首，却敌，卒得胜。询之，则夜绝缨者也。

盎先尝为吴相时，盎有从史私盎侍儿。盎知之，弗泄。有人以言恐从史，从史亡。盎亲追反之，竟以侍儿赐，遇之如故。景帝时，盎既入为太常，复使吴。吴王时谋反，欲杀盎，以五百人围之。盎未觉也。会从史适为守盎校尉司马，乃置二百石醇醪，尽饮五百人醉卧，辄夜引盎起，曰：“君可去矣，旦日王且斩君。”盎曰：“公何为者？”司马曰：“故从史盗君侍儿者也。”于是盎惊脱去。

梁之葛周、宋之种世衡，皆用此术克敌讨叛。若张说免祸，可谓转圜之福。兀术不杀小卒之妻，亦胡虏中之杰然者也。

葛周尝与所宠美姬同饮，有侍卒目视姬不辍，失答周问。既自觉，惧罪。周并不言。后与唐师战，失利，周呼此卒奋勇破敌，竟以美姬妻之。边批：

怜才之至。

胡酋苏慕恩部落最强，种世衡尝夜与饮，出侍姬佐酒。既而世衡起入内，慕恩窃与姬戏。边批:《三国演义》貂蝉事本此。世衡遽出掩之，慕恩惭愧请罪。世衡笑曰:“君欲之耶？”即以遗之。由是诸部有贰者，使慕恩讨之，无不克。

张说有门下生盗其宠婢，欲置之法。此生呼曰:“相公岂无缓急用人时耶？何惜一婢！”说奇其言，遂以赐而遣之。后杳不闻。及遭姚崇之构，祸且不测。此生夜至，请以夜明帘献九公主，为言于玄宗，得解。

金兀术爱一小卒之妻，杀卒而夺之，宠以专房。一日昼寝，觉，忽见此妇持利刃欲向。惊起问之，曰:“欲为夫报仇耳。”边批：此妇亦奇。术嘿然，麾使去。即日大享将士，召此妇出，谓曰:“杀汝则无罪，留汝则不可。任汝于诸将中自择所从。”妇指一人，术即赐之。边批：将知感而妇不怨矣。

王 猛

猛督诸军六万骑伐燕，慕容评屯潞州，猛进与相持，遣将军徐成觇燕军。期日中，及昏而反，猛怒，欲斩成。邓羌请曰：“贼众我寡，诘朝将战，且宜宥之。”猛曰：“若不斩成，军法不立。”羌固请曰：“成，羌部将也，虽违期应斩，羌愿与成效战以赎罪。”猛又弗许。羌怒，还营，严鼓勒兵，将攻猛。猛谓羌义而有勇，边批：具眼。使语之曰：“将军止，吾今赦之矣。”成既获免，羌自来谢。猛执羌手而笑曰：“吾试将军耳。边批；不得不如此说。将军于郡将尚尔，况国家乎！”

违法请宥，私也；严鼓勒兵，悍也。且人将攻我，我因而赦之，不损威甚乎？然羌竟与成大破燕兵，以还报主帅，与其伸一将之威，所得孰多？夫所贵乎军法，又孰加于奋勇杀敌者乎？故曰：圆若用智，唯圜善转，智之所以灵妙而无穷也。

魏元忠

唐高宗幸东都，时关中饥馑。上虑道路多草窃，命监察御史魏元忠检校车驾前后。元忠受诏，即阅视赤县狱，得盗一人，神采语言异于众。边批：具眼。命释桎梏，袭冠带，乘驿以从，与人共食宿，托以诘盗。其人笑而许之，比及东都，士马万数，不亡一钱。

因材任能，盗皆作使。俗儒以“鸡鸣狗盗之雄”笑田文，不知尔时舍鸡鸣狗盗都用不着也。

柳玭

唐柳大夫玭，谪授泸州郡守。渝州有牟磨秀才，即都校牟居厚之子，文采不高，执所业谒见。柳奖饰甚勤。子弟以为太过，柳曰：“巴蜀多豪士，此押衙之子独能好文，苟不诱进，渠即退志。以吾称誉，人必荣之。由此减三五员草贼，不亦善乎？”

廉希宪

元廉公希宪礼贤下士，常如不及。方为中书平章时，江南刘整以尊官来谒，公毅然不命之坐。刘去，宋诸生褴褛冠衣，袖诗请见。公亟延入坐语，稽经抽史，饮食劳苦，如平生欢。既罢，弟希贡问曰：“刘整贵官而兄简薄之，诸生寒士而兄优礼之，有说乎？”公曰：“非尔所知也。大臣语默进退，系天下轻重。刘整官虽尊贵，然背国叛主而来者；若宋诸生，何罪而羁囚之？今国家崛起朔漠，我于斯文不加厚，则儒术由此衰熄矣。”

不惟兴文，且令知节义之重，是具开国手段者。

范文正

范文正公用士，多取气节而略细故，如孙威敏、滕达道，皆所素重。其为帅日，辟置僚幕客，多取谪籍未牵复人。或疑之。公曰：“人有才能而无过，朝廷自应用之。若其实有可用之材，不幸陷于吏议，不因事起之，遂为废人矣。”故公所举多得士。

天下无废人，所以朝廷无废事，非大识见人不及此。

徐存斋

徐存斋由翰林督学浙中，时年未三十。一士子文中用“颜苦孔之卓”。徐勒之，批云“杜撰”，置四等。此生将领责，执卷请曰：“大宗师见教诚当，但‘苦孔之卓’出扬子《法言》，实非生员杜撰也。”徐起立曰：“本道侥幸太早，未尝学问，今承教多矣。”改置一等。一时翕然，称其雅量。边批：何曾损文宗威重！

不吝改过，即此便知名宰相器识。闻万历初年有士作“怨慕章”一题，中用“为舜也父者，为舜也母者”句，为文宗抑置四等，批“不通”字。此士自陈文法出在《檀弓》。文宗大怒曰：“偏你读《檀弓》！”更置五等。人之度量相越，何啻千里！

宋艺祖尝以事怒周翰，将杖之。翰自言：“臣负天下才名，受杖不雅。”帝遂释之。边批：好大胆，非圣主不能容。古来圣主名臣，断无使性遂非者。

又闻徐公在浙时，有二生争贡，哗于堂下，公阅卷自若。已而有二生逊贡，哗于堂下，公亦阅卷自若。顷之，召而谓曰："我不欲使人争，亦不能使人让，诸生未读教条乎？连本道亦在教条中，做不得主，诸生但照教条行事而已。"由是争让皆息。公之持大体皆此类。

屠枰石

屠枰石羲〔英〕先生为浙中督学，持法严。按湖时，群小望风搜诸生过失。一生宿娼家，保甲昧爽两擒抵署门，无敢解者。门开，携以入。保甲大呼言状，屠佯为不见闻者，理文书自如。保甲膝行渐前，离两累颇远。屠瞬门役，判其臂曰："放秀才去。"边批：刚正人，却善谑。门役喻其意，潜趋下引出，保甲不知也。既出，屠昂首曰："秀才安在？"保甲回顾失之，大惊，不能言。与大杖三十，荷枷，娼则逐去。保甲仓惶语人曰："向殆执鬼！"诸生咸唾之，而感先生曲全一酒色士也。边批：趣甚，快甚！自是刁风顿息，而此士卒自惩，用贡为教官。

李西平携成都妓行，为节使张延赏追还，卒成仇隙。赵清献宰青城而挈妓以归，胡铨浮海生还而恋黎倩。红颜殢人，贤者不免，以此裁士，士之能全者少矣。宋韩亿性方重，累官尚书左丞，每见诸路有奏拾官吏小过者，辄不怿，曰："天下太平，圣主之心，虽昆虫草木皆欲使之得所。今仕者大则望为公卿，次亦望为侍从、职司、二千石，奈何以微瑕薄罪锢人于盛世乎！"屠公颇得此意。

李孝寿　宋元献

李孝寿为开封尹。有举子为仆所凌，忿甚，具牒欲送府。同舍生劝解，久乃释，戏取牒效孝寿花书判云："不勘案，决杖二十。"仆明日持诣府，告其主仿尹书制，私用刑。孝寿即追至，备言本末。孝寿幡然曰："所判正合我意！"如数与仆杖而谢举子。时都下数千人，无一仆敢肆者。边批：快甚。

宋元献公罢相守洛。有一举子，行囊中有失税之物，为仆夫所告。公曰："举人应举，孰无所携？未可深罪。若奴告主，此风胡可长也！"但送税院倍其税，仍治其奴罪而遣之。

胡霆桂

胡霆桂，开庆间为铅山主簿。时私酿之禁甚严，有妇诉其姑私酿者。霆桂诘之曰："汝事姑孝乎？"曰："孝。"曰："既孝，可代汝姑受责。"以私酿律笞之。政化遂行，县大治。《姑苏志》载此为赵懊夫事。

尹 源

尹源，尹洙之兄也。举进士，通判泾州时，知沧州刘涣坐专斩部卒，降知密州。源上书言："涣为主将，部卒有罪不伏，笞辄呼万岁，涣斩之不为过。以此谪涣，臣恐边兵愈骄，轻视主将，所系非轻。"涣遂获免。

禁诸生宿娼，法也，而告讦之风不可长。效尹书判，及失税、私酿、专斩部卒，皆不法也，而奴不可以加主，妇不可以凌姑，卒不可以抗帅。舍其细而全其大，非弘智不能。

张 耳

张耳、陈余，皆魏名士。秦灭魏，悬金购两人。两人变姓名俱之陈，为里监门以自食。吏尝以过笞陈余。余怒欲起，张耳蹑之，使受笞。吏去，耳乃引余之桑下，数之曰："始吾与公言何若？今见小辱而欲死一吏乎！"

勾践石室，淮阴胯下，皆忍小耻以就大业也。陈余浅躁，不及张耳远甚，所以一成一败。

狄武襄

狄青起行伍十余年，既贵显，面涅犹存，曰："留以劝军中！"边批：大识量。

既不去面涅，便知不肯遥附梁公。

邵 雍

熙宁中，新法方行，州县骚然。邵康节闲居林下，门生故旧仕宦者皆欲投劾而归，以书问康节。答曰："正贤者所当尽力之时。新法固严，能宽一分，则民受一分之赐矣。投劾而去何益？"边批：正论。

李燔朱晦庵弟子常言："人不必待仕宦有职事才为功业，但随力到处，有以及物，即功业也。"莲池大师劝人作善事，或辞以无力，大师指凳曰："假如此凳，攲斜碍路，吾为整之，亦一善也。"如此存心，便觉临难投劾者亦是宝山空回。

鲜于侁为利州路转运副使，部民不请青苗钱。王安石遣吏诘之。曰："青苗之法，愿取则与。民自不愿，岂能强之！"东坡称侁"上不害法，中不废亲，下不伤民"，以为"三难"。仕途当以为法。

杨士奇

广东布政徐奇入觐，载岭南藤簟，将以馈廷臣。逻者获其单目以进。上视之，无杨士奇名，乃独召之，问故。士奇曰："奇自都给事中受命赴广时，众皆作诗文赠行，故有此馈。臣时有病，无所作，不然，亦不免。今众名虽具，受否未可知。且物甚微，当以无他。”上意解，即以单目付中官令毁之，一无所问。

此单一焚而逻者丧气，省缙绅中许多祸，且使人主无疑大臣之心。所全甚大，无智名，实大智也，岂唯厚道！

宋真宗时，有上书言宫禁事者。上怒，籍其家，得朝士所与往还占问吉凶之说，欲付御史问状。王旦自取尝所占问之书进，请并付狱。上意浸解，公遂至中书，悉焚所得书。已而上悔，复驰取之。公对：“已焚讫。”乃止。此事与文贞相类，都是舍身救物。

严　震

严震镇山南，有一人乞钱三百千去过活。震召子公弼等问之。公弼曰：“此患风耳，大人不必应之。”震怒，曰：“尔必坠吾门！只可劝吾力行善事，奈何劝吾吝惜金帛？且此人不办，向吾乞三百千，的非凡也！”命左右准数与之。于是三川之士归心恐后，亦无造次过求者。

天下无穷不肖事，皆从舍不得钱而起；天下无穷好事，皆从舍得钱而做。自古无舍不得钱之好人也。吴之鲁肃、唐之于頔、宋之范仲淹，都是肯大开手者。

西吴董尚书浔阳公，家富而勤于交接。凡衣冠过宾，无不延礼厚赠者。其孙礼部青芝公，工于诗字，往往以手书扇轴及诗稿赠人。尚书闻之曰：“以我家势，虽日以金币为欢，犹恐未塞人望，奈何效清客行事耶？且缙绅之家自有局面，岂复以诗字得人怜乎？将来破吾家者，必此子也！”后民变事起，尚书已老，青芝公以文弱不能支，董氏为之破产。人服尚书先见。

弘治间，昭庆寺欲建穿堂。察使访得富户三人，召之谕以共建，长兴吕山吴某与焉。吴曰：“此不甚费，小人当独任之。”察使大喜。吴归语其父，父曰：“儿子有这力量，必能承吾家。”此翁之见，与浔阳公同。

萧　何　　任　氏

沛公至咸阳，诸将皆争走金帛财物之府分之，何独先入收秦丞相、御史律令图书藏之。沛公具知天下阨塞户口多少强弱处、民所疾苦者，以何得秦图书也。

宣曲任氏，其先为督道仓吏。秦之败也，豪杰争取金玉，任氏独窖仓粟。楚汉相距荥阳，民不得耕种，米石至万，而豪杰金玉尽归任氏。

二人之智无大小，易地则皆然也。又蜀卓氏，其先赵人，用铁冶富。

秦破赵，迁卓氏之蜀，夫妻推辇行。诸迁虏少有余财，争与吏求近处，处葭萌，唯卓氏曰："此地陋薄，吾闻岷山之下沃野，下有蹲鸱，至死不饥，民工作布，易贾。"乃求远迁，致之临邛，即铁山鼓铸，运筹贸易，富至敌国。其识亦有过人者。

董　公

汉王至洛阳，新城三老董公遮说王曰："兵出无名，事故不成。故曰：'明其为贼，敌乃可服。'天下共立义帝，项羽放弑之。大王直率三军之众，为之素服，以告诸侯而伐之。"于是汉王为义帝发丧，兵皆缟素，告诸侯曰："寡人悉发关中兵，收三河士，南浮江、汉以下，愿从诸侯王击楚之弑义帝者！"

董公此说，乃刘、项曲直分判处。随何招九江，郦生下全齐，其陈说皆本此。许庸斋谓沛公激发天下大机括。子房号为帝师，亦未有此大计。

蔺相如　寇　恂

赵王归自渑池，以蔺相如功大，拜为上卿，位在廉颇之右。廉颇自侈战功，而相如徒以口舌之劳位居其上，以羞，宣言曰："我见相如必辱之！"相如闻，不肯与会。每朝，常称病，不欲与颇争列。已而相如出，望见廉颇，辄引车避匿。于是舍人相与谏相如，欲辞去。相如固止之曰："公之视廉颇孰与秦王？"曰："不若也。"相如曰："夫以秦王之威，而相如廷叱之，辱其群臣。相如虽驽，独畏廉将军哉？顾吾念之：强秦之所以不敢加兵于赵者，徒以吾两人在也。今两虎共斗，势不俱生，吾所以为此者，先国家之急而后私仇也。"颇闻之，肉袒负荆，因宾客至相如门谢罪，遂为刎颈之交。

贾复部将杀人于颍川，太守寇恂捕戮之。复以为耻，过颍川，谓左右曰："见恂必手刃之！"恂知其谋，不与相见。姊子谷崇请带剑侍侧，以备非常。恂曰："不然。昔蔺相如不畏秦王而屈于廉颇者，为国也。"乃敕属县盛供具，一人皆兼两人之馔。恂出迎于道，称疾而还。复勒兵欲追之，而将士皆醉，遂过去。恂遣人以状闻，帝征恂，使与复结友而去。

汾阳上堂之拜，相如之心事也；莱公蒸羊之逆，寇恂之微术也。

安思顺帅朔方，郭子仪与李光弼俱为牙门都将，而不相能，虽同盘饮食，常睇目相视，不交一语。及子仪代思顺，光弼意欲亡去，犹未决。旬日诏子仪率兵东出赵、魏，光弼入见子仪曰："一死固甘，乞免妻子。"子仪趋下，持抱上堂而泣曰："今国乱主迁，非公不能东伐，岂怀私忿时耶！"执其手，相持而拜，相与合谋破贼。丁谓窜崖州，道出雷州，先是谓贬准为雷州司户。准遣人以一蒸羊迎之境上。谓欲见准，准拒之。闻家童谋欲报仇，亟杜门纵博，俟谓行远，乃罢。

张 飞

先主一见马超，以为平西将军，封都亭侯。超见先主待之厚也，阔略无上下礼，与先主言，常呼字。关羽怒，请杀之，先主不从。张飞曰："如是，当示之以礼。"明日大会诸将，羽、飞并挟刃立直。超入，顾坐席，不见羽、飞座，见其直也，乃大惊。自后乃尊事先主。

释严颜，诲马超，都是细心作用。后世目飞为粗人，大枉！

曹 彬 窦 仪

宋太祖始事周世宗于澶州，曹彬为世宗亲吏，掌茶酒。太祖尝从求酒，彬曰："此官酒，不可相与。"自沽酒以饮之。边批：公私两尽。及太祖即位，语群臣曰："世宗吏不欺其主者，独曹彬耳。"由是委以腹心。

太祖下滁州，世宗命窦仪籍其帑藏。至数日，太祖命亲吏取藏绢。仪曰："公初下城，虽倾藏取之，谁敢言者？今既有籍，即为官物，非诏旨不可得。"后太祖屡称仪有守，欲以为相。

鲁宗道

宋鲁宗道字贯夫，亳州人。为谕德日，真宗尝有所召。使者及门，宗道不在，移时乃自仁和肆饮归。中使先入，与约曰："上若怪公来迟，当托何事以对？"宗道曰："但以实告。"曰："然则当得罪。"宗道曰："饮酒，人之常情；欺君，臣子之大罪。"中使如公对。真宗问公："何故私入酒家？"公谢曰："臣家贫，无器皿，酒肆具备。适有乡亲远来，遂邀之饮。然臣既易服，市人亦无识臣者。"真宗笑曰："卿为宫臣，恐为御史所弹。"然自此奇公，以为真实可大用。

吕夷简

仁宗久病废朝，一日疾差，思见执政，坐便殿，急召二府。吕许公闻命，移刻方赴，同列赞公速行，公缓步自如。既见，上曰："久病方平，喜与公等相见，何迟迟其来？"公从容奏曰："陛下不豫，中外颇忧。一旦急召近臣，臣等若奔驰以进，恐人惊动。"上以为得辅臣体。

庆历中，石介作《庆历圣德颂》，褒贬甚峻，于夏竦尤极诋斥。未几，党议起，介得罪罢归，卒。会山东举子孔直温谋反，或言直温尝从介学，于是竦遂谓介实不死，北走胡矣。诏编管介之子于江淮，出中使，与京东刺史发介棺以验虚实。时吕夷简为京东转运使，谓中使曰："若发棺空，而介果北走，虽孥戮不为酷。万一介真死，朝廷无故剖人冢墓，非所以示后也。”中使曰：“然则何以应中旨？”夷简曰：“介死，必有棺敛之人，又内外亲族及会葬门生无虑数百，至于举柩窆棺，必用凶肆之人。今悉檄至劾问，苟无异说，即皆令具军令状以保结之，亦足以应诏也。”中使如其言。及入奏，仁宗亦悟竦之谮，寻有旨，放介妻子还乡。

不为介雪，乃深于雪。当介作颂时，正吕许公罢相，而晏殊、章得象同升，许公不念私憾而念国体，正宰相度也！

李太后服未除，而夷简即劝仁宗立曹后，范仲淹进曰：“吕夷简又教陛下做一不好事矣。”他日夷简语韩琦曰：“此事外人不知，上春秋高，郭后、尚美人皆以失宠废，后宫以色进者不可胜数，不亟立后，无以正之。”每事自有深意，多此类也。

古弼　张承业

魏太武尝校猎西河，诏弼以肥马给骑士。弼故给弱者。上大怒，曰：“尖头奴，敢裁量我！还台先斩此奴！”时弼属尽惶惧，弼告之曰：“事君而使君盘游不适，其罪小；不备不虞，其罪大。今北狄南虏，狡焉启疆，是吾忧也。吾选肥马以备军实，苟利国家，亦何惜死！明主可以理干，罪自我，卿等无咎。”帝闻而叹曰：“有臣如此，国之宝也！”弼头尖，帝尝名之曰“笔头”，时人呼为“笔公”。

后唐庄宗尝须钱蒱博、赏赐伶人，而张承业主藏钱，不可得。边批：千古第一个内臣。庄宗置酒库中，酒酣，使其子继岌为承业起舞。舞罢，承业出宝带币马为赠。庄宗指钱积边批：意在此。语承业曰：“和哥继岌小字。乏钱，可与钱一积，安用带马？”承业谢曰：“国家钱，非臣所得私。”庄宗语侵之，承业怒曰：“臣老敕使，非为子孙，但受先王顾命，誓雪国耻，惜此钱，佐王成霸业耳！若欲用，何必问臣？财尽兵散，岂独臣受祸也！”因持庄宗衣而泣，乃止。

后唐明宗

秦王从荣性轻佻，喜儒学，多招致后生浮薄之徒赋诗饮酒。一日，明宗问之曰：“尔军政之余，所习何事？”对曰：“暇则读书，与诸儒赋诗谈道。”明宗曰：“吾每见先帝好作歌诗，甚无谓。汝将家子，文章非所素习，必不能工，传于人口，徒作笑柄。吾老矣，于经义虽未晓，然尚喜闻之，余不足学也。”从荣卒败。

李 渊

李渊克霍邑。行赏时，军吏拟奴应募，不得与良人同。渊曰："矢石之间，不辨贵贱；论勋之际，何有等差？宜并从本勋授。"引见霍邑吏民，劳赏如西河，选其壮丁，使从军关中。军士欲归者，并授五品散官，遣归。或谏以官太滥，渊曰："隋氏吝惜勋赏，致失人心，奈何效之？且收众以官，不胜于用兵乎？"

刘温叟

开宝三年，刘温叟为御史中丞。一日晚过明德门，帝方与黄门数人登楼。温叟知之，令传呼依常而过。翌日请对，言："人主非时登楼，则下必希望恩赏。臣所以呵道而过，欲示众以陛下非时不登楼也。"帝善之。

卫 青　　程 信

大将军青兵出定襄。苏建、赵信并军三千余骑，独逢单于兵，与战一日，兵且尽，信降单于，建独身归青。议郎周霸曰："自大将军出，未尝斩裨将。今建弃军，可斩以明将军之威。"长史安曰："不然。建以数千卒当虏数万，力战一日，士皆不敢有二心，自归而斩之，是示后无反意也。不当斩。"青曰："青得以肺腑待罪行间，不患无威。而霸说我以明威，甚失臣意。且使臣职虽当斩将，以臣之尊宠，而不敢专诛于境外，其归天子，天子自裁之，于以风为人臣者不敢专权，不亦可乎？"遂囚建诣行在，天子果赦不诛。

卫青握兵数载，宠任无比，而上不疑，下不忌，唯能避权远嫌故。不然，虽以狄枢使之功名，犹不克令终，可不戒欤！

狄青为枢密使，自恃有功，颇骄蹇，怙惜士卒。每得衣粮，皆曰："此狄家爷爷所赐。"朝廷患之。时文潞公当国，建言以两镇节使出之。青自陈无功而受镇节，无罪而出外藩。仁宗亦以为然，向潞公述此语，且言狄青忠臣。潞公曰："太祖岂非周世宗忠臣？但得军心，所以有陈桥之变。"上默然。青犹未知，到中书自辨。潞公直视之，曰："无他，朝廷疑尔！"青惊怖，却行数步。青在镇，每月两遣中使抚问。青闻中使来，辄惊疑终日。不半年，病作而卒。潞公之谋也。

休宁程公信为南司马征川贵时，诏以便宜之权付公。公自发兵至凯旋，不爵一人，不杀一人。同事者以为言，公曰："刑赏，人主之大柄，惧阃外事不集而假之人臣。幸而事集，又窃弄之，岂人臣之谊耶？"论者以为古名臣之言。

李 愬

节度使李愬既平蔡，械吴元济送京师。屯兵鞠场，以待招讨使裴度。度入城，愬具櫜鞬出迎，拜于路左。度将避之，愬曰：“蔡人顽悖，不识上下之分数十年矣。愿公因而示之，使知朝廷之尊。”边批：其意甚远。度乃受之。

冯 谖

孟尝君问门下诸客：“谁习计会，能为收责于薛者？”冯谖署曰：“能。”于是约车治装，载券契而行，辞曰：“责毕收，以何市而反？”孟尝君曰：“视吾家所寡有者。”谖至薛，召诸民当偿者悉来，既合券，矫令以责赐诸民，悉焚其券。民称“万岁”。长驱至齐，孟尝君怪其疾也，衣冠而见之，曰：“责毕收乎？”曰：“收毕矣。”“以何市而反？”谖曰：“君云视吾家所寡有者，臣窃计君宫中积珍宝，狗马实外厩，美人充下陈，君家所寡有者，义耳！窃以为君市义。”边批：奇！孟尝君曰：“市义奈何？”曰：“今君有区区之薛，不拊爱其民，因而贾利之。臣窃矫君命以责赐诸民，因焚其券，民称万岁：乃臣所以为君市义也！”孟尝君不悦，曰：“先生休矣！”后期年，齐王疑孟尝，使就国。未至薛百里，民扶老携幼争趋迎于道。孟尝君谓谖曰：“先生所为文市义者，乃今日见之。”

谖使齐复相田文，及立宗庙于薛，皆纵横家熟套。唯“市义”一节高出千古，非战国策士所及。保国保家者，皆当取法。

王 旦

王钦若、马知节同在枢府，一日上前因事忿争。上召王旦至，则见钦若喧哗不已，马则涕泣曰：“愿与钦若同下御史府。”旦乃叱钦若下去。上怒甚，欲下之狱。旦从容曰：“钦若等恃陛下顾遇之厚，上烦陛下。臣冠宰府，当行朝典，然观陛下天颜不怡，愿且还内，来日取旨。”上许之。旦退，召钦若等切责，皆皇惧，手疏待罪。翌日，上召旦曰：“王钦若等事如何处分？”旦曰：“臣晓夕思之，钦若等当黜，然未知使伏何罪？”上曰：“对朕忿争无礼。”旦曰：“陛下圣明在御，而使大臣坐忿争无礼之罪，恐夷狄闻之，无以威远。”上曰：“卿意如何？”对曰：“愿至中书，召钦若等，宣示陛下含容之意，且戒约之。俟少间，罢之未晚。”上曰：“非卿言，朕固难忍。”后数月，钦若等皆罢。

胡 濙

正统中，宗伯胡濙一日早朝承旨，跪起，带解落地，从容拾系之，遂叩头还班。御史亦不能纠。十三年，彭鸣中状元，当上表谢恩之夕，坐以待旦。

至四鼓，乃隐几而寤，竟失朝。纠仪御史奏，令锦衣卫拿。已奉旨，胡公出班奏："状元彭鸣不到，合着锦衣卫寻。"上是之。不然，一新状元遂被拘执如囚人，斯文不雅观。老成举措，自得大体。

孙 觉

孙莘老觉知福州。时民有欠市易钱者，系狱甚众。适有富人出钱五百万葺佛殿，请于莘老。莘老徐曰："汝辈所以施钱，何也？"众曰："愿得福耳。"莘老曰："佛殿未甚坏，又无露坐者，孰若以钱为狱囚偿官，使数百人释枷锁之苦，其获福岂不多乎？"富人不得已，诺之。即日输官，囹圄遂空。

赵清献

赵清献公抃出察青州，每念：一人入狱，十人罢业，株连波及，更属无辜；且狱禁中夏有疫疾湿蒸，冬有瘴瘃冻裂，或以小罪，经年桎梏，或以轻系，迫就死亡；狱卒囚长，需索凌辱，尤可深痛。时令人马上飞吊监簿查勘，以狱囚多少，定有司之贤否。行之期年，郡州县属吏，无敢妄系一人者。邵尧夫每称道其事。

贾 彪

贾彪与荀爽齐名，举孝廉为新息长。小民因贫，多不养子，彪严为其制，与杀人同罪。城南有盗劫害人者，北有妇人杀子者，彪出案发，而掾吏欲引南。彪怒曰："贼寇害人，此则常理，母子相残，逆天违道！"遂驱车北行，案验其罪。城南贼闻之，亦面缚自首。数年间养子数千，佥曰："贾父所长。"生男名曰"贾男"，生女名曰"贾女"。

手段已能办贼，直欲以奇致之。

柳公绰

柳公绰节度山东，行部至邓，吏有纳贿、舞文，二人同系。县令闻公绰素持法，必杀贪者。公绰判曰："贼吏犯法，法在；奸吏坏法，法亡！"竟诛舞文者。

天伦、王法，两者持世之大端。彪舍贼寇而案杀子，公绰置赃吏而诛舞文，此种识力，于以感化贼盗赃吏有余矣。若丙吉不问道旁死人而问牛喘，未免失之迂腐。

季 本

季本初仕，为建宁府推官。值宸濠反江西，王文成公方发兵讨之。而建有分水关，自江入闽道也。本请于所司，身往守之。会巡按御史某以科场事檄郡守与本并入。守以书趣本，本复书曰："建宁所恃者，唯吾两人。兵家事在呼吸，而科场往返动计四旬。今江西胜负未可知，土寇生发叵测。微吾二人，其谁与守？即幸而无事，当此之际，使试录列吾两人名，传播远迩，将以为不知所重，贻笑多矣。拒违按院之命，孰与误国家事哉！"守深服其言，竟不往。边批：此守亦高人。

科场美事，人方争而得之，谁肯舍甘就苦？选事避难，睹此当愧汗矣！

远犹卷二

谋之不远，是用大简。人我迭居，吉凶环转。老成借箸，宁深毋浅。集"远犹"。

训　储 两条

商高宗为太子时，其父小乙尝使久居民间，与小民出入同事，以知其情。

太祖教谕太子，必命备历农家，观其居处、服食、器用，使知农之劳苦。洪武末选秀才，随春坊官分班入直，近前说民间利害等事。成祖巡行北京，使二皇长孙周行村落，历观农桑之事。论教者宜以为法。

张昭先逮事唐明宗。明宗诸皇子竞侈汰。昭疏训储之法，略云："陛下诸子，宜各置师傅，令折节师事之。一日中但令止记一事，一岁之内，所记渐多，则每月终，令师傅共录奏闻。俟皇子上谒，陛下辄面问，倘十中得五，便可博识安危之故，深究成败之理。"明宗不能用。

此可为万世训储之法，胜如讲经说书，作秀才学问也。

李　泌

肃宗子建宁王倓性英果，有才略。从上自马嵬北行，兵众寡弱，屡逢寇盗，倓自选骁勇居上前后，血战以卫上。上或过时未食，倓悲泣不自胜。军中皆属目向之。上欲以倓为天下兵马元帅，使统诸将东征。李泌曰："建宁诚元帅才。然广平，兄也，若建宁功成，岂使广平为吴太伯乎？"上曰："广平，冢嗣也，何必以元帅为重！"泌曰："广平未正位东宫。今天下艰难，众心所属，在于元帅。若建宁大功既成，陛下虽欲不以为储副，同立功者其肯已乎？太宗、太上皇即其事也。"上乃以广平王俶为天下兵马元帅，诸将皆以属焉。倓闻之，谢泌曰："此固倓之心也！"

王叔文

王叔文以棋侍太子。尝论政至宫市之失，太子曰："寡人方欲谏之。"众皆称赞，叔文独无言。既退，独留叔文，问其故。对曰："太子职当侍膳问安，不宜言外事。陛下在位久，如疑太子收人心，何以自解？"太子大惊，因泣曰："非先生，寡人何以知此！"遂大爱幸。

叔文固憸险小人，此论自正。

白起祠

贞元中，咸阳人上言见白起，令奏云："请为国家捍御西陲。正月吐蕃必大下。"既而吐蕃果入寇，败去。德宗以为信然，欲于京城立庙，赠起为司徒。李泌曰："臣闻'国将兴，听于人'。今将帅立功，而陛下褒赏白起，臣恐边将解体矣。且立庙京师，盛为祷祝，流传四方，将召巫风。臣闻杜邮有旧祠，请敕府县修葺，则不至惊人耳目。"边批：妥帖。上从之。

苏　颂

苏颂执政时，见哲宗年幼，每大臣奏事，但取决于宣仁，哲宗有言，或无对者；唯颂奏宣仁后，必再禀哲宗，有宣谕，必告诸臣俯伏而听。及贬元祐故官，御史周秩并劾颂。哲宗曰："颂知君臣之义，无轻议此老。"

戮　叛　二条

宋艺祖推戴之初，陈桥守门者拒而不纳，遂如封丘门，抱关吏望风启钥。及即位，斩封丘吏而官陈桥者，以旌其忠。

至正间，广东王成、陈仲玉作乱。东莞人何真请于行省，举义兵，擒仲玉以献。成筑砦自守，围之，久不下。真募人能缚成者，予钱十千，于是成奴缚之以出。真笑谓成曰："公奈何养虎为害？"成惭谢。奴求赏，真如数与之。使人具汤镬，驾诸转轮车上。成惧，谓将烹己。真乃缚奴于上，促烹之，使数人鸣鼓推车号于众曰："四境有奴缚主者，视此！"人服其赏罚有章，岭表悉归心焉。

高祖戮丁公而封项伯，赏罚为不均矣。光武封苍头子密为不义侯，尤不可训。当以何真为正。

宋艺祖　三条

初，太祖谓赵普曰："自唐季以来数十年，帝王凡十易姓，兵革不息，其故何也？"普曰："由节镇太重，君弱臣强。今唯稍夺其权，制其钱谷，收其精兵，则天下自安矣。"语未毕，上曰："卿勿言，我已谕矣！"边批：聪明。顷之，上与故人石守信等饮，酒酣，屏左右，谓曰："我非尔曹之力，不得至此。念汝之德，无有穷已。然为天子亦大艰难，殊不若为节度使之乐。吾今终夕未尝安枕而卧也。”守信等曰：“何故？”上曰：“是不难知：居此位者，谁不欲为之？”守信等皆惶恐顿首，曰：“陛下何为出此言？”上曰：“不然。汝曹虽无心，其如麾下之人欲富贵何！一旦以黄袍加汝身，虽欲不为，不可得也。”守信等乃皆顿首泣，曰：“臣等愚不及此，唯陛下哀怜，指示可生之路。”上曰：“人生如白驹过隙，所欲富贵者，不过多得金钱，厚自娱乐，使子孙无贫乏耳。汝曹何不释去兵权，择便好田宅市之，为子孙立永久之业，边批：王翦、萧何所以免祸。多置歌儿舞女，日饮酒相欢，以终其天年；君臣之间，两无猜嫌，不亦善乎！”皆再拜曰：“陛下念臣及此，所谓生死而肉骨也！”明日皆称疾，请解兵权。

或谓宋之弱，由削节镇之权故。夫节镇之强，非宋强也。强干弱枝，自是立国大体。二百年弊穴，谈笑革之，终宋世无强臣之患，岂非转天移日手段！若非君臣偷安，力主和议，则寇准、李纲、赵鼎诸人用之有余，安在为弱乎？

熙宁中，作坊以门巷委狭，请直而宽广之。神宗以太祖创始，当有远虑，不许。既而众工作苦，持兵夺门，欲出为乱。一老卒闭而拒之，遂不得出，捕之皆获。边批：设险守国道只如此。

神宗一日行后苑，见牧豭猪者，问：“何所用？”牧者曰：“自太祖来，尝令畜。自稚养至大，则杀之，更养稚者。累朝不改，亦不知何用。”神宗命革之。月余，忽获妖人于禁中，索猪血浇之，仓卒不得，方悟祖宗远虑。

郭钦

汉魏以来，羌、胡、鲜卑降者，多处之塞内诸郡。其后数因忿恨，杀害长吏，渐为民患。侍御史郭钦请及平吴之威、谋臣猛将之略，渐徙内郡杂胡于边地，峻四夷出入之防，明先王荒服之制。此万世长策也。不听，卒有五胡之乱。

只有开国余威可乘，失此则无能为矣。宋初不能立威契丹，卒使金、元之祸相寻终始。我太祖北逐金元，威行沙漠，文皇定鼎燕都，三犁其庭，岂非万世久安之计乎！

处继迁母

李继迁扰西鄙。保安军奏获其母，太宗欲诛之，以寇准居枢密，独召与谋。准退，过相幕，吕端谓准曰：“上戒君勿言于端乎？”准曰：“否。”告之故。端曰：“何以处之？”准曰：“欲斩于保安军北门外，以戒凶逆。”端曰：“必若此，非计之得也！”即入奏曰：“昔项羽欲烹太公，高祖愿分一杯羹。夫举大事不顾其亲，况继迁悖逆之人乎！陛下今日杀之，明日继迁可擒乎？若其不然，徒结怨，益坚其叛耳。”太宗曰：“然则如何？”端曰：“以臣之愚，宜置于延州，使善视之，以招来继迁。即不即降，终可以系其心，而母生死之命在我矣。”太宗拊髀称善，曰：“微卿，几误我事！”其后母终于延州，继迁死，子竟纳款。

具是依，则为俺答之款；具是违，则为奴囚之叛。

徐 达

大将军达之蹙元帝于开平也，缺其围一角，使逸去。常开平怒亡大功，大将军言：“是虽一狄，然尝久帝天下，吾主上又何加焉？将裂地而封之乎，抑遂甘心也？既皆不可，则纵之固便。”开平且未然。及归报，上亦不罪。

省却了太祖许多计较。然大将军所以敢于纵之者，逆知圣德之弘故也。何以知之？于遥封顺帝、赦陈理为归命侯而不诛知之。

元旦日食

元旦日食，富弼请罢宴撤乐，吕夷简不从。弼曰：“万一契丹行之，恐为中国羞。”后有自契丹还者，言虏是日罢宴。仁宗深悔之。

值华、虏争胜之日，故以契丹为言，其实理合罢宴，不系虏之行不行也。

贡 麟

交趾贡异兽，谓之麟。司马公言：“真伪不可知。使其真，非自至不为瑞；若伪，为远夷笑。愿厚赐而还之。”

方知秦皇、汉武之愚。

契丹立君

边帅遣种朴入奏：“得谍言，阿里骨已死，国人未知所立。契丹官赵纯忠者，谨信可任。愿乘其未定，以劲兵数千，拥纯忠入其国，立之。”众议如其请，苏颂曰：“事未可知，今越境立君，傥彼拒而不纳，得无损威重乎？徐观其变，俟其定而抚戢之，未晚也。”已而阿里骨果无恙。

地图 贡道

熙宁中，高丽入贡，所经郡县悉要地图，所至皆造送。至扬州，牒取地图。是时陈秀公守扬。给使者欲尽见两浙所供图，仿其规制供之。及图至，都聚而焚之，具以事闻。

宋初，遣卢多逊使李国主。还，舣舟宣化口，使人白国主曰：“朝廷重修天下图经，史馆独缺江东诸州。愿各求一本以归。”国主急令缮写送之。于是尽得其十九州形势、屯戍远近、户口多寡以归，朝廷始有用兵之意。

秀公此举，盖惩前事云。

成化十六年，朝鲜请改贡道。因建州女直邀劫故。中官有朝鲜人为之地，众将从之。职方郎中刘大厦独执不可，曰："朝鲜贡道，自鸦鹘关出辽阳，经广宁，过前屯，而后入山海，迂回三四大镇，此祖宗微意。若自鸭绿江抵前屯、山海路大径，恐贻他日忧。"卒不许。

陈　恕

陈晋公为三司使，真宗命具中外钱谷大数以闻，恕诺而不进。久之，上屡趣之，恕终不进。上命执政诘之，恕曰："天子富于春秋，若知府库之充羡，恐生侈心。"

李吉甫为相，撰《元和国计簿》上之，总计天下方镇、州、府、县户税实数，比天宝户税四分减三，天下仰给县官者八十二万余人，比天宝三分增一，其水旱所伤、非时调发者，不在此数，欲以感悟朝廷。大臣忧国深心类如此。

李　沆

李沆为相，王旦参知政事，以西北用兵，或至旰食。旦叹曰："我辈安能坐致太平，得优游无事耶？"沆曰："少有忧勤，足为警戒。他日四方宁谧，朝廷未必无事。语曰：'外宁必有内忧。'譬人有疾，常在目前，则知忧而治之。沆死，子必为相，遽与虏和亲，一朝疆场无事，恐人主渐生侈心耳！"旦未以为然。沆又日取四方水旱、盗贼及不孝恶逆之事奏闻，上为之变色，惨然不悦。旦以为"细事不足烦上听，且丞相每奏不美之事，拂上意"。沆曰："人主少年，当使知四方艰难，常怀忧惧。不然，血气方刚，不留意声色狗马，则土木、甲兵、祷祠之事作矣。吾老不及见，此参政他日之忧也！"沆没后，真宗以契丹既和，西夏纳款，遂封岱、祠汾，大营宫殿，搜讲坠典，靡有暇日。旦亲见王钦若、丁谓等所为，欲谏，则业已同之，欲去，则上遇之厚，乃知沆先识之远，叹曰："李文靖真圣人也！"

《左传》：晋、楚遇于鄢陵，范文子不欲战，曰："唯圣人能内外无患。自非圣人，外宁必有内忧。盍释楚以为外惧乎？"厉公不听，战楚胜之。归益骄，任嬖臣胥童，诛戮三郤，遂见弑于匠丽。文靖语本此。

韩　琦

太宗、仁宗尝猎于大名之郊，题诗数十篇，贾昌朝时刻于石。韩琦留守日，以其诗藏于班瑞殿之壁。客有劝琦摹本以进者，琦曰："修之得已，安用进为？”客亦莫谕琦意。韩绛来，遂进之。琦闻之，叹曰：“昔岂不知进耶？顾上方锐意四夷事，不当更导之耳。”石守道编《三朝圣政录》，将上，一日求质于琦，琦指数事。其一，太祖惑一宫鬟，视朝晏，群臣有言，太祖悟，伺其酣寝，刺杀之。琦曰：“此岂可为万世法！已溺之，乃恶其溺而杀之，彼何罪？使其复有嬖，将不胜其杀矣。”遂去此等数事，守道服其精识。

刘大夏　二条

天顺中，朝廷好宝玩。中贵言宣德中尝遣太监王三保使西洋，获奇珍无算。帝乃命中贵至兵部，查王三保至西洋水程，时刘大夏为郎，项尚书公忠令都吏检故牒，刘先检得，匿之；都吏检不得，复令他吏检。项诘都吏曰：“署中牍焉得失？”刘微笑曰：“昔下西洋，费钱谷数十万，军民死者亦万计。此一时弊政，牍即存，尚宜毁之，以拔其根，犹追究其有无耶？”项耸然，再揖而谢，指其位曰：“公达国体，此不久属公矣！”

又，安南黎灏侵占城池，西略诸土夷，败于老挝。中贵人汪直欲乘间讨之，使索英公下安南牍。大夏匿弗予。尚书为榜吏至再，大夏密告曰：“衅一开，西南立糜烂矣！”尚书悟，乃已。

此二事，天下阴受忠宣公之赐而不知。

辞连署　辞密揭

宪宗嘉崔群谠直，命学士自今奏事必取群连署，然后进之。群曰：“翰林举动皆为故事。必如是，后来万一有阿媚之人为之长，则下位直言无自而进矣。”遂不奉诏。

上御文华殿，召刘大夏谕曰：“事有不可，每欲召卿商榷，又以非卿部内事而止。今后有当行当罢者，卿可以揭帖密进。”大夏对曰：“不敢。”上曰：“何也？”大夏曰：“先朝李孜省可为鉴戒。”上曰：“卿论国事，岂孜省营私害物者比乎？”大夏曰：“臣下以揭帖进，朝廷以揭帖行，是亦前代斜封、墨敕之类也。陛下所行，当远法帝王，近法祖宗，公是公非，与众共之，外付之府部，内咨之阁臣可也。如用揭帖，因循日久，视为常规。万一匪人冒居要职，亦以此行之，害可胜言！此甚非所以为后世法，臣不敢效顺。”上称善久之。

老成远虑，大率如此，由中无寸私、不贪权势故也。

辞例外赐

富郑公为枢密使。值英宗即位，颁赐大臣；已拜受，又例外特赐。郑公力辞。东朝遣小黄门谕公曰：“此出上例外之赐。”公曰：“大臣例外受赐，万一人主例外作事，何以止之？”辞不受。

范仲淹

劫盗张海将过高邮，知军晁仲约度不能御，谕军中富民出金帛牛酒迎劳之。事闻，朝廷大怒，富弼议欲诛仲约。仲淹曰：“郡县兵械足以战守，遇敌不御，而反赂之，法在必诛。今高邮无兵与械，且小民之情，醵出财物而免于杀掠，必喜。戮之，非法意也。”仁宗乃释之。弼愠曰：“方欲举法，而多方阻挠，何以整众！”仲淹密告之曰：“祖宗以来，未尝轻杀臣下。此盛德事，奈何欲轻坏之？他日手滑，恐吾辈亦未可保。”弼不谓然。及二人出按边，弼自河北还，及国门，不得入，未测朝廷意，比夜彷徨绕床，叹曰：“范六丈圣人也！”

赵忠简

刘豫揭榜山东，妄言御医冯益遣人收买飞鸽，因有不逊语。知泗州刘纲奏之，张浚请斩益以释谤，赵鼎继奏曰：“益事诚暧昧，然疑似间，有关国体。然朝廷略不加罚，外议必谓陛下实尝遣之，有累圣德。不若暂解其职，姑与外祠，以释众惑。”上欣然，出之浙东。浚怒鼎异己。鼎曰：“自古欲去小人者，急之，则党合而祸大；缓之，则彼自相挤。今益罪虽诛，不足以快天下，然群阉恐人君手滑，必力争以薄其罪。不若谪而远之，既不伤上意，彼见谪轻，必不致力营求；又幸其位，必以次窥进，安肯容其人耶？若力排之，此辈侧目吾人，其党愈固而不破矣！”浚始叹服。

文彦博

富弼用朝士李仲昌策，自澶州商胡河穿六塔渠，入横陇故道。北京留守贾昌朝素恶弼，阴约内侍武继隆，令司天官二人，俟执政聚时，于殿廷抗言：“国家不当穿河北方，以致上体不安。”后数日，二人又听继隆上言：“请皇后同听政。”史志聪以状白彦博，彦博视而怀之，徐召二人诘之曰：“天文变异，汝职所当言也。何得辄预国家大事耶？汝罪当族！”二人大惧。彦博曰：“观汝直狂愚耳，今未忍治汝罪。”二人退，乃出状以视同列，同列皆愤怒，曰：“奴辈敢尔，何不斩之？”彦博曰：“斩之则事彰灼，中宫不安矣。”既而议遣司天官定六塔方位，复使二人往。边批：大作用。二人恐治前罪，更言六塔在东北，非正北也。

王 旦

王旦为兖州景灵宫朝修使，内臣周怀政偕行。或乘间请见，旦必俟从者尽至，冠带出见于堂皇，白事而退。后怀政以事败，方知旦远虑。内臣刘承规以忠谨得幸，病且死，求为节度使。帝语旦曰:“承规待此以瞑目。”旦执不可，曰:“他日将有求为枢密使者，奈何？”遂止。自是内臣官不过留后。

王守仁

阳明公既擒逆濠，江彬等始至，遂流言诬公，公绝不为意。初谒见，彬辈皆设席于旁，令公坐。公佯为不知，竟坐上席，而转旁席于下。彬辈遽出恶语，公以常行交际事体平气谕之，复有为公解者，乃止。公非争一坐也，恐一受节制，则事机皆将听彼而不可为矣。边批:高见。

主婚用玺

郑贵妃有宠于神庙。熹宗大婚礼，妃当主婚。廷臣谋于中贵王安曰:“主婚者，乃与政之渐，不可长也，奈何？”或献计曰:“以位则贵妃尊，以分则穆庙隆庆恭妃长，盍以恭妃主之？”曰:“奈无玺何？”曰:“以恭妃出令，而以御玺封之，谁曰不然？”安从之。自是郑氏不复振。

陈仲微

仲微初为莆田尉，署县事。县有诵仲微于当路，而密授以荐牍者，仲微受而藏之。逾年，其家负县租，竟逮其奴，是人有怨言。仲微还其牍，缄封如故。是人惭谢。

陈　寔

寔字仲举，以名德为世所宗。桓帝时，党事起，逮捕者众，人多避逃，寔曰:“吾不就狱，众无所恃。”竟诣狱请囚，会赦得释。灵帝初，中常侍张让权倾天下，让父死，归葬颍川，虽一郡毕至，而名士无往者，寔独吊焉。后复诛党人，让以寔故，颇多全活。

即菩萨舍身利物，何以加此！狄梁公之事伪周，鸠摩罗什之事苻秦，皆是心也。

姚　崇

姚崇为灵武道大总管。张柬之等谋诛二张，崇适自屯所还，遂参密议，以功封梁县侯。武后迁上阳宫，中宗率百官问起居。五公相庆，崇独流涕。柬之等曰:“今岂流涕时耶？恐公祸由此始。”崇曰:“比与讨逆，不足为功，然事天后久，违旧主而泣，人臣终节也。由此获罪，甘心焉。”后五王被害，而崇独免。

武后迁，五公相庆，崇独流涕。董卓诛，百姓歌舞，邕独惊叹。事同而祸福相反者，武君而卓臣，崇公而邕私也。然惊叹者，平日感恩之真心；

流涕者，一时免祸之权术。崇逆知三思犹在，后将噬脐，而无如五王之不听何也。吁，崇真智矣哉！

孔子

鲁国之法：鲁人为人臣妾于诸侯，有能赎之者，取金于府。子贡赎鲁人于诸侯而让其金。孔子曰："赐失之矣。夫圣人之举事，可以移风易俗，而教导可施于百姓，非独适己之行也。今鲁国富者寡而贫者多。取其金则无损于行，不取其金，则不复赎人矣！"子路拯溺者，其人拜之以牛，子路受之。孔子喜曰："鲁人必多拯溺者矣！"

袁了凡曰："自俗眼观之，子贡之不受金似优于子路之受牛。孔子则取由而黜赐，乃知人之为善，不论现行论流弊，不论一时论永久，不论一身论天下。"

宓子

齐人攻鲁，由单父。单父之老请曰："麦已熟矣，请任民出获，可以益粮，且不资寇。"三请而宓子不许。俄而齐寇逮于麦，季孙怒，使人让之。宓子蹙然曰："今兹无麦，明年可树。若使不耕者获，是使民乐有寇。夫单父一岁之麦，其得失于鲁不加强弱；若使民有幸取之心，其创必数世不息。"季孙闻而愧曰："地若可入，吾岂忍见宓子哉！"

于救世似迂，于持世甚远。

程琳

程琳，字天球，为三司使日，议者患民税多名目，大麦纩绢䌷鞋线食盐钱，恐吏为奸，欲除其名而合为一。琳曰："合为一而没其名，一时之便。后有兴利之臣，必复增之，是重困民也！"议者虽唯唯，然当时犹未知其言之为利。至蔡京行方田之法，尽并之，乃始思其言而咨嗟焉。

高明

黄河南徙，民耕于地，有收。议者欲履亩坐税，高御史明不可，曰："河徙无常，税额不改，平陆忽复巨浸，常税犹按旧籍，民何以堪？"遂报罢。

每见沿江之邑，以摊江田赔粮致困，盖沙涨成田，有司喜以升科见功，而不知异日减科之难也。川中之盐井亦然。陈于陛《意见》云："有井方有课，因旧井塌坏，而上司不肯除其课，百姓受累之极，即新井亦不敢开。宜立为法：凡废井，课悉与除之，新井许其开凿，开成日免课，三年后方征收，则民困可苏而利亦兴矣。若山课多，一时不能尽蠲，宜查出另为一籍，有恩典先及之，或缓征，或对支，徐查新涨田，即渐补扣。数年之后，其庶几乎？”

查洪武二十八年，户部奉太祖圣旨：“山东、河南民人，除已入额田地照旧征外，新开荒的田地，不问多少，永远不要起科，有气力的尽他种。”按：此可为各边屯田之法。

王　铎

王铎为京兆丞时，李蠙判度支，每年以江淮运米至京，水陆脚钱斗计七百；京国米价斗四十，议欲令江淮不运米，但每斗纳钱七百。铎曰：“非计也。若于京国籴米，且耗京国之食。若运米自淮至京国，兼济无限贫民也。”籴米之制，业已行矣，竟无敢阻其议者。都下米果大贵，未经旬而度支请罢，以民无至者也。识者皆服铎之察事，以此大用。

国初中盐之法，输粟实边，支盐内地。商人运粟艰苦，于是募民就边垦荒，以便输纳，而边地俱成熟矣。此盐、屯相须之最善法也。自叶侍郎淇徇乡人之请，改银输部，而边地日渐抛荒，粟遂腾贵，并盐法亦大敝坏矣。“见小利则大事不成”，圣言真可畏哉！

孙伯纯

孙伯纯史馆知海州日，发运司议置洛要、板浦、惠泽三盐场，孙以为非便。发运使亲行郡，决欲为之，孙抗论排沮甚坚。百姓遮县，自言置盐场为便。孙晓之曰：“汝愚民，不知远计，官卖盐虽有近利，官盐患在不售，不患在不足，盐多而不售，遗患在三十年后。”至孙罢郡，卒置三场。其后连海间刑狱盗贼差役，比旧浸繁，缘三盐场所置。积盐山积，运卖不行，亏失欠负，动辄破人产业，民始患之。又朝廷调军器，有弩桩箭干之类。海州素无此物，民甚苦之，请以鳔胶充折。孙谓之曰：“弩桩箭干，共知非海州所产，盖一时所须耳。若以土产物代之，恐汝岁岁被科无已时也。”

张　咏

张忠定知崇阳县。民以茶为业，公曰：“茶利厚，官将榷之，不若早自异也。”命拔茶而植桑，民以为苦。其后榷茶，他县皆失业，而崇阳之桑皆已成，为绢岁百万匹。民思公之惠，立庙报之。

文温州林官永嘉时，其地产美梨。有持献中官者，中官令民纳以充贡。公曰：“梨利民几何？使岁为例，其害大矣！”俾悉伐其树。中官怒而谮之，会荐卓异得免。近年虎丘茶亦为僧所害，僧亦伐树以绝之。呜呼！中官不足道，为人牧而至使民伐树以避害，此情可不念欤？林，衡山先生之父。

《泉南杂志》云：泉地出甘蔗，为糖利厚，往往有改稻田种蔗者，故稻米益乏，皆仰给于浙直海贩。莅兹土者，当设法禁之，骤似不情，惠后甚溥。

李允则

李允则再守长沙。湖湘之地，下田艺稻谷，高田水力不及，一委之蓁莽。允则一日出令曰："将来并纳粟米秆草。"湖民购之襄州，每一斗一束，至湘中为钱一千。自尔竞以田艺粟，至今湖南无荒田，粟米妙天下焉。

论元祐事 二条

神宗升遐，会程颢以檄至府。举哀既罢，留守韩康公之子宗师，问："朝廷之事如何？"曰："司马君实、吕晦叔作相矣。"又问："果作相，当如何？"曰："当与元丰大臣同，若先分党与，他日可忧。"韩曰："何忧？"曰："元丰大臣皆嗜利者，使自变其已甚害民之法，边批：必使自变，乃不可复变。则善矣。不然，衣冠之祸未艾也。君实忠直，难与议；晦叔解事，恐力不足耳！"已而皆验。

建中初徽宗年号，江公望为左司谏，上言："神考与元祐哲宗初号诸臣，非有斩祛、射钩之隙也，先帝信仇人黜之。陛下若立元祐为名，必有元丰神宗改元、绍圣哲宗改元为之对。有对则争兴，争兴则党复立矣。"

司马光为政，反王安石所为。毕仲游予之书曰："昔安石以兴作之说动先帝，而患财之不足也，故凡政之可以得民财者，无不用。盖散青苗、置市易、敛役钱、变盐法者，事也；而欲兴作患不足者，情也。边批：此弊必穷其源而后可救。未能杜其兴作之情，而徒欲禁其散敛变置之事，是以百说而百不行。今遂废青苗、罢市易、蠲役钱、去盐法，凡号为利而伤民者，一扫而更之，则向来用事于新法者，必不喜矣。不喜之人，必不但曰'青苗不可废，市易不可罢，役钱不可蠲，盐法不可去'，必操不足之情，言不足之事，以动上意，虽致石人而使听之，犹将动也。如是，则废者可复散，罢者可复置，蠲者可复敛，去者可复存矣。为今之策，当大举天下之计，深明出入之数，以诸路所积之钱粟，一归地官，使经费可支二十年之用，数年之间，又将十倍于今日。使天子晓然知天下之余于财也，则不足之论不得陈于前，而后新法始可永罢而不行。昔安石之居位也，中外莫非其人，故其法能行。今欲救前日之弊，而左右待职司使者，约十有七八皆安石之徒，虽起二三旧臣，用六七君子，然累百之中存其十数，乌在其势之可为也！势未可为而欲为之，则青苗虽废将复散，况未废乎！市易、役钱、盐法亦莫不然。以此救前日之弊，如人久病而少间，其父子兄弟喜见颜色而未敢贺者，以其病之犹在也。”光得书耸然，竟如其虑。

陈瓘 四条

陈瓘方赴召命，至阙，闻有中旨，令三省缴进前后臣僚章疏之降出者。瓘谓宰属谢圣藻曰：“此必有奸人图盖己愆而为此谋者。若尽进入，则异时是非变乱，省官何以自明？”因举蔡京上疏请灭刘挚等家族，乃妄言携剑入内欲斩王珪等数事。谢惊悚，即白时宰，录副本于省中。其后京党欺诬盖抹之说不能尽行，由有此迹不可泯也。

邹浩还朝，帝首及谏立后事，奖叹再三，询：“谏草安在？”对曰：“焚之矣。”退告陈瓘。瓘曰：“祸其始此乎？异时奸人妄出一缄，则不可辨矣。”初，哲宗一子献愍太子茂，昭怀刘氏为妃时所生，帝未有子，而中宫虚位，后因是得立。然才三月而夭。浩凡三谏立刘后，随削其稿。蔡京用事，素忌浩，乃使其党为伪疏，言“刘后杀卓氏而夺其子，欺人可也，讵可以欺天乎”？徽宗诏暴其事，遂再谪衡州别驾，寻窜昭州，果如瓘言。

二事一局也，谢从之而免谗，邹违之而构诬。“人无远虑，必有近忧。”尤信！

徽宗初，欲革绍圣之弊以靖国，于是大开言路。众议以瑶华复位、司马光等叙官为所当先。陈瓘时在谏省，独以为“幽废母后、追贬故相，彼皆立名以行，非细故也。今欲正复，当先辨明诬罔，昭雪非辜，诛责造意之人，然后发诏，以礼行之，庶无后患，不宜欲速贻悔”。朝议以公论久郁，速欲取快人情，遽施行之。边批：无识者每坐此弊。至崇宁间，蔡京用事，悉改建中之政，人皆服公远识。

陈公在通州，张无垢商英入相，欲引公自助。时置政典局，乃自局中奉旨，取公所著《尊尧集》，盖将施行所论，而由局中用公也。公料其无成，书已缮写未发，州郡复奉政典局牒催促。公乃用奏状进表，以黄帕封缄，缴申政典局，乞于御前开拆。或谓公当径申局中，何必通书庙堂。公曰：“恨不得直达御览，岂可复与书耶？彼为宰相，有所施为，不于三省公行，乃置局建官若自私者，人将怀疑生忌，恐《尊尧》至而彼已动摇也。远其迹犹恐不免，况以书耶！”已而悉如公言。张既罢黜，公亦有台州之命，责词犹谓公“私送与张商英，意要行用”。于是众人服公远识。

林立山

武庙《实录》将成时，首辅杨廷和以忤旨罢归，中贵张永坐罪废。翰林林立山奏记副总裁董中峰曰：“史者，万世是非之权衡。昨闻迎立一事，或曰由中，或曰内阁；诛贼彬，或云由廷和，或云由永。边批：各从其党。疑信之间，茫无定据。今上方总核名实，书进二事，必首登一览，恐将以永真有功，廷和真有罪，君子小人，进退之机决矣。”董公以白总裁费鹅湖，乃据实书：“慈寿太后遣内侍取决内阁。”天子由是倾心宰辅，宦寺之权始轻。

周宗 韩雍

烈祖镇建业日，义祖薨于广陵，致意将有奔丧之计。康王以下诸公子谓周宗曰：“幸闻兄长家国多事，宜抑情损礼，无劳西渡也。”宗度王似非本意，坚请报简示信于烈祖。康王以匆遽为词。宗袖中出笔，复为左右取纸，得故茗纸贴，乞手札。康王不获已而札曰：“幸就东府举哀，多垒之秋，二兄无以奔丧为念也。”明年烈祖朝觐广陵，康王及诸公子果执上手大恸，诬上不以临丧为意，诅让百端，冀动物听。上因出王所书以示之，王覥颜而已。

韩公雍旬宣江右时，忽报宁府之弟某王至。公托疾，乞少需，边批：已猜着几分。密遣人驰召三司，且索白木几。公匍匐拜迎，王入，具言兄叛状。公辞病聩莫听，请书。王索纸，左右舁几进，王详书其事而去。公上其事，朝廷遣使按，无迹。时王兄弟相欢，讳无言。使还，朝廷坐韩离间亲王罪，械以往。韩上木几亲书，方释。

喻樗

张浚与赵鼎同志辅治，务在塞幸门，抑近习，相得甚欢。人知其将并相，史馆校勘喻樗独曰：“二人宜且同在枢府，他日赵退则张继之，立事任人，未甚相远，则气脉长。若同在相位，万一不合而去，则必更张，是贤者自相悖戾矣。”

曹可以继萧，费、董可以继诸葛，此君子所以自衍其气脉也。若乃不贵李勣，以遗孝和，不贵张齐贤，以遗真庙，是人主自以私恩为市，非帝王之公矣。

杨荣

王振谓杨士奇等曰：“朝廷事亏三杨先生，然三公亦高年倦勤矣，其后当如何？”士奇曰：“老臣当尽瘁报国，死而后已。”荣曰：“先生休如此说。

吾辈衰残，无以效力，行当择后生可任者以报圣恩耳。”振喜，翌日即荐曹鼐、苗衷、陈循、高谷等，遂次第擢用。士奇以荣当日发言之易。荣曰：“彼厌吾辈矣，吾辈纵自立，彼其自已乎？一旦内中出片纸，命某人入阁，则吾辈束手而已。今四人竟是吾辈人，当一心协力也。”士奇服其言。

李彦和《见闻杂记》云：“言官论劾大臣，必须下功夫，看见眼前何人可代得。代者，必贤于去者，必有益于国家，方是忠于进言。若只做得这篇文字，打出自己名头，毫于国家无补，不如缄口不言，反于言责无损。”此亦可与杨公之论合看。

赵　凤　　杨王司帑

初，晋阳相者周玄豹，尝言唐主贵不可言，至是唐主欲召诣阙。赵凤曰：“玄豹言已验，若置之京师，则轻躁狂险之人必辐凑其门。自古术士妄言致人族灭者多矣！”乃就除光禄卿致仕。

杨王沂中闲居，郊行，遇一相押字者，杨以所执杖书地上作一画。相者再拜曰：“阁下何为微行至此？宜自爱重。”王谔然，诘其所以。相者曰：“土上一画，乃王字也。”王笑，批缗钱五百万，仍用常所押字，命相者翌日诣司帑。司帑持券熟视曰：“汝何人，乃敢作我王伪押来赚物！吾当执汝诣有司问罪！”相者具言本末，至声屈，冀动王听。王之司谒与司帑打合五千缗与之，相者大恸，痛骂司帑而去。异日乘间白杨，杨怪问其故，对曰：“他今日说是王者，来日又胡说增添，则王之谤厚矣！且恩王已开王社，何所复用相？”王起，抚其背曰：“尔说得是。”即以予相者几百万旌之。边批：赏得是。

程伯淳

程颢为越州佥判，蔡卞为帅，待公甚厚。初，卞尝为公语：“张怀素道术通神，虽飞禽走兽能呼遣之。至言孔子诛少正卯，彼尝谏以为太早；汉祖成皋相持，彼屡登高观战。不知其岁数，殆非世间人也！”公每窃笑之。及将往四明，而怀素且来会稽。卞留少俟，公不为止，曰：“‘子不语怪、力、乱、神。’以不可训也，斯近怪矣。州牧既甚信重，士大夫又相谄合，下民从风而靡，使真有道者，固不愿此。不然，不识之未为不幸也。”后二十年，怀素败，多引名士。边批：欲以自脱。或欲因是染公，竟以寻求无迹而止。非公素论守正，则不免于罗织矣。

张让，众所弃也，而太丘独不难一吊。张怀素，众所奉也，而伯淳独不轻一见。明哲保身，岂有定局哉！具二公之识，并行不悖可矣。蔡邕亡命江海积十二年矣，不能自晦以预免董卓之辟；逮既辟，称疾不就，犹可也，乃因卓之一怒，惧祸而从，受其宠异，死犹叹息。初心谓何，介而不果，涅而遂缁，公论自违，犹望以续史幸免，岂不愚乎？视太丘愧死矣！《容斋随笔》云：会稽天宁观老何道士，居观之东廊，栽花酿酒，客至必延之。一日有道人貌甚伟，款门求见，善谈论，能作大字。何欣然款留，数日方去。未几，有妖人张怀素谋乱，即前日道人也。何亦坐系狱，良久得释。自是畏客如虎，杜门谢客。忽有一道人，亦美风仪，多技术，西廊道士张若水介之来谒。何大怒骂，合扉拒之。此道乃永嘉林灵噩，旋得上幸，贵震一时，赐名灵素，平日一饭之恩无不厚报。若水乘驿赴阙，官至蕊珠殿校籍，父母俱荣封。而老何以尝骂故，朝夕忧惧；若水以书慰之，始少安。此亦知其一不知其二之鉴也。

薛季昶　徐谊

张柬之等既诛二张、迁武后，薛季昶曰：“二凶虽诛，产、禄犹在。去草不除根，终当复生。”桓彦范曰：“三思几上肉耳，留为天子藉手。”季昶叹曰：“吾无死所矣！”及三思乱政，范甚悔之。

赵汝愚先借韩侂胄力通宫掖，立宁宗。事成，徐谊曰：“侂胄异时必为国患，宜饱其欲而远之。”叶适亦谓汝愚曰：“侂胄所望不过节钺，宜与之。”朱熹曰：“汝愚宜以厚赏酬侂胄，勿令预政。”汝愚谓其易制，皆不听，止加侂胄防御使。侂胄大怨望，遂构汝愚之祸。

武三思、韩侂胄皆小人也。然三思有罪，故宜讨而除之；侂胄有功，故宜赏而远之。除三思，宜及迁武氏之时；远侂胄，宜及未得志之日，过此皆不可为矣。五王、汝愚皆自恃其位望才力，可以凌驾而有余，而不知凶人手段更胜于豪杰。何者？此疏而彼密，此宽而彼狠也。忠谋不从，自贻伊戚。悲夫！

李　贤

李贤尝因军官有增无减，进言谓：“天地间万物有长必有消，如人只生不死，无处着矣。自古有军功者，虽以金书铁券，誓以永存，然其子孙不一再而犯法，即除其国，或能立功，又与其爵，岂有累犯罪恶而不革其爵者？今若因循久远，天下官多军少，民供其俸，必致困穷，而邦本亏矣，不可不深虑也。”

议论关系甚大！

刘　晏

刘晏于扬子置场造船，艘给千缗。或言所用实不及半，请损之。晏曰："不然。论大计者不可惜小费，凡事必为永久之虑。今始置船场，执事者至多，当先使之私用无窘，则官物坚完矣。若遽与之屑屑较计，安能久行乎？异日必有减之者，减半以下犹可也，过此则不能运矣！"后五十年，有司果减其半。及咸通中，有司计费而给之，无复羡余，船益脆薄易坏，漕运遂废。边批：惜小妨大。

李　晟

李晟之屯渭桥也，荧惑守岁，久乃退，府中皆贺曰："荧惑退，国家之利，速用兵者昌。"晟曰："天子暴露，人臣当力死勤难，安知天道邪？"至是乃曰："前士大夫劝晟出兵，非敢拒也。且人可用而不可使之知也。夫唯五纬盈缩不常，晟惧复守岁，则吾军不战自屈矣！"皆曰："非所及也！"

田单欲以神道疑敌见《兵智部》，李晟不欲以天道疑军。

吕文靖

仁宗时，大内灾，宫室略尽。比晓，朝者尽至；日晏，宫门不启，不得问上起居。两府请入对，不报。久之，上御拱宸门楼，有司赞谒，百官尽拜楼下。吕文靖端独立不动，上使人问其意，对曰："宫庭有变，群臣愿一望天颜。"上为举帘俯槛见之，乃拜。

掌玺内侍

赵汝愚与韩侂胄既定策，欲立宁宗，尊光宗为太上皇。汝愚谕殿帅郭杲，以军五百至祥禧殿前祈请御宝。杲入，索于职掌内侍羊驷、刘庆祖。二人私议曰："今外议汹汹如此，万一玺入其手，或以他授，岂不利害！"于是封识空函授杲，二珰取玺从间道诣德寿宫，纳之宪圣。及汝愚开函奉玺之际，宪圣自内出玺与之。

玺何等物，而欲以力取、以恩献？此与绛侯请间之意同。功名之士，未闻道也，绝大一题目，而好破题反被二阉做去。惜夫！

裴宽　李祐

裴宽尝为润州参军。时刺史韦诜为女择婿，未得，会休日登楼，见有所瘗于后圃者，访其人，曰："此裴参军也。义不以苞苴污家。适有人饷鹿脯，致而去，不敢自欺，故瘗之耳。"诜嗟异，遂妻以女。婚日，诜帏其女，使观之。宽瘠而长，时衣碧，族人皆笑呼为"碧鹳"。诜曰："爱其女，必以为贤公侯妻，可貌求人乎？"宽后历礼部尚书，有声。

李祐爵位既高，公卿多请婚其女，祐皆拒之。一日大会幕僚，言将纳婿。众谓必贵戚名族，及登宴，寂然。酒半，祐引末座一将，谓曰："知君未婚，敢以小女为托。"即席成礼。他日或请其故，祐曰："每见衣冠之家缔婚大族，其子弟习于淫奢，多不令终。我以韬钤致位，自求其偶，何必仰高以博虚望？"闻者以为卓识。

温公云："娶妇必不及吾家者，嫁女必胜吾家者。娶妇不及吾家，则知俭素；嫁女胜吾家，则知畏谨。"时谓名言。观韦、李二公择婿，温公义犹未尽。

王文正

文正公之婿韩公，例当远任。公私以语其女曰："此小事，勿忧。"一日，谓女曰："韩郎知洋州矣。"女大惊。公曰："尔归吾家，且不失所。吾若有所求，使人指韩郎妇翁奏免远，适累其远大也。"韩闻之，曰："公待我厚如此！"后韩终践二府。

古人自爱爱人，不争目睫，类如此。

公孙仪

公孙仪相鲁，而嗜鱼，一国争买鱼献之，公仪子不受。其弟谏曰："夫子嗜鱼而不受者，何也？"对曰："夫唯嗜鱼，故不受也。夫既受鱼，必有下人之色，将枉于法；枉于法，则免于相；免于相，虽嗜鱼，其谁给之？无受鱼而不免于相，虽不受鱼，能长自给鱼。此明夫恃人不如自恃也！"

孙叔敖

孙叔敖疾将死，戒其子曰："王亟封我矣，吾不受也。为我死，王则封汝。汝必无受利地！楚、越之间有寝丘，若地不利而名甚恶，楚人鬼而越人禨，可长有者唯此也。"孙叔敖死，王果以美地封其子。子辞而不受，请寝丘。与之，至今不失。

范　镇

范淳夫言，曩子弟赴官，有乞书于蜀公者，蜀公不许，曰："仕宦不可广求人知，受恩多，难立朝矣！"边批：味之无穷。

国朝刘忠宣公有云："仕途勿广交、受人知，只如朋友，若三数人得力者，自可了一生。"呜呼，真老成练事之语！

汪　公

王云凤出为陕西提学，台长汪公谓之曰："君出振风纪，但尽分内事，勿毁淫祠、禁僧道。”云凤曰：“此正我辈事，公何以云然？”公曰：“君见得真确则可，见之不真，而一时慕名为之，他日妻妾子女有疾，不得不祷祠，一祷祠则传笑四方矣！”云凤叹服。此文衡山说，恨汪公失其名。

见得真确，出自学问，狄梁公是也。慕名者未有不变，仕人举动，当推类自省。

华　歆

华歆、王朗乘船避难，有一人欲附，歆难之。朗曰：“幸尚宽，何为不可？”后贼追至，王欲舍所携人。歆曰：“本所以疑，正为此耳！既已纳其自托，宁可以急相弃耶？”遂携拯如初。

下岩院主僧

巴东下岩院主僧，得一青磁碗，携归，折花供佛前，明日花满其中。更置少米，经宿，米亦满，钱及金银皆然。自是院中富盛。院主年老，一日过江简田，怀中取碗掷于中流。弟子惊愕，师曰：“吾死，汝辈宁能谨饬自守乎？弃之，不欲使汝增罪也。”出吴淑《秘阁闲谈》。淑，宋初人。

沈万三家有聚宝盆，类此。高皇取试之，无验，仍还沈。后筑京城，复取此盆镇南门下，因名聚宝门云。

东海钱翁

东海钱翁，以小家致富，欲卜居城中。或言：“某房者，众已偿价七百金，将售矣，亟往图之！”翁阅房，竟以千金成券。子弟曰：“此房业有成议，今骤增三百，得无溢乎？”翁笑曰：“非尔所知也。吾侪小人，彼违众而售我，不稍溢，何以塞众口？且夫欲未餍者，争端未息。吾以千金而获七百之舍，彼之望既盈，而他人亦无利于吾屋。歌斯哭斯，从此为钱氏世业无患矣！”已而他居多以价亏求贴，或转赎，往往成讼，唯钱氏帖然。

辞　馈

刘忠宣戍肃州，贫甚，诸司惮逆瑾，毋敢馆谷者，三学生徒轮食之。有参将某遣使致馈，敕其使不受勿返。公曰：“吾老，唯一仆，日食不过数钱。若受之，仆窃之逃，不将只身陷此耶？”寻同戍钟尚书橐资果为仆窃而逃，人服公先识云。

本不欲受，虑患乃第二义也。曹公在官渡，召华歆。宾客送者千余人，赠遗数千，皆无所拒，密各题识，临去谓诸君曰：“本无相拒之心，而所受遂多，念单车远行，将以怀璧为罪。”乃还所赠，众服其德。忠宣盖本此。

屏姬侍

郭令公每见客，姬侍满前。乃闻卢杞至，悉屏去。诸子不解。公曰：“杞貌陋，妇女见之，未必不笑。他日杞得志，我属无噍类矣。”

齐顷以妇人笑客，几至亡国。令公防微之虑远矣！

王勉夫云：“《宁成传》末载，周阳由为郡守，汲黯、司马安俱在二千石列，未尝敢均茵。司马安不足言也，汲长孺与大将军亢礼，长揖丞相，面折九卿，矫矫风力，不肯为人下，至为周阳由所抑，何哉？周盖无赖小人，其居二千石列，肆为骄暴，凌轹同事，若无人焉。汲盖远之，非畏之也。异时河东太守胜屠公不堪其侵权，遂与之角，卒并就戮，玉石俱碎，可胜叹恨！士大夫不幸而与此辈同官，逊而避之，不失为厚，何苦与之较而自取辱哉！

唐　肃

唐待制肃与丁晋公为友，宅正相对。丁将有弼谐之命，唐迁居州北。或问之，唐曰：“谓之入则大拜。数与往还，事涉依附；经旬不见，情必猜疑，故避之也。”

是非心不可不明，亦不可太明。立身全交，两得之矣！

阿　豺

吐谷浑阿豺疾，有子二十人，召母弟慕利延曰：“汝取一只箭折之。”慕利延折之。又曰：“汝取十九箭折之。”慕利延不能折。阿豺曰：“汝曹知乎？单者易折，众者难摧，戮力同心，然后社稷可固！”

周大封同姓，枝叶扶疏，相依至久。六朝猜忌，庇焉寻斧，覆亡相继。不谓北狄中乃有如此晓人！

通简卷三

世本无事，庸人自扰。唯通则简，冰消日皎。集“通简”。

唐文宗

文宗将有事南郊，祀前，本司进相扑人。上曰：“我方清斋，岂合观此事？”左右曰：“旧例皆有，已在门外祗候。”上曰：“此应是要赏物。可向外相扑了，即与赏物令去。”又尝观斗鸡，优人称叹：“大好鸡！”上曰：“鸡既好，便赐汝！”

既不好名，以扬前人之过；又不好戏，以开幸人之端。觉革弊纷更，尚属多事。此一节可称圣主。

宋太宗

孔守正拜殿前都虞候。一日侍宴北园，守正大醉，与王荣论边功于驾前，忿争失仪。侍臣请以属吏，上弗许。明日俱诣殿廷请罪。上曰："朕亦大醉，漫不复省。"

以狂药饮人，而责其勿乱，难矣。托之同醉，而朝廷之体不失，且彼亦未尝不知警也。

宋真宗

宋真宗朝，尝有兵士作过，于法合死，特贷命，决脊杖二十改配。其兵士高声叫唤乞剑，不服决杖，从人把捉不得，遂奏取进止。传宣云："须决杖后别取进止处斩。"寻决讫取旨，真宗云："此只是怕吃杖。既决了，便送配所，莫问。"

曹　参　二条

曹参被召，将行，属其后相："以齐狱市为寄。"后相曰："治无大此者乎？"参曰："狱市所以并容也，今扰之，奸人何所容乎？"参既入相，一遵何约束，唯日夜饮醇酒，无所事事。宾客来者皆欲有言，至，则参辄饮以醇酒；间有言，又饮之，醉而后已，终莫能开说。惠帝怪参不治事，嘱其子中大夫窋私以意叩之。窋以休沐归，谏参。参怒，笞之二百。帝让参曰："与窋何治乎？乃者吾使谏君耳。"参免冠谢曰："陛下自察圣武孰与高帝？"上曰："朕安敢望先帝？"又曰："视臣能孰与萧何？"帝曰："君似不及也。"参曰："陛下言是也。高帝与何定天下，法令既明。今陛下垂拱，参等守职，遵而勿失，不亦可乎！"帝曰："君休矣。"

不是覆短，适以见长。

吏廨邻相国园。群吏日欢呼饮酒，声达于外。左右幸相国游园中，闻而治之。参闻，乃布席取酒，亦欢呼相应。左右乃不复言。

极绘太平之景，阴消近习之谗。

李　及

曹玮久在秦中，累章求代。真宗问王旦："谁可代玮者？"旦荐李及，上从之。众疑及虽谨厚有行检，非守边才。韩亿以告旦，旦不答。及至秦州，将吏亦心轻之。会有屯戍禁军白昼掣妇人银钗于市，吏执以闻。及方坐观书，召之使前，略加诘问，其人服罪。及不复下吏，亟命斩之，复观书如故。将吏皆詟服。不日声誉达于京师，亿闻之，复见旦，具道其事，且称旦知人之明。旦笑曰：“戍卒为盗，主将斩之，此常事，何足为异！旦之用及，非为此也。夫以曹玮知秦州七年，羌人慑服。玮处边事已尽宜矣，使他人往，必矜其聪明，多所变置，败玮之成绩。所以用及者，但以及重厚，必能谨守玮之规模而已。”亿益叹服公之识度。

张乖崖自成都召还，朝议用任中正代之，或言不可，帝以问王旦。对曰：“非中正不能守咏之规也。”任至蜀，咨咏以为政之法。咏曰：“如己见解高于法，则舍法而用己；如己见解不高于法，则当守法，勿徇己见。”任守其言，卒以治称。后生负才，辄狭小前人制度，视此可以知戒。

戒更革

赵韩王普为相，置二大瓮于坐屏后，凡有人投利害文字，皆置其中，满即焚之于通衢。李文靖曰：“沆居相位，实无补万分，唯中外所陈利害，一切报罢，聊以补国尔。今国家防制，纤悉具备，苟轻徇所陈，一一行之，所伤实多。佥人苟一时之进，岂念民耶！”陆象山云：“往时充员敕局，浮食是惭。唯是四方奏请，廷臣面对，有所建置更革，多下看详。其或书生贵游，不谙民事，轻于献计，一旦施行，片纸之出，兆姓蒙害。每与同官悉意论驳，朝廷清明，尝得寝罢。编摩之事，稽考之勤，何足当大官之膳？庶几仅此可以偿万一耳。”

罗景纶曰：“古云：‘利不什，不变法。’此言更革建置之不可轻也。或疑若是则将坐视天下之弊而不之救欤？不知革弊以存法可也，因弊而变法不可也；不守法而弊生，岂法之生弊哉！韩、范之建明于庆历者，革弊以存法也；荆公之施行于熙宁者，因弊而变法也。一得一失，概可观矣。”

御史台老隶

宋御史台有老隶，素以刚正名，每御史有过失，即直其梃，台中以梃为贤否之验。范讽一日召客，亲谕庖人以造食，指挥数四。既去，又呼之，叮咛告戒。顾老隶梃直，怪而问之。答曰：“大凡役人者，授以法而责其成。苟不如法，自有常刑，何事喋喋？使中丞宰天下，安得人人而诏之！”讽甚愧服。

此真宰相才，惜乎以老隶淹也！绛县老人仅知甲子，犹动韩宣之惜，如此老隶而不获荐剡，资格束人，国家安得真才之用乎！若立贤无方，则萧颖士之仆，颖士御仆甚虐，或讽仆使去，仆曰：“非不欲去，爱其才耳！”可为吏部郎，甄琛之奴、琛好弈，通宵令奴持烛，睡则加挞。奴曰："郎君辞父母至京邸，若为读书，不辞杖罚，今以弈故横加，不亦太非理乎！琛惭，为之改节。韩魏公之老兵，公宴客，睹一营妓插杏花，戏曰："髻上杏花真有幸。"妓应声曰："枝头梅子岂无媒！"席散，公命老兵唤妓。已而悔之，呼老兵，尚在。公问曰："汝未去邪？"答曰："吾度相公必悔，是以未去。"可为师傅祭酒。其他一才一伎，又不可枚举矣。

汉光武帝

光武诛王郎，收文书，得吏人与郎交关谤毁者数千章。光武不省，会诸将烧之，曰："令反侧子自安！"

宋桂阳王休范举兵浔阳，萧道成击斩之。而众贼不知，尚破台军而进。宫中传言休范已在新亭，士庶惶惑，诣垒投名者以千数。及至，乃道成也。道成随得辄烧之，登城谓曰："刘休范父子已戮死，尸在南冈下。我是萧平南，汝等名字，皆已焚烧，勿惧也！"亦是祖光武之智。

薛 简

薛简肃公帅蜀，一日置酒大东门外。城中有戍卒作乱，既而就擒，都监走白公。公命只于擒获处斩决。边批：乱已平矣。民间以为神断。不然，妄相攀引，旬月间未能了得，非所以安其徒反侧之心也。

稍有意张大其功，便不能如此直捷痛快矣。

民有得伪蜀时中书印者，夜以锦囊挂之西门。门者以白，蜀人随者以万计，皆汹汹出异语，且观公所为。公顾主吏藏之，略不取视，民乃止。

梅少司马国桢制阃三镇。虏酋或言于沙中得传国玺，以黄绢印其文，顶之于首，诣辕门献之，乞公题请。公曰："玺未知真假，俟取来，吾阅之，当犒汝。"酋谓："累世受命之符，今为圣朝而出，此非常之瑞，若奏闻上献，宜有封赏，所望非犒也。"公笑曰："宝源局自有国宝，此玺即真，无所用之，吾亦不敢轻渎上听。念汝美意，命以一金为犒，并黄绢还之。"酋大失望，号哭而去。或问公："何以不为奏请？"公曰："王孙满有言：'在德不在鼎。'况虏酋视为奇货，若轻于上闻，酋益挟以为重。万一圣旨征玺，而玺不时至，将真以封赏购之乎？"人服其卓识。此薛简肃藏印之意。

天顺初，虏酋孛来近边求食，传闻宝玺在其处。石亨欲领兵巡边，乘机取之。上以问李贤。贤曰："虏虽近边，不曾侵犯，今无故加兵，必不可。且宝玺秦皇所造，李斯所篆，亡国之物，不足为贵。"上是之。梅公之见，与此正合。

张 咏

张忠定知益州。民有诉主帅帐下卒恃势吓取民财者，先是贼李顺陷成都，诏王继恩为招安使讨之，破贼，复成都，官军屯府中，恃功骄恣。其人闻知，缒城夜遁。咏差衙役往捕之，戒曰：“尔生擒得，则浑衣扑入井中，作逃走投井申来。”是时群党汹汹，闻自投井，故无他说，又免与主帅有不协名。

按，忠定不以耳目专委于人，而采访民间事悉得其实。李畋问其旨，公曰：“彼有好恶，乱我聪明，但各于其党，询之又询，询君子得君子，询小人得小人，虽有隐匿者，亦十得八九矣。”子犹曰：“张公当是绝世聪明汉！”

诸葛孔明

丞相既平南中，皆即其渠率而用之。或谏曰：“公天威所加，南人率服。然夷情叵测，今日服，明日复叛，宜乘其来降，立汉官分统其众，使归约束，渐染政教。十年之内，辫首可化为编氓，此上计也！”公曰：“若立汉官，则当留兵；兵留则口无所食，一不易也。夷新伤破，父兄死丧，立汉官而无兵者，必成祸患，二不易也。又夷累有废杀之罪，自嫌衅重，若立汉官，终不相信，三不易也。今吾不留兵，不运粮，纲纪粗定，夷汉相安。”

《晋史》：桓温伐蜀，诸葛孔明小史犹存，时年一百七十岁。温问曰：“诸葛公有何过人？”史对曰：“亦未有过人处。”温便有自矜之色。史良久曰：“但自诸葛公以后，更未见有妥当如公者。”温乃惭服。凡事只难得“妥当”，此二字，是孔明知己。

高 拱

隆庆中，贵州土官安国亨、安智各起兵仇杀，抚臣以叛逆闻。动兵征剿，弗获，且将成乱。新抚阮文中将行，谒高相拱。拱语曰：“安国亨本为群奸拨置，仇杀安信，致信母疏穷、兄安智怀恨报复。其交恶互讦，总出仇口，难凭。抚台偏信智，故国亨疑畏，不服拘提，而遂奏以叛逆。夫叛逆者，谓敢犯朝廷，今夷族自相仇杀，于朝廷何与？纵拘提不出，亦只违拗而已，乃遂奏轻兵掩杀，夷民肯束手就戮乎？虽各有残伤，亦未闻国亨有领兵拒战之迹也，而必以叛逆主之，甚矣！人臣务为欺蔽者，地方有事，匿不以闻。乃生事幸功者，又以小为大，以虚为实，始则甚言之，以为邀功张本，终则激成之，以实己之前说，是岂为国之忠乎！边批：说尽时弊。君廉得其实，宜虚心平气处之，去其叛逆之名，而止正其仇杀与违拗之罪，则彼必出身听理。一出身听理，而不叛之情自明，乃是止坐以本罪，当无不服。斯国法之正，天理之公也。今之仕者，每好于前官事务有增加，以见风采。此乃小丈夫事，非有道所为，君其勉之！”阮至贵，密访，果如拱言，乃开以五事：一责令国亨献出拨置人犯；一照夷俗令赔偿安信等人命；一令分地安插疏穷母子；一削夺宣慰职衔，与伊男权替；一从重罚，以惩其恶。而国亨见安智居省中，益疑畏，恐军门诱而杀之，边批：真情。拥兵如故，终不赴勘，而上疏辨冤。阮狃于浮议，复上疏请剿。拱念剿则非计，不剿则损威，乃授意于兵部，题覆得请，以吏科给事贾三近往勘。边批：赖有此活法。国亨闻科官奉命来勘，喜曰：“吾系听勘人，军门必不敢杀我，我乃可以自明矣！”于是出群奸而赴省听审，五事皆如命，愿罚银三万五千两自赎。安智犹不从，阮治其用事拨置之人，始伏。智亦革管事，随母安插。科官未至，而事已定矣。

国家于土司，以戎索羁縻之耳，原与内地不同。彼世享富贵，无故思叛，理必不然。皆当事者或朘削，或慢残，或处置失当，激而成之。反尚可原，况未必反乎？如安国亨一事，若非高中玄力为主持，势必用兵，即使幸而获捷，而竭数省之兵粮，以胜一自相仇杀之夷人，甚无谓也。呜呼！前事不忘，后事之师。吾今日安得不思中玄乎！

倪文毅

孝宗朝，云南思叠梗化，守臣议剿。司马马公疏：“今中外疲困，灾异叠仍，何以用兵？宜遣京朝官往谕之。”倪文毅公言：“用兵之法，不足示之有余。如公之言，得无示弱于天下，且使思叠闻而轻我乎？遣朝官谕之，固善；若谕之不从，则策窘矣。不如姑遣藩臣有威望者以往，彼当自服，俟不服，议剿未晚也。”乃简参议郭公绪及按察曹副使玉以往。旬余抵金齿。参将卢和统军距所据地二程许，而次遣人持檄往谕，皆被拘。卢还军至千崖，遇公，语其故，且戒勿迫。公曰：“吾受国恩，报称正在此，如公言，若臣节何？昔苏武入匈奴十九年尚得生还，况此夷非匈奴比！万一不还，亦份内事也！”或谓公曰：“苏君以黑发去，白发还，君今白矣，将以黑还乎？”公正色不答。是日，曹引疾，公单骑从数人行，旬日至南甸，路险不可骑，乃批荆徒步，绳挽以登。又旬日，至一大泽，戛都土官以象舆来，公乘之，上雾下沙，晦淖迷踬，而君行愈力。又旬日，至孟濑，去金沙江仅一舍。公遣官持檄过江，谕以朝廷招来之意。夷人相顾惊曰：“中国官亦至此乎！”即发夷兵率象马数万，夜过江，抵君所，长槊劲弩，环之数重。有译者泣报曰："贼刻日且焚杀矣！"公叱曰："尔敢为间耶？"因拔剑指曰："来日渡江，敢复言者，斩！"思叠既见檄，谕祸福明甚，又闻公志决，即遣酋长数辈来受令，及馈土物。公悉却去，邀思叠面语，先叙其劳，次伸其冤，然后责其叛，闻者皆俯伏泣下，请归侵地，公许之。皆稽首称万寿，欢声动地。公因诘卢参将先所遣人，出以归公。卢得公报，驰至，则已撤兵归地矣。

才如郭绪，不负倪公任使，然是役纪录，止晋一阶，而缅功、罗防功，横杀无辜，辄得封荫。呜呼！事至季世，不唯立功者难，虽善论功者亦难矣！

吴 惠

吴惠为桂林府知府，适义宁洞蛮结湘苗为乱，监司方议征进，请于朝。惠丞白曰："义宁吾属地，请自招抚，不从而征之未晚。"乃从十余人，肩舆入洞。洞绝险，山石攒起如剑戟，华人不能置足，瑶人则腾跳上下若飞。闻桂林太守至，启于魁，得入。惠告曰："吾，若属父母，欲来相活，无他。"众唯唯。因反覆陈顺逆，其魁感泣，留惠数日，历观屯堡形势，数千人卫出境，歼羊豕境上。惠曰："善为之，无遗后悔！"数千人皆投刀拜，誓不反。归报监司，遂罢兵。明年，武冈州盗起，宣言推义宁洞主为帅。监司咸罪惠，惠曰："郡主抚，监司主征，蛮夷反覆，吾任其咎！"复遣人至义宁。义宁瑶从山顶觇得惠使，具明武冈之冤。监司大惭，武冈盗因不振。义宁人德惠如父母，迄惠在桂林，无敢有骚窃境上者。

龚 遂

宣帝时，渤海左右郡岁饥，盗起，二千石不能制。上选能治者，丞相、御史举龚遂可用，上以为渤海太守。时遂年七十岁，召见，形貌短小，不副所闻。上心轻之，边批：年貌俱不可以定人。问："息盗何策？"遂对曰："海濒辽远，不沾圣化，其民困于饥寒而吏不恤，故使陛下赤子盗弄陛下之兵于潢池中耳。今欲使臣胜之耶，将安之也？"上改容曰："选用贤良，固将安之。"遂曰："臣闻治乱民如治乱绳，不可急也。臣愿丞相、御史且无拘臣以文法，得一切便宜从事。"上许焉，遣乘传至渤海界。郡闻新太守至，发兵以迎。遂皆遣还，移书敕属县："悉罢逐捕盗贼吏，诸持钼、钩、田器者皆为良民，吏毋得问，持兵者乃为盗贼。"遂单车独行至府。盗贼闻遂教令，即时解散，弃其兵弩而持钩、钼。

汉制，太守皆专制一郡，生杀在手，而龚遂犹云“愿丞相、御史无拘臣以文法”，况后世十羊九牧，欲冀卓异之政，能乎？〇古之良吏，化有事为无事，化大事为小事，蕲于为朝廷安民而已。今则不然，无事弄做有事，小事弄做大事，事生不以为罪，事定反以为功。人心脊脊思乱，谁之过与！

徐敬业

高宗时，蛮群聚为寇，讨之则不利，乃以徐敬业为刺史。彼州发卒郊迎，敬业尽令还，单骑至府，贼闻新刺史至，皆缮理以待。敬业一无所问，处分他事毕，方曰：“贼皆安在？”曰：“在南岸。”乃从一二佐吏而往，观者莫不骇愕。贼初持兵觇望，及其船中无所有，乃更闭营藏隐。敬业直入其营内，告云：“国家知汝等为贪吏所苦，非有他恶，可悉归田，后去者为贼。”唯召其魁首，责以不早降，各杖数十而遣之，境内肃然。其祖英公闻之，壮其胆略，曰：“吾不办此，然破我家者，必此儿也！”

朱　博　二条

博本武吏，不更文法；及为冀州刺史，行部，吏民数百人遮道自言，官寺尽满。从事白请“且留此县，录见诸自言者，事毕乃发”，欲以观试博。博心知之，告外趣驾。既白驾办，博出就车，见自言者，使从事明敕告吏民：“欲言县丞尉者，刺史不察黄绶，各自诣郡；欲言二千石墨绶长吏者，使者行部还，诣治所。其民为吏所冤，及言盗贼辞讼事，各使属其部从事。”博驻车决遣，四五百人皆罢去，如神。吏民大惊，不意博应事变乃至于此。后博徐问，果老从事教民聚会，博杀此吏。

博为左冯翊。有长陵大姓尚方禁，少时尝盗人妻，见斫，创著其颊。府功曹受贿，白除禁，调守尉。博闻知，以他事召见，视其面，果有瘢。博辟左右问禁：“是何等创也？”禁自知情得，叩头服状。博笑曰：“大丈夫固时有是。冯翊欲洒卿耻，能自效不？”禁且喜且惧，对曰：“必死！”博因敕禁：“毋得泄语，有便宜，辄记言。”因亲信之，以为耳目。禁晨夜发起部中盗贼及他伏奸，有功效。博擢禁连守县令。久之，召见功曹，闭阁数责以禁等事，与笔札，使自记，“积受取一钱以上，无得有匿，欺谩半言，断头矣”！功曹惶怖，且自疏奸赃，大小不敢隐。博知其实，乃令就席，受敕，自改而已。拔刀使削所记，遣出就职。功曹后常战栗，不敢蹉跌。博遂成就之。

韩　褒

周文帝宇文泰时，韩褒为北雍州刺史。州多盗，褒至，密访之，并州中豪右也。褒阳不知，并加礼遇，谓曰："刺史书生，安知督盗？所赖卿等共分其忧耳。"乃悉召桀黠少年，尽署主帅，与分地界，盗发不获，即以故纵论。于是诸被署者皆惶惧首伏，曰："前盗实某某。"具列姓名。褒因取名簿藏之，榜州门曰："凡盗，可急来首，尽今月不首者，显戳之，籍其妻子，以赏前首者。"于是旬月间盗悉出首。褒取簿质对，不爽，并原其罪，许自新。由是群盗屏息。

蒲宗孟

贼依梁山泺，县官有用长梯窥蒲苇间者。蒲恭敏知郓州，下令禁"毋得乘小舟出入泺中"。贼既绝食，遂散去。

吴正肃公

吴正肃公知蔡州。蔡故多盗，公按令为民立伍保，而简其法，民便安之，盗贼为息。京师有告妖贼聚确山者，上遣中贵人驰至蔡，以名捕者十人。使者欲得兵往取，公曰："使者欲借兵立威耶，抑取妖人以还报也？"使者曰："欲得妖人耳。"公曰："吾在此，虽不敏，然聚千人于境内，安得不知？今以兵往，是趣其为乱也。此不过乡人相聚为佛事，以利钱财耳。手召之，即可致。"乃馆使者，日与之饮酒，而密遣人召十人，皆至，送京师鞫实，告者以诬得罪。

万　观

万观知严州。七里泷渔舟数百艘，昼渔夜窃，行旅患之。观令十艘为一甲，各限以地，使自守。由是无复有警。

能实行编甲之法，何处不可！

王敬则

敬则为吴兴太守。郡旧多剽掠，敬则录得一偷，召其亲属于前，鞭之数十，使之长扫街路，久之，乃令举旧偷自代。诸偷恐为所识，皆逃走，境内以清。

辱及亲属，亲属亦不能容偷矣。唯偷知偷，举偷自代，胜用缉捕人多多矣。

程明道

广济、蔡河出县境，濒河不逞之民，不复治生业，专以胁取舟人钱物为事，岁必焚舟十数以立威。明道始至，捕得一人，使引其类，得数十人，不复根治旧恶，分地而处之，使以挽舟为业，且察为恶者。自是境无焚舟之患。

胁舟者业挽舟，使之悟絜矩之道，此大程先生所以为真道学也！

王子纯

王子纯枢密帅熙河日，西戎欲入寇，先使人觇我虚实。逻者得之，索其衣缘中，获一书，乃是尽记熙河人马刍粮之数。官属皆欲支解以徇，子纯忽判杖背二十，大刺“番贼决讫放归”六字，纵之。是时适有戎兵马骑甚众，边批：难得此便人送信。刍粮亦富，虏人得谍书，知有备，其谋遂寝。

窃锁　殴人

元丰间，刘舜卿知雄州，虏夜窃其关锁去，吏密以闻。舜卿不问，但使易其门键大之。后数日，虏谍送盗者，并以锁至。舜卿曰：“吾未尝亡锁。”命加于门，则大数分，并盗还之。虏大惭沮，盗反得罪。

民有诉为契丹殴伤而遁者，李允则不治，但与伤者千二钱。逾月，幽州以其事来诘，答曰：“无有也。”盖他谍欲以殴人为质验，既无有，乃杀谍。

甲仗库火

李允则尝宴军，而甲仗库火。允则作乐饮酒不辍。少顷火息，密遣吏持檄瀛州，以茗笼运器甲。不浃旬，军器完足，人无知者。枢密院请劾不救火状，真宗曰：“允则必有谓，姑诘之。”对曰：“兵械所藏，儆火甚严。方宴而焚，必奸人所为。若舍宴救火，事当不测。”

祥符末，内帑灾，缣帛几罄。三司使林特请和市于河外。章三上，王旦在中书悉抑之，徐曰：“琐微之帛，固应自至，奈何彰困弱于四方？”居数日，外贡骈集，受帛四百万，盖旦先以密符督之也。允则茗笼运甲亦此意。

草场火　驿舍火

杜纮知郓州。尝有揭帜城隅，著妖言其上，期为变，州民皆震。俄而草场白昼火，盖所揭一事也，民益恐。或谓大索城中，纮笑曰：“奸计正在是，冀因吾胶扰而发，奈何堕其术中？彼无能为也！”居无何，获盗，乃奸民为妖，遂诛之。

苏颂迁度支判官，送契丹使宿恩州。驿舍火，左右请出避火，颂不许；州兵欲入救火，亦不许，但令防卒扑灭之。初火时，郡中汹汹，谓使者有变，救兵亦欲因而生事，赖颂不动而止。

文彦博

文潞公知成都，尝于大雪会客，夜久不罢。从卒有谇语，共拆井亭烧以御寒。军校白之，座客股栗。公徐曰：“天实寒，可拆与之。”边批：落得做人情。神色自若，饮宴如故。卒气沮，无以为变。明日乃究问先拆者，杖而遣之。

气犹火也，挑之则发，去其薪则自熄，可以弭乱，可以息争。

苏轼通判密郡。有盗发而未获，安抚使遣三班使臣领悍卒数十人入境捕之。卒凶暴恣行，以禁物诬民，强入其家，争斗至杀人，畏罪惊散。民诉于轼，轼投其书不视，曰："必不至此。"悍卒闻之，颇用自安，轼徐使人招出戮之。遇事须有此镇定力量，然识不到，则力不足。

张 辽

张辽受曹公命屯长社，临发，军中有谋反者，夜惊乱，火起，一军尽扰。辽谓左右曰："勿动！是不一营尽反，必有造变者，欲以动乱人耳。"乃令军中曰："不反者安坐！"辽将亲兵数十人中阵而立。有顷，即得首谋者，杀之。

周亚夫将兵讨七国。军中尝夜惊，亚夫坚卧不起，顷之自定。吴汉为大司马，尝有寇夜攻汉营，军中惊扰，汉坚卧不动。军中闻汉不动，皆还按部。汉乃选精兵夜击，大破之。此皆以静制动之术，然非纪律素严，虽欲不动，不可得也。

薛长孺 王 鬷

薛长孺为汉州通判。戍卒闭营门，放火杀人，谋杀知州、兵马监押。有来告者，知州、监押皆不敢出。长孺挺身出营，谕之曰："汝辈皆有父母妻子，何故作此事？然不与谋者，各在一边。"于是不敢动，唯本谋者八人突门而出，散于诸县，村野捕获。时谓非长孺则一城之人涂炭矣。钤辖司不敢以闻，遂不及赏。长孺，简肃公之侄也。

王忠穆公鬷知益州，会戍卒有夜焚营、胁军校为乱者。鬷潜遣兵环其营，下令曰："不乱者敛手出门，无所问。"于是众皆出。令军校指乱卒，得十余人，戮之。及旦，人皆不知也。其为政大体，不为苛察，蜀人爱之。

霍王元轨

霍王元轨为定州刺史时，突厥入寇，州人李嘉运与虏通谋。事泄，高宗令元轨穷其党与。元轨曰："强寇在境，人心不安，若多所逮系，是驱之使叛也。"乃独杀嘉运，余无所问。边批：惩一已足警百。因自劾违制。上览表大悦，谓使者曰："朕亦悔之，向无王，则失定州矣！"

吕公孺

吕公孺知永兴军，徙河阳。洛口兵千人，以久役思归，奋斧锸排关，不得入，西走河桥，观听汹汹。诸将请出兵掩击，公孺曰："此皆亡命，急之变且生。"即乘马东去，遣牙兵数人迎谕之，边批：最妙。曰："汝辈诚劳苦，然岂得擅还之？渡桥，则罪不赦矣！太守在此，愿自首者止道左。"边批：不渡便易制。皆伫立以俟。公孺索倡首者，黥一人，边批：尤妙。余复送役所，语其校曰："若复偃蹇者，斩而后报！"众贴息。

廉希宪

廉希宪为京兆四川宣抚使。浑都海反，西川将纽邻奥、鲁官将举兵应之。蒙古八春获之，系其党五十余人于乾州狱，送二人至京兆，请并杀之。希宪谓僚佐曰："浑都海不能乘势东来，保无他虑。今众志未一，犹怀反侧，彼若见其将校执囚，或别生心，为害不细。可因其惧死，并皆宽释，就发此军余丁往隶八春，上策也。"初八春既执诸校，其军疑惧，骇乱四出，及知诸校获全，纽邻奥、鲁官得释，大喜过望，人人感悦。八春果得精骑数千，将与俱西。

所以隶八春者，逆知八春力能制之，非漫然纵虎遗患也。八春能死之，希宪能生之，畏感交集，不患不为我用矣！

林兴祖

林兴祖，初同知黄岩州事，三迁而知铅山州。铅山素多造伪钞者，豪民吴友文为之魁，远至江、淮、燕、蓟，莫不行使。友文奸黠悍鸷，因伪造致富，乃分遣恶少四五十人为吏于有司，伺有欲告之者，辄先事戕之。前后杀人甚众，夺人妻女十一人为妾，民罹其害，衔冤不敢诉者十余年。兴祖至官，曰："此害不除，何以救民！"即张榜禁伪造者，且立赏募民首告。俄有告者至，佯以不实斥去；边批：须得实乃服。又以告，获伪造二人并赃者，乃鞫之。款成，友文自至官为之营救，边批：若捕之便费力。兴祖并命执之。须臾来诉友文者百余人，择其重罪一二事鞫之，狱立具。边批：若事事推究，辨端既多，反足纾死。逮捕其党，悉置之法，民赖以安。

始以缓而致之，终以速而毙之。除凶恶须得此深心辣手。

李　封

唐李封为延陵令，吏人有罪，不加杖罚，但令裹碧头巾以辱之，随所犯轻重以日数为等级，日满乃释。著此服出入者以为大耻，皆相劝励，无敢犯。赋税常先诸县。竟去官，不捶一人。

耿楚侗

耿楚侗定向官南都。有士人为恶僧侮辱，以告，公白所司治之，其僧逋。公意第迸逐，不令复系籍本寺。士人心不释然，必欲捕而枷之。边批：士多尚气，我决不可以气佐之。公晓之曰："良知何广大，奈何着一破赖和尚往来其中哉！”士人退语人曰：“惩治恶僧，非良知耶？”或以告公，公曰：“此言固是，乃余其难其慎若此，胸中盖三转矣。其一谓志学者，即应犯不较、逆不难，不然落乡人臼矣，此名谊心也。又谓法司用刑，自有条格，如此类法不应枷，此则格式心也。又闻此僧凶恶，虑有意外之虞，故不肯为已甚，此又利害心也。余之良知乃转折如此。”嗣姜宗伯庇所厚善者，处之少平，大腾物议。又承恩寺有僧为礼部枷之致毙，竟构大讼。公闻之，谓李士龙曰：“余前三转折良心不更妙耶？”边批：唯转折乃成通简。

凡治小人，不可为已甚。天地间有阳必有阴，有君子必有小人，此亦自然之理。能容小人，方成君子。

向敏中　王　旦

真宗幸澶渊，赐向敏中密诏，尽付西鄙，许便宜行事。敏中得诏藏之，视政如常。会大傩，有告禁卒欲依傩为乱者，敏中密麾兵被甲伏庑下幕中。明日尽召宾僚兵官，置酒纵阅，命傩入，先驰骋于中门外。后召至阶，敏中振袂一挥，伏出，尽擒之，果怀短刃，即席斩焉。既屏其尸，以灰沙扫庭，照旧张乐宴饮。

旦从幸澶渊。帝闻雍王遇暴疾，命旦驰还东京，权留守事。旦驰至禁城，直入禁中，令人不得传播。及大驾还，旦家子弟皆出郊迎，忽闻后面有驺呵声，回视，乃旦也，皆大惊。

西鄙、东京，两人如券。时寇准在澶渊，掷骰饮酒鼾睡，仁宗恃之以安。内外得人，故虏不为害。当有事之日，须得如此静镇。

乔白岩

冢宰乔公宇，正德己卯参理留都兵务。时逆濠声言南下，兵已至安庆。而公日领一老儒与一医士，所至游宴，实以观形势之险要，而外若不以为意者。人以为矫情镇物，有费祎、谢安之风。

即矫情镇物，亦自难得，胸中若无经纬，如何矫得来？

方宸濠反，报至，乔公令尽拘城内江西人，讯之，果得濠所遣谍卒数十人。上驻军南都，公首俘献之。即此已见公一斑矣。

韩　愈

韩愈为吏部侍郎。有令史权势最重，旧常关锁，选人不能见。愈纵之，听其出入，曰：“人所以畏鬼者，以其不能见也；如可见，则人不畏之矣。”

主人明，不必关锁；主人暗，关锁何益？

裴晋公

公在中书，左右忽白以失印。公怡然，戒勿言。方张宴举乐，人不晓其故。夜半宴酣，左右复白印存，公亦不答，极欢而罢。人问其故，公曰："胥吏辈盗印书券，缓之则复还故处，急之则投水火，不可复得矣！"

不是矫情镇物，真是透顶光明，故曰"智量"，智不足，量不大。

郭子仪 二条

汾阳王宅在亲仁里，大启其第，任人出入不问。麾下将吏出镇来辞，王夫人及爱女方临妆，令持帨汲水，役之不异仆隶。他日子弟列谏，不听，继之以泣，曰："大人功业隆赫，而不自崇重，贵贱皆游卧内，某等以为虽伊、霍不当如此。"公笑谓曰："尔曹固非所料。且吾马食官粟者五百匹，官饩者一千人，进无所往，退无所据。向使崇垣扃户，不通内外，一怨将起，构以不臣，其有贪功害能之徒成就其事，则九族齑粉，噬脐莫追。今荡荡无间，四门洞开，虽谗毁欲兴，无所加也！"诸子拜服。

德宗以山陵近，禁屠宰。郭子仪之隶人犯禁，金吾将军裴谞奏之。或谓曰："君独不为郭公地乎？"谞曰："此乃所以为之地也。郭公望重，上新即位，必谓党附者众，故我发其小过，以明郭公之不足畏，不亦可乎！"若谞者，可谓郭公之益友矣。

看郭汾阳，觉王翦、萧何家数便小。王、萧事见《委蛇部》。

鱼朝恩阴使人发郭氏墓，盗未得。子仪自泾阳来朝，帝唁之，即号泣曰："臣久主兵，不能禁士残人之墓，人今亦发先臣墓，此天谴，非人患也。"

朝恩又尝修具邀公，或言将不利公，其下愿裹甲以从。子仪不许，但以家僮数人往。朝恩曰："何车骑之寡？"子仪告以所闻，朝恩惶恐曰："非公长者，得无致疑！"

精于黄老之术，虽朝恩亦不得不为盛德所化矣。君子不幸而遇小人，切不可与一般见识。

王阳明

宁藩既获，圣驾忽复巡游，群奸意叵测，阳明甚忧之。适二中贵至浙省，阳明张宴于镇海楼。酒半，屏人去梯，出书简二箧示之，皆此辈交通逆藩之迹也，尽数与之。二中贵感谢不已。阳明之终免于祸，多得二中贵从中维护之力。脱此时阳明挟以相制，则仇隙深而祸未已矣。

王璋 罗通

璋，河南人，永乐中为右都御史。时有告周府将为不轨者，上欲及其未发讨之，以问璋。璋曰："事未有迹，讨之无名。"上曰："兵贵神速，彼出城，则不可为矣。"璋曰："以臣之愚，可不烦兵，臣请往任之。"曰："若用众几何？"曰："但得御史三四人随行足矣。然须奉敕以臣巡抚其地乃可。"遂命学士草敕，即日起行。黎明，直造王府。周王惊愕，莫知所为，延之别室，问所以来者。曰："人有告王谋叛，臣是以来！"王惊跪。璋曰："朝廷已命丘大帅将兵十万，将至，臣以王事未有迹，故来先谕。事将若何？"王举家环哭不已。璋曰："哭亦何益？愿求所以释上疑者。"曰："愚不知所出，唯公教之。"璋曰："能以三护卫为献，无事矣。"王从之，乃驰驿以闻。上喜。璋乃出示曰："护卫军三日不徙者，处斩！"不数日而散。

罗通以御史按蜀，蜀王富甲诸国，出入僭用乘舆仪从。通心欲检制之。一日，王过御史台，公突使人收王所僭卤簿，蜀王气沮。藩、臬俱来见问状，且曰："闻报王罪且不测，今且奈何？"通曰："诚然，公等试思之。"诘旦复来，通曰："易耳，宜密语王，但谓黄屋、左纛故玄元皇帝庙中器，今复还之耳。"玄元皇帝，玄宗幸蜀建祀老子者也。从之，事乃得解，王亦自敛。

吴履 叶南岩

国初，吴履字德基，兰溪人为南康丞。民王琼辉仇里豪罗玉成，执其家人笞辱之。玉成兄子玉汝不胜恚，集少年千余人，围琼辉家，夺之归，缚琼辉，道捶之，濒死，乃释去。琼辉兄弟五人庭诉，断指出血，誓与罗俱死。履念狱成当连千余人，势不便，乃召琼辉，语之曰："独罗氏围尔家耶？"对曰："千余人。"曰："千余人皆辱尔耶？"曰："数人耳。"曰："汝憾数人，而累千余人，可乎？且众怒难犯，倘不顾死，尽杀尔家，虽尽捕伏法，亦何益于尔？"琼辉悟，顿首唯命。履乃捕捶者四人，于琼辉前杖数十，流血至踵；命罗氏对琼辉引罪拜之，事遂解。

此等和事老该做，以所全者大也。

叶公南岩刺蒲时，有群斗者诉于州，一人流血被面，经重创，脑几裂，命且尽。公见之恻然，时家有刀疮药，公即起入内，自捣药，令舁至幕廨，委一谨厚廨子及幕官，曰："宜善视之，勿令伤风。此人死，汝辈责也。"其家人不令前。乃略加审核，收仇家于狱而释其余。一友人问其故，公曰："凡人争斗无好气，此人不即救，死矣。此人死，即偿命一人，寡人之妻，孤人之子，又干证连系，不止一人破家；此人愈，特一斗殴罪耳。且人情欲讼胜，虽于骨肉，亦甘心焉，吾所以不令其家人相近也。”未几，伤者平而讼遂息。

略加调停，遂保全数千人、数千家，岂非大智！

鞠真卿

鞠真卿守润州。民有斗殴者，本罪之外，别令先殴者出钱以与后应者。小人靳财，兼以不愤输钱于敌人，其后终日纷争，相视无敢先下手者。

金坛王石屏都集初任建宁令，谒府，府谓曰：“县多‘骡夫’，难治，好为之！”王唯之，然不知“骡夫”何物，讯之，即吴下打行天罡之类，大家必畜数人，讼无曲直，梃斗为胜，若小民直气凌之矣。王出示严禁，凡讼有相斗，必恕被打者而加责打人者。民间以打人为戒；骡夫无所用之，期月，此风遂息。此亦鞠公之智也。

赵　豫

赵豫为松江府太守，每见讼者非急事，则谕之曰：“明日来！”始皆笑之，故有“松江太守明日来”之谣。不知讼者来，一时之忿，经宿气平，或众为譬解，因而息者多矣。比之钩距致人而自为名者，其所存何啻霄壤？

李若谷教一门人云：“清勤和缓。”门人曰：“清、勤、和，则既闻命矣，缓安可为也？”李公曰：“天下甚事不自忙里错的？”“明日来”一语，不但自不错，并欲救人之错。按：是时周侍郎忱为巡抚，凡有经画，必与赵豫议之，意亦取其详审乎？

陆子静九渊知荆门军，尝夜与僚属坐，吏白老者诉甚急，呼问之，体战，言不可解，俾吏状之，谓其子为群卒所杀。陆判“翌日至”。僚属怪之，陆曰：“子安知不在？”凌晨追究，其子盖无恙也。此亦能缓之效，然唯能勤而后能缓，不然，则废事耳。

褚国祥

武进进士褚国祥，为湖州添设贰守，宽平简易，清守不缁。北栅姚姓者，妻以久病亡，其父告婿殴死。公准其词，不发行。下午，命驾北栅，众役不知所之，突入姚姓家，妻尚未殓也，验无殴死状，呼告者薄责而释之。不费一钱而讼已了矣。

赵豫以缓，诸国祥以捷，其以安民为心一也。

程　卓

休宁程从元卓守嘉兴时，或伪为倅厅印纸，与奸民为市，以充契券之用。流布既广，吏因事觉，视为奇货，谓无真伪，当历加追验，边批：其言易人。则所得可裨郡计不少。公曰：“此不过伪造者罪耳，若一一验之，编民并扰，边批：透顶光明。吾以安民为先，边批：要看。利非所急也。”乃喻民有误买者许自陈，立与换印。陈者毕至，一郡晏然。

张文懿公

宋初，令诸路州军创天庆观，别号“圣祖殿”。张文懿公时为广东路都漕，请曰：“臣所部皆穷困，乞以最上律院改充。”诏许之。仍照诸路委监司守臣，亲择堪为天庆寺院，改额为之，不得因而生事。

一转移间，所造福于民多，所造福于国更多。

张　永

张永授芜湖令，芜当孔道，使客厨传日不暇给，民坐困惫。章圣梓宫南祔，所过都邑设绮纨帐殿，供器冶金为之。又阉宦厚索赂遗，一不当意，辄辱官司，官司莫敢谁何。永于濒江佛寺，垩其栋宇代帐殿，饰供器箔金以代冶，省费不赀，而调度有方，卒无欢呶于境上者。

范希阳

范希阳为南昌太守。先是府官自王都院作势以来，跪拜俱在阶下蓬外，风雨不问。希阳欲复旧制，乃于陈都院初上任时，各官俱聚门将见，希阳且进且顾曰：“诸君今日随我行礼。”进至堂下，竟入蓬内行礼，各官俱随而前，旧制遂复。希阳退至门外，与众官作礼为别，更不言及前事而散。

忍辱居士曰：“使希阳于聚门将见时，与众参谋，诸人固有和之者，亦必有中沮而称不可者，又必有色沮而不敢前者，如何肯俱随而前？俱随而前者，见希阳之前而已不觉也。又使希阳于出门后庆此礼之得复，诸人必有议其自夸者，更有媒蘖于各上司者，即抚院闻之，有不快者。如何竟复而上人不知？不知者，希阳行之于卒然，而后人又循之为旧例也。嗟乎！事虽小也，吾固知其人为强毅有识者哉！”

牛　弘

奇章公牛弘有弟弼，好酒而酗，尝醉，射杀弘驾车牛。弘还宅，妻迎谓曰：“叔射杀牛！”弘直答曰：“可作脯。”

冷然一语，扫却妇人将来多少唇舌！睦伦者当以为法。

明　镐

明镐为龙图阁直学士，知并州时，边任多纨袴子弟。镐乃取尤不职者杖之，疲软者皆自解去，遂奏择习事者守堡砦。军行，娼妇多从者，镐欲驱逐，恶伤士卒心。会有忿争杀娼妇者，吏执以白，镐曰："彼来军中何邪？"纵去不治。娼闻皆走散。

不伤士卒心，而令彼自散。以此驭众，何施不可，宁独一事乎？

迎刃卷四

危峦前厄，洪波后沸。人皆棘手，我独掉臂。动于万全，出于不意。游刃有余，庖丁之技。集"迎刃"。

子　产

郑良霄既诛，国人相惊，或梦伯有良霄字。介而行，曰："壬子余将杀带，明年壬寅余又将杀段！"驷带及公孙段果如期卒，国人益大惧。子产立公孙泄泄，子孔子，孔前见诛。及良止良霄子。以抚之，乃止。子太叔问其故，子产曰："鬼有所归，乃不为厉。吾为之归也。"太叔曰："公孙何为？"子产曰："说也。"以厉故立后，非正，故并立泄，比于继绝之义，以解说于民。

不但通于人鬼之故，尤妙在立泄一着。鬼道而人行之，真能务民义而不惑于鬼神者矣。

田　叔

梁孝王使人刺杀故相袁盎。景帝召田叔案梁，具得其事，乃悉烧狱词，空手还报。上曰："梁有之乎？"对曰："有之。""事安在？"叔曰："焚之矣。"上怒，叔从容进曰："上无以梁事为也。"上曰："何也？"曰："今梁王不伏诛，是汉法不行也。如其伏法，而太后食不甘味，卧不安席，此忧在陛下也。"于是上大贤之，以为鲁相。

叔为鲁相，民讼王取其财物者百余人。叔取其渠率二十人，各笞二十，余各搏二十，怒之曰："王非汝主耶？何敢言！"鲁王闻之，大惭，发中府钱，使相偿之。相复曰："王使人自偿之；不尔，是王为恶而相为善也。"又王好猎，相常从，王辄休相出就馆舍。相出，常暴坐待王苑外。王数使人请相休，终不休，曰："我王暴露，我独何为就舍？"王以故不大出游。

洛阳人有相仇者，邑中贤豪居间以十数，终不听，往见郭解，解夜见仇家，仇家曲听解。解谓曰："吾闻洛阳诸公居间，都不听。今子幸听解，解奈何从他邑夺贤士大夫权乎？"径夜去，属曰："俟我去，令洛阳豪居间。"事与田叔发中府钱类。

王祥事继母至孝。母私其子览而酷待祥。览谏不听，每有所虐使，览辄与祥俱，饮食必共。母感动，均爱焉。事与田叔暴坐待王类。

主父偃

汉患诸侯强，主父偃谋令诸侯以私恩自裂地，分其子弟，而汉为定其封号；汉有厚恩而诸侯渐自分析弱小云。

裴光庭

张说以大驾东巡，恐突厥乘间入寇，议加兵备边，召兵部郎中裴光庭谋之。光庭曰："封禅，告成功也。今将升中于天而戎狄是惧，非所以昭盛德也。"说曰："如之何？"光庭曰："四夷之中，突厥为大，比屡求和亲，而朝廷羁縻未决许也。今遣一使，征其大臣从封泰山，彼必欣然承命。突厥来，则戎狄君长无不皆来,可以偃旗卧鼓,高枕有余矣！"说曰："善！吾所不及。"即奏行之，遣使谕突厥，突厥乃遣大臣阿史德颉利发入贡，因扈从东巡。

崔祐甫

德宗即位，淄青节度李正己表献钱三十万缗。上欲受，恐见欺；却之，则无词。宰相崔祐甫请遣使慰劳淄青将士，因以正己所献钱赐之，使将士人人戴上恩，诸道知朝廷不重财货。上从之，正己大惭服。

神策军使王驾鹤，久典禁兵，权震中外。德宗将代之，惧其变，以问崔祐甫。祐甫曰："是无足虑。"即召驾鹤，留语移时，而代者白志贞已入军中矣。

王　旦 二条

马军副都指挥使张旻，被旨选兵，下令太峻，兵惧，谋为变。上召二府议之。王旦曰："若罪旻，则自今帅臣何以御众？急捕谋者，则震惊都邑。陛下数欲任旻以枢密，今若擢用，使解兵柄，反侧者当自安矣。"上谓左右曰："旦善处大事，真宰相也！"

借一转以存帅臣之体，而徐议其去留，原非私一旻也。

契丹奏请岁给外别假钱币，真宗以示王旦。公曰："东封甚迫，车驾将出，以此探朝廷之意耳。可于岁给三十万物内各借三万，仍谕次年额内除之。"契丹得之大惭。次年复下有司："契丹所借金帛六万，事属微末，仰依常数与之，今后永不为例。"

不借则违其意，徒借又无其名。借而不除则以塞侥幸之望，借而必除又无以明中国之大，如是处分方妥。

西夏赵德明求粮万斛。王旦请敕有司具粟百万于京师，而诏德明来取。德明大惭，曰："朝廷有人。"乃止。

严可求

烈祖辅吴，四方多垒，虽一骑一卒，必加姑息。然群校多从禽，聚饮近野，或骚扰民庶。上欲纠之以法，而方借其材力，思得酌中之计，问于严求。求曰："无烦绳之，易绝耳。请敕泰兴、海盐诸县，罢采鹰鹯，可不令而止。"烈祖从其计，期月之间，禁校无复游墟落者。《南唐近事》。

陈　平

燕王卢绾反，高帝使樊哙以相国将兵击之。既行，人有短恶哙者，高帝怒，曰："哙见吾病，乃几吾死也！"用陈平计，召绛侯周勃受诏床下，曰："平乘驰传，载勃代哙将。平至军中，即斩哙头！"二人既受诏行，私计曰："樊哙，帝之故人，功多，又吕后女弟女媭夫，有亲且贵。帝以忿怒故欲斩之，即恐后悔，边批：精细。宁囚而致上，令上自诛之。"平至军，为坛，以节召樊哙。哙受诏节，即反接载槛车诣长安，而令周勃代，将兵定燕。平行，闻高帝崩，平恐吕后及吕媭怒，乃驰传先去。逢使者，诏平与灌婴屯于荥阳。平受诏，立复驰至宫，哭殊悲，因奏事丧前。吕太后哀之，曰："君出休矣！"平因固请得宿卫中，太后乃以为郎中令，曰："傅教帝。"是后吕媭谗乃不得行。

谗祸一也，度近之足以杜其谋，则为陈平；度远之足以消其忌，则又为刘琦。宜近而远，宜远而近，皆速祸之道也。

刘表爱少子琮，琦惧祸，谋于诸葛亮，亮不应。一日相与登楼，去梯，琦曰："今日出君之口，入吾之耳，尚未可以教琦耶？"亮曰："子不闻申生在内而危，重耳在外而安乎？"琦悟，自请出守江夏。

宋太祖　曹　彬

唐主畏太祖威名，用间于周主。遣使遗太祖书，馈以白金三千。太祖悉输之内府，间乃不行。

周遣阁门使曹彬以兵器赐吴越，事毕亟返，不受馈遗。吴越人以轻舟追与之，至于数四，彬曰："吾终不受，是窃名也。"尽籍其数，归而献之。后奉世宗命，始拜受，尽以散于亲识，家无留者。

不受，不见中朝之大；直受，又非臣子之公。受而献之，最为得体。

苏　轼　范仲淹

高丽僧寿介状称"临发日，国母令赍金塔祝寿"。东坡见状，密奏云："高丽苟简无礼，若朝廷受而不报，或报之轻，则夷虏得以为词；若受而厚报之，是以重礼答其无礼之馈也。臣已一面令管勾职员退还其状，云：‘朝廷清严，守臣不敢专擅奏闻。’臣料此僧势不肯已，必云本国遣来献寿，今兹不奏，归国得罪不轻。臣欲于此僧状后判云：‘州司不奉朝旨，本国又无来文，难议投进，执状归国照会。’如此处分，只是臣一面指挥，非朝廷拒绝其献，颇似稳便。”

范仲淹知延州，移书谕元昊以利害，元昊复书悖慢。仲淹具奏其状，焚其书，不以上闻。夷简谓宋庠等曰：“人臣无外交，希文何敢如此！”宋庠意夷简诚深罪范公，边批：无耻小人！遂言“仲淹可斩”。仲淹奏曰：“臣始闻虏悔过，故以书诱谕之。会任福败，虏势益振，故复书悖慢。臣以为使朝廷见之而不能讨，则辱在朝廷。故对官属焚之，使若朝廷初不闻者，则辱专在臣矣。”杜衍时为枢密副使，争甚力，于是罢庠知扬州，边批：羞杀！而仲淹不问。

张方平

元昊既臣，而与契丹有隙，来请绝其封。知谏院张方平曰：“得新附之小羌，失久和之强敌，非计也。宜赐元昊诏，使之审处，但嫌隙朝除，则封册暮下，于西、北为两得矣！”时用其谋。

秦 桧

建炎初，虏使讲和，云：“使来，必须百官郊迎其书。”在廷失色，秦桧恬不为意，尽遣部省吏人迎之。朝见，使人必要褥位。此非臣子之礼。是日，桧令朝见，殿廷之内皆以紫幕销满，北人无辞而退。

吴时来

嘉靖时，倭寇发难，郎、土诸路兵援至。吴总臣计犒逾时，众大噪。及至松江，抚臣属推官吴时来除备。时来度水道所由，就福田禅林外立营，令土官以兵至者，各署部伍，舟人导之入，以次受犒，惠均而费不冗，诸营帖然。客兵素犷悍，剽掠即不异寇。时来用赞画者言，为好语结其寇长，缚治之，迄终事无敢犯者。

按，时来在松御倭，历有奇绩。寇势逼甚，士女趋保于城者万计。或议闭关拒之，时来悉纵人择闲旷地舍之。又城隘民众，遂污蒸而为疫。时来乃四启水关，使输薪谷者因其归舟载秽滞以出。明年四月，寇猝至攻城，雨甚，城崩西南隅十余丈，人情汹汹。时来尽撤屯戍，第以强弩数十扼其冲。总臣以为危，时来曰：“淖泞，彼安能登？”果无恙。时内徙之民薄城而居，类以苫盖。时来虑为火箭所及，亟撤之而阴识其姓名于屋材，夜选卒运之城外，以为木栅，扞修城者。卒皆股栗不前，时来首驰一骑出南门，众皆从之，平明栅毕，三日而城完。复以栅材还为民屋，则固向所识也。贼知有备，北走，时来建议决震泽水，断松陵道。贼至平望，阻水不得进，我兵尾而击之，斩首三千余，溺死无算。此公文武全才，故备载之。

陈希亮等 四条

于阗使者入朝过秦州，经略使以客礼享之。使者骄甚，留月余，坏传舍什器，纵其徒入市掠饮食，民户皆昼闭。希亮闻之，曰："吾尝主契丹使，得其情：使者初不敢暴横，皆译者教之。吾痛绳以法，译者惧，其使不敢动矣。况此小国乎！"乃使教练使持符告译者曰："入吾境有秋毫不如法，吾且斩若！"取军令状以还。使者至，罗拜庭下。希亮命坐两廊，饮食之，护出其境，无一人哗者。

高丽入贡，使者凌蔑州郡。押伴使臣皆本路管库，乘势骄横，至与钤辖亢礼。时苏轼通判杭州，使人谓之曰："远方慕化而来，理必恭顺。今乃尔暴恣，非汝导之不至是！不悛，当奏之！"押伴者惧，为之小戢。使者发币于官吏，书称甲子，公却之，曰："高丽于本朝称臣而不禀正朔，吾安敢受？"使者亟易书称熙宁，然后受之。

国朝北方也先杀其主脱脱不花，自称大元田盛大可汗，遣使入贡。上命群臣议所以称之者。礼部郎中章纶言："可汗，乃戎狄极尊之号，今以号也先则非宜。若止称太师，恐为之惭忿，犯我边邮。宜因其部落旧号，称为瓦剌王，庶几得体。"从之。

大同猫儿庄，本北虏入贡正路。成化初年，使有从他路入者，上因守臣之奏，许之。礼部姚文敏公夔奏请宴赏一切杀礼。虏使不悦。姚谕之云："故事迤北使臣进贡，俱从正路，朝廷有大礼相待。今尔从小路来，疑非迤北头目，故只同他处使臣。"虏使不复有言。

四公皆得驭虏之体。

苏子容

苏公子容充北朝生辰国信使，在虏中遇冬至。本朝历先北朝一日，北朝问公孰是。公曰："历家算术小异，迟速不同。如亥时犹是今夕，逾数刻即属子时，为明日矣。或先或后，各从本朝之历可也。"虏人深以为然，遂各以其日为节庆贺。使还奏，上喜曰："此对极中事理！"

马默

宋制：沙门岛罪人有定额，官给粮者才三百人，溢额则粮不赡；且地狭难容。每溢额，则取其人投之海中。寨主李庆一任，至杀七百余人。马默知登州，痛其弊，更定配海岛法，建言："朝廷既贷其生矣，即投之海中非朝廷本意。今后溢额，乞选年深、自至配所不作过人，移登州。"神宗深然之，即诏可，著为定制。自是多全活者。默无子，梦东岳使者致上帝命，以移沙门岛罪人事，特赐男女各一。后果生男女二人。

于谦

永乐间降虏多安置河间、东昌等处，生养蕃息，骄悍不驯。方也先入寇时，皆将乘机骚动，几至变乱。至是发兵征湖、贵及广东、西诸处寇盗，于肃愍奏遣其有名号者，厚与赏犒，随军征进。事平，遂奏留于彼。于是数十年积患，一旦潜消。

用郭钦徙戎之策而使戎不知，真大作用！

李贤

法司奏：石亨等既诛，其党冒夺门功升官者数千人，俱合查究。上召李贤曰："此事恐惊动人心。"贤曰："朝廷许令自首免罪，事方妥。"于是冒功者四千余人，尽首改正。

王琼

武宗南巡还，当弥留之际，杨石斋廷和已定计擒江彬。然彬所领边兵数千人，为彬爪牙者，皆劲卒也。恐其仓卒为变，计无所出，因谋之王晋溪。晋溪曰："当录其扈从南巡之功，令至通州听赏。"于是边兵尽出，彬遂成擒。

刘大夏　张居正

庄浪土帅鲁麟为甘肃副将，求大将不得，恃其部落强，径归庄浪，以子幼请告。有欲予之大将印者，有欲召还京，予之散地者。刘尚书大夏独曰："彼虐，不善用其众，无能为也。然未有罪。今予之印，非法；召之不至，损威。"乃为疏，奖其先世之忠，而听其就闲。麟卒怏怏病死。

黔国公沐朝弼，犯法当逮。朝议皆难之，谓朝弼纲纪之卒且万人，不易逮，逮恐激诸夷变。居正擢用其子，而驰单使缚之，卒不敢动。既至，请贷其死，而锢之南京，人以为快。

奖其先则内愧，而怨望之词塞。擢其子则心安，而巢穴之虑重。所以罢之锢之，唯吾所制。

刘 坦

坦为长沙太守，行湘州事。适王僧粲谋反，湘部诸郡蜂起应之，而前镇军钟玄绍者潜谋内应，将克日起。坦侦知之，佯为不省，如常理讼。至夜，故开城门以疑之。玄绍不敢发。明旦诣坦问故，坦久留与语，而密遣亲兵收其家书。边批：已知确有其书，故收亦以塞其口，非密遣也。玄绍尚在坐，收兵还，具得其文书本末，因出以质绍。绍首伏，即斩之，而焚其书以安余党，州部遂安。

张忠献

叛将范琼拥兵据上流，召之不来，来又不肯释兵，中外汹汹。张忠献与刘子羽密谋诛之。一日遣张俊以千人渡江，若捕他盗者。因召琼、俊及刘光世诣都堂计事，为设饮食。食已，相顾未发。子羽坐庑下，恐琼觉事中变，遽取黄纸，执之趋前，举以麾琼曰："下！有敕，将军可诣大理置对。"琼愕不知所为。子羽顾左右，拥置舆中，以俊兵卫送狱，使光世出抚其众，且曰："所诛止琼，汝等固天子自将之兵也。"众皆投刀曰"诺"。悉麾隶他军，顷刻而定，琼伏诛。

留志淑

中官毕贞，逆濠党也，至自江西，声势翕赫，拥从牙士五百余人，肆行残贼，人人自危。留志淑知杭州，密得其不可测之状，白台察监司阴制之。未几，贞果构市人，一夕火其居，延烧二十余家。淑恐其因众为乱，闭门不出，止传报诸衙门人毋救火。余数日，果与濠通。及贞将发应濠，台察监司召淑定计。先提民兵，伏贞门外，监司以常礼见，出。淑入，贞怒曰："知府以我反乎？"应曰："府中役从太多，是以公心迹不白。"因令左右出报监司。既入，即至堂上，执贞手与语当自白之状，边批：在我掌握中。众共语遣所不籍之人以释众疑。贞仓卒不得已，呼其众出。出则民兵尽执而置之狱。伪与贞入视府中，见所藏诸兵器，诘曰："此将何为也？"贞不能答。乃羁留之，奏闻。伏诛。

王 益

王益知韶州，州有屯兵五百人，代者久不至，欲谋为变。事觉，一郡皆骇。益不为动，取其首五人，即日断流之。或请以付狱，不听。既而闻其徒曰："若五人者系狱，当夜劫之。"众乃服。

贾 耽

贾耽为山南东道节度使，使行军司马樊泽奏事行在。泽既反命，方大宴，有急牒至：以泽代耽。耽内牒怀中，颜色不改。宴罢，即命将吏谒泽。牙将张献甫怒曰："行军自图节钺，事人不忠，请杀之！"耽曰："天子所命，即为节度使矣。"即日离镇，以献甫自随，军府遂安。

沈 演

万历年间，女真虏人阿卜害等一百七员进贡到京。内工孛罗、小厮哈额、真太三名为首，在通州驿递横肆需索。州司以闻。时沈演在礼部客司，议谓本东夷长，恭顺有年，若一概议革，恐孤远人向化之心，宜仍将各向年例正额赏赐，行移内府各衙门关出给散，以彰天朝旷荡之恩，止将工孛罗等三名，革其额赏，行文辽东巡抚，执付在边酋长，谕以骚扰之故，治以虏法。俟本人认罪输服，方准补给。

沈何山演云：客司，古典属国。邮人骚于虏，不能不望钤束，然无以制其命。初工孛罗等见告谕以罚服，骜弗受也，与赏以安众，革三人赏以行法。三人头目，能使其众者，且积猾也，然离众亦不能哗，遂甘罚服。此亦处骚扰之一法。

王钦若

王钦若为亳州判官，监会亭仓。天久雨，仓司以米湿，不为受纳。民自远方来输租者，深以为苦。钦若悉命输之仓，奏请不拘年次，先支湿米。边批：民利于透支，必然乐从。太宗大喜，因识其名，由是大用。

绍兴间，中丞蒋继周出守宣城，用通判周世询议，欲以去岁旧粟支军食之半。群卒恶其陈腐，横梃于庭，出不逊语。佥判王明清后至，闻变，亟令车前二卒传谕云："佥判适自府中来，已得中丞台旨，令尽支新米。"群嚣始息。然令之不行，大非法纪，必如钦若，方是出脱恶米之法。

令狐绹 李德裕

宣宗衔甘露之事，尝授旨于宰相令狐公。公欲尽诛之，而虑其冤，乃密奏牓子云："但有罪莫舍，有阙莫填，自然无类矣。"

今京卫军虚籍縻饩，无一可用；骤裁之，又恐激变。若依此法，不数十年，可以清伍。省其费以别募，又可化无用为有用。

先是诸镇宦者监军，各以意见指挥军事，将帅不得专进退。又监使悉选军中骁勇数百为牙队，其在阵战斗者皆怯弱之士。所以比年将帅出征屡败。

李赞皇乃与枢密使杨钧义、刘行深议，约敕监军不得预军政，每兵千人听取十人自卫，有功随例沾赏。自此将帅得展谋略，所向有功。

吕夷简

西鄙用兵，大将刘平战死。议者以朝廷委宦者监军，主帅节制有不得专者，故平失利。诏诛监军黄德和，或请罢诸帅监军。仁宗以问吕夷简，夷简对曰："不必罢，但择谨厚者为之。"仁宗委夷简择之，对曰："臣待罪宰相，不当与中贵私交，何由知其贤否？愿诏都知、押班，但举有不称者，与同罪。"仁宗从之。翼日，都知叩头乞罢诸监军宦官。士大夫嘉夷简有谋。

杀一监军，他监军故在也。自我罢之，异日有失事，彼借为口实，不若使自请罢之为便。文穆称其有宰相才，良然，惜其有才而无度，如忌富弼，忌李迪，皆中之以小人之智，方之古大臣，邈矣！

李迪与夷简同相，迪尝有所规画，吕觉其胜。或告曰："李子柬之虑事，过于其父。"夷简因语迪曰："公子柬之才可大用。"边批：奸！即奏除两浙提刑，迪父子皆喜。迪既失柬，事多遗忘，因免去，方知为吕所卖。

王守仁 二条

阳明即擒逆濠，囚于浙省。时武庙南幸，驻跸留都，中官诱令阳明释濠还江西。边批：此何事，乃可戏乎？俟圣驾亲征擒获，差二中贵至浙省谕旨。阳明责中官具领状，中官惧，事遂寝。

杨继宗知嘉兴日，内臣往来，百方索赂。宗曰："诺。"出牒取库金，送与太监买布绢入馈，因索印券："附卷归案，以便他日磨勘。"内臣咋舌不敢受。事亦类此。

江彬等忌守仁功，流言谓"守仁始与濠同谋，已闻天兵下征，乃擒濠自脱"，欲并擒守仁自为功。边批：天理人心何在！守仁与张永计，谓"将顺天意，犹可挽回万一；苟逆而抗之，徒激群小之怒"。乃以濠付永，再上捷音，归功总督军门，以止上江西之行，而称病净慈寺。永归，极称守仁之忠及让功避祸之意。上悟，乃免。

阳明于宁藩一事，至今犹有疑者。因宸濠密书至京，欲用其私人为巡抚，书中有"王守仁亦可"之语，不知此语有故：因阳明平日不露圭角，未尝显与濠忤；濠但慕阳明之才而未知其心，故犹冀招而用之，与阳明何与焉！当阳明差汀赣巡抚时，汀赣尚未用兵，阳明即上疏言："臣据江西上流，江西连岁盗起，乞假臣提督军务之权以便行事。"而大司马王晋溪覆奏："给与旗牌，大小贼情悉听王某随机抚剿。"阳明又取道于丰城，盖此时逆濠反形已具，二公潜为之计，庙堂方略，已预定矣。濠既反，地方上变告，犹不敢斥言，止称"宁府"。独阳明上疏闻，称"宸濠"。即此便见阳明心事。

朱胜非

苗、刘之乱，勤王兵向阙。朱忠靖胜非从中调护，六龙反正，有诏以二凶为淮南两路制置使，令将部曲之任。时朝廷幸其速去，其党张达为画计，使请铁券。既朝辞，遂造堂袖札以恳。忠靖顾吏取笔，判奏行给赐，令所属检详故事，如法制造。二凶大喜。明日将朝，郎官傅宿扣漏院白急事，速命延入。宿曰："昨得堂帖，给赐二将铁券，此非常之典，今可行乎？"忠靖取所持帖，顾执政秉烛同阅。忽顾问曰："检详故事，曾检得否？"曰："无可检。"又问："如法制造，其法如何？"曰："不知。"又曰："如此可给乎？"执政皆笑，宿亦笑，曰："已得之矣。"遂退。

妙在不拒而自止。若腐儒，必出一段道理相格，激成小人之怒；怒而惧，即破例奉之不辞矣。

李　泌

唐因河陇没于吐蕃，自天宝以来，安西、北庭奏事，及西域使人在长安者，归路既绝，人马皆仰给鸿胪。礼宾委府县供之，度支不时付直，长安市肆，不胜其弊。李泌知胡客留长安久者或四十余年，皆有妻子，买田宅，举质取利甚厚。乃命检括胡客有田宅者，得四千人，皆停其给。胡客皆诣政府告诉，泌曰："此皆从来宰相之过，岂有外国朝贡使者留京师数十年不听归乎！今当假道于回纥，或自海道，各遣归国。有不愿者，当令鸿胪自陈，授以职位，给俸禄为唐臣。人生当及时展用，于是胡客无一人愿归者，泌皆分领神策两军，王子使者为散兵马使或押衙，余皆为卒，禁旅益壮。鸿胪所给胡客才十余人，岁省度支钱五十万。

费　宏　　胡世宁

铸印局额设大使、副使各一员，食粮儒士二名。及满，将补投考者不下数千人，请托者半之，当事者每难处分。费宏为吏部尚书，于食粮二名外，预取听缺者四人，习字者四人，拟次第补，度可逾十数年。由是投考及请托者皆绝迹。

土官世及，辄转展结勘，索赂土官，土官以故怨叛，轻中朝诸人。胡公世宁令土官生子，即闻府，子弟应世及者，年且十岁，朔望或有事调集，皆携之见太守，太守为识年数状貌；父兄有故，按籍为请官于朝。土官大悦服。

不唯省临时结勘之烦，且令土官从幼习太守之约束，而渐消其桀骜之气，真良策也！

蒋恭靖

蒋恭靖瑶，正德时守维扬。大驾南巡，六师俱发，所须夫役，计宝应、高邮站程凡六，每站万人。议者欲悉集于扬，人情汹汹。公唯站设二千，更番迭遣以迎，计初议减五分之四，其他类皆递减。卒之上供不缺，民亦不扰。时江彬与太监等挟势要索，公不为动。会上出观鱼，得巨鱼一，戏言直五百金。彬从旁言："请以畀守。"促值甚急。公即脱夫人簪珥及绨绢服以进，曰："臣府库绝无缗钱，不能多具。"上目为酸儒，弗较也。一日中贵出揭帖，索胡椒、苏木、奇香异品若干，因以所无，冀获厚赂。时抚臣邀公他求以应，公曰："古任土作贡；出于殊方，而故取于扬，守臣不知也。"抚臣厉声令公自覆，公即具揭帖，详注其下曰："某物产某处。扬州系中土偏方，无以应命。"上亦不责。又中贵说上选宫女数百，以备行在，抚臣欲选之民间。公曰："必欲称旨，止臣一女以进。"上知其不可夺，即诏罢之。

汪应轸

汪应轸当武宗南巡，率同馆舒芬等抗疏以谏，廷杖几毙，出守泗州。泗州民情，弗知农桑。轸至，首劝之耕，出帑金，买桑于湖南，教之艺。募桑妇若干人，教之蚕事。邮卒驰报，武宗驾且至。他邑彷徨勾摄为具，民至塞户逃匿。轸独凝然弗动。或询其故，轸曰："吾与士民素相信。即驾果至，费旦夕可贷而集。今驾来未有期，而仓卒措办，科派四出，吏胥易为奸。倘费集而驾不果至，则奈何？"他邑用执炬夫役以千计，伺候弥月，有冻饿死者。轸命维炬榆柳间，以一夫掌十炬。比驾夜历境，炬伍整饬反过他所。时中使络绎道路，恣索无厌。轸计中人阴懦，可慑以威，乃率壮士百人，列舟次，呼诺之声震远近，中使错愕，不知所为。轸麾从人速牵舟行，顷刻百里，遂出泗境。后有至者，方敛戢不敢私，而公复礼遇之。于是皆咎前使而深德公。武宗至南都，谕令泗州进美女善歌吹者数十人。盖中使衔轸而以是难之也。轸奏"泗州妇女荒陋，且近多流亡，无以应敕旨"。乃拘所募桑妇若干人，"倘蒙纳之宫中，俾受蚕事，实于王化有裨"。诏且停止。

沈 啓

世宗皇帝当幸楚，所从水道，则南京具诸楼船以从。具而上或改道，耗县官金钱；不具而上猝至，获罪。尚书周用疑以问工部主事沈啓。啓曰：“召商需材于龙江关，急驿侦上所从道，以日计，舟可立办。夫舟而归直于舟，不舟而归材于商，不难也。”上果从陆，得不费水衡钱矣。中贵人请修皇陵，锦衣朱指挥者往视。啓乘间谓朱曰：“高皇帝制：皇陵不得动寸土，违者死。今修不能无动土，而死可畏也。”朱色慑，言于中贵人而止。

范 槚

景藩役兴，王舟涉淮。从彭城达于宝应，供顿千里，舳舻万余艘，兵卫夹途，锦缆而牵者五万人。两淮各除道五丈，值民庐则撤之。槚傍庐置敝船，覆土板上望如平地，居者以安。时诸郡括丁夫俟役，呼召甚棘。槚略不为储待，漕抚大忧之，召为语。槚谩曰：“明公在，何虑耶？”漕抚怫然曰：“乃欲委罪于我。我一老夫，何济？”曰：“非敢然也。独仰明公，斯易集耳。”曰：“奈何？”槚曰：“今王船方出，粮船必不敢入闸。比次坐候，日费为难。今以旗甲守船，而用其十人为夫。彼利得僦直，趋役必喜。第须一纸牌耳。”曰：“如不足何？”曰：“今凤阳以夫数万，协济于徐，役毕必道淮而反。若乘归途之便，资而役之，无不乐应者，则数具矣。”都御史大喜称服。槚进曰：“然而无用也！”复愕然起曰：“何故？”曰：“方今上流蓄水，以济王舟。比入黄，则各闸皆泄，势若建瓴，安用众为？”曰：“是固然矣，彼肯恬然自去乎？”曰：“更计之，公无忧。”都御史叹曰：“君有心计，吾不能及也。”

先是光禄寺札沿途郡县具王膳，食品珍异，每顿直数千两。槚袖《大明会典》争于抚院曰：“王舟所过州县，止供鸡鹅柴炭，此明证也。且光禄备万方玉食以办，此穷州僻县，何缘应奉乎？”抚按然之，为咨礼部。部更奏，令第具膳直每顿二十两，妃十两，省供费巨万计。边批：具直则宵小无所容其诈矣。比至，槚遣人持锭金逆于途，遗王左右曰：“水悍难泊，唯留意。”于是王舟皆穷日行，水漂疾如激箭。三泊供止千三百，比至仪真，而一夕五万矣。

多少难题目，到此公手，便是一篇绝好文字。

张 瀚

张瀚知庐州府，再补大名。庚戌，羽当薄都门，诏遣司马郎一人，持节征四郡兵入卫。使者驰至真定，诸守相错愕，且难庭谒礼，踌躇久之。瀚闻报，以募召游食，饥附饱飏，不可用。披所属编籍，选丁壮三十之一，即令三十人治一人饷，得精锐八百人。边批：兵贵精不贵多。驰谓诸守："此何时也，而与使者争苛礼乎？司马郎诚不尊于二千石，顾《春秋》之义，以王人先诸侯，要使令行威振耳。借令傲然格使者，其谓勤王何！"诸守色动，遂俱入谒。瀚首请使者阅师。使者耑然曰："何速也！"比阅师，则人人精锐，绝出望外，使者乃叹服守文武才。

韩　琦

英宗初即位，慈寿一日送密札与韩魏公，谕及上与高后不奉事，有"为孀妇作主"之语，仍敕中贵俟报。公但曰："领圣旨。"一日入札子，以山陵有事，取覆乞晚临后上殿独对，边批：君臣何殊朋友！谓："官家不得惊，有一文字须进呈，说破只莫泄。上今日皆慈寿力，恩不可忘。然既非天属之亲，但加承奉，便自无事。"上曰："谨奉教。"又云："此文字，臣不敢留。幸宫中密烧之。若泄，则谗间乘之矣。"上唯之。自后两宫相欢，人莫窥其迹。

宋盛时，贤相得以尽力者，皆以动得面对故。夫面对则畏忌消而情谊洽，此肺腑所以得罄，而虽宫闱微密之嫌，亦可以潜用其调停也。此岂章奏之可收功者耶？虽然，面对全在因事纳忠，若徒唯唯诺诺一番，不免辜负盛典，此果圣主不能霁威而虚受耶，抑亦实未有奇谋硕画，足以耸九重之听乎？请思之。

赵令郯

崇宁初，分置敦宗院于三京，以居疏冗，选宗子之贤者莅治院中。或有尊行，治之者颇以为难。令郯初除南京敦宗院，登对，上问所以治宗子之略。对曰："长于臣者，以国法治之；幼于臣者，以家法治之。"上称善，进职而遣之。郯既至，宗子率教，未尝扰人，京邑颇有赖焉。

明智部

冯子曰：自有宇宙以来，只争“明”“暗”二字而已。混沌暗而开辟明，乱世暗而治朝明，小人暗而君子明；水不明则腐，镜不明则锢，人不明则堕于云雾。今夫烛腹极照，不过半砖，朱曦霄驾，洞彻八海。又况夫以夜为昼，盲人瞎马，侥幸深溪之不賈也，得乎？故夫暗者之未然，皆明者之已事；暗者之梦景，皆明者之醒心；暗者之歧途，皆明者之定局。由是可以知人之所不能知，而断人之所不能断，害以之避，利以之集，名以之成，事以之立。明之不可已也如是，而其目为“知微”，为“亿中”，为“剖疑”，为“经务”。吁！明至于能经务也，斯无恶于智矣！

知微卷五

圣无死地，贤无败局。缝祸于渺，迎祥于独。彼昏是违，伏机自触。集“知微”。

箕　子

纣初立，始为象箸。箕子叹曰：“彼为象箸，必不盛以土簋，将作犀玉之杯。玉杯象箸，必不羹藜藿，衣短褐，而舍于茅茨之下，则锦衣九重，高台广室。称此以求，天下不足矣！远方珍怪之物，舆马宫室之渐，自此而始，故吾畏其卒也！”未几，造鹿台，为琼室玉门，狗马奇物充其中，酒池肉林，宫中九市，而百姓皆叛。

殷长者

武王入殷，闻殷有长者。武王往见之，而问殷之所以亡。殷长者对曰：“王欲知之，则请以日中为期。”及期弗至，武王怪之。周公曰：“吾已知之矣。此君子也，义不非其主。若夫期而不当，言而不信，此殷之所以亡也。已以此告王矣。”

周　公　　太　公

太公封于齐，五月而报政。周公曰：“何疾也？”曰：“吾简其君臣，礼从其俗。”伯禽至鲁，三年而报政。周公曰：“何迟也？”曰：“变其俗，革其礼，丧三年而后除之。”周公曰：“后世其北面事齐乎？夫政不简不易，民不能近；平易近民，民必归之。”周公问太公何以治齐，曰：“尊贤而尚功。”周公曰：“后世必有篡弑之臣！”太公问周公何以治鲁，曰：“尊贤而尚亲。”太公曰：“后寝弱矣！”

二公能断齐、鲁之敝于数百年之后，而不能预为之维；非不欲维也，治道可为者止此耳。虽帝王之法，固未有久而不敝者也，敝而更之，亦俟乎后之人而已，故孔子有“变齐、变鲁”之说。陆葵日曰：“使夫子之志行，则姬、吕之言不验。”夫使孔子果行其志，亦不过变今之齐、鲁为昔之齐、鲁，未必有加于二公也。二公之孙子，苟能日儆惧于二公之言，又岂俟孔子出而始议变乎？

辛有

平王之东迁也，辛有适伊川，见披发而祭于野者，曰：“不及百年，此其戎乎？其礼先亡矣！”及鲁僖公二十二年，秦、晋迁陆浑之戎于伊川。

犹秉周礼，仲孙卜东鲁之兴基；其礼先亡，辛有料伊川之戎祸。

何曾

何曾字颖考，常侍武帝宴，退语诸子曰：“主上创业垂统，而吾每宴，乃未闻经国远图，唯说平生常事，后嗣其殆乎？及身而已，此子孙之忧也！汝等犹可获没。”指诸孙曰：“此辈必及于乱！”及绥被诛于东海王越，嵩哭曰：“吾祖其大圣乎！”嵩、绥皆邵子，曾之孙也。

管仲

管仲有疾，桓公往问之，曰：“仲父病矣，将何以教寡人？”管仲对曰：“愿君之远易牙、竖刁、常之巫、卫公子启方。”公曰：“易牙烹其子以慊寡人，犹尚可疑耶？”对曰：“人之情非不爱其子也。其子之忍，又何有于君？”公又曰：“竖刁自宫以近寡人，犹尚可疑耶？”对曰：“人之情非不爱其身也。其身之忍，又何有于君？”公又曰：“常之巫审于死生，能去苛病，犹尚可疑耶？”对曰：“死生，命也；苛病，天也。君不任其命，守其本，而恃常之巫，彼将以此无不为也！”边批：造言惑众。公又曰：“卫公子启方事寡人十五年矣，其父死而不敢归哭，犹尚可疑耶？”对曰：“人之情非不爱其父也。其父之忍，又何有于君？”公曰：“诺。”管仲死，尽逐之。食不甘，宫不治，苛病起，朝不肃。居三年，公曰：“仲父不亦过乎？”于是皆复召而反。明年，公有病，常之巫从中出曰：“公将以某日薨。”边批：所谓无不为也。易牙、竖刁、常之巫相与作乱，塞宫门，筑高墙，不通人，公求饮不得。卫公子启方以书社四十下卫。公闻乱，慨然叹，涕出，曰：“嗟乎！圣人所见岂不远哉！”

昔吴起杀妻求将，鲁人谮之；乐羊伐中山，对使者食其子，文侯赏其功而疑其心。夫能为不近人情之事者，其中正不可测也。

天顺中，都指挥马良有宠。良妻亡，上每慰问。适数日不出，上问及，左右以新娶对。上怫然曰："此厮夫妇之道尚薄，而能事我耶？"杖而疏之。宣德中，金吾卫指挥傅广自宫，请效用内廷。上曰："此人已三品，更欲何为？自残希进，下法司问罪！"噫！此亦圣人之远见也！

伐卫　伐莒

齐桓公朝而与管仲谋伐卫。退朝而入，卫姬望见君，下堂再拜，请卫君之罪。公问故，对曰："妾望君之入也，足高气强，有伐国之志也。见妾而色动，伐卫也。"明日君朝，揖管仲而进之。管仲曰："君舍卫乎？"公曰："仲父安识之？"管仲曰："君之揖朝也恭，而言也徐，见臣而有惭色。臣是以知之。"

齐桓公与管仲谋伐莒，谋未发而闻于国。公怪之，以问管仲。仲曰："国必有圣人也！"桓公叹曰："嘻！日之役者，有执柘杵而上视者，意其是耶？"乃令复役，无得相代。少焉，东郭垂至。管仲曰："此必是也！"乃令傧者延而进之，分级而立。管仲曰："子言伐莒耶？"曰："然。"管仲曰："我不言伐莒，子何故曰伐莒？"对曰："君子善谋，小人善意。臣窃意之也。"管仲曰："我不言伐莒，子何以意之？"对曰："臣闻君子有三色：优然喜乐者，钟鼓之色；愀然清静者，缞绖之色；勃然充满者，兵革之色。日者臣望君之在台上也，勃然充满，此兵革之色。君吁而不吟，所言者伐莒也；君举臂而指，所当者莒也。臣窃意小诸侯之未服者唯莒，故言之。"

桓公一举一动，小臣妇女皆能窥之，殆天下之浅人与？是故管子亦以浅辅之。

臧孙子

齐攻宋，宋使臧孙子南求救于荆。荆王大悦，许救之甚欢。臧孙子忧而反，其御曰："索救而得，子有忧色，何也？"臧孙子曰："宋小而齐大，夫救小宋而患于大齐，此人之所以忧也。而荆王悦，必以坚我也。我坚而齐敝，荆之所利也。"臧孙子归，齐拔五城于宋，而荆救不至。

南文子

智伯欲伐卫，遗卫君野马四百、璧一。卫君大悦，君臣皆贺，南文子有忧色。卫君曰："大国交欢，而子有忧色何？"文子曰："无功之赏，无力之礼，不可不察也。野马四百、璧一，此小国之礼，而大国致之。君其图之！"卫君以其言告边境。智伯果起兵而袭卫，至境而反，曰："卫有贤人，先知吾谋也！"

韩、魏不爱万家之邑以骄智伯，此亦璧马之遗也。智伯以此蛊卫，而还以自蛊，何哉？

智过 絺疵

张孟谈因朝智伯而出，遇智过辕门之外。智过入见智伯曰："二主殆将有变！"君曰："何如？"对曰："臣遇孟谈于辕门之外，其志矜，其行高。"智伯曰："不然，吾与二主约谨矣。破赵，三分其地，必不欺也。子勿出于口。"智过出见二主，入说智伯曰："二主色动而意变，必背君，不如今杀之！"智伯曰："兵著晋阳三年矣，旦暮当拔而飨其利，乃有他心，不可。子慎勿复言！"智过曰："不杀，则遂亲之。"智伯曰："亲之奈何？"智过曰："魏桓子之谋臣曰赵葭，韩康子之谋臣曰段规，是皆能移其君之计。君其与二君约：破赵则封二子者各万家之县一。如是，则二主之心可不变，而君得其所欲矣！"智伯曰："破赵而三分其地，又封二子者各万家之县一，则吾所得者少，不可！"智过见君之不用也，言之不听，出更其姓为辅氏，遂去不见。张孟谈边批：正是智过对手。闻之，入见襄子曰："臣遇智过于辕门之外，其视有疑臣之心，入见智伯，出更其姓，今暮不击，必后之矣。"襄子曰："诺。"使张孟谈见韩、魏之君，夜期杀守堤之吏，而决水灌智伯军。智伯军救水而乱。韩、魏翼而击之，襄子将卒犯其前，大败智伯军而擒智伯。智伯身死、国亡、地分，智氏尽灭，唯辅氏存焉。

按，《纲目》：智果更姓，在智宣子立瑶为后之时，谓瑶"多才而不仁，必灭智宗"，其知更早。

智伯行水，魏桓子、韩康子骖乘。智伯曰："吾乃今知水可以亡人国也！"桓子肘康子，康子履桓子之跗，以汾水可以灌安邑，绛水可以灌平阳也。絺疵谓智伯曰："韩、魏必反矣！"智伯曰："子何以知之？"对曰："以人事知之：夫从韩、魏而攻赵，赵亡，难必及韩、魏矣。今约胜赵而三分其地，城降有日，而二子无喜志，有忧色，是非反而何？"明日，智伯以其言告二子。边批：蠢人。二子曰："此谗臣欲为赵氏游说，使疑二家而懈于攻赵也。不然，二家岂不利朝夕分赵氏之田，而欲为此危难不可成之事乎？"二子出，絺疵入曰："主何以臣之言告二子也？"智伯曰："子何以知之？"对曰："臣见其视臣端而疾趋，知臣得其情故也。"

诸葛亮

有客至昭烈所，谈论甚惬。诸葛忽入，客遂起如厕。备对亮夸客，亮曰："观客色动而神惧，视低而盼数，奸形外漏，邪心内藏，必曹氏刺客也！"急追之，已越墙遁矣。

梅衡湘

少司马梅公衡湘名国祯，麻城人。总督三镇，虏酋忽以铁数镒来献，曰："此沙漠新产也。"公意必无此事，彼幸我弛铁禁耳，乃慰而遣之，即以其铁铸一剑，镌云："某年月某王赠铁。"因檄告诸边："虏中已产铁矣，不必市釜。"其后虏缺釜，来言旧例，公曰："汝国既有铁，可自治也。"虏使哗言无有，公乃出剑示之。虏使叩头服罪，自是不敢欺公一言。

按，公抚云中，值虏王款塞，以静镇之。遇华人盗夷物者，置之法，夷人于赏额外求增一丝一粟，亦不得也。公一日大出猎，盛张旗帜，令诸将尽甲而从，校射大漠。县令以非时妨稼，心怪之而不敢言。后数日，获虏谍云：虏欲入犯，闻有备中止。令乃叹服。公之心计，非人所及。

魏先生

隋末兵兴，魏先生隐梁、宋间。杨玄感战败，谋主李密亡命雁门，变姓名教授，与先生往来。先生因戏之曰："观吾子气沮而目乱，心摇而语偷，今方捕蒲山党，得非长者乎？"李公惊起，捉先生手曰："既能知我，岂不能救我与？"先生曰："吾子无帝王规模，非将帅才略，乃乱世之雄杰耳。"边批：数句道破李密一生，不减许子将之评孟德也。因极陈帝王将帅与乱世雄杰所以兴废成败，曰："吾尝望气，汾晋有圣人生。能往事之，富贵可取。"李公拂衣而言曰："竖儒不足与计事！"后脱身西走，所在收兵，终见败覆，降唐复叛，竟以诛夷。

魏先生高人，更胜严子陵一筹。

夏翁　尤翁

夏翁，江阴巨族，尝舟行过市桥，一人担粪，倾入其舟，溅及翁衣。其人旧识也，僮辈怒，欲殴之。翁曰："此出不知耳，知我宁肯相犯？"因好语遣之。及归，阅债籍，此人乃负三十金无偿，欲因以求死。翁为之折券。

长洲尤翁开钱典，岁底，闻外哄声，出视，则邻人也。司典者前诉曰："某将衣质钱，今空手来取，反出詈语，有是理乎！"其人悍然不逊。翁徐谕之曰："我知汝意，不过为过新年计耳。此小事，何以争为？"命检原质，得衣帷四五事，翁指絮衣曰："此御寒不可少。"又指道袍曰："与汝为拜年用，他物非所急，自可留也。"其人得二件，嘿然而去，是夜竟死于他家，涉讼经年。盖此人因负债多，已服毒，知尤富可诈；既不获，则移于他家耳。或问尤翁："何以预知而忍之？"翁曰："凡非理相加，其中必有所恃，小不忍则祸立至矣。"边批：名言可以喻大。人服其识。

吕文懿公初辞相位，归故里，海内仰之如山斗。有乡人醉而詈之，公戒仆者勿与较。逾年其人犯死刑入狱，吕始悔之，曰："使当时稍与计较，送公家责治，可以小惩而大戒。吾但欲存厚，不谓养成其恶，陷人于有过之地也。"议者以为仁人之言。或疑此事与夏、尤二翁相反。子犹曰：不然，醉詈者恶习，理之所有，故可创之使改。若理外之事，亦当以理外容之。智如活水，岂可拘一辙乎！"

隰斯弥

隰斯弥见田成子，田成子与登台四望，三面皆畅，南望，隰子家之树蔽之，田成子亦不言。隰子归，使人伐之，斧才数创，隰子止之。其相室曰："何变之数也？"隰子曰："谚云：'知渊中之鱼者不祥。'田子将有事，事大而我示之知微，我必危矣。不伐树，未有罪也；知人之所不言，其罪大矣，乃不伐也。"

又是隰斯弥一重知微处。

郈成子

郈成子为鲁聘于晋，过卫，右宰谷臣止而觞之，陈乐而不乐，酒酣而送之以璧。顾反，过而弗辞。其仆曰："向者右宰谷臣之觞吾子也甚欢，今侯渫过而弗辞？"郈成子曰："夫止而觞我，与我欢也；陈乐而不乐，告我忧也；酒酣而送我以璧，寄之我也。若是观之，卫其有乱乎？"倍卫三十里，闻宁喜之难作，右宰谷臣死之。还车而临，三举而归；至，使人迎其妻子，隔宅而异之，分禄而食之；其子长而反其璧。孔子闻之，曰："夫知可以微谋，仁可以托财者，其郈成子之谓乎！"

庞仲达

庞仲达为汉阳太守，郡人任棠有奇节，隐居教授。仲达先到候之，棠不交言，但以薤一大本、水一盂置户屏前，自抱儿孙伏于户下。主簿白以为倨，仲达曰："彼欲晓太守耳。水者，欲吾清；拔大本薤者，欲吾击强宗；抱儿当户，欲吾开门恤孤也！"叹息而还，自是抑强扶弱，果以惠政得民。

张安道

富郑公自亳移汝，过南京。张安道留守，公来见，坐久之。公徐曰："人固难知也！"安道曰："得非王安石乎？亦岂难知者。往年方平知贡举，或荐安石有文学，宜辟以考校，姑从之。安石既来，一院之事皆欲纷更，方平恶其人，即檄以出，自此未尝与语也。"富公有愧色。

曲逆之宰天下，始于一肉；荆公之纷天下，兆于一院。善观人者，必于其微。

寇准不识丁谓，而王旦识之。富弼、曾公亮不识安石，而张方平、苏洵、鲜于侁、李师中识之。人各有所明暗也。

洵作《辨奸论》，谓安石"不近人情"，侁则以"沽激"，师中则以"眼多白"。三人决法不同而皆验。

或荐宋莒公兄弟郊、祁可大用。昭陵曰："大者可，小者每上殿，则廷臣无一人是者。"已而莒公果相，景文竟终于翰长。若非昭陵之早识，景文得志，何减荆公！

陈　瓘

陈忠肃公因朝会，见蔡京视日，久而不瞬，每语人曰："京之精神如此，他日必贵，然矜其禀赋，敢敌太阳，吾恐此人得志，必擅私逞欲，无君自肆矣。"及居谏省，遂攻其恶。时京典辞命，奸恶未彰，众咸谓公言已甚，京亦因所亲以自解。公诵杜诗云："射人先射马，擒贼须擒王！"攻之愈力。后京得志，人始追思公言。

王禹偁

丁谓诗有"天门九重开，终当掉臂入"。王禹偁读之，曰："入公门，鞠躬如也，天门岂可掉臂入乎！此人必不忠！"后如其言。

何心隐

何心隐，隆、嘉间大侠也，而以讲学为名，善御史耿定向，游京师与处。适翰林张居正来访，何望见便走匿。张闻何在耿所，请见之。何辞以疾。张少坐，不及深语而去。耿问不见江陵之故，何曰："此人吾畏之。"耿曰："何为也？"何曰："此人能操天下大柄。"耿不谓然。何又曰："分宜欲灭道学而不能，华亭欲兴道学而不能，能兴灭者，此子也。子识之，此人当杀我！"后江陵当国，以其聚徒乱政，卒捕杀之。

心隐一见江陵，便知其必能操柄，又知其当杀我，可谓智矣，卒以放浪不检，自陷罟获，何哉？王弇州《朝野异闻》载，心隐尝游吴兴，几诱其豪为不轨，又其友吕光多游蛮中，以兵法教其酋长，然则心隐之死非枉也。而李卓吾犹以不能容心隐为江陵罪，岂正论乎！

李临川先生《见闻杂记》云：陆公树声在家日久，方出为大宗伯，不数月，引疾归。沈太史一贯当晚携榼报国寺访之，讶公略无病意，问其亟归之故。公曰："我初入都，承江陵留我阁中具饭，甚盛意也。第饭间，江陵从者持鬃抿刷双鬓者再，更换所穿衣服数四，此等举动，必非端人正士。且一言不及政事，吾是以不久留也。"噫，陆公可谓"见几而作"矣！

潘 濬

武陵郡樊伷尝诱诸夷作乱，州督请以万人讨之。权召问潘濬，濬曰："易与耳，五千人足矣。"权曰："卿何轻之甚也？"濬曰："伷虽弄唇吻而无实才，昔尝为州人设馔，比至日中，食不可得，而十余自起，此亦侏儒观一节之验也。"权大笑，即遣濬，果以五千人斩伷。

卓 敬

建文初，燕王来朝，户部侍郎卓敬密奏曰："燕王智虑绝人，酷类先帝。夫北平者，强干之地，金、元所由兴也。宜徙燕南昌，以绝祸本。夫萌而未动者，几也；量时而为者，势也。势非至劲莫能断，几非至明莫能察。"建文见奏大惊。翌日，语敬曰："燕邸骨肉至亲，卿何得及此！"对曰："杨广、隋文非父子耶！"

齐、黄诸公无此高议，使此议果行，靖难之师亦何名而起？

朱仙镇书生

朱仙镇之败，兀术欲弃汴而去。有书生扣马曰："太子毋走，岳少保且退。"兀术曰："岳少保以五百骑破吾十万，京城日夜望其来，何谓可守？"生曰："自古未有权臣在内而大将能立功于外者。岳少保且不免，况成功乎？"兀术悟，遂留。

以此书生而为兀术用，亦赋桧驱之也。

沈诸梁

楚太子建废，杀于郑，其子曰胜，在吴，子西欲召之。沈诸梁闻之，见子西曰："闻子召王孙胜，信乎？"曰："然。"子高曰："将焉用之？"曰："吾闻之，胜直而刚，欲置之境。"子高曰："不可。吾闻之，胜也诈而乱，使其父为戮于楚，其心又狷而不洁。若其狷也，不忘旧怨，而不以洁悛德，思报怨而已。夫造胜之怨者，皆不在矣。若来而无宠，速其怒也。若其宠之，贪而无厌，思旧怨以修其心，苟国有衅，必不居矣。吾闻国家将败，必用奸人，而嗜其疾味，其子之谓乎？夫谁无疾眚，能者蚤除之。旧怨灭宗，国之疾眚也。为之关钥，犹恐其至也，是之谓日惕。若召而近之，死无日矣。”弗从，召之，使处吴境，为白公。后败吴师，请以战备献，遂作乱，杀子西、子期于朝。

孙坚　皇甫郦

孙坚尝参张温军事。温以诏书召董卓，卓良久乃至，而词对颇傲。坚前耳语温曰：“卓负大罪而敢鸱张大言，其中不测。宜以召不时至，按军法斩之。”温不从，卓后果横不能制。

中平二年，董卓拜并州牧，诏使以兵委皇甫嵩，卓不从。时嵩从子郦在军中，说嵩曰：“本朝失政，天下倒悬，能安危定倾，唯大人耳。今卓被诏委兵，而上书自请，是逆命也。又以京师昏乱，踌躇不进，此怀奸也。且其凶戾无亲，将士不附。大人今为元帅，仗国威以讨之，上显忠义，下除凶害，此桓、文之事也。”嵩曰：“专命虽有罪，专诛亦有责，不如显奏其事，使朝廷自裁。”于是上书以闻。帝让卓，卓愈增怨嵩。及卓秉政，嵩几不免。

观此两条，方知哥舒翰诛张擢、李光弼斩崔众是大手段、大见识。事见《威克部》。

曹　玮

河西首领赵元昊反，上问边备，辅臣皆不能对。明日，枢密四人皆罢，王鬷谪虢州。翰林学士苏公仪与鬷善，出城见之。鬷谓公仪曰：“鬷之此行，前十年已有人言之。”公仪曰：“此术士也。”鬷曰：“非也。昔时为三司盐铁副使，疏决狱囚至河北，是时曹南院自陕西谪官初起为定帅。鬷至定，治事毕，玮谓鬷曰：‘公事已毕，自此当还，明日愿少留一日，欲有所言。’鬷既爱其雄材，又闻欲有所言，遂为之留。明日，具馔甚简俭，食罢，屏左右，曰：‘公满面权骨，不为枢辅即边帅，或谓公当作相，则不能也。不十年，必总枢于此，时西方当有警，公宜预讲边备，搜阅人材，不然无以应猝。’鬷曰：‘四境之事，唯公知之，何以见教？’曹曰：‘玮在陕西日，河西赵德明尝使以马易于中国，怒其息微，欲杀之，莫可谏止。德明有一子，年方十余岁，极谏不已：“以战马资邻国已是失计，今更以资杀边人，则谁肯为我用者！”玮闻其言，私念之曰：此子欲用其人矣，是必有异志！’闻其常往来于市中，玮欲一识之，屡使人诱致之，不可得，乃使善画者图其貌，既至观之，真英物也！此子必为边患，计其时节，正在公秉政之日，公其勉之！’是时殊未以为然，今知其所画，乃元昊也。”

李温陵曰：“对王畿谈兵，如对假道学谈学也。对耳不相闻，况能用之于掌本兵之后乎！既失官矣，乃更思前语，滔滔者天下皆是也！”

齐神武

齐神武自洛阳还，倾产结客。亲友怪问之，答曰：“吾至洛阳，宿卫羽林相率焚领军张彝宅，朝廷惧乱而不问。为政若此，事可知也。财物岂可常守耶！”自是有澄清天下之志。

莽杀子灭后家，而三纲绝；魏不治宿卫羽林之乱，而五刑隳。退则为梅福之挂冠浮海，进则为神武之散财结客。

任文公

王莽居摄，巴郡任文公善占，知大乱将作，乃课家人负物百斤，环舍疾走，日数十回。人莫知其故。后四方兵起，逃亡鲜脱者，唯文公大小负粮捷步，悉得免。

张鴬教蔡家儿学走，本此。

东院主者

唐末，岐、梁争长。东院主者知其将乱，日以菽粟作粉，为土堑，附而墁之，增其屋木，一院笑以为狂。乱既作，食尽樵绝，民所窖藏为李氏所夺，皆饿死。主沃粟为糜，毁木为薪，以免。陇右有富人，预为夹壁，视食之可藏者，干之，贮壁间，亦免。

第五伦　魏相

诸马既得罪，窦氏益贵盛，皇后兄宪、弟笃喜交通宾客。第五伦上疏曰：“宪椒房之亲，典司禁兵，出入省闼，骄佚所自生也。议者以贵戚废锢，当复以贵戚浣濯之，犹解醒当以酒也。愿陛下防其未萌，令宪永保福禄。”宪果以骄纵败。

永元和帝年号。初，何敞上封事，亦言及此，但在夺沁水公主田园及杀都乡侯畅之后，跋扈已著，未若伦疏之先见也。

魏相因平恩侯许伯奏封事，言“《春秋》讥世卿，恶宋三世无大夫，及鲁季孙之专权，皆危乱国家。自后世以来，禄去王室，政由冢宰。今霍光死，子复为大将军，兄子秉枢机，昆弟、诸婿据权势、任兵官，光夫人显及诸女皆通籍长信宫，或夜诏门出入，骄奢放纵，恐浸不制。宜有以损夺其权，破散阴谋，固万世之基，全功臣之世”。又故事，诸上书者皆为二封，署其一曰“副封”，领尚书者先发副封，所言不善，屏去不奏。魏相复因许伯白去副封，以防壅蔽。宣帝善之，诏相给事中，皆从其议。霍氏杀许后之谋始得上闻。乃罢其三侯，令就第，亲属皆出补吏。

茂陵徐福“曲突徙薪”之谋，魏相已用之早矣。

《隽不疑传》云：大将军光欲以女妻之，不疑固辞不敢当，久之病免。《刘德传》云：大将军欲以女妻之，德不敢取，畏盛满也，后免为庶人，屏居田间。霍光皆欲以女归二公而二公不受，当炙手炎炎之际，乃能避远权势，甘心摈弃，非有高识，孰能及此！观范明友之祸，益信二公之见为不可及。

马 援 二条

建武中，诸王皆在京师，竞修名誉，招游士。马援谓吕种曰：“国家诸子并壮，而旧防未立，若多通宾客，则大狱起矣。卿曹戒慎之！”后果有告诸王宾客生乱，帝诏捕宾客，更相牵引，死者以数千。种亦与祸，叹曰：“马将军神人也！”

援又尝谓梁松、窦固曰：“凡人为贵，当可使贱，如卿等当不可复贱，居高坚自持，勉思鄙言。”松后果以贵满致灾，固亦几不免。

申屠蟠

申屠蟠生于汉末。时游士汝南范滂等非讦朝政，自公卿以下皆折节下之。太学生争慕其风，以为文学将兴、处士复用，蟠独叹曰：“昔战国之世，处士横议，列国之王，至为拥彗先驱，卒有坑儒烧书之祸，今之谓矣！”乃绝迹于梁砀山之间，因树为屋，自同佣人。居二年，滂等果罹党锢，或死或刑，唯蟠超然免于疑论。

物贵极征贱，贱极征贵，凡事皆然。至于极重而不可复加，则其势必反趋于轻。居局内者常留不尽可加之地，则伸缩在我，此持世之善术也。

张 翰 等

齐王冏专政，顾荣、张翰皆虑及祸。翰因秋风起，思菰菜、莼羹、鲈鱼脍，叹曰：“人生贵适志耳，富贵何为！”即日引去。边批：有托而逃，不显其名，高甚。荣故酣饮，不省府事，以废职徙为中书侍郎。颍川处士庾衮闻冏期年不朝，叹曰：“晋室卑矣，祸乱将兴！”帅妻子逃林虑山中。

穆 生

楚元王初敬礼申公等，穆生不嗜酒，元王每置酒，常为穆生设醴。及王戊即位，常设，后忘设焉。穆生退曰："可以逝矣！醴酒不设，王之意怠，不去，楚人将钳我于市！"称疾卧。申公、白生强起之，曰："独不念先王之德与？今王一旦失小礼，何足至此！"穆生曰："《易》称：'知几其神。几者，动之微，吉凶之先见者也。君子见几而作，不俟终日。'先王所以礼吾三人者，为道存也。今而忽之，是忘道也。忘道之人，胡可与久处！边批：择交要诀。吾岂为区区之礼哉！"遂谢病去。申公、白生独留。王戊稍淫暴，二十年，为薄太后服，私奸。削东海、薛郡，乃与吴通谋。二人谏不听，胥靡之，衣之赭衣，舂于市。

列御寇

子列子穷，貌有饥色。客有言之于郑子阳者，曰："列御寇，有道之士也。居君之国而穷，君毋乃不好士乎！"郑子阳令官遗之粟数十秉。子列子出见使者，再拜而辞。使者去，子列子入，其妻望而拊心曰："闻为有道者，妻子皆得逸乐。今妻子有饥色矣，君过而遗先生食，先生又弗受也，岂非命哉！"子列子笑而谓之曰："君非自知我也，以人之言而遗我粟也。夫以人言而粟我，至其罪我也，亦且以人言。此吾所以不受也。"其后民果作难，杀子阳。受人之养而不死其难，不义；死其难，则死无道也；死无道，逆也。子列子除不义去逆也，岂不远哉！

魏相公叔痤病且死，谓惠王曰："公孙鞅年少有奇才，愿王举国而听之。即不听，必杀之，勿令出境。"边批：言杀之者，所以果其用也。王许诺而去。公叔召鞅谢曰："吾先君而后臣，故先为君谋，后以告子，子必速行矣！"鞅曰："君不能用子之言任臣，又安能用子之言杀臣乎？"卒不去。鞅语正堪与列子语对照。

韩平原馆客

韩平原侂胄尝为南海尉，延一士人作馆客，甚贤，既别，杳不通问。平原当国，尝思其人。一日忽来上谒，则已改名登第数年矣。一见欢甚，馆遇甚厚。尝夜阑酒罢，平原屏左右，促膝问曰："某谬当国秉，外间论议如何？"其人太息曰："平章家族危如累卵，尚复何言！"平原愕然问故，对曰："是不难知也！椒殿之立，非出平章，则椒殿怨矣。皇子之立，非出平章，则皇子怨矣。贤人君子，自朱熹、彭龟年、赵汝愚而下，斥逐贬死，不可胜数，则士大夫怨矣。边衅既开，三军暴骨，孤儿寡妇，哭声相闻，则三军怨矣。边民死于杀掠，内地死于科需，则四海万姓皆怨矣。丛此众怨，平章何以当之？”平原默然久之，曰：“何以教我？”其人辞谢。再三固问，乃曰：“仅有一策，第恐平章不能用耳。主上非心黄屋，若急建青宫，开陈三圣家法，为揖逊之举，边批：此举甚难，余则可为，即无此举亦可为。则皇子之怨，可变而为恩；而椒殿退居德寿，虽怨无能为矣。于是辅佐新君，涣然与海内更始，曩时诸贤，死者赠恤，生者召擢；遣使聘贤，释怨请和，以安边境；优犒诸军，厚恤死士；除苛解慝，尽去军兴无名之赋，使百姓有更生之乐。然后选择名儒，逊以相位，乞身告老，为绿野之游，则易危为安，转祸为福，或者其庶乎？”平原犹豫不决，欲留其人，处以掌故。其人力辞，竟去。未几，祸作。

唐六如

宸濠甚爱唐六如，尝遣人持百金，至苏聘之。既至，处以别馆，待之甚厚。六如住半年，见其所为不法，知其后必反，遂佯狂以处。宸濠遣人馈物，则倮形箕踞，以手弄其人道，讥呵使者。使者反命，宸濠曰：“孰谓唐生贤？一狂士耳！”遂放归，不久而告变矣。

万　二

洪武初，嘉定安亭万二，元之遗民也，富甲一郡。尝有人自京回，问其何所见闻，其人曰：“皇帝近日有诗曰：‘百僚未起朕先起，百僚已睡朕未睡。不如江南富足翁，日高丈五犹披被。’”二叹曰：“兆已萌矣！”即以家资付托诸仆干掌之，买巨航载妻子，泛游湖湘而去。不二年，江南大族以次籍没，独此人获令终。

严　辛

分宜严相以正月二十八日诞，亭州刘巨塘令宜春，入觐时，随众往祝。祝后，严相倦，其子世蕃令门者且合门。刘不得出，饥甚。有严辛者，严氏纪纲仆也，导刘往间道过其私居，留刘公饭。饭已，辛曰：“他日望台下垂目。”刘公曰：“汝主正当隆赫，我何能为？”辛曰：“日不常午，愿台下无忘今日之托！”不数年，严相败，刘公适守袁州。辛方以赃二万滞狱，刘公忆昔语，为减其赃若干，始得戍。

严氏父子智不如此仆，赵文华、鄢懋卿辈智亦不如此仆，虽满朝缙绅，智皆不如此仆也。

陈良谟

陈进士良谟，湖之安吉州人，居某村。正德二年，州大旱，各乡颗粒无收，独是村赖堰水大稔。州官概申灾，得蠲租。明年又大水，各乡田禾淹没殆尽，是村颇高阜，又独稔。州官又概申灾，租又得免，且得买各乡所鬻产及器皿诸物，价廉，获利三倍。于是大小户冒越宴乐，无日不尔。公语族人曰："吾村当有奇祸！"问："何也？"答曰："无福消受耳。吾家与郁、与张根基稍厚，犹或小可。彼俞、费、芮、李四小姓，恐不免也。"其叔兄殊不以为然。未几，村大疫，四家男妇，死无孑遗，唯费氏仅存五六丁耳。叔兄忆公前言，动念，问公："三家毕竟何如？"公曰："虽无彼四家之甚，损耗终恐有之。"越一年，果陆续俱罹回禄。大抵冒越之利，鬼神所忌，而祸福倚伏，亦乘除之数，况又暴殄天物，宜其及也！

东海张公

东海张公世居草荡，既任官；其家以城中为便，买宅于陶行桥。公闻而甚悔之，曰："吾子孙必败于此！"公六子，其后五废产。

陈眉公曰：吾乡两张尚书庄简公悦、庄懿公蓥，宅在东门外龟蛇庙左；孙文简公承恩，宅在东门外太清庵右；顾文僖公清，宅在西门外超果寺前。当时与四公同榜同朝者，其居在城市中，皆已转售他姓矣，唯四公久存至今。信乎城市不如郊郭，郊郭不如乡村，前辈之先见，真不可及。

郗　超

郗司空愔，字方回。在北府，桓宣武温忌其握兵。郗遣笺诣桓，子嘉宾超出行于道上，闻之，急取笺视，方欲共奖王室，修复园陵。边批：痴人不知。乃寸寸毁裂，归更作笺，自陈老病不堪人间，欲乞闲地自养。桓得笺大喜，即转郗公为会稽太守。

超党于桓，非肖子也，然为父画免祸之策，不可谓非智。后超病将死，缄一箧文书，属其家人："父若哀痛，以此呈之。"父后哭超过哀，乃发箧睹稿，皆与桓谋逆语，怒曰："死晚矣！"遂止。夫身死而犹能以术止父之哀，是亦智也。然人臣之义，则宁为愔之愚，勿为超之智。

张忠定

张忠定公视事退后，有一厅子熟睡。公诘之："汝家有甚事？"对曰："母久病，兄为客未归。"访之果然。公翌日差场务一名给之，且曰："吾厅岂有敢睡者耶？此必心极幽懑使之然耳，故悯之。"

体悉人情至此，人谁不愿为之死乎！

亿中卷六

镜物之情，揆事之本。福始祸先，验不回瞬。藏钩射覆，莫予能隐。集“亿中”。

子　贡

鲁定公十五年正月，邾隐公来朝，子贡观焉。邾子执玉高，其容仰，公受玉卑，其容俯。子贡曰：“以礼观之，二君皆有死亡焉。夫礼，死生存亡之体也：将左右、周旋、进退、俯仰，于是乎取之；朝、祀、丧、戎，于是乎观之。今正月相朝而皆不度，心已亡矣。嘉事不体，何以能久！高仰，骄也；卑俯，替也。骄近乱，替近疾。君为主，其先亡乎？”五月公薨。孔子曰：“赐不幸言而中，是使赐多言也。”

希　卑

秦攻赵，鼓铎之音闻于北堂。希卑曰：“夫秦之攻赵，不宜急如此，此召兵也，必有大臣欲衡者耳。王欲知其人，旦日赞群臣而访之，先言衡者，则其人也。”建信君果先言衡。

范　蠡

朱公居陶，生少子。少子壮，而朱公中男杀人，囚楚。朱公曰：“杀人而死，职也。然吾闻‘千金之子，不死于市’。”乃治千金装，将遣其少子往视之。长男固请行，不听。以公不遣长子而遣少弟，“是吾不肖”，欲自杀。其母强为言，公不得已，遣长子，为书遗故所善庄生，因语长子曰：“至，则进千金于庄生所。听其所为，慎无与争事。”长男行，如父言。庄生曰：“疾去毋留，即弟出，勿问所以然。”长男阳去，不过庄生而私留楚贵人所。庄生故贫，然以廉直重，楚王以下皆师事之。朱公进金，未有意受也，欲事成复归之以为信耳。而朱公长男不解其意，以为殊无短长。庄生以间入见楚王，言“某星某宿不利楚，独为德可除之”。王素信生，即使使封三钱之府。贵人惊告朱公长男曰：“王且赦，每赦，必封三钱之府。”长男以为赦，弟固当出，千金虚弃，乃复见庄生。生惊曰：“若不去耶？”长男曰：“固也。弟今且赦，故辞去。”生知其意，令自入室取金去。庄生羞为孺子所卖，乃入见楚王曰：“王欲以修德禳星，乃道路喧传陶之富人朱公子杀人囚楚，其家多持金钱赂王左右，故王赦。非能恤楚国之众也，特以朱公子故。”王大怒，令论杀朱公子，明日下赦令。于是朱公长男竟持弟丧归。其母及邑人尽哀之，朱公独笑曰：“吾固知必杀其弟也。

彼非不爱弟，顾少与我俱，见苦为生难，故重弃财。至如少弟者，生而见我富，乘坚策肥，岂知财所从来哉！吾遣少子，独为其能弃财也；而长者不能，卒以杀其弟。”——事之理也，无足怪者，吾日夜固以望其丧之来也！

朱公既有灼见，不宜移于妇言，所以改遣者，惧杀长子故也。“听其所为，勿与争事”，已明明道破，长子自不奉教耳。庄生纵横之才不下朱公，生人杀人，在其鼓掌。然宁负好友，而必欲伸气于孺子，何德宇之不宽也！噫，其所以为纵横之才也与！

范　睢

王稽辞魏去，私载范睢，至湖关，望见车骑西来，曰：“秦相穰侯东行县邑。”睢曰：“吾闻穰侯专秦权，恶纳诸侯客，恐辱我！我且匿车中。”有顷，穰侯至，劳王稽，因立车语曰：“关东有何变？”曰：“无有。”又曰：“谒君得无与诸侯客子俱来乎？无益，徒乱人国耳！”王稽曰：“不敢。”即别去。范睢出曰：“穰侯，智士也，其见事迟。向者疑车中有人，忘索，必悔之。”于是睢下车走，行数里，果使骑还索，无客乃已。睢遂与稽入咸阳。

穰侯举动不出睢意中，所以操纵不出睢掌中。

姚　崇　二条

魏知古起诸吏，为姚崇所引用，及同升也，崇颇轻之。无何，知古拜吏部尚书，知东道选事。崇二子并分曹洛邑，会知古至，恃其蒙恩，颇顾请托。知古归，悉以闻。上召崇，从容谓曰：“卿子才乎？皆何官也？又安在？”崇揣知上意，因奏曰：“臣有三子，两人分司东都矣。其为人多欲而寡交，以是必干知古，然臣未及闻之耳。”上始以丞相子重言之，欲微动崇意，若崇私其子，或为之隐；及闻所奏，大喜，且曰：“卿安从知之？”崇曰：“知古微时，是臣荐以至荣达。臣子愚，谓知古见德，必容其非，故必干之。”上于是明崇不私其子之过，而薄知古之负崇也，欲斥之。崇为之请曰：“臣有子无状，挠陛下法，陛下欲特原之，臣为幸大矣。而由臣逐知古，海内臣庶，必以陛下为私子臣矣，非所以裨玄化也。”上久之乃许。翌日，以知古为工部尚书，罢知政事。

姚崇与张说同为相，而相衔颇深。崇病，戒诸子曰：“张丞相与吾不协，然其人素侈，尤好服玩。吾身没后，当来吊，汝具陈吾生平服玩、宝带、重器罗列帐前。张若不顾，汝曹无类矣。若顾此，便录致之，仍以神道碑为请。既获其文，即时录进，先砻石以待，至便镌刻进御。张丞相见事常迟于我，数日后必悔，若征碑文，当告以上闻，且引视镌石。”崇没，说果至，目其服玩者三四。崇家悉如崇戒。及文成，叙致该详，时谓“极笔”。数日，果遣使取本，以为辞未周密，欲加删改。姚氏诸子引使者视碑，仍告以奏御。使者复，说大悔恨，抚膺曰：“死姚崇能算生张说，吾今日方知才之不及！”

王应

王敦既死，王含欲投王舒，其子应在侧，劝含投彬。含曰：“大将军平素与彬云何，汝欲归之？”应曰：“此乃所以宜投也！江州彬当人强盛，能立异同，此非常识所及，睹衰危，必兴慈愍。荆州舒守文，岂能意外行事耶？”含不从，边批：蠢才。径投舒，舒果沉含父子于江。彬初闻应来，为密具船以待，待不至，深以为恨。

好凌弱者必附强，能折强者必扶弱。应嗣逆敦，本非佳儿，但此论深彻世情，差强“老婢”耳。敦每呼兄含为“老婢”。

晋中行文子出亡，过县邑，从者曰：“此啬夫，公之故人，奚不休舍，且待后车。”文子曰：“吾尝好音，此人遗我鸣琴；吾好佩，此人遗我玉环。是振我过以求容于我者也，吾恐其以我求容于人也。”乃去之，果收文子后车二乘而献之其君矣。

蔺相如为宦者缪贤舍人，贤尝有罪，窃计欲亡走燕。相如问曰：“君何以知燕王？”贤曰：“尝从王与燕王会境上，燕王私握吾手曰：‘愿结交。’以故欲往。”相如止之曰：“夫赵强燕弱而君幸于赵王，故燕王欲结君。今君乃亡赵走燕，燕畏赵，其势必不敢留君，而束君归赵矣。君不如肉袒负斧锧请罪，则幸脱矣。”贤从其计。

参观二事，足尽人情之隐。

陈同甫

辛幼安流寓江南，而豪侠之气未除。一日，陈同甫来访，近有小桥，同甫引马三跃而马三却。同甫怒，拔剑斩马首，边批：豪甚。徒步而行。幼安适倚楼而见之，大惊异，即遣人询访，而陈已及门，遂与定交。后十数年，幼安帅淮，同甫尚落落贫甚，乃访幼安于治所，相与谈天下事。幼安酒酣，因言南北利害，云：南之可以并北者如此，北之可以并南者如此。“钱塘非帝王居，断牛头山，天下无援兵，决西湖水，满城皆鱼鳖。”饮罢，宿同甫斋中。同甫夜思：幼安沉重寡言，因酒误发，若醒而悟，必杀我灭口！遂中夜盗其骏马而逃。边批：能杀马必能盗马。幼安大惊。后同甫致书，微露其意，为假十万缗以济乏。幼安如数与焉。

李 泌

议者言韩滉闻乘舆在外，聚兵修石头城，阴蓄异志。上疑，以问李泌，对曰："滉公忠清俭，自车驾在外，滉贡献不绝，且镇抚江东十五州，盗贼不起，皆滉之力也。所以修石头城者，滉见中原板荡，谓陛下将有永嘉之行，为迎扈之备耳。此乃人臣忠笃之虑，奈何更以为罪乎？滉性刚严，不附权贵，故多谤毁，愿陛下察之，臣敢保其无他。"上曰："他议汹汹，章奏如麻，卿不闻乎？"对曰："臣固闻之，其子皋为考功员外郎，今不敢归省其亲，正以谤语沸腾故也。"上曰："其子犹惧如此，卿奈何保之？"对曰："滉之用心，臣知之至熟，愿上章明其无他，乞宣示中书，使朝众皆知之。"上曰："朕方欲用卿，人亦何易可保？慎勿违众，恐并为卿累。"泌退，遂上章，请以百口保滉。他日，上谓泌曰："卿竟上章，已为卿留中。虽知卿与滉亲旧，岂得不自爱其身乎！"对曰："臣岂肯私于亲旧以负陛下，顾滉实无异心。臣之上章，以为朝廷，非为身也！"上曰："如何为朝廷？"对曰："今天下旱蝗，关中米斗千钱，仓廪耗竭，而江东丰稔。愿陛下早下臣章，以解朝众之惑，而谕韩皋，使之归觐，令滉感激，无自疑之心，速运粮储，岂非为朝廷耶？"边批：此唐室安危之机，所系非细。上曰："朕深谕之矣！"即下泌章，令韩皋谒告归觐，面赐绯衣，谕以"卿父比有谤言，朕今知其所以，释然不复信矣"，因言"关中乏粮，与卿父宜速置之"。皋至润州，滉感悦流涕，即日自临水滨，发米百万斛，听皋留五日即还朝。皋别其母，啼声闻于外。滉怒，召出挞之，自送至江上，冒风涛而遣之。边批：至诚感人，可悲可泣。既而陈少游闻滉贡米，亦贡二十万斛。上谓李泌曰："韩滉乃能使陈少游亦贡米乎？"对曰："岂唯少游，诸道将争入贡矣！"边批：有他套。

荀 息

晋献公谋于荀息曰："我欲攻虞，而虢救之；攻虢，则虞救之，如之何？"荀息曰："虞公贪而好宝，请以屈产之乘与垂棘之璧，假道于虞以伐虢。"公曰："宫之奇存焉，必谏。"息曰："宫之奇之为人也，达心而懦，又少长于君。达心则其言略，懦则不能强谏，少长于君，则君轻之。且夫玩好在耳目之前，而患在一国之后，唯中智以上乃能虑之。臣料虞公，中智以下也。"晋使至虞，宫之奇果谏曰："语云：'唇亡则齿寒'。虞、虢之相蔽，非相为赐。晋今日取虢，则明日虞从而亡矣！"虞公不听，卒假晋道。行既灭虢，返戈向虞。虞公抱璧牵马而至。

虞卿

秦王龁攻赵，赵军数败，楼昌请发重使为媾。虞卿曰："今制媾者在秦，秦必欲破王之军矣，虽往请，将不听。不如以重宝附楚、魏，则秦疑天下之合纵，媾乃可成也。"王不听，使郑朱媾于秦。虞卿曰："郑朱贵人也，秦必显重之以示天下，天下见王之媾于秦，必不救王。秦知天下之不救王，则媾不可成矣！"既而果然。

战国策士，当为虞卿为第一。

傅岐

侯景叛魏归梁，封河南王。魏相高澄忽遣使议和，时举朝皆请从之。傅岐为如新令，适在朝，独曰："高澄方新得志，何事须和？必是设间以疑侯景，使景意不自安，则必图祸乱。若许之，正堕其计耳。"帝惑朱异言，竟许和。景未信，乃伪作邺人书，求以贞阳侯换景。边批：亦巧。帝答书，有"贞阳旦至，侯景夕返"语，景遂反。

李泌　李绛

德宗时，陕虢都知兵马使达奚抱晖鸩杀节度使张劝，代总军务，邀求旌节，且阴召李怀光将达奚小俊为援。上以李泌为陕虢都防御水陆运使，欲以神策军送之。对曰："陕城之人，不敢逆命，此特抱晖为恶耳。若以大兵临之，彼闭壁定矣。三面悬绝，未可以岁月下也。臣请以单骑入。"边批：大言。上曰："朕方用卿，当更使他人往。"对曰："他人必不能入。"边批：大言。今事变之初，众心未定，故可出其不意，夺其奸谋。他人犹豫迁延，彼成谋，则不得前矣。"上许之。边批：得先着。

泌见陕州进奏官及将吏在长安者，语之曰："主上以陕、虢饥，故不授泌节而领运使，欲令督江淮米以赈之耳。陕州行营在夏县，若抱晖可用，当使将，有功，则赐旌节矣。"觇者驰以告抱晖，稍用自安。泌具以白上，曰："使其士卒思米，抱晖思节，必不害臣矣。"泌出潼关，宿曲沃，将佐皆来迎。去城十五里，抱晖亦出谒。泌称其摄事保城之功，曰："军中烦言，不足介意，公等职事，皆安堵如故。"

既入城视事，宾佐有请屏人白事者，泌曰："易帅之际，军中烦言，乃其常理，泌到自妥，不愿闻也。"泌但索簿书治粮储。明日，召抱晖至宅，语之曰："吾非爱汝而不诛，恐自今危疑之地，朝廷所命，将帅不能入，故丐汝余生。汝为我赍版、币祭节使，慎无入关，自择安处，潜来取家，保无他也。"边批：

情法两尽，化有事为无事。

泌之行也，上籍陕将预乱者七十五人授泌，使诛之。泌既遣抱晖，日中，宣慰使至，泌奏“已遣抱晖，余不足问”。上复遣中使诣陕，必使诛之。泌不得已，械兵马使林滔等五人送京师，恳请赦宥。诏谪戍天德军，而抱晖遂亡命。

传称邺侯好大言，然才如邺侯方许大言。古来大言者二人，东方朔、李邺侯是也。汉武好大之主，非大言不投；唐肃倚望邺侯颇大，不大言不塞其望，望之不塞，又将迁迹他人，而其志不行矣。是皆巧于投主者也。荆公巧于投神宗而拙于酬相位，所谓言有大而夸者耶？诸葛隆中数语，不敢出一大言，正与先主局量相配。若卫鞅之干秦王，先说以帝道、王道，而后及富强，此借所必不入以坚其入，又非大言之比矣。

李绛在唐宪宗朝，值魏博田季安死，子怀谏弱，李吉甫请兴兵讨之。绛以为魏博不必用兵，当自归朝廷。吉甫盛陈不可不用兵之状。绛曰：“臣窃观两河藩镇之跋扈者，皆分兵以隶诸将，不使专在一人，恐其权任太重，乘间而谋己故也。诸将势均力敌，莫能相制；欲广相连结，则众心不同，其谋必泄；欲独起为变，则兵少力微，势必不成：跋扈者恃此以为长策。然臣窃思之，若常得严明主帅，能制诸将之死命者以临之，则粗能自图矣。今怀谏乳臭子，不能自听断，军府大权，必有所归；诸将厚薄不均，怨怒必起。然则向日分兵之策，适足为今日祸乱之阶也。田氏不为屠肆，则悉为俘囚矣，何烦天兵哉！但愿陛下按兵养威，严敕诸道，选士马以观后效，使贼中知之，不过数月，必有自效于军中者。至时，唯在朝廷应之敏速，中其机会，不爱爵禄以赏其人，使两河藩镇恐其麾下闻而效之以取朝廷之赏，亦恐惧为恭慎矣。此所谓不战而屈人兵者也。”

既而田怀谏幼弱，军政皆决于家僮蒋士则，以爱憎移易诸将，众皆愤怒。田兴晨入府，士卒数千人大噪，环兴而拜，请为留后，兴惊仆地，久之，度不免，乃谓众曰：“汝肯听吾言乎？勿犯副大使，守朝廷法令，申版籍，请官吏，然后可。”皆曰：“诺。”兴乃杀蒋士则等十余人，迁怀谏于外。

冬十月，魏博监军以状闻，上亟诏宰相，谓李绛曰：“卿揣魏博若符契！”李吉甫请遣中使宣慰以观其变，李绛曰：“不可。今田兴奉其土地兵众，坐待诏命，不乘此际推心抚纳，结以大恩，必待敕使至彼，持将士表来为请节钺，然后与之，则是恩出于下，非出于上，将士为重，朝廷为轻矣！”上乃以兴为魏博节度使。

制命至魏州，兴感泣流涕，士众无不鼓舞。李绛又言："魏博五十余年不沾皇化，一旦举六州之地来归，刳河朔之腹心，倾叛乱之巢穴，不有重赏过其所望，则无以慰士卒之心，使四邻劝慕。请发内库钱百五十万缗以赐之。"左右宦官以为太多，绛曰："田兴不贪专地之利，不顾四邻之患，归命圣朝，陛下奈何爱小费而遗大计，不以收一道人心哉？借使国家发十五万兵以取六州，期年而克之，其费岂止百五十万缗已乎？"上悦曰："朕所以恶衣菲食，蓄聚货财，正为平定四方，不然，徒贮之府库何为！"即遣知制诰裴度至魏博宣慰，以钱百五十万赏军士，六州百姓给复一年。军士受赐，欢声如雷。成德、兖郓使者数辈见之，相顾失色，叹曰："倔强果何益乎！"

李泌尝言："善料敌者，料将不料兵。"泌之策陕城，绛之揣魏博，皆料将法也。

李　晟

唐德宗时，吐蕃尚结赞请和，欲得浑瑊为会盟使，谬曰："浑侍中信厚闻于异域，必使主盟。"瑊发长安，李晟深戒之，以盟所为备不可不严。张延赏言于上曰："晟不欲盟好之成，故戒瑊以严备。我有疑彼之形，则彼亦疑我矣，盟何由成！"上乃召瑊，戒以"推诚待虏，勿为猜疑"。已而瑊奏："吐蕃决以辛未盟。"延赏集百官，以瑊表示之。晟私泣曰："吾生长西陲，备谙虏情，所以论奏，但耻朝廷为犬戎所侮耳！"将盟，吐蕃伏精骑数万于坛西，瑊等皆不知，入幕易礼服。虏伐鼓三声，大噪而至。瑊自幕后出，偶得他马乘之，唐将卒皆东走，虏纵兵追击，或杀或擒之。是日，上谓诸相曰："今日和戎息兵，社稷之福。"马燧曰："然。"柳浑曰："戎狄豺狼，非盟誓可结，今日之事，臣窃忧之！"李晟曰："诚如浑言！"上变色曰："柳浑书生，不知边计，大臣亦为此言耶！"皆伏地顿首谢，因罢朝。是日虏劫盟信至，上大惊，明日谓浑曰："卿书生，乃能料敌如此之审耶！"

初，吐蕃尚结赞恶李晟、马燧、浑瑊，曰："去三人则唐可图也！"于是离间李晟，因马燧以求和，欲执浑瑊以卖燧，使并获罪，因纵兵直犯长安，会失瑊而止。尚结赞又归燧之兄子弇，曰："河曲之役，春草未生，吾马饥，公若渡河，我无种矣。赖公许和，谨释弇以报。"帝闻之，夺燧兵权。尚结赞之谲智，亦虏中之仅见者。

王晋溪

嘉靖初年，北虏尝寇陕西，犯花马池，镇巡惶遽，请兵策应。事下九卿会议，本兵王宪以为必当发，否恐失事。众不敢异。王琼时为冢宰，独不肯，曰："我自有疏。"即奏云："花马池是臣在边时所区画，防守颇严，虏必不能入。纵入，亦不过掳掠；彼处自足防御，不久自退。若遣京军远涉边境，道路疲劳，未必可用，而沿途骚扰，害亦不细。倘至彼而虏已退，则徒劳往返耳。臣以为不发兵便！"然兵议实本兵主之，竟发六千人，命二游击将之以往。边批：只是不深知晋溪故。至彰德，未渡河，已报虏出境矣。

按，晋溪在西北，修筑花马池一带边墙。命二指挥董其役。二指挥甚效力，边墙极坚，且功役亦不甚费，有羡银二千余，持以白晋溪。晋溪曰："此一带城墙，实西北要害去处，汝能尽心了此一事，此琐琐之物何足问！即以赏汝！"后北虏犯边，即遣二指挥提兵御之。二人争先陷阵，其一竟死于敌。晋溪筹边智略类如此。又，晋溪总制三边时，每一巡边，虽中火亦费百金，未尝折干，到处皆要供具，烧羊亦数头，凡物称是。晋溪不数脔，尽撤去，散于从官，虽下吏亦沾及。故西北一有警，则人人效命。当时法网疏阔，故豪杰得行其意，使在今日，则台谏即时论罢矣。梅衡湘播州监军，行时请帑金三千备犒赏之需，及事定，所费仅四百金，登籍报部，无分毫妄用。虽性生手段大小不同，要亦时为之也。

韦孝宽

韦孝宽镇玉壁，念汾州之北、离石以南，悉是生番，抄掠居人，阻断河路，而地入于齐。孝宽欲当其要处置一大城，乃于河西征役徒十万，甲士百人，遣开府姚岳监筑之。岳以兵少为难，孝宽曰："计成此城十日即毕，彼去晋州四百余里，一日创手，二日魏境始知。设令晋州征兵，二日方集，谋议之间，自稽三日，计其军行，二日不到，我之城隍足为办矣。"乃令筑之，又令汾水以南，傍介山、稷山诸村，所在纵火。齐人谓是军营，遂收兵自固。版筑克就，卒如孝宽言。

刘 惔

汉主李势骄淫，不恤国事。桓温帅师伐之，拜表即行。朝廷以蜀道险远，温众少而深入，皆以为忧，唯刘惔以为必克。或问其故，惔曰："以博知之：温善博者也，不必得，则不为。但恐克蜀之后，专制朝廷耳！"

按，惔每奇温才，而知其有不臣之志，谓会稽王昱曰："温不可使居形势之地。"昱不从。及温既克蜀，昱惮其威名，乃引殷浩以抗之，由是浸成疑贰。至浩北伐无功，而温遂不可制矣。

杨廷和

彭泽将西讨流贼鄢本恕等，入问计廷和。廷和曰：“以君才，贼何忧不平！所戒者班师早耳。”泽后破诛本恕等，奏班师，而余党复猬起，不可制。泽既发而复留，乃叹曰：“杨公之先见，吾不及也！”

张英国三定交州而竟不能有，以英国之去也。假使如黔国故事，俾英国世为交守，虽至今郡县可矣。故平贼者，胜之易，格之难，所戒于早班师者，必有一番安戢镇抚作用，非仅仅仗兵威以胁之已也。

卜偃

虢公败戎于桑田，晋卜偃曰：“虢必亡矣！亡下阳不惧，而又有功，是天夺之鉴而益其疾也！必易晋而不抚其民矣，不可以五稔！”后五年，晋灭虢。

士鞅

晋士鞅奔秦。秦伯问于士鞅曰：“晋大夫其谁先亡？”对曰：“其栾氏乎？”秦伯曰：“以其汰乎？”对曰：“然。栾黡汰侈已甚，犹可以免，其在盈乎？”秦伯曰：“何故？”对曰：“武子，栾书。黡之父，盈之祖。之德在民，如周人之思召公焉，爱其甘棠，况其子乎！栾黡死，盈之善未能及人，武子所施没矣，而黡之怨实章，将于是乎在！”秦伯以为知言。

楚苏贾

楚子将围宋，使子文治兵于睽，终朝而毕，不戮一人。子玉复治兵于蒍，终日而毕，鞭七人，贯三人耳。国老皆贺子文。苏贾尚幼，后至，不贺。子文问之，对曰：“不知所贺。子之传政于子玉，曰靖国也。靖诸内而败诸外，所获几何？子玉之败，子之举也。举以败国，将何贺焉？子玉刚而无礼，不可以治民；过三百乘，其不能以入矣。苟入而贺，何后之有？”及城濮之战，晋文公避楚三舍，子玉从之，兵败自杀。

班超

班超久于西域，上疏愿生入玉门关，乃召超还，以戊己校尉任尚代之。尚谓超曰：“君侯在外域三十余年，而小人猥承君后，任重虑浅，宜有以诲之。”超曰：“塞外吏士，本非孝子顺孙，皆以罪过徙补边屯，而蛮夷怀鸟兽之心，难养易败。今君性严急，水清无鱼，察政不得下和，宜荡佚简易，宽小过，总大纲而已。”超去后，尚私谓所亲曰：“我以班君尚有奇策，今所言平平耳！”尚留数年而西域反叛，如超所戒。

蔡谟

蔡谟，字道明。康帝时，石季龙死，中原大乱。朝野咸谓太平指日可俟，谟独不然，谓所亲曰:“胡灭诚大庆，然将贻王室之忧。”或问何故，谟曰:“夫能顺天而奉时，济六合于草昧者，若非上哲，必由英豪。度德量力，决非时贤所及。必将经营分表，疲民以逞志。才不副任，略不称心，财殚力竭，智勇俱屈，此韩卢、东郭所以双毙也！”未几，果有殷浩之役。

曹操 四条

何进与袁绍谋诛宦官，何太后不听，进乃召董卓，欲以兵胁太后。曹操闻而笑之，曰:“阉竖之官，古今宜有，但世主不当假之以权宠，使至于此。既治其罪，当诛元恶，一狱吏足矣，何必纷纷召外将乎？欲尽诛之，事必宣露，吾见其败也！”卓未至而进见杀。

袁尚、袁熙奔辽东，尚有数千骑。初，辽东太守公孙康恃远不服，及操破乌丸，或说操:“遂征之，尚兄弟可擒也。”操曰:“吾方使康斩送尚、熙首来，不烦兵矣。”九月，操引兵自柳城还，康即斩尚、熙，传其首。诸将问其故，操曰:“彼素畏尚等，吾急之则并力，缓之则相图，其势然也。”

曹公之东征也，议者惧军出，袁绍袭其后，进不得战而退失所据。公曰:“绍性迟而多疑，来必不速。刘备新起，众心未附，急击之，必败。此存亡之机，不可失也！”卒东击备。田丰果说绍曰:“虎方捕鹿，熊据其穴而啖其子，虎进不得鹿，而退不得其子。今操自征备，空国而去，将军长戟百万，胡骑千群，直指许都，捣其巢穴。百万之师自天而下，若举炎火以焦飞蓬，覆沧海而沃漂炭，有不消灭者哉！兵机变在斯须，军情捷于桴鼓。操闻，必舍备还许，我据其内，备攻其外，逆操之头必悬麾下矣！失此不图，操得归国，休兵息民，积谷养士。方今汉道陵迟，纲纪弛绝，而操以枭雄之资，乘跋扈之势，恣虎狼之欲，成篡逆之谋，虽百道攻击，不可图也！”绍辞以子疾，不许。边批：奴才不出操所料。丰举杖击地曰:“夫遭此难遇之机，而以婴儿之故失其会，惜哉！”

操明于翦备，而汉中之役，志盈得陇，纵备得蜀，不用司马懿、刘晔之计，何也？或者有天意焉？操既克张鲁，司马懿曰:“刘备以诈力虏刘璋，蜀人未附，今破汉中，益州震动。因而压之，势必瓦解。”刘晔亦以为言，操不从。居七日，蜀降者言:“蜀中一日数十惊，守将虽斩之而不能安也。”操问晔曰:“今可击否？”晔曰:“今已小定，未可犯矣。”操退，备遂并有汉中。

安定与羌胡密迩，太守毋丘兴将之官，公戒之曰:“羌胡欲与中国通，自当遣人来，慎勿遣人往！善人难得，必且教羌人妄有请求，因以自利，不从，便为失异俗意，从之则无益。”兴佯诺去。及抵郡，辄遣校尉范陵至羌，陵果教羌使自请为属国都尉。公笑曰：“吾预知当尔，非圣也，但更事多耳！”

郭嘉　虞翻

孙策既尽有江东，转斗千里，闻曹公与袁绍相持官渡，将议袭许。众闻之，皆惧。郭嘉独曰：“策新并江东，所诛皆英杰，能得人死力者也。然策轻而无备，虽有百万众，无异于独行中原。若刺客伏起，一人之敌耳。以吾观之，必死于匹夫之手！”虞翻字仲翔亦以策好驰骋游猎，谏曰：“明府用乌集之众，驱散附之士，皆能得其死力，此汉高之略也。至于轻出微行，吏卒尝忧之。夫白龙鱼服，困于豫且，白蛇自放，刘季害之。愿少留意！”策曰：“君言是也。”然终不能悛，至是临江未济，果为许贡家客所杀。

孙伯符不死，曹瞒不安枕矣。天意三分，何预人事？

黄权 等

初，刘璋遣人迎先主，主簿黄权怒而言曰：“厝火积薪，其势必焚；及溺呼船，悔将无及。左将军有骁名，今迎到，欲以部曲遇之，则不满其心；欲以宾客待之，则一国不容二君。若客有泰山之安，则主有累卵之危，可且闭关以待河清。”从事王累自倒悬于州门而谏，曰：“两高不可重，两大不可容，两贵不可双，两势不可同。重、容、双、同，必争其功！”皆弗听。

从事郑度好奇计，从容说曰：“左将军悬军袭我，兵不满万，士众未附，野谷是资，军无辎重。其计莫若尽驱巴西、梓潼民，内涪水以西，其仓廪野谷一皆烧除，高垒深沟，静以待之。彼至请战，勿许。久无所资，不过百日，必将自走。走而击之，此成擒耳。”先主闻而恶之，谓法正曰：“度计若行，吾事去矣！”正曰：“终不能用，无可忧也。”卒如正料，璋谓其群下曰：“吾闻驱敌以安民，未闻驱民以避敌也。”边批：头巾话。于是黜度，不用其计。

先主入成都，召度谓曰：“向用卿计，孤之首悬于蜀门矣！”引为宾客，曰：“此吾广武君也！”

罗隐

浙帅钱镠时，宣州叛卒五千余人送款，钱氏纳之，以为腹心。时罗隐在幕下，屡谏，以为敌国之人，不可轻信。浙帅不听。杭州新治，城堞楼橹甚盛。浙帅携僚客观之，隐指却敌，阳不晓曰：“设此何用？”浙帅曰：“君岂不知备敌耶？”隐谬曰：“若是，何不向里设之？”盖指宣卒也。后指挥使徐绾等挟宣卒为乱，几于覆国。

迩年辽阳、登州之变，皆降卒为祟。守土者不可不慎此一着！

夏侯霸

夏侯霸降蜀，姜维问曰："司马公既得彼政，当复有征伐之志否？"霸曰："司马公自当作家门，彼方有内志，未遑及外事也。公提轻卒，径抵中原，因食于敌，彼可窥而扰也。然有钟士季者，其人虽少，有胆略，精练策数，终为吴、蜀之忧。但非常之人，必不为人用，而人亦必不能用之，士季其不免乎？"后十五年而会果灭蜀，蜀灭而会反，皆如霸言。

傅　嘏

何晏、邓飏、夏侯玄并求傅嘏交，而嘏终不许。诸人乃因荀粲说合之，谓嘏曰："夏侯太初一时之杰士，虚心于子，而卿意怀不可。交合则好成，不合则致隙，二贤莫若睦，则国之休。此蔺相如所以下廉颇也。"傅嘏曰："夏侯太初志大心劳，能合虚誉，所谓利口覆国之人；何晏、邓飏有为而躁，博而寡要，外好利而内无关钥，贵同恶异，多言而妒前，多言多衅，妒前无亲。以吾观之，此三贤者皆败德之人尔，远之犹恐罹祸，况可亲之耶！"皆如其言。

蔡邕就董卓之辟，而不免其身；韦忠辞张华之荐，而竟违其祸。士君子不可不慎所因也！

陆　逊　　孙　登

陆逊多沉虑，筹无不中，尝谓诸葛恪曰："在吾前者，吾必奉之同升；在吾下者，吾必扶持之。边批：长者之言。君今气陵其上，意蔑乎下，恐非安德之基也！"恪不听，卒见杀。

嵇康从孙登游三年，问终不答。康将别，曰："先生竟无言耶？"登乃曰："子识火乎？生而有光，而不用其光，果在于用光；人生有才，而不用其才，果在于用才。故用光在乎得薪，所以保其曜；用才在乎识物，所以全其年。今子才多识寡，难乎免于今之世矣！"康不能用，卒死吕安之难。

盛　度

盛文肃度为尚书右丞，知扬州，简重，少所许可。时夏有章自建州司户参军授郑州推官，过扬州。盛公骤称其才雅，置酒召之。夏荷其意，为一诗谢别。公先得诗，不发，使人还之，谢不见。夏殊不意，往见通判刁绎，具言所以。绎疑将命者有忤，诣公问故。公曰："无他也。吾始见其气韵清秀，谓必远器，今封诗，乃自称'新圃田从事'。得一幕官，遂尔轻脱。君但观之，必止于此官——志已满矣。”明年，除馆阁校勘，坐旧事寝夺，改差国子监主簿，仍带原官。未几卒于京。

邵康节 二条

王安石罢相，吕惠卿参知政事。富郑公见康节，有忧色。康节曰：“岂以惠卿凶暴过安石耶？”曰：“然。”康节曰：“勿忧。安石、惠卿本以势利相合，今势利相敌，将自为仇矣，不暇害他人也。”未几，惠卿果叛安石。

按，荆公行新法，任用新进。温公贻以书曰：“忠信之士，于公当路时虽龃龉可憎，后必得其力；谄谀之人，于今诚有顺适之快，一旦失势，必有卖公以自售者。”盖指吕惠卿也。

熙宁初，王宣徽之子名正甫，字茂直，监西京粮料院。一日约邵康节同吴处厚、王平甫食饭，康节辞以疾。明日，茂直来问康节辞会之故，康节曰：“处厚好议论，每讥刺执政新法。平甫者，介甫之弟，虽不甚主其兄，若人面骂之，则亦不堪矣。此某所以辞也。”茂直叹曰：“先生料事之审如此！昨处厚席间毁介甫，平甫作色，欲列其事于府。某解之甚苦，乃已。”呜呼，康节以道德尊一代，平居出处，一饭食之间，其慎如此！

邵伯温

初，蔡确之相也，神宗崩，哲宗立。邢恕自襄州移河阳，诣确，谋造定策事。及司马光子康诣阙，恕召康诣河阳。邵伯温谓康曰：“公休除丧，未见君，不宜枉道先见朋友。”康曰：“已诺之。”伯温曰：“恕倾巧，或以事要公休，若从之，必为异日之悔。”康竟往，恕果劝康作书称确，以为他日全身保家计。康、恕同年登科，恕又出光门下，康遂作书如恕言。恕盖以康为光子，言确有定策功，世必见信。既而梁焘与刘安世共请诛确，且论恕罪，亦命康分析，康始悔之。

范忠宣

元祐嫉恶太甚，吕汲公、梁况之、刘器之定王介甫亲党吕吉甫、章子厚而下三十人，蔡持正亲党安厚卿、曾子宣而下十人，榜之朝堂。范纯父上疏，以为“歼厥渠魁，胁从罔治”。范忠宣太息，语同列曰：“吾辈将不免矣！”后来时事既变，章子厚建元祐党，果如忠宣之言。大抵皆出于士大夫报复，而卒使国家受其咎，悲夫！

王楙《野客丛谈》云：“君子之治小人，不可为已甚，击之不已，其报必酷。余观《北史》，神龟之间，张仲瑀铨削选格，排抑武人，不使预清品。一时武人攘袂扼腕，至无所泄其愤。于是羽林武贲几千人至尚书省诟骂，直造仲瑀之第，屠灭其家。群小悉投火中，及得尸体，不复辨识，唯以髻中小钗为验。其受祸如此之毒！事势相激，乃至于此，为可伤也！庄子谓刻核太过，则不肖之心应之。今人徒知锐于攻击，逞一时之快，而识者固深惧之。”

常安民

吕惠卿出知大名府，监察御史常安民虑其复留，上言：“北都重镇，而除惠卿。惠卿赋性深险，背王安石者，其事君可知。今将过阙，必言先帝而泣，感动陛下，希望留京矣。”帝纳之。及惠卿至京师，请对，见帝果言先帝事而泣。帝正色不答。计卒不施而去。

乔寿朋

嘉定间，山东忠义李全跋扈日甚，朝廷择人帅山阳，一时文臣无可使，遂用许国。国，武夫也，特换文资除太府卿以重其行。乔寿朋以书抵史丞相曰：“祖宗朝，制置使多用名将。绍兴间，不独张、韩、刘、岳为之，杨沂中、吴玠、吴磷、刘锜、王燮、成闵诸人亦为之，岂必尽文臣哉！至于文臣在边事，固有反以观察使授之者，如韩忠献、范文正、陈尧咨是也。今若就加本分之官，以重制帅之选，初无不可，乃使之处非其据，遽易以清班，彼修饰边幅，强自标置，求以称此，人心固未易服，恐反使人有轻视不平之心，此不可不虑也！”史不能从。国至山阳，偃然自大，受全庭参，全军忿怒，因而杀之，自此遂叛。

曹武惠王

曹武惠王既下金陵，降后主，复遣还内治行。潘美忧其死，不能生致也，止之。王言：“吾适受降，见其临渠犹顾左右扶而后过，必不然也。且彼有烈心，自当君臣同尽，必不生降；既降，又肯死乎？”

或劝艺祖诛降王，入则变生。艺祖笑曰：“守千里之国，战十万之师，而为我擒，孤身远客，能为变乎？”可谓君臣同智。

剖疑卷七

讹口如波，俗肠如锢。触目迷津，弥天毒雾。不有明眼，孰为先路？太阳当空，妖魑匿步。集“剖疑”。

汉昭帝

昭帝初立，燕王旦怨望谋反。而上官桀忌霍光，因与旦通谋，诈令人为旦上书，言："光出都，肄郎羽林肄习军官。道上称跸，擅调益幕府校尉，专权自恣，疑有非常。"候光出沐日奏之，帝不肯下。光闻之，止画室中不入。上问："大将军安在？"桀曰："以燕王发其罪，不敢入。"诏召光入，光免冠顿首谢，上曰："将军冠。朕知是书诈也，将军无罪。"光曰："陛下何以知之？"上曰："将军调校尉以来未十日，燕王何以知之？"时帝年十四，尚书左右皆惊，而上书者果亡。

张 说

说有材辩，能断大义。景云初，帝谓侍臣曰："术家言五日内有急兵入宫，奈何？"左右莫对，说进曰："此谗人谋动东宫耳。边批：破的。陛下若以太子监国，则名分定、奸胆破、蜚语塞矣。"帝如其言，议遂息。

李 泌 二条

德宗贞元中，张延赏在西川，与东川节度使李叔明有隙。上入骆谷，值霖雨，道路险滑，卫士多亡归朱泚。叔明子升等六人，恐有奸人危乘舆，相与啮臂为盟，更控上马，以至梁州。及还长安，上皆为禁卫将军，宠遇甚厚。张延赏知升出入郜国大长公主第，郜国大长公主，肃宗女，适驸马都尉萧升，女为德宗太子妃。密以白上。上谓李泌曰："郜国已老，升年少，何为如是？"泌曰："此必有欲动摇东宫者，边批：破的。谁为陛下言此？"上曰："卿勿问，第为朕察之。"泌曰："必延赏也。"上曰："何以知之？"泌具言二人之隙，且曰："升承恩顾，典禁兵，延赏无以中伤，而郜国乃太子萧妃之母，故欲以此陷之耳。"上笑曰："是也！"

或告主淫乱，且厌祷，上大怒，幽主于禁中，切责太子。太子请与萧妃离婚。上召李泌告之，且曰："舒王近已长，孝友温仁。"泌曰："陛下唯一子，边批：急投。奈何欲废之而立侄？"上怒曰："卿何得间人父子！谁语卿舒王为侄者？"对曰："陛下自言之。大历初，陛下语臣：'今日得数子。'臣请其故，陛下言'昭靖诸子，主上令吾子之'。今陛下所生之子犹疑之，何有于侄？舒王虽孝，自今陛下宜努力，勿复望其孝矣。"上曰："卿违朕意，何不爱家族耶？"对曰："臣为爱家族，故不敢不尽言。若畏陛下盛怒而为曲从，陛下明日悔之，必尤臣云：'吾任汝为相，不力谏，使至此！'必复杀臣子。臣老矣，余年不足惜，若冤杀臣子，以侄为嗣，臣未得歆其祀也！"因呜咽流涕。上亦泣曰："事已如此，使朕如何而可？"对曰："此大事，愿陛下审图之。臣始谓陛下圣德，当使海外蛮夷皆戴之如父，边批：缓步。岂谓自有子而自疑之？

自古父子相疑，未有不亡国覆家者。陛下记昔在彭原，建宁何故而诛？”边批：似缓愈切。上曰：“建宁叔实冤，肃宗性急，谮之者深耳。”泌曰：“臣昔以建宁之故辞官爵，誓不近天子左右。不幸今日又为陛下相，又睹诸事。臣在彭原，承恩无比，竟不敢言建宁之冤，及临辞乃言之，肃宗亦悔而泣。先帝代宗自建宁死，常怀危惧，边批：引之入港。亦为先帝诵《黄台瓜辞》，以防谗构之端。”上曰：“朕固知之。”意色稍解，乃曰：“贞观、开元，皆易太子，何故不亡？”对曰：“昔承乾太宗太子屡监国，托附者众，藏甲又多，与宰相侯君集谋反，事觉，太宗使其舅长孙无忌与朝臣数十鞫之，事状显白，然后集百官议之。当时言者犹云：‘愿陛下不失为慈父，使太子得终天年。’太宗从之，并废魏王泰。陛下既知肃宗性急，以建宁为冤，臣不胜庆幸。愿陛下戒覆车之失，从容三日，究其端绪而思之，陛下必释然知太子之无他也。若果有其迹，当召大臣知义理者二三人，与臣鞫实，陛下如贞观之法行之，废舒王而立皇孙，则百代之后有天下者，犹陛下之子孙也。至于开元之时，武惠妃谮太子瑛兄弟，杀之，海内冤愤，此乃百代所当戒，又可法乎？且陛下昔尝令太子见臣于蓬莱池，观其容表，非有蜂目豺声、商臣之相也，正恐失于柔仁耳。又，太子自贞元以来，尝居少阳院，在寝殿之侧，未尝接外人、预外事，何自有异谋乎？彼谮者巧诈百端，虽有手书如晋愍怀、衷甲如太子瑛，犹未可信，况但以妻母有罪为累乎？幸赖陛下语臣，臣敢以宗族保太子必不知谋。向使杨素、许敬宗、李林甫之徒承此旨，已就舒王图定策之功矣！”上曰：“为卿迁延至明日思之。”泌抽笏叩头泣曰：“如此，臣知陛下父子慈孝如初也。然陛下还宫当自审，勿露此意于左右，露之则彼皆树功于舒王，太子危矣！”上曰：“具晓卿意。”间日，上开延英殿，独召泌，流涕阑干，抚其背曰：“非卿切言，朕今悔无及矣！太子仁孝，实无他也！”泌拜贺，因乞骸骨。

邺侯保全广平，及劝德宗和亲回纥，皆显回天之力。独郜国一事，杜患于微，宛转激切，使猜主不得不信，悍主不得不柔，真万世纳忠之法。

寇准

楚王元佐，太宗长子也，因申救廷美不获，遂感心疾，习为残忍；左右微过，辄弯弓射之。帝屡诲不悛。重阳，帝宴诸王，元佐以病新起，不得预，中夜发愤，遂闭媵妾，纵火焚宫。帝怒，欲废之。会寇准通判郓州，得召见。太宗谓曰：“卿试与朕决一事，东宫所为不法，他日必为桀、纣之行，欲废之，则宫中亦有甲兵，恐因而招乱。”准曰：“请某月日，令东宫于某处摄行礼，其左右侍从皆令从之。陛下搜其宫中，果有不法之事，俟还而示之；废太子，一黄门力耳。”太宗从其策。及东宫出，得淫刑之器，有剜目、挑筋、摘舌等物。还而示之，东宫服罪，遂废之。

搜其宫中，如无不法之事，东宫之位如故矣。不然，亦使心服无冤耳。江充、李林甫，岂可共商此事！

隽不疑

汉昭帝五年，有男子诣阙，自谓卫太子。诏公卿以下视之，皆莫敢发言。京兆尹隽不疑后至，叱从吏收缚，曰：“卫蒯聩出奔，卫辄拒而不纳，《春秋》是之。太子得罪先帝，亡不即死，今来自诣，此罪人也！”遂送诏狱。上与霍光闻而嘉之曰：“公卿大臣当用有经术、明于大谊者。”由是不疑名重朝廷。后廷尉验治，坐诬罔腰斩。

国无二君，此际欲一人心、绝浮议，只合如此断决。其说《春秋》虽不是，然时方推重经术，不断章取义亦不足取信。《公羊》以卫辄拒父为尊祖。想当时儒者亦主此论。

孔季彦

梁人有季母杀其父者，而其子杀之。有司欲当以大逆，孔季彦曰：“昔文姜与弑鲁桓，《春秋》去其姜氏，《传》谓‘绝不为亲，礼也’。夫绝不为亲，即凡人耳。方之古义，宜以非司寇而擅杀当之，不当以逆论。”人以为允。

张　晋

大司农张晋为刑部时，民有与父异居而富者，父夜穿垣，将入取资。子以为盗也，瞷其入，扑杀之。取烛视尸，则父也。吏议子杀父，不宜纵；而实拒盗，不知其为父，又不宜诛，久不能决。晋奋笔曰：“杀贼可恕，不孝当诛。子有余财，而使父贫为盗，不孝明矣！”竟杀之。

杜　杲

六安县人有嬖其妾者，治命与二子均分。二子谓妾无分法，杜杲书其牍曰：“《传》云‘子从父命’，《律》曰‘违父教令’，是父之言为令也。父令子违，不可以训。然妾守志则可，或去或终，当归二子。”部使者季衍览之，击节曰：“九州三十三县令之最也！”

蔡　京

蔡京在洛。有某氏嫁两家，各有子；后二子皆显达，争迎养其母，成讼。执政不能决，持以白京。京曰：“何难？第问母所欲。”遂一言而定。

曹克明

克明有智略，真宗朝累功官融、桂等十州都巡检。既至，蛮酋来献药一器，曰："此药凡中箭者傅之，创立愈。"克明曰："何以验之？"曰："请试鸡犬。"克明曰："当试以人。"取箭刺酋股而傅以药，酋立死，群酋惭惧而去。

大水 二条

汉成帝建始中，关内大雨四十余日。京师民无故相惊，言"大水至"。百姓奔走相蹂躏，老弱号呼，长安中大乱。大将军王凤以为太后与上及后宫可御船，令吏民上城以避水。群臣皆从凤议，右将军王商独曰："自古无道之国，水犹不冒城郭，今何因当有大水一日暴至？此必讹言也。不宜令上城，重惊百姓。"上乃止。有顷稍定，问之，果讹言，于是美商之固守。

天圣中尝大雨，传言汴口决，水且大至。都人恐，欲东奔。帝以问王曾，曾曰："河决，奏未至，必讹言耳。不足虑！"已而果然。

嘉靖间，东南倭乱，苏城戒严。忽传寇从西来，已过浒墅。太守率众登城，急令闭门。乡民避寇者万数，腾踊门外，号呼震天。任同知环愤然曰："未见寇而先弃良民，谓牧守何！有事，环请当之！"乃分遣县僚洞开六门，纳百姓，而自仗剑帅兵，坐接官亭以遏西路。乡民毕入，良久，而倭始至，所全活甚众。吴民至今尸祝之。又万历戊午间，无锡某乡构台作戏娱神。有哄于台者，优人不脱衣，仓皇趋避。观戏者亦雨散，口中戏云："倭子至矣！"此语须臾传遍，且云"亲见锦衣倭贼"。由是城门昼闭，城外人填涌，践踏死者近百人，迄夜始定。此虽近妖，亦有司不练事之过也。大抵兵火之际，但当远其侦探，虽寇果临城，犹当静以镇之，使人心不乱，而后可以议战守；若讹言，又当直以理却之矣。

开元初，民间讹言"上采女子以充掖庭"。上闻之，令选后宫无用者，载还其家，讹言乃息。语曰："止谤莫如自修。"此又善于止讹者。天启初，吴中讹言"中官来采绣女"，民间若狂，一时婚嫁殆尽。此皆恶少无妻者之所为，有司不加禁缉，男女之失所者多矣。

西门豹

魏文侯时，西门豹为邺令，会长老问民疾苦。长老曰："苦为河伯娶妇。"豹问其故，对曰："邺三老、廷掾常岁赋民钱数百万，用二三十万为河伯娶妇，与祝巫共分其余。当其时，巫行视人家女好者，云'是当为河伯妇'，即令洗沐，易新衣。治斋宫于河上，设绛帷床席，居女其中。卜日，浮之河，行数十里乃灭。俗语曰：‘即不为河伯娶妇，水来漂溺。’人家多持女远窜，故城中益空。”豹曰：“及此时，幸来告，吾亦欲往送。”至期，豹往会之河上。三老、官属、豪长者、里长、父老皆会，聚观者数千人。其大巫，老女子也，女弟子十人从其后。豹曰：“呼河伯妇来。”既见，顾谓三老、巫祝、父老曰：“是女不佳，烦大巫妪为入报河伯。更求好女，后日送之。”即使吏卒共抱大巫妪投之河。有顷，曰：“妪何久也？弟子趣之。”复投弟子一人河中。有顷，曰：“弟子何久也？”复使一人趣之。凡投三弟子。豹曰：“是皆女子，不能白事。烦三老为入白之。”复投三老。豹簪笔磬折，向河立待，良久，旁观者皆惊恐。豹顾曰：“巫妪、三老不还报，奈何？”复欲使廷掾与豪长者一人入趣之。皆叩头流血，色如死灰。豹曰：“且俟须臾。”须臾，豹曰：“廷掾起矣！河伯不娶妇也！”邺吏民大惊恐，自是不敢复言河伯娶妇。

娶妇以免溺，题目甚大。愚民相安于惑也久矣，直斥其妄，人必不信。唯身自往会，簪笔磬折，使众著于河伯之无灵，而向之行诈者计穷于畏死，虽驱之娶妇，犹不为也，然后弊可永革。

宋　均

光武时，宋均为九江太守。所属浚遒县有唐、后二山，民共祠之。诸巫初取民家男女以为公妪，后沿为例，民家遂至相戒不敢娶嫁。均至，乃下教：自后凡为祠山娶者，皆娶巫家女，勿扰良民。未几祠绝。

圣　水

宝历中，亳州云出“圣水”，服之愈宿疾。自洛及江西数十郡人，争施金往汲，获利千万，人转相惑。李德裕在浙西，命于大市集人置釜，取其水，用猪肉五斤煮，云：“若圣水也，肉当如故。”须臾肉烂。自此人心稍定，妖亦寻败。

佛　牙

后唐明宗时，有僧游西域，得佛牙以献。明宗以示大臣，学士赵凤进曰：“世传佛牙水火不能伤，请验其真伪。”即举斧碎之，应手而碎。时宫中施物已及数千，赖碎而止。

正德时，张锐、钱宁等以佛事蛊惑圣聪。嘉靖十五年，从夏言议，毁大善殿，佛骨、佛牙不下千百斤，夫牙骨之多至此，使尽出佛身，佛亦不足贵矣！诬妄亵渎，莫甚于此，真佛教之罪人也！

活 佛

滇俗崇释信鬼，鹤庆玄化寺称有活佛，岁时士女会集，动数万人，争以金泥其面。林俊按鹤庆，命焚之。父老争言“犯之者，能致雹损稼”。俊命积薪举火：“果雹即止。”火发，无他，遂焚之，得金数百两，悉输之官，代民偿逋。

五斗米、白莲教之祸，皆以烧香聚众为端。有地方之责者，不得不防其渐，非徒醒愚救俗而已。夫佛以清净为宗，寂灭为教，万无活理。且言“犯者致雹”，此山鬼伎俩，佛若有灵，肯受人诬乎？即果能致雹，亦必异物凭之，非佛所致也！况邪不胜正，异物必不能致雹乎？火举而雹不至，大众亦何说之辞哉？至金悉输官，佛亦谅其无私矣。近世有佛面刮金，致恶疮溃面以死，夫此墨吏，亦佛法所不容也。不然，苟有益生民，佛虽舍身犹可也。

蔡仙姑

宋元丰中，陈州蔡仙姑能化现丈六金身，堂设净水，至者必先洗目而入。有廖县尉，一日率其部曲，约洗一目。及入，以洗目视之，宝莲台上金佛巍然；以不洗目视之，大竹篮中一老妪，箕踞而坐。乃叱其下，擒之。

程 珦

程珦尝知龚州，有传区希范家神降，迎其神，将为祠南海。道出龚，珦诘之，答曰：“比过浔，浔守不信，投祠具江中，乃逆流上。守惧，更致礼。”珦曰：“吾请更投之。”则顺流去，妄遂息。珦，明道、伊川之父。

石佛首

南山僧舍有石佛，岁传其首放光，远近男女聚观，昼夜杂处。为政者畏其神，莫敢禁止。程颢始至，诘其僧曰：“吾闻石佛岁现光，有诸？”曰：“然。”戒曰：“俟复见，必先白。吾职事不能往，当取其首就观之。”自是不复有光矣。

妒女祠

狄梁公为度支员外郎，车驾将幸汾阳，公奉使修供顿。并州长史李玄冲以道出妒女祠，俗称有盛衣服车马过者，必致雷风，欲别开路。公曰：“天子行幸，千乘万骑，风伯清尘，雨师洒道，何妒女敢害而欲避之？”玄冲遂止，果无他变。

张 昺 三条

成化中，铅山有娶妇及门而揭幕只空舆者。姻家谓娅欺己，诉于县；娅家又以戕其女互讼。媒从诸人皆云："女实升舆，不知何以失去。"官不能决。慈溪张进士昺新任，偶以勘田均税出郊，行至邑界。有树大数十轮，荫占二十余亩，其下不堪禾黍，公欲伐之以广田。从者咸谏，以为"此树乃神所栖，百姓稍失瞻敬，便至死病，不可忽视也"。公不听，移文邻邑，约共伐之。邻令惧祸，不从。父老吏卒复交口谏沮，而公执愈坚。期日率数十夫戎服鼓吹而往，未至数百步，公独见衣冠者三人拜谒道左，曰："我等树神也。栖息此有年矣，幸公垂仁相舍。"公叱之，忽不见。命夫运斤，树有血出，众惧欲止。公乃手自斧之，众不敢逆。创三百，方断其树。树颠有巨巢，巢中有三妇人，堕地，冥然欲绝。命扶而灌之以汤，良久始苏。问："何以在此？"答曰："昔年为暴风吹至，身在高楼，与三少年欢宴，所食皆美馔。时时俯瞰楼下，城市历历在目，而无阶可下。少年往来，率自空中飞腾，不知乃居树巢也。"公悉访其家还之。中一人，正舆中摄去者，讼始解。公以其木修公廨数处，而所荫地复为良田。

《田居乙记》载："桂阳太守张辽家居买田，田中有大树十余围，扶疏盖数亩地，播不生谷。遣客伐之，血出，客惊怖，归白辽。辽大怒曰：'老树汗出，此何等血！'因自行斫之，血大流洒。辽使斫其枝，上有一空处，白头公可长四五尺，忽出往赴辽。辽乃逆格之，凡杀四头。左右皆怖伏地，而辽恬如也。徐熟视，非人非兽，遂伐其木。其年应司空辟侍御史、兖州刺史。"事与此相类。

县有羊角巫者，能咒人死。前令畏祸，每优礼之。共法书人年甲于木橛，取生羊向粪道一击，羊仆人死。昺知之不发。一日有老妇泣诉巫杀其子，昺遣人捕巫。巫在山已觉，谓其徒曰："张公正人，吾不能避，吾命尽矣！"乃束手就缚。至，杖百数，无损，反伤杖者手。昺释其缚，谓之曰："汝能咒杖者死，复咒之生，吾即宥汝。"试之不验，遂收之狱。夜半，烈风飞石，屋瓦索索若崩。昺知巫所为，起正衣冠，焚香肃坐。及旦，取巫至庭，众皆以巫神人，咸请释之。昺不许，厉声叱巫。巫悚惧，忽堕珠一颗，光焰烛庭；又堕法书一帙，如掌大。昺会僚属焚其书，碎其珠，问曰："今欲何如？"巫不答，即仆而死。众请舁出之。昺曰："未也。"躬往瘗于狱中，压以巨石。时暑月，越二三日，发视，腐矣。巫患遂息。

巫之术，亦乘人祸福利害之念而灵。昺绝无疑畏，故邪术自不能入。

有道士善隐形术，多淫人妇女。公擒至，痛鞭之，了无所苦，已而并其形不见。公托以他出，径驰诣其居，缚归，用印于背，然后鞭之，乃随声呼嗥，竟死杖下。

孔道辅

孔道辅字原鲁。知宁州，道士缮真武像，有蛇穿其前，数出近人，人以为神。州将欲视验上闻，公率其属往拜之，而蛇果出，公即举笏击杀之。州将以下皆大惊，已而又皆大服。由是知名天下。

戚　贤

戚贤初授归安县。县有“萧总管”，此淫祠也。豪右欲诅有司，辄先赛庙。庙壮丽特甚。一日过之，值赛期，入庙中，列赛者阶下，谕之曰：“天久不雨，若能祷神得雨则善，不尔庙且毁，罪不赦也。”舁木偶道桥上，竟不雨，遂沉木偶如言。又数日，舟行，忽木偶自水跃入舟中。侍人失色走曰：“萧总管来，萧总管来！”贤笑曰：“是未之焚也！”命系之。顾岸傍有社祠，别遣黠隶易服入祠，戒之曰：“伺水中人出，械以来。”已而果然，盖策诸赛者心，且贿没人为之也。

黄　震

震通判广德，广德俗有自婴桎梏、自拷掠，而以徼福于神者。震见一人，召问之，乃兵也，即令自状其罪。卒曰：“无有也。”震曰：“尔罪必多，但不敢对人言，故告神求免耳！”杖而逐之，此风遂绝。

吾郡杨山太尉庙在东城，极灵，专主人间疮疖事，香火不绝，而六月廿四日太尉生辰尤盛。万历辛丑、壬寅间，阊门思灵寺有老僧梦一神人，自称周宣灵王，“今寓齐门徽商某处，乞募建一殿相安，当佑汝。”既觉，意为妄，置之。三日后，梦神大怒，杖其一足。明日足痛不能步，乃遣其徒往齐门访之，神像在焉。此像在徽郡某寺最著灵验。有女子夜与人私而厚，度必败，诈言半夜有神人来偶，其神衣冠甚伟。父信然，因嘱曰：“神再至，必绳系其足为信。”女以告所欢，而以草绳系周宣灵王木偶足下。父物色得之，大怒，乃投像于秽渎之中。商见之，沐以净水，挟之吴中，未卜所厝，是夜梦神来别。既征僧梦，乃集同侣舍材构宇于思灵寺，寺僧足寻愈。于是杨山太尉香火尽迁于周殿，远近奔走如骛。太守周公欲止巫风，于太尉生辰日封锢其门，不许礼拜，而并封周宣灵王殿。逾月始开，则周庙绝无肸飨，而太尉之香火如故矣。夫宣灵之灵也，能加毒于老僧，而不能行报于女子之父；能见梦于徽商，而不能违令于郡守之封；

且也能骤夺一时之香火，而终不能中分久后之人心。岂神之盛衰亦有数邪，抑灵鬼凭之，不胜阳官而去乎？因附此为随俗媚神者之戒。

王曾　张咏

真宗时，西京讹言有物如席帽，夜飞入人家，又变为犬狼状，能伤人。民间恐惧，每夕重闭深处，操兵自卫。至是京师民讹言帽妖至，达旦叫噪。诏立赏格，募告为娇者。知应天府王曾令夜开里门，有倡言者即捕之。妖亦不兴。

张咏知成都，民间讹言有白头老翁过食男女。咏召其属，使访市肆中有大言其事者，但立证解来。明日得一人，命戮于市，即日帖然。咏曰："讹言之兴，沴气乘之。妖则有形，讹则有声。止讹之术，在乎明决，不在厌胜也。"

隆庆中，吴中以狐精相骇，怪幻不一，亦多病疠。居民鸣锣守夜，偶见一猫一鸟，无不狂叫。有道人自称能收狐精，鬻符悬之，有验。太守命擒此道人，鞫之，即以妖法剪纸为狐精者。毙诸杖下，而妖顿止。此即祖王曾、张咏之智。

钱元懿

钱元懿牧新定，一日间里闾间辄数起火，居民颇忧恐。有巫杨媪因之遂兴妖言，曰："某所复当火。"皆如其言，民由是竞祷之。元懿谓左右曰："火如巫言，巫为火也。宜杀之！"乃斩媪于市，自此火遂息。

梦　虎

苏东坡知扬州，一夕梦在山林间，见一虎来噬。公方惊怖，一紫袍黄冠以袖障公，叱虎使去。及旦，有道士投谒曰："昨夜不惊畏否？"公叱曰："鼠子乃敢尔！本欲杖汝脊，吾岂不知汝夜来术邪！"边批：坡聪明过人。道士骇惶而走。

张　田

张田知广州，广旧无外郭，田始筑东城，赋功五十万。役人相惊以白虎夜出。田迹知其伪，召逻者戒曰："今日有白衣出入林间者，谨捕之。"如言而获。

嘉靖中，京师有物夜出，毛身利爪，人独行遇之，往往弃所携物骇而走。督捕者疑其伪，密遣健卒诈为行人，提衣囊夜行。果复出，掩之，乃盗者蒙黑羊皮，着铁爪于手，乘夜恐吓人以取财也。近日苏郡城外夜有群火出林间或水面，聚散不常，哄传鬼兵至，愚民鸣金往逐之；亦有中刺者，旦视之，藁人也。所过米麦一空，咸谓是鬼摄去。村中先有乞食道人传说其事，劝人避之。或疑此道人乃为贼游说者，度鬼火来处，伏人伺而擒之，果粮船水手所为也。搜得油纸筒，即水面物，众嚣顿息。

隋郎将

隋妖贼宋子贤潜谋作乱，将为无遮佛会，因举火袭击乘舆。事泄，鹰扬郎将以兵捕之。夜至其所，绕其所居，但见火坑，兵不敢进。郎将曰："此地素无坑，止妖妄耳！"乃进，无复火矣，遂擒斩之。

贺　齐

贺齐为将军，讨山贼。贼中有善禁者，每交战，官军刀剑不得击，射矢皆还自向。贺曰："吾闻金有刃者可禁，虫有毒者可禁。彼能禁吾兵，必不能禁无刃之器。"乃多作劲木白棓，选健卒五千人为先登。贼恃善禁，不设备。官军奋棓击之，禁者果不复行，所击杀万计。

萧　瑀

唐萧瑀不信佛法。有胡僧善咒，能死生人。上试之，有验。萧瑀曰："僧若有灵，宜令咒臣。"僧奉敕咒瑀，瑀无恙，而僧忽仆。

陆贞山

陆贞山粲所居前有小庙。吴俗以礼"五通神"，谓之"五圣"，亦曰"五王"。陆病甚，卜者谓五圣为祟，家人请祀之。陆怒曰："天下有名为正神、爵称侯王而挈母妻就人家饮食者乎？且胁诈取人财，人道所禁，何况于神？此必山魈之类耳！今与神约，如能祸人，宜加某身。某三日不死，必毁其庙！"家人咸惧。至三日，病稍间，陆乃命仆撤庙焚其像。陆竟无恙。其家至今不祀"五圣"。

子云"智者不惑"。其答问智，又曰"敬鬼神而远之"。然则易惑人者，无如鬼神，此巫家所以欺人而获其志也。今夫人鬼共此世间，鬼不见人，犹人不见鬼，阴阳异道，各不相涉。方其旺也，两不能伤；及其气衰，亦互为制。唯夫惑而近之，自居于衰而授之以旺，故人不灵而鬼灵耳。西门豹以下，可谓伟丈夫矣！近世巫风盛行，瘟神仪从，侈于钦差；白莲名牒，繁于学籍，将未来知所终也，识者何以挽之？

魏元忠

唐魏元忠未达时，一婢出汲方还，见老猿于厨下看火。婢惊白之，元忠徐曰："猿愍我无人，为我执爨，甚善！"又尝呼苍头，未应，狗代呼之。又曰："此孝顺狗也，乃能代我劳。"尝独坐，有群鼠拱手立其前。又曰："鼠饥就我求食。"乃令食之。夜中鸺鹠鸣其屋端，家人将弹之，又止之，曰："鸺鹠昼不见物，故夜飞。此天地所育，不可使南走越、北走胡，将何所之？"其后遂绝无怪。

鼓 妖

范仲淹一日携子纯仁访民家。民舍有鼓为妖，坐未几，鼓自滚至庭，盘旋不已，见者皆股栗。仲淹徐谓纯仁曰："此鼓久不击，见好客至，故自来庭以寻槌耳。"令纯仁削槌以击之，其鼓立碎。

李忠公

李忠公之为相也，政事堂有会食之案，吏人相传"移之则宰臣当罢"，不迁者五十年。公曰："朝夕论道之所，岂可使朽蠹之物秽而不除？俗言拘忌，何足听也！"遂撤而焚之，其下铲去积壤十四畚，议者伟焉。

经务卷八

中流一壶，千金争挈。宁为铅刀，毋为楮叶。错节盘根，利器斯别。识时务者，呼为俊杰。集"经务"。

刘 晏 四条

唐刘晏为转运使时，兵火之余，百费皆倚办于晏。晏有精神，多机智，变通有无，曲尽其妙。尝以厚值募善走者，置递相望，觇报四方物价，虽远方，不数日皆达，使食货轻重之权悉制在掌握，入贱出贵，国家获利，而四方无甚贵甚贱之病。

晏以王者爱人不在赐与，当使之耕耘织纴，常岁平敛之，荒则蠲救之。诸道各置知院官，每旬月具州县雨雪丰歉之状。荒歉有端，则计官取赢，先令蠲某物、贷某户，民未及困而奏报已行矣。议者或讥晏不直赈救而多贱出以济民者，则又不然。善治病者，不使至危惫；善救灾者，不使至赈给。故赈给少则不足活人，活人多则阙国用，国用阙则复重敛矣！又赈给多侥幸，吏群为奸，强得之多，弱得之少，虽刀锯在前不可禁——以为"二害"。灾沴之乡，所乏粮耳，他产尚在，贱以出之，易以杂货，因人之力，转于丰处，或官自用则国计不乏；多出菽粟，资之粜运，散入村闾，下户力农，不能诣市，转相沿逮，自免阻饥——以为"二胜"。

先是运关东谷入长安者，以河流湍悍，率一斛得八斗，至者则为成劳，受优赏。晏以为江、汴、河、渭，水力不同，各随便宜造运船，江船达扬州，汴船达河阴，河船达渭口，渭船达太仓，其间缘水置仓，转相受给。自是每岁运谷至百余万斛，无升斗沉覆者。又州县初取富人督漕挽，谓之“船头”；主邮递，谓之“捉驿”；税外横取，谓之“白著”。人不堪命，皆去为盗。晏始以官主船漕，而吏主驿事，罢无名之敛，民困以苏，户口繁息。

晏常言：“户口滋多，则赋税自广。”故其理财常以养民为先，可谓知本之论，其去桑、孔远矣！王荆公但知理财，而实无术以理之，亦自附养民，而反多方以害之，故上不能为刘晏，而下且不逮桑、孔。

晏专用榷盐法充军国之用，以为官多则民扰，故但于出盐之乡置盐官，取盐户所煮之盐转鬻于商人，任其所之，自余州县不复置官。其江岭间去盐乡远者，转官盐于彼贮之；或商绝盐贵，则减价鬻之，谓之“常平盐”，官获其利，而民不困弊。

常平盐之法所以善者，代商之匮，主于便民故也。若今日行之，必且与商争鬻矣。

平 籴

李悝谓文侯曰：“善平籴者，必谨观岁，有上、中、下熟：上熟其收自四，余四百石；中熟自三，余三百石；下熟自一，余百石；小饥则收百石，中饥七十石，大饥三十石。故上熟则上籴三而舍一，中熟则籴二，下熟则籴一，使民适足，价平则止。小饥则发小熟之所敛，中饥则发中熟之所敛，大饥则发大熟之所敛而籴。故虽遭饥馑水旱，籴不贵而民不散，取有余而补不足也。”行之魏国，国以富强。

此为常平义仓之说，后世腐儒乃以尽地力罪悝，夫不尽地力而尽民力乎？无怪乎讳富强，而实亦不能富强也。

社 仓

乾道四年，民艰食，熹请于府，得常平米六百石赈贷。夏受粟于仓，冬则加息以偿；歉，蠲其息之半，大饥尽蠲之。凡十四年，以米六百石还府，见储米三千一百石，以为“社仓”，不复收息。故虽遇歉，民不缺食。诏下熹“社仓法”于诸路。

陆象山曰：“社仓固为农之利，然年常丰，田常熟，则其利可久；苟非常熟之田，一遇岁歉，则有散而无敛；来岁秧时缺本，乃无以赈之。莫如兼制平籴一仓，丰时籴之，使无价贱伤农之患；缺时粜之，以摧富民封廪腾价之计。析所籴为二，每存其一，以备歉岁，代社仓之匮，实为长便也。听民之便，则为社仓法；强民之从，即为青苗法矣。此主利民，彼主利国故也。”

今有司积谷之法，亦社仓遗训，然所积只纸上空言，半为有司干没，半充上官，无碍钱粮之用。一遇荒歉，辄仰屋窃叹，不如留谷于民间之为愈矣。噫！

何良俊《四友斋丛说》云：“今之抚按有第一美政所急当举行者：要将各项下赃罚银，督令各府县尽数籴谷；其有罪犯自徒流以下，许其以谷赎罪。大率上县每年要谷一万，下县五千。南直隶巡抚下有县凡一百，则是每年有谷七十余万，积至三年，即有二百余万矣。若遇一县有水旱之灾，则听于无灾县分通融借贷，俟来年丰熟补还，则东南百姓可免于流亡，而朝廷于财赋之地永无南顾之忧矣。善政之大，无过于此！”

预　备

河东路财赋不充，官有科买，则物价腾踊，岁为民患。明道先生度所需，使富家预备，定其价而出之。富室不失息，而乡民所费比旧不过十之二三。民税粟常移近边，载往则道远，就籴则价高。先生择富民之可任者，预使购粟边郡，所费大省。

用富民而不忧，是大经济，亦由廉惠实心素孚于民故。不然，令未行而谤已腾矣。

周　忱

周文襄公巡抚江南，时苏州逋税七百九十万石。公阅牒大异，询父老，皆言吴中豪富有力者不出耗，并赋之贫民，贫民不能支，尽流徙。公创为平米，官田民田并加耗。苏税额二百九十余万石。公与知府况锺曲算，疏减八十余万。旧例不得团局收粮，公令县立便民仓水次，每乡图里推富有力一人名粮长，收本乡图里夏秋两税，加耗不过十一。又于粮长中差力产厚薄为押运，视远近劳逸为上下，酌量支拨，京、通正米一石支三，临清、淮安、南京等仓以次定支，为舟樯剥转诸费。填出销入，支拨羡余，各存积县仓，号“余米”。米有余，减耗，次年十六征，又次年十五，更有羡。

正统初，淮扬灾，盐课亏，公巡视，奏令苏州等府拨剩余米，县拨一二万石，运贮扬州盐场，准为县明年田租，听灶户上私盐给米。时米贵盐贱，官得积盐，民得食米，公私大济。公在江南二十二年，每遇凶荒，辄便宜从事，补以余米，赋外更无科率。凡百上供，及廨舍、学校、贤祠、古墓、桥梁、河道修葺浚治，一切取给余米。

其后户部言济农余米，失于稽考，奏遣曹属，尽括余米归之于官，于是征需杂然，而逋负日多。夫余米备用，本以宽济，若归于官，官不益多而民遂无所恃矣。试思今日两税耗果止十一乎？征收只十五、十六乎？昔何以薄征而有余？今何以加派而不足？江南百姓安得不尸祝公而追思不置也。

何良俊曰："周文襄巡抚江南一十八年，常操一小舟，沿村逐巷，随处询访。遇一村朴老农，则携之与俱卧于榻下，咨以地方之事。民情土俗，无不周知。故定为论粮加耗之制，而以金花银、粗细布、轻赍等项，裨补重额之田，斟酌损益，尽善尽美。顾文僖谓'循之则治，紊之则乱'，非虚语也！自欧石冈一变为论田加耗之法，遂亏损国课，遗祸无穷。有地方之责者，可无加意哉！"

樊 莹

樊莹知松江府。松赋重役繁，自周文襄公后，法在人亡，弊蠹百出，大者运夫耗折，称贷积累，权豪索偿无虚岁，而仓场书手移新蔽陈，百计侵盗。众皆知之，而未有以处。莹至，昼夜讲画，尽得其要领，曰："运之耗，以解者皆齐民，无所统一，利归狡猾，害及良善。而夏税军需、粮运纲费，与供应织造走递之用，皆出自秋粮，余米既收复粜，展转迂回，此弊所由生也。"乃请革民夫，俾粮长专运，而宽其纲用以优之；税粮除常运本色外，其余应变易者，尽征收白银，见数支遣。部运者，既关系切身，无敢浪费，掌计之人又出入有限，无可蔽藏，而白银入官，视输米又率有宽剩。民欢趋之，于是积年之弊十去八九。复革收粮团户，以消粮长之侵渔；取布行人代粮长输布，而听其赍持私货，以赡不足。皆有惠利及民，而公事沛然以集。巡抚使下其法于他州，俾悉遵之。

可以补周文襄与况伯律所未满。

今日粮长之弊，又一变矣，当事何以策之？

陈霁岩 三条

陈霁岩知开州，时万历己巳，大水，无蠲而有赈。府下有司议，公倡议：极贫谷一石，次贫五斗，务沾实惠。放赈时编号执旗，鱼贯而进，虽万人无敢哗者。公自坐仓门小棚，执笔点名，视其衣服容貌，于极贫者暗记之。庚午春，上司行牒再赈极贫者，书吏禀出示另报。公曰：“不必也！”第出前点名册中暗记极贫者，径开唤领，乡民咸以为神。盖前领赈时不暇妆点，尽见真态故也。

陈霁岩在开州。己巳之冬，仓谷几尽，抚台命各州县动支在库银二千两籴谷。此时谷价腾踊，每石银六钱。各县遵行，派大户领籴，给价五钱一石，每石赔已一钱，耗费复一钱，灾伤之余，大户何堪？而入仓谷止四千石，是上下两伤病也。公坚意不行，竟以此被参，以灾年仅免。至庚午秋，州之高乡大熟，邻境则尽熟，谷价减至三钱余。方中抚台动支银二千两，派大户分籴，报价三钱，即如数给之。自后时价益减至二钱五分。大户请扣除余银，公笑应之曰：“宁增谷，勿减银也。”比上年所买多谷三千余石，而大户无累赔。报上司外，余谷七百余石，则尽以给流民之复业者。先是本州土城十五，连年大雨灌注，凡崩塌数十处。庚午秋，当议填修，吏请役乡夫，公不许。会有两年被灾流民闻已蠲荒粮，思还乡井。因遍出示招抚，云：“亟归种麦，官当赈尔。”乃出前大户所籴余谷，刻期给散。另出四五小牌于各门一里外，令各将盛谷袋，装土到城上，填崩塌处。总甲于面上用印，仓中验印发谷，再赈而城已修完。

北方州县，唯审均徭为治之大端。三年一审，合一州八十八里之民，集庭而校勘之，自极富至极贫，定为九则，赋役皆准此而派。区中首领有里长、老人、书手，官唯据此三等人，三等人因得招权要贿。公莅任，轮审均徭尚在一年后，乃取旧册，查自上上至下上七则户，照名里开填，分作二簿。每日上堂，辄以自随，或放告，或听断，或理杂务，看有晓事且朴实者，出其不意，唤至案前，问“是何里人”，就摘里中大户，问其“家道何如”，“比年间，何户骤富，何户渐消”，随其所答，手注簿内，如此数次，参验之，所答略同。又一日，点查农民，本州概有二百余人，即闭之后堂，各给一纸，令开本里自万金至百金等家，严戒勿欺。又因圣节，先扬言齐点各役，至期拜毕，即唤里老、书手到察院，分作三处，各与纸笔，令开大户近年之消乏者，或殷厚如故，不必开也。以上因事采访，编成底册。审时一甲人齐跪下堂。公自临视，择其中二三笃实人，作为公正，与里长同举大户应升应降诸人。因底册甚明，咸以实举，遂从而酌验之，顷刻编定。一日审四五里，往往州官待百姓，不令百姓待州官也。边批：只此便是最善政。

平米价 二条

赵清献公熙宁中知越州。两浙旱蝗，米价踊贵，饥死者相望。诸州皆榜衢路，立告赏，禁人增米价。边批：俗吏往往如此。公独榜通衢，令有米者增价粜之。于是米商辐辏，米价更贱。大凡物多则贱，少则贵。不求贱而求多，真晓人也！

抚州饥，黄震奉命往救荒，但期会富民耆老以某日至，至则大书“闭籴者籍，强籴者斩”八字揭于市，米价遂平。

抚流民 三条

富郑公知青州。河朔大水，民流就食，弼劝所部民出粟，益以官廪，得公私庐室十余区，散处其人，以便薪水。官吏自前资、待缺、寄居者，皆赋以禄，使即民所聚，选老弱病瘠者廪之，仍书其劳，约他日为奏请受赏。率五日，遣人持酒肉饭糗慰籍，出于至诚，边批：要紧。人人为尽力。山林陂泽之利，可资以生者，听流民擅取，死者为大冢埋之，目曰丛冢。明年，麦大熟，民各以远近受粮归，募为兵者万计。帝闻之，遣使褒劳。前此救灾者皆聚民城郭中，为粥食之，蒸为疾疫，或待哺数日，不得粥而仆，名救之而实杀之。弼立法简尽，天下传以为式。

能于极贫弱中做出富强来，真经国大手！

滕元发知郓州，岁方饥，乞淮南米二十万石为备。边批：有此米便可措手。时淮南、京东皆大饥，元发召城中富民，与约曰：“流民且至，无以处之则疾疫起，并及汝矣。吾得城外废营地，欲为席屋以待之。”民曰：“诺！”为屋二千五百间，一夕而成。流民至，以次授地，井灶器用皆具。以兵法部勒，少者炊，壮者樵，妇汲，老者休，民至如归。上遣工部郎中王右按视，庐舍道巷，引绳棋布，肃然如营阵。右大惊，图上其事。有诏褒美，盖活万人云。

祁尔光曰：“滕达道之处流民，大类富郑公。富散而民不扰，滕聚而能整，皆可为法。”

成化初，陕西至荆襄、唐、邓一路皆长山大谷，绵亘千里，所至流逋藏聚为梗，刘千斤因之作乱，至李胡子复乱，流民无虑数万。都御史项忠下令有司逐之，道死者不可胜计。祭酒周洪谟悯之，乃著《流民说》，略曰：“东晋时，庐、松、滋之民流至荆州，乃侨置滋县于荆江之南。陕西，雍州之民流聚襄阳，乃侨置南雍州于襄水之侧。其后松，滋遂隶于荆州，南雍遂并于襄阳，迄今千载，宁谧如故。此前代处置得宜之效。今若听其近诸县者附籍，远诸县者设州县以抚之，置官吏，编里甲，宽徭役，使安生理，则流民皆齐民矣，何以逐为？”李贤深然其说。至成化十一年，流民复集如前，贤乃援洪谟说上之。边批：贤相自能用言。上命副都原杰往莅其事，杰乃遍历诸郡县深山穷谷，宣上德意，延问流民，父老皆欣然愿附籍为良民。于是大会湖、陕、河南三省抚按，合谋佥议，籍流民得十二万三千余户，皆给与闲旷田亩，令开垦以供赋役，建设州县以统治之。遂割竹山之地置竹溪县，割郧津之地置郧西县，割汉中洵阳之地置白河县，又升西安之商县为商州，而析其地为商南、山阳二县，又析唐县、南阳、汝州之地为桐柏、南台、伊阳三县，使流寓土著参错而居，又即郧阳城置郧阳府，以统郧及竹山、竹溪、郧西、房、上津六县之地，又置湖广行都司及郧阳卫于郧阳，以为保障之计。因妙选贤能，荐为守令，边批：要着。流民遂安。

今日招抚流移，皆虚文也。即有地，无室庐；即有田，无牛种，民何以归？无怪乎其化为流贼矣！倘以讨贼之费之半，择一实心任事者专管招抚，经理生计，民其庆更生矣，何乐于为贼耶！

刘　涣

治平间，河北凶荒，继以地震，民无粒食，往往贱卖耕牛，以苟岁月。是时刘涣知澶州，尽发公帑之钱以买牛。明年震摇息，逋民归，无牛可耕，价腾踊十倍。涣以所买牛，依元直卖与，故河北一路唯澶州民不失所。

吴　潜

先是制置使司岁调明、温、台三郡民船防定海，戍淮东、京口，船在籍者率多损失。每按籍科调，吏并缘为奸，民甚苦之。吴潜至，立义船法，令三郡都县各选乡之有材力者，以主团结。如一都岁调三舟，而有舟者五六十家，则众办六舟，半以应命，半以自食其利，有余资，俾蓄以备来岁用。凡丈尺有则，印烙有文，调用有时，著为成式。其船专留江浒，不时轮番下海巡绰。船户各欲保护乡井，竞出大舟以听调发，旦日于三江合兵、民船阅之，环海肃然。设永平寨于夜飞山，统以偏校，饷以生券，给以军舰，使渔户为籍而行旅无虞。设向头寨，外防倭丽，内蔽京师。又立烽燧，分为三路，皆发轫于招宝山，一达大洋壁下山，一达向头寨，一达本府看教亭。从亭密传一牌，竟达辕帐，而沿江沿海号火疾驰，观者悚惕。

海上如此联络布置，使鲸波蛟穴之地如在几席，呼吸相通，何寇之敢乘！

李邺侯

唐制：府兵平日皆安居田亩，每府有折冲领之，折冲以农隙教习战阵，国家有事征发，则以符契下其州及府，参验发之。至所期处，将帅按阅，有教习不精者，则罪其折冲，甚者罪及刺史。军还，则赐勋加赏，便道罢之。行者近不逾时，远不经岁。高宗以刘仁轨为洮河镇守，以图吐蕃，始有久戍之役。武后以来，承平日久，武备渐弛。开元之末，张说始募长征兵，谓之彍骑，其后益为六军。及李林甫为相，诸军皆募人为之，兵不土著，又无宗族，不自重惜，祸乱遂生。边批：近日募兵皆坐此病。德宗与李泌议，欲复旧制，泌对曰："今岁征关东卒戍京西者十七万人，计粟二百四万斛。国家比遭饥乱，经费不充，未暇复府兵也。"上曰："亟减戍卒归之，如何？"对曰："陛下诚能用臣之言，可以不减戍卒，不扰百姓，粮食皆足，粟麦日贱，府兵亦成。"上曰："果能如是乎？"对曰："此须急为之，过旬月不及矣。今吐蕃久居原、兰之间，以牛运粮，粮尽，牛无所用。请发左藏恶缯，染为采缬，因党项以市之，每头二三尺，计十八万匹可致六万余头。又命诸冶铸农器，籴麦种，分赐缘边军镇，募戍卒耕荒田而种之。约明年麦熟，倍偿其种，其余据时价五分增一，官为籴贮，来春种禾亦如之。关中土沃而久荒，所收必厚，戍卒获利，耕者浸多。边居人至少，军士月食官粮，粟麦无以售，其价必贱，名为增价，实比今岁所减多矣。"上曰："卿言府兵亦集，如何？"对曰："戍卒因屯田致富，则安于其土，不复思归。旧制戍卒三年而代，及其将归，下令有愿留者，即以所开田为永业，家人愿来者，本贯给长牒，续食而遣之。据募应之数移报本道，虽河朔诸帅，得免代戍之烦，亦喜闻矣。不过数番，卒皆土著，乃悉以府兵之法理之，是变关中之疲弊为富强也！"

屯田之议，始于赵充国，然羌平，遂罢屯田，又置金城属国以处降羌，则善后之策未尽也。邺侯因戍卒复屯田，因屯田复府兵，其言凿凿可任，不知何以不行。

虞集

元虞集，仁宗时拜祭酒。讲罢，因言京师恃东南海运，而实竭民力以航不测，乃进曰："京东濒海数千里，皆萑苇之场，北极辽海，南滨青、齐，海潮日至，淤为沃壤久矣。苟用浙人之法，筑堤捍水为田，听富民欲得官者，分授其地而官为之限：能以万夫耕者，授以万夫之田，为万夫长；千夫、百夫亦如之。三年视其成，则以地之高下，定额于朝，而以次征之。五年有积蓄，乃命以官，就所储给以禄。十年则佩之符印，俾得以传子孙。则东南民兵数万，可以近卫京师，外御岛夷，远宽东南海运之力，内获富民得官之用，淤食之民得有所归，自然不至为盗矣。”说者不一，事遂寝。

其后脱脱言：京畿近水地，利召募江南人耕种，岁可收粟麦百余万石，不烦海运，京师足食。元主从之，于是立分司农司，以右丞悟良哈台、左丞乌古孙良正兼大司农卿，给分司农司印。西自西山，南至保定、河间，北抵檀顺，东及迁民镇，凡官地及元管各处屯田，悉从分司农司立法佃种，合用工价、牛具、农器、谷种，给钞五百万锭。又略仿前集贤学士虞集议，于江、淮召募能种水田及修筑圃堰之人各千人，为农师。降空名添设职事敕牒十二道，募农民百人者授正九品，二百人者正八，三百人者从七，就令管领所募之人。所募农夫每人给钞十锭，期年散归，遂大稔。

何孟春《余冬序录》云：“国朝叶文庄公盛巡抚宣府时，修复官牛、官田之法，垦地日广，积粮日多，以其余岁易战马千八百余匹。其屯堡废缺者，咸修复之，不数月，完七百余所。今边兵受役权门，终岁劳苦，曾不得占寸地以自衣食，军储一切仰给内帑，战马之费于太仆者不资，屯堡尚谁修筑？悠悠岁月，恐将来之夷祸难支也！”

樊升之曰：“贾生之治安，晁错之兵事，江统之徙戎，是万世之至画也。李邺侯之屯田，虞伯生之垦墅，平江伯之漕运，平江伯陈瑄，合肥人。永乐初董北京海漕，筑淮阳海堤八百里。寻罢海运，浚会通河，通南北饷道，疏清江浦以避淮险，设仪真瓜洲坝港，凿徐州吕梁洪，筑刀阳、南旺湖堤，开白塔河通江，筑高邮湖堤，自淮至临清建闸四十七，建淮徐临通仓以便转输，置舍卒导舟，设井树以便行者。是一代之至画也。李允则之筑圃起浮屠，事见《术智部》。范文正、富郑公之救荒，是一时之至画也。画极其至，则人情允协，法成若天造，令出如流水矣。”

刘大夏

弘治十年，命户部刘大夏出理边饷。或曰：“北边粮草，半属中贵人子弟经营，公素不与先辈合，恐不免刚以取祸。”大夏曰：“处事以理不以势，俟至彼图之。”既至，召边上父老日夕讲究，边批：要着。遂得其要领。一日，揭榜通衢云：“某仓缺粮若干石，每石给官价若干。凡境内外官民客商之家，但愿输者，米自十石以上，草自百束以上，俱准告。”虽中贵子弟亦不禁。不两月，仓场充牣，盖往时粮百石、草千束方准告，以故中贵子弟争相为市，转买边人粮草，陆续运至，牟利十五。自此法立，有粮草之家自得告输，中贵子弟即欲收籴，无处可得，公有余积，家有余财。

忠宣法诚善，然使不召边上父老日夕讲究，如何得知？能如此虚心访问，实心从善，何官不治？何事不济？昔唐人目台中坐席为“痴床”，谓一坐此床，骄倨如痴。今上官公坐皆“痴床”矣，民间利病，何由上闻！

董博霄

董博霄，磁州人，至正十六年建议于朝曰：“海宁一境不通舟楫，军粮唯可陆运。濒海之人，屡经寇乱，且宜曲加存抚，权令军人运送。其陆运之方：每人行十步，三十六人可行一里，三百六十人可行十里，三千六百人可行一百里。每人负米四斗，以夹布囊盛之，用印封识，人不息肩，米不着地，排列成行，日五百回，计路二十八里，轻行一十四里，重行一十四里，日可运米二百石，每运可供二万人——此百里一日运粮之数也。”

按，夫长陵北征时，命侍郎师逵督饷。逵以道险车载，民疲粮乏，乃择平坦之地，均其里数，置站堡；每夫一人运米一石，此送彼接，朝往暮来，民不困而食足，亦法此意。

刘本道

先是漕运京粮，唯通州仓临河近便。自通州抵京仓，陆运四十余里，费殷而增耗不给。各处赴京操军，久役用乏。本道虑二者之病，奏将通州仓粮于各月无事之时，令歇操军旋运至京，每二十石给赏官银一两；而漕运之粮止于通州交纳，就彼增置仓廒三百间，以便收贮，岁积羡余米五十余万石，以广京储。上赐二品服以旌之。

按，本道常州江阴人，由掾吏受知于靖远伯王骥，引置幕下，奏授刑部照磨，从征云南，多用其策。正统中，从金尚书濂征闽贼，活胁从者万余，升户部员外郎。景泰初，西北多事，民不聊生，本道请给价买牛二千头，并易谷种与之。贵州边仓粮侵盗事觉，展转坐连，推本道往治，不逾月，而积弊洞然。上嘉其廉能，赐五云采缎。天顺初，进户部右侍郎，总督京畿及通州、淮安粮储。本道固以才进，而先辈引贤不拘资格，祖宗用人不偏科目，皆今日所当法也。

苏　轼

苏轼知杭州时，岁适大旱，饥疫并作。轼请于朝，免本路上供米三之一，故米不翔贵；复得赐度僧牒百，易米以救饥者。明年方春，即减价粜常平米，民遂免大旱之苦。杭州江海之地，水泉咸苦，居民稀少。唐刺史李泌始引西湖水作六井，民足于水，故井邑日富。及白居易复浚西湖，放水入运河，自河入田，取溉至千顷。然湖水多葑，自唐及钱氏，岁辄开治，故湖水足用。宋废而不理，至是湖中葑积，为田一十五万余丈，而水无几矣。运河失河水之利，则取给于江湖，潮浑浊多淤，河行阛阓中，三年一淘，为市井大患，而六井亦几废。苏轼始至，浚茅山、盐桥二河，以茅山一河专受潮，以盐桥一河专受湖水，复造堰闸，以为湖水蓄泄之限，然后潮不入市，且以余力复完六井，民稍获其利矣。轼间至湖上，周视良久，曰："今欲去葑田，将安所置之？湖南北三十里，环湖往来，终日不达，若取葑田积于湖中，为长堤以通南北，则葑田去而行者便矣。吴人种麦，春辄芟除，不遗寸草。葑田若去，募人种麦，收其利以备修湖，则湖当不复堙塞。"乃取救荒之余，得钱粮以万石数者，复请于朝，得百僧度牒，以募役者。堤成，植芙蓉、杨柳其上，望之如图画，杭人名之"苏公堤"。

华亭宋彦云："西湖蓄水，专以资运河。湖滨多水田，春夏间苦旱，秋间又苦涝。莫若专设一司，精究水利，湖宜开广浚深，诸山水溢则能受，诸田苦旱则能泄，闸司又俟浅深以启闭，则运无阻滞，而三辅内膏腴可相望矣。按，此宋人为都城漕计，其实今日亦宜行之。迩来西湖渐淤，有力者喜于占业，地方任事者，不可不虑其终也！"

张　需

张需长于治民，先佐郢州，渠有淤者，废水田数十年，守相继者莫能疏。需甫至，守言及此，惮于动众。需往看之，曰："若得人若干，三日可毕。"守怪以为妄。需乃聚人得其数，各带器物，分量尺数，争效其力，三日遂毕。守大惊，以为神助。迁霸州守，见其民游食者多，每里置一簿列其户，每户各报男女大小口数，派其舍种粟麦桑枣，纺绩之具、鸡豚之数，遍晓示之。暇则下乡，至其户簿验之，缺者罚之。于是民皆勤力，无敢偷惰。不二年，俱有恒产，生理日滋。

李若谷　　赵昌言

安丰芍陂县，叔敖所创，为南北渠，溉田万顷。民因旱多侵耕其间，雨水溢则盗决之，遂失灌溉之利。李若谷知寿春，下令陂决不得起兵夫，独调濒陂之民使之完筑，自是无盗决者。

天雄军豪家刍茭亘野，时因奸人穴官堤为弊。咸平中，赵昌言为守，廉知其事，未问。一旦堤溃，吏告急，昌言命急取豪家所积，给用塞堤，自是奸息。

近日东南漕务孔亟，每冬作坝开河，劳费无算，而丹阳一路尤甚。

访其由，则居人岁收夫脚盘剥之值，利于阻塞；当起坝时，先用贿存基，俟粮过后，辄于深夜填土，至冬水涸，不得不议疏通。若依李、赵二公之策，竭一年之劳费，深加开浚；晓示居民，后有壅淤，即责成彼处自行捞掘，庶常、镇之间或可息肩乎？或言每岁开塞，不独夫脚利之，即官吏亦利之，此又非愚所敢知也。

杨一清

西番故饶马，而仰给中国茶饮疗疾。祖制以蜀茶易番马，久而浸弛，茶多阑出，为奸人利，而番马不时至。杨文襄乃请重行太仆苑马之官，而严私通禁，尽笼茶利于官，以报致诸番。番马大集，而屯牧之政修。

其托陕西，则创城于平虏、红古二地，以为固原援。筑垣濒河，以捍靖虏。其讨安化，则授张永策以诛逆瑾。出将入相，谋无不酬，当时目公为“智囊”，又比之姚崇，不虚也！

张全义 二条

东都荐经寇乱，其民不满百户。张全义为河南尹，选麾下十八人材器可任者，人给一旗一榜，谓之“屯将”，使诣十八县故墟落中，植旗张榜，招怀流散，劝之树艺，蠲其租税；唯杀人者死，余俱笞杖而已。由是民归如市。数年之后，渐复旧规。

全义每见田畴美者，辄下马与僚佐共观之，召田主，劳以酒食。有蚕、麦善收者，或亲至其家，悉呼出老幼，赐以茶采衣物。民间言：“张公不喜声妓，独见佳麦良蚕乃笑耳！”由是民竞耕蚕，遂成富庶。

全义起于群盗，乃其为政，虽良吏不及。彼吏而盗者，不愧死耶！

全义一笑而民劝，今则百怒而民不威，何也？

范纯仁

范忠宣公知襄城。襄俗不事蚕织，鲜有植桑者。公患之，因民之有罪而情轻者，使植桑于家，多寡随其罪之轻重，后按其所植荣茂与除罪。自此人得其利，公去，民怀之不忘。

愚于今日军、徒之罪亦有说焉。夫军借以战，徒借以役，非立法之初意乎？今不然矣，或佯死，或借差，或倩代，里甲有佥解之忧，卫所有口粮之费，而罪人之翱翔自如，见者不得而问焉。即所谓徒者，视军较苦，故谚有“活军死徒”之说。然而富者买替，贫者行丐，即驿中牵挽之事，所资几何？又安用此徒为哉！然则宜如何？曰：莫若以屯法行之。

方今日议开垦，未有成效，诚酌军卫之远近，徒限之多寡，押赴某处开荒若干亩。俟成熟升科，即与准罪释放；其或愿留，即为世业。行之数年，将旷土渐变为熟土，且奸民俱化为良民，其利顾不大与？若夫安插有法，羁縻有法，稽核有法，劝相有法，是又非可以一言尽也。

商　郁

楚王马殷，既得湖南，不征商旅，由是四方商旅辐辏。湖南地多铅铁，军都判官高郁请铸为钱，商旅出境，无所用之，皆易他货而去，国用富饶。边批：只济一境之用，周流不滞亦足矣。湖南民不事蚕桑，郁令输税者皆以帛代钱。未几，民间机杼大盛。

官府无私，即铅铁尚可行，况铜乎？夫钱法所以壅而不行者，官出而不官入也。以恶钱出而以良钱入，出价厚而入价廉，民谁甘之？故曰："君子平其政。"上下平，则政自行矣。

钱　引

赵开既疏通钱引，民以为便。一日有司获伪引三十万，盗五十人，议法当死。张浚欲从之，开曰："相君误矣！使引伪，加宣抚使印其上，即为真矣。黥其徒，使治币，是相君一日获三十万之钱而起五十人之死也。"浚称善。

不但起五十人之死，又获五十人之用，真大经济手段。三十万钱，又其小者。

益　众

备依刘表，尝忧兵寡不足以待曹公。诸葛亮进曰："荆州非少人也，而著籍者寡。平居发调，则民心不悦，可语刘荆州，令凡有游户，皆使自实，因录以益众可也。"备从其计，其众遂强。

陶　侃

陶侃性俭厉，勤于事。作荆州时，敕船官悉录锯木屑，不限多少。咸不解此意。后正会，值积雪始晴，厅事前除雪后犹湿，于是悉用木屑覆之，都无所妨。官用竹，皆令录厚头，积之如山。后桓宣武伐蜀，装船悉以作钉。又尝发所在竹篙，有一官长，连根取之，仍当足，根坚可代铁足。公即超两阶用之。

苏州堤

苏州至昆山县凡七十里，皆浅水，无陆途。民颇病涉，久欲为长堤，而泽国艰于取土。嘉祐中，人有献计：就水中以蘧除刍藁为墙，栽两行，相去三尺；去墙六尺，又为一墙，亦如此；漉水中淤泥，实蘧除中，候干，则以水车汏去两墙间之旧水，墙间六尺皆土，留其半以为堤脚，掘其半为渠，取土为堤；每三四里则为一桥，以通南北之水。不日堤成，遂为永利。今娄门塘，是也。

丁晋公

祥符中，禁中火。时丁谓主营复宫室，患取土远，公乃命凿通衢取土，不日皆成巨堑。乃决汴水入堑中，引诸道竹木牌筏及船运杂材，尽自堑中入。至公门事毕，却以拆弃瓦砾灰壤实于堑中，复为街衢。一举而三役济，计省费以亿万计。

此公尽有心计，但非相才耳。故曰：“小人不可大受，而可小知。”

郑端公 三条

嘉靖丁巳四月，三殿三楼十五门俱灾。文武大臣会议修建，海盐郑公晓时协理戎政，率营军三万人打扫火焦。郑公白黄司礼：“砖瓦木石不必尽数发出，如石全者，半者、一尺以上者，各另团围，就便堆积；白玉石烧成石灰者，亦另堆积；砖瓦皆然。”不数日，工部欲改修端门外廊房为六科并各朝房，午门以里欲修补烧柱墙缺，又于谨身殿后、乾清宫前隆宗、景运二门中砌高墙一道，拦断内外。内监、工部议从外运砖、运灰、运黄土调灰，一时起小车五千辆，民间骚动。公告黄司礼曰：“午门外堆积旧砖石并石灰无数，可尽与工部修端门外廊房。其在午门以内者，可与内监修理柱空，并砌乾清宫前墙。”黄甚喜。公又曰：“修砌必用黄土，今工部起车五千辆，一时不得集，况长安两门、承天、端门、午门止可容军夫出入，再加车辆，阻塞难行。见今大工动作，两阙门外多空地，可挖黄土，用却，命军搬焦土填上，用黄土盖三尺，岂不两便？”黄曰：“善！”公曰：“午门以里台基坏石，移出长安两门甚远。今厚载门修砌剥岸，若命军搬出右顺门，出启明门前下北甚近，就以此石作剥岸填堵，不须减工部估料，但省军士劳力亦可。”边批：若减估必有梗者。黄又曰：“善！”公曰：“旧例：火焦木，军搬送琉璃、黑窑二厂，往回四十里。今焦木皆长大，不唯皇城诸门难出，外面房稠路狭，难行难转，况今灾变各门内臣小房，非毁即折坏，必须修盖，方可容身。莫若将焦木移出左、右顺门外，东西宝善、思善二门前后，并启明、长庚两长街，听各内臣劈取焦皮作炭，木心可用者任便取去，各修私房。以皇城内物修皇城内房，不出皇城四门，亦省财力。”黄又曰：“善！”

锦衣赵千户持陆锦衣帖来言：“军士搬出火焦，俱置长安两门外、大街两旁，四夷朝贡人往来，看见不雅。边批：体面话。庆寿寺西夹道有深坑，可将火焦填满。”公曰：“三殿灾，朝廷已诏天下，如何说不雅？谁敢将朝廷龙文砖石填罪废太平侯故宅？况寿宫灾、九庙灾，火焦皆出在长安两门外。军士从长安大街重去空来，人可并行，官可照管。若从两夹道入，必从寺东夹道出，路多一半，三万人只做得一万五千人生活，岂有营军为人填坑。且火焦工部还有用处，待木石料完，要取火焦铺路，直从长安坊牌下填至奉天殿前，每加五寸，杵碎平实，又加五寸，至三尺许方可在上行大车、旱船滚石，不然街道、廊道皆坏矣。见今午门外东西胁下数万担火焦积堆，若搬出，正虑不久又要搬入耳！”赵复语，公径出。

会议午门台基及奉天门殿楼台基、阶级、石柱磉、花板、石面，纷纷不决。公欲言，恐众不肯信，特造大匠徐杲请教。杲虽匠艺，亦心服公，即屏左右。公曰：“今有三事：一午门台基，众议将前三面拆去一丈，从新筑土砌石。如此，恐今工作不及国初坚固，万一楼成后旧基不动，新基倾侧，费巨万矣。莫若只将台下龟脚、束腰、墩板等石，除不被火焚坏者留之，其坏者凿出烬余，约深一尺五寸，节做新石补入，内土令坚，仍用木杉板障之，决不圮坏，三面分三工，不过一月可完。唯左右掖门两旁须弥座石最大且厚，难换，必须旁石换齐后，如前凿出约深二尺五寸，做成新石垫上，与旧石空齐，用铁创肩进，亦易为力。”徐曰：“善！”公又曰：“奉天门阶沿石，一块三级，殿上柱磉大者方二丈，如此重大，不比往时皇城无门限隔，可拽进。近年九庙灾，木石诸料不能进，拆去承天门东墙方进得。今料比九庙又进三重门，尤难为力。莫若起开焦土，将旧阶沿磉石、地面花板石，逐一番转，尚有坚厚可用，番取下面，加工用之。至于殿上三级台基并楼门台基，俱如午门挖补皆可。公能力主此议，省夫力万万，银粮何至数百万，驴骡车辆又不知几，莫大功德也！”徐甚喜。后三日再议，悉如前说。

徐杲

嘉靖间，上勤于醮事，移幸西苑，建万寿宫为斋居所。未几，万寿宫灾，阁臣请上还乾清宫。上以修玄不宜近宫闱，谕工部尚书雷礼兴工重建。礼以匠师徐杲有智，专委经营，皆取用于王部营缮司原收赎工等银，及台基、山西二厂原存木料，与夫西苑旧砖旧石，稍新改用，并不于各省派办。其夫力则以歇操军夫充之，时加犒赏，及雇募在京贫寒乞丐之民，因济其饥。是以中外不扰，军民踊跃，而功易成。杲历升通政侍郎及工部尚书职衔。

贺盛瑞 九条

嘉靖中，修三殿。中道阶石长三丈，阔一丈，厚五尺，派顺天等八府民夫二万造旱船拽运，派府县佐贰官督之，每里掘一井以浇旱船、资渴饮，计二十八日到京，官民之费总计银十一万两有奇。万历中鼎建两宫大石，御史亦有佥用五城人夫之议。工部郎中贺盛瑞用主事郭知易议，造十六轮大车，用骡一千八百头拽运，计二十二日到京，费不足七千两。又造四轮官车百辆，召募殷实户领之，拽运木石，每日计骡给直。其车价每辆百金，每年扣其运价二十两，以五年为率，官银固在，一民不扰。

慈宁宫石础二十余，公令运入工所，内监哗然言旧。公曰："石安得言旧？一凿便新。有事我自当之，不尔累也！"

献陵山沟两岸，旧用砖砌。山水暴发，砖不能御也，年修年圮，徒耗金钱。督工主事贺盛瑞欲用石，而中贵岁利冒被，主于仍旧。贺乃呼工上作官谓之曰："此沟岸何以能久？"对曰："宜用黑城砖，而灌以灰浆。"公曰："黑城砖多甚，内官何不折二三万用？"作官对以"畏而不敢"。公曰："第言之，我不查也。"作官如言以告内监。中官怀疑，未解公意，然利动其心，遂折二万。久之不言，一日同至沟岸尽处，谓中官曰："此处旧用黑城砖乎？"中官曰："然。"公曰："山水暴发，砖不能御，砌之何益，不如用石。"中官曰："陵山之石，谁人敢动！"公笑曰："沟内浮石，非欲去之以疏流水者乎？"中官既中其饵，不敢复言。于是每日五鼓点卯，夫匠各带三十斤一石，不数日而成山矣。原估砖二十万，既用石，费不过五万。

坟顶石，重万余斤。石工言，非五百人不能秤起。公念取夫于京，远且五十余里，用止片时，而令人往返百里，给价难为公，不给价难为私，乃于近村壮丁借片时，人给钱三文，费不千余钱，而石已合榫矣。

神宫监修造例用板瓦，然官瓦黑而恶，乃每片价一分四厘，民瓦白而坚，每片价止三厘。诸阉阴耗食于官窑久矣，民瓦莫利也。盛公督事，乃躬至监，谓诸阉曰："监修几年矣？"老成者应曰："三十余年。"公曰："三十余年而漏若此，非以瓦薄恶故耶？"曰："然。"公乃阴运官、民瓦各一千，记以字而参聚之。于是邀监工本陵掌印与合陵中官至瓦所，公谓曰："瓦唯众择可者。"佥曰："白者佳。"取验之，民瓦也。公曰："民瓦既佳且贱，何苦而用官窑？"监者曰："此祖宗旧制，谁敢违之？"公曰："祖制用官窑，为官胜于民也，岂谓冒被钱粮，不堪至此！余正欲具疏，借监官为证耳。"遂去。

监者随至寓，下气谓公曰:“此端一开，官窑无用，且得罪，请如旧。”公不可，请用官民各半，复不可。监者知不可夺，乃曰:“唯公命，第幸勿泄于他监工者。”于是用民瓦二十万，省帑金二千余。

金刚墙实土，而在工夫止二十余名，二人一筐，非三五日不可。公下令曰:“多抬土一筐，加钱二文，以朱木屑为记。”各夫飞走，不终日而毕。

锦衣卫题修卤簿，计费万金，公嫌其滥。监工内臣持毁坏者俱送司。公阅之，谓曰:“此诸弁畏公精明，作此伎俩，边批：谀使悦而后进言。以实题中疏语耳，不然，驾阁库未闻火，而铜带胡由而焦，旧宜腐，胡直断如切？”内臣如言以诘诸弁，且言欲参。诸弁跪泣求免，工完无敢哗。用未及千，而卤簿已焕然矣。

永宁长公主举殡。例搭席殿群房等约三百余间，内使临行时俱拆去。公令择隙地搭盖，以揪棍横穿于杉木缆眼下埋之，席用麻绳连合，在工之人，无不笑公之作无益也。殡讫，内官果来取木，木根牢固，席复连合，即以力断绳，取之不易，遂舍之去。公呼夫匠谓曰:“山中风雨暴至，无屋可避，除大殿拆外，余小房留与汝辈作宿食，何如？”众佥曰:“便。”公曰:“每一席官价一分五厘，今只作七厘，抵工价，拆棚日，席听尔等将去，断麻作麻筋用，木作回料，何如？”众又曰:“便。”

都城重城根脚下，为雨水冲激，岁久成坑，啮将及城，名曰“浪窝”。监督员外受部堂旨，议运吴家村黄土填筑，去京城二十里而遥，估银万一千余两。公建议:“但取城壕之土以填塞，则浪窝得土而筑之固，城壕去土而浚之深，银省功倍，计无便此。”比完工，止费九百有奇。

按，两官之役，贺公为政，事例既开，凡通状到日即给帖，银完次日即给咨，事无留宿，吏难勒措，赴者云集，得银百万两。公每事核实，裁去浮费，竟以七十万竣役，所省九十万有奇。工甫完，反以不职论去，冤哉！然余览公之子仲轼所辑《冬官纪事》，如抑木商、清窑税，往往必行其意，不辞主怨，宜乎权贵之侧目也！夫有用世之才，而必欲使绌其才以求容于世，国家亦何利焉！吁，可叹已！

徽州木商王天俊等十人，广挟金钱，依托势要，钻求札付，买木十六万根。贺念此差一出，勿论夹带私木，即此十六万根木，逃税三万二千余根，亏国课五六万两，方极力杜绝，而特旨下矣。一时奸商扬扬得意。贺乃呼至，谓曰:“尔欲札，我但知奉旨给札耳，札中事尔能禁我不行开载耶？”于是列其指称皇木之弊：一不许希免关税，盖买木官给平价，即是交易，自应照常抽分；二不许磕撞官民船只，如违，照常赔补；三不许骚扰州县，派夫拽筏；四不许搀越过关；五不给预支。俟木到张家湾，部官同科道逐根丈量，具题给价。于是各商失色，曰：“如此则札付直一空纸，领之何用！”遂皆不愿领札，向东厂倒赃矣。

又，工部屯田司主事差管通济局、广济局，局各设抽分大使一员、攒典一名、巡军十五名，官俸军粮岁支一百三十余石，每年抽分解部银多七八十两，少五六十两，尚不及费。贺公盛瑞欲具题裁革，左堂沈敬宇止之。

公查初年税入，岁不下千金，该局所辖窑座，自京师及通州、昌平、良、涿等处，税岁砖瓦近百万万，后工部招商买办，而局无片瓦矣。公既任其事，稍一稽查，即如木商王资一项漏银一百零九两，他可知已。嗣查窑税，而中贵王明为梗。公谓中贵不可制而贩户可制，即出示通衢，严谕巡军军民人等，“敢有买贩王明砖瓦者，以漏税论。官吏军余卖放者，许诸人详告，即以漏出砖瓦充赏。”王明窑三十余座，月余片瓦不售，哀求报税矣。诸势要闻风输税，即一季所收，逾二十余万，一岁所积，除勋戚祭葬取用外，该局积无隙地，各衙门小修，五月取给焉。

陈懋仁

陈懋仁云：泉州库贮败铁甚夥，皆先后所收不堪军器也。余尝监收，目击可用，乃兵丁饰虚，利在掊饷，不论堪否，故毁解还。余议堪者，官给工料，分发各营，修理兼用；不堪者作器与之，于军器银内，银七器三，照额搭给，解验查盘，一如新造之法。并散雨湿火药，而加硝提之，计省二千余金，即于饷银内扣库，以抵下年征额。节军费以纾民力，计无便此，乃当事者泛视不行，终作朽物，惜哉！

叶石林

叶石林梦得在颍昌，岁值水灾，京西尤甚，浮殍自唐、邓入境，不可胜计，令尽发常平所储以赈。唯遗弃小儿，无由处之。一日询左右曰：“民间无子者，何不收畜？”曰：“患既长或来识认。”叶阅法例：凡伤灾遗弃小儿，父母不得复取。边批：作法者其虑远矣。遂作空券数千，具载本法，即给内外厢界保伍。凡得儿者，皆使自明所从来，书券给之，官为籍记，凡全活三千八百人。

虞允文

先是浙民岁输丁钱绢䌷，民生子即弃之，稍长即杀之。虞公允文闻之恻然，访知江渚有荻场利甚溥，而为世家及浮屠所私。公令有司籍其数以闻，请以代输民之身丁钱。符下日，民欢呼鼓舞，始知有父子生聚之乐。

韦孝宽　李　崇

韦孝宽为雍州刺史。先是路侧一里置一土堠，经雨辄毁。孝宽临州，勒部内当堠处但植槐树，既免修复，又便行旅。宇文泰后见之，叹曰："岂得一州独尔！"于是令诸州皆计里种树。

魏李崇为兖州刺史。兖旧多劫盗，崇命村置一楼，楼皆悬鼓；盗发之处，乱击之，旁村始闻者，以一击为节，次二，次三，俄顷之间，声布百里，皆发人守险。由是盗无不获。

袁了凡曰：宋薛季宣令武昌，乡置一楼，盗发，伐鼓举烽，瞬息遍百里，事与李崇合。乱世弭盗之法莫良于此。独宋向子韶知吴江县，太守孙公杰令每保置一鼓楼，保丁五人，以备巡警，盗发则鸣鼓相闻，子韶执不可，曰："斗争自此始矣！"是亦一见也。大抵相机设法，顾其人方略何如，唯明刑、薄赋、裕民为弭盗之本。

范仲淹

仲淹知延州。先是总官领边兵万人，钤辖领五千人，都监领三千人，寇出，则官卑者先出御。仲淹曰："将不择人，以官为次第，败道也！"乃大阅州兵，得万八千人，分六将领之，将各三千，分部训练，使量贼多寡，更番出御。

梅少司马客生疏云："古之诏爵也以功，今之叙功也以爵。"二语极切时弊。夫临阵，则卑者居先；叙功，又卑者居后。是直以性命媚人耳，宜志士之裹足而不出也！分将选出之议固当，吾谓论功尤当专叙汗马，而毋轻冒帷幄，则豪杰之气平，而功名之士知奋矣！

徐　阶　二条

世庙时，倭蹂东南，抚按亟告急请兵，职方郎谓："兵发而倭已去，谁任其咎？"尚书惑之。阶相持不可，则以羸卒三千往。阶争之曰："江南腹心地，捐以共贼久矣。部臣于千里外，何以遥度贼之必去，又度其去而必不来，而阻援兵不发也！夫发兵者，但计当与不当耳。不当发，则毋论精弱皆不发以省费；当发，则必发精者以取胜，而奈何用虚文涂耳目，置此三千羸卒与数万金之费以喂贼耶！"尚书惧，乃发精卒六千，俾偏将军许国、李逢时将焉。

国已老，逢时敢深入而疏，骤击倭，胜之，前遇伏，溃。当事者以发兵为阶咎，阶复疏云："法当责将校战而守令守。今将校一不利辄坐死，而府令偃然自如；及城溃矣，将校复坐死，而守令仅左降。此何以劝惩也！夫能使民者，守令也，今为兵者一，而为民者百，奈何以战守并责将校也！夫守令勤，则粮饷必不乏；守令果，则探哨必不误；守令警，则奸细必不容；守令仁，则乡兵必为用。臣以为重责守令可也。"

汉法之善，民即兵，守令即将，故郡国自能制寇。唐之府兵，犹有井田之遗法，自张说变为彍骑，而兵农始分，流为藩镇，有将校而无守令矣。迄宋以来，无事则专责守令，而将校不讲韬钤之术，有事则专责将校，而守令不参帷幄之筹，是战与守两俱虚也。徐文贞此议，深究季世阘茸之弊。

阶又念虏移庭牧，宣、大与虏杂居，士卒不得耕种，米麦每石值至中金三两，而所给月粮仅七镮，米菽且不继。时畿内二麦熟，石止直四镮，可及时收买数十万石，石费五镮，可出居庸，抵宣府；费八镮，可出紫荆，抵大同。大约合计之，费止金一两，而士卒可饱一月食，其地米麦，当亦渐平。乃上疏行之。

种世衡　杨掞

种世衡所置青涧城，逼近虏境，守备单弱，刍粮俱乏。世衡以官钱贷商旅，使致之，不问所出入。未几，仓廪皆实，又教吏民习射，虽僧道、妇人亦习之，以银为的，中的者辄与之。既而中者益多，其银重轻如故，而的渐厚且小矣。或争徭役轻重，亦令射，射中者得优处。或有过失，亦令射，射中则免之。由是人人皆射，富强甲于延州。

杨掞本书生，初从戎习骑射，每夜用青布藉地，乘生马跃，初不过三尺，次五尺，次至一丈，数闪跌不顾。孟珙尝用其法，称为"小子房"。

按，《宋史》，掞尝贷人万缗，游襄、汉间，入娼楼，箧垂尽。夜忽自呼曰："来此何为？"辄弃去。已在军中，费官钱数万。贾似道核其数，孟珙以白金六百与偿，掞又费之，终日而饮。似道欲杀之，掞曰："汉祖以黄金四万斤付陈平，不问出入。如公琐琐，何以用豪杰！"似道姑置之。盖奇士也！其参杜杲军幕，能出奇计，解安丰之围。惜乎不尽其用耳！

曹　玮

曹玮在秦州时，环、庆属羌田，多为边人所市，单弱不能自存，因没彼中。玮尽令还其故，以后有犯者，迁其家内地。所募弓箭手，使驰射较强弱，胜者与田二顷。边批：诱之习射。再更秋获，课市一马，马必胜甲，然后官籍之，则加五十亩。边批：官未尝不收其利。至三百人以上，因为一指挥，要害处为筑堡，使自堑其地为方田环之。立马社，一马死，众皆出钱市马。边批：马不缺矣。后开边壕，悉令深广丈五尺，山险不可堑者，因其峭绝治之，使足以限敌。后皆以为法。

虞　诩

永初四年，羌胡反乱，残破并、凉，大将军邓骘以军役方费，事不相赡，欲弃凉州，并力北边。譬如衣败，用以相补，犹有所完，不然，将两无所保。议者咸以为然。诩说太尉李修曰："窃闻公卿定策，当弃凉州。夫凉州既弃，即以三辅为塞，三辅为塞，则园陵单外，此不可之甚者也！谚曰：'关西出将，关东出相。'观其习兵壮勇，实过余州。今羌胡所以不敢入据三辅，为腹心之害者，以凉州在后故也。其土人所以摧锋执锐无反顾之心者，为臣属于汉故也。若弃其境域，徙其人庶，安土重迁，必生异念。如使豪杰相聚，席卷而东，虽贲、育为卒，太公为将，犹恐不足当御。议者喻以补衣犹有所完，诩恐其疽食浸淫而无限极。弃之非计！"修曰："然则计将安出？"诩曰："今凉土扰动，人情不安，窃忧卒然有非常之变，诚宜令四府九卿各辟彼州数人，其牧守令长子弟，皆除为冗官，外以劝励，答其功勤，内以拘制，防其邪计。"修善其言，更集四府，皆从诩议。于是辟西川豪杰为掾属，拜牧守长子弟为郎，以安慰之。

虞诩凉州之议，成于李修之公访；德裕维州之议，格于僧孺之私憾。夫不为国家图万会，而自快其私，以贻后世噬脐之悔，斯不忠之大者矣！河套弃而陕右警，西河弃而甘州危，太宁弃而蓟州逼，三坌河弃而辽东悚。国朝往事，可为寒心！昔单于冒顿不惜所爱名马与女子，而必争千里之弃地，遂因以灭东胡、并诸王。堂堂中国，而谋出丑虏下，恬不知耻，何哉！

凉州之议，尤妙在辟其豪杰而用之，此玄德之所以安两川也。

嘉靖东南倭警，漕台郑晓奏："倭寇类多中国人，其间尽有勇智可用者，每苦资身无策，遂甘心从贼，为之向导。乞命各巡抚官于军民白衣中，每岁查举勇力智谋者数十人，与以'义勇'名色，月给米一石，令其无事则率人捕盗，有事则领兵杀贼，有功则官之。如此，不唯中国人不为贼用，且有将材出于其间。其从贼者谕令归降，如才力可用，一体立功叙迁。不然，数年后或有如卢循、孙恩、黄巢、王仙芝者，益至滋蔓，难拔灭矣！”愚谓端简公此策，今日正宜采用。

张居正 二条

俺答孙巴汉那吉，与其奶公阿力哥，率十余骑来降。督抚尚未以闻，张江陵已先知之，边批：宰相不留心边事，那得先知！贻书王总督崇古查其的否，往复筹之曰：“此事关系甚重，制虏之机实在于此。顷据报俺酋临边索要，正恐彼弃而不取，则我抱空质而结怨于虏；今其来索，我之利也。第戒励将士，坚壁清野以待之，使人以好语款之。彼卑词效款，或斩我叛逆赵全等之首，誓以数年不犯吾塞，乃可奉闻天朝，以礼遣归。但闻者酋临边不抢，又不明言索取其孙，此必赵全等教之，边批：看得透。诱吾边将而挑之以为质，伺吾间隙而掩其所不备。唯当并堡坚守，勿轻与战，即彼示弱见短，亦勿乘之。边批：我兵被劫，往往坐此。多行间谍以疑其心，或遣精骑出他道，捣其巢穴，使之野无所掠，不出十日，势将自遁，固不必以斩获为功也。续据巡抚方金湖差人鲍崇德亲见老酋云云，其言未必皆实。然老酋舐犊之情似亦近真，其不以诸逆易其孙，盖耻以轻博重，边批：看得透。非不忍于诸逆也。乳犬驽驹，蓄之何用？但欲挟之为重，以规利于虏耳。今宜遣宣布朝廷厚待其孙之意，以安老酋心，却令那吉衣其赐服绯袍金带，以夸示虏使。彼见吾之宠异之也，则欲得之心愈急，而左券在我，然后重与为市，而求吾所欲，必可得也！俺酋言虽哀恳，身犹拥兵驻边，事同强挟，未见诚款。必责令将有名逆犯，尽数先送入境，掣回游骑，然后我差官以礼送归其孙。若拥兵要质，两相交易，则夷狄无亲，事或中变；即不然，而聊以胁从数人塞责，于国家威重岂不大损！至于封爵、贡市二事，皆在可否之间。若鄙意，则以为边防利害不在那吉之与不与，而在彼求和之诚与不诚。若彼果出于至诚，假以封爵，许其贡市，我得以间，修其战守之具，兴屯田之利，边鄙不耸，穑人成功。彼若寻盟，则我示羁縻之义，彼若背盟，则兴问罪之师，胜算在我，数世之利也。诸逆既入境，即可执送阙下，献俘正法，传首于边，使叛人知畏。先将那吉移驻边境，叛人先入，那吉后行，彼若劫质，即斩那吉首示之，闭城与战。彼曲我直，战无不克矣。阿力哥本导那吉来降，与之，必至糜烂。边批：牛僧孺还悉怛谋于吐蕃，千古遗恨。今彼既留周、元二人，则此人亦可执之以相当，断不可与。留得此人，将来人有用处，唯公审图之。”后崇古驰谕虏营，俺答欲我先出那吉，我必欲俺答先献所虏获。俺答乃献被掳男妇八十余人。夷情最躁急，遂寇抄我云石堡。崇古亟令守备范宗儒以嫡子范国囿及其弟宗伟、宗伊质虏营，易全等。俺答喜，收捕赵全等，皆面缚械系，送大同左卫。是时周、元闻变，饮鸩死，于是始出那吉，遣康纶送之归。那吉等哭泣而别。巡抚方逢时诫夷使火力赤猛克，谕以毋害阿力哥。既行，次河上，祖孙呜呜相劳，南向拜者五，使中军打儿汉等入谢，疏言："帝赦我逋迁裔，而建立之德无量，愿为外臣，贡方物。"请表笺楷式及长书表文者。江陵复移书总督曰："封贡事，乃制虏安边大机大略，时人以狷嫉之心，持庸众之议，计目前之害，忘久远之利，遂欲摇乱而阻坏之，不唯不忠，盖亦不智甚矣。议者以讲和示弱、马市起衅，不知所谓和者，如汉之和亲、宋之献纳，制和者在夷狄，不在中国，故贾谊以为'倒悬'，寇公不肯主议。今则彼称臣乞封，制和者在中国，不在夷狄，比之汉宋，万万不侔。至于昔年奏开马市，彼拥兵压境，恃强求市，以款段驽罢索我数倍之利，市易未终，遂行抢掠，故先帝禁不复行。今则因其入贡，官为开集市场，使与边民贸易，其期或三日二日，如辽开原事例耳，又岂马市可同语乎？至于桑土之防，戒备之虑，自吾常事，不以虏之贡不贡而有加损也。今吾中国，亲父子兄弟相约也，而犹不能保其不背，况夷狄乎！但在我制驭之策，自合如是耳。数十年无岁不掠，无地不入，岂皆以背盟之故乎！即将来背盟之祸，又岂有加于此者乎！议者独以边将不得捣巢，家丁不得赶马，计私害而忘公利，遂失此机会，故仆以为不唯不忠，盖亦不智甚矣。"已乃于文华殿面请诏行之，又以文皇帝封和宁、太平、贤义三王故事，拣付本兵，因区画八策属崇古。崇古既得札，遂许虏，条上封贡便宜，诏从之。俺答贡名马三十，乃封俺答为顺义王，余各封赏有差，至今贡市不绝。

板升诸道既除，举朝皆喜。张江陵语督抚曰："此时只宜付之不知，不必通意老酋，恐献以为功，又费一番滥赏，且使反侧者益坚事虏之心矣。此辈宜置之虏中，他日有用他处；不必招之来归，归亦无用。第时传谕以销兵务农，为中国藩蔽，勿生歹心，若有歹心，即传语顺义，缚汝献功矣。然对虏使却又云：'此辈背叛中华，我已置之度外，只看他耕田种谷，有犯法、生歹心，任汝杀之，不必来告。'以示无足轻重之意。"

安黎峒

顾岕《海槎余录》云：儋耳七坊黎峒，山水险恶，其俗闲习弓矢，好战，峒中多可耕之地，额粮八百余石。弘治末，困于征求，土官符蚺蛇者恃勇为寇，屡败官军。后蚺蛇中箭死，余党招抚讫。嘉靖初，从侄符崇仁、符文龙争立，起兵仇杀，因而扇动诸黎，阴助作逆。余适拜官莅其境，土民蹙额道其故。余曰："可徐抚也。"未几，崇仁、文龙弟男相继率所部来见，劳遣之。徐知二人已获系狱，故发问曰："崇仁、文龙何不亲至？"众戚然曰："上司收狱正严。"余答曰："小事，行将保回安生。"众欣然感谢。郡士民闻之骇然，曰："此辈宽假，即鱼肉我民矣！"余不答，既而阅狱，纵系囚二百人，州人咸赏我宽大之度，黎众见之，尽磕首祝天曰："我辈冤业当散矣！"余随查该峒粮，俱无追纳，因黎众告乞保主，余谕之曰："事当徐徐，此番先保各从完粮，次保其主何如？"众曰："诺。"前此土官每石粮征银八九钱，余欲收其心，先申达土司，将该峒黎粮品搭见征无征，均照京价二钱五分征收，示各黎俱亲身赴纳，因其来归，人人抚谕，籍其名氏，编置十甲。办粮除排年外，每排另立知数、协办、小甲各二名，又总置、总甲、黎老各二名，共有百余人。则掌兵头目各有所事，乐于自专，不顾其主矣，日久浸向有司。余密察识其情，却将诸首恶五十余名，解至省狱二千里外，相继牢死，大患潜消。后落窑峒黎闻风向化，亦告编版籍。粮差讫，州仓积存，听征粮斛准作本州官军俸粮敷散，地方平安。

平军民变

浙故有幕府亲兵四千五百人，分为九营，岁以七营防海汛，汛毕乃归，其饷颇厚。万历十年间，吴中丞善言奉新例减饷三之一，又半给新钱，钱法壅不行，诉之不听，遂为乱。其魁马文英、杨廷用实倡之，拥吴公至营所，窘辱备至，迫书朘削状，以库金二千为酒食资，姑纵之。明日二魁阳自缚诣吴及两台，言："我实首事，请受法，他无与也。"众皆匣刃以俟。诸公惧稔祸，姑好言慰遣，而具其事上闻。

少司马张肖甫奉便宜命抚浙代吴，未至而民变复作。初，杭城诸栅各设役夫司干掫，边批：多事。应役者自募游手充之。前二岁始严其法，必亲受役。惮役者相率倚豪有力以免，而游手遂失募利，亦怨望。上虞人丁仕卿侨居，素舞文，与市大猾相结，假利便言之监司守令，俱不听，意忿忿，且谓"官无如乱兵何，而如我何！"以此挑诸大猾。会仕卿坐他法荷校，诸大猾遂鼓众劫之，响应至千人，于是焚劫诸豪有力家以快憾。遂破台使者门，监司而下悉窜匿。张公抵嘉禾闻变，问候人曰："兵哨海者发耶？"曰："发矣。""所留二营无恙耶？"曰："然。"公曰："速驱之，尚可离而二也。"边批：兵民合则不可为矣。从者皆恐，公谈笑自如。既抵台治事，而群不逞啸聚益众，揭竿立帜，执白刃而向台者可二千余，且欲毁垣以入。公乃从数卒乘肩舆出迎，谓之曰："汝曹毋反，反则天子移六师至族汝矣！且汝必有所苦与甚不平，何不告我？"众以司夜役不公为言，公曰："易耳！奈何以一愤易一族！"即下令除之，众始散。然其气益张，夜复掠他巨室，火光烛天。公秉烛草檄，谕以祸福。质明，张之通衢。众取裂之。公怒曰："吾奉命戢悍兵，宜自悍民始。"已而计曰："过可使也，乌合可刈也。"命游击徐景星以二营兵入，召伍长抚之曰："前幕府诚用汝死力而不汝饷，汝宁无怏怏？"边批：先平其气、安其心而后用之。众唯唯，则又曰："市无赖子乱成矣。彼无他劳，非汝曹例。能为我尽力计捕之，我且令汝曹以功饱也。然无多杀，多杀不汝功。"众踊跃听命。复召马文英、杨廷用，密谓之曰："向自缚而请者汝耶？"二魁谢死罪。公曰："壮士故不畏死，虽然，死法无名。汝为我帅众捕乱，讵论赎，且赏矣。即不幸死，宁死义乎！"二魁亦踊跃听命。公乃召徐景星出所从骁勇为中军，俾营兵次之，郡邑土团又次之。严部伍，明约束，遂前薄乱民，连败之，缚百五十余人，而仕卿与焉。公讯得其倡谋、挟刃而腰金帛者凡五十余人，皆斩枭之辕门，余悉释去，于是群不逞皆散。公念此悍卒犹未伏法，急之或生变，假他事罪之或密掩之则非法，因阳奖二魁功，予之冠带。榜于营，复其饷如初，咸帖然。当二魁自缚时，要众曰："吾以一死蔽若等，姑予我棺殓，给妻子费。"众为殓金数百，既免而不复反橐，众颇恨。又各营倡乱者数十，公俱廉得之。届明年春汛，七营当复发，公于誓师时密令徐景星以名捕营各一人，数其首乱罪斩之，已后捕马、杨二魁至，曰："汝故自请死，今晚矣。且汝既倡乱，又欺众而攘其资，我即欲贷汝，如众怒何！"又斩之，凡九首，陈辕门外，而使使驰赦诸营，曰："天子不忍尽僇汝，汝自揣合死否？今而后当尽力为国御圉也！"众尽感泣。

兵之变，未有不因朘削激成者；民之变，未有不因势豪激成者。至于兵民一时并变，危哉乎浙也！幸群不逞仓卒乌合，本无大志，而二魁恃好言之慰遣，自幸不死，故不至合而为一，于此便有个题目可做。

张公此举，大有机权，大有此第，尤妙在于不多杀。若贪功之臣，我不知当如何矣！

张仁愿　余　玠

朔方军与突厥以河为境，时默啜悉众西击突骑施，总管张仁愿请乘虚夺取漠南地，于河北筑三受降城，首尾相应，以绝其南寇之路。六旬而成，以佛云祠为中城，距东、西城各四百余里，皆据津要，于牛头朝那山北置烽堠千八百所。自是突厥不敢度山畋牧。

今皆弃为荒壤矣，惜哉！

余玠帅蜀，筑召贤馆于府左，供帐一如帅所。时播州冉琎、冉璞兄弟隐居蛮中，前后阃帅辟召，皆不至，至是身自诣府。玠素闻其名，与之分庭均礼。居数月，无所言，玠乃为设宴，亲主之。酒酣，坐客纷纷，竞言所长，琎兄弟卒默然。玠曰："是观我待士之礼何如耳！"明日更辟馆以处之，因使人窥之，但见兄弟终日对踞，以垩画地为山川城池，起则漫去。如是又旬日，乃请玠屏人言曰："某蒙明公礼遇，今日思有以少报，其在徙合州城乎？"玠不觉跃起，执其手曰："此玠志也，但未得其所耳。"曰："蜀中形胜之地莫如钓鱼山，请徙诸砦。若任得其人，积粟以守之，贤于十万师远矣。"玠大喜，密闻于朝，请不次官之。卒筑青居、大获、钓鱼、云顶、天生凡十余城，皆因山为垒，棋布星分，于是臂指联络，蜀始可守。

张仁愿筑三受降城，而河北之斥堠始远，吴玠筑钓鱼山十余城，而蜀之形胜始壮，皆所谓一劳而永逸、一费而百省者也。嘉靖中，大同巡抚张文锦议于镇城北九十里筑五堡，徙镇卒二千五百家往戍之，堡五百家，为大同藩篱，此亦百世之利也。然五堡孤悬几百里，戍卒惮虏不愿往。必也兴屯田、葺庐舍，使民见可趋之利，而又置训练之将，严互援之条，使武备饬而有恃无恐，民谁不欣然而趋之？乃不察机宜，而徒用峻法以驱民于死地，所任贾鉴者，又不能体国奉公，以犯众怒，遂致杀身辱国，赖蔡天祐相机抚定，仅而无恙。欲建功任事者，先在体悉人情哉！

孟 珙

淳祐中，孟珙镇江陵。初至，登城周览，叹曰："江陵所恃三海，不知沮洳有变为桑田者。今自城以东，古岭先锋，直至三汊，无所限隔，敌一鸣鞭，不即至城外乎！"乃修复内隘十有一，而别作十隘于外，沮、漳之水旧自城西入江，则障而东之，俾绕城北入于汉，而三海遂通为一，随其高下，为匮蓄泄，三百里间，渺然巨浸，土木之工百七十万，而民不知役。

中兴十策

建炎中，大驾驻维扬，康伯可上《中兴十策》：一请皇帝设坛，与群臣六军缟素戎服，以必两宫之归；二请移跸关中，治兵积粟，号召两河，为雪耻计，东南不足立事；三请略去常制，为"马上治"，用汉故事，选天下英俊日侍左右，讲究天下利病，通达外情；四请河北未陷州郡，朝廷不复置吏，诏土人自相推择，各保乡社，以两军屯要害为声援，滑州置留府，通接号令；五请删内侍、百司、州县冗员，文书务简，以省财便事；六请大赦，与民更始，前事一切不问，不限文武，不次登用，以收人心；七请北人避胡，挈郡邑南来以从吾君者，其首领皆豪杰，当待之以将帅，不可指为盗贼；八请增损保甲之法，团结山东、京东、两淮之民，以备不虞；九请讲求汉、唐漕运江淮道途，置使以馈关中；十请许天下直言便宜，州郡即日交奏，置籍亲览，以广豪杰进用之路。宰相汪、黄辈不能用，惜哉！

按，康伯可后来附会贼桧，擢为台郎，两宫宴乐，专应制为歌词，名节扫地矣。然此《十策》正大的确，虽李伯纪、赵元镇未或过也，可以人废言乎？

李　纲 二条

纲疏经略两河大要云：河北、河东，国之藩蔽也。料理稍就，然后中原可保，而东南可安。今河东所失者，恒、代、太原、泽、潞、汾、晋，余郡尚存也。河北所失者，不过真定、怀、卫、濬四州而已，其余二十余郡，皆为朝廷守。两路士民兵将，戴宋甚坚，皆推豪杰以为首领，多者数万，少亦不下万人。朝廷不因此时置司遣使，以大抚慰而援其危，臣恐粮尽力疲，危迫无告，愤怨必生，金人因得抚而用之，皆精兵也。莫若于河北置招抚司，河东置经制司，择有材略如张所、傅亮者为之，使宣谕天子不忍弃两河于敌国之意，有能全一州复一郡者，即如唐藩镇之制，使自为守。如此，则不唯绝其从敌之心，又可资其御敌之力，最今日先务。

李纲当金人围城死守时，有京师不逞之徒乘机杀伤内侍，取其金帛，而以所藏器甲弓剑纳官请功。纲命集守御使司，以次纳讫，凡二十余人，各言姓名，皆斩之，并斩杀伤部队将者二十余人，及盗衲袄者、强取妇人绢一匹者、妄斫伤平民者，皆即以徇。故外有强敌月余日，而城中窃盗无有也。

沈　晦

沈晦除知信州。高宗如扬州，将召为中书舍人。侍御史张守论晦为布衣时事，帝曰："顷在金营，见其慷慨；士人细行，岂足为终身累耶！"绍兴四年，用知镇江府、两浙西路安抚使，过行在面对，言："藩帅之兵可用。今沿江千余里，若今镇江、建康、太平、池、鄂五郡，各有兵一二万，以本郡财赋易官田给之。敌至五郡，以舟师守江，步兵守隘，彼难自渡；假使能渡，五郡合击，敌虽善战，不能一日破诸城也。若围五郡，则兵分势弱。或以偏师缀我大军南侵，则五郡尾而邀之，敌安能远去！”时不能用。

汪立信　文天祥

襄阳围急，将破，立信遗似道书，云：“沿江之守，不过七千里，而内郡见兵尚可七十余万，宜尽出之江干，以实外御。汰其老弱，可得精锐五十万。于七千里中，距百里为屯，屯有守将；十屯为府，府有总督。其尤要害处，则参倍其兵。无事则泛舟江、淮，往来游徼，有事则东西互援，联络不断，以成率然之势，此上策也！久拘聘使，无益于我，徒使敌得以为辞，莫若礼而归之，请输岁币以缓目前之急。俟边患稍休，徐图战守，此中策也！”后伯颜入建康，闻其策，叹曰：“使宋果用之，吾安得至此！”

北人南侵，文天祥上疏，言：“朝廷姑息牵制之意多，奋发刚断之意少。乞斩师孟衅鼓，以作将士之气。”且言：“宋惩五季之乱，削藩镇，建邑郡，一时虽足以矫尾大之弊，然国以变弱。故敌至一州则一州破，至一县则一县残，中原陆沉，痛悔何及！今宜分天下为四镇，建都督统御于其中：以广西益湖广，而建阃于长沙；以广东益江西，而建阃于隆兴；以福建益江东，而建阃于番阳；以淮西益淮东，而建阃于扬州。责长沙取鄂，隆兴取蕲、黄，番阳取江东，扬州取两淮，使其地大力众，足以抗敌，约日齐奋，有进无退，日夜以图之。彼备多力分，疲于奔命，而吾民之豪杰者，又伺间出于其中。如此，则敌不难却也！”

靖康有李纲不用，而用黄潜善、江伯彦；咸淳有汪立信不用，而用贾似道；德祐有文天祥不用，而用陈宜中。然则宋不衰于金，自衰也；不亡于元，自亡也。

察智部

冯子曰：智非察不神，察非智不精。子思云："文理密察，必属于至圣。"而孔子亦云："察其所安。"是以知察之为用，神矣广矣。善于相人者，犹能以鉴貌辨色，察人之富贵福寿贫贱孤夭，况乎因其事而察其心，则人之忠佞贤奸，有不灼然乎？分其目曰得情，曰诘奸，即以此为照人之镜而已。

冯子曰：语云："察见渊鱼者不祥。"是以圣人贵夜行，游乎人之所不知也。虽然，人知实难，己知何害？目中无照乘摩尼，又何以夜行而不蹶乎？子舆赞舜，明察并举，盖非明不能察，非察不显明，譬之大照当空，容光自领，岂无覆盆，人不憾焉。如察察予好，渊鱼者避之矣。吏治其最显者，得情而天下无冤民，诘奸而天下无戮民，夫是之谓精察。

得情卷九

口变缁素，权移马鹿。山鬼昼舞，愁魂夜哭。如得其情，片言折狱。唯参与由，吾是私淑。集"得情"。

唐御史

李靖为岐州刺史，或告其谋反，高祖命一御史案之。御史知其诬罔，边批：此御史恨失其名。请与告事者偕。行数驿，诈称失去原状，惊惧异常，鞭挞行典，乃祈求告事者别疏一状。比验，与原状不同，即日还以闻。高祖大惊，告事者伏诛。

张楚金

湖州佐史江琛，取刺史裴光书，割取其字，合成文理，诈为与徐敬业反书，以告。差御史往推之，款云："书是光书，语非光语。"前后三使并不能决。则天令张楚金勘之，仍如前款。楚金忧懑，仰卧西窗，日光穿透，因取反书向日视之，其书乃是补葺而成。因唤州官俱集，索一瓮水，令琛取书投水中，字字解散。琛叩头伏罪。

崔思竞

崔思竞，则天朝或告其再从兄宣谋反，付御史张行岌按之。告者先诱藏宣妾，而云："妾将发其谋，宣乃杀之，投尸洛水。"行岌按略无状。则天怒，令重按，奏如初。则天怒曰：“崔宣若实曾杀妾，反状自明矣。不获妾，如何自雪？”行岌惧，逼思竞访妾。思竞乃于中桥南北多置钱帛，募匿妾者。数日略无所闻，而其家每窃议事，则告者辄知之。思竞揣家中有同谋者，乃佯谓宣妻曰：“须绢三百匹雇刺客杀告者。”而侵晨伏于台前。宣家有馆客，姓舒，婺州人，为宣家服役，边批：便非端士。宣委之同于子弟。须臾见其人至台，赂阍人以通于告者，告者遂称“崔家欲刺我”。思竞要馆客于天津桥，骂曰：“无赖险獠，崔家破家，必引汝同谋，何路自雪！汝幸能出崔家妾，我遗汝五百缣，归乡，足成百年之业；不然，亦杀汝必矣！”其人悔谢，乃引至告者之家，搜获其妾，宣乃得免。

一个馆客尚然，彼食客三千者何如哉！虽然，鸡鸣狗盗，因时效用则有之，皆非甘为服役者也，故相士以廉耻为重。

边郎中

开封屠子胡妇，行素不洁，夫及舅姑日加笞骂。一日出汲不归，胡诉之官。适安业坊申有妇尸在眢井中者，官司召胡认之，曰：“吾妇一足无小指，此尸指全，非也。”妇父素恨胡，乃抚尸哭曰：“此吾女也！久失爱于舅姑，是必挞死，投井中以逃罪耳！”时天暑，经二三日，尸已溃，有司权瘗城下。下胡狱，不胜掠治，遂诬服。宋法：岁遣使审覆诸路刑狱。是岁，刑部郎中边某一视成案，即知冤滥，曰：“是妇必不死！”宣抚使安文玉执不肯改，乃令人遍阅城门所揭诸人捕亡文字，中有贾胡逃婢一人，其物色与尸同，所寓正眢井处也，贾胡已他适矣。于是使人监故瘗尸者，令起原尸，瘗者出曹门，涉河东岸，指一新冢曰：“此是也。”发之，乃一男子尸。边曰：“埋时盛夏，河水方涨。此辈病涉，弃尸水中矣。男子以青帬总发，必江淮新子无疑。”讯之果然。安心知其冤，犹以未获逃妇，不肯释。会开封故吏除洺州，一仆于逆妓中得胡氏妇，问之，乃出汲时淫奔于人，转娼家，其事乃白。

李　崇

定州流人解庆宾兄弟坐事，俱徙扬州。弟思安背役亡归，庆宾惧后役追责，规绝名贯，乃认城外死尸，诈称其弟为人所杀。迎归殡葬，颇类思安，见者莫辩。又有女巫杨氏，自云见鬼，说思安被害之苦、饥渴之意。庆宾又诬疑同军兵苏显甫、李盖等所杀。经州讼之，二人不胜楚毒，各诬服。狱将决，李崇疑而停之，密遣二人非州内所识者，伪从外来，诣庆宾告曰：“仆住北州，比有一人见过，寄宿。夜中共语，疑其有异，便即诘问，乃云是流兵背役，姓解字思安。时欲送官，苦见求，及称有兄庆宾，今住扬州相国城内，嫂姓徐，君脱矜愍为往告报，见申委曲，家兄闻此，必相重报。今但见质，若往不获，送官何晚？是故相造。君欲见顾几何？当放令弟。若其不信，可现随看之。”庆宾怅然失色，求其少停。此人具以报崇，摄庆宾问之，引伏。因问盖等，乃云自诬。数日之间，思安亦为人缚送。崇召女巫视之，鞭笞一百。

欧阳晔

欧阳晔治鄂州，民有争舟相殴至死者，狱久不决。晔自临其狱，去囚坐庭中，出其桎梏而饮食。讫，悉劳而还之狱，独留一人于庭，留者色动惶顾。公曰：“杀人者，汝也！”囚不知所以。曰：“吾观食者皆以右手持匕，而汝独以左。今死者伤在右肋，此汝杀之明验也！”囚涕泣服罪。

尹见心

民有利侄之富者，醉而拉杀之于家。其长男与妻相恶，欲借奸名并除之，乃操刃入室，斩妇首，并取拉杀者之首以报官。时知县尹见心方于二十里外迎上官，闻报时夜已三鼓。见心从灯下视其首，一首皮肉上缩，一首不然，即诘之曰：“两人是一时杀否？”答曰：“然。”曰：“妇有子女乎？”曰：“有一女方数岁。”见心曰：“汝且寄狱，俟旦鞫之。”别发一票，速取某女来。女至，则携入衙，以果食之，好言细问，竟得其情，父子服罪。

王佐

王佐守平江，政声第一，尤长听讼。小民告捕进士郑安国酒。佐问之，郑曰：“非不知冒刑宪，老母饮药，必酒之无灰者。”佐怜其孝，放去，复问：“酒藏床脚笈中，告者何以知之？岂有出入而家者乎？抑而奴婢有出入者乎？”以幼婢对，追至前得与民奸状，皆仗脊遣。闻者称快。

殷云霁

正德中，殷云霁字近夫，知清江。县民朱铠死于文庙西庑中，莫知杀之者。忽得匿名书，曰：“杀铠者某也。”某系素仇，众谓不诬。云霁曰：“此嫁贼以缓治也。”问左右：“与铠狎者谁？”对曰：“胥姚。”云霁乃集群胥于堂，曰：“吾欲写书，各呈若字。”有姚明者，字类匿名书，诘之曰：“尔何杀铠？”明大惊曰：“铠将贩于苏，独吾候之，利其资，故杀之耳。”

周纡

周纡为召陵侯相。廷掾惮纡严明，欲损其威，侵晨，取死人断手足立寺门。纡闻辄往，至死人边，若与共语状，阴察视口眼有稻芒，乃密问守门人曰：“悉谁载藁入城者？”门者对：“唯有廷掾耳。”乃收廷掾，拷问具服，后人莫敢欺者。

高子业

高子业初任代州守，有诸生江棣与邻人争宅址。将哄，阴刃族人江孜等，匿二尸图诬邻人。邻人知，不敢哄，全畀以宅，棣埋尸室中。数年，棣兄千户楫枉杀其妻，棣嗾妻家讼楫，并诬楫杀孜事，楫拷死，无后，与弟檠重袭楫职。讼上监司台，付子业再鞫。业问棣以孜等尸所在，棣对曰：“楫杀孜埋尸其室，不知所在。”曰：“楫何事杀孜？”棣愕然，对曰：“为棣争宅址。”曰：“尔与同宅居乎？”对曰：“异居。”曰：“为尔争宅址，杀人埋尸已室，有斯理乎？”问吏曰：“搜尸棣室否？”对曰：“未也。”乃命搜棣室，掘地得二尸于棣居所，刃迹宛然，棣服罪。州人曰：“十年冤狱，一旦得雪！”

州豪吴世杰诬族人吴世江奸盗，拷掠死二十余命。世江更数冬不死，子业覆狱牍，问曰：“盗赃布裙一，谷数斛，世江有田若庐，富而行劫，何也？”世杰曰：“贼饵色。”即呼奸妇问之曰：“盗奸若何？”对曰：“奸也。”“何时？”曰：“夜。”曰：“夜奸何得识贼名？”对曰：“世杰教我贼名。”世杰遂伏诬杀人罪。

程戡

程戡知处州。民有积仇者，一日诸子谓其母曰：“母老且病，恐不得更议，请以母死报仇！”乃杀其母，置仇人之门，而诉于官。仇者不能自明。戡疑之，僚属皆言无足疑。戡曰：“杀人而自置于门，非可疑耶！”乃亲自劾治，具得本谋。

张举

张举为句章令。有妻杀其夫，因放火烧舍，诈称夫死于火。其弟讼之。举乃取猪二口，一杀一活，积薪焚之，察死者口中无灰，活者口中有灰。因验夫口，果无灰，以此鞫之，妻乃服罪。

陈骐

陈骐为江西佥宪。初至，梦一虎带三矢，登其舟，觉而异之。会按问吉安女子谋杀亲夫事，有疑。初，女子许嫁庠生，女富而夫贫，女家恒周给之。其夫感激，每告其友周彪。彪家亦富，闻其女美，欲求婚而无策。后贫士亲迎时，彪与偕行，谚谓之“伴郎”。途中贫士遇盗杀死，贫士父疑女家嫌其贫，使人故要于路，谋杀其子，意欲他适，不知乃彪所谋，欲得其女也。讼于官，问者按女有奸谋杀夫。骐呼其父问之，但云：“女与人有奸。”而不得其主名。

使稳婆验其女，又处子。乃谓其父曰："汝子交与谁最密？"曰："周彪。"骐因思曰："虎带三矢而登舟，非周彪乎？况彪又伴其亲迎，梦为是矣！"越数日，伪移檄吉安，取有学之士修郡志，而彪名在焉。既至，骐设馔以饮之，酒半，独召彪于后堂，屏左右，引手叹息，阳谓之曰："人言汝杀贫士而取其妻，吾怜汝有学，且此狱一成，不可复反，汝当吐实，吾救汝。"彪错愕战栗，跪而悉陈。骐录其词，潜令人捕同谋者，一讯而狱成。一郡惊以为神。

范 槚

范槚为淮安守。时民家子徐柏，及婚而失之。父诉府，槚曰："临婚当不远游，是为人杀耶？"父曰："儿有力，人不能杀也。"久之莫决。一夕秉烛坐，有濡衣者臂系甓，偻而趋。默诧曰："噫！是柏魂也，而系甓，水死耳！"明日问左右曰："何池沼最深者？吾欲暂游。"对曰某寺，遂舆以往，指池曰："徐柏尸在是。"网之不得，将还，忽泡起如沸，复于下获焉。召其父视之，柏也，然莫知谁杀。槚念柏有力人，杀柏者当勍。一日忽下令曰："今乱初已，吾欲简健者为快手。"选竟，视一人反袄，脱而观之，血渍焉。呵曰："汝何杀人？"曰："前阵上溅耳。"解其里，血渍沾纩。槚曰："倭在夏秋，岂须袄？杀徐柏者汝也！"遂具服，云："以某童子故。"执童子至，曰："初意汝戏言也，果杀之乎？"一时称为神识。

杨评事

湖州赵三与周生友善，约同往南都贸易。赵妻孙不欲夫行，已闹数日矣。及期黎明，赵先登舟，因太早，假寐舟中。舟子张潮利其金，潜移舟僻所沉赵，而复诈为熟睡。周生至，谓赵未来，候之良久，呼潮往促。潮叩赵门，呼"三娘子"，因问："三官何久不来？"孙氏惊曰："彼出门久矣，岂尚未登舟耶！"潮复周，周甚惊异，与孙分路遍寻，三日无踪。周惧累，因具牍呈县。县尹疑孙有他故，害其夫。久之，有杨评事者阅其牍曰："叩门便叫三娘子，定知房内无夫也！"以此坐潮罪，潮乃服。

杨茂清

杨茂清升直隶贵池知县。池滨大江，使传往来如织，民好嚣讼。茂清因俗为治，且遇事明决。时泾县有王赞者，逋青阳富室周鉴金而欲陷之，预购一丐妇蓄之，鉴至索金，辄杀妇诬鉴。讯者以鉴富为嫌，莫敢为白。御史以事下郡，郡檄清往按，阅其狱词，曰："见知何不指里邻，而以五十里外麻客乎？赞既被殴晕地，又何能辨麻客姓名，引为之证乎？"又云："其妻伏赞背护赞，又何能殴及胸胁死乎？”已乃讯证人，稍稍吐实。诘旦至尸所，益审居民，则赞门有沟，沟布椽为桥，阳出妇与鉴争，堕桥而死。赞乃语塞，而鉴得免。

石埭杨翁生二子，长子之子标，次子死，而妇与仆奸，翁逐之，仆复潜至家，翁不直斥为奸，而比盗扑杀之。时标往青阳为亲故寿，仆家谓标实杀之，而翁则诉己当伏辜。当道不听，竟以坐标。翁屡以诉，清密侦其事，得之，而当道亦以标富，惮于平反。清承檄，则逮青阳与标饮酒者十余人，隔而讯之，如出一口，乃坐翁，收赎而贷标。后三年，道经其家，尽室男女，罗拜于道，且携一小儿告曰：“此标出禁所生也，非公则杨氏斩矣！”

又，铜陵胡宏绪，韩太守试冠诸生。有一家奴，挈其妻子而逃，宏绪诉媒氏匿之，踪迹所在，相与执缚之。其奴先是病甚，比送狱，当夕身死。其家亟陈于官，而客户江西人，其同籍也，纷至为证。御史按部，诉之，辄以下清。清三讯之，曰：“所谓锁缚者，实以送县，非私家也，况奴先有病乎？”遂原胡生会试且迫，夙夜以狱牒上，胡生遂得不坐，是年登贤书。公之辨冤释滞多类此。

郑洛书

郑洛书知上海县，尝于履端谒郡，归泊海口。有沉尸，压以石磨，忽见之，叹曰：“此必客死，故莫余告也。”遣人侦之，近村民家有石磨失其牡，执来相吻合，一讯即伏。果江西卖卜人，岁晏将归，房主利其财而杀之。

许襄毅公等 三条

单县有田作者，其妇饷之，食毕，死。翁故曰：“妇意也。”陈于官，不胜箠楚，遂诬服。自是天久不雨。许襄毅公时官山东，曰：“狱其有冤乎？”乃亲历其地，出狱囚遍审之。至饷妇，乃曰：“夫妇相守，人之至愿；鸩毒杀人，计之至密者也，焉有自饷于田而鸩之者哉！”遂询其所馈饮食，所经道路，妇曰：“鱼汤米饭，度自荆林，无他异也。”公乃买鱼作饭，投荆花于中，试之狗彘，无不死者。妇冤遂白，即日大雨如注。

苏人出商于外，其妻蓄鸡数只，以待其归。数年方返，杀鸡食之，夫即死。邻人疑有外奸，首之太守姚公。鞫之，无他故。意其鸡有毒，令人觅老鸡，与当死囚遍食之，果杀二人，狱遂白。盖鸡食蜈蚣百虫，久则蓄毒，故养生家鸡老不食，又夏不食鸡。

张御史昺，字仲明，慈溪人，成化中，以进士知铅山县。有卖薪者，性嗜鳝。一日自市归，饥甚，妻烹鳝以进，恣啖之，腹痛而死。邻保谓妻毒夫，执送官，拷讯无他据，狱不能具。械系逾年，公始至，阅其牍，疑中鳝毒。召渔者捕鳝得数百斤，悉置水瓮中，有昂头出水二三寸者，数之得七。公异之，召此妇面烹焉，而出死囚与食，才下咽，便称腹痛，俄仆地死。妇冤遂白。

陆子远《神政记》载此事，谓公受神教而然，说颇诞。要之凡物之异常者，皆有毒，察狱者自宜留心，何待取决于冥冥哉！

袁　滋

李汧公勉镇凤翔，有属邑耕夫得裒蹄金一瓮，送于县宰。宰虑公藏之守不严，置于私室。信宿视之，皆土块耳。瓮金出土之际，乡社悉来观验，遽有变更，莫不骇异，以闻于府。宰不能自明，遂以易金诬服。虽词款具存，莫穷隐用之所，以案上闻。汧公览之甚怒，俄有筵宴，语及斯事，咸共惊异。时袁相国滋在幕中，俯首无所答。汧公诘之，袁曰："某疑此事有枉耳。"汧公曰："当有所见，非判官莫探情伪。"袁曰："诺。"俾移狱府中，阅瓮间，得二百五十余块，遂于列肆索金溶泻与块相等，始称其半，已及三百斤。询其负担人力，乃二农夫以竹担舁至县。计其金数非二人所担可举，明其在路时金已化为土矣。于是群情大豁，宰获清雪。

李德裕

李德裕镇浙右。甘露寺僧诉交代常住什物被前主事僧耗用常住金若干两，引证前数辈，皆有递相交领文籍分明，众词指以新得替人隐而用之，且云："初上之时，交领分两既明，及交割之日，不见其金。"鞫成具狱，伏罪昭然，未穷破用之所。公疑其未尽，微以意揣之。僧乃诉冤曰："积年以来，空交分两文书，其实无金矣。众乃以孤立，欲乘此挤之。"公曰："此不难知也。"乃召兜子数乘，命关连僧人对事，遣人兜子中，门皆向壁，不令相见；命取黄泥各摸交付下次金样以凭证据。僧既不知形状，竟摸不成，前数辈皆伏罪。

程　颢

程颢为户县主簿。民有借其兄宅以居者，发地中藏钱。兄之子诉曰："父所藏也。"令曰："此无证佐，何以决之？"颢曰："此易辩尔。"问兄之子曰："汝父藏钱几何时矣？"曰："四十年矣。""彼借宅居几何时矣？"曰："二十年矣。"即遣吏取钱十千视之，谓借宅者曰："今官所铸钱，不五六年即遍天下，此钱皆尔未藏前数十年所铸，何也？"其人遂服。

李若谷

李若谷守并州，民有讼叔不认其为侄者，欲擅其财，累鞫不实。李令民还家殴其叔，叔果讼侄殴逆，因而正其罪，分其财。

吕陶

吕陶为铜梁令。邑民庞氏者，姊妹三人共隐幼弟田。弟壮，讼之官，不得直，贫甚，至为人佣奴。陶至，一讯而三人皆服罪吐田。弟泣拜，愿以田之半作佛事为报。陶晓之曰："三姊皆汝同气，方汝幼时，非若为汝主，不几为他人鱼肉乎？与其捐米供佛，孰若分遗三姊？"弟泣拜听命。

分遗而姊弟之好不伤，可谓善于敦睦，若出自官断，便不妙矣。

裴子云　赵和

新乡县人王敬戍边，留牸牛六头于舅李进处，养五年，产犊三十头。敬自戍所还，索牛，进云"两头已死"，只还四头老牛，余不肯还。敬忿之，投县陈牒。县令裴子云令送敬付狱，叫追盗牛贼李进。进惶怖至县，叱之曰："贼引汝同盗牛三十头，藏于汝家！"唤贼共对，乃以布衫笼敬头，立南墙之下。进急，乃吐款云："三十头牛总是外甥牸牛所生，实非盗得。"云遣去布衫，进见，曰："此外甥也！"云曰："若是，即还他牛。"但念五年养牛辛苦，令以数头谢之。一县称快。一作武阳令张允济事。

咸通初，楚州淮阴县东邻之民，以庄券质于西邻，贷得千缗，约来年加子钱赎取。及期，先纳八百缗，约明日偿足方取券。两姓素通家，且止隔信宿，谓必无他，因不征纳缗之籍。明日，赍余镪至，西邻讳不认。诉于县，县以无证，不直之；复诉于州，亦然。东邻不胜其愤，闻天水赵和令江阴，片言折狱，乃越江而南诉焉。赵宰以县官卑，且非境内，固却之。东邻称冤不已，赵曰："且止吾舍。"思之经宿，曰："得之矣！"召捕贼之干者数辈，赍牒至淮壖口，言"获得截江大盗，供称有同恶某，请械送来"。唐法：唯持刀截江，邻州不得庇护。果擒西邻人至，然自恃农家，实无他迹，应对颇不惧。赵胁以严刑，囚始泣叩不已。赵乃曰："所盗幸多金宝锦彩，非农家物，汝宜籍舍中所有辩之。"囚意稍解，且不虞东邻之越讼，遂详开钱谷金帛之数，并疏所自来，而东邻赎契八百缗在焉。赵阅之，笑曰："若果非江寇，何为讳东邻八百缗？"遂出诉邻面质，于是惭惧服罪，押回本土，令吐契而后罚之。

何武　张咏

汉沛郡有富翁，家资二十余万，子才年三岁，失其母。有女适人，甚不贤。翁病困，为遗书，悉以财属女，但遗一剑，云："儿年十五，以付还之。"其后又不与剑，儿诣郡陈诉。太守何武录女及婿，省其手书，顾谓掾吏曰："此人因女性强梁，婿复贪鄙，畏残害其儿；又计小儿得此财不能全护，故且与女，实守之耳。夫剑者，所以决断；限年十五者，度其子智力足以自居，又度此女必复不还其剑，当关州县，得见申转展。其思虑深远如是哉！”悉夺取财与儿，曰：“敝女恶婿，温饱十年，亦已幸矣！”论者大服。

张咏知杭州。杭有富民，病将死，其子三岁，富民命其婿主家资，而遗以书曰：“他日分财，以十之三与子，而七与婿。”其后子讼之官，婿持父书诣府。咏阅之，以酒酹地曰：“汝之妇翁，智人也！时子幼，故以七属汝，不然，子死汝手矣！”乃命三分其财与婿，而子与七。

奉使者

有富民张老者，妻生一女，无子，赘某甲于家。久之，妾生子名一飞，育四岁而张老卒。张病时谓婿曰：“妾子不足任，吾财当畀汝夫妇，尔但养彼母子，不死沟壑，即汝阴德矣。”于是出券书云：“张一非吾子也，家财尽与吾婿，外人不得争夺。”婿乃据有张业不疑。后妾子壮，告官求分，婿以券呈官，遂置不问。他日奉使者至，妾子复诉，婿乃前赴证。奉使者乃更其句读曰：“张一非，吾子也，家财尽与。吾婿外人，不得争夺。”曰：“尔父翁明谓‘吾婿外人’，尔尚敢有其业耶？诡书‘飞’作‘非’者，虑彼幼为尔害耳！”于是断给妾子，人称快焉。

张齐贤

戚里有分财不均者，更相讼。齐贤曰：“是非台府所能决，臣请自治之。”齐贤坐相府，召讼者问曰：“汝非以彼分财多、汝分少乎？”曰：“然。”具款，乃召两吏，令甲家入乙舍，乙家入甲舍，货财无得动，分书则交易。明日奏闻，上曰：“朕固知非君不能定也！”

王　罕

罕知潭州，州有妇病狂，数诣守诉事，出语无章，却之则悖骂。前守屡叱逐。罕至，独引令前，委曲问之。良久，语渐有次第，盖本为人妻，无子，夫死，妾有子，遂逐而据其资，以屡诉不得直，愤恚发狂也。罕为治妾，而反其资，妇寻愈。罕，王珪季父。

韩　亿

韩亿知洋州，大校李甲以财豪于乡里，兄死，诬其兄子为他姓，赂里妪之貌类者，使认为己子，又醉其嫂而嫁之，尽夺其资。嫂、侄诉于州，积十余年，竟未有白其冤者。公至，又出诉，公取前后案牍视之，皆未尝引乳医为验。一日，尽召其党至庭下，出乳医示之，众皆服罪，子母复归如初。

于文傅

于文傅迁乌程县尹，有富民张某之妻王无子，张纳一妾于外，生子未晬，王诱妾以儿来，寻逐妾，杀儿焚之。文傅闻而发其事，得死儿余骨。王厚赂妾之父母，买邻家儿为妾所生儿初不死。文傅令妾抱儿乳之，儿啼不受。妾之父母吐实，乃呼邻妇至，儿见之，跃入其怀，乳之即饮。王遂伏辜。

张三翁

有富民张氏子，其父死，有老父曰："我，汝父也，来就汝居。"张惊疑，请辩于县。程颢诘之。老父探怀取策以进，记曰："某年某月日某人抱子于三翁家。"颢问张及其父年几何，谓老父曰："是子之生，其父年才四十，已谓之三翁乎？"老父惊服。

黄霸　李崇

颍川有富室，兄弟同居，妇皆怀妊。长妇胎伤，弟妇生男，长妇遂盗取之。争讼三年，州郡不能决。丞相黄霸令走卒抱儿，去两妇各十步，叱令自取。长妇抱持甚急，儿大啼叫，弟妇恐致伤，因而放与，而心甚怀怆。霸曰："此弟子！"责问乃伏。

陈祥断惠州争子事类此。祥知惠州，郡民有二女嫁为比邻者，姊素不孕，一日妹生子，而姊之妾适同时产女，诡言产子，夜烧妹傍舍，乘乱窃其儿以归。妹觉之，往索，弗予，讼于府，无证。祥佯自语："必杀此儿事即了耳！"乃置瓮水堂下，引二妇出曰："吾为汝溺此儿以解汝纷！"密谕一卒谨视儿而叱左右诈为投儿状，亟逐二妇使出，其妹失声争救不可得，颠仆堂下，而姊竟去不顾。祥即断儿归妹而杖姊、妾，一郡称神。

寿春县人苟泰，有子三岁，遇贼亡失，数年不知所在。后见在同县赵奉伯家，泰以状告，各言己子，并有邻证，郡县不能断。李崇令二父与儿分禁三处，故久不问。忽一日，密遣人分告两父曰："君儿昨不幸遇疾暴死。苟泰闻即号咷，悲不自胜，奉伯咨嗟而已。崇察知之，乃以儿还泰。诘奉伯诈状，奉伯款引云："先亡一子，姑妄认之。"

宣彦昭　范邵

宣彦昭仕元，为平阳州判官。天大雨，民与军争簦，各认己物。彦昭裂而为二，并驱出，使卒踵其后。军忿噪不已，民曰："汝自失簦，于我何与？"卒以闻，彦昭杖民，令买簦偿军。

范邵为浚仪令，二人挟绢于市互争，令断之，各分一半去。后遣人密察之，有一喜一愠之色，于是擒喜者。

李惠断燕巢事，即此一理所推也。魏雍州厅事有燕争巢，斗已累日。刺史李惠令人掩护，试命纪纲断之，并辞。惠乃使卒以弱竹弹两燕，既而一去一留，惠笑谓属吏曰："此留者，自计为巢功重；彼去者，既经楚痛，理无固心。"群下服其深察。

安重荣　韩彦古

安重荣虽武人而习吏事。初为成德节度，有夫妇讼其子不孝者，重荣拔剑，授其父使自杀之。其父泣不忍，其母从旁诟夫，面夺剑而逐其子。问之，乃继母也。重荣为叱其母出，而从后射杀之。

韩彦古字子师，延安人，蕲王世忠之子。知平江府。有士族之母，讼其夫前妻子者，以衣冠扶掖而来，乃其嫡子也。彦古曰："事体颇重，当略惩戒之。"母曰："业已论诉，愿明公据法加罪。"彦古曰："若然，必送狱而后明，汝年老，必不能理对，姑留扶掖之子，就狱与证，徐议所决。"母良久云："乞文状归家，俟其不悛，即再告理。"由是不敢复至。

孙　宝

孙宝为京兆尹，有卖馓馓者，今之馓饼也，于都市与一村民相逢，击落皆碎。村民认赔五十枚，卖者坚称三百枚，无以证明。公令别买一枚称之，乃都秤碎者，细拆分两，卖者乃服。

李　惠　游显沿

魏李惠为雍州刺史，有负薪、负盐者同弛担憩树阴。将行，争一羊皮，各言藉背之物。惠曰："此甚易辨！"乃令置羊皮于席上，以杖击之，盐屑出焉。负薪者乃服罪。

江淮省游平章显沿，为政清明。有城中银店失一蒲团，后于邻家认得，邻不服，争詈不置。游行马至，问其故，叹曰："一蒲团直几何，失两家之好！杖蒲团七十，弃之可也！"及杖，得银星，遂罪其邻。

傅　琰

傅琰仕齐为山阴令，有卖针、卖糖二老姥共争团丝，诣琰。琰取其丝鞭之，密视有铁屑，乃罚卖糖者。又，二野父争鸡，琰各问何以食鸡，一云粟，一云豆，乃破鸡得粟，罪言豆者。

《南史》云：世传诸傅有《理县谱》，子孙相传，不以示人。琰子刿代刘玄明为山阴令，玄明亦夙称能吏，政为天下第一。刿请教，玄明曰：“吾有奇术，卿家谱所不载。”问:“何术？”答曰:“日食一升饭而莫饮酒，此第一义也！”刿子岐为如新令，世为循吏。

孙主亮

亮出西苑，方食生梅，使黄门至中藏取蜜渍梅，蜜中有鼠矢。亮问主藏吏曰：“黄门从汝求蜜耶？”曰：“向求之，实不敢与。”黄门不服，左右请付狱推。亮曰：“此易知耳！”令破鼠矢，里燥。亮曰：“若久在蜜中，当湿透，今里燥，必黄门所为！”于是黄门首服。

乐　蔼

梁时长沙宣武王将葬，东府忽于库失油络，欲推主者。御史中丞乐蔼曰：“昔晋武库火，张华以为积油幕万匹，必燃。今库若有灰，非吏罪也。”既而检之，果有积灰。时称其博物弘恕。

李南公

李南公为河北提刑，有班行犯罪下狱，案之不服，闭口不食者百余日，狱吏不敢拷讯。南公曰：“吾能立使之食。”引出问曰：“吾以一物塞汝鼻，汝能终不食乎？”其人惧，即食，因具服罪。盖彼善服气，以物塞鼻则气结，故惧。此亦博物之效也。

韩绍宗

樊举人者，寿宁侯门下客也。侯贵震天下，樊负势结勋戚贵臣，一切奏状皆出其手，然驾空无事实，为怨家所发，事下刑部。部郎中韩绍宗具知其实，乃摄樊举人。时樊匿寿宁侯所甚深，乃百计出之。下狱数日，韩一旦出门，见地上一卷书，取视，则备书樊举人罪状，宜必置之死，不死不可。韩笑曰:“此樊举人所自为书也！”诘之果服。同僚问樊：“何以自为此？”对曰：“韩公者，非可摇动以势，蕲生则必死。今言死者，左计也。”韩曰:“不然，若罪原不至死。”于是发戍辽。

诘奸卷十

王轨不端，司寇溺职。吏偷俗弊，竞作淫慝。我思老农，剪彼蟊贼。摘伏发奸，即威即德。集“诘奸”。

赵广汉　二条

赵广汉为颍川太守。先是颍川豪杰大姓，相与为婚姻，吏俗朋党。广汉患之,察其中可用者,受记。出有案问,既得罪名,行法罚之。广汉故漏泄其语,令相怨咎;又教吏为缿筩,及得投书,削其主名,而托以为豪杰大姓子弟所言。其后强宗大族家家仇怨,奸党散落,风俗大改。

广汉尤善为钩距,以得事情。钩距者,设欲知马价,则先问狗,已问羊,又问牛,然后及马,参伍其价,以类相准,则知马之贵贱,不失实矣。唯广汉至精,能行之,他人效者莫能及。

周文襄

周文襄公忱巡抚江南,有一册历,自记日行事,纤悉不遗,每日阴晴风雨,亦必详记。人初不解。一日某县民告粮船江行失风,公诘其失船为某日午前午后、东风西风,其人所对参错。公案籍以质,其人惊服。始知公之日记非漫书也。

蒋颖叔为江淮发运,尝于所居公署前立占风旗,使日候之置籍焉,令诸漕纲吏程亦各记风之便逆。每运至,取而合之,责其稽缓者,纲吏畏服。文襄亦有所本。

陈霁岩

陈霁岩为楚中督学。初到任,江夏县送进文书千余角,书办先将"照详""照验"分作两处。公夙闻先辈云:"前道有驳提文书难以报完者,必乘后道初到时,贿嘱吏书,从'照验'中混交。"公乃费半日功,将"照验"文书逐一亲查,中有一件驳提,该吏者混入其中。先暗记之,命书办细查,戒勿草草。书办受贿,径以无弊对。公摘此一件而质之,重责问罪革役。后"照验"文书更不敢欺。

张敞 虞诩

长安市多偷盗,百贾苦之。张敞既视事,求问长安父老。偷盗酋长数人,居皆温厚,出从重骑,闾里以为长者。敞皆召见责问,因贳其罪,把其宿负,令致诸偷以自赎。偷长曰:"今一旦召诣府,恐诸偷惊骇,愿一切受署。"敞皆以为吏,遣归休。置酒,小偷悉来贺,且饮醉,偷长以赭污其衣裾。吏坐里闾阅出者,见污赭,辄收缚,一日捕得数百人。穷治所犯,市盗遂绝。

朝歌贼宁季等数千人攻杀长吏,屯聚连年,州郡不能禁,乃以诩为朝歌长。始到,谒河内太守马棱,愿宽假辔策,勿令有所拘阂。边批:要紧。及到官,设三科以募壮士,自掾史而下,各举所知:其攻劫者为上,伤人偷盗者次之,不事家业者为下。收得百余人,诩为飨会,悉贳其罪,使入贼中,诱令劫掠,乃伏兵以待之，遂杀贼数百人。又潜遣贫人能缝者佣作贼衣，以彩线缝其裾为识，有出市里者，吏辄擒之，贼由是骇散。

王世贞 二条

王世贞备兵青州，部民雷龄以捕盗横莱、潍间，海道宋购之急而遁，以属世贞。世贞得其处，方欲掩取，而微露其语于王捕尉者，还报又遁矣。世贞阳曰："置之。"又旬月，而王尉擒得他盗，世贞知其为龄力也，忽屏左右召王尉诘之："若奈何匿雷龄？往立阶下闻捕龄者非汝邪！"王惊谢，以飞骑取龄自赎。俄龄至，世贞曰："汝当死，然汝能执所善某某盗来，汝生矣。"而令王尉与俱，果得盗。世贞遂言于宋而宽之。边批：留之有用。

官校捕七盗，逸其一。盗首妄言逸者姓名，俄缚一人至，称冤。乃令置盗首庭下差远，而呼缚者跽阶上，其足蹑丝履，盗数后窥之。世贞密呼一隶，蒙缚者首，使隶肖之，而易其履以入。盗不知其易也，即指丝履者。世贞大笑曰："尔乃以吾隶为盗！"即释缚者。

王璥 王阳明

贞观中，左丞李行德弟行诠，前妻子忠烝其后母，遂私匿之，诡敕追入内行。廉不知，乃进状问，奉敕推诘至急。其后母诈以领巾勒项卧街中。长安县诘之，云："有人诈宣敕唤去，一紫袍人见留宿，不知姓名，勒项送至街中。"忠惶恐，私就卜问，被不良人疑之，执送县。尉王璥引就房内推问，不允。璥先令一人于褥下伏听，令一人走报长使唤璥，锁房门而去。子母相谓曰："必不得承！"并私密之语。璥至开门，案下人亦起，母子大惊，并具承伏法云。

贼首王和尚，攀出同伙有多应亨、多邦宰者，骁悍倍于他盗，招服已久。忽一日，应亨母从兵道告办一纸，准批下州，中引王和尚为证。公思之：此必王和尚受财，许以辨脱耳。乃于后堂设案桌，桌围内藏一门子，唤三盗俱至案前覆审。预戒皂隶报以寅宾馆有客，公即舍之而出。少顷还入，则门子从桌下出云："听得王和尚对二贼云：'且忍两夹棍，俟为汝脱也。'"三盗惶遽，叩头请死。

苏涣

苏涣知衡州时，耒阳民为盗所杀而盗不获。尉执一人指为盗，涣察而疑之，问所从得，曰："弓手见血衣草中，呼其侪视之，得其人以献。"涣曰："弓手见血衣，当自取之以为功，尚肯呼他人？此必为奸！"讯之而服。他日果得真盗。

范 槚

范槚，会稽人，守淮安。景王出藩，大盗谋劫王，布党起天津至鄱阳，分徒五百人，往来游奕。一日晚衙罢，门卒报有贵客入傥潘氏园寓挈者，问："有传牌乎？"曰："否。"命诇之，报曰："从者众矣，而更出入。"心疑为盗，阴选健卒数十，易衣帽如庄农，曰："若往视其徒入肆者，阳与饮，饮中挑与斗，相执絷以来。"而戒曰："慎勿言捕贼也！"卒既散去，公命舆谒客西门，过街肆，持者前诉，即收之。比反，得十七人。阳怒骂曰："王舟方至，官司不暇食，暇问汝斗乎！"叱令就系。入夜，传令儆备，而令吏饱食以需。漏下二十刻，出诸囚于庭，厉声叱之，吐实如所料。即往捕贼，贼首已遁；所留挈，妓也。于是飞骑驰报徐、扬诸将吏，而毙十七人于狱，全贼溃散。

总 辖

临安有人家土库中被盗者，绝无踪迹。总辖谓其徒曰："恐是市上弄猢狲者，试往胁之；不伏，则执之；又不伏，则令唾掌中。"如其言，其人良久觉无唾可吐，色变俱伏。乃令猢狲从天窗中入内取物。或谓总辖何以知之，曰："吾亦不敢取必，但人之惊惧者，必无唾可吐，姑以卜之，幸而中耳。"

又，一总辖坐在坝头茶坊内，有卖熟水人，持两银杯。一客衣服济然若巨商者，行过就饮。总辖遥见，呼谓曰："吾在此，不得弄手段。将执汝！"客惭悚谢罪而去。人问其故，曰："此盗魁也，适饮汤，以两手捧盂，盖阴度其广狭，将作伪者以易之耳。"

比韩王府中忽失银器数件，掌器婢叫呼，为贼伤手。赵从善尹京，命总辖往府中，测试良久，执一亲仆讯之，立服。归白赵云："适视婢疮口在左手，边批：拒刃者必以右手。盖与仆有私，窃器与之，以刃自伤，谬称有贼；而此仆意思有异于众，是以得之。"

董行成

唐怀州河内县董行成能策贼。有一人从河阳长店盗行人驴一头并皮袋，天欲晓至怀州。行成至街中一见，呵之曰："个贼在！"即下驴承伏。人问何以知之，行成曰："此驴行急而汗，非长行也，见人则引驴远过，怯也。以此知之。"有顷，驴主已踪至矣。

张小舍

相传维亭张小舍善察盗。偶行市中，见一人衣冠甚整，遇荷草者，捋取数茎，因如厕。张俟其出，从后叱之，其人惶惧，鞫之，盗也。又尝于暑月游一古庙之中，有三四辈席地鼾睡，傍有西瓜劈开未食。张亦指为盗而擒之，果然。或叩其术，张曰："入厕用草，此无赖小人，其衣冠必盗来者。古庙群睡，夜劳而昼倦，劈西瓜以辟蝇也！"时为之语云："天不怕，地不怕，只怕维亭张小舍。"舍，吴音沙，去声。后遇瞽丐于途，疑而迹之，见其跨沟而过，擒焉，果盗魁，其瞽则伪也。请以重赂免，期某日，过期不至。久之，张复遇于途，责以渝约。盗曰："已输于卧床之左足，但夜至，不敢惊寝耳！"张犹未信，曰："以何为征？"盗即述是夜其夫妇私语，张始大骇。归视床足，有物系焉，如所许数，兼得一利刃，悚然曰："危哉乎！"自是察盗颇疏。

小舍智，此盗亦智。小舍先察盗，智；后疏于察盗，更智！

苏无名

天后时，尝赐太平公主细器宝物两食盒，所直黄金百镒。公主纳之藏中，岁余，尽为盗所得。公主言之，天后大怒，召洛州长史谓曰："三日不得盗，罪死！"长史惧，谓两县主盗官曰："两日不得贼，死！"尉谓吏卒、游徼曰："一日必擒之，擒不得，先死！"吏卒、游徼惧，计无所出。衢中遇湖州别驾苏无名，素知其能，相与请之至县。尉降阶问计，无名曰："请与君求对玉阶，乃言之。"于是天后问曰："卿何计得贼？"无名曰："若委臣取贼，无拘日月，且宽府县，令不追求，仍以两县擒盗吏卒尽以付臣，为陛下取之，亦不出数日耳。"天后许之。无名戒吏卒缓至月余，值寒食，无名尽召吏卒约曰："十人五人为侣，于东门北门伺之，见有胡人与党十余，皆縗绖相随出赴北邙者，可踵之而报。"吏卒伺之，果得，驰白无名曰："胡至一新冢，设奠，哭而不哀，既撤奠，即巡行冢旁，相视而笑。"无名喜曰："得之矣！"因使吏卒尽执诸胡，而发其冢，剖其棺视之，棺中尽宝物也。奏之，天后问无名："卿何才智过人而得此盗？"对曰："臣非有他计，但识盗耳。当臣到都之日，即此胡出葬之时。臣见即知是偷，但不知其葬物处。今寒食节拜扫，计必出城，寻其所之，足知其墓。设奠而哭不哀，明所葬非人也；巡冢相视而笑，喜墓无损也。向若陛下迫促府县擒贼，贼计急，必取之而逃。今者更不追求，自然意缓，故未将出。"天后曰："善！"赠金帛，加秩二等。

千里急

陈懋仁《泉南杂志》云：城中一夕被盗，捕兵实为之。招直巡两兵，一以左腕，一以胸次，俱带黑伤而不肿裂，谓贼棍殴，意在抵饰。当事督责司捕，辞甚厉。余意棍殴处未有不致命且折，亦未有不肿且裂者，无之，是必赝作。问诸左右曰："吾乡有草可作伤色者，尔泉地云何？"答曰："此名'千里急'。"余令取捣碎别涂两人如其处，少焉成黑。以示两兵，两兵愕然，遂得奸状。自是向道绝，而外客无所容也。按，《本草》：千里急一名千里及，藤生道旁篱落间，叶细而厚，味苦平，小有毒，治疫气结黄症蛊毒，煮汁服取吐下，亦敷蛇犬咬，不入众药。此草可染肤黑，如凤仙花可染指红也。

京师指挥

京师有盗劫一家，遗一册，旦视之，尽富室子弟名。书曰："某日某甲会饮某地议事。"或"聚博挟娼"云云，凡二十条。以白于官，按册捕至，皆跅弛少年也，良以为是。各父母谓诸儿素不逞，亦颇自疑。及群少饮博诸事悉实，盖盗每侦而籍之也。少年不胜榜毒，诬服。讯赃所在，浪言埋郊外某处，发之悉获。诸少相顾骇愕云："天亡我！"遂结案伺决。一指挥疑之而不得其故，沉思良久，曰："我左右中一髯，职豢马耳，何得每讯斯狱辄侍侧？"因复引囚鞫数四，察髯必至，他则否。猝呼而问之，髯辞无他。即呼取炮烙具，髯叩头请屏左右，乃曰："初不知事本末，唯盗赂奴，令每治斯狱，必记公与囚言驰报，许酬我百金。"乃知所发赃，皆得报宵瘗之也。髯请擒贼自赎，指挥令数兵易杂衣与往，至僻境，悉擒之，诸少乃得释。

成化中，南郊事竣，撤器，失瓶一。有庖人执事瓶所，捕之系狱，不胜拷掠，竟诬服。诘其赃，谬曰："在坛前某地。"如言觅之，不获，又系之，将毙焉。俄真盗以瓶系金丝鬻于市，市人疑之，闻于官，逮至，则卫士也。招云："既窃瓶，急无可匿，遂瘗于坛前，只捩取系索耳。"发地，果得之，比庖人谬言之处相去才数寸。使前发者稍广咫尺，则庖人死不白矣，岂必豢马髯在侧乃可疑哉！讯盗之难如此。

耿叔台

某御史巡按蜀中，交代，亡其资。新直指至，又穴而胠箧焉。成都守耿叔台定力察胥隶皆更番，独仍一饔人，亟捕之。直指恚曰："太守外不能诘盗，乃拘吾卧榻梗治耶？"固以请，比至，诘之曰："吾视穴痕内出，非尔而谁！"即咋舌伏辜。

张鷟

张鷟为河阳县尉日，有一客驴缰断，并鞍失之，三日不获，告县。鷟推勘急，夜放驴出而藏其鞍，可直五千钱。鷟曰："此可知也。"令将却笼头放之，驴向旧喂处，搜其家，得鞍于草积下。

李复亨

李复亨年八十登进士第，调临晋主簿，护送官马入府，宿逆旅，有盗杀马。复亨曰："不利而杀之，必有仇者！"尽索逆旅商人过客同邑人橐中盛佩刀，谓之曰："刀蔑马血，火煅之则刃青。"其人款伏，果有仇。以提刑荐迁南和令，盗割民家牛耳。复亨尽召里人至，使牛家牵牛遍过之，至一人前，牛忽惊跃，诘之，乃引伏。

煅刀而得盗，所以贵格物也。然庐州之狱官不能决，而老吏能决之，故格物又全在问察。

太常博士李处厚知庐州县，有一人死者，处厚往验，悉糟截灰汤之法不得伤迹。老书吏献计：以新赤油伞日中覆之，以水沃尸，其迹必见。如其言，伤痕宛然。

向敏中

向敏中在西京时，有僧暮过村求寄宿，主人不许，于是权寄宿主人外车厢。夜有盗自墙上扶一妇人囊衣而出，僧自念不为主人所纳，今主人家亡其妇人及财，明日必执我。因亡去，误堕眢井，则妇人已为盗所杀，先在井中矣。明日，主人踪迹得之，执诣县，僧自诬服：诱与俱亡，惧追者，因杀之投井中，暮夜不觉失足，亦坠；赃在井旁，不知何人取去。狱成言府，府皆平允，独敏中以赃不获致疑，乃引僧固问，得其实对。敏中密使吏出访，吏食村店，店妪闻自府中来，问曰："僧之狱何如？"吏绐之曰："昨已笞死矣！"妪曰："今获贼何如？"曰："已误决此狱，虽获贼亦不问也。"妪曰："言之无伤矣，妇人者，乃村中少年某甲所杀也！"指示其舍。就舍中掩捕获之。案问具服，并得其赃，僧乃得出。

前代明察之官，其成事往往得吏力，吏出自公举，故多可用之才。今出钱纳吏，以吏为市耳，令访狱，便鬻狱矣；况官之心犹吏也，民安得不冤！

钱　藻

钱藻备兵密云，有二京军劫人于通州，获之，不服，州以白藻。二贼恃为京军，出语无状，藻乃移甲于大门之外，独留乙鞫问数四，声色甚厉，已而握笔作百许字，若录乙口语状，遣去。随以甲入，绐之曰："乙已吐实，事由于汝，乙当生，汝当死矣！"甲不意其绐也，忿然曰："乙本首事，何委于我？"乃尽白乙首事状，藻出乙证之，遂论如法。

吉安老吏

吉安州富豪娶妇，有盗乘人冗杂，入妇室，潜伏床下，伺夜行窃。不意明烛达旦者三夕，饥甚奔出。执以闻官。盗曰："吾非盗也，医也。妇有癖疾，令我相随，常为用药耳！"宰问再三，盗言妇家事甚详，盖潜伏时所闻枕席语也。宰信之，逮妇供证。富家恳免，不从。谋之老吏，吏白宰曰："彼妇初归，不论胜负，辱莫大焉。盗潜入突出，必不识妇，若以他妇出对，盗若执之，可见其诬矣。"宰曰："善！"选一妓，盛服舆至。盗呼曰："汝邀我治病，乃执我为盗耶！"宰大笑，盗遂伏罪。

周 新 二条

周新按察浙江，将到时，道上蝇蚋迎马首而聚，使人尾之，得一暴尸，唯小木布记在。及至任，令人市布，屡嫌不佳，别市之，得印志者，鞫布主，即劫布商贼也。

一日视事，忽旋风吹异叶至前，左右言城中无此木，独一古寺有之，去城差远。新悟曰："此必寺僧杀人，埋其下也，冤魂告我矣！"发之，得妇尸，僧即款服。

按，新，南海人，由乡科选御史，刚直敢言，人称为"冷面寒铁"。公在浙多异政，时锦衣纪纲擅宠，使千户往浙缉事，作威受赂。新捕治之，千户走脱，诉纲，纲构其罪杀之。呜呼！公能暴人冤，而身不能免冤死，天道可疑矣！

吴 复

溧水人陈德，娶妻林，岁余，家贫佣于临清。林绩麻自活，久之，为左邻张奴所诱，意甚相惬。历三载，陈德积数十金囊以归，离家尚十五里，天暮且微雨。德虑怀宝为累，乃藏金于水心桥第三柱之穴中，徒步抵家。而林适与张狎，闻夫叩门声，匿床下。既夫妇相见劳苦，因叙及藏金之故。比晨往，而张已窃听，启后扉出，先掩有之矣。林心不在夫，既闻亡金，疑其诳，怨詈交作。时署县事者晋江吴复，有能声，德为诉之。吴笑曰："汝以腹心向妻，不知妻别有腹心也！"拘林至，严讯之。林呼枉，德心怜妻，愿弃金。吴叱曰："汝诈失金，戏官长乎？"置德狱中，而释林以归，随命吏人之黠者为丐容，造林察之，得张与林私问慰状。吴并擒治，事遂白。一云：此亦广东周新按察浙江时事。

王 溆

北齐高溆为定州刺史。有人被盗黑牛，背上有毛，溆乃诈为上符若甚急，市牛皮，倍酬价值。使牛主认之，因获其盗。定州有老母，姓王，孤独，种菜二亩，数被偷。湝乃令人密往书菜叶为字。明日市中看叶有字，获贼。尔后境内无盗。

高　湝　　杨　津

北齐任城高湝领并州刺史。有妇人临汾水浣衣，有乘马行人换其新靴，驰而去。妇人持故靴诣州言之，湝乃召居城诸妪，以靴示之，给云："有乘马人于路被贼劫害，遗此靴焉，得无亲族乎？"一妪抚膺哭曰："儿昨着此靴向妻家也！"捕而获之，时称明察。

杨津为岐州刺史。有武功人赍绢三匹，去城十里为贼所劫。时有使者驰驿而至，被劫人因以告之。使者到州以状白津，津乃下教云："有人着某色衣，乘某色马，在城东十里被杀，不知姓名。若有家人，可速收视。"有一老母行哭而出，云是己子。于是遣骑追收，并绢俱获。自是合境畏服。

柳　庆

柳庆领雍州别驾。有贾人持金二十斤，寄居京师，每出，常自执钥，无何，缄闭不异，而并失之。郡县谓主人所窃，自诬服。庆疑之，问贾人置钥何处，曰："自带。"庆曰："颇与人同宿乎？"曰："无。""与同饮乎？"曰："日者曾与一沙门再度酣宴，醉而昼寝。"庆曰："沙门乃真盗耳！"即遣捕，沙门乃怀金逃匿。后捕得，尽获所失金。又有胡家被劫，郡县按察，莫知贼所，邻近被囚者甚多。庆乃诈作匿名书，多榜官门，曰："我等共劫胡家，徒侣混杂，终恐泄露，今欲首伏，惧不免罪，便欲来告。"庆乃复施免罪之牒。居一日，广陵王欣家奴面缚自告牒下，因此尽获余党。

刘　宰

宰为泰兴令，民有亡金钗者，唯二仆妇在，讯之，莫肯承。宰命各持一芦去，曰："不盗者，明日芦自若；果盗，明旦则必长二寸。"明视之，则一自若，一去芦二寸矣，盖虑其长也。盗遂服。

陈　襄

襄摄浦城令。民有失物者，贼曹捕偷儿数辈至，相撑拄。襄曰："某庙钟能辨盗，犯者扪之辄有声，否则寂。"乃遣吏先引盗行，自率同列诣钟所，祭祷而阴涂以墨，蔽以帷，命群盗往扪。少焉呼出，独一人手不污，扣之，乃盗也。盖畏钟有声，故不敢扪云。

按，襄倡道海滨，与陈烈、周希孟、郑穆为友，号"四先生"云。

胡汲仲

胡汲仲在宁海日，有群妪聚佛庵诵经，一妪失其衣。适汲仲出行，讼于前，汲仲以牟麦置群妪掌中，令合掌绕佛诵经如故。汲仲闭目端坐，且曰："吾令神督之，盗衣者行数周，麦当芽。"中一妪屡开视其掌，遂命缚之，果盗衣者。

杨　武

佥都御史杨北山公名武，关中康德涵之姊丈也，为淄川令，善用奇。邑有盗市人稷米者，求之不得。公摄其邻居者数十人，跪之于庭，而漫理他事不问。已忽厉声曰："吾得盗米者矣！"其一人色动良久。复厉声言之，其人愈益色动。公指之曰："第几行第几人是盗米者。"其人遂服。又有盗田园瓜瓠者，是夜大风雨，根蔓俱尽。公疑其仇家也，乃令即取夜盗者足迹，布灰于庭，摄村中之丁壮者，令履其上，而曰："合其迹者即盗也！"其最后一人辗转有难色，且气促甚。公执而讯之，果仇家而盗者也，瓜瓠宛然在焉。又，一行路者，于路旁枕石睡熟，囊中千钱人盗去。公令舁其石于庭，鞭之数十，而许人纵观不禁。乃潜使人于门外候之，有窥觇不入者即擒之。果得一人，盗钱者也。闻鞭石事甚奇，不能不来，入则又不敢。求其钱，费十文尔，余以还枕石者。

王　恺

王恺为平原令，有麦商夜经村寺被劫，陈牒于县。恺故匿其事，阴令贩豆者，和少熟豆其中，夜过寺门，复劫去。令捕兵易服，就寺僧货豆。中有熟者，遂收捕，不待讯而服，自是群盗屏迹。

李　亨

李亨为鄞令。民有业圃者，茄初熟，邻人窃而鬻于市，民追夺之，两诉于县。亨命倾其茄于庭，笑谓邻人曰："汝真盗矣。果为汝茄，肯于初熟时并摘其小者耶？"遂伏罪。

包　拯

包孝肃知天长县，有诉盗割牛舌者，公使归屠其牛鬻之。既有告此人盗杀牛者，公曰："何为割其家牛舌，而又告之？"盗者惊状。

秦　桧　　慕容彦超

秦桧为相，都堂左揆前有石榴一株，每著实，桧嘿数焉。亡其二，桧佯不问。一日将排马，忽顾左右取斧伐树。有亲吏在旁，仓卒对曰："实佳甚，去之可惜！"桧反顾曰："汝盗食吾榴！"吏叩头服。

有献新樱于慕容彦超，俄而为给役人盗食，主者白之。彦超呼给役人，伪慰之曰："汝等岂敢盗新物耶，盖主者诬执耳！勿怀忧惧。"各赐以酒，潜令左右入"藜芦散"。既饮，立皆呕吐，新樱在焉，于是伏罪。

子产　严尊

郑子产晨出，过东匠之间，闻妇人之哭也，抚其御之手而听之。有间，遣吏执而问之，则手绞其夫者也。异日其御问曰："夫子何以知之？"子产曰："其声惧，凡人于其亲爱也，始病而忧，临死而惧，已死而哀。今夫哭已死不哀而惧，是以知其有奸也！"

严尊为扬州行部，闻道旁女子哭而不哀，问之，云夫遭火死。尊使舆尸到，令人守之，曰："当有物往。"更日，有蝇聚头所，尊令披视，铁椎贯顶。考问，乃以淫杀人者。韩滉在润州事同。

元绛

江宁推官元绛摄上元令。甲与乙被酒相殴，甲归卧，夜为盗断足。妻称乙，执乙诣县，而甲已死。绛敕其妻曰："归治夫丧，乙已服矣！"阴遣谨信吏迹其后，望一僧迎笑，切切私语。绛命取系庑下，诘妻奸状，即吐实。人问其故，绛曰："吾见妻哭不哀，且与伤者共席而襦无血污，是以知之。"

张昇

张昇知润州日。有妇人夫出数日不归，忽有人报菜园井中有死人，妇人惊往视之，号哭曰："吾夫也！"遂以闻官。公令属官集邻里，就井验是其夫与否，皆以井深不可辨，请出尸验之。公曰："众皆不能辨，妇人独何以知其是夫？"收付所司鞫问，果奸人杀其夫，而妇人与谋者。

陆云

陆云为浚仪令。有见杀者，主名不立，云录其妻而无所问。十许日，遣出，密令人随后，谓曰："其去不远十里，当有男子候之，与语，便缚至。"既而果然。问之具服，云与此妻通，共杀其夫，闻妻得出，欲与语，惮近县，故远相伺候。于是一县称为神明。

蒋恒

贞观中，衡州板桥店主张迪妻归宁，有卫三、杨真等三人投宿，五更早发。夜有人取卫三刀杀张迪，其刀却内鞘中，真等不知之。至明，店人追真等，视刀有血痕，囚禁拷讯，真等苦毒，遂自诬服。上疑之，差御史蒋恒覆推。恒命总追店人十五已上毕至，为人不足，且散。唯留一老婆，年八十，至晚放出，令狱典密觇之，曰：“婆出，当有一人与婆语者，即记其面貌。”果有人问婆：“使君作何推勘？”如此三日，并是此人。恒令擒来鞫之，与迪妻奸杀有实。上奏，敕赐帛二百段，除侍御史。

张松寿为长安令，治昆明池侧劫杀事，亦用此术。

杨逢春

南京刑部典吏王宗，闽人。一日当直，忽报其妾被杀于馆舍，宗奔去旋来，告尚书周公用。发河南司究问，欲罪宗。宗云：“闻报而归，众所共见，且是妇素无外行，素与宗欢，何为杀之？”官不能决。既数月，都察院令审事，檄浙江道御史杨逢春。杨示约某夜二更后鞫王宗狱。如期，猝命隶云：“门外有觇示者，执来！”果获两人，甲云：“彼挈某伴行，不知其由。”乃舍之，用刑穷乙，乙具服，言与王宗馆主人妻乱，为其妾所窥，杀之以灭口。即置于法，释宗。杨曰：“若日间，则观者众矣，何由踪迹其人？人非切己事，肯深夜来看耶？”由是称为神明。

马光祖

马裕斋知处州，禁民捕蛙。一村民将生瓜切作盖，刳虚其腹，实蛙于中，黎明持入城，为门卒所捕。械至庭，公心怪之，问：“汝何时捕此蛙？”答曰：“夜半。”问：“有人知否？”曰：“唯妻知。”公疑妻与人通，逮妻鞫之，果然。盖人欲陷夫而夺其妻，故使妻教夫如此。又先诫门卒，以故捕得。公遂置奸淫者于法。

苻　融

秦苻融为司隶校尉。京兆人董丰游学三年而反，过宿妻家。是夜妻为贼所杀，妻兄疑丰杀之，送丰有司。丰不堪楚掠，诬引杀妻。融察而疑之，问曰：“汝行往还，颇有怪异及卜筮否？”丰曰：“初将发，夜梦乘马南渡水，反而北渡，复自北而南，马停水中，鞭策不去。俯而视之，见两日在水下，马左白而湿，右黑而燥，寤而心悸，窃以为不祥，问之筮者，云：‘忧狱讼，远三枕，避三沐。既至，妻为具沐，夜授丰枕。丰记筮者之言，皆不从，妻乃自沐，枕枕而寝。”融曰：“吾知之矣。《易》：坎为水，马为离。乘马南渡，旋北而南者，从坎之离，三爻同变，变而成离；离为中女，坎为中男。两日，二夫之象。马左而湿，湿，水也，左水右马，冯字也；两日，昌字也——其冯昌杀之乎？”于是推验获昌，诘之，具首服，曰：“本与其妻谋杀丰，期以新沐枕枕为验，是以误中妇人。”

王明

西川费孝先善轨革，世皆知名。有客王旻因售货至成都，求为卦。先曰："教住莫住，教洗莫洗；一石谷，捣得三斗米；遇明则活，遇暗则死。"再三戒之，令"诵此足矣！"旻受乃行，途中遇大雨，憩一屋下，路人盈塞，乃思曰："教住莫住，得非此耶？"遂冒雨行，未几，屋倾覆，旻独免。旻之妻与邻之子有私，许以终身，候夫归毒之。旻既至，妻约所私曰："今夕但洗浴者，乃夫也。"及夜，果呼旻洗浴，旻悟曰："教洗莫洗，得非此耶？"坚不肯沐。妇怒，乃自浴，壁缝中伸出一枪，乃被害。旻惊视，莫测其故。明日，邻人首旻害妻，郡守酷刑，旻泣言曰："死则死矣，冤在覆盆，何日得雪？但孝先所言无验耳！"左右以是语达上，郡守沉思久之，呼旻问曰："汝邻比有康七否？"曰："有之。"曰："杀汝妻者，必是人也。"遂捕至，果服罪，因语僚佐曰："石谷舂得三斗米，得非康七乎？"此郡守，乃王明也。

范纯仁

参军宋儋年暴死，范纯仁使子弟视丧小敛，口鼻血出。纯仁疑其非命，按得其妾与小吏奸，因会，置毒鳖肉中。纯仁问："食肉在第几巡？"曰："岂有既中毒而尚能终席者乎？"再讯之，则儋年素不食鳖，其曰毒鳖肉者，盖妾与吏欲为变狱张本以逃死尔，实儋年醉归，毒于酒而杀之，遂正其罪。

刘崇龟

刘崇龟镇海南。有富商子少年泊舟江岸，见高门一妙姬，殊不避人。少年挑之曰："黄昏当访宅矣！"姬微哂。是夕，果启扉候之。少年未至，有盗入欲行窃，姬不知，就之。盗谓见执，以刀刺之，遗刀而逸。少年后至，践其血，仆地，扪之，见死者，急出，解维，而去。明日，其家迹至江岸，岸上云："夜有某客船径发。"官差人追到，拷掠备至，具实吐之，唯不招杀人。视其刀，乃屠家物。宗龟下令曰："某日演武，大飨军士，合境庖丁，集毬场以俟。"烹宰既集，又下令曰："今日已晚，可翼日至。"乃各留刀，阴以杀人刀杂其中，换下一口。明日各来请刀，唯一屠者后至，不肯持去。诘之，对曰："此非某刀，乃某人之刀耳。"命擒之，则已窜矣。乃以他死囚代商子，侵夜毙于市。窜者知囚已毙，不一二夕果归，遂擒伏法。商子拟以奸罪，杖背而已。

郡从事

有人因他适回，见其妻被杀于家，但失其首，奔告妻族。妻族以婿杀女，讼于郡主。刑掠既严，遂自诬服。独一从事疑之，谓使君曰："人命至重，须缓而穷之。且为夫者，谁忍杀妻？纵有隙而害之，必为脱祸之计，或推病殒，或托暴亡。今存尸而弃首，其理甚明，请为更谳。”使君许之，从事乃迁系于别室，仍给酒食。然后遍勘在城仵作行人，令各供近采与人家安厝坟墓多少文状。既而一一面诘之，曰：“汝等与人家举事，还有可疑者乎？”中一人曰：“某于一豪家举事，共言杀却一奶子。于墙上舁过，凶器中甚似无物，见在某坊。”发之，果得一妇人首，令诉者验认，则云“非是”。遂收豪家鞫之，豪家款伏。乃是与妇私好，杀一奶子，函首而葬之，以妇衣衣奶子身尸，而易妇以归，畜于私室，其狱遂白。

徽州富商

徽富商某，悦一小家妇，欲娶之，厚饵其夫。夫利其金以语妇，妇不从，强而后可。卜夜为具招之，故自匿，而令妇主觞。商来稍迟，入则妇先被杀，亡其首矣，惊走，不知其由。夫以为商也，讼于郡。商曰：“相悦有之，即不从，尚可缓图，何至杀之？”一老人曰：“向时叫夜僧，于杀人次夜遂无声，可疑也。”商募人察僧所在，果于傍郡识之。乃以一人着妇衣居林中，候僧过，作妇声呼曰：“和尚还我头！”僧惊曰：“头在汝宅上三家铺架上！”众出缚僧，僧知语泄，曰：“伺其夜门启，欲入盗，见妇盛装泣床侧，欲淫不可得，杀而携其头出，挂在三家铺架上。”拘上三家人至，曰：“有之，当时惧祸，移挂又上数家门首树上。”拘又上数家人至，曰：“有之，当日即埋在园中。”遣吏往掘，果得一头，乃有须男子，边批：天理。再掘而妇头始出。问：“头何从来？”乃十年前斩其仇头，于是二人皆抵死。

临海令

临海县迎新秀才适黉宫，有女窥见一生韶美，悦之。一卖婆在傍曰：“此吾邻家子也。为小娘子执伐，成，佳偶矣！”卖婆以女意诱生，生不从。卖婆有子无赖，因假生夜往，女不能辨。一日，其家舍客，夫妇因移女，而以女榻寝之。夜有人断其双首以去。明发以闻于县，令以为其家杀之，而橐装无损，杀之何为？乃问：“榻向寝谁氏？”曰：“是其女。”令曰：“知之矣！”立逮其女，作威震之曰：“汝奸夫为谁？”曰：“某秀才。”逮生至，曰：“卖婆语有之，何尝至其家！”又问女：“秀才身有何记？”曰：“臂有痣。”视之无有，令沉思曰：“卖婆有子乎？”逮其子，视臂有痣，曰：“杀人者，汝也！”刑之，即自输服。盖其夜扪得骈首，以为女有他奸，杀之。生由是得释。

王安礼

王安礼知开封府。逻者连得匿名书告人不轨，所涉百余人。帝付安礼，令亟治之。安礼验所指略同，最后一书加三人，有姓薛者。安礼喜曰："吾得之矣！"呼问薛曰："若岂有素不快者耶？"曰："有持笔求售者，拒之。怏怏去，其意似相衔。"即命捕讯，果其所为。枭其首于市，不逮一人，京师谓之神明。

李杰　包恢

李杰为河南尹，有寡妇讼子不孝。杰物色非是，语妇曰："若子法当死，得无悔乎？"答曰："子无状，不悔也。"边批：破绽。杰乃命妇出市棺为殓尸地，而阴令使踪迹之。妇出，乃与一道士语。顷之，棺至，杰捕道士按之，故与妇私，而碍于其子不得逞者。杰即杀道士，纳之棺。边批：快人！

包恢知建宁，有母愬子者，年月后作"疏"字。恢疑之，呼其子问，泣不言。恢意母孀与僧通，恶其子谏而坐以不孝，状则僧为之也。因责子侍养勿离跬步，僧无由至。母乃托夫讳日入寺作佛事，以笼盛衣帛出，旋纳僧笼内以归。恢知，使人要其笼，置诸库。逾旬，吏报笼中臭，恢乃命沉诸江，语其子曰："吾为若除此害矣！"

汪旦　黄绂

广西南宁府永淳县宝莲寺有"子孙堂"，傍多净室，相传祈嗣颇验，布施山积。凡妇女祈嗣，须年壮无疾者，先期斋戒，得圣筶方许止宿。其妇女或言梦佛送子，或言罗汉，或不言，或一宿不再，或屡宿屡往。因净室严密无隙，而夫男居户外，故人皆信焉。闽人汪旦初莅县，疑其事，乃饰二妓以往，属云："夜有至者，勿拒，但以朱墨汁密涂其顶。"次日黎明，伏兵众寺外，而亲往点视。众僧仓惶出谒，凡百余人，令去帽，则红头墨头者各二，令缚之，而出二妓使证其状，云："钟定后，两僧更至，赠调经种子丸一包。"汪令拘讯他求嗣妇女，皆云"无有"，搜之，各得种子丸如妓，乃纵去不问，而召兵众入，众僧慑不敢动，一一就缚。究其故，则地平或床下悉有暗道可通，盖所污妇女不知几何矣。既置狱，狱为之盈。住持名佛显，谓禁子凌志曰："我掌寺四十年，积金无算，自知必死，能私释我等暂归取来，以半相赠。"凌许三僧从显往，而自与八辈随之。既至寺，则窖中黄白灿然，恣其所取。僧阳束卧具，而阴收寺中刀斧之属，期三更斩门而出。汪方秉烛，构申详稿，忽心动，念百僧一狱，卒有变莫支，乃密召快手持械入宿。甫集，而僧乱起。

僧所用皆短兵，众以长枪御之，僧不能敌，多死。显知事不谐，扬言曰："吾侪好丑区别，相公不一一细鞫，以此激变。然反者不过数人，今已诛死，吾侪当面诉相公。"汪令刑房吏谕曰："相公亦知汝曹非尽反者，然反者已死，可尽纳器械，明当庭鞫分别之。"器械既出，于是召僧每十人一鞫，以次诛绝。至明，百僧歼焉。究器械入狱之故，始知凌志等弊窦，而志等则已死于兵矣。

万历乙未岁，西吴许孚远巡抚八闽。断某寺绛衣真人从大殿蒲团下出，事略同。

黄绂，封丘人，为四川参政时，过崇庆，忽旋风起舆前。公曰："即有冤，且散，吾为若理！"风遂止。抵州，沐而祷于城隍，梦中若有神言州西寺者。公密访州西四十里，有寺当孔道，倚山为巢。公旦起，率吏民急抵寺，尽系诸僧。中一僧少而状甚狞恶，诘之，无祠牒，即涂醋垩额上，晒洗之，隐有巾痕。公曰："是盗也！"即讯诸僧，不能隐，尽得其奸状。盖寺西有巨塘，夜杀投宿人沉塘中，众共分其资；有妻女，则又分其妻女，匿之窖中，恣淫毒久矣。公尽按律杀僧，毁其寺。

鲁永清

成都有奸狱，一曰"和奸"，一曰"强奸"，臬长不能决，以属成都守鲁公。公令隶有力者去妇衣，诸衣皆去，独里衣妇以死自持，隶无如之何。公曰："供作和奸。盖妇苟守贞，衣且不能去，况可犯邪！"

鲁公，蕲水人，决狱如流。门外筑屋数椽，锅灶皆备。讼者至，寓居之，一见即决，饭未尝再炊，有"鲁不解担"之谣。

张 辂

石晋魏州冠氏县华林僧院，有铁佛长丈余，中心且空。一旦云"铁佛能语"，徒众称赞，闻于乡县，士众云集，施利填委。时高宗镇邺，命衙将尚谦赍香设斋，且验其事。有三传张辂请与偕行，暗与县镇计，遣院僧尽赴道场。辂潜开僧房，见地有穴，引至佛座下。乃令谦立于佛前，辂由穴入佛空身中，厉声俱说僧过，即遣人擒僧。取其魁首数人上闻，戮之。

慕容彦超

慕容彦超为泰宁节度使，好聚敛，在镇常置库质钱。有奸民为伪银以质者，主吏久之乃觉。彦超阴教主吏夜穴库垣，尽徙金帛于他所，而以盗告。彦超即榜市，使民自言所质以偿。于是民争来言，遂得质伪银者。超不罪，置之深室，使教十余人为之，皆铁为之质而包以银，号"铁胎银"。

得质伪银者，巧矣；教十余人为之，是自为奸也。后周兵围城，超出库中银劳军。军士哗曰：“此铁胎耳！”咸不为用，超遂自杀。此可为小智亡身之戒！

韩魏公

中书习旧弊，每事必用例。五房吏操例在手，顾金钱唯意所去取：于欲与，即检行之；所不欲，或匿例不见。韩魏公令删取五房例及刑房断例，除其冗谬不可用者，为纲目类次之，封誊谨掌，每用例必自阅。自是人始知赏罚可否出宰相，五房吏不得高下其间。

“例”之一字，庸人所利，而豪杰所悲。用例已非，况由吏操纵，并例亦非公道乎！寇莱公作相时，章圣语两府择一人为马步军指挥使。公方拟议，门吏有以文籍进者，问之，曰：“例簿也。”公叱曰：“朝廷欲用一牙官，尚须一例，又安用我辈？戕坏国政者正此耳！”今日事事为例，为莱公不能矣，能为魏公，其庶乎？

江　点

江点，字德舆，崇安人。以特恩补官，调郢州录参时，郡常平库失银。方缉捕，有刘福者因贸易得银一筒，上有“田家抵当”四字。一银工发其事，刘不能直。籍其家，约万余缗，法当死。点疑其枉，又见款牍不圆，除所发者皆非正赃。点反覆诘问，刘苦于锻冶，不愿平反。点立言于守，别委推问，得实与点同。然未获正贼，刘终难释。未几，经总军资两库皆被盗，失金以万计。点料必前盗也。州司有使臣李义者，馆一妓，用度甚侈，点疑之，未敢轻发。会制司行下，买营田耕牛，点因而阴遣人袭妓家，得金一束，遂白于府，即简使臣行李，中皆三库所失之物，刘方得释。人皆服点之明见。

胆智部

冯子曰：凡任天下事，皆胆也；其济，则智也。知水溺，故不陷；知火灼，故不犯。其不入不犯，非无胆也，智也。若自信入水必不陷，入火必不灼，何惮而不入耶？智藏于心，心君而胆臣，君令则臣随。令而不往，与夫不令而横逞者，其君弱。故胆不足则以智炼之，胆有余则以智裁之。智能生胆，胆不能生智。刚之克也，勇之断也，智也。赵思绾尝言“食人胆至千，刚勇无敌”，每杀人，辄取酒吞其胆。夫欲取他人之胆，益己之胆，其不智亦甚矣！必也取他人之智，以益己之智，智益老而胆益壮，则古人中之以“威克”、以“识断”者，若而人，召师乎！

威克卷十一

履虎不咥，鞭龙得珠。岂曰溟涬，厥有奇谋。集“威克”。

侯　生

夷门监者侯嬴，年七十余，好奇计。秦伐赵急，魏王使晋鄙救赵，畏秦，戒勿战。平原君以书责信陵君，信陵君欲约客赴秦军，与赵俱死。谋之侯生，生乃屏人语曰：“嬴闻晋鄙兵符在主卧内，而如姬最幸，力能窃之。昔如姬父为人所杀，公子使客斩其仇头进如姬，如姬欲为公子死无所辞，顾未有路耳。公子诚一开口，如姬必许诺，则得虎符。夺晋鄙军，北救赵而西却秦，此五霸之功也！”公子从其计，请如姬。如姬果盗符与公子。公子行，侯生曰：“将在外，主令有所不受。公子即合符，而晋鄙不授公子兵而复请之，事必危矣！臣客屠者朱亥可与俱，此人力士，晋鄙听，大善，不听，可使击之！”于是公子请朱亥，朱亥笑曰：“臣乃市井鼓刀屠者，而公子亲数存之，所以不报谢者，以为小礼无所用。今公子有急，此乃臣效命之秋也！”遂与公子俱。公子至邺，矫魏王令代晋鄙兵。晋鄙合符，果疑之，欲无听，朱亥袖四十斤铁椎椎杀晋鄙。边批：既矫其令，必责以逗留之罪，非漫然为无名之谋。

公子遂将晋鄙兵进，大破秦军。

信陵邯郸之胜，决于椎晋鄙；项羽巨鹿之胜，决于斩宋义。夫大将且以拥兵逗留被诛，三军有不股栗愿死者乎？不待战而力已破矣。儒者犹以擅杀议刑，是乌知扼要之策乎！

班　超

窦固出击匈奴，以班超为假司马，将兵别击伊吾，战于蒲类海，多斩首虏而还。固以为能，遣与从事郭恂俱使西域。超到鄯善，鄯善王广奉超礼敬甚备，后忽更疏懈。超谓其官属曰：“宁觉广礼意薄乎？此必有北虏使来，狐疑未知所从故也。明者睹未萌，况已著耶！”乃召侍胡，诈之曰：“匈奴使来数日，今安在？”侍胡惶恐，具服其状。超乃闭侍胡，悉会其吏士三十六人，与共饮。酒酣，因激怒之曰：“卿曹与我俱在西域，欲立大功以求富贵。今虏使到数日，而王广礼敬即废。如令鄯善收吾属送匈奴，骸骨长为豺狼食矣！为之奈何？”官属皆曰：“今危亡之地，死生从司马！”超曰：“不入虎穴，焉得虎子！当今之计，独有因夜以火攻虏，使彼不知我多少，必大震怖，可殄尽也！灭此虏，则鄯善破胆，功成事立矣！”众曰：“当与从事议之。”超怒曰：“吉凶决于今日，从事文俗吏，闻此必恐而谋泄，死无所名，非壮士也！”众曰：“善！”初夜，遂将吏士往奔虏营。边批：古今第一大胆。会天大风，超令十人持鼓，藏虏舍后，约曰：“见火然后鸣鼓大呼。”余人悉持弓弩，夹门而伏。边批：三十六人用之有千万人之势。超乃顺风纵火，前后鼓噪。虏众惊乱。超手格杀三人，吏兵斩其使及从士三十余级，余众百许人，悉烧死。明日乃还告郭恂，恂大惊，既而色动。超知其意，举手曰：“掾虽不行，班超何心独擅之乎？”恂乃悦。超于是召鄯善王广，以虏使首示之，一国震怖。超晓告抚慰，遂纳子为质，还奏于窦固。固大喜，具上超功效，并求更选使使西域，帝壮超节，诏固曰：“吏如班超，何故不遣而更选乎？今以超为军司马，令遂前功。”超复受使，边批：明主。因欲益其兵，超曰：“愿将本所从三十余人足矣！如有不虞，多益为累。”是时于阗王广德新攻破莎车，遂雄张南道，而匈奴遣使监护其国。超既西，先至于阗。广德礼意甚疏，且其俗信巫，巫言神怒：“何故欲向汉？汉使有騧马，急求取以祠我！”广德乃遣使就超请马。超密知其状，报许之，而令巫自来取马。有顷，巫至，超即斩其首以送广德，因辞让之。广德素闻超在鄯善诛灭虏使，大惶恐，即攻杀匈奴使而降超。超重赐其王以下，因镇抚焉。

必如班定远，方是满腹皆兵，浑身是胆。赵子龙、姜伯约不足道也。

辽东管家庄，长男子不在舍，建州虏至，驱其妻子去。三数日，壮者归，室皆空矣，无以为生。欲佣工于人，弗售。乃谋入虏地伺之，见其妻出汲，密约夜以薪积舍户外焚之，并积薪以焚其屋角。火发，贼惊觉，裸体起出户，壮者射之，贼皆死。挈其妻子，取贼所有归。是后他贼惮之，不敢过其庄云。此壮者胆勇，一时何减班定远，使室家无恙，或佣工而售，亦且安然不图矣。人急计生，信夫！

耿 纯

东汉真定王扬谋反，光武使耿纯持节收扬。纯既受命，若使州郡者至真定，止传舍。扬称疾不肯来，与纯书，欲令纯往。纯报曰："奉使见侯王牧守，不得先往，宜自强来！"时扬弟让、从兄绀皆拥兵万余。扬自见兵强而纯意安静，即从官属诣传舍，兄弟将轻兵在门外。扬入，纯接以礼，因延请其兄弟。皆至，纯闭门悉诛之。勒兵而出，真定震怖，无敢动者。

温 造

宪宗时，戎羯乱华，诏下南梁起甲士五千人，令赴阙下。将起，师人作叛，逐其帅，因团集拒命岁余。宪宗深以为患。京兆尹温造请以单骑往。至其界，梁人见止一儒生，皆相贺无患。及至，但宣召敕安存，一无所问。然梁师负过，出入者皆不舍器杖，温亦不诫之。他日毬场中设乐，三军并赴。令于长廊下就食，坐宴前临阶南北两行，设长索二条，令军人各于向前索上挂其刀剑而食。酒至，鼓噪一声，两头齐力抨举其索，则刀剑去地三丈余矣。军人大乱，无以施其勇，然后合户而斩之。南梁人自尔累世不复叛。

哥舒翰 李光弼

唐哥舒翰为安西节度使，差都兵马使张擢上都奏事，逗留不返，纳贿交结杨国忠。翰适入朝，擢惧，求国忠除擢御史大夫兼剑南西川节度使。敕下，就第谒翰，翰命部下捽于庭，数其罪，杖杀之，然后奏闻。帝下诏褒奖，仍赐擢尸，更令翰决尸一百。边批：圣主。

太原节度王承业，军政不修。诏御史崔众交兵于河东。众侮易承业，或裹甲持枪突入承业厅事，玩谑之。李光弼闻之，素不平，至是交众兵于光弼，众以麾下来，光弼出迎，旌旗相接而不避。光弼怒其无礼，又不即交兵，令收系之。顷中使至，除众御史中丞，怀其敕，问众所在。光弼曰："众有罪，系之矣！"中使以敕示光弼，光弼曰："今只斩侍御史；若宣制命，即斩中丞；若拜宰相，亦斩宰相！"中使惧，遂寝之而还。翼日，以兵仗围众至碑堂下，斩之，威震三军，命其亲属吊之。

或问擢与众诚有罪，然已除西川节度使及御史中丞矣，其如王命何？

盖军事尚速，当用兵之际而逗留不返、拥兵不交，皆死法也。二人之除命必皆夤缘得之，而非出天子之意者，故二将得伸其权，而无人议其后耳。然在今日，莫可问矣。

柴克宏

南唐柴克宏，有将略。其奉命救常州也，枢密李征古忌之，给以羸卒数千人，铠杖俱朽蠹者。将至常州，征古复以朱匡业代之，使召克宏。宏曰："吾计日破贼，汝来召吾，必奸人也！"命斩之。使者曰："李枢密所命。"克宏曰："即李枢密来，吾亦斩之。"乃蒙船以幕，匿甲士其中，袭破吴越营。

奸臣在内，若受代而还，安知不又以无功为罪案乎？破敌完城，即忌口亦无所施矣。

杨　素

杨素攻陈时，使军士三百人守营。军士惮北军之强，多愿守营。素闻之，即召所留三百人悉斩之，更令简留，无愿留者。又对阵时，先令一二百人赴敌，或不能陷阵而还者，悉斩之。更令二三百人复进，退亦如之。将士股栗，有必死之心，以是战无不克。

素用法似过峻，然以御积惰之兵，非此不能作其气。夫使法严于上，而士知必死，虽置之散地，犹背水矣。

安禄山

安禄山将反前两三日，于宅集宴大将十余人，锡赉绝厚。满厅施大图，图山川险易、攻取剽劫之势。每人付一图，令曰："有违者斩！"直至洛阳，指挥皆毕。诸将承命，不敢出声而去。于是行至洛阳，悉如其画。出《幽闲鼓吹》。

此虏亦煞有过人处，用兵者可以为法。

吕公弼

公弼，夷简子，其治成都，治尚宽，人嫌其少威断。适有营卒犯法，当杖，扞不受，曰："宁以剑死！"公弼曰："杖者国法，剑者自请。"为杖而后斩之，军府肃然。

张　咏　三条

张咏在崇阳，一吏自库中出，视其鬓旁下有一钱，诘之，乃库中钱也。咏命杖之，吏勃然曰："一钱何足道，乃杖我耶！尔能杖我，不能斩我也！"咏笔判云："一日一钱，千日千钱，绳锯木断，水滴石穿！"自仗剑下阶斩其首，申府自劾。崇阳人至今传之。

咏知益州时，尝有小吏忤咏，咏械其颈。吏恚曰：“枷即易，脱即难！”咏曰：“脱亦何难？”即就枷斩之，吏俱悚惧。

若无此等胆决，强横小人，何所不至！

贼有杀耕牛逃亡者，公许自首。拘其母，十日不出，释之；再拘其妻，一宿而来。公断曰：“拘母十夜，留妻一宿，倚门之望何疏！结发之情何厚！”就市斩之。于是首身者继至，并遣归业。

袁了凡曰：“宋世驭守令之宽，每以格外行事，法外杀人。故不肖者或纵其恶，而豪杰亦往往得借以行其志。今守令之权渐消，自笞十至杖百仅得专决，而徒一年以上，必申请待报，往返详驳，经旬累月。于是文案益繁，而狴犴之淹系者亦多矣！”子犹曰：“自雕虫取士，资格困人，原未尝搜豪杰而汰不肖，安得不轻其权乎？吾于是益思汉治之善也！”

黄盖　况钟

黄盖尝为石城长。石城吏特难检御，盖至，为置两掾，分主诸曹，教曰：“令长不德，徒以武功得官，不谙文吏事。今寇未平，多军务，一切文书，悉付两掾，其为检摄诸曹，纠摘谬误。若有奸欺者，终不以鞭朴相加！”教下，初皆怖惧恭职。久之，吏以盖不治文书，颇懈肆。盖微省之，得两掾不法各数事，乃悉召诸掾，出数事诘问之。两掾叩头谢，盖曰：“吾业有敕：终不以鞭朴相加。不敢欺也！”竟杀之。诸掾自是股栗，一县肃清。

况钟，字伯律，南昌人，始由小吏擢为郎，以三杨特荐为苏州守。宣庙赐玺书，假便宜。初至郡，提控携文书上，不问当否，便判“可”。吏藐其无能，益滋弊窦。通判赵忱百方凌侮，公惟“唯唯”。既期月，一旦命左右具香烛，呼礼生来，僚属以下毕集。公言：“有敕未宣，今日可宣之。”内有“僚属不法，径自拿问”之语，于是诸吏皆惊。礼毕，公升堂，召府中胥，声言“某日一事，尔欺我，窃贿若干，然乎？某日亦如之，然乎？”群胥骇服。公曰：“吾不耐多烦！”命裸之，俾隶有力者四人，舁一胥掷空中，立毙六人，陈尸于市。上下股栗，苏人革面。

盖武人，钟小吏，而其作用如此。此可以愧口给之文人、矜庄之大吏矣！

王晋溪云：“司衡者，要识拔真才而用之。甲未必优于科，科未必皆优于贡，而甲与科、贡之外，又未必无奇才异能之士。必试之以事，而后可见。如黄福以岁贡，杨士奇以儒士，胡俨以举人，此皆表表名臣也。

国初，冯坚以典史而推都御史，王兴宗以直厅而历布政使。唯为官择人，不为人择官，所以能尽一世人才之用耳！”

况守时，府治被火焚，文卷悉烬。遗火者，一吏也。火熄，况守出坐砾场上，呼吏痛杖一百，喝使归舍。亟自草奏，一力归罪己躬，更不以累吏也。初吏自知当死，况守叹曰：“此固太守事也，小吏何足当哉！”奏上，罪止罚俸。公之周旋小吏如此，所以威行而无怨。使以今人处此，即自己之罪尚欲推之下人，况肯代人受过乎？公之品，于是不可及矣！

宗 泽

金寇犯阙，銮舆南幸。贼退，以宗公汝霖尹开封。初至，而物价腾贵，至有十倍于前者，郡人病之。公谓参佐曰：“此易事，自都人率以饮食为先，当治其所先，缓者不忧于平也。”密使人问米麦之值，且市之。计其值，与前此太平时初无甚增。乃呼庖人取面，令作市肆笼饼大小为之，乃取糯米一斛，令监军使臣如市沽酝酒，各估其值，而笼饼枚六钱，酒每觚七十足。出勘市价，则饼二十，酒二百也。公先呼作坊饼师至，讽之曰：“自我为举子时来京师，今三十年矣，笼饼枚七钱，而今二十，何也？岂麦价高倍乎？”饼师曰：“自都城经乱以来，米麦起落，初无定价，因袭至此。某不能违众独减，使贱市也。”公即出兵厨所作饼示之，且语之曰：“此饼与汝所市重轻一等，而我以目下市直，会计薪面工值之费，枚止六钱，若市八钱，则有二钱之息。今为将出令，止作八钱，敢擅增此价而市者，罪应处斩。且借汝头以行吾令也。”边批：出令足矣，斩之效曹瞒故智，毋乃太甚？即斩以徇。明日饼价仍旧，亦无敢闭肆者。次日呼官沽任修武至，讯之曰：“今都城糯米价不增，而酒值三倍，何也？”任恐悚以对曰：“某等开张承业，欲罢不能。而都城自遭寇以来，外居宗室及权贵亲属私酿甚多，不如是无以输纳官曲之值与工役油烛之费也。”公曰：“我为汝尽禁私酿，汝减值百钱，亦有利入乎？”任叩额曰：“若尔，则饮者俱集，多中取息，足办输役之费。”公熟视久之，曰：“且寄汝头颈上！出率汝曹即换招榜：一觚止作百钱，是不患乎私酝之搀夺也！”明日出令：“敢有私造曲酒者，捕至不问多寡，并行处斩！”于是倾糟破觚者不胜其数。数日之间，酒与饼值既并复旧，其他物价不令而次第自减。既不伤市人，而商旅四集，兵民欢呼，称为神明之政。时杜充守北京，号“南宗北杜”云。

借饼师头虽似惨，然禁私酿、平物价，所以令出推行全不费力者，皆在于此。亦所谓权以济难者乎？当湖冯汝弼《祐山杂说》云：甲辰凶荒之后，邑人行乞者什之三，逋负者什之九。明年，本府赵通判临县催征，命选竹板重七斤者，拶长三寸者，邑人大恐。或诳行乞者曰：“赵公领府库银三千两来赈济，汝何不往？”行乞者更相传播，须臾数百人相率诣赵。赵不容入，则叫号跳跃，一拥而进。逋负者随之，逐隶人，毁刑具，呼声震动。赵惶惧莫知所措。余与上莘辈闻变趋入，赵意稍安，延入后堂。则击门排闼，势益猖獗。问欲何为，行乞者曰：“求赈济。”逋负者曰：“求免征。”赵问为首者姓名，余曰：“勿问也，知其姓名，彼虑后祸，祸反不测，姑顺之耳。”于是出免征牌及县备豆饼数百以进，未及门辄抢去，行乞者率不得食。抵暮，余辈出，则号呼愈甚，突入后堂矣！赵虑有他变，逾墙宵遁。自是民颇骄纵无忌。又二月，太守郭平川应奎推为首者数人于法，即惕然相戒，莫敢复犯矣。向使赵不严刑，未必致变；郭不正法，何由弭乱？宽严操纵，唯识时务者知之。

杨守礼

嘉靖间，直隶安州值地震大变，州人乘乱抢杀，目无官法。上司闻风畏避，莫知所出。杨少保南涧公讳守礼。家食已二十余年矣，先期出示，晓以朝廷法律。越二日，乱如故，公乃升牛皮帐，用家丁，率地方知事者击斩首乱四人，悬其头于城四门，乱遂定。

李彦和云：“公虽抱雄略，倘死生利害之念一萌于中，则不在其位而欲便宜行事，浩然之气不索然馁乎？此豪杰大作用，难与拘儒道也。”

苏不韦

东汉苏不韦，父谦，尝为司隶校尉，李暠挟私忿论杀。不韦时年十八，载丧归乡，瘗而不葬，仰天叹曰：“伍子胥独何人也！”遂藏母武都山中，边批：要紧。变姓名，尽以家财募剑客，邀暠于诸陵间，不值。久之，暠迁大司农。时右校刍廥在寺北垣下，不韦与亲从兄弟潜入廥中，夜则凿地，昼则伏匿，如是则经月，遂达暠寝室，出其床下。会暠如厕，杀其妾及小儿，留书而去。边批：好汉！暠大惊，自是布棘于室，以板籍地，一夕九徙。不韦知其有备，即日夜驰至魏郡，掘其父阜冢，取阜头以祭父，又标之市曰：“李暠父头。”暠心痛不敢言，愤恚呕血死。不韦于是行丧，改葬父。

郭林宗论曰：“子胥犹见用强吴，凭阖闾之威，而苏子力止匹夫，功隆千乘，比子胥尤过云。”子犹曰：“李暠私忿不戢，辱及墓骨，妻子为戮，身亦随之，为天下笑，可谓大愚！然能以私忿杀其父，而竟不能以官法治其子，何也？将侠士善藏，始皇之威，犹不行于博浪，况他人乎？顾子房事秘，无可物色，而兹留书标市，显行其意，莫得而谁何之，不独过子胥，且过子房矣！东汉尚节义，或怜其志节而庇护之未可知。要之一夫含痛，不报不休，死生非所急也，不韦真杰士哉！”

悼王薨，贵戚大臣作乱，攻吴起。起走之王尸而伏之。击起之徒因射起并中王尸。既葬，肃王即位，使令尹尽诛为乱者，坐起夷宗者七十家。齐大夫与苏秦争宠，使人刺之，不死，殊而走。齐王求贼不得，苏秦且死，乃谓齐王曰：“臣即死，车裂臣以徇于市，曰：‘苏秦作乱于齐。’如此则臣之贼必得矣。”于是如其言，而杀苏秦者果自出，齐王因而诛之。若起与秦，身死而能以术自报其仇，智更足多矣！

张　咏　　柳仲途

张咏少学剑。客长安旅次，闻邻家夜哭。叩其故，此人游宦远郡，尝私用官钱，为仆夫所持，强要其长女为妻。咏明日至其门，阳假仆往探一亲。仆迟迟，强之而去，导马出城，至林麓中，即疏其罪。仆仓惶间，咏以袖椎挥之，坠崖而死。归曰：“盛价已不复来矣！速归汝乡，后当谨于事也！”

柳仲途赴举时，宿驿中，夜闻妇人哭声，乃临淮令之女。令在任贪墨，委一仆主献纳，及代还，为仆所持，逼娶其女。柳访知之，明日谒令，假此仆一日。仆至柳室，即令往市酒果。夜阑，呼仆叱问，即奋匕首杀而烹之。翌日，召令及同舍饮，云“共食卫肉”。饮散亟行，令追谢，问仆安在？曰：“适共食者是也！”

亦智亦侠，绝似《水浒传》中奇事。

张咏未第时，尝游荡阴，县令馈与束帛万钱，咏即负之而归。或谓此去遇夜，坡泽深奥，人烟疏阔，可俟徒伴偕行。咏曰：“秋暮矣，亲老未授衣。”但捽一短剑去。行三十余里，止一孤店，唯一翁洎二子。夜始分，其子呼曰：“鸡已鸣，秀才可去矣！”咏不答。即推户，咏先以床拒左扉，以手拒右扉。其子既呼不应，即排闼。咏忽退立，其子闪身入，咏擿其首毙之，少时，次子又至，如前，复杀之。咏持剑视翁，翁方燎火爬痒，复断其首。老幼数人，并命于室，乃纵火，行二十余里，始晓。后来者相告曰：“前店失火，举家被焚也！”事亦奇，因附之。

窦建德

夏主窦建德微时，有劫盗夜入其家。建德知之，立户下，连杀三盗。余盗不敢入，呼取其尸。建德曰："可投绳下系取去。"盗投绳而下，建德乃自系，使盗曳出，捉刀跃起，复杀数盗。由是益知名。

以诛盗为戏。

陈星卿

嘉定、青浦之间有村焉。陈星卿者，年少高才，贫不遇，训蒙村中，人未之奇也。村有寡妇，屋数间，田百余亩，有子方在抱。侄欺之，阴献其产于势家子，得蝇头，遁去。势家子择吉往阅新庄，而先期使干仆持告示往逐寡妇。寡妇不知所从来，抱儿泣于门，乡人俱愤愤，而爱莫能助。星卿适过焉，叩得其故，谓邻人曰："从吾计，保无恙。"邻人许之，令寡妇谨避他处。明日，势家子御游船，门客数辈，箫鼓竞发，从天而下。既登岸，指挥洒扫、悬匾，召谕诸佃，粗毕，往田间布席野饮。星卿率乡之强有力者风雨而至，举枪搪其舟，舟人出不意，奔告主人。主人趋舟，舟既沉矣。边批：快。遥望新庄，所悬匾已碎于街，众汹汹索斗，乃惧而窜。方召主文谋讼之，而县牒已下。边批：又快。盖嘉定新令韩公颇以扶抑为己任，星卿率其邻即日往控，呈词既美，情复惨激，使捕衙往视，则匾及舟在焉。势家子使人居间，终不听，竟置诸干仆及寡妇之侄于法。寡妇鬻其产而他适。星卿遂名重郡邑间。张君山谈，是万历年间事。

郡中得星卿数辈，势家子不复横矣。保小民，亦所以保大家也。虽然，星卿之敢于奋臂者，乘新令扶抑之始，用其旦气耳，星卿亦可谓智矣！

李　福

唐李福尚书镇南梁。境内多朝士庄产，子孙侨寓其间，而不肖者相效为非。前牧弗敢禁止，闾巷苦之。福严明有断，命织篾笼若干，召其尤者，诘其家世谱第、在朝姻亲，乃曰："郎君借如此地望，作如此行止，毋乃辱于存亡乎？今日所惩，贤亲眷闻之必快！"命盛以竹笼，沉于汉江。由是其侪惕息，各务戢敛。

薛元赏

李相石在中书，京兆尹薛元赏尝谒石于私第。故事，百僚将至相府，前驱不复呵。元赏下马，石未之知，方在厅，若与人诉竞者。元赏问焉，曰："军中军将。"元赏排闼进曰："相公朝廷大臣，天子所委任，安有军中一将而敢无礼如此！夫纲纪凌夷，犹望相公整顿，岂有出自相公者耶？"即疾趋而去，顾左右："可便擒来。"时仇士良用事，其辈已有诉之者。宦官连声传士良命曰："中尉奉屈大尹！”元赏不答，即命杖杀之。士良大怒。元赏乃白衣请见士良，士良出曰：“何为擅杀军中大将？”元赏具言无礼状，且曰：“宰相，大臣也；中尉，亦大臣也。彼既可无礼于此，此亦可无礼于彼乎？国家之法，中尉宜保守，一旦坏之可惜，某已白衫待罪矣！”士良以其理直，顾左右取酒饮之而罢。

罗 点

罗点春伯为浙西仓司，摄平江府。忽有雇主讼其逐仆欠钱者，究问已服。而仆黠狡，反欲污其主，乃自陈尝与主馈之姬通。既而访之，非实，于是令仆自供奸状，因判云：“仆既负主钱，又污主婢，事之有无虽不可知，然自供已明，合从奸罪，宜断徒配施行。其婢候主人有词日根究。”闻者莫不快之。

识断卷十二

智生识，识生断。当断不断，反受其乱。集“识断”。

齐桓公

宁戚，卫人，饭牛车下，扣角而歌。齐桓公异之，将任以政。群臣曰：“卫去齐不远，可使人问之，果贤，用未晚也。”公曰：“问之，患其有小过，以小弃大，此世所以失天下士也！”乃举火而爵之上卿。

韩、范已知张、李二生有用之才，其不敢用者，直是无胆耳。孔明深知魏延之才，而又知其才之必不为人下，故未免虑之太深，防之太过，持之太严，宁使有余才，而不欲尽其用，其不听子午谷之计者，胆为识掩也。呜呼，胆盖难言之矣！魏以夏侯楙镇长安，丞相亮伐魏，魏延献策曰：“楙怯而无谋，今假延精兵五千，直从褒中出，循秦岭而东，当子午而北，不过十日，可到长安。楙闻延奄至，必弃城走，比东方相合，尚二十许日。而公从斜谷来，亦足以达。如此则一举而咸阳以西可定矣！”亮以为危计，不用。

任登为中牟令，荐士于襄主曰瞻胥己，襄主以为中大夫。相室谏曰：“君其耳而未之目也？为中大夫若此其易也！”襄子曰：“我取登，既耳而目之矣，登之所取，又耳而目之，是耳目人终无已也！”此亦齐桓之智也。

卫嗣君

卫有胥靡亡之魏，嗣君以五十金买之，不得，乃以左氏地名易之。左右曰：“以一都买一胥靡，可乎？”嗣君曰：“治无小，乱无大。法不立，诛不必，虽有十左氏无益也；法立诛必，虽失十左氏，无害也。”

高　洋

高洋内明而外晦，众莫知也。独欢异之，曰："此儿识虑过吾！"时欢欲观诸子意识，使各治乱丝，洋独持刀斩之，曰："乱者必斩！"

周瑜等 三条

曹操既得荆州，顺流东下，遗孙权书，言"治水军八十万众，与将军会猎于吴。"张昭等曰："长江之险，已与敌共，且众寡不敌，不如迎之。"鲁肃独不然，劝权召周瑜于鄱阳。瑜至，谓权曰："操托名汉相，实汉贼也。将军割据江东，兵精粮足，当为汉家除残去秽。况操自送死而可迎之耶？请为将军筹之：今北土未平，马超、韩遂尚在关西，为操后患；而操舍鞍马，仗舟楫，与吴越争衡；又今盛寒，马无藁草；中国士众，远涉江湖之险，不习水土，必生疾病。此数者，用兵之患也。瑜请得精兵五万人，保为将军破之！"权曰："孤与老贼誓不两立！"因拔刀砍案曰："诸将敢复言迎操者，与此案同！"竟败操于赤壁。

契丹寇澶州，边书告急，一夕五至，中外震骇。寇准不发，饮笑自如。真宗闻之，召准问计。准曰："陛下欲了此，不过五日。边批：大言。愿驾幸澶州。"帝难之，欲还内，准请毋还而行，乃召群臣议之。王钦若，临江人，请幸金陵；陈尧叟，阆州人，请幸成都。准曰："陛下神武，将臣协和，若大驾亲征，敌当自遁，奈何弃庙社远幸楚、蜀？所在人心崩溃，敌乘势深入，天下可复保耶？"帝乃决策幸澶州。准曰："陛下若入宫，臣不得到，又不得见，则大事去矣！请毋还内。"驾遂发，六军、有司追而及之。临河未渡。是夕内人相泣。上遣人瞷准，方饮酒鼾睡。明日又有言金陵之谋者，上意动，准固请渡河，议数日不决。准出见高烈武王琼，谓之曰："子为上将，视国危不一言耶？"琼谢之，乃复入，请召问从官，至皆嘿然。上欲南下，准曰："是弃中原也！"又欲断桥因河而守，准曰："是弃河北也！"上摇首曰："儒者不知兵。"准因请召诸将，琼至，曰："蜀远，钦若之议是也，上与后宫御楼船，浮汴而下，数日可至。"众皆以为然，准大惊，色脱。琼又徐进曰："臣言亦死，不言亦死，与其事至而死，不若言而死。今陛下去都城一步，则城中别有主矣。吏卒皆北人，家在都下，将归事其主，谁肯送陛下者？金陵亦不可到也！"准又喜过望，曰："琼知此，何不为上驾？"琼乃大呼"逍遥子"，准掖上以升，遂渡河，幸澶渊之北门。远近望见黄盖，诸军皆踊跃呼万岁，声闻数十里。契丹气夺，来薄城，射杀其帅顺国王挞览。敌惧，遂请和。

按是役，准先奏请：乘契丹兵未逼镇、定，先起定州军马三万南来镇州，又令河东兵出土门路会合，渐至邢、洺，使大名有恃，然后圣驾顺动。又遣将向东旁城塞牵拽，又募强壮入虏界，扰其乡村，俾虏有内顾之忧。又檄令州县坚壁，乡村入保，金币自随，谷不徙者，随在瘗藏。寇至勿战，故虏虽深入而无得。方破德清一城，而得不补失，未战而困。若无许多经略，则渡河真孤注矣。

金主亮南侵，王权师溃昭关，帝命杨存中就陈康伯议，欲航海避敌。康伯延之入，解衣置酒。帝闻之，已自宽。明日康伯入奏曰："闻有劝陛下幸海趋闽者，审尔，大事去矣！盍静以待之？"一日，帝忽降手诏曰："如敌未退，散百官。"康伯焚诏而后奏曰："百官散，主势孤矣！"帝意始坚。康伯乃劝帝亲征。

迟魏之帝者，一周瑜也；保宋之帝者，一寇准也；延宋之帝者，一陈康伯也。

王素

初，原州蒋偕建议筑大虫巉堡，宣抚使王素听之。役未具，敌伺间要击，不得成。偕惧，来归死。王素曰："若罪偕，乃是堕敌计。"责偕使毕力自效。总管狄青曰："偕往益败，不可遣。"素曰："偕败，则总管行；总管败，素即行矣！"青不敢复言，偕卒城而还。

种世衡

种世衡既城宽州，苦无泉。凿地百五十尺，见石，工徒拱手曰："是不可井矣！"世衡曰："过石而下，将无泉邪？尔其屑而出之，凡一畚，偿尔一金！"复致力，过石数重，泉果沛然。朝廷因署为清涧城。

韩浩

夏侯惇守濮阳，吕布遣将伪降，径劫质惇，责取货宝。诸将皆束手，韩浩独勒兵屯营门外，敕诸将案甲毋动。诸营定，遂入诣惇所，叱劫质者曰："若等凶顽，敢劫我大将军，乃复望生耶？吾受命讨贼，宁能以一将军故纵若！"因涕泣谓惇曰："当奈国法何！"促召兵击劫质者，劫质者惶遽，叩头乞资物。浩竟捽出斩之，惇得免。曹公闻而善之，因著令：自今若有劫质者，必并击，勿顾质。由是劫质者遂绝。

寇恂

高峻久不下，光武遣寇恂奉玺书往降之。恂至，峻第遣军师皇甫文出谒，辞礼不屈，恂怒，请诛之。诸将皆谏，恂不听，遂斩之。遣其副归，告曰：“军师无礼，已戮之矣。欲降即降，不则固守！”峻恐，即日开城门降。诸将皆贺，因曰：“敢问杀其使而降其城，何也？”恂曰：“皇甫文，峻之腹心，其所取计者也。边批：千金不可购，今自送死，奈何失之。今来辞意不屈，必无降心。全之则文得其计，杀之则峻亡其胆，是以降耳。”

唐僖宗幸蜀，惧南蛮为梗，许以婚姻。蛮王命宰相赵隆眉、杨奇鲲、段义宗来朝行在，且迎公主。高太尉骈自淮南飞章云：“南蛮心膂，唯此数人，请止而鸩之。”迄僖宗还京，南方无虞。此亦寇恂之余智也。

刘玺 唐侃

嘉靖中，戚畹郭勋怙宠，率遣人市南物，逼胁漕统领俵各船，分载入都以牟利。运事困惫，多缘此故。都督刘公玺时为漕总，乃预置一棺于舟中，右手持刀，左手招权奸狠干，言：“若能死，犯吾舟。吾杀汝，即自杀卧棺中，以明若辈之害吾军也！吾不能纳若货以困吾军！”诸干惧而退，然终亦不能害公。

权奸营私，漕事坏矣。不如此发恶一番，弊何时已也！从前依阿酿弊者，只是漕总怕众狠干耳。从狠干岂敢与漕总为难，决生死哉！按，刘玺字国信，居官清苦，号“刘穷”，又号“刘青菜”。御史穆相荐剡中曾及此语。及推总漕，上识其名，喜曰：“是前穷鬼耶？”亟可其奏。则权奸之终不能害公也，公素有以服之也。

公晚年禄入浸厚，自奉稍丰。有觊代其职者，嗾言官劾罢之，疏云：“昔为青菜刘，今为黄金玺。”人称其冤。因记陈尚书奉初为给谏，直论时政得失，不弹劾人，曰：“吾父戒我勿作刑官枉人。若言官，枉人尤甚！吾不敢妄言也！”因于刘国信三叹。

章圣梓宫葬承天，道山东德州。上官裒民间财甚巨以给行，犹恐不称。武定知州唐侃丹徒人。奋然曰：“以半往足矣！”至则舁一空棺旁舍中。诸内臣牌卒奴叱诸大吏，鞭挞州县官，宣言“供帐不办者死”，欲以恐吓钱。同事者至逃去，侃独留。及事急，乃谓曰：“吾与若诣所受钱。”乃引之旁舍中，指棺示之，曰：“吾已办死来矣，钱不可得也！”于是群小愕然相视，莫能难。及事办，诸逃者皆被罢，而侃独受旌。

人到是非紧要处，辄依阿徇人，只为恋恋一官故。若刘、唐二公，死且不避，何有一官！毋论所持者正，即其气已吞群小而有余矣。蔺之渑池，樊之鸿门，皆是以气胜之。

段秀实　孔　镛

段秀实以白孝德荐为泾州刺史。时郭子仪为副元帅，居蒲。子晞以检校尚书领行营节度使，屯邠州。邠之恶少窜名伍中，白昼横行市上，有不嗛，辄击伤人，甚至撞害孕妇。孝德不敢言。秀实自州至府白状，因自请为都虞候，孝德即檄署府军。俄而晞士十七人入市取酒，刺杀酒翁，坏酿器。秀实列卒取之，断首置槊上，植市门外。一营大噪，尽甲。秀实解去佩刀，选老躄一人控马，径造晞门。甲者尽出，秀实笑而入，曰："杀一老兵，何甲也？吾戴吾头来矣！"甲者愕眙。俄而晞出，秀实责之曰："副元帅功塞天地，今尚书恣卒为暴，使乱天子边，欲谁归罪乎？罪且及副元帅矣！今邠恶子弟窜名籍中,杀害人籍籍如是。人皆曰'尚书以副元帅故不戢士',然则郭氏功名，其与存者几何？"晞乃再拜曰："公幸教晞！"即叱左右解甲。秀实曰："吾未哺食,为我设具。"食已,又曰:"吾疾作,愿一宿门下。"遂卧军中。晞大骇，戒候卒击柝卫之。明日，晞与俱至孝德所陈谢，邠赖以安。

孝宗时，以孔镛为田州知府。莅任才三日，郡兵尽已调发，而峒獠仓卒犯城。众议闭门守，镛曰："孤城空虚，能支几日？只应谕以朝廷恩威，庶自解耳。"众皆难之，谓"孔太守书生迂谈也。"镛曰："然则束手受毙耶？"众曰："即尔，谁当往？"镛曰："此吾城，吾当独行。"众犹谏阻。镛即命骑，令开门去。众请以士兵从，镛却之。贼望见门启，以为出战，视之，一官人乘马出，二夫控络而已。门随闭。贼遮马问故，镛曰："我新太守也，尔导我至寨，有所言。"贼叵测，姑导以行。远入林菁间，顾从夫，已逸其一，既达贼地，一亦逝矣。贼控马入山林，夹路人裸罥于树者累累，呼镛求救。镛问人，乃庠生赴郡，为贼邀去，不从，贼将杀之。镛不顾，径入洞。贼露刃出迎。镛下马，立其庐中，顾贼曰："我乃尔父母官，可以坐来，尔等来参见！"贼取榻置中，镛坐，呼众前。众不觉相顾而进。渠酋问镛为谁，曰："孔太守也。"贼曰："岂圣人儿孙邪？"镛曰："然。"贼皆罗拜。镛曰："我固知若贼本良民，迫于冻馁，聚此苟图救死。前官不谅，动以兵加，欲剿绝汝。我今奉朝命作汝父母官，视汝犹子孙，何忍杀害？若信能从我，当宥汝罪。可送我还府，我以谷帛赍汝，勿复出掠；若不从，可杀我，后有官军来问罪，汝当之矣！"众错愕曰："诚如公言，公诚能相恤，请终公任，不复扰犯！"镛曰："我一语已定，何必多疑！"众复拜。镛曰："我馁矣，可具食。"众杀牛马，为麦饭以进。镛饱啖之，贼皆惊服。日暮，镛曰：“吾不及入城，可即此宿。”贼设床褥，镛徐寝。明日复进食，镛曰：“吾今归矣，尔等能从往取粟帛乎？”贼曰：“然。”控马送出林间，贼数十骑从。镛顾曰：“此秀才好人，汝既效顺，可释之，与我同返。”贼即解缚，还其巾裾，诸生竞奔去。镛薄暮及城。城中吏登城见之，惊曰：“必太守畏而从贼，导之陷城耳！”争问故，镛言：“第开门，我有处分。”众益疑拒。镛笑语贼：“尔且止，吾当自入，出犒汝。”贼少却。镛入，复闭门。镛命取谷帛从城上投与之。贼谢而去，终不复出。

晞奉汾阳家教，到底自惜功名。段公行法时，已料之审矣。孔太守虽借祖荫，然语言步骤，全不犯凶锋。故曰：“天下之至柔，驰骋天下之至刚。”

姜　绾

姜绾以御史谪判桂阳州，历转庆远知府。府边夷，前守率以夷治。绾至，一新庶政，民獠改观。时四境之外皆贼窟。绾计先翦其渠魁，乃选健儿教之攻战，无何自成锐兵，贼盗稍息。初，商贩者舟由柳江抵庆远。柳、庆二卫官兵在哨者，阳护之，阴实以为利。绾一日自省溯江归，哨者假以情见迫，遽讙言贼伏隩，沭绾陆行便。绾曰：“吾守也，避贼，此江复何时行邪？”麾民兵左右翼，拥盖树帜，联商舟，徜徉进焉。贼竟不敢出。自是舟行者无所用哨。

决意江行，为百姓先驱水道，固是。然亦须平日训练，威名足以詟敌，故安流无梗。不然，尝试必无幸矣！

文彦博

潞公为御史时，边将刘平战死。监军黄德和拥兵观望，欲脱己罪，诬平降虏，而以金带赂平奴，使附己。边批：监军之为害如此。平家二百口皆冤系，诏彦博置狱河中。彦博鞫治得实。德和党援谋翻狱，已遣他御史来代之矣。彦博拒之，曰：“朝廷虑狱不就，故遣君。今狱具矣。事或弗成，彦博执其咎，与君无与也！”德和并奴卒就诛。

陆光祖

平湖陆太宰光祖，初为濬令。濬有富民，枉坐重辟。数十年相沿，以其富，不敢为之白。陆至访实，即日破械出之，然后闻于台使者。边批：先闻则多掣肘矣。使者曰：“此人富有声。”陆曰：“但当闻其枉不枉，不当问其富不富。

果不枉，夷、齐无生理；果枉，陶朱无死法。”台使者甚器之。后行取为吏部，黜陟自由，绝不关白台省。时孙太宰丕扬在省中，以专权劾之。即落职，辞朝，遇孙公，因揖谓曰：“承老科长见教，甚荷相成。但今日吏部之门，嘱托者众，不专何以申公道？老科长此疏实误也！”孙沉思良久，曰：“诚哉，吾过矣！”即日草奏，自劾失言，而力荐陆。陆由是复起。时两贤之。

为陆公难，为孙公更难！

葛端肃以秦左伯入觐，有小吏注考“老疾”，当罢。公复为请留，太宰曰：“计簿出自藩伯，何自忘也？”公曰：“边吏去省远甚，注考徒据文书，今亲见其人甚壮，正堪驱策，方知误注。过在布政，何可使小吏受枉？”太宰惊服，曰：“谁能于吏部堂上自实过误？即此是贤能第一矣！”此宰与孙公相类。葛公固高，此吏部亦高。因记万历己未，闽左伯黄琮，马平人，为一主簿力争其枉。当轴者甚不喜，曰：“以二品大吏为九品官苦口，其伎俩可知。”为之注调。人之识见不侔如此！

陆文裕

陆文裕树声为山西提学。时晋王有一乐工，甚爱幸之，其子学读书，前任副使考送入学。公到任，即行文黜之。晋王再四与言，公曰：“宁可学宫少一人，不可以一人污学宫！”坚意不从。

自学宫多假借，而贱妨贵、仆抗主者纷纷矣。得陆公一扩清，大是快事。

韩魏公 二条

英宗初晏驾，急召太子。未至，英宗复手动。曾公亮愕然，亟告韩琦，欲止勿召。琦拒之，曰：“先帝复生，乃一太上皇。”愈促召之。

内都知任守忠奸邪反覆，间谍两宫。韩琦一日出空头敕一道，参政欧阳修已佥书矣，赵概难之。修曰：“第书之，韩公必自有说。”琦坐政事堂，以头子勾任守忠立庭下，数之曰：“汝罪当死，责蕲州团练副使蕲州安置！”取空头敕填之，差使臣即日押行。

韩魏公生平从未曾以胆字许人，此等神通，的是无两。

吕端

太宗大渐，内侍王继恩忌太子英明，阴与参知政事李昌龄等谋立楚王元佐。端问疾禁中，见太子不在旁，疑有变，乃以笏书“大渐”二字，令亲密吏趣太子入侍。太宗崩，李皇后命继恩召端。端知有变，即给继恩，使入书阁检太宗先赐墨诏，遂锁之而入。皇后曰：“宫车已晏驾，立子以长，顺也。”

端曰："先帝立太子，正为今日。今始弃天下，岂可遽违命有异议耶？"乃奉太子。真宗既立，垂帘引见群臣。端平立殿下，不拜，请卷帘升殿审视，然后降阶，率群臣拜呼"万岁"。

不糊涂，是识；必不肯糊涂过去，是断。

辛起季

辛参政起季，守福州。有主管应天启运宫内臣武师说，平日群中待之与监司等。企李初视事，谒入，谓客将曰："此特监珰耳，待以通判，已为过礼。"乃令与通判同见。明日，郡官朝拜神御，起季病足，必扶掖乃能拜。既入，至庭下，师说忽叱候卒退，曰："此神御殿也。"起季不为动，顾卒曰："但扶，自当具奏。"边批：有主意。雍容终礼。既退，遂自劾待罪。朝廷为降师说为泉州兵官云。边批：处分是。

王安石

荆公裁损宗室恩。数宗子相率马首陈状，云："均是宗庙子孙，那得不看祖宗面？"荆公厉声曰："祖宗亲尽亦祧，何况贤辈！"边批：没得说。

荆公议论皆偏，只此一语，可定万世宗藩之案。

毛 澄

太仓毛文简公。嘉靖初，上议选婚，锦衣卫千户女与焉。内侍并皇亲邵蕙俱得重赂，咸属意。公在左顺门厉声曰："卫千户是卫太监家人，不知自姓，何以登玉牒？此事礼部不敢担当，汝曹自为之！"众议遂息。

祝知府

南昌祝守以廉能名。宁府有鹤，为民犬咋死，府卒讼之云："鹤有金牌，乃出御赐！"祝公判云："鹤带金牌，犬不识字；禽兽相伤，岂干人事！"竟纵其人。又，两家牛斗，一牛死。判云："两牛相斗，一死一生。死者同享，生者同耕。"

术智部

冯子曰：智者，术所以生也；术者，智所以转也。不智而言术，如傀儡百变，徒资嘻笑，而无益于事。无术而言智，如御人舟子，自炫执辔如组，运楫如风，原隰关津，若在其掌，一遇羊肠太行、危滩骇浪，辄束手而呼天，其不至颠且覆者几希矣。蠖之缩也，蛰之伏也，麝之决脐也，蚺之示创也，术也。物智其然，而况人乎？李耳化胡，禹入裸国而解衣，孔尼猎较，散宜生行贿，仲雍断发文身，裸以为饰，不知者曰："圣贤之智，有时而殚。"知者曰："圣贤之术，无时而窘。"婉而不遂，谓之"委蛇"；匿而不章，谓之"谬数"；诡而不失，谓之"权奇"。不婉者，物将格之；不匿者，物将倾之；不诡者，物将厄之。呜呼！术神矣！智止矣！

委蛇卷十三

道固委蛇，大成若缺。如莲在泥，入垢出洁。先号后笑，吉生凶灭。集"委蛇"。

箕　子

纣为长夜之饮而失日，问其左右，尽不知也。使问箕子，箕子谓其徒曰："为天下主，而一国皆失日，天下共危矣！一国皆不知，而我独知之，吾其危矣！"辞以醉而不知。

凡无道之世，名为天醉。夫天且醉矣，箕子何必独醒？观箕子之智，便觉屈原之愚。

孔　融

荆州牧刘表不供职贡，多行僭伪，遂乃郊祀天地，拟斥乘舆。诏书班下其事，孔融上疏，以为"齐兵次楚，唯责包茅。今王师未即行诛，且宜隐郊祀之事，以崇国体。若形之四方，非所以塞邪萌"。

凡僭叛不道之事，骤见则骇，习闻则安。力未及剪除而章其恶，以习民之耳目，且使民知大逆之逋诛，朝廷何震之有？召陵之役，管夷吾不声楚僭，而仅责楚贡，取其易于结局，度势不得不尔。孔明使人贺吴称帝，非其欲也，势也。儒家"虽败犹荣"之说，误人不浅。

翟子威

清河胡常，与汝南翟方进同经。常为先进，名誉出方进下，而心害其能，议论不右方进。方进知之，伺常大都授时，谓总集诸生大讲。遣门下诸生至常所问大义疑难，因记其说。如此者久之，常知方进推己，意不自得，其后居士大夫间，未尝不称方进。

尊人以自尊，腐儒为所用而不知。

魏　勃

勃少时，尝欲见齐相曹参，家贫无以自通，乃常独早扫齐相舍人门，相舍怪，以为物而伺之，得勃。曰："愿见相君无因，故为子扫，欲以求见耳。"于是舍人见勃于参。

曹相国最坦易，不为崖岸者，魏勃犹难于一见如此，况其他乎！

叔孙通

叔孙通初以儒服见汉王，憎之。通即变服，服短衣楚制，王喜。时从弟子百许，通无所言，独言诸故群盗壮士进。诸儒皆怨。通闻之曰："诸生宁能斗乎？且待我，毋遽！"

王守仁

王龙溪妙年任侠，日日在酒肆博场中，阳明亟欲一会不能也。阳明却，日命门弟子六博投壶，歌呼饮酒。久之，密遣一弟子瞯龙溪，随至酒肆家，索与共赌。龙溪笑曰："腐儒亦能博乎？"曰："吾师门下，日日如此。"龙溪乃大惊，求见阳明，一睹眉宇，便称弟子。

才如龙溪，阳明所必欲收也。然非阳明，亦何能得龙溪乎？使遇今之讲学者，且以酒肆博场获罪矣。耿楚侗欲收李卓吾而不能，遂为勍敌，方知阳明之妙用。

王　曾

丁晋公执政，不许同列留身奏事，唯王文正一切委顺，未尝忤其意。一日，文正谓丁曰："曾无子，欲以弟之子为后，欲面求恩泽，又不敢留身。"丁曰："如公不妨。"文正因独对，进文字一卷，具道丁事。丁去数步，大悔之。不数日，丁遂有珠崖之行。

王曾独委顺丁谓，而卒以出谓。蔡京首奉行司马光，而竟以叛光。一则君子之苦心，一则小人之狡态。

周忱 唐顺之

周文襄巡抚江南日，巨珰王振当权，虑其挠己也。时振初作居第，公预令人度其斋阁，使松江作剪绒毯，遗之，不失尺寸。振益喜，凡公上利便事，振悉从中赞之。江南至今赖焉。

秦桧构格天阁。有某官任江南，思出奇媚之，乃重赂工人，得其尺寸，作绒毯以进，铺之恰合。桧谓其伺己内事，大怒，因寻事斥之。所献同而喜怒相反，何也？谓忠佞意殊，彼苍者阴使各食其报，此恐未然。大抵振暴而骄，其机浅；桧险而狡，其机深。振乐于招君子以沽名，桧严于防小人以虑祸。此所以异与？

世之訾文襄者，不过以媚王振，及出粟千石旌其门，又为子纳马得官二事，皆非高明之举。愚谓此二事亦有深意。时四方灾伤洊告，司农患贫，而公复奏免江南苛税若千万，唯是劝输援纳为便宜之二策，公故以身先之。明示旌门之为荣，而纳官之不为辱，欲以风励百姓。此亦卜式助边之遗意，未可轻议也。

倭躏姑苏，戟婴儿为戏。唐公顺之时家居，一见痛心，愤不俱生。时督师海上者赵文华，严分宜幸客也。公挺身往谒，与陈机略，且言非专任胡梅林不可。赵乃首荐起职方郎中，视师浙直，因任胡宗宪。宗宪亦厚馈严相以结其欢，故无掣肘之虞，始得展布，以除倭患。

焦弱侯曰：应德顺之字。晚年为分宜所荐，至今以为诟病。尝观《易》之《否》，以“包承小人”为大人，吉，甚且包畜不辞。洁一身而委大计于沟渎，固志天下者所不忍也。汉人有言：中世选士，务于清悫谨慎，此妇女之检柙，乡曲之常人耳。呜呼！世多隐情惜己之人，殆难与道此也。正德时逆瑾鸱张，刘健、谢迁皆逐去，而李东阳独留，益务沉逊，时时调剂其间，缙绅之祸，往往恃以获免。人皆责东阳不去为非，不思孝宗大渐时，刘、谢、李同在榻前，承受顾命，亲以少主付之。使李公又随二人而去，则国事将至于不可言，宁不负先帝之托耶？则李义不可去，有万万不得已者。李晚年，有人谈及此，辄痛哭不能已。呜呼！大臣心事，不见谅于拘儒者多矣，岂独应德哉！

杨一清

杨文襄一清与内臣张永同提兵讨安化王。杨在军中语及逆瑾事，因以危言动永，边批：可惜其言不传。即于袖中出二疏，一言平贼事，一言内变事。

嘱永曰："公班师入京见上，先进宁夏疏，上必就公问，公诡言请屏人语，乃进内变疏。"永曰："即不济，奈何？"公曰："他人言，济不济未可知，公言必济。顾公言时，须有端绪。万一不信公，公可顿首请上即时召瑾，没其兵器，劝上登城验之：'若无反状，杀奴喂狗。'又顿首哭泣。上必大怒瑾。瑾诛，公大用，尽矫其所为。吕强、张承业，与公千载三人耳！但须得请即行事，勿缓顷刻。"永勃然作曰："老奴何惜余年报主乎！"已而永入见，如公策，事果济。瑾初缚时，得旨降南京奉御。瑾上白帖，乞一二敝衣盖体。上怜之，令与故衣百件。永惧，谋之内阁，令科道劾瑾。劾中多波及阿瑾诸臣。永持疏至左顺门，谓诸言官曰："瑾用事时，我辈亦不敢言，况尔两班官？今罪止瑾一人，勿动摇人情也！可领此疏去，急易疏进！"此疏入，瑾遂正法，止连及文臣张彩一人、武臣杨玉等六人而已。

除瑾除彬，多借张永之力。若全仗外庭，断不济事。永不欲旁及多人，更有识见。然非杨文襄智出永上，永亦不为之用。吁！此文襄所以称"智囊"也！

许 武

阳羡人许武，尝举孝廉，仕通显，而二弟晏、普未达。武欲令成名，一日谓二弟曰："礼有分异之义，请与弟析资，可乎？"于是括财产三分之，武自取肥田广宅、奴婢强者，而推其薄劣者与弟。时乡人尽称二弟克让，而鄙武贪。晏、普竟用是名显，并选举。久之，武乃会宗亲，告之曰："吾为兄不肖，盗声窃位，二弟年长，未沾荣禄，所以向求分财，自取大讥，为二弟地耳。今吾意已遂，其悉均前产。"遂出所赢，尽推二弟。

让财犹易，让名更难。

廉 范

廉范，字叔度。永平初，陇西太守邓融辟范为功曹。会融为州所举案，范知事谴难解，欲以权相济，乃托病求去。融不达其意，大恨之。范乃东至洛阳，变姓名求代廷尉狱卒。未几，融果征下狱。范遂得卫侍左右，尽心护视。融怪其貌类范，而殊不意，乃谓曰："卿何似我故功曹？"范诃之曰："君困厄，瞀乱耳！"后融释系出，病困，范随养视。及死，送丧至南阳，葬毕而去，终不言姓名。

一辟之感，屈身求济。士之于知己，甚矣哉！

周 新

周新为浙江按察使。尝巡属县，微服触县官，取系狱中。与囚语，遂知一县疾苦。明往迓，乃自狱出。县官惭惧，解绶而去。由是诸郡县闻风股栗，莫不勤职。

陈 瓘

陈瓘尝为别试所主，蔡卞曰："闻陈瓘欲尽取史学而黜通经之士，意欲沮坏国是而动摇荆公之学也！"卞既积怒，谋因此害瓘，而遂禁绝史学。计画已定，唯俟瓘所取士，求疵立说而行之。瓘固预料如此，乃于前五名悉取谈经及纯用王氏之学者，卞无以发。然五名之下往往皆博洽稽古之士也。瓘尝曰："当时若无矫揉，则势必相激，史学往往遂废矣。故随时所以救时，不必取快目前也。"

元祐之君子与"甘露"之小人同败，皆以取快目前，故救时之志不遂。

王 翦 萧 何

秦伐楚，使王翦将兵六十万人。始皇自送至灞上。王翦行，请美田宅园地甚众。始皇曰："将军行矣，何忧贫乎？"王翦曰："为大王将，有功终不得封侯。故及大王之向臣，臣亦及时以请园地，为子孙业耳。"始皇大笑。王翦既至关，使使还请善田者五辈。或曰："将军之乞贷亦已甚矣！"王翦曰："不然。夫秦王怚中粗而不信人，今空秦国甲士而专委于我，我不多请田宅为子孙业以自坚，顾令秦王坐而疑我耶？"

汉高专任萧何关中事。汉三年，与项羽相距京、索间，上数使使劳苦丞相。鲍生谓何曰："今王暴衣露盖，数劳苦君者，有疑君心也。边批：晁错使天子将兵而居守，所以招祸。为君计，莫若遣君子孙昆弟能胜兵者，悉诣军所。"于是何从其计，汉王大悦。

吕后用萧何计诛韩信。上已闻诛信，使使拜何为相国，益封五千户，令卒五百人、一都尉为相国卫。诸君皆贺，召平独吊，曰："祸自此始矣！上暴露于外，而君守于内，非被矢石之难，而益封君置卫，非以宠君也。以今者淮阴新反，有疑君心。愿君让封勿受，悉以家财佐军。"何从之，上悦。其秋黥布反，上自将击之，数使使问相国何为。曰："为上在军，拊循勉百姓，悉取所有佐军，如陈豨时。"客又说何曰："君灭族不久矣！夫君位为相国，功第一，不可复加。然君初入关中，得百姓心十余年矣，尚复孳孳得民和。上所为数问君，畏君倾动关中。今君胡不多买田地、贱贳贷以自污？边批：王翦之智。上心必安。”于是何从其计。上还，百姓遮道诉相国，上乃大悦。

汉史又言：何买田宅必居穷僻处，不治垣屋，曰：“令后世贤，师吾俭；不贤，无为势家所夺。”与前所云强买民田宅似属两截。不知前乃免祸之权，后乃保家之策，其智政不相妨也。宋赵韩王普强买人第宅，聚敛财贿，为御史中丞雷德骧所劾。韩世忠既罢，杜门绝客，口不言兵，时跨驴携酒，从一二奚童，纵游西湖以自乐。尝议买新淦县官田，高宗闻之，甚喜，赐御札，号其庄曰“旌忠”。二公之买田，亦此意也。夫人主不能推肝胆以与豪杰功，至令有功之人，不惜自污以祈幸免，三代交泰之风荡如矣！然降而今日，大臣无论有功无功，无不多买田宅自污者，彼又持何说耶？

陈平当吕氏异议之际，日饮醇酒，弄妇人。裴度当宦官薰灼之际，退居绿野，把酒赋诗，不问人间事。古人明哲保身之术，例如此，皆所以绝其疑也。国初，御史袁凯以忤旨引风疾归。太祖使人觇之，见凯方匍匐往篱下食猪犬矢，还报，乃免。盖凯逆知有此，使家人以炒面搅沙糖，从竹筒出之，潜布篱下耳。凯亦智矣哉！

王 戎

戎族弟敦，有高名。戎恶之。边批：先见。每候戎，辄托疾不见。孙秀为琅琊郡吏，求品于戎从弟衍。衍将不许，戎劝品之。边批：更先见。及秀得志，有夙怨者皆被诛，而戎、衍并获济焉。

借人虚名，输我实祸，此便知衍不及戎处。

阮 籍

魏、晋之际，天下多故，名士鲜有全者。阮籍托志酣饮，绝不与世事。司马昭初欲为子炎求昏于籍。籍一醉六十日，昭不得言而止。钟会数访以时事，欲因其可否致之罪，竟以酣醉不答获免。

郭德成

洪武中，郭德成为骁骑指挥。尝入禁内，上以黄金二锭置其袖，曰：“第归勿宣。”德成敬诺。比出宫门，纳靴，佯醉，脱靴露金。边批：示不能为密。阍人以闻。上曰：“吾赐也。”或尤之，德成曰：“九阍严密如此，藏金而出，非窃耶？且吾妹侍宫闱，吾出入无间，安知上不以相试？”众乃服。

郭崇韬 宋太祖

郭崇韬素廉，自从入洛，始受四方赂遗。故人、子弟或以为言，崇韬曰：“吾位兼将相，禄赐巨万，岂少此耶？今藩镇诸侯多梁旧将，皆主上斩祛、射钩之人，若一切拒之，能无疑骇？”明年，天子有事南郊，崇韬悉献所藏，以佐赏给。

南唐主以银五万两遗赵普，普以白宋主。主曰：“此不可不受，但以书答谢，少赂其使者可也。”普辞，宋主曰：“大国之体，不可自为削弱，当使之弗测。”及从善南唐主弟。来朝，常赐外密赍白金，如遗普之数。唐君臣皆震骇，服宋主之伟度。

赂遗无可受之理，然廉士始辞而终受，而明主亦或教其臣以受，全要看他既受后作用如何，便见英雄权略。三代以下将相，大抵皆权略之雄耳！

谬数卷十四

似石而玉，以镎为刃。去其昭昭，用其冥冥。仲父有言，事可以隐。集“谬数”。

宋太祖

宋祖闻唐主酷嗜佛法，乃选少年僧有口辩者，南渡见唐主，论性命之说。唐主信重，谓之“一佛出世”，由是不复以治国守边为意。

茅元仪曰：“与越之西子何异，天下岂独色能惑人哉！”

周武王

武王立重泉之戍，令曰：“民有百鼓之粟者不行。”民举所最聚也。粟以避重泉之戍，而国谷二十倍。见《管子》。

假设戍名，欲人惮役而竞收粟，倘亦权宜之术，而或谓圣王不应为术以愚民，固矣！至若《韩非子》谓：汤放桀欲自立，而恐人议其贪也，让于务光，又虞其受，使人谓光曰：“汤弑其君，而欲以恶名予子。”光因自投于河。文王资费仲而游于纣之旁，令之间纣以乱其心。此则孟氏所谓“好事者为之”，非其例也。

管　仲 二条

桓公曰：“大夫多并其财而不出，腐朽五谷而不散。”管子对曰：“请以令召城阳大夫而请之。”桓公曰：“何哉？”管子对曰：“城阳大夫嬖宠被绨绤，鹅鹜含余秫，齐钟鼓，吹笙篪，而同姓兄弟寒不得衣，饥不得食，欲其尽忠于国人，能乎？”乃召城阳，灭其位，杜其门而不出。功臣之家皆争发其积藏，以予其远近兄弟，以为未足，又收国之贫病孤独老不能自食之萌，皆与得焉，国无饥民，此之谓"谬数"。

既夺城阳之宠，又劝功臣之施。仲父片言，其利大矣！

籴贱，桓公恐五谷之归于诸侯，欲为百姓藏之，问于管子。管子曰："今者夷吾过市，有新成囷京者二家，君请式璧而聘之。"桓公从之，民争为囷京以藏谷。

文王葬枯骨，而六州归心；勾践式怒蛙，而三军鼓气；燕昭市骏骨，而多士响应；桓公聘囷京，而四境露积：诚伪或殊，其以小致大，感应之理则一也。

范仲淹

皇祐二年，吴中大饥。时范仲淹领浙西，发粟及募民存饷，为术甚备。吴人喜竞渡，好为佛事。仲淹乃纵民竞渡，太守日出宴于湖上。自春至夏，居民空巷出游。又召诸佛寺主守，谕之曰："今岁工价至贱，可以大兴土木。"于是诸寺工作并兴，又新仓廒吏舍，日役千夫。监司劾奏杭州不恤荒政，游宴兴作，伤财劳民。公乃条奏："所以如此，正欲发有余之财，以惠贫者，使工技佣力之人，皆得仰食于公私，不致转徙沟壑耳。"是岁唯杭饥而不害。

《周礼》荒政十二，或兴工作以聚失业之人。但他人不能举行，而文正行之耳。

凡出游者，必其力足以游者也。游者一人，而赖游以活者不知几十人矣。万历时吾苏大荒，当事者以岁俭禁游船。富家儿率治馔僧舍为乐，而游船数百人皆失业流徙。不通时务者类如此。

管　仲

桓公好服紫，一国之人皆服紫。公患之，访于管子。明日公朝，谓衣紫者曰："吾甚恶紫臭，子毋近寡人！"于是国无服紫者矣。

王　导

王丞相善于国事。初渡江，帑藏空竭，唯有练数千端。丞相与朝贤共制练布单衣。一时士人翕然竞服，练遂踊贵。乃令主者卖之，每端至一金。

此事正与"恶紫"对照。

谢安之乡人有罢官者，还，诣安。安问其归资，答曰："唯有蒲葵扇五万。"安乃取一中者捉之。士庶竞市，价遂数倍。此即王丞相之故智。

晏　婴

齐人甚好毂击，相犯以为乐。禁之，不止。晏子患之，乃为新车良马，出与人相犯也，曰："毂击者不祥。臣其祭祀不顺、居处不敬乎？"下车弃而去之，然后国人乃不为。

东方朔

武帝好方士，使求神仙、不死之药。东方朔乃进曰："陛下所使取者，皆天下之药，不能使人不死。唯天上药，能使人不死。"上曰："天何可上？"朔对曰："臣能上天。"上知其谩诧，欲极其语，即使朔上天取药。朔既辞去，出殿门，复还曰："今臣上天似谩诧者，愿得一人为信。"上即遣方士与俱，期三十日而返。朔既行，日过诸侯传饮，期且尽，无上天意。方士屡趋之，朔曰："神鬼之事难豫言，当有神来迎我。"于是方士昼寝，良久，朔觉之曰："呼君极久不应。我今者属从天上来。"方士大惊，具以闻，上以为面欺，诏下朔狱。朔啼曰："朔顷几死者再！"上曰："何也？"朔对曰："天帝问臣：'下方人何衣？'臣朔曰：'衣虫。''虫何若？'臣朔曰：'虫喙髯髯类马，色邠邠类虎。'天公大怒，以臣为谩言，使使下问。还报曰：'有之，厥名蚕。'天公乃出臣。今陛下苛以臣为诈，愿使人上天问之。"上大笑曰："善！齐人多诈，欲以喻我止方士也！"由是罢诸方士不用。

张　良

高帝欲废太子，立戚夫人子赵王如意。大臣谏，不从。吕后使吕泽劫留侯画计。留侯曰："此难以口舌争也。顾上有不能致者四人，四人者老矣，以上慢侮人故，逃匿山中，义不为汉臣。然上高此四人。诚能不爱金帛，令辩士持太子书卑词固请，边批：辩士说四皓出商山，必有一篇绝妙文章，惜不传。宜来，来以为客，时时从入朝，令上见之，则一助也。"吕后如其计。汉十二年，上疾甚，愈欲易太子。叔孙太傅称说古今，以死争，边批：言者以为至理，听者以为常识。上佯许之，犹欲易之。及宴，置酒，太子侍，四人者从，年皆八十余，须眉皓然，衣冠甚伟。上怪而问之，四人前对，各言姓名，曰东园公、角里先生、绮里季、夏黄公。上乃大惊曰："吾求公数载，边批：谁谓高皇慢士？公避逃我，今何自从吾儿游乎？"四人皆曰："陛下轻士善骂，臣等义不受辱。窃闻太子仁孝，恭敬爱士，天下莫不延领欲为太子死者，故臣等来耳。"上曰："烦公幸卒调护太子。"四人为寿已毕，趋去，上目送之，曰："羽翼已成，难摇动矣！"

左执殇中，右执鬼方，正以格称说古今之辈。夫英明莫过于高皇，何待称说古今而后知太子之不可易哉！称说古今，必曰某圣而治，某昏而乱。

夫治乱未见征，而使人主去圣而居昏，谁能甘之？此叔孙太傅所以窘于儒术也。四老人为太子来，天下莫不为太子死，而治乱之征，已惕惕于高皇之心矣。为天下者不顾家，尚能惜赵王母子乎？王弇州犹疑此汉庭之四皓，非商山之四皓。毋论坐子房以欺君之罪，而高皇之目亦太眊矣。夫唯义能不为高皇臣者，义必能不辞太子之招。别传称子房辟谷后，从四皓于商山，仙去。则四皓与子房自是一流人物，相契已久。使子房不出佐汉，则四皓中亦必有显者，固非藏拙山林，匏落樗朽可方也！太子定，而后汉之宗社固，而后子房报汉之局终，而后商山偕隐之志可遂。则四皓不独为太子来，亦且为子房来矣。边批：绝妙《四皓论》呜呼！千古高人，岂书生可循规而度、操尺而量者哉！

梁文康

正德中，秦藩请益封陕之边地，朱宁、江彬辈皆受赂，许之。上促大学士草制。杨廷和、蒋冕私念：草制恐为后虞，否则忤上意。俱引疾。独梁储承命草之曰："昔太祖著令曰：'此土不畀藩封。'非吝也，念此地广且饶，藩封得之，多蓄士马，必富而骄，奸人诱为不轨，不利社稷。今王恳请畀地与王。王得地，毋收聚奸人，毋多养士马，毋听狂人导为不轨，震及边方，危我社稷。是时虽欲保亲亲不可得已！王慎之，勿忽！"上览制，骇曰："若是可虞，其勿与！"事遂寝。

英明之主，不可明以是非角，而未始不可明以利害夺。此与子房招四皓同一机轴。

傅　珪

康陵好佛，自称"大庆法王"。外廷闻之，无征以谏。俄内批礼部番僧请腴田千亩，为大庆法王下院，乃书"大庆法王"，与圣旨并。傅尚书珪佯不知，执奏："孰为大庆法王者，敢并至尊书！亵天子、坏祖宗法，大不敬！"诏勿问，田亦竟止。

洪武中老胥

洪武中，驸马都尉欧阳某偶挟四妓饮酒。事发，官逮妓急。妓分必死，欲毁其貌以觊万一之免。一老胥闻之，往谓之曰："若予我千金，吾能免尔死矣！"妓立予五百金。胥曰："上位神圣，岂不知若辈平日之侈，慎不可欺！当如常貌哀鸣，或蒙天宥耳。"妓曰："何如？"胥曰："若须沐浴极洁，仍以脂粉香泽治面与身，令香远彻，而肌理妍艳之极。首饰衣服，须以金宝锦绣，虽私服衣裙，不可以寸素间之。务尽天下之丽，能夺目荡志则可。”问其词，曰：“一味哀呼而已。”妓从之。比见上，叱令自陈，妓无一言。上顾左右曰：“榜起杀了！”群妓解衣就缚，自外及内，备极华烂，缯采珍具，堆积满地，照耀左右，至裸体，装束不减，而肤肉如玉，香闻远近。上曰：“这小妮子，使我见也当惑了，那厮可知！”遂叱放之。

王　振

北京功德寺后宫像极工丽。僧云：正统时，张太后常幸此，三宿而返。英庙尚幼，从之游，宫殿别寝皆具。太监王振以为：后妃游幸佛寺，非盛典也。乃密造此佛，既成，请英庙进言于太后曰：“母后大德，子无以报，已命装佛一堂，请致功德寺后宫，以酬厚德。”太后大喜，许之，命中书舍人写金字藏经置东西房，自是太后以佛、经在，不可就寝，不复出幸。

君子之智，亦有一短；小人之智，亦有一长。小人每拾君子之短，所以为小人；君子不弃小人之长，所以为君子。

贺儒珍　二条

两宫工完，所积银犹足门工之费。户、兵二部原题协济银各三十万，通未用也。西河王疏开矿与采木，并奏部，久不覆。一日，文书房口传诘问工部不覆之故，立等回话。部查无此疏，久之，方知停阁于户部也。户部仓皇具咨稿，工堂犹恐见累。郎中贺儒珍曰：“易耳！”首叙“某月日准户部咨”云云，咨到日即具覆日。复疏曰：“照得两宫鼎建，事关宸居，即一榱一桷，纯用香楠、杉木，犹不足尽臣等崇奉之意。沿边不过油松杂木，工无所用，相应停采。”

按，此事关边防西河，特借大工为名耳。尔时事在必行，公恐激而成之，故从容具覆，但言其无所用，而不与争，事遂寝。

工部一日得旨买金六千两。铺户极言一时难办，必误，赔不惜也。且言户部有编定金行甚便。公思：户部安肯代工部买金耶？唯有协济一项，今已不需，户部尚未知也。时司徒杨本庵胞弟毓庵正在衡司。公夜过之，谓曰：“户协工三十万金，欲具题，何如？”毓庵入言于兄，出告曰：“吾兄深苦此事，欲求少减。”公曰：“户果不足，如肯代工买金六千，则前银可无烦设处。”毓庵复入言，本庵亟许。公归，遂收工商买金之票。掌稿力禀不可。公叱之出。及具题，掌稿复言户必不肯。公曰：“第上之。”既报可，户无难色，公去部后，再有买金之事，仍如公行之户部，而户部怒裂其札。掌稿者竟不知所以也。

满宠 郭元振

太尉杨彪与袁术婚，曹操恶之，欲诬以图废立，收彪下狱，使许令满宠按之。将作大匠孔融与荀彧嘱宠曰："但受词，勿加考掠。"边批：惜客误客，书生之见。宠不报，考讯如法。数日，见操言曰："杨彪考讯无他词。此人有名海内，若罪不明白，必大失民望，窃为明公惜之。"操于是即日赦出彪。初，彧与融闻宠考掠彪，皆大怒，及因是得出，乃反善宠。

郭元振迁左骁卫将军、安西大都护。西突厥酋乌质勒部落强盛，款塞欲和。元振即其牙帐与之计事。会天雨雪，元振立不动，至夕冻洌。乌质勒已老，数拜伏，不胜寒冻，会罢，即死。其子娑葛以元振计杀其父，谋勒兵来袭。副使解琬劝元振夜遁。元振不从，坚卧营中。边批：畏其袭者决不敢杀，敢杀则必有对之矣。明日，素服往吊，赠礼哭之甚哀，边批：奸甚。留数十日，为助丧事。娑葛感悦，更遣使献马五千、驼二百、牛羊十余万。

考掠也，而反以活之；立语也，而乃以杀之：其情隐矣。怒我者，转而善我，知其情故也；欲袭我者，转而感悦我，不知其情故也。虽然，多智如曹公，亦不知宠之情，况庸才如解琬，而能知元振乎?

梅衡湘

梅少司马衡湘初仕固安令。固安多中贵，狎视令长；稍强项，则与之争。公平气以待。有中贵操豚蹄饷公，乞为征负。公为烹蹄设饮，使召负者前，呵之，负者诉以贫。公叱曰："贵人债何债?而敢以贫辞乎！今日必偿，徐之，死杖下矣！"负者泣而去。中贵意似恻然。公觉之，乃复呼前，蹙额曰："吾固知汝贫甚，然无如何也，亟鬻而子与而妻，持镪来。虽然，吾为汝父母，何忍使汝骨肉骤离！姑宽汝一日，夜归与妻子诀，此生不得相见矣！"负者闻言愈泣。中贵亦泣，辞不愿征，为主破券。嗣是，中贵家征负者，皆从宽焉。

宁越

齐攻廪丘。赵使孔青将死士而救之，与齐人战。大败之，齐将死，得车二千，得尸三万，以为二京。宁越谓孔青曰："惜矣！不如归尸以内攻之，使车甲尽于战，府库尽于葬。"孔青曰："齐不延尸，如何?"宁越曰："战而不胜，其罪一；与人出而不与人入，其罪二；与之尸而弗取，其罪三。民以此三者怨上，上无以使下，下无以事上，是之谓重攻之。"宁越可谓知用文武矣，武以力胜，文以德胜。

慎 子

楚襄王为太子之时，质于齐。怀王薨，太子辞于齐王而归，齐王隘之：阨之也。“予我东地五百里，乃归子。不予，不得归！”太子曰：“臣有傅，请退而问傅。”傅慎子曰：“献之地，所以为身也。爱地不送死父，不义，臣故曰献之便。”太子入，致命齐王曰：“敬献地五百里。”齐王归楚太子，太子归，即位为王。齐使车五十乘来取东地于楚。楚王告慎子曰：“齐使来求东地，为之奈何？”慎子曰：“王明日朝群臣，皆令献其计。”上柱国子良入见。王曰：“寡人之得反，主坟墓、复群臣、归社稷也，以东地五百里许齐。齐令使来求地，为之奈何？”子良曰：“王不可不与也。王身出玉声，许强万乘之齐而不与，则不信，后不可以约结诸侯，请与而复攻之。与之，信；攻之，武。臣故曰与之。”子良出，昭常入见。王曰：“齐使来求东地五百里，为之奈何？”昭常曰：“不可与也。万乘者，以地大为万乘，今去东地五百里，是去战国之半也，有万乘之号而无千乘之用也，不可。臣故曰勿与，常请守之。”昭常出，景鲤入见。王曰：“齐使来求东地五百里，为之奈何？”景鲤曰：“不可与也。虽然，楚不能独守。王身出玉声，许万乘之强齐也而不与，负不义于天下，楚亦不能独守，臣请西索救于秦。”景鲤出，慎子入。王以三大夫计告慎子曰：“子良见寡人曰：‘不可不与也，与而复攻之。’常见寡人曰：‘不可与也，常请守之。’鲤见寡人曰：‘不可与也。虽然，楚不能独守也，臣请索救于秦。’寡人谁用于三子之计？”慎子对曰：“王皆用之。”王怫然作色，曰：“何谓也？”慎子曰：“臣请效其说，而王且见其诚然也。王发上柱国子良车五十乘，而北献地五百里于齐。发子良之明日，遣昭常为大司马，令往守东地。遣昭常之明日，遣景鲤车五十乘，西索救于秦。”王如其策。子良至齐，齐使人以甲受东地。昭常应齐使曰：“我典主东地，且与死生，悉五尺至六十，三十余万，敝甲钝兵，愿承下尘！”齐王谓子良曰：“大夫来献地，今常守之，何如？”子良曰：“臣身受命敝邑之王，是常矫也，王攻之！”齐王大兴兵攻东地，伐昭常。未涉疆，秦以五十万临齐右壤，曰：“夫隘楚太子弗出，不仁；又欲夺之东地五百里，不义！其缩甲则可，不然，则愿待战！”齐王恐焉，乃请子良南道楚，西使秦，解齐患。士卒不用，东地复全。

颜真卿

真卿为平原太守。禄山逆节颇著，真卿托以霖雨修城浚濠，阴料丁壮，实储廪，佯命文士饮酒赋诗。禄山密侦之，以为书生不足虞。未几禄山反，河朔尽陷，唯平原有备。

小寇以声驱之，大寇以实备之。或无备而示之有备者，杜其谋也；或有备而示之无备者，消其忌也。必有深沉之思，然后有通变之略。微乎！微乎！岂易言哉？

李允则

雄州北门外居民极多，旧有瓮城甚窄。刺史李允则欲大展北城，而以辽人通好，嫌于生事。门外有东岳祠，允则出白金为大香炉及他供器，道以鼓吹，居人争献金帛，故不设备，为盗所窃。乃大出募赏，所在张榜，捕贼甚急，久之不获。遂声言盗自北至，移文北界，兴版筑以护神祠，不逾旬而就，虏人亦不怪之——今雄州北关城是也。既浚濠，起月堤，岁修禊事，召界河战棹为竞渡，纵北人游观，而不知其习水战也。州北旧多陷马坑，城下起楼为斥堠，望十里。自罢兵后，人莫敢登。允则曰："南北既讲和矣，安用此为？"命撤楼夷坑，为诸军蔬圃，浚井疏洫，列畦陇，筑墙垣，纵横其中，植以荆棘，而其地益阻隘。因治坊巷，徙浮屠北原上，州民旦夕登望三十里。下令安抚司：所治境有隙地悉种榆。榆满塞下。顾谓僚佐曰："此步兵之地，不利骑战，岂独资屋材耶？"

按，允则不事威仪，间或步出，遇民有可语者，延坐与语，以此洞知人情。子犹曰："即此便是舜之大智。今人以矜慢为威严，以刚愎为任断；千金在握，而不能购一谋臣；百万在籍，而不能得一死士。无事而猴冠，有事则鼠窜。从目及矣，尚何言乎？

何承矩

瓦桥关北与辽为邻，素无关河之阻。何承矩守澶州，始议因陂泽之地，潴水为塞。欲自相度，恐其谋泄，乃筑爱景台，植蓼花，日会僚佐，泛舟置酒。作《蓼花吟》数篇，令座客属和，画以为图，刻石传至京师。人谓何宅使爱蓼花，不知其经始塘泊也。庆历、熙宁中相继开浚，于是自保州西北沉远泺，东尽沧州泥枯海口，几八百里，悉为潴潦，倚为藩篱。

苏 秦

苏秦、张仪尝同学，俱事鬼谷先生。苏秦既以合纵显于诸侯，然恐秦之攻诸侯败其约。念莫可使用于秦者，乃使人微感张仪，劝之谒苏秦以求通。仪于是之赵，求见秦。秦诫门下人不为通，又使不得去者数日。已而见之，坐之堂下，赐仆妾之食，因而数让之曰："以子才能，乃自令困辱如此！吾宁不能言而富贵子，子不足收也！”谢去之，仪大失望，怒甚，念诸侯莫可事，独秦能苦赵，乃遂入秦。苏秦言于赵王，使其舍人微随张仪，与同宿舍，稍稍近就之，奉以车马金钱。张仪遂得以见秦惠王。王以为客卿，与谋伐诸侯。舍人乃辞去。仪曰："赖子得显，方且报德，何故去也？”舍人曰："臣非知君，知君乃苏秦也！苏君忧秦伐赵，败从约，以为非君莫能得秦柄，故感怒君，使臣阴奉给君资。今君已用，请归报。”张仪曰："嗟乎！此吾在术中而不悟，吾不及苏君明矣！吾又新用，安能谋赵乎？为我谢苏君，苏君之时，仪何敢言？且苏君在，仪宁渠能乎！”自是终苏秦之世，不敢谋赵。

绍兴中，杨和王存中为殿帅。有代北人卫校尉，曩在行伍中与杨结义，首往投谒。杨一见甚欢，事以兄礼，且令夫人出拜，款曲殷勤。两日后忽疏之，来则见于外室。卫以杨方得路，志在一官，故间关赴之，至是大失望。过半年，疑为人所谮，乃告辞，又不得通。或教使伺其入朝回，遮道陈状，杨亦略不与语，但判云："执就常州于本府某庄内支钱一百贯。”卫愈不乐，然无可奈何，倘得钱，尚可治归装，而不识杨庄所在。正彷徨旅邸，遇一客，自云："程副将，便道往常、润，陪君往取之。”既得钱，相从累日，情好无间，密语之曰："吾实欲游中原，君能引我偕往否？”卫欣然许之。迤逦至代郡，倩卫买田："我欲作一窟于此。”卫为经营，得膏腴千亩。居久之，乃言曰："吾本无意于斯，此尽出杨相公处分。初虑公贪小利，轻舍乡里，当今兵革不用，非展奋功名之秋，故遣我追随，为办生计。”悉取券相授，约直万缗，黯然而别。此与苏秦事相类。

按，苏从张衡，原无定局。苏初说秦王不用，转而之赵，计不得不出于从。张既事秦，不言衡不为功，其势然也。独谓苏既识张才，何不贵显之于六国间，作自己一帮手，而激之入秦，授以翻局之资，非失算乎？不知张之狡谲，十倍于苏，其志必不屑居苏下，则其说必不肯袭苏套。厚嫁之于秦，犹可食其数年之报，而并峙于六国，且不能享一日之安，季子料之审矣。若杨和王还故人于代北，为之谋生，或豢之以待万一之用也。英雄作事，岂泛泛哉！

杨和王有所亲爱吏卒，平居赐予无算，一旦无故怒而逐之，吏莫知其罪，泣拜而去。杨曰："无事莫来见我。”吏悟其意，归以厚资俾其子入台中为吏。居无何，御吏欲论杨干没军中粪钱十余万。其子闻之，告其父，父奔告杨。即县札奏，言军中有粪钱若干，桩管某处，惟朝廷所用。不数日，御史疏上，高宗出存中札子示之，坐妄言被黜，而杨眷日隆。其还故人于代北，亦或此意。

王 尼

尼，字孝孙，本兵家子，为护军府军士，然有高名。胡母辅之与王澄、傅畅等诸名士，迭属河南功曹及洛阳令，请解之，不许。辅之等一日赍羊酒诣护军门，门吏疏名呈护军，护军大喜，方欲出迓。时尼正养马，诸公直入马厩下，与尼炙羊饮酒，剧饮而去，竟不见护军。护军大惊，即与尼长假。

《余冬序录》载：杨文贞士奇在阁下时，其婿来京。婿久之当归，念无装资，会有知府某犯赃千万，夤缘是婿，赂至数千，为其求救。此知府已入都察院狱矣。杨不得已，于该道问理日，遣一吏持盒食至院，云："阁下杨与某知府送饭。"御史大惊，即命释其刑具。候饭毕，一切听令分雪，遂得还职。此与王尼事同，但所释者，名士墨吏既殊；而释人者，畏名又与畏权势亦异。文贞贤相，果有此，未免白璧之瑕矣。

王 随

王章惠公随举进士时，甚贫，游翼城，逋人饭，被执入县。石务均之父为县吏，为偿钱，又馆给之于其家，其母尤加礼焉。一日务均醉，令王起舞，舞不中节，殴之，王遂去。明年登第，久之为河东转运使，务均惧而窜。及文潞公为县，以他事捕务均，务均急往投王，王已为御史中丞矣。乃封一铤银至县，令葬务均之父，事遂解。

王忠嗣

王忠嗣，唐名将也。安禄山城雄武，扼飞狐塞，谋为乱，请忠嗣助役，欲留其兵。忠嗣先期至，不见禄山而还。

谢 安　李 郃

桓温病笃，讽朝廷加己九锡。谢安使袁宏具草，安见之，辄使宏改，由是历旬不就。温薨，锡命遂寝。

按，袁宏草成，以示王彪之。彪之曰："卿文甚美，然此文何可示人！安之频改，有以也。"

大将军窦宪内妻，郡国俱往贺。汉中太守亦欲遣使，户曹李郃谏曰："窦氏恣横，危亡可立俟矣！愿明府勿与通。"太守固遣。郃乃请自行，故所在迟留，以观其变。行至扶风，而宪已诛，诸交通者皆连坐，唯太守以不预得免。

李郃守孟节，即知二使星来益部者，其决窦氏之败，或亦天文有征，然至理亦不过是。

段秀实　冯　瓒

泾川王童之谋作乱，期以辛酉旦警严而发。前夕有告之者，段秀实阳召掌漏者怒之，以其失节，令每更来白，辄延之数刻。遂四更而曙，童之不果发。

吕翰据嘉州叛，曹翰夺其城，贼约三更复来攻。翰觇知，密戒司更使缓，向晨犹二鼓。贼众不集而溃，因而破之。

冯瓒知梓州。才数日，会伪蜀军将上官进啸聚亡命三千余众，劫村民，夜攻州城。瓒曰："贼乘夜掩至，此乌合之众，以箠梃相击耳。可持重以镇之，待旦自溃矣！"城中止有骑兵三百，使守诸门。瓒坐城楼，密令促其更筹，未夜分，击五鼓，贼惊遁。因纵兵追之，擒进斩于市，郡境以安。

孙膑减灶，虞诩增之；段秀实延更，冯瓒促之。事反功同，用之不穷。

仆散忠义

仆散忠义为博州防御使。一夕阴晦，囚徒谋反狱，仓卒间，将士皆皇骇失措。忠义从容，但使守更吏挝鼓鸣角。囚徒以为天且晓，不敢出，自就桎梏。

晏　婴

公孙接、田开疆、古冶子同事景公，恃其勇力而无礼。晏子请除之。公曰："三子者搏之不得，刺之恐不中也。"晏子请公使人馈之二桃，曰："三子何不计功而食桃？"公孙接曰："接一搏豜，而再搏乳虎，若接之功，可以食桃而无与人同矣！"援桃而起。田开疆曰："吾伏兵而却三军者再。若开疆之功，亦可以食桃而无与人同矣！"援桃而起。古冶子曰："吾尝从君济于河，鼋衔左骖，以入砥柱之流。当是时也，冶少不能游，潜行逆流百步，顺流九里，得鼋而杀之。左操骖尾，右挈鼋头，鹤跃而出。津人相惊，以为河伯。若冶之功，亦可以食桃而无与人同矣！二子何不反桃？"抽剑而起。公孙接、田开疆曰："吾勇不子若，功不子逮。取桃不让，是贪也；然而不死，无勇也！"皆反其桃，挈领而死。古冶子曰："二子死之，冶独生之，不仁！耻人以言而夸其声，不义！恨乎所行不死，无勇！"亦反其桃，挈领而死。使者复命，公葬之以士礼。其后诸葛亮作《梁甫吟》以哀之。

王守仁

逆濠反，张忠、朱泰诱上亲征，而守仁擒濠报至。群奸大失望，肆为飞语中公，又令北军肆坐慢骂，或故冲导以起衅。公一不为动，务待以礼，预令巡捕官谕市人移家于乡，而以老羸应门。始欲犒赏北军，泰等预禁之，令勿受。守仁乃传谕百姓：北军离家苦楚，居民当敦主客礼。每出遇北军丧，必停车问故，厚与之榇，嗟叹乃去。久之，北军咸服。会冬至节近，预令城市举奠。时新经濠乱，哭亡酹酒者，声闻不绝。边批：好一曲楚歌。北军无不思家，泣下求归。

鸱夷子皮

鸱夷子皮事田成子。田成子去齐，走而之燕。鸱夷子皮负传而从，至望邑。子皮曰："子独不闻涸泽之蛇乎？涸泽蛇将徙，有小蛇谓大蛇曰：'子行而我随之，人以为蛇之行者耳，必有杀子。不如相衔负我以行，人必以我为神君也。'今子美而我恶，以子为我上客，千乘之君也；以子为我使者，万乘之卿也。子不如为我舍人。"田成子负传而随之，至逆旅，逆旅之君待之甚敬，因献酒肉。

严　讷

海虞严相公讷营大宅于城中，度基已就，独民房一楹错入，未得方圆。其人鬻酒腐，而房其世传也。司工者请为价乞之，必不可，愤而诉公。公曰："无庸，先营三面可也。"工既兴，公命每日所需酒腐皆取办此家，且先资其值。其人夫妇拮据，日不暇给，又募人为助。已而鸠工愈众，获利愈丰，所积米豆充牣屋中，缸仗俱增数倍，屋隘不足以容之。又感公之德，自愧其初之抗也，遂书券以献。公以他房之相近者易焉。房稍宽，其人大悦，不日迁去。

势取不得，以惠取之，我不加费而人反诵德。游于其术而不知也，妙矣哉！

周玄素

太祖召画工周玄素，令画"天下江山图"于殿壁。对曰："臣未尝遍迹九州，不敢奉诏。唯陛下草建规模，臣润色之。"帝即操笔，倏成大势，令玄素加润。玄素进曰："陛下山河已定，岂可少动！"帝笑而唯之。

举笔一不称旨，事且不测，玄素可谓巧于避祸矣！

唐太宗

薛万彻尚丹阳公主。太宗尝谓人曰："薛驸马村气！"主羞之，不与同席数月。帝闻而大笑，置酒召对握槊，赌所佩刀。帝佯不胜，解刀以佩之。罢酒，主悦甚，薛未及就马，遽召同载而还，重之逾于旧。

省却多少调和力气。

狄 青

陕西豪士刘易多游边，喜谈兵。韩魏公厚遇之。狄青每宴设，易喜食苦马菜，不得，即叫怒无礼。边地无之，狄为求于内郡。后每燕集，终日唯以此菜啗之。易不能堪，方设常馔。

王安石

王舒王越国吴夫人性好洁成疾，王任真率，每不相合。自江宁乞骸归私第，有官藤床，吴假用未还，郡吏来索，左右莫敢言。王一旦跣而登床，偃仰良久。吴望见，即命送还。

权奇卷十五

尧趋禹步，父传师导。三人言虎，逾垣叫跳。亦念非仪，虞其我暴。诞信递君，正奇争效。嗤彼迂儒，漫云立教。集“权奇”。

孔 子

孔子居陈,去,过蒲,会公叔氏以蒲叛。蒲人止孔子,谓之曰:“苟无适卫,吾出子。”与之盟,出孔子东门。孔子遂适卫。子贡曰:“盟可负耶？”孔子曰:“要盟也，神不听。”

大信不信。

淮南相

孝景三年，七国反。吴使者至淮南，淮南王欲发共应之，其相曰：“王必欲应吴，臣愿为将。”王乃属之。相已将兵，因城守，不听王而为汉。边批：败王不害为信，淮南王以故得完。

若腐儒必痛言切谏，如以水投石，何益？此事比郦寄卖友、嫁太尉于北军同一轴，而更觉撇脱。

王敬则

王敬则尝任南沙县。时方兵荒，县有劫贼，群聚匿山中，为民患，官捕之不得。敬则遣人致劫帅曰:“若能自出首,当为申白,请盟之庙神,定无负。”盖县有庙神，甚酷烈，乡民多信之，故云。劫帅许之，即设宴庙中致帅。帅至，即席收之，曰：“吾业启神矣：若负誓，当还神十牛。”遂杀十牛享神，而竟斩帅，贼遂散。

宋太祖

艺祖既以杯酒释诸将兵权，又虑其所蓄不赀。每人赐地一方盖第，所费皆数万。又尝赐宴，酒酣，乃宣各人子弟一人扶归。太祖送至殿门，谓其子弟曰:“汝父各许朝廷十万缗矣！”诸节度使醒,问所以归,不失礼于上前否?子弟各以缗事对。疑醉中真有是言，翌日，各以表进如数。

宋太宗

宋太宗即位初年，京师某街富民某，有丐者登门乞钱，意未满，遂詈骂不休。众人环观，靡不忿之。忽人丛中一军尉跃出，刺丐死，掷刀而去，势猛行速，莫敢问者。街卒具其事闻于有司，以刀为征。有司坐富民杀人罪。既谳狱，太宗问某:“服乎？”曰:“服矣！”索刀阅之，遂纳于室，示有司曰:“此吾刀也。向者实吾杀之,奈何枉人！始知鞭笞之下,何罪不承,罗钳吉网,不必浊世！”乃罚失入者而释富民，谕自今讯狱，宜加慎毋滥。

此事见宋小史。更有一事：金城夫人得幸于太祖，颇恃宠。一日宴射后苑。上酌巨觥劝晋王，晋王固辞。上复劝，晋王顾庭中曰:“金城夫人亲折此花来，乃饮。”上遂命之。晋王引弓射杀之，抱太祖足泣曰:“陛下方得天下，宜为社稷自重！”遂饮射如故。夫投鼠忌器，晋王未必卤莽乃尔，此事恐未然也。

高皇帝

滁阳王二子忌太祖威名日著，阴置毒酒中，欲害之，其谋预泄。及二子来邀，上即与偕往，了无难色。二子喜其堕计。至半途，上遽跃起马上，仰天若有所见。少顷，勒马即转，因骂二子曰:“如此歹人！”二人问故，上曰:“适上天相告,尔设毒毒我。我不往矣！”二子大骇,下马拱立,连称“岂敢”,自是息谋害之意。

吴官童

英庙在虏中，也先以车载其妹，请配焉。上以问吴官童，官童，驿使也。正统十三年使虏被拘，至是自请从上。对曰:“焉有天子而为胡婿者？后史何以载？然却之则拂其情。”乃绐之曰：“尔妹朕固纳之，但不当为野合，使朕还中国以礼聘之。”也先乃止。又选胡女数人荐寝,复却之曰:“留候他日为尔妹从嫁，当并以为嫔御。”也先益加敬焉。

天子不当为胡婿，中国又可给胡人乎？如反正而胡人效女，虽纳之可也。厥后英庙复辟，虏使至。官童叩以不来效女之故，使者曰：“已送至边，为石亨杀媵而纳女。”上命隐其事，而亨祸实基于此。

郑公孙申

鲁成公时，晋人执郑伯。公孙申曰："我出师以围许，示将改立君者，晋必归君。"故郑人围许，示不急君也。晋栾书曰："郑人立君，我执一人焉，何益？不如伐郑而归其君以求成。"于是诸侯伐郑而归郑伯。

子鱼立而宋襄返，叔武立而卫成还，此春秋之已事，亦非自公孙申始也。国朝土木之变，也先挟上皇为名，邀求叵测。于肃愍谢之曰："赖社稷之神灵，已有君矣！"虏计窘，竟归上皇。识者以为得公孙申之谋。

王旦从真宗幸澶州，雍王元份留守东京，遇暴疾，命旦驰还，权留守事。旦曰："愿宣寇准，臣有所陈。"准至，旦曰："十日之内无捷报，当如何？"帝嘿然良久，曰："立皇太子！"此又用廉颇与赵王约故事。大臣谋国，远虑至此，亦由君臣相得，同怀社稷之忧而无猜忌故也。

项羽欲烹太公。高帝曰："我翁即若翁，必欲烹而翁，愿分我一杯羹！"陈眉公谓太公以此归汉，亦瓦注之意也。

胡　松

绩溪胡大司空松，号承庵，先为嘉兴推官，署印平湖，有惠政。适倭寇猖獗，郡议筑城。公夜入幕府，曰："民难与虑始。请缚某居军前御倭，百姓受某恩，必相急，乃可举事。"从之，民大震，各任版筑，不阅月城成。

狄　青

南俗尚鬼。狄武襄征侬智高时，大兵始出桂林之南，因祝曰："胜负无以为据。"乃取百钱自持之，与神约："果大捷，投此钱尽钱面！"左右谏止："倘不如意，恐阻师。"武襄不听。万众方耸视，已而挥手倏一掷，百钱皆面。于是举军欢呼，声震林野。武襄亦大喜，顾左右取百钉来，即随钱疏密，布地而帖钉之，加以青纱笼，手自封焉，曰："俟凯旋，当谢神取钱。"其后平邕州还师，如言取钱。幕府士大夫共视，乃两面钱也。

桂林路险，士心惶惑，故假神道以坚之。

王　琼

王晋溪在本兵时，适湖州孝丰县汤麻九反，势颇猖獗，御史以闻。事下兵部。晋溪呼赍本人至兵部，大言数之曰："汤麻九不过一毛贼，只消本处数十火夫缚之，何足奏报！欲朝廷发兵，殊伤国体。巡按不职，考察即当论罢矣！"赍本人回，传流此语，皆以本兵为玩寇，相聚忧之。贼知朝不发兵，遂恣劫掠，不设备。先是户部为查处钱粮差都御史许延光在浙，晋溪即请密敕许公讨之，边批：不别遣将。授以方略。许命彭宪副潜提民兵数千，出其不意，乘夜往。贼方掳掠回，相聚酣饮，边批：毕竟小寇。兵适至，即时擒斩，遂平之。

尔时若朝廷命将遣兵，彼必负固拒命，弄小成大。此举不烦一旅，不费一钱，而地方晏如。晋溪之才，信有大过人者，虽人品未醇，何可废也。

杨云才

杨云才多心计，每有缮修，略以意指授之，人不知所为，及成，始服其精妙。为荆州同知日，当郡城改拓，时钱谷之额已有成命，而台使者檄下，欲增二尺许。监司谋诸守令，欲稍益故额。云才进曰："某有别画，不烦费一钱也。"次日驰至陶所，命取其模以献，怒曰："不佳！"尽碎之，而出己所制模付之，曰："第如式为之！"诸人视其式，无以异也。然云才实于中阴溢二分许，积之得如所增数。城成，白其故，监司乃大服。

砖厚而陶者不知，城增而主者不费。心计之妙，侔于思神。

种世衡

种世衡知渑池县。旁山有庙，世衡葺之。有梁重大，众不能举。世衡乃令县干剪发如手搏者，驱数对于马前，云："欲诣庙中教手搏。"倾城人随往观。既至，谓观者曰："汝曹先为我致庙梁，然后观手搏。"众欣然趋下山，共举之，须臾而上。

近于欺矣！褒姒虽启齿，恐烽火从此不灵也。必也真教手搏，为两得之。

雄山智僧

雄山在南安，其上有飞瓦岩。相传僧初结庵时，因山伐木，但恐山高运瓦之难，积瓦山下，诳欲作法，飞瓦砌屋，不用工师。卜日已定，远近观者数千人。僧伪为佣人挑瓦上山。观者欲其速于作法，争为搬运，顷刻都尽。僧笑曰："吾飞瓦只如是耳！"

李抱真　刘玄佐

李抱真镇潞州，军资匮阙，计无所出。有老僧大为郡人信服，抱真因请之曰："假和尚之道以济军中，可乎？"僧曰："无不可。"抱真曰："但言择日鞠场焚身，某当于便宅凿一地道通连。候火作，即攒以相出。"僧喜从之，遂陈状声言。抱真命于鞠场积薪贮油，因为七日道场，昼夜香灯，梵呗杂作。抱真亦引僧视地道，使之不疑。僧乃升坛执炉，对众说法。抱真率监军僚属及将吏膜拜其下，以俸入坛施堆于其旁。由是士女骈填，舍财亿计。计满七日，遂聚薪发焰，击钟念佛。抱真密已遣人填塞地道。俄顷，僧薪且灰，籍所得货财，即日悉辇入军资库，别求所谓舍利者，造塔贮焉。

汴州相国寺言佛有汗流。节度使刘玄佐遽命驾，自持金帛以施。日中，其妻亦至。明日复起斋场，由是将吏商贾奔走道路，唯恐输货不及。因令官为簿以籍所入。十日，乃闭寺，曰："佛汗止矣！"得钱巨万，以赡军资。

不仗佛力，军资安出？王者所以并存三教，有所用之也！

文彦博

起居舍人毋湜，至和中上言，乞废陕西铁钱。朝廷虽不从，其乡人多知之，争以铁钱买物。卖者不肯受，长安为之乱，民多闭肆。僚属请禁之，文彦博曰："如此是愈惑扰也。"乃召丝绢行人，出其家缣帛数百匹，使卖之，曰："纳其直尽以铁钱，勿以铜钱也。"于是众知铁钱不废，市肆复安。

秦　桧

京下忽阙现钱，市间颇皇皇。忽一日，秦相桧呼一镊工栉发，以五千当二钱犒之，边批：示以贱征。谕曰："此钱数日有旨不使，可早用也。"镊工遂与外人言之。不三日，京下现钱顿出。

又，都下货壅，乏现镪。府尹以闻，桧笑曰："易耳！"即召文思院官，未至，促者络绎。奔而来，谕之曰："适得旨，欲变钱法。可铸样钱一缗进呈。废现镪不用。"约翌午毕事。院官唯唯而出，召工为之。富家闻者尽出宿镪市金票。物价大昂，钱溢于市。既而样钱上省，寂无闻矣。

贼桧亦尽有应变之才可喜。然小人无才，亦不能为小人。

令狐楚

令狐楚除守兖州，州方旱俭，米价甚高。迓使至，公首问米价几何？州有几仓？仓有几石？屈指独语曰："旧价若干，诸仓出米若干，定价出粜，则可赈救。"左右窃听，语达郡中，富人竞发所蓄，米价顿平。

陈霁岩

俵马以高三尺八寸、齿少而形肥者为合式。各州县无孳生驹，必从马贩买解。开州居各县之中，马贩自外来，先被各县拦截买完，然后放过。州官比解严迫，马头枉受鞭笞，马价腾踊，求速反迟。陈霁岩为知州，洞知之，故缓其事。待马贩到齐，方出示看马。先一日，唤马头到堂，面问之云："各县俵马已行，汝知之乎？"咸叩头应曰："知之。"又密谕曰："我心甚忙，明日看马，只做不忙，汝辈宜知之。"又叩头感激而去。明日各马贩随马头带马，有高至四尺者，令辄置不用，曰："高低怕相形，宁低一寸，我有禀帖到太仆寺，只说是孳生驹耳。"众禀再迟三日，至临濮会上买，易得。公许之，不责一人而出。各马贩气索然，争愿贱卖，两日而办。在他县争市高马，刻期早解，以求保荐，腾价至四五十金。在本州无过二十余金者。

真心为民，实政及民，必然置保荐于度外。善保荐者，正不干求保荐者也。

徐道覆

徐道覆，卢循妹夫也。始与循密谋举事，欲治舟舰，使人伐材南康山，伪云："将下都货之。"后称力少，不能得致，即于郡减价发卖。居人贪贱，争取市，各储之家。如是数四，故船板大积。及道覆举兵，按卖券而取，无敢隐者，乃并力装船，旬日而办。

道覆虽草窃，其才略有过人者。脱卢循能终用其计，何必遽为"水仙"？其临死，叹曰："吾为卢循所误！使吾得事英雄，天下不足定也！"呜呼！奇才策士郁郁不得志，而狼籍以死者比比矣！天后览骆宾王檄，叹曰："使此人沉于下僚，宰相之过也！"知言哉！

秦王祯等 三条

魏秦王祯为南豫州刺史。大胡山蛮时出抄掠。祯计召新蔡、襄城蛮首，使观射。先选左右能射者二十余人，而以一囚易服参其间。祯先自射，皆中。因命左右以次射。及囚，不中，即斩。蛮相视股栗。又预令左右取死囚十人，皆着蛮衣以候。祯临坐，会微有风动，辄举目瞻天，顾望蛮曰："风气少暴，似有钞贼入境，不过十许人，当在西角五十里。"即命驰骑掩捕十人至。祯告诸蛮曰："非尔乡里耶？作贼合死不？"即斩之。蛮慑服，不知其为死囚也。自是境无暴掠。

回纥还国，恃功恣睢，所过皆剽伤。州县供饩不称，辄杀人。李抱玉将馈劳，宾介无敢往。马燧自请典办具。乃先赂其酋，与约得其旌章为信，犯令者得杀之。燧又取死囚给役左右，小违令，辄戮死。虏大骇，至出境，无敢暴者。

真宗幸澶渊。丁谓知郓州，兼齐、濮等州按抚使。时契丹深入，民大惊，争趋杨刘渡。舟人邀利，不急济。谓取死罪囚，诈作驾舟人，立命斩之。舟遂集，民乃得渡。遂立部分，使沿河执旗帜，击刁斗自卫，契丹乃引去。

死罪也，而亦不令徒死：祯借之以威蛮，燧借之以威虏，谓借之以威兵，其大者为樵李之克敌，而最下供御囚，亦假之以代无辜之命。正如圣药王，尘垢土木，皆入药料。

杨琎

杨琎授丹徒知县。会中使如浙，所至缚守令置舟中，得赂始释。将至丹徒，琎选善泅水者二人，令著耆老衣冠，先驰以迎。边批：奇策奇想。中使怒曰："令安在？汝敢来谒我耶！"令左右执之。二人即跃入江中，潜遁去。琎徐至，绐曰："闻公驱二人溺死江中，方今圣明之世，法令森严，如人命何？"中使惧，礼谢而去，虽历他所，亦不复放恣云。

韩雍

公镇两广，防患甚严，心腹一二人外，绝不许登阶，亦多以权术威镇之。一日与乡人宴于堂后，蹴踘为戏。既散，潜使人置石炮。有观者，因指示曰："此公适所蹴戏也。"众吐舌，咸以公为绝力。所张盖内藏磁石，以铁屑涂毛发间，每出坐盖下，须鬓翕张不已。貌既魁岸，复睹兹异，惊为神明焉。

夷悍而愚，因以愚之。

王导

王敦威望素著，一旦举兵内向，众咸危惧。适敦寝疾，王导便率子弟发哀。众闻，谓敦死，咸有奋志。

程婴

屠岸贾攻赵氏于下宫，杀赵朔、赵同、赵括、赵婴齐，皆灭其族。赵朔妻，成公姊也，有遗腹，走公宫匿。赵朔客曰公孙杵臼。杵臼谓朔友人程婴曰："胡不死？"程婴曰："朔之妇有遗腹，若幸而生男，吾奉之；即女也，吾徐死耳。"居无何，而朔妇娩身生男。屠岸贾闻之，索于宫中。夫人置儿裤中，祝曰："赵宗灭乎，若号；即不灭，若无声！"及索儿，竟无声。已脱，程婴谓公孙杵臼曰："今一索不得，后必且复索之，奈何？"公孙杵臼曰："立孤与死孰难？"边批：只一问，便定了局。程婴曰："死易，立孤难耳。"公孙杵臼曰："赵氏先君遇子厚，子强为其难者；吾为其易者，请先死！"乃谋取他人婴儿负之，衣以文葆，匿山中。边批：妙计。程婴出，谬谓诸将军曰："婴不肖，不能立赵孤。谁能与我千金，我告赵氏孤处。"边批：更妙。诸将军皆喜，许之。发师随程婴攻公孙杵臼。杵臼谬曰："小人哉程婴！昔下宫之难不能死，与我谋匿赵氏孤儿，今又卖我，纵不能立，而忍卖之乎！"抱儿呼曰："天乎！天乎！赵氏孤儿何罪？请活之，独杀杵臼可也！"诸将不许，遂杀杵臼与孤儿。诸将以为赵氏孤儿良已死，皆喜。然赵氏真孤乃反在，程婴卒与俱匿山中。居十五年，晋景公疾，卜之："大业之后不遂者为祟！"边批：安知非赂卜者使为此言？景公问韩厥，厥知赵孤在，边批：妙人。乃以赵氏对。景公问："赵尚有后子孙乎？"厥具以实告。于是景公乃与韩厥谋立赵孤儿，召而匿之宫中。诸将入问疾，景公因韩厥之众以胁诸将而见赵孤，赵孤名曰武。诸将不得已，皆委罪于屠岸贾。于是武、婴遍拜诸将，相与攻岸贾，灭其族。复与赵武田邑如故。及武既冠成人，婴曰："吾将下报公孙杵臼！"遂自杀。

赵氏知人，能得死士力，所以蹶而复起，卒有晋国。后世缙绅门下，不以利投，则以谀合，一旦有事，孰为婴、杵？

鲁武公与其二子括与戏朝周，宣王爱戏，立为鲁世子。武公薨，戏立，是为懿公。时公子称最少，其保母臧。寡妇与其子俱入宫养公子称。括死，而其子伯御与鲁人作乱，攻杀懿公而自立，求公子称，将杀之。臧闻之，乃衣其子以称之衣，卧于称处，伯御杀之。臧遂抱称以出，遂与称舅同匿之。十一年，鲁大夫知称在，于是请于周而杀伯御，立称，是为孝公。时呼臧为"孝义保"，事在婴、杵前，婴、杵盖袭其智也。然婴之首孤，杵之责婴，假装酷似，不唯仇人不疑，而举国皆不知，其术更神矣，其心更苦矣！

太史慈

北海相孔融闻太史慈避地东海，数使人馈问其母。后融为黄巾贼所围，慈适还，闻之，即从间道入围，见融。融使告急于平原相刘备。时贼围已密，众难其出。慈乃带鞬弯弓，将两骑自从，各持一的持之，开门出。观者并骇。慈径引马至城下堑内，植所持的射之，射毕还。明日复然，如是者再。围下人或起或卧，乃至无复起者，慈遂严行蓐食，鞭马直突其围。比贼觉，则驰去数里许矣。竟从备乞兵解围。

陈子昂

子昂初入京，不为人知。有卖胡琴者，价百万，豪贵传视，无辨者。子昂突出，顾左右曰："辇千缗市之！"众惊问，答曰："余善此乐。"皆曰："可得闻乎？"曰："明日可集宣阳里。"如期偕往。则酒肴毕具，置胡琴于前。食毕，捧琴语曰："蜀人陈子昂，有文百轴，驰走京毂，碌碌尘土，不为人知！此乐贱工之役，岂宜留心！"举而碎之，以文轴遍赠会者，一日之内，声华溢都下。

唐人重才，虽一艺一能，相与惊传赞叹，故子昂借胡琴之价，出奇以市名，而名果成矣。若今日，不唯文轴无用处，虽求一听胡琴者亦不可得，伤哉！

爰种等 三条

爰盎常引大体慷慨。宦者赵谈以数幸，常害盎。盎患之。兄子种为常侍骑，谓盎曰："君众辱之，后虽恶君，上不复信。"于是上朝东宫，赵谈骖乘。盎伏车前曰："臣闻天子所与共六尺舆者，皆天下英豪。今汉虽乏人，陛下独奈何与刀锯之余共载？"于是上笑，下赵谈，谈泣下车。

王敦用温峤为丹阳尹，置酒为别。峤惧钱凤有后言，因行酒至凤，未及饮，峤伪醉，以手板击之堕帻，作色曰："钱凤何人，温太真行酒，敢不饮？"凤不悦。敦以为醉，两释之。明日，凤曰："峤与朝廷甚密，未必可信，宜更思之！"敦曰："太真昨醉，小加声色，岂得以此便相谗贰！"由是峤得还都，尽以敦逆谋告帝。

尔朱兆以六镇屡反，诛之不止，问计于高欢。欢谓宜选王心腹私将统之，有犯则罪其帅。兆曰："善！谁可行！"贺拔允时在坐，劝请用欢。欢拳殴允，折其一齿，曰："生平天柱时，奴辈伏处分如鹰犬，今天下安置在王，而允敢诬下罔上如此！"兆以欢为诚，遂委之。欢以兆醉，恐醒而悔之，遂出宣言：受委统州镇兵，可集汾东受号令。军士素乐欢，莫不皆至。欢去，遂据冀州。

王东亭

王绪，素谗殷荆州于王国宝，殷甚患之，求术于王东亭，曰："卿但数诣王绪，往辄屏人，因论他事，如此则二王之好离矣！"殷从之，国宝见王绪，问曰："比与仲堪何所道？"绪云："故是常谈。"国宝谓绪于己有隐，情好日疏，谗言用息。

此曹瞒间韩遂、马超之故智。张濬杀平阳牧守，亦用此术。平阳牧张姓，蒲帅王珂之大校。

吴　质

丞相主簿杨修谋立曹植为魏嗣，曹丕患之，以车载废簏，纳吴质，与之谋。修白操，丕惧，告质。质曰："无害也！"明日复以簏载绢入。修复白之，推验无人，操由是不疑。

植之夺嫡，操固疑之。疑植，则其不疑丕也易矣。不然，多猜如操，何一推验而即止耶？其杀修也，亦以孤植而安丕。而说者谓"黄绢"取忌、

“鸡肋”误军，亦浅之乎论操矣！

司马懿等　四条

曹爽擅政，懿谋诛之，惧事泄，乃诈称疾笃。会河南尹李胜将莅荆州，来候懿。懿使两婢侍持衣，指口言渴。婢进粥，粥皆流出沾胸。胜曰：“外间谓公旧风发动耳，何意乃尔？”懿微举声言：“君今屈并州，并州近胡，好为之备。吾死在旦夕，恐不复相见，以子师、昭为托。”胜曰：“当忝本州，非并州。”懿故乱其词曰：“君方到并州。”胜复曰：“忝荆州。”懿曰：“年老意荒，不解君语。”胜退告爽曰：“司马公尸居余气，形神已离，不足复虑！”于是爽遂不设备。寻诛爽。

安仁义、朱延寿，皆吴王杨行密将也。延寿又行密朱夫人之弟。淮徐已定，二人颇骄恣，且谋叛。行密思除之，乃阳为目疾。每接延寿使者，必错乱其所见以示之，行则故触柱而仆。朱夫人挟之，良久乃苏，泣曰：“吾业成而丧明，此天废我也！诸儿皆不足任事，得延寿付之，吾无恨矣！”朱夫人喜，急召延寿。延寿至，行密迎之寝门，刺杀之。即出朱夫人，而执斩仁义。

孙坚举兵诛董卓，至南阳，众数万人，檄南阳太守张咨，请军粮。咨曰：“坚，邻二千石耳，与我等，不应调发！”竟不与。坚欲见之，又不肯见。坚曰：“吾方举兵而遂见阻，何以威后？”遂诈称急疾，举兵震惶，迎呼巫医，祷祠山川，而遣所亲人说咨，言欲以兵付咨。咨心利其兵，即将步骑五百人，持牛酒诣坚营。坚卧见，亡何起，设酒饮咨。酒酣，长沙主簿入白：“前移南阳，道路不治，军资不具，太守咨稽停义兵，使贼不时讨，请收按军法！”咨大惧，欲去，兵阵四围，不得出，遂缚于军门斩之。一郡震栗，无求不获，所过郡县皆陈糗粮以待坚军。君子谓：“坚能用法矣！法者，国之植也，是以能开东国。”

正德五年，安化王寘𫔎反，游击仇钺陷贼中。京师讹言钺从贼，兴武营守备保勋为之外应。李文正曰：“钺必不从贼！勋以贼姻家，遂疑不用，则诸与贼通者皆惧，不复归正矣！”乃举勋为参将，钺为副戎，责以讨贼。勋感激自奋。钺称病卧，阴约游兵壮士，候勋兵至河上，乃从中发为内应。俄得勋信，即嗾人谓贼党何锦：“宜急出守渡口，防决河灌城；遏东岸兵，勿使渡河！”锦果出，而留贼周昂守城。钺又称病亟。昂来问病，钺犹坚卧呻吟，言旦夕且死；苍头卒起，捶杀昂，斩首。钺起披甲仗剑，跨马出门一呼，诸游兵将士皆集，遂夺城门，擒寘𫔎。

杜畿

高干举并州反。前河东太守王邑被征，掾卫固、范先以请邑为名，实与干通谋。曹操拜杜畿为河东太守。固等以兵绝陕津，畿不得渡。或谓宜须大兵，畿曰："河东三万户，非皆欲为乱也。今兵迫之急，必惧而听于固。固等势专，必以死战。讨之不胜，为难未已；讨之而胜，是残一郡之民也。边批：谁省念及此！吾单车直往，出其不意。固为人多计而无断，边批：贼已在掌中。必伪受吾，得居郡一月，以计縻之！足矣！"遂诡道从郖津渡。范先欲杀畿，固曰："杀之何益？徒有恶名，且制之在我。"遂奉之。畿谓固、先曰："卫、范，河东之望也，吾仰成而已。然君臣有定义，成败同之，大事当共平议。"以固为都督，行丞事。将校吏兵三千余人，皆范先督之。边批：使之不疑。固等喜，虽阳事畿，不以为意。固欲大发兵，畿患之，说固曰："夫欲为非常之事，不可动众心。今大发兵众，必扰，不如徐以资募兵。"固以为然，从之。调发数十日乃定，诸将贪多应募而少遣兵。又入喻固等曰："人情顾家，诸将掾吏可分遣休息，急缓召之不难。"固等恶逆众心，又从之。时善人在外，阴为己援；恶人分散，各还其家，则众离矣。会高干入濩泽，上党诸县杀长吏，弘农执郡守。固等密调兵，未至。畿知诸县附己，因出单将数十骑，赴张辟拒守，吏民多举城助畿者。比数十日，得四千余人。固等与干、晟共攻畿，不下，略诸县，无所得。会大兵至，干、晟败，固等伏诛，其余党与皆赦之。

曹冲

曹公有马鞍在库，为鼠所伤。库吏惧，欲自缚请死。冲谓曰："待三日。"冲乃以刀穿其单衣，若鼠啮者，入见，谬为愁状。公问之，对曰："俗言鼠啮衣不吉，今儿衣见啮，是以忧。"公曰："妄言耳，无苦。"俄而库吏以啮鞍白，公笑曰："儿衣在侧且啮，况鞍悬柱乎？"竟不问。

杨暄

天顺间，锦衣指挥门达用事。同时有袁彬指挥者，随英宗北狩，有护跸功。达恶其逼，令逻卒摭其阴私，欲致于死。时有艺人杨暄一作埙。者，善倭漆画器，宣庙喜倭漆之精，令暄往学。号杨倭漆，愤甚，乃奏达违法二十余事，且极称彬枉。疏入，上令达逮问。暄至，神色不变，佯若无所与者。达历询其事，皆曰："不知。"且曰："暄贱工，不识书字，又与君侯无怨，安得有此？望去左右，暄以实告。"因告曰："此内阁李贤授暄，使暄投进，暄实不知所言何事。君侯若会众官廷诘我，我必对众言之，李当无辞。"达闻甚喜，劳以酒肉。早朝，以情奏，上命押诸大臣会问于午门外。方引暄至，达谓贤曰：“此皆先生所命，暄已吐矣！”贤正惊讶，暄即大言曰：“死则我死，何敢妄指！我一市井小人，如何见得阁老？鬼神昭鉴，此实达教我指也！”因剖析所奏二十余条，略无余蕴。达气沮。词闻于上，由是疏达。彬得分司南都，居一载，驿召还职。后达坐怨望，谪戍广西以死。

此与张说斥张昌宗保全魏元忠事同轴。然说故多权智，又得宋璟诸人再三勉励，而后收蓬麻之益。杨暄一介小人，未尝读书通古，而能出一时之奇，抗天威而塞奸吻，不唯全袁彬，并全李贤，不唯全二忠臣，且能去一大奸恶。智既十倍于说，即其功亦十倍于说也。一时缙绅之流，依阿事达者不少，睹此事有不吐舌，闻此事有不愧汗者乎？岂非衣冠牵于富贵之累，而匹夫迫于是非之公哉！洪武时，上尝怒宋濂，使人即其家诛之。马太后是日茹素。上问故，后曰：“闻今日诛宋先生，妾不能救，聊为持斋以资冥福耳。”上悟，即驰驿使人赦之。薛文清暄既忤王振，诏缚诣市杀之。振有老仆，是日大哭厨下，振问：“何哭？”仆对曰：“闻今日薛夫子将刑故也。”振闻而怒解。适王伟申救，遂得免。夫老仆之一哭，其究遂与圣母同功，斯亦奇矣！语曰：“是非之心，智也！”智岂以人而限哉！

土木之变，内侍喜宁本胡种也。从太上于虏中，数导虏入寇，以败和议。上患之。袁彬言于太上，遣宁传命于宣府参将杨俊，索春衣，因使军士高磐与俱。彬刻木藏书，系磐髀间，以示俊，俾因其来执之。俊既得书，与宁饮城下，磐抱宁大呼，俊从兵遂缚宁解京，处以极刑。于是虏失向导，厌兵，遂许返跸。按，彬周旋虏中，与英庙同起处，其宣力最多，而诛宁尤为要着，亦宁武子之亚也。

乔白岩

武宗南巡，江提督所领边兵，皆西北劲兵，伟岸多力。乔白岩命于南方教师中，取其最矮小而精悍者百人，每日与江相期，至教场中比试。南人轻捷，跳趆如飞，北人粗坌，方欲交手，或撞其胁，或触其腰，皆倒地僵卧。江气大沮丧，而所蓄异谋，亦已潜折一二矣。

时应天府丞寇天叙，山西人，署尹事。每日带小帽，穿一撒衣坐堂，自供应朝廷外，毫不妄用。江彬有所虐索，每使至，佯为不见，直至堂上，方起立，呼为钦差。语之曰：“南京百姓穷，仓库竭，钱粮无可措办，府丞所以只穿小衣坐衙，专待拿问耳。”每次如此，彬无可奈何而止。此亦白岩一时好帮手也！又是时，边军于市横行，强买货物。寇公亦选矬矮精悍之人，每早晚祗候行宫，必以自随。若遇此辈，即与相持，边军大为所挫，遂敛迹。想亦与白岩共议而为之者。

宗 泽

宗汝霖，建中靖国间为文登令。同年青州教授黄荣上书，自姑苏编置某州，道经文登，感寒疾不能前进。牙校督行甚厉，虽赂使暂留，坚不可得。不得已，使人致殷勤于宗。宗即具供帐于行馆，及命医诊候。至调理安完，而了不知牙校所在。密讯其从行者，云：自至县，即为县之胥魁约饮于营妓，而以次胥吏日更主席。此校嗜酒而贪色，至今不肯出户。屡迫促之，乃始同进。

探知嗜酒贪色，便有个题目可做，只用数胥吏，而行人之厄已阴解矣。道学先生道理全用不著。此公可与谈兵。

张 易

张易通判歙州。刺史朱匡业使酒陵人，果于诛杀，无敢犯者。易赴其宴，先故饮醉，就席。酒甫行，寻其少失，遽掷杯推案，攘袂大呼，诟责蜂起。匡业愕然不敢对，唯曰：“通判醉，性不可当也。”易嵬峨喑噁自如。俄引去，匡业使吏掖就马。自是见易加敬，不敢复使酒，郡事亦赖以济。

事虽琐，颇得先发制人之术。在医家为以毒攻毒法，在兵家为以夷攻夷法。

张循王老卒

张循王俊尝春日游后圃，见一老卒卧日中。王蹴之曰：“何慵眠如是？”卒起声喏，对曰：“无事可做，只索眠耳。”王曰：“汝会做甚事？”对曰：“诸事薄晓，如回易之类亦粗能之。”王曰：“汝能回易，吾以万缗付汝，何如？”对曰：“不足为也。”王曰：“付汝五万。”对曰：“亦不足为也。”王曰：“汝需几何？”对曰：“不能百万，亦五十万乃可耳！”王壮之，即予五十万，恣其所为。边批：大手段。其人乃造巨舰，极其华丽，市美女能歌舞者、乐者百余人，广收绫锦奇玩、珍羞佳果及黄白之器，募紫衣吏轩昂闲雅、若书司客将者十数辈，卒徒百人。乐饮逾月，忽飘然浮海去。边批：奇想。逾岁而归，珠犀香药之外，且得骏马，获利几十倍。时诸将皆缺马，唯循王得此马，军容独壮。大喜，问其：“何以致此？”曰：“到海外诸国，称大宋回易使，谒戎王，馈以绫锦奇玩，为招其贵近，珍羞毕陈，女乐迭奏。其君臣大悦，以名马易美女，且为治舟载马；以犀珠香药易绫锦等物，馈遗甚厚，是以获利如此。”王咨嗟，褒赏赐予优隆。问：“能再往乎？”对曰：“此戏也。再往则败矣！愿退老园中如故。”

罗景纶云：一弊衣老卒，循王慨然捐五十万畀之，不问其出入。此其度量恢弘，足使人从容展布，以尽其能矣！勾践以四封内外分授种、蠡，高帝捐黄金四十万斤于陈平，由此其推也。盖不知其人而轻任之，与知其人而不能专任，皆不足以成功。老卒一往之后，辞不复再，又几于知进退存亡者。异哉！

司马相如

卓文君既奔相如，相如与驰归成都，家居徒四壁立。卓王孙大怒，不分一钱。相如与文君谋，乃复如临邛，尽卖其车骑，置一酒舍酤酒，而令文君当鲈，身自穿犊鼻裈，与庸保杂作，涤器市中。王孙闻而耻之，不得已，分予文君僮百人、钱百万。乃复还成都为富人。

卓王孙始非能客相如也，但看临邛令面耳；终非能婿相如也，但恐辱富家门面耳。文君为之女，真可谓犁牛骍角矣！王吉始则重客相如，及其持节喻蜀，又为之负弩前驱，而当鲈涤器时，不闻下车慰劳如信陵之于毛公、薛公也，其眼珠亦在文君下哉！

附：智医　二条

唐时京城有医人，忘其姓名。有一妇人，从夫南中，曾误食一虫，常疑之，由是成疾，频疗不痊，请看之。医者知其所患，乃请主人姨妳中谨密者一人，预戒之曰：“今以药吐泻，即以盘盂盛之。当吐之时，但言有一小虾蟆走去，然切不得令病者知是诳语也。”其妳仆遵之，此疾永除。

又有一少年，眼中常见一小镜子，俾医工赵卿诊之。与少年期，来晨以鱼脍奉候。少年及期赴之，延于内，且令从容，候客退后方接。俄而设台，止施一瓯芥醋，更无他味，卿亦未出。迨久促不至，少年饥甚，闻醋香，不觉屡啜之，觉胸中豁然，眼花不见，因啜尽。赵卿乃出，少年惭谢。卿曰：“郎君先因吃脍太多，饮醋不快，又有鱼鳞于胸中，所以眼花。适来所备芥醋，只欲郎君因饥以啜之，今果愈疾。烹鲜之会，乃权诈耳！请退谋朝餐。”

捷智部

冯子曰：成大事者，争百年，不争一息。然而一息固百年之始也。夫事变之会，如火如风。愚者犯焉，稍觉，则去而违之，贺不害斯已也。今有道于此，能返风而灭火，则虽拔木燎原，适足以试其伎而不惊。尝试譬之足力，一里之程，必有先至，所争逾刻耳。累之而十里百里，则其为刻弥多矣；又况乎智之迟疾，相去不啻千万里者乎！军志有之，“兵闻拙速，未闻巧之久”。夫速而无巧者，必久而愈拙者也。今有径尺之樽，置诸通衢，先至者得醉，继至者得尝，最后至则干唇而返矣。叶叶而摘之，穷日不能髡一树；秋风下霜，一夕零落：此言造化之捷也。人若是其捷也，其灵万变，而不穷于应卒，此唯敏悟者庶几焉。呜呼！事变之不能停而俟我也审矣，天下亦乌有智而不捷、不捷而智者哉！

灵变卷十六

一日百战，成败如丝。三年造车，覆于临时。去凶即吉，匪夷所思。集“灵变”。

鲍叔牙

公子纠走鲁，公子小白奔莒。既而国杀无知，未有君。公子纠与公子小白皆归，俱至，争先入。管仲扜弓射公子小白，中钩。鲍叔御，公子小白僵。管仲以为小白死，告公子纠曰：“安之，公子小白已死矣！”鲍叔因疾驱先入，故公子小白得以为君。鲍叔之智，应射而令公子僵也，其智若镞矢也！

王守仁以疏救戴铣，廷杖，谪龙场驿。守仁微服疾驱，过江，作《吊屈原文》见志，寻为投江绝命词，佯若已死者。词传至京师，时逆瑾怒犹未息，拟遣客间道往杀之，闻已死，乃止。智与鲍叔同。

管夷吾

齐桓公因鲍叔之荐，使人请管仲于鲁。施伯曰：“是固将用之也！夷吾用于齐，则鲁危矣！不如杀而以尸授之！”边批：智士。鲁君欲杀仲。使人曰：“寡君欲亲以为戮，如得尸，犹未得也！”边批：亦会说。乃束缚而槛之，使役人载而送之齐。管子恐鲁之追而杀之也，欲速至齐，因谓役人曰：“我为汝唱，汝为我和。”其所唱适宜走，役人不倦，而取道甚速。

吕不韦曰:“役人得其所欲，管子亦得其所欲。”陈明卿曰:“使桓公亦得其所欲。”

延安老军校

宝元元年，党项围延安七日，邻于危者数矣。范侍御雍为帅，忧形于色。有老军校出自言曰:“某边人，遭围城者数次，边批：言之有据。其势有近于今日者。虏人不善攻，卒不能拔。今日万万无虞！某可以保任。若有不可，某甘斩首！”范嘉其言壮人心，亦为之小安。事平，此校大蒙赏拔，言知兵善料敌者，首称之。或谓之曰:“汝敢肆妄言，万一不验，须伏法！”校曰:“若未之思也，若城果陷，谁暇杀我耶？聊欲安众心耳！”

吴　汉

吴汉亡命渔阳，闻光武长者欲归，乃说太守彭宠，使合二郡精锐附刘公击邯郸王郎，宠以为然。官属皆欲附王郎，宠不能夺。汉乃辞出，止外亭，念所以谲众，未知所出。望见道中有一人似儒生者，使人召之，为具食，问以所闻。生言:“刘公所过，为郡县所归。邯郸举尊号者实非刘氏。”汉大喜，即诈为光武书移檄渔阳，边批：来得快。使生赍以诣宠，令具以所闻说之。汉随后入，宠遂决计焉。

汉高帝

楚、汉久相持未决。项羽谓汉王曰:“天下汹汹，徒以我两人，愿与王挑战决雌雄，毋徒罢天下父子为也！”汉王笑谢曰:“吾宁斗智，不能斗力！”项王乃与汉王相与临广武间而语。汉王数羽罪十，项王大怒，伏弩射中汉王。汉王伤胸，乃扪足曰:“虏中吾指！”汉王病创卧，张良强起行劳军，以安士卒，毋令楚乘胜下汉。汉王出行军，病甚，因驰入成皋。

小白不僵而僵，汉王伤而不伤，一时之计，俱造百世之业。

晋明帝

王敦将举兵内向。明帝密知之，乃乘巴賨骏马微行，至于湖，阴察敦营垒而出。有军人疑明帝非常人，又敦正昼寝，梦日环其城，惊起曰:“此必黄须鲜卑奴来也！”帝母荀氏，燕代人，帝状美外氏，须黄，故云。于是使五骑物色追帝。帝亦驰去，见逆旅卖食妪，以七宝鞭与之，曰:“后有骑来，可以此示！”俄尔追者至，问妪，妪曰:“去已远矣！”因以鞭示之。五骑传玩，稽留良久，帝遂免。

尔朱敞

齐神武韩陵之捷，尽诛尔朱氏。荣族子敞字乾罗，彦伯子。小随母养于宫中。及年十二，自窦而走，至大街，见群儿戏，敞解所着绮罗金翠之服，易衣而遁。追骑寻至，便执绮衣儿，比究问，非是，会日暮，遂得免。

韦孝宽

尉迟迥先为相州总管。诏韦孝宽代之，又以小司徒叱列长文为相州刺史，先令赴邺，孝宽续进。至朝歌，迥遣其大都督贺兰贵赍书候孝宽。孝宽留贵与语以察之，疑其有变，遂称疾徐行，又使人至相州求医药，密以伺之。既到汤阴，逢长文奔还。孝宽密知其状，乃驰还，所经桥道，皆令毁撤，驿马悉拥以自随。又勒驿将曰："蜀公将至，可多备肴酒及刍粟以待之。"迥果遣仪同梁子康将数百骑追孝宽，驿司供设丰厚，所经之处皆辄停留，由是不及。

宗典等　三条

晋元帝叔父东安王繇，为成都王颖所害，惧祸及，潜出奔。至河阳，为津吏所止。从者宗典后至，以马鞭拂之，谓曰："舍长，官禁贵人，而汝亦被拘耶？"因大笑，由是得释。

宇文泰与侯景战。泰马中流矢，惊逸，泰坠地。东魏兵及之，左右皆散。李穆下马，以策击泰背，骂之曰："笼东军士，尔曹主何在？"追者不疑是贵人，因舍而过。穆以马授泰，与之俱逸。

王廞之败，沙门昙永匿其幼子华，使提衣幞自随。津逻疑之，昙永呵华曰："奴子何不速行！"捶之数十，由是得免。

王羲之

王右军幼时，大将军甚爱之，恒置帐中眠。大将军尝先起，须臾，钱凤入，屏人论逆节事，都忘右军在帐中。右军觉，既闻所论，知无活理，乃剔吐污头面被褥，诈熟眠。敦论事半，方悟右军未起，相与大惊曰："不得不除之！"及开帐，乃见吐唾纵横，信其实熟眠，由是得全。

吴郡卒

苏峻乱，诸庾逃散。庾冰时为吴郡，单身奔亡。吏民皆去，唯郡卒独以小船载冰出钱塘口，以蘧篨覆之。时峻赏募觅冰属，所在搜括甚急。卒泊船市渚，因饮酒醉还，舞棹向船曰："何处觅吴郡？此中便是！"冰大惊怖，然不敢动。监司见船小装狭，谓卒狂醉，都不复疑。自送过浙江，寄山阴魏家，得免。后事平，冰欲报卒，问其所愿。卒曰："出自厮下，不愿名器，少苦执鞭，恒患不得快饮酒。使酒足余年，毕矣！无所复须。”冰为起大舍，市奴婢，使门内有百斛酒终其身。时谓此卒非唯有智，且亦达生。

伯　颜

有告乃颜反者，诏伯颜窥觇之。乃多载衣裘，入其境，辄以与驿人。既至，乃颜为设宴，谋执之。伯颜觉，与其从者趋出，分三道逸去。驿人以得衣裘故，争献健马，遂得脱。

徐敬业

徐敬业十余岁，好弹射。英公每曰：“此儿相不善，将赤吾族！”尝因猎，命敬业入林趁兽，因乘风纵火，意欲杀之。敬业知无所避，遂屠马腹伏其中。火过，浴血而立，英公大奇之。

凡子弟负跅弛之奇者，恃才不检，往往为家门之祸。如敬业破辕之兆，见于童年。英公明知其为族祟，而竟不能除之，岂终惜其才智乎？抑英公劝立武氏，杀唐子孙殆尽，天故以敬业酬之也？诸葛恪有异才，其父瑾叹曰：“此子不大昌吾宗，将赤吾族！”其后果以逆诛。隋杨智积文帝侄。有五男，止教读《论语》《孝经》，不令通宾客。或问故，答曰：“多读书，广交游，才由是益。有才亦能产祸！”人服其识。弘、正间，胡世宁字永清，仁和人。有将略，按察江西时，江西盗起。方议剿，军官来谒，适世宁他出，乃见其幼子继。继曰：“兵素不习，岂能见我父哉？”边批：语便奇。军官跪请教，继乃指示进退离合之势甚详。凡三日，而世宁归，阅兵，大异之，顾军官不辨此，“谁教若者？”以实对。继初不善读书，父以愚弃之，至是叹曰：“吾有子自不知乎？”自此每击贼，必从继方略。世宁十不失三，继不失一也。世宁上疏，乞以礼法裁制宁王。继跪曰：“疏入，必重祸！”不听，果下狱。继因念父，病死。世宁母独不哭，曰：“此子在，当作贼！胡氏灭矣！”此母亦大有见识。

陈　平

陈平间行，仗剑亡，渡河。船人见其美丈夫独行，疑其亡将，腰中当有金宝，数目之。平恐，乃解衣，裸而佐刺船。船人知其无有，乃止。

平事汉，凡六出奇计：请捐金行反间，一也；以恶草具进楚使，离间亚父，二也；夜出女子二千人，解荥阳围，三也；蹑足请封齐王信，四也；请伪游云梦缚信，五也；使画工图美女，间遣人遗阏氏，说之，解白登之围，六也。六计中，唯蹑足封信最妙。若伪游云梦，大错！夫云梦可游，何必曰伪？且谓信必迎谒，因而擒之。既度其必迎谒矣，而犹谓之反乎？察之可，遽擒之则不可。擒一信而三大功臣相继疑惧，骈首灭族，平之贻祸烈甚矣！

有人舟行，出鍮石杯饮酒，舟人疑为真金，频瞩之。此人乃就水洗杯，故堕之水中。舟人骇惜。因晓之曰："此鍮石杯，非真金，不足惜也！"又，丘琥尝过丹阳，有附舟者，屡窥寝所，琥心知其盗也，佯落簪舟底，而尽出其衣箧，铺陈求之，又自解其衣以示无物。明日其人去，未几，劫人于城中，被缚，语人曰："吾几误杀丘公！"此二事与曲逆解衣刺船之智相似。

刘 备

曹公素忌先主。公尝从容谓先主曰："今天下英雄，唯使君与操耳！本初之徒，不足数也！"先主方食，失匕箸。适雷震，因谓公曰："圣人云：'讯雷风烈必变。'良有以也，一震之威，乃至于此！"

相传曹公以酒后畏雷、闲时灌圃轻先主，卒免于难。然则先主好结髦，焉知非灌圃故智？

崔巨伦

北魏崔巨伦字孝宗。尝任殷州别将。州为贼陷，葛荣闻其才名，欲用之。巨伦规自脱。适五月五日，会集百僚，命巨伦赋诗。巨伦诗曰："五月五日时，天气已大热。狗便呀欲死，牛半腹出舌。"闻者哄然发噱，以此自晦获免。已潜结死士数人，乘夜南走。遇逻骑，众危之。巨伦曰："宁南死一寸，岂北生一尺！"遽绐贼曰："吾受敕行。"贼方执火观敕，巨伦辄拔剑斩贼帅，余众惊走，因得脱还。

嘉靖中，倭乱江南，昆山夏生为倭所获，自称能诗。倭将以竹舆乘之，令从行，日与唱和，竟免祸。久之，夏乞归，厚赠而返。此又以不自晦获全者也。夏称倭将亦能诗，其咏《文菊》诗云："五尺阑干遮不尽，还留一半与人看。"

仓卒治盗 二条

娄门二布商舟行，有北僧来附舟，欲至昆山。舟子不可，二商以佛弟子容之。至河，胡僧拔刀插几上，曰："汝要好死要恶死？"二子愕曰："何也？"僧曰："我本非良士，欲得汝财耳！速跃入湖中，庶可全尸。"二子泣下曰："师容我饱餐，就死无恨。"笑曰："容汝作一饱鬼！"舟子为煮肉，复沃以汁，乃以巨钵盛之，呼二子肉已熟。二子应诺，舟子出僧不意，急举肉汁盖其顶，热甚。僧方两手推钵，二子即拔几上刀斩之，掷尸于湖，涤舟而去。

吴有书生假借僧舍，见僧每出，必锁其房甚谨。一夕忘锁，生纵步入焉。房甚曲折，几上有小石磬。生戏击之，旁小门忽启，有少妇出，见生，惊而去。生亦仓惶外走。僧适挈酒一壶自外入，见门未钥，愕然，问生适何所见，答曰："无有。"僧怒，掣刀拟生曰："可就死，不可令吾事败死他人手！"生泣曰："容我醉后，公断吾头，庶懵然无觉也。"僧许之。生佯举杯告曰："庖中盐菜乞一茎。"僧乃持刀入厨，生急脱布衫塞其壶口，酒不泄，重十许斤，潜立门背。伺僧至，连击其首数十下，僧闷绝而死。问少妇，乃谋杀其夫而夺得者，分僧橐而遣之。

张佳胤

张佳胤令滑，巨盗任敬、高章伪称锦衣使来谒，直入堂阶，北向立。公心怪之，判案如故。敬厉声曰："此何时，大尹犹倨见使臣乎？"公稍动容，避席迓之。敬曰："身奉旨，不得揖也。"公曰："旨逮我乎？"命设香案。敬附耳曰："非逮公，欲没耿主事家耳。"时有滑人耿随朝任户曹，坐草场火系狱。公意颇疑，遂延入后堂。敬扣公左手，章拥背，同入室坐炕上。敬掀髯笑曰："公不知我耶？我坝上来，闻公帑有万金，愿以相借。"遂与章共出匕首，置公颈。公不为动，从容语曰："尔所图非报仇也，我即愚，奈何以财故轻吾生？即不匕首，吾书生孱夫能奈尔何！边批：缓一着。且尔既称朝使，奈何自露本相？使人窥之，非尔利也。"贼以为然，遂袖匕首。公曰："滑小邑，安得多金？"敬出札记如数，公不复辩，但请勿多取以累吾官。边批：又缓一着。后覆开谕。久之，曰："吾党五人，当予五千金！"公谢曰："幸甚！但尔两人橐中能装此耶？抑何策出此官舍也？"贼曰："公虑良是。边批：饵尽其计。当为我具大车一乘，载金其上，仍械公如诏逮故事，不许一人从，从即先刺公。俟吾党跃马去，乃释公身。"公曰："逮我昼行，邑人必困尔，即刺我何益？不若夜行便。"边批：语忠告，又缓他一着。二贼相顾称善。公又曰："帑金易辨识，亦非尔利，邑中多富民，愿如数贷之。既不累吾官，尔亦安枕。"二贼益善公计。公属章传语召吏刘相来。相者，心计人也。相至，公谬语曰："吾不幸遭意外事，若逮去，死无日矣！今锦衣公有大气力，能免我，心甚德之。吾欲具五千金为寿！"相吐舌曰："安得办此？"公蹑相足曰："每见此邑人富而好义，吾令汝为贷。"遂取纸笔书某上户若干，某中户若干，共九人，符五千金数。九人，素善捕盗者，公又语相曰："天使在，九人者宜盛服谒见，边批：讽使改装。勿以贷故作寠人状！"相会意而出。公取酒食酬酢，而先饮啖以示不疑，且戒二贼勿多饮，贼益信之。酒半，曩所招九人各鲜衣为富客，以纸裹铁器，手捧之，陆续门外，谬云："贷金已至，但贫不能如数。"作哀祈状。二贼闻金至，且睹来者豪状，不复致疑。公呼天平来，又嫌几小，索库中长几，横之后堂，二僚亦至。公与敬隔几为宾主，而章不离公左右。公乃持砝码语章曰："汝不肯代官长校视轻重耶？"章稍稍就几，而九人者捧其所裹铁器竞前。公乘间脱走，大呼擒贼。敬起扑公不及，自刭树下。生缚章，考讯又得王保等三贼主名，亟捕之，已亡命入京矣。为上状，缇帅陆炳尽捕诛之。

祁尔光曰："当命悬呼吸间，而神闲气定，款语揖让，从眉指目语外，另构空中硕画，歼厥剧盗，如制小儿。经济权略，真独步一时矣！"

罗巡抚

罗某初出使川中，泊舟河边。川中有一处，男女俱浴于河，即嬉笑舟边。罗遣人禁之，边批：多事。男女鼓噪大骂，人多，卒不可治，反抛石舟中而去。乃诉之县，稍鞭数人。既而罗公巡抚蜀中，县民大骇。罗公心计之，是日又泊舟旧处，大言之曰："此处民前被我惩创一番，今乃大变矣！"嗟叹良久，川民前猜遂解。

不但释其猜，且可诱之于善，妙哉！

沈括

沈括知延州时，种谔次五原，值大雪，粮饷不继。殿值刘归仁率众南奔，士卒三万人皆溃入塞，居民怖骇。括出东郊饯河东归师，得奔者数千，问曰："副都总管遣汝归取粮，边批：谬言以安其心。主者为何人？"曰："在后。"即谕令各归屯。未旬日，溃卒尽还。括出按兵，归仁至。括曰："汝归取粮，何以不持兵符？"因斩以徇。边批：众既安，则归仁一匹夫耳。

括在镇，悉以别赐钱为酒，命廛市良家子驰射角胜。有轶群之能者，自起酌酒劳之。边人欢激，执弓傅矢，皆恐不得进。越岁，得彻札超乘者千余。皆补中军义从，威声雄他府。真有用之才也！

程颢

河清卒于法不他役。时中人程昉为外都水丞，怙势蔑视州郡，欲尽取诸埽兵治二股河。程颢以法拒之。昉请于朝，命以八百人与之。天方大寒，昉肆其虐，众逃而归。州官晨集城门，吏报河清兵溃归，将入城。众官相视，畏昉，欲弗纳。颢言："弗纳，必为乱！昉有言，某自当之！"既亲往开门抚纳，谕归休三日复役。众欢呼而入。具以事上闻，得不复遣。后昉奏事过州，见颢，言甘而气慑。既而扬言于众曰："澶卒之溃，乃程中允诱之，吾必诉于上！"同列以告。颢笑曰："彼方惮我，何能尔也！"果不敢言。

此等事，伊川必不能办，纵能抚溃卒，必与昉诘讼于朝，安能令之心惮而不敢为仇耶？

吕颐浩

建炎之役，及水滨，而卫士怀家流言。吕相颐浩以大义谕解，且怵以利曰："先及舟者，迁五秩，署名而以堂印志之。"其不逊倡率者，皆侧用印记。事平，悉别而诛赏之。

六合之战，周士卒有不致力者。宋祖阳为督战，以剑斫其皮笠。明日遍阅皮笠有剑迹者数十人，悉斩之。由是部兵莫不尽死。此与吕相事异而智同。

段秀实

段秀实为司农卿。会朱泚反，时源休教泚追逼天子，遣将韩旻领锐师三千疾驰奉天。秀实以为此系危逼之时，遣人谕大吏岐灵岳窃取姚令言印，不获，乃倒用司农印，追其兵。旻至骆谷驿，得符而还。

按，《抱朴子》云："古人入山，皆佩黄神白章之印，行见新虎迹，以顺印印之，虎即去；以逆印印之，虎即还。"今人追捕逃亡文书，但倒用印，贼可必得。段公倒印，亦或用此法。

黄　震

宋尝给两川军士缗钱。诏至西川，而东川独不及，军士谋为变。黄震白主者曰："朝廷岂忘东川耶？殆诏书稽留耳！"即开州帑给钱如西川，众乃定。

赵　葵

赵方，宁宗时为荆湖制置使。一日方赏将士，恩不偿劳，军欲为变。子葵时年十二三，觉之，亟呼曰："此朝廷赐也，本司别有赏赉！"军心一言而定。

按，赵葵，字南仲，每闻警报，与诸将偕出，遇敌辄深入死战。诸将唯恐失制置子，尽死救之，屡以此获捷。

周　金

周襄敏公名金，字子庆，武进人。抚宣府。总督冯侍郎以苛刻失众心。会诸军诣侍郎请粮，不从，且欲鞭之。众遂愤，轰然面骂，因围帅府。公时以病告，诸属奔窜，泣告公。公曰："吾在也，勿恐！"即便服出坐院门，召诸把总官阳骂曰："是若辈剥削之过，不然，诸军岂不自爱而至此！"欲痛鞭之。军士闻公不委罪若也，气已平，乃拥跪而前，为诸把总请曰："非若辈罪，乃总制者罔利不恤我众耳！"公从容为陈利害，众嚣曰："公生我！"始解散去。

徐文贞

留都振武军邀赏投帖，词甚不逊，众忧之。徐文贞面谕操江都御史："出居龙江关，整理江操之兵，万一有事，即据京城调江兵，杜其入孝陵之路。"且曰："事不须密，正欲其闻吾意，戒令各自为计！"变遂寝。

王守仁

王公守仁至苍梧时，诸蛮闻公先声，皆股栗听命。而公顾益韬晦，以明年七月至南宁，使人约降苏、受。受阳诺而阴持两端，拥众二万人投降，实来观衅。公遣门客龙光往谕意，受众露刃如雪，环之数十里，呼声震天。光坐胡床，引蛮跪前，宣朝廷威德与军门宽厚不杀之意，辞恳声厉，意态闲暇。光貌清古，鼻多髭，颇类王公。受故尝物色公貌，窃疑公潜来，咸俯首献款，誓不敢负，议遂定。然犹以精兵二千自卫。至南宁，投见有日矣。而公所爱指挥王佐、门客岑伯、高雅知公无杀苏、受意，使人言苏、受，须纳万金丐命。苏、受大悔，恚言："督府诳我！且仓卒安得万金？有反而已！"守仁有侍儿，年十四矣，知佐等谋，夜入帐中告公。边批：强将手下不畜弱兵。公大惊，达旦不寐，使人告苏、受："毋信谗言，我必不杀若等！"受疑惧未决，言"来见时必陈兵卫。"公许之，受复言："军门左右祗候，须尽易以田州人，不易即不见。"公不得已，又许之。苏、受入军门，兵卫充斥，郡人大恐。公数之，论杖一百。苏、受不免甲而杖，杖人又田州人也。由是安然受杖而出，诸蛮咸帖。

按，龙光，字冲虚，吉水人，以县丞致仕。王公督军虔南日，辟为参谋。宸濠之变，公易舟南趋吉安，光实赞之。一切筹画，多出自光。后九年，田州之役，公复檄光以从，卒定诸蛮，亦异人也！陈眉公惜其功赏废阁，为之立传。

顾　岕　耿定力

顾岕为儋耳郡守。文昌海面当五月有大风飘至船只，不知何国人，内载有金丝、鹦鹉、墨女、金条等件，地方分金坑女，止将鹦鹉送县，申呈镇巡衙门。公文驳行镇守府，仍差人督责。原地方畏避，相率欲飘海。主其事者莫之为谋。

岭适抵郡，咸来问计，岭随请原文读之，将"飘来船"作"覆来船"改申，遂止。

益民乔蠢，小眚累累大辟。耿恭简公定力为守，多所平反。有男子妇死而论抵者，牍曰："妇詈夫兽畜。"庭讯之，则曰："詈侬为兽畜所生耳。"遂援笔续二字于牍，而投笔出之。盖妇詈姑嫜，律故应死也。

只换一字，便省许多事；只添两字，便活一性命。是故有一字之贫，亦有一字之师。

胡兴

祁门胡进士兴，令三河，文皇封赵王，择辅以为长史。汉庶人将反，密使至，赵王大惊，将执奏之。兴曰："彼举事有日矣，何暇奏乎？万一事泄，是趣之叛。"边批：大是。一日尽歼之。汉平，赵王让还护卫兵。宣庙闻斩使事，曰："吾叔非二心者！"赵遂得免。

张浚

建炎初，驾幸钱塘，而留张忠献于平江为后镇。时汤东野字德广，丹阳人。适为守将，一日闻有赦令当至，心疑之，走白张公。公曰："亟遣吏属解事者往视，缓驿骑而先取以归。"汤遣官发视，乃伪诏也。度不可宣，而事已彰灼，卒徒急于望赐，惧有变，复谋之张公。公曰："今便发库钱，示行赏之意。"乃屏伪诏，而阴取故府所藏登极赦书置舆中，迎登谯门，读而张之，即去其阶，禁，无敢辄登者。而散给金帛如郊赉时。于是人情略定，乃决大计。

张咏　徐达

张乖崖守成都，兵火之余，人怀反侧。一日大阅，始出，众遂嵩呼者三。乖崖亦下马，东北望而三呼，复揽辔而行。众不敢讙。边批：石敬瑭斩三十余人犹不止，咏乃不劳而定。

上尝召徐中山王饮，迨夜，强之醉。醉甚，命内侍送旧内宿焉。旧内，上为吴王时所居也。中夜，王酒醒，问宿何地，内侍曰："旧内也。"即起，趋丹陛下，北面再拜，三叩头乃出。上闻之，大说。

乖崖三呼，而军哗顿息；中山三叩头，而主信益坚。仓卒间乃有许大主张，非特恪谨而已！

颜真卿　李揆

安禄山反，破东都，遣段子光传李憕、卢奕、蒋清首，以徇河北。真卿绐诸将曰："吾素识憕等，其首皆非是！"乃斩光而藏三首。

李尚书揆素为卢杞所恶，用为入蕃会盟使。揆辞老，恐死道路，不能达命。

帝恻然。杞曰："和戎当择练朝事者，非揆不可。揆行则年少于揆者，后无所避矣。"边批：佞口似是。揆不敢辞，揆至蕃。酋长曰："闻唐有第一人李揆，公是否？"揆畏留，因给之曰："彼李揆安肯来耶！"

顾　琛

宋文帝遣到彦之经略河南，大败，悉委弃兵甲，武库为之空虚。帝宴会，有归化人在座。帝问库部郎顾琛："库中仗有几许？"琛诡辞答："有十万仗。旧库仗秘，不知多少。"帝既发问，追悔失言，得琛此对，甚喜。

李　迪

真宗不豫，李迪与宰执以祈禳宿内殿。时仁宗幼冲，八大王元俨素有威名，以问疾留禁中，累日不出。执政患之，无以为计。偶翰林司以金盂贮熟水，曰："王所需也。"迪取案上墨笔搅水中尽黑，令持去。王见之，大惊，意其毒也，即上马驰去。

曹　玮　　张　浚

曹武穆玮知渭州，号令明肃，西人惮之。一日方召诸将饮，会有叛卒数千亡奔贼境。候骑报至，诸将相视失色。公言笑如平时，徐谓骑曰："吾命也，汝勿显言！"西人闻，以为袭己，尽杀之。

统制郦琼缚吕祉，叛归刘豫。张魏公方宴，僚佐报至，满座失色，公色不变，乐饮至夜，乃为蜡书，遣死士持遗琼，言"事可成，成之；不可成，速全军以归。"虏得书，疑琼，分隶其众困苦之，边赖以安。

此即冯睢杀宫他之智。西周宫他亡之东周，尽以国情输之。西周君大怒。冯睢曰："臣能杀他。"君予金三十斤。睢使人操金与书间遗宫他云云。东周君杀宫他。

太史慈

太史慈在郡。会郡与州有隙，曲直未分，以先闻者为善。时州章已去，郡守恐后之，求可使者。慈以选行，晨夜取道到洛阳，诣公车门，则州吏才至，方求通。慈问曰："君欲通章耶？"吏曰："然。""章安在？题署得无误耶？"因假章看，便裂败之。吏大呼持慈，慈与语曰："君不以相与，吾以无因得败，祸福等耳，吾不独受罪，岂若默然俱去？"因与遁还，郡章竟得直。

涿人杨四

天顺中，承天门灾，阁臣岳正以草诏得罪，降广东钦州同知。道漷，以母老留阅月。尚书陈汝言素憾正，至是嗾逻者以私事中，逮系诏狱，拷掠备至，谪戍肃州镇夷所。至涿州，夜宿传舍，手梏急，气奔欲死。涿人杨四者素闻正名，为之祈哀，解人不肯。因醉以醇酒，伺其熟睡，谓正曰：“梏有封印，奈何？”正曰：“可烧鏊令热，以酒喷封纸，就炙之，纸得燥，自然昂起。”杨乃如其言，去钉脱梏，刓其中，复钉而封之。其人既醒，觉有异，杨乃告曰：“业已然，可如何？今奉银数十两为寿，不如纳之。”正以此得至戍所。

李文达

天顺初，德秀等王皆当出阁，英庙谕李文达公贤慎选讲读官。文达以亲王四位，用官八员，翰林几去半矣，乃请于新进士内选人物俊伟、语言正当、学问优长者，授以检讨之职，分任讲读。遂为定例。

周文襄

己巳之难，也先将犯京城，声言欲据通州仓。举朝仓皇无措，议者欲遣人举火烧仓，恐敌之因粮于我也。时周文襄公忱适在京，因建议，令各卫军预支半年粮，令其往取。于是肩负者踵接，不数日，京师顿实，而通州仓为之一空。

一云：己巳之变，议者请烧通州仓以绝虏望。于肃愍曰：“国之命脉，民之膏脂，奈何不惜！”传示城中有力者恣取之。数日粟尽入城。郦生以楚拔荥阳不坚守为失策，劝沛公急取敖仓。又，李密据黎阳仓，开仓恣民就食，浃旬得兵三十余万。徐洪客献策谓：“大众久聚，恐米尽人散，难以成功，宜乘锐进取。”密不从而败。刘子羽守仙人关，预徙梁、洋公私之积。金人深入，馈饷不继，乃去。自古攻守之策，未有不以食为本者，要在敌未至而预图耳。若搬运不及，则焚弃亦是一策。古名将亦往往有之，决不可赍盗粮也。

韩　雍　二条

韩雍弱冠为御史，出按江西。时有诏下镇守中官，而都御史误启其封，惧以咨雍。雍请宴中官而身为解之。明日伪为封识，而藏旧封于怀，俟会间，使邮卒持以付己，佯不知而启之，稍读一二语，即惊曰：“此非吾所当闻！”遽令吏还中官，则已潜易旧封矣。雍起谢罪，复欲与邮卒杖。中官以为诚，反为救解，欢饮而罢。

此即王韶欺郭逵之计，做得更无痕迹。

郭逵为西帅。王韶初以措置西事至边。逵知其必生边患，因备边财赋连及商贾，移牒取问。韶读之，怒形颜色，掷牒于地者久之，乃徐取纳怀中，入而复出，对使者碎之。逵奏其事，上以问韶。韶以原牒进，无一字损坏也。上不悟韶计，不直逵言。自是凡逵论，诏皆不报，而韶遂得志矣。

韩襄毅在蛮中，有一郡守治酒具进，用盒纳妓于内，径入幕府。公知必有隐物，召郡守入，开盒，令妓奉酒毕，仍纳于盒中，随太守出。

此必蛮守欲假此以窥公耳。公不拂其意，而处之若无事然。此岂死讲道理人所知！

耿定力

耿司马公定力知成都府。益俗不丧而冠素，亟禁之。适两台拨捕蝗，公寝未发。道逢三素冠，皆豪子弟也，数之曰："法不汝贯，能掠蝗自雪乎？"其人击颡，遍募人掠之，蝗尽，民无扰者。

本欲掠蝗，借素冠以济，一举两得。灵心妙用，可以类推。

某教谕

有御史罪其县令，县令密使嬖儿侍御史，御史昵之，遂乘机窃其篋中篆去。御史顾篆篋空，心疑县令所为而不敢发，因称疾不视事。尝闻某教谕有奇才，因其问疾，召至床头诉之。教谕教御史夜半于厨中发火。火光烛天，郡县俱赴救。御史持篆篋授县令，他官各有所护。及火灭，县令上篆篋，则篆在矣。或云此教谕乃海瑞也，未详。

山尽水穷处，忽睹天台、雁荡、洞庭、彭蠡，想胸中有走盘珠万斛在。

王　安

神庙虽定储，而郑贵妃权谲有宠，东宫不无危疑，侍卫单微，资用多匮，弥缝补救，司礼监王安力为多。福邸出藩，贵妃倾宫畀之。或迎附东宫，勒止最后十箱，舁至宫门。安知之，谏曰："此非太子之道也！"或曰："业已舁至，奈何？"安曰："即舁还之！"更简箱之类此者十枚，实以器币而赠之。乃谓妃曰："适止箱于宫门，欲以仿箱制也。"上及贵妃皆大喜。

朴　恒

尝有觅亲尸于战场，溃腐不可物色者。高丽臣朴恒父母殁于蒙古之兵，恒从积尸中得相似者辄收瘗，凡三百余人。此亦一法。

元祐间有大臣某，父贬死珠崖，寓柩不归。既贵，自过海迎取。岁久，无能识者。僧房中有数柩枯骨，无款识，不获已，挈一棺归，与其母合葬。后竟传误取亡僧骨者，方知朴恒有见。

应卒卷十七

西江有水，遐不及汲。壶浆箪食，贵于拱璧。岂无永图，聊以纾急。集“应卒”。

张 良

高帝已封大功臣二十余人，其余日夜争功不决。上在洛阳南宫，望见诸将往往相与坐沙中偶语，以问留侯。对曰：“陛下起布衣，以此属取天下。今为天子，而所封皆故人，所诛皆仇怨，故相聚谋反耳！”上忧之，曰：“奈何？”留侯曰：“上生平所憎，群臣所共知，谁最甚者？”上曰：“雍齿数窘我。”留侯曰：“今急，先封雍齿，则群臣人人自坚矣。”乃封齿为什方侯。群臣喜曰：“雍齿且侯，吾属无患矣！”

温公曰：“诸将所言，未必反也。果谋反，良亦何待问而后言邪？徒以帝初得天下，数用爱憎行诛赏，群臣往往有觖望自危之心，故良因事纳忠以变移帝意耳。”袁了凡曰：“子房为雍齿游说，使帝自是有疑功臣之心，致三大功臣相继屠戮，未必非一言之害也！”由前言，良为忠谋；由后言，良为罪案。要之布衣称帝，自汉创局，群臣皆比肩共事之人，若觖望自危，其势必反。帝所虑亦止此一著，良乘机道破，所以其言易入，而诸将之浮议顿息，不可谓非奇谋也！若韩、彭俎醢，良亦何能逆料之哉！

孔 子

鲁人烧积泽，天北风，火南倚，恐烧国，哀公自将众趋救火者。左右无人，尽逐兽，而火不救。召问仲尼，仲尼曰：“逐兽者乐而无罚，救火者苦而无赏，此火之所以不救也。”哀公曰：“善。”仲尼曰：“事急，不及以赏救火者。尽赏之，则国不足以赏于人。请徒行罚！”乃下令曰：“不救火者，比降北之罪；逐兽者，比入禁之罪！”令下未遍，而火已救矣。

贾似道为相。临安失火，贾时方在葛岭，相距二十里。报者络绎，贾殊不顾，曰：“至太庙则报。”俄而报者曰：“火且至太庙！”贾从小肩舆，四力士以椎剑护，里许即易人，倏忽即至。下令肃然，不过曰：“焚太庙者斩殿帅！”于是帅率勇士一时救熄。贾虽权奸，而威令必行，其才亦自有快人处。

刘 巴

刘备攻刘璋。备与士众约：“若事定，府库百物，孤无预焉。”及拔成都，士众皆舍干戈赴诸藏竞取宝物，军用不足，备甚忧之。刘巴曰："易耳！但当铸直百钱，平诸物价，令吏为官市。"备从之，数月之间府库充实。

无官市则直百钱不能行，但要紧在平价，则民不扰而从之如水矣。

黄　炳

嘉熙间，峒丁反吉州。万安宰黄炳鸠兵守备。一日五更探报："寇且至！"遣巡尉引兵迎敌，皆曰："空腹奈何？"炳曰："第速行，饭且至矣。"炳乃率吏辈携竹罗木桶，沿市民之门曰："知县买饭！"时人家晨炊方熟，皆有热饭熟水，厚酬其值，负之以行。于是士卒皆饱餐，一战破寇。由此论功，擢守临川。

赵从善　　辛弃疾

赵从善尹京日，宦寺欲窘之，科降设醮红桌子三百只，内批限一日办集。从善命于酒坊茶肆取桌相类者三百，净洗，糊以白纸，用红漆涂之。又，两宫幸聚景园，夜过万松岭，立索火炬三千。从善命取诸瓦舍妓馆不拘竹帘芦帘，实以脂，卷而绳之，系于夹道松树，左右照耀，比于白日。

高宗南渡，驻跸临安，草创行在。方造一殿，无瓦，而天雨。郡与漕司忧之。忽一吏白曰："多差兵士，以钱镪分俵关厢铺店，赁借楼屋腰檐瓦若干，旬月新瓦到，如数赔还。"郡司从之，殿瓦咄嗟而办。辛幼安在长沙，欲于后圃建楼赏中秋。时已八月初旬矣。吏曰："他皆可办，唯瓦不及。"幼安命先于市上每家以钱一百，赁檐瓦二十片，限两日以瓦收钱，于是瓦不可胜用。

二事皆一时权宜，可为事役之法。

周　忱　二条

正统中，采绘宫殿，计用牛胶万余斤，遣官敕江南上供甚急。时巡抚周忱以议事赴京，遇诸途，敕使请公还治。公曰："第行，自有处置。"至京，言："京库所贮牛皮，岁久朽腐，请出煎胶应用，俟归市皮还库，以新易旧，两得便利。"王振欣然从之。

时边事紧急，工部移文，索造盔甲腰刀数百万，其盔俱要水磨。公取所积余米，依数成造，且计水磨明盔非岁月不可，暂令摆锡，旬日而办。

张　恺

张恺，鄞县人。宣德三年，以监生为江陵令。时征交趾大军过，总督日晡立取火炉及架数百。恺即命木工以方漆桌锯半脚，凿其中，以铁锅实之。已又取马槽千余，即取针工各户妇人，以棉布缝成槽，槽口缀以绳，用木桩张其四角，饲马食过便收卷，前路足用，遂以为法。

后周文襄荐为工部主事，督运大得其力。嗟乎！此监生也，用人可以资格限乎？

张 毂

张毂为同州观察判官。是时出兵备边州，征箭十万，限以雕雁羽为之，其价翔踊，不可得。毂曰："矢，去物也，何羽不可？"节度使曰："当须省报。"毂曰："州距京师二千里，如民急何？万一有责，下官任之。"一日之间，价减数倍，尚书省竟如所请。

陶 鲁

陶鲁字自立，郁林人，年二十，以父成死事，录补广东新会县丞。都御史韩公雍下令索犒军牛百头，限二日俱。公令出如山，群僚皆不敢应。鲁逾列任之。三司及同官交责其妄。鲁曰："不以相累。"乃榜城门云："一牛酬五十金。"有人以一牛至，即与五十金。明日牛争集。鲁选取百头肥健者，平价与之，曰："此韩公命也。"如期而献。公大称赏，檄鲁麾下，任以兵政。其破藤峡，多赖其力，累迁至方伯。

本商鞅徙木立信之术，兼赵清献增价平粜之智。

边老卒

丁大用征岭南，京军乏食，掠得寇稻，以刀盔为杵舂。边鄙老卒笑其拙，教于高阜择净地，坎之如臼然，燃茅锻之，令坚实，乃置稻其中，伐木为杵以舂，甚便。

韦 丹

韦丹任洪州，值毛鹤叛，仓卒无御敌之器，丹乃造蒺藜棒一千具，并于棒头以铁钉钉之如猬毛，车夫及防援官健各持一具。其棒疾成易办，用亦与刀剑不殊。

李允则

宋真宗时，李允则知沧州。虏围城，城中无炮石，乃凿冰为炮，虏解去。近时陈规守安州，以泥为炮，城亦终不可下。

太宗卒

太宗以北兵渡淮，时无一苇之楫，有人于囊中取干猪脬十余，内气其中，环著腰间，泅水而南，径夺舟以济。

颜常道

颜常道曰："某年河水围濮州，城窦失戒，夜发声如雷，须臾巷水没骭。士有献衣袽之法，其要：取绵絮胎，缚作团，大小不一，使善泅卒沿城扪漏便塞之，水势即弭，众工随兴，城堞无虞。

侯叔献

熙宁中，睢阳界中发汴堤淤田，汴水暴至，堤防颇坏陷，人力不可制。时都水丞侯叔献莅役相视，其上数十里有一古城，急发汴堤注水入古城中，下流遂涸，使人亟治堤陷。次日，古城中水盈，汴流复行，而堤陷已完矣。徐塞古城所决，内外之水，平而不流，瞬息可塞。众皆伏其机敏。

雷简夭

陕西因洪水下，大石塞山涧中，水遂横流为害。石之大有如屋者，人力不能去，州县患之。雷简夫为县令，乃令人各于石下穿一穴，度如石大，挽石入穴窖之，水患遂息。

陆光祖

陆光祖初授濬县令，庚戌贺阑入塞，大司马赵锦议役三辅民筑垣以御，陆持不可。司马怒，以挠军兴劾之。陆屹不动，已复言于直指，谓必役本地民，莫若出钱兴边民如雇役法。直指上其议，竟得请，三辅乃安。

曹　操

魏武尝行役，失汲道，军皆渴。乃令曰："前有大梅林，饶子甘酸，可以解渴。"士卒闻之，口皆出水，乘此得及前源。

孙　权

濡须之战,孙权与曹操相持月余。权尝乘大船来观公军。公军弓弩乱发，箭著船旁，船偏重。权乃令回船，更一面以受箭，箭均船平。

刘　锜

金主亮性多忌。刘锜在扬州，命尽焚城外居屋，用石灰尽白城壁，书曰："完颜亮死于此！"亮见而恶之，遂居龟山，人众不可容，以是生变。

韩　琦

英宗即位数日，挂服柩前，哀未发而疾暴作，大呼，左右皆走，大臣骇愕痴立，莫知所措。琦投杖，直趋至前，抱入帘，以授内人，曰："须用心照管。"仍戒当时见者曰："今日事唯众人见，外人未有知者。"复就位哭，处之若无事然。

榆木川 二条

榆木川之变，杨荣、金幼孜入御幄密议，以六师在外，离京尚远，乃秘不发丧，亟命工部官括行在及军中锡器，召匠人销制为椑，敛而锢之，杀匠以灭口。命光禄官进膳如常仪，号令加肃，比入境，寂无觉者。

梓宫至开平，皇太子即遣皇太孙往迎，濒行启曰："有封章白事，非印识无以防伪。"时行急，不及制。侍从杨士奇请以大行皇帝初授东宫图书权付太孙，归即纳上。皇太子从之，复谓士奇曰："汝言虽出权宜，亦事几之会。昔大行临御，储位久虚，浮议喧腾。吾今就以付之，浮议何由兴也。"

邵 溥

靖康之变，金人尽欲得京城宗室。有献计者，谓宗正寺玉牒有籍可据。虏酋立命取牒。须臾持至南薰门亭子。会虏使以事暂还，此夜唯监交官物数人在焉，户部邵泽民溥其一也，遽索视之，每揭二三板，则掣取一板投火炉中，叹曰："力不能遍及也。"通籍中被焚者十二三。俄顷虏使至，吏举籍授之，遂按籍以取。凡京城宗室获免者，皆泽民之力。

昔裴谞为史思明所得，伪授御史中丞。时思明残杀宗室，谞阴缓之，全活者数十百人。乃知随地肯作方便者，皆有益于国家，视死抄忠孝旧本子者，不知孰愈？

盛文肃

盛文肃在翰苑日，昭陵尝召入，面谕："近日亢旱，祷而不应，朕当痛自咎责，诏求民间疾苦。卿只就此草诏，庶几可以商量，不欲进本往复也。"文肃奏曰："臣体肥，不能伏地作字，乞赐一平面子。"上从之，逮传旨下有司而平面子至，则诏已成矣。上嘉其敏速，更不易一字。或曰："文肃属文思迟，乞平面子。盖亦善用其短也。"边批：反迟为疾，妙妙！

敏悟卷十八

剪彩成花，青阳笑之。人工则劳，大巧自如。不卜不筮，匪虑匪思。集"敏悟"。

司马遹

晋惠帝太子遹，自幼聪慧。宫中尝夜失火，武帝登楼望之。太子乃牵帝衣入暗中。帝问其故，对曰："暮夜仓卒，宜备非常，不可令照见人主。"时遹才五岁耳。帝大奇之。尝从帝观豕牢，言于帝曰："豕甚肥，何不杀以养士，而令坐费五谷？”帝抚其背曰：“是儿当兴吾家！”后竟以贾后谗废死，谥愍怀。吁，真可愍可怀也！

此智识人，何以不禄？噫！斯人而禄也，司马氏必昌，而天道僭矣。適谥愍怀，而继惠世者，一怀一愍，马遂革而为牛，天之巧于示应乎？

李德裕

李德裕神俊，父吉甫每向同列夸之。武相元衡召谓曰：“吾子在家，所读何书？”——意欲探其志也。德裕不应。翌日，元衡具告吉甫。吉甫归责之，德裕曰：“武公身为帝弼，不问理国调阴阳，而问所读书。书者，成均礼部之职也。其言不当，是以不应。”吉甫复告，元衡大惭。

便知是公辅之器。

洪　钟

崇仁洪钟，生四岁，随父朝京以训导考满之京。舟中朝京与客奕，钟在旁谛观久之，悟其行势，导父累胜。比至临清，见牌坊大字题额，索笔书之，遂得字体。至京师，即设肆鬻字，京师异为神童。宪宗闻之，召见，命书，即地连画数字。又命书“圣寿无疆”四字，钟握笔久之，不动。上曰：“汝容有不识者乎？”钟叩头曰：“臣非不识字，第为此字不敢于地上书耳。”上嘉其言，即命内侍舁几，复以踏凳立其上，书之，一挥而就。上喜，命翰林给廪读书，其父升国子助教，以便其子。

按，钟弘治庚戌年十八，登进士，策授中书。不幸婴疾，未三十而夭。岂佛家所谓“修慧未修福”者邪？

高　定

高定年七岁，读《尚书》至《汤誓》，问父郢曰：“奈何以臣伐君？”父曰：“应天顺人。”定曰：“‘用命赏于祖，不用命戮于社。’岂是顺人？”父不能答。

夷、齐争之千年，高童决之一语。彼獐鹿、松槐之对，徒齿牙得利，不足道矣。

贾嘉隐七岁，以神童召见。时长孙无忌、徐勣于朝堂立语。徐戏之曰：“吾所倚何树？”曰：“松树。”徐曰：“此槐也，何言松？”贾云：“以公配木，何得非松？”长孙亦如徐问之，答曰：“槐树。”长孙曰：“不能复矫对耶？”曰：“木旁加鬼，何烦矫对？”王雱数岁时，客有以一獐一鹿同器以献荆公者，问雱：“何者是鹿？何者是獐？”雱实未辨，乃熟视曰：“獐边者是鹿，鹿边者是獐。”客大奇之。

杜 镐

杜镐侍郎兄仕江南为法官。尝有子毁父画像，为近亲所证者，兄疑其法未能决，形于颜色。镐尚幼，问知其故，辄曰：“僧、道毁天尊、佛像，可以比也。”兄甚奇之。

文彦博 司马光

彦博幼时，与群儿戏击毬，毬入柱穴中，不能取。公以水灌之，毬浮出。

司马光幼与群儿戏。一儿误堕大水瓮中，已没，群儿惊走。光取石破瓮，遂得出。

二公应变之才，济人之术，已露一斑。孰谓“小时了了者，大定不佳”耶？

王 戎

王戎年七岁时，尝与诸小儿游。瞩见道旁李树，有子扳折，诸小儿竞走之，唯戎不动。人问之，答曰：“树在道旁而多子，此必苦李。”试之果然。

许衡少时，尝暑中过河阳，其道有梨，众争取啖之，衡独危坐树下自若。或问之，曰：“非其有而取之，不可。”曰：“人亡世乱，此无主矣！”衡曰：“梨无主，吾心独无主乎？”边批：真道学。合二事观，戎为智，衡为义，皆神童也。

曹 冲

曹冲字仓舒。自幼聪慧。孙权尝致巨象于曹公。公欲知其斤重，以访群下，莫能得策。冲曰：“置象大船之上，而刻其水痕所至，称物以载之，一较可知矣。”冲时仅五六岁，公大奇之。

张 鲎

张鲎知处州时，有人欲造大舟，不能计其所费，问之。鲎云：“可造一小舟，以寸分尺，便可计算。

戴 颙

自汉世始有佛像，形制未工。宋世子铸丈六铜像于瓦官寺。既成，恨面瘦，工人不能改。迎戴颙字仲若。视之，颙曰：“非面瘦，乃臂胛肥耳。”为减臂胛，遂不觉瘦。

用侈便觉财匮，官贪便觉民贫，将侈便觉敌强。举隅善反，所通者大。

杨 佐

陵州有盐井，深五十丈，皆石作底，用柏木为干，上出井口，垂绠而下，方能得水。岁久，干摧败，欲易之，而阴气腾上，入者辄死。唯天雨则气随以下，稍能施工，晴则亟止。佐官陵州，教工人用木盘贮水，穴隙洒之，如雨滴然，谓之水盘。如是累月，井干一新，利复其旧。

尹见心

尹见心为知县。县近河，河中有一树，从水中生，有年矣，屡屡坏人舟。见心命去之。民曰："根在水中甚固，不得去。"见心遣能入水者一人，往量其长短若干。为一杉木大桶，较木稍长，空其两头，从树杪穿下，打入水中。因以巨瓢尽涸其水，使人入而锯之，木遂断。

怀　丙

宋河中府浮梁，用铁牛八维之，一牛且数万斤。治平中，水暴涨绝梁，牵牛没于河。募能出之者。真定僧怀丙以二大舟实土，夹牛维之，用大木为权衡状钩牛，徐去其土，舟浮牛出。转运使张焘以闻，赐之紫衣。

明成祖

成祖勒高皇帝功德碑于钟山。碑既巨丽非常，而龟趺太高，无策致之。一日梦有神人告之曰："欲竖此碑，当令龟不见人，人不见龟。"既寤，思而得之。遂令人筑土与龟背平，而辇碑其上，既定而去土，遂不劳力而毕。

黄怀信

宋初，两浙献龙船，长二十余丈，上为宫室层楼，设御榻，以备游幸。岁久腹败，欲修治而水中不可施工。熙宁中，宦官黄怀信献计，于金明池北凿大澳，可容龙船，其下置柱，以大木梁其上。乃决汴水入澳，引船当梁上，即车入澳中水。完补讫，复以水浮船，撤去梁柱，以大屋蒙之，遂为藏船之室，永无暴露之患。

苏郡葑门外有灭渡桥。相传水势湍急，工屡不就。有人献策，度地于田中筑基建之，既成，浚为河道，水由桥下，而塞其故处，人遂通行，故曰"灭渡"。此桥巨丽坚久，至今伟观。或云鲁般现身也。事与修船相似。

虞世基

隋炀幸广陵。既开渠，而舟至宁陵界，每阻水浅。以问虞世基，答曰："请为铁脚木鹅，长一丈二尺，上流放下，如木鹅住，即是浅处。"帝依其言验之，自雍丘至灌口，得一百二十九处。

周之屏

周之屏在南粤时，江陵欲行丈量，有司以瑶僮田不可问。比入觐，藩、臬、郡、邑合言于朝。江陵厉声曰："只管丈！"周悟其意，揖而出。众尚嗫嚅，江陵笑曰："去者，解事人也！"众出以问云何，曰："相君方欲一法度以齐天下，肯明言有田不可丈耶？申缩当在吾辈。"众方豁然。

杜琼　谯周

汉末杜琼字伯瑜尝言："古名官职，无言曹者。始自汉以来，官尽言曹，吏言'属曹'，卒言'侍曹'，此殆天意乎？"谯周因曰："灵帝名二子曰史侯、董侯。后即帝皆免为侯，亦此类矣。然则先帝讳备，备者，具也。后主讳禅，禅者，授也。言刘已具矣，当授他人也。"又言："曹者，众也；魏者，大也。众而大，天下其当会也。具而授，其无后矣！"及蜀亡，竞神其语。周曰："由杜君之词广之，非有独至之异也！"咸熙二年，周书板曰："典午忽兮，月酉没兮！"典午，谓司马；月酉，八月也。至八月而晋文帝崩。

梁武帝

台城陷，武帝语人曰："侯景必为帝，但不久耳。"破侯景字，乃成"小人百日天子"。景篡位，果百日而亡。

熊　火

绍兴己酉，有熊至永嘉城下。州守高世则谓其倅赵元镏曰："熊，于字为'能火'。郡中宜慎火烛！"后数日，果烧官民舍十七八。弘治十年六月，京师西直门有熊入城。兵部郎中何孟春亦以慎火为言。未几，礼部火；又未几，乾清宫毁焉。

柏人　牛口

汉高祖过柏人，欲宿，心动，询其地名，曰"柏人"。柏人者，迫于人也。不宿而去。已而闻贯高之谋。高祖不礼于赵王，故贯高等欲谋弑之。

窦建德救王世充，悉兵至牛口。李世民喜曰："豆入牛口，必无全理！"遂一战擒之。

后汉岑彭伐蜀，至彭亡，遇刺客而死。唐马燧讨李怀光，引兵下营，问其地，曰"埋光村"。喜曰："擒贼必矣！"果然。辽主德光寇晋，回至杀胡林而亡。宋吴璘与金人战，大败于兴州之杀金坪。弘治中，广西马参议炫与都司马某征瑶，至双倒马关，皆为贼所杀。宁王反，兵败于安庆，舟泊黄石矶。问左右："此何地名？"左右以对。江西人呼"黄"如"王"音。濠叹曰："我固应'失机'于此！"无何就擒。谶其可尽忽乎？文皇兵至怀来城，毁五虎桥而进，又如狼山、土墓、猪窝等处，俱不驻营，恶其名也。

弘治乙丑，昆山顾鼎臣为状元。尹阁老值家居，谓人曰：“此名未善。”盖“臣”与“成”声相似。“鼎成”龙驾，名犯嫌讳。至五月，果验。人谓尹之言亦有本也。景泰辛未状元乃柯潜，时人云“柯”与“哥”同音。未几，英庙还自北，退居南宫，固“哥潜”之谶。

曹翰

曹翰从征幽州，方攻城，卒掘土得蟹以献。翰曰：“蟹，水物，而陆居，失所也；且多足，彼援将至，不可进拔之象。况蟹者，解也，其班师乎？”已而果验。

郑钦说

钦说天性敏慧，精历术。开元后累官右补阙内供奉。初，梁之大同四年，太常任昉于钟山圹中得铭曰：“龟言土，蓍言水，甸服黄钟起灵址。瘗在三上庚，堕遇七中己。六千三百浹辰交，二九重三四百圮。”昉遍穷之，莫能辨，因遗戒子孙曰：“世世以铭访通人，有得其解者，吾死无恨！”昉五世孙升之隐居商洛，写以授钦说。钦说时出使，得之于长乐驿，至敷水三十里辄悟，曰：“此卜宅者废葬之岁月，而先识墓圮日辰也。‘甸服’，五百也；‘黄钟’，十二也。由大同四年却求汉建武四年，凡五百一十二年。葬以三月十日庚寅：‘三上庚’也。圮以七月十二日己巳，‘七中己’也。‘浹辰’，十二也。建武四年三月至大同四年七月，六千三百一十二月。月一交，故曰‘六千三百浹辰交’。‘二九’，十八也；‘重三’，六也。建武四年三月十日，距大同四年七月十二日，十八万六千四百日，故曰‘二九重三四百圮’。”升之大惊，服其超悟。

杨修 四条

杨修为魏武主簿。时作相国门，始构榱桷。魏武自出看，题门作“活”字，便去。杨见，便令坏之，曰：“门中活，‘阔’字，王正嫌门大也！”

人饷魏武一杯酪。魏武啖少许，盖头上题“合”字以示众。众莫能解。次至杨修，修便啖之，曰：“公教人噉一口也，复何疑！”

魏武尝过“曹娥碑”下，杨修从。碑背上见题作“黄绢幼妇外孙齑臼”八字。魏武谓修曰：“解否？”答曰：“解。”魏武曰：“卿未可言，俟我思之。”行三十里，魏武乃曰：“吾已得！”令修别记所知。修曰：“黄绢，色丝，于字为‘绝’。幼妇，少女，于字为‘妙’。外孙，女子，于字为‘好’。齑臼，受五辛之器，于字为‘辞’。所谓‘绝妙好辞’也！”魏武亦记之，与修同，叹曰：“吾才去卿乃三十里！”

操既平汉中，欲讨刘备而不得进，欲守又难为功。护军不知进止，操出教，唯曰：“鸡肋。”外曹莫能晓。杨修曰：“夫鸡肋，食之则无所得，弃之则殊可惜。公归计决矣！”乃私语营中戒装。俄操果班师。

德祖聪颖太露，为操所忌，其能免乎？晋、宋人主多与臣下争胜诗、字，故鲍照多累句，僧虔用拙笔，皆以避祸也。

刘　显

梁时有沙门讼田，武帝大署曰：“贞。”有司未辨，遍问莫知。刘显曰：“贞字文为‘与上人’。”

东方朔

武帝尝以隐语召东方朔。时上林献枣，帝以杖击未央前殿，曰：“叱叱！先生束束！”朔至曰：“上林献枣四十九枚乎？”朔见上以杖击槛，两木为林，上林也；束束，枣也；叱叱，四十九也。

开元寺沙弥

乾符末，有客寓广陵开元寺，不为僧所礼，题门而去。题云：“龛龙去东涯，时日隐西斜。敬文今不在，碎石入流沙。”僧众皆不解。有沙弥知为谤语，是“合寺苟卒”四字。

令狐绹

令狐绹镇淮海日，尝游大明寺，见西壁题云：“一人堂堂，二曜同光，泉深尺一，点去冰旁；二人相连，不欠一边，三梁四柱烈火燃，除却双钩两日全。”诸宾幕莫辨，有支使班蒙，一见知是“大明寺水，天下无比”八字。

丁晋公

广州押衙崔庆成抵皇华驿，夜见美人——盖鬼也，掷书云：“川中狗，百姓眼，马扑儿，御厨饭。”庆成不解，述于丁晋公。丁解云：“川中狗，蜀犬也；百姓眼，民目也；马扑儿，瓜子也；御厨饭，官食也：乃‘独眠孤馆’四字。”

苏　轼

荆公柄国时，有人题相国寺壁云：“终岁荒芜湖浦焦，贫女戴笠落柘条，阿侬去家京洛遥，惊心寇盗来攻剽。”人皆以为夫出妇忧乱荒也。及荆公罢相，子瞻召还，诸公饮苏寺中，以此诗问之。苏曰：“于‘贫女’句，可以得其人矣。

‘终岁’，十二月也，十二月为‘青’字。‘荒芜’，田有草也，草田为‘苗’字。‘湖浦焦’，水去也，水傍去为‘法’字。‘女戴笠’为‘安’字。‘柘落条’为‘石’字。‘阿侬’乃吴言，合之为‘误’字。‘去家京洛’为‘国’字。‘寇盗攻剽’为贼民。盖隐‘青苗法安石误国贼民’也！”

李 彪

后魏孝文尝宴群臣，举卮言曰：“三三横，两两纵，谁能辨之赐金钟。”御史中尉李彪曰：“沽酒老妪瓮注瓶，屠儿割肉与称同。”尚书左丞甄琛曰：“吴人浮水自云工，技儿掷袖在虚空。”彭城王勰悟曰：“此‘习’字也！”孝文即以金钟赐彪。

刘 瑊

辛未会试，江阴袁舜臣作谜诗于灯上，云：“六经蕴籍胸中久，一剑十年磨在手，杏花头上一枝横，恐泄天机莫露口。一点累累大如斗，掩却半床何所有？完名直待挂冠归，本来面目君知否？”诸人不辨，唯刘瑊一见知之，乃“辛未状元”四字。瑊，辛未榜眼，吴县人。

木马谜

秦少游为谜难东坡，云：“我有一间房，半间租与转轮王。有时射出一线光，天下邪魔不敢当。”坡公应声曰：“我有一张琴，琴弦藏在腹，凭君马上弹，弹尽天下曲。”小妹曰：“我有一只船，一人摇橹一人牵。去时牵缆去，来时摇橹还。”三谜皆指木马，而后二谜更胜。

拆字等 四条

谢石润夫，成都人，宣和间至京师，以拆字言人祸福。求相者但随意书一字，即就其字离析而言，无不奇中，名闻九重。上皇因书一“朝”字，令中贵人持往试之。石见字，即端视中贵人曰：“此非观察所书也！”中贵人愕然曰：“但据字言之。”石以手加额曰：“‘朝’字，离之为‘十月十日’字，非此月此日所生之天人，当谁书也！”一座尽惊。中贵驰奏。翌日，召至后苑，令左右及宫嫔书字示之，论说俱有精理，锡赍甚厚，补承信郎。缘此四方求相者，其门如市。有朝士，其室怀娠过月，手书一“也”字，令其夫持问。是日坐客甚众。石详视，谓朝士曰：“此阁中所书否？”曰：“何以言之？”石曰：“谓语助者，焉、哉、乎、也，固知是公内助所书。”问：“盛年三十一否？”曰：“是也。”“以‘也’字上为‘三十’，下为‘一’字也。”“然吾官寄此，当力谋迁动，还可得否？”曰：“正以此为挠耳。盖‘也’字着‘水’则为‘池’，有‘马’则为‘驰’。今池运则无水，陆驰则无马，是安可动也？又尊阁父母兄弟近身亲人，皆当无一存者。以‘也’字着‘人’则是‘他’字。今独见‘也’字而不见‘人’故也。又尊阁其家物产亦当荡尽否？以‘也’字着‘土’则为‘地’字。今不见‘土’只见‘也’。俱是否？”曰：“诚如所言。然此皆非所问者。贱室忧怀娠过月，所以问耳。”石曰：“是必十三个月也。以‘也’字中有‘十’字，并两旁二竖下画为十三也。”边批：或三十一，或十三，数而参之。石熟视朝士曰：“有一事似涉奇怪，固欲不言，则吾官所问，正决此事，可尽言否？”朝士因请其说。石曰：“‘也’字着‘虫’为‘虵’字，今尊阁所娠，殆蛇妖也。然不见虫，则不能为害。谢石亦有薄术，可为吾官以药下验之，无苦也。”朝士大异其说，固请至家，以药投之，果下数百小蛇。都人益共神之，而不知其竟挟何术。

后石拆“春”字，谓“秦”头太重，压“日”无光。忤相桧，死于戍。

建炎间，术者周生善相字。车驾至杭。时虏骑惊扰之余，人心危疑。执政呼周生，偶书“杭”字示之。周曰：“惧有警报！”乃拆其字，以右边一点配“木”上，即为“兀术”。不旬日，果传兀术南侵。当赵、秦庙谟不协，各欲引退。二公各书“退”字示之。周曰：“赵必去，秦必留。日者君象，赵书‘退’字，‘人’去‘日’远。秦书‘人’字密附‘日’下，字在左笔下连，而‘人’字左笔斜贯之，踪迹固矣，欲退得乎？”既而皆验。

往年有叩试事者，书“串”字。术者曰：“不特乡闱得隽，南宫亦应高捷，盖以‘串’寓二‘中’字也！”一生在傍，乃亦书“串”字令观。术者曰：“君不独不与宾兴，更当疾。”询其所以，曰：“彼以无心书，故当如字。君以有心书，‘串’下加‘心’，乃‘患’字耳。”已而果然。

相传文皇在燕邸时，尝微行，诣一相字者，写“帛”字令看。其人即跪拜，称“死罪”！王惊问故。对曰：“‘皇’头‘帝’脚，必非常人也！”后有人亦书“帛”字，其人曰：“是为‘白巾’，君必遭丧！”

苏黄迁谪

苏子瞻谪儋州，以“儋”字与“瞻”相近也。子由谪雷州，以“雷”字下有“田”字也。黄鲁直谪宜州，以“宜”字类“直”字也。此章子厚谐谑之意。当时有术士曰：“‘儋’字从立人，子瞻其尚能北归乎？‘雷’字‘雨’在‘田’上，承天之泽也，子由其未艾乎？‘宜’字有盖棺之义，鲁直其不返乎？”后子瞻归，至毗陵而卒。子由老于颍，十余年乃终。鲁直竟没于宜。

子　犯

城濮之役，晋文公梦与楚子搏，楚子伏己而盬其脑，是以惧。子犯曰："吉！我得天，楚伏其罪，我且柔之矣！"

刘伯温

高祖方欲刑人，刘伯温适入，亟语之梦："以头有血而土傅之，不祥，欲以应之。"公曰："头上血，'众'字也，傅以土，得众且得土也。应在三日。"上为停三日待之，而海宁降。

董伽罗

通海节度使段思平，为杨氏所忌，逃之，剖野核桃，有文曰"青昔"。思平拆之曰："青乃十二月，昔乃二十一日，吾当以是日举义。"遂借兵东方。及河，欲渡，思平夜梦人斩其首，又梦玉瓶耳缺，又梦镜破，惧不敢进兵。军师董伽罗曰："三梦皆吉兆也！公为大夫，'夫'，去首为'天'，天子兆也。玉瓶去耳为'王'。镜中有影，如人相敌，镜破影灭，无对矣。"思平乃决，遂逐杨氏而有其国，改蒙曰大理。

小说载：秦王梦日落、山崩、海干、花谢。群臣莫能解者。甘罗年十二，进曰："日落帝星现，山崩地大平，海干龙献宝，花谢子收成。"事虽不经，亦云善对。

河水干

宋王有疾，夜梦河水干，忧形于色，以为君者，龙也；河无水，龙失其居，不祥。值宰辅问疾，以此询之。或曰："河无水，乃'可'字。陛下之疾当可矣。"帝欣然，未几疾愈。

王昙哲等　三条

北齐文宣将受禅，梦人以笔点额。王昙哲贺曰："'王'上加点，乃'主'字，位当进矣！"吴祚《国统志》载熊循占吴大帝之梦同此。

隋文帝未贵时，尝夜泊江中，梦无左手，觉甚恶之。及登岸，诣一草庵，中有一老僧，道极高，具以梦告之。僧起贺曰："无左手者，独拳也，当为天子！"后帝兴，建此庵为吉祥寺。

唐太宗与刘文静首谋之夜，高祖梦堕床下，见遍身为虫蛆所食，甚恶之。询于安乐寺智满禅师，师曰："公得天下矣！床下者，陛下也；群蛆食者，所谓群生共仰一人活耳！"高祖嘉其言。

先进场

昔一士子将赴试，梦先进场，觉而语妻，喜曰：“今秋必魁多士矣！”妻曰：“非也！子不忆《鲁语》‘先进第十一’乎？”后果名在十一。

曹良史

河东裴元质初举进士，明朝唱策，夜梦一狗从窦出，挽弓射之，其箭遂擎，以为不祥。曹良史曰：“吾往唱策之夜，亦为此梦。梦神为吾解之曰：‘狗者，第字头也；弓，第字身也；箭者，第竖也；有擎，为第也。’”寻唱策，果如梦焉。

占状元 二条

孙龙光状元及第。前一年，尝梦积木数百，龙光践履往复。既而请一李处士圆之。处士曰：“贺郎君喜！来年必是状元！何者？已居众材之上。”

郭俊应举时，梦见一老僧着屐，于卧榻上蹒跚而行。既寤，甚恶之。占者曰：“老僧，上座也。著屐于卧榻上，行屐高也，君其巍峨矣！”及见榜，乃状元也。

剃 髭 剃 发

宋李迪美须髯，御试日，梦剃削俱尽。占者曰：“剃者，替也。解元是刘滋，今替滋矣！”果状元及第。

曹确判度支，亦有台辅之望。或梦剃发为僧，心甚恶之。有一士善占梦，确召而诘之。此士曰：“前贺侍郎：旦夕必登庸！出家者，剃度也。度、杜同音，必代杜为相矣！”无何，杜相出镇江西，而确大拜。

舌生毛

马亮知江陵府，任满当代，梦舌上生毛。僧占曰：“舌上生毛，剃不得，当在任。”果然。

季 毅

王濬梦悬三刀于梁上，须臾又益一刀。季毅曰：“三刀为州，又益者，明府其临益州乎？”果迁益州刺史。

郭乔卿

后汉蔡茂家居，梦取得一束禾，又复失之。郭乔卿曰：“禾失为秩，君必膺禄秩矣！”旬日内征为司徒。

李仙药 二条

给事陈安平子年满赴选，与乡人李仙药卧，夜梦十一月养蚕。仙药占曰：“十一月养蚕，冬丝也，君必送东司。”数日果送吏部。

饶阳李瞿昙勋官番满选，夜梦一母猪极大，李仙药占曰：“母猪，豘生也，君必得屯主。”数日，果如其言。

杨廷式

伪吴毛贞辅，累为邑宰。应选之广陵，梦吞日，既寐腹犹热。以问侍御史杨廷式。杨曰：“此梦至大，非君所能当。若以君言，当得赤坞场官也。”果如其言。

索 纨

晋索充梦舅脱去上衣。索纨占曰：“‘舅’字去其上，乃‘男’字也，当生男。”又，张邈尝奉使，梦狼啖一脚。索纨曰：“‘脚’肉被啖，为‘却’字，子必不行。”后二占俱验。又，宋捔梦内有人著赤衣，捔把两杖极打之。纨曰：“‘内’有人，‘肉’字；朱衣赤色，乃干肉也；两杖象箸，极打之。必饱食。”亦验。

周 宣

魏周宣善占梦。有人梦刍狗，询之，宣曰：“当得美食。”已验矣，其人复往，谬曰：“吾夜来复梦刍狗。”宣曰：“宜防倾蹶！”未几因堕车损足。其人怪之，复谬曰：“夜来又梦刍狗。”宣曰：“慎防失火！”俄而家中火起。乃诣宣问曰：“吾梦刍狗，三占不同，而皆验，何也？”宣曰：“刍狗，祭物，故始梦当得食；祭讫则车轹之矣，故堕车伤足也；既经车轹，必且入樵爨，故虞失火。”其人曰：“吾前实梦，后二次妄言耳。”宣曰：“吉凶悔吝生乎动，汝意既动，与真梦同，是以占之皆验。”

顾 琮

顾琮为补阙，尝有罪系诏狱，当伏法。琮忧愁，坐而假寐，忽梦见其母下体，琮谓下详之甚，愈惧，形于颜色。时有善解者，贺曰：“子其免乎？太夫人下体，是足下生路也。重见生路，何吉如之！”明日，门下侍郎薛稷奏刑失人，竟得免，琮后至宰相。

苻 坚

苻坚将欲南伐，梦满城出菜，又地东南倾。其占曰：“菜多，难为酱；东南倾，江左不得平也。”

张 猷

右丞卢藏用、中书令崔湜坐太平党，被流岭南。至荆州，湜一夜梦讲坐下听法而照镜。占梦张猷谓卢右丞曰：“崔令公乃大恶！梦坐下听讲，法从上来也。‘镜’字，‘金’旁‘竟’也，其竟于今日乎？”得敕，令湜自尽。

卫中行

卫中行为中书舍人时，有故旧子弟赴选，投卫论嘱。卫欣然许之。驳榜将出，其人忽梦乘驴渡水，蹶坠水中，登岸而靴不沾湿。选人与秘书郎韩众有旧，访之。韩被酒半戏曰："公今手选事不谐矣：据梦！‘卫生相负，足下不沾。’”及榜出，果驳放。

王戎

王戎梦有人以七枚椹子与之，著衣襟中。既觉，得之，占曰："椹，桑子。"自后男女大小凡七丧。

梦椹代丧，明用甚雅。

李锜

韩皋素与李锜不协。锜一日梦万岁楼上挂冰，因自解曰："冰者，寒也；楼者，高也。岂韩皋来代我乎？"意甚恶之。皋果移镇浙右。

筮疾

有人父官刺史，得书云"有疾"。是人诣赵辅和馆，别托相知者筮，遇"泰"。筮者云："甚吉！"是人出后，辅和语筮者云："泰，乾下坤上，则父已入土矣，岂得言吉？"果凶问至。顾士群母病，筮得"归妹"之"随"，或以为"男女有家"之卦，必无患。郭璞曰："‘归妹’，女之终也，兑主秋，至立秋日终矣。"果然。

占兄弟　占子

成化甲午，江西乡试。揭晓之期，泰和尹公直在京，命卜者占弟嘉言中否，得"明夷"卦，内离外坤，三爻五爻发，三爻皆兄弟。占者以书云"兄弟雷同难上榜"，嗫嚅不敢对。公曰："三为白虎，五为青龙，龙虎榜动，有中之兆。兄弟发者，以兄问弟，弟当动而来矣。"不数日，喜报果至。

有父占子病者，卦得"父母当头克子孙"凶象，而子孙爻又不上卦。占者断其必死。父泣而归，途遇一友。问得其故，友曰："父母当头克子孙，使子孙上卦，则受克矣。今之生机，全在不上卦。譬如父持大杖欲击子，不相值则已耳。郎君必无恙！"未几果愈。

语智部

冯子曰：智非语也，语智非智也；喋喋者必穷，期期者有庸，丈夫者何必有口哉！固也，抑有异焉。两舌相战，理者必伸；两理相质，辩者先售。子房以之师，仲连以之高，庄生以之旷达，仪、衍以之富贵，端木子以之列于四科，孟氏以之承三圣。故一言而或重于九鼎，单说而或强于十万师，片纸书而或贤于十部从事，口舌之权顾不重与？“谈言微中，足以解纷”，“言之无文，行之不远”。君子一言以为智，一言以为不智，智泽于内，言溢于外。《诗》曰：“唯其有之，是以似之。”此之谓也。

辩才卷十九

侨童有辞，郑国赖焉。聊城一矢，名高鲁连。排难解纷，辩哉仙仙。百尔君子，毋易繇言。集“辩才”。

子　贡　二条

吴征会于诸侯。卫侯后至，吴人藩卫侯之舍。子贡说太宰嚭曰：“卫君之来，必谋于其众，其众或欲或否，是以缓来。其欲来者，子之党也；其不欲来者，子之仇也。若执卫侯，是堕党而崇仇也。”嚭说，乃舍卫君。

田常欲作乱于齐，惮高、国、鲍、晏，故移其兵，欲以伐鲁。孔子闻之，谓门弟子曰：“夫鲁，坟墓所处，二三子何为莫出？”子路请出，孔子止之。子张、子石请行，孔子弗许。子贡请，孔子许之。遂行至齐，说田常曰：“君之伐鲁，过矣！夫鲁，难伐之国：其城薄以卑，其地狭以泄，其君愚而不仁，大臣伪而无用，其士民又恶甲兵之事——此不可与战。君不如伐吴。夫吴城高以厚，地广以深，甲坚以新，士选以饱，重器精兵，尽在其中，又使明大夫守之——此易伐也。”田常忿然作色，曰：“子之所难，人之所易；子之所易，人之所难。而以教常，何也？”边批：正是辞端。子贡曰：“臣闻之：‘忧在内者攻强，忧在外者攻弱。’今君破鲁以广齐，战胜以骄主，破国以尊臣，而君之功不与焉，而交日疏于王。是君上骄主心，下恣群臣，求以成大事，难矣！夫上骄则恣，臣骄则争，是君上与主有郤，下与大臣交争也，如此则君之立于齐，危矣！故曰不如伐吴。伐吴不胜，民人外死，大臣内空，是君上无强臣之敌，下无民人之过，孤主制齐者，唯君也！”田常曰：“善！虽然，吾兵业已加鲁矣，去而之吴，大臣疑我，奈何？”子贡曰：“君按兵无伐，臣请往使吴王，令之救鲁而伐齐，君因以兵迎之。”田常许之。使子贡南见吴王，说曰：“臣闻之，‘王者不绝世，霸者无强敌’；‘千钧之重，加铢而移’。今以万乘之齐，而私千乘之鲁，与吴争强，窃为王危之！且夫救鲁，显名也；伐齐，大利也。以扶泗上诸侯，诛暴齐而服强晋，利莫大焉。名存亡鲁，实困强齐，智者不疑也。”吴王曰：“善！虽然，吾尝与越战，栖之会稽。越王苦身养士，有报我心。子待我伐越而听子。”子贡曰：“越之劲不过鲁，强不过齐。王置齐而伐越，则齐已平鲁矣。且王方以存亡继绝为名，夫伐小越而畏强齐，非勇也。夫勇者不避难，仁者不穷约，智者不失时。今存越示诸侯以仁，救鲁伐齐，威加晋国，诸侯必相率而朝，吴霸业成矣！且王必恶越，臣请东见越王，令出兵以从，此实空越，名从诸侯以伐也。”吴王大说，乃使子贡之越。越王除道郊迎，身御至舍，而问曰：“此蛮夷之国，大夫何以惠然辱而临之？”子贡曰：“今者吾说吴王以救鲁伐齐，其志欲之而畏越，曰：‘待我伐越乃可。’如此破越必矣！且夫无报人之志而令人疑之，拙也；有报人之意使人知之，殆也；事未发而先闻，危也。三者举事之大患！”勾践顿首再拜，曰：“孤尝不料力，乃与吴战，困于会稽。痛入于骨髓，日夜焦唇干舌，徒欲与吴王接踵而死，孤之愿也！”遂问子贡，子贡曰：“吴王为人猛暴，群臣不堪；国家敝于数战，士卒弗忍，百姓怨上；太宰嚭用事，顺君之过，以安其私，是残国之治也。今王诚发士卒佐之，以徼其志，重宝以说其心，卑辞以尊其礼，其伐齐必也。彼战不胜，王之福矣；战胜，必以兵临晋。臣请北面晋君，令共攻之，弱吴必矣。其锐兵尽于齐，重甲困于晋，而王制其敝，此灭吴必矣。”越王大说，许诺，送子贡金百镒、剑一、良矛二。子贡不受，遂行，报吴王曰：“臣敬以大王之言告越王，越王大恐，曰：“孤不幸，少失先人，内不自量，抵罪于吴，军败身辱，栖于会稽，国为虚莽。赖大王之赐，使得奉俎豆而修祭祀，死不敢忘，何谋之敢虑！”后五日，越使大夫种顿首言于吴王曰：“东海役臣孤勾践使者臣种，敢修下吏问于左右：今窃闻大王将兴大义，诛强救弱，困暴齐而抚周室，请悉起境内士卒三千人，孤请自被坚执锐，以先受矢石，因越贱臣种奉先人藏器，甲二十领、屈卢之矛、步光之剑，以贺军吏。”吴王大说，以告子贡曰：“越王欲身从寡人伐齐，可乎？”子贡曰：“不可。夫空人之国，悉人之众，又从其君，不义。君受其币，许其师，而辞其君。”

吴王许诺，乃谢越王。于是吴王乃遂发九郡兵伐齐。子贡因去之晋，谓晋君曰："臣闻之：'虑不先定，不可以应卒；兵不先辨，不可以胜敌。'今夫吴与齐将战。彼战而胜，越乱之必矣。与齐战而胜，必以其兵临晋！"晋君大恐，曰："为之奈何？"子贡曰："修兵休卒以待之。"晋君许诺。子贡去而之鲁。吴王果与齐人战于艾陵，大破齐师，获七将军之兵而不归，果以兵临晋。与晋人相遇黄池之上。吴、晋争强，晋人击之，大败吴师。越王闻之，涉江袭吴，去城七里而军。吴王闻之，去晋而归，与越战于五湖。三战不胜，城门不守。越遂围王宫，杀夫差而戮其相。破吴三年，东向而霸。故子贡一出，存鲁、乱齐、破吴、强晋而霸越，十年之中，五国各有变。

直是纵横之祖，全不似圣贤门风。

鲁仲连

秦围赵邯郸，诸侯莫敢先救。魏王使客将军辛垣衍间入邯郸，欲与赵尊秦为帝。鲁仲连适在赵，闻之，见平原君胜。胜为介绍，而见之于辛垣衍。鲁连见辛垣衍而无言。辛垣衍曰："吾视居此围城之中者，皆有求于平原君者也。今观先生之玉貌，非有求于平原君者，曷为久居此围城之中而不去也？"鲁连曰："秦弃礼义、上首功之国也。权使其士，虏使其民。彼肆然而为帝，则连有赴东海而死耳，不忍为之民也！所为见将军者，欲以助赵也。"辛垣衍曰："助之奈何？"鲁连曰："吾将使梁及燕助之，齐、楚固助之矣。"辛垣衍曰："燕吾不知，若梁，则吾乃梁人也，先生恶能使梁助之耶？"鲁连曰："梁未睹秦称帝之害故也。使睹秦称帝之害，则必助赵矣。"辛垣衍曰："秦称帝之害奈何？"鲁连曰："昔齐威王尝为仁义矣，率天下诸侯而朝周。周贫且微，诸侯莫朝，而齐独朝之。居岁余，周烈王崩，诸侯皆到，齐后往，周怒，赴于齐曰：'天崩地坼，天子下席，东藩之臣田婴齐后至，则斩之！'威王勃然怒曰：'叱嗟！而母婢也！'卒为天下笑。故生则朝周，死则叱之，诚不忍其求也。彼天子固然，其无足怪。"辛垣衍曰："先生独未见夫仆乎？十人而从一人者，宁力不胜、智不若耶？畏之也。"鲁连曰："梁之比于秦若仆耶？"边批：激之。辛垣衍曰："然。"鲁连曰："然则吾将使秦王烹醢梁王！"边批：重激之。辛垣衍怏然不悦，曰："嘻！亦太甚矣！先生又恶能使秦王烹醢梁王？"鲁连曰："固也。待吾言之。昔者鬼侯、鄂侯、文王，纣之三公也。鬼侯有子而好，故入之于纣。纣以为恶，醢鬼侯。鄂侯争之急，辩之疾，并脯鄂侯。文王闻而叹息，拘于羑里之库百日，而欲令之死。曷为与人俱称帝王，卒就脯醢之地也？齐湣王将之鲁，夷维子执策而从，谓鲁人曰：‘子将何以待吾君？’鲁人曰：‘吾将以十太牢待子之君。’夷维子曰：‘吾君天子也。天子巡狩，诸侯避舍，纳管键，摄衽抱几，视膳于堂下，天子已食，退而听朝也！’鲁人投其钥，不果纳。将之薛，假途于邹。当是时，邹君死，闵王欲入吊。夷维子谓邹之孤曰：‘天子吊，主人必将倍殡柩，设北面于南方，然后天子南面吊也。’邹之群臣曰：‘必若此，吾将伏剑而死！’故不敢入于邹。邹、鲁之臣，生则不能事养，死则不得饭含，边批：为齐强横故。然且欲行天子之礼于邹、鲁之臣，不果纳。今秦万乘之国，梁亦万乘之国，交有称王之名，睹其一战而胜，欲从而帝之，是使三晋之大臣，未如邹、鲁之仆妾也！且秦无已而帝，则且变易诸侯之大臣，彼将夺其所谓不肖，而予其所谓贤，夺其所憎，而予其所爱；彼又将使其子女谗妾为诸侯妃姬，处梁之宫，梁王安得晏然而已乎？而将军又何以得故宠乎？”于是辛垣衍起，再拜谢曰：“吾乃今知先生为天下之士也！吾请去，不敢复言帝秦矣！”秦将闻之，为却军五十里。

苏轼曰：“仲连辩过仪、秦，气凌髡、衍，排难解纷，功成而逃，实战国一人而已！”穆文熙曰：“仲连挫帝秦之说，而秦将为之却军，此《淮南》之所谓‘庙战’也！”

虞卿

秦攻赵于长平，大破之，引兵而归，因使人索六城于赵而讲。赵计未定，楼缓新从秦来，赵王与楼缓计之曰：“与秦城何如？不与何如？”楼缓辞让曰：“此非臣之所能知也。”王曰：“虽然，试言公之私。”楼缓曰：“王亦闻夫公甫文伯母乎？公甫文伯官于鲁，病死，妇人为之自杀于房中者二人，其母闻之，不哭也。相室曰：‘焉有子死而不哭者乎？’其母曰：‘孔子，贤人也，逐于鲁，是人不随。今死而妇人为死者二人，若是者，其于长者薄，而于妇人厚。’故从母言之，为贤母也；从妇言之，必不免于妒妇也。故其言一也，言者异，则人心变矣。今臣新从秦来，而言‘勿与’，则非计也；言‘与之’，则恐王以臣之为秦也，故不敢对。使臣得为王计之，不如予之。”王曰：“诺。”虞卿闻之，入见王。王以楼缓言告之。虞卿曰：“此饰说也！”王曰：“何谓也？”虞卿曰：“秦之攻赵也，倦而归乎？王以其力尚能进，爱王而不攻乎？”王曰：“秦之攻我也，不遗余力矣，必以倦而归也。”虞卿曰：“秦以其力攻其所不能取，倦而归，王又以其力之所不能攻而资之，是助秦自攻也。来年秦复攻王，王无以救矣！”王以虞卿之言告楼缓。楼缓曰：“虞卿能尽知秦力之所至乎？诚知秦力之所不至，此弹丸之地犹不予也。今秦来复攻，王得无割其内而媾乎？”王曰：“诚听子割矣，子能必来年秦之不复攻我乎？”楼缓对曰：“此非臣之所敢在也。昔日三晋之交于秦，相善也，今秦释韩、魏而独攻王，王之所以事秦，必不如韩、魏也。今臣为足下解负亲之攻，启关通币，齐交韩、魏。至来年，而王独不取于秦，王之所以事秦者，必在韩、魏之后也。此非臣之所以敢任也！”王以楼缓之言告虞卿。虞卿曰：“楼缓言‘不媾，来年秦复攻王’，得无更割其内而媾？今媾，楼缓又不能必秦之不复攻也。虽割何益？来年复攻，又割其力之所不能取而媾也。此自尽之术也！不如无媾。秦虽善攻，不能取六城，赵虽不能守，亦不至失六城。秦倦而归，兵必罢。我以六城收天下，以攻罢秦，是我失之于天下，而取偿于秦也，吾国尚利；孰与坐而割地，自弱以强秦？今楼缓曰：‘秦善韩、魏而攻赵者，必王之事秦不如韩、魏也。’是使王岁以六城事秦也，即坐而地尽矣。来年秦复求割地，王将予之乎？不予，则是弃前资而挑秦祸也；与之，则无地而给之。语曰：强者善攻，而弱者不能自守。今坐而听秦，秦兵不敝而多得地，是强秦而弱赵也。以益强之秦，而割愈弱之赵，其计固不止矣！且秦虎狼之国也，无礼义之心，其求无已，而王之地有尽，以有尽之地，给无已之求，其势必无赵矣！故曰：此饰说也，王必勿与！”王曰：“诺。”楼缓闻之，入见于王，王又以虞卿之言告之。楼缓曰：“不然。虞卿得其一，未知其二也。秦、赵构难，而天下皆说。何也，曰：我将因强而乘弱。今赵兵困于秦，天下之贺战胜者，则必在于秦矣。故不若亟割地求和，以疑天下、慰秦心。不然，天下将因秦之怒，乘赵之敝而瓜分之。边批：连衡者皆持此说为恐吓，却被虞卿揭破。赵且亡，何秦之图？王以此断之，勿复计也！”虞卿闻之，又入见王曰：“危矣，楼子之为秦也！夫赵兵困于秦，又割地为和，是愈疑天下，而何慰秦心哉！不亦大示天下弱乎！且臣曰勿予者，非固勿予而已也。秦索六城于王，王以六城赂齐。齐、秦之深仇也，得王六城，并力而西击秦也。齐之听王，不待辩之毕也。是王失于齐，而取偿于秦，一举结三国之亲，而与秦易道也。”赵王曰：“善！”因发虞卿东见齐王，与之谋秦。虞卿未反，秦之使者已在赵矣。楼缓闻之，逃去。

从来议割地之失，未有痛切快畅于此者。

苏　代 二条

雍氏之役，韩征甲与粟于周，周君患之，告苏代。苏代曰："何患焉！代能为君令韩不征甲与粟于周，又能为君得高都。"周君大悦，曰："子苟能，寡人请以国听。"苏代往见韩相国公仲，曰："公不闻楚计乎？昭应谓楚王曰：'韩氏罢于兵，仓廪空，无以守城。吾攻之以饥，不过一月，必拔之。'今围雍氏五月不能拔，是楚病也，楚王始不信昭应之计矣。今公乃征甲与粟于周，是告楚病也。昭应闻此，必劝楚王益兵守雍氏，雍氏必拔。"公仲曰："善。然吾使者已行矣。"代曰："公何不以高都与周？"公仲怒曰："吾无征甲与粟于周，亦已多矣，何为与高都？"代曰："与之高都，则周必折而入于韩。秦闻之，必大怒，而焚周之节，不通其使。是公以敝高都得完周也。"公仲曰："善！"不征甲与粟于周，而与高都。楚卒不拔雍氏而去。

田需死，昭鱼谓苏代曰："田需死，吾恐张仪、薛公、犀首之有一人相魏者。"代曰："然则相者以谁而君便之也？"昭鱼曰："吾欲太子之自相也。"代曰："请为君北见梁王，必相之矣！"昭鱼曰："奈何？"代曰："若其为梁王，代请说君。"昭鱼曰："奈何？"对曰："代也从楚来，昭鱼甚忧。代曰：'君何忧？'曰：'田需死，吾恐张仪、薛公、犀首有一人相魏者。'代曰：'勿忧也。梁王，长主也，必不相张仪。张仪相魏，必右秦而左魏。薛公相魏，必右齐而左魏。犀首相魏，必右韩而左魏。梁王长主也，必不使相也！'王曰：'然则寡人孰相？'代曰：'莫如太子之自相。是三人皆以太子为非固相也，皆将务以其国事魏，而欲丞相之玺。以魏之强，而持三万乘之国辅之，魏必安矣。故曰不如太子之自相也！'"遂先见梁王，以此语告之，太子果自相。

陈　轸

陈轸去楚之秦。张仪谓秦王曰："陈轸为王臣，常以国情输楚。仪不能与从事，愿王逐之，即复之楚，愿王杀之！"王曰："轸安敢之楚也！"王召陈轸告之曰："吾能听子，子欲何之？请为子约车。"对曰："臣愿之楚。"王曰："仪以子为之楚，吾又自知子之楚，子非楚，且安之也？"轸曰："臣出，必故之楚，以顺王与仪之策，而明臣之楚与否也。楚人有两妻者，人诶其长者，长者詈之，诶其少者，少者许之。居无几何，有两妻者死。客谓诶者曰：'汝取长者乎，少者乎？''取长者。'客曰：'长者詈汝，少者和汝，汝何为取长者？'曰：'居彼人之所，则欲其许我也。今为我妻，则欲其为詈人也。'今楚王，明主也；而昭阳，贤相也。轸为人臣，而常以国情输楚，楚王必不留臣，昭阳将不与臣从事矣。以此明臣之楚与不！”轸出，张仪入，问王曰：“陈轸果安之？”王曰：“夫轸，天下之辩士也，熟视寡人曰：‘轸必之楚。’寡人遂无奈何也。寡人因问曰：‘子必之楚也，则仪之言果信也。’轸曰：‘非独仪之言，行道之人皆知之：昔者子胥忠其君，天下皆欲以为臣；孝己爱其亲，天下皆欲以为子。故卖仆妾不出里巷而取者，良仆妾也；出妇嫁于乡里者，善妇也。臣不忠于王，楚何以轸为忠？忠且见弃，轸不之楚而何之乎？’”王以为然，遂善待之。

左师触龙

秦攻赵。赵王新立，太后用事，求救于齐。齐人曰：“必以长安君为质。”太后不可，齐师不出。大臣强谏，太后怒甚，曰：“有复言者，老妇必唾其面！”左师触龙请见，曰：“贱息舒祺最少，不肖，而臣衰，窃爱之，愿得补黑衣之缺，以卫王宫。愿及臣未填沟壑而托之！”太后曰：“丈夫亦爱少子乎？”对曰：“甚于妇人。”太后笑曰：“妇人异甚！”对曰：“老臣窃以为媪之爱燕后，贤于长安君。”太后曰：“君过矣！不如长安君之甚！”左师曰：“父母爱其子，则为之计深远。媪之送燕后也，持其踵而哭，念其远也，亦哀之矣。已行，非不思也，祭祀则祝之曰：‘必勿使反。’岂非为之计长久，愿子孙相继为王也哉？”太后曰：“然。”左师曰：“今三世以前，至于赵王之子孙为侯者，其继有在者乎？”曰：“无有。”曰：“此其近者祸及身，远者及其子孙。岂人主之子侯则不善！位尊而无功，奉厚而无劳，而挟重器多也！今媪尊长安之位，封以膏腴之地，多与之重器，而不及今令有功于赵，一旦山陵崩，长安君何以自托于赵哉？”太后曰：“诺。恣君之所使之。”于是为长安君约车百乘，质于齐。齐师乃出，秦师退。

庸　芮

秦宣太后爱魏丑夫。太后病将死，出令曰：“为我葬，必以魏子为殉！”魏子患之。庸芮为魏子说太后曰：“以死者为有知乎？”太后曰：“无知也。”曰：“若太后之神灵明知死者之无知矣，何为空以生所爱葬于无知之死人哉？若死者有知，先王积怒之日久矣，太后救过不赡，何暇乃私魏丑夫乎？”太后曰：“善！”乃止。

狄仁杰

武承嗣、三思营求为太子。狄仁杰从容言于太后曰：“姑侄与子母孰亲？陛下立子，则千秋万岁后，配食太庙；若立侄，则未闻侄为天子，而祔姑于庙者也。”太后乃寤。

议论到十分醒快处，虽欲不从而不可得。庐陵反正，虽因鹦鹉折翼及双陆不胜之梦，实姑侄子母之说有以动之。凡恋生前，未有不计死后者。

时王方庆居相位，以其子为眉州司士参军。天后问曰：“君在相位，子何远乎？”对曰：“庐陵是陛下爱子，今犹在远，臣之子，安敢相近？”此亦可谓善讽矣。然慈主可以情动，明主当以理格。则天明而不慈，故梁公辱昌宗而不怒，进张柬之而不疑，皆因其明而用之。

陆贾等 二条

平原君朱建，为人刚正而有口。辟阳侯得幸吕太后，欲知建，建不肯见。及建母死，贫未有以发丧，方假贷。陆贾素善建，乃令建发丧，而身见辟阳侯，贺之曰：“平原君母死。”边批：奇语。辟阳侯曰：“平原君母死，何乃贺我？”贾曰：“前君侯欲知平原君，平原君义不知君，以其母故。夫相知者，当相恤其灾危。今其母死，君诚厚送丧，则彼为君死矣！”辟阳侯乃奉百金被禭。列侯贵人以辟阳侯故，往赙凡五百金。久之，人或毁辟阳侯，惠帝大怒，下吏，欲诛之。吕太后惭不可言。大臣多害辟阳侯行，欲遂诛之。辟阳侯困急，使人欲见建。建辞曰：“狱急，不敢见。”建乃求见孝惠幸臣闳孺，说之曰：“君所以得幸帝，天下莫不闻，今辟阳侯下吏，道路皆言君谗欲杀之。今日辟阳侯诛，旦日太后含怒，亦诛君。君何不肉袒，为辟阳侯言于帝？帝听，出辟阳侯，太后大欢，两主俱幸，君之富贵益倍矣！”于是闳孺大恐，从其计，言帝。帝果出辟阳侯。辟阳侯始以建为背己，大怒。及其出之，乃大惊。吕太后崩，大臣诛诸吕。辟阳侯于诸吕至深，而卒免于诛，皆陆生、平原君之计画也。

不但陆贾、朱建智，辟阳侯亦智！

梁孝王既刺杀袁盎，事觉，惧诛，乃赍邹阳千金，令遍求方略以解。阳素知齐人王先生，年八十余，多奇计，即往求之。王先生曰：“难哉！人主有私怨深怒，欲施必行之诛，诚难解也！子今且安之？”阳曰：“邹、鲁守经学，齐、楚多辩智，韩、魏时有奇节，吾将历问之。”王先生曰：“子行矣，还，过我而西。”阳行月余，莫能为谋者。乃还，过王先生，曰：“臣将西矣，奈何？”先生曰：“子必往见王长君。”邹阳悟，辄辞去，不过梁，径至长安，见王长君。长君者，王美人兄也。阳乘间说曰：“臣愿窃有谒也。臣闻长君弟得幸后宫，天下无有，而长君行迹多不循道理。今陛下穷竟袁盎事，即梁王恐诛，太后佛郁，无所发怒，必切齿侧目于贵臣，而长君危矣！”长君瞿然曰：“奈何？”阳曰：“第能为上言，得无竟梁事，则太后必德长君，金城之固也。”长君如其计，梁事遂寝。

朱建一篇程文抄得恰好。不唯王先生智，邹阳亦智。

厮养卒

赵王武臣遣韩广至燕，燕人因立广为燕王。赵王与张耳、陈余北略地至燕界。赵王间出，为燕军所得。燕将囚之，欲与分赵地半，乃归王。使者十辈，往辄见杀，张耳、陈余患之。有厮养卒，谢其舍中曰：“吾为公说燕，与王载归。”舍中皆笑。养卒走燕壁，问燕将曰：“知臣何欲？”燕将曰：“若欲得赵王耳。”曰：“君知张耳、陈余何如人？”燕将曰：“贤人也。”曰：“知其志何欲？”曰：“欲得王。”养卒笑曰：“君未知此两人所欲也！夫武臣，张耳、陈余，杖马箠下赵数十城，此亦各欲南面而王，岂欲为卿相终已耶？夫臣与主，岂可同日而道哉！顾其势初定，未敢参分而王；且以少长，先王武臣，以持赵心。今赵地已服，此两人亦欲分赵而王，时未可耳。今乃囚赵王，此两人名为求赵王，实欲燕杀之，边批：剖明使者辈急于求王之意。此两人分赵自立。夫以一赵尚易燕，况以两贤王，左提右挈而责杀王之罪，灭燕必矣！”燕将以为然，乃归赵王，养卒为御而归。

杨　善

土木之变，上皇在虏岁余，虏屡责奉迎，未知诚伪，欲遣使探问，而难其人。左都御史杨善慨然请往。边批：尊官难得如此。其胸中已有主张矣。虏将也先密遣一人黠慧者田氏来迎，且探其意。相见，云：“我亦中国人，被虏于此。”因问：“向日土木之围，南兵何故不战而溃？”善曰：“太平日久，将卒相安，况此行只是扈从随驾，初无号令对敌，被尔家陡然冲突，如何不走？虽然，尔家幸而得胜，未见为福。今皇帝即位，聪明英武，纳谏如流。有人献策云：‘虏人敢入中国者，只凭好马扒山过岭，越关而来。若今一带守边者，俱做铁顶橛子，上留一空，安尖头锥子，但系人马所过山岭，遍下锥橛，来者无不中伤。’即从其计。又一人献策云：‘今大铜铳，止用一个石炮，所以打的人少。若装鸡子大石头一斗打去，迸开数丈阔，人马触之即死。’亦从其计。又一人献策云：‘广西、四川等处射虎弩弓，毒药最快，若傅箭头，一着皮肉，人马立毙。’又从其计，已取药来，天下选三十万有力能射者演习，曾将罪人试验。又一人献策云：‘如今放火枪者，虽有三四层，他见放了又装药，便放马来冲踩。若做大样两头铳，装铁弹子数个，擦上毒药，排于四层，候马来齐发，俱打穿肚。’曾试验三百步之外者，皆然。献计者皆升官加赏。天下有智谋者闻之，莫不皆来。所操练军马又精锐，可惜无用矣！”边批：收得妙。虏人曰：“如何无用？”善曰：“若两家讲和了，何用？”虏人闻言，潜往报知。次日，善至营，见也先。问：“汝是何官？”曰：“都御史。”曰：“两家和好许多年，今番如何拘留我使臣，减了我马价，与的段匹，一匹剪为两匹，将我使臣闭在馆中，不放出？这等计较如何？”善曰：“比先汝父差使臣进马，不过三十余人，所讨物件，十与二三，也无计较，一向和好。汝今差来使臣，多至三千余人，一见皇帝，每人便赏织金衣服一套，虽十数岁孩儿，也一般赏赐。殿上筵宴为何？只是要官人面上好看。临回时，又加赏宴，差人送去，何曾拘留？或是带来的小厮，到中国为奸为盗，惧怕使臣知道，边批：都是揄扬语。从小路逃去，或遇虎狼，或投别处，中国留他何用？若减了马价一节，亦有故。先次官人家书一封，着使臣王喜送与中国某人。会喜不在，误着吴良收了，进与朝廷。后某人怕朝廷疑怪，乃结权臣，因说‘这番进马，不系正经头目，如何一般赏他？’以此减了马价。及某人送使臣去，反说是吴良诡计减了，意欲官人杀害吴良，不想果中其计。”也先曰：“者！”胡语“者”，然词也。又说买锅一节：“此锅出在广东，到京师万余里，一锅卖绢二匹。使臣去买，只与一匹，以此争斗，卖锅者闭门不卖，皇帝如何得知？譬如南朝人问使臣买马，价少便不肯卖，岂是官人分付他来？”也先笑曰：“者！”又说剪开段匹：“是回回人所为。边批：跟随使人者。他将一匹剪将两匹，若不信，去搜他行李，好的都在。”也先又曰：“者，者！都御史说的皆实，如今事已往，都是小人说坏！”善因见其意已和，乃曰：“官人为北方大将帅，掌领军马，却听小人言语，忘了大明皇帝厚恩，使来杀掳人民。上天好生，官人好杀。有想父母妻子脱逃者，拿住便剜心摘胆，高声叫苦，上天岂不闻知！”答曰：“我不曾着他杀，是下人自杀。”善曰：“今日两家和好如初，可早出号令，收回军马，免得上天发怒降灾。”也先笑曰：“者，者！”问：“皇帝回去，还做否。”善曰：“天位已定，谁再更换？”也先曰：“尧、舜当初如何来？”善曰：“尧让位于舜，今日兄让位于弟，正与一般。”有平章昂克问：“汝来取皇帝，将何财物来？”善曰：“若将财物来，后人说官人爱钱了。若空手迎去，见得官人有仁义，能顺天道，自古无此好男子。我临修史书，备细写上，着万代人称赞。”也先笑曰：“者，者！都御史写的好者！”次日，见上皇，又次日，也先遂设宴，与上皇送行。

杨善之遣，止是探问消息，初未有奉迎之计。被善一席好语，说得也先又明白，又欢喜，即时遣人随善护送上皇来归，奇哉！晋之怀、愍，度其必不得而不敢求者也；宋之徽、钦，求之而不得者也。庶几赵之厮养卒乎，然机有可乘者三：耳、余辈皆欲归王，一也；继使者十辈之后，二也；分争之际，易以利害动，三也。虏狃于晋、宋之故事，方以奇货可居。而中朝诸臣，一则恐受虏之欺，二则恐拂嗣立者之意，相顾推诿而莫敢任。善义激于心，慨然请往，不费尺帛半镪，单辞完璧，此又岂厮养卒敢望哉！

土木是一时误陷，与晋、宋之削弱不同。而也先好名，又非胡刘、女直残暴无忌之比，其强势亦远不逮，所以杨善之言易入。使在晋、宋往时，虽百杨善无所置喙矣。然尔时印累累，绶若若，而慨然请往，独一都御史也！即无善之口舌，独无善之心肝乎？

富弼

契丹乘朝廷有西夏之忧，遣使来言关南之地。地是石晋所割，后为周世宗所取。富弼奉使，往见契丹主曰："两朝继好，垂四十年，一旦求割地，何也？"契丹主曰："南朝违约，塞雁门，增塘水，治城隍，籍民兵，将以何为？群臣请举兵而南。吾谓不若遣使求地，求而不获，举兵未晚。"弼曰："北朝忘章圣皇帝之大德乎？澶渊之役，苟从诸将言，北兵无得脱者。且北朝与中国通好，则人主专其利，而臣下无所获。若用兵，则利归臣下，而人主任其祸。故劝用兵者，皆为身谋耳。今中国提封万里，精兵百万，北朝欲用兵，能保必胜乎？就使其胜，所亡士马，群臣当之与，抑人主当之与？若通好不绝，岁币尽归人主，群臣何利焉？"契丹主大悟，首肯者久之。弼又曰："雁门者，备元昊也。塘水始于何承矩，事在通好前。城隍修旧，民兵亦补阙，非违约也。"契丹主曰："虽然，吾祖宗故地，当见还耳。"弼曰："晋以卢龙赂契丹，周世宗复取关南地，皆异代事。若各求地，岂北朝之利哉。"既退，刘六符曰："吾主耻受金币，坚欲十县，何如？"边批：占上风。弼曰："本朝皇帝言为祖宗守国，岂敢望以土地与人？北朝所欲，不过租赋耳。朕不忍多杀两朝赤子，故屈地增币以代之。边批：占上风。若必欲得地，是志在败盟，假此为辞耳。"明日契丹主召弼同猎，引弼马自近，谓曰："得地则欢好可久。"弼曰："北朝既以得地为荣，南朝必以失地为辱。兄弟之国，岂可使一荣一辱哉？"猎罢，六符曰：

“吾主闻公荣辱之言，意甚感悟，今唯结姻可议耳。”弼曰：“婚姻易生嫌隙。本朝长公主出嫁，赍送不过十万缗，岂若岁币无穷之利哉？”弼还报，帝许增币。契丹主曰：“南朝既增我币，辞当曰‘献’。”弼曰：“南朝为兄，岂有兄献于弟乎？”边批：占上风。契丹主曰：“然则为‘纳’。”弼亦不可。契丹主曰：“南朝既以厚币遗我，是惧我矣，于二字何有？若我拥兵而南，得无悔乎？”弼曰：“本朝兼爱南北，边批：占上风。故不惮更成，何名为惧？或不得已而至于用兵，则当以曲直为胜负，非使臣之所知也！”契丹主曰：“卿勿固执，古有之矣。”弼曰：“自古唯唐高祖借兵突厥，当时赠遗，或称献纳。其后颉利为太宗所擒，边批：占上风。岂复有此哉！”契丹主知不可夺，自遣人来议。帝用晏殊议，竟以“纳”字与之。边批：可恨！

富郑公与契丹主往复再四，句句占上风，而语气又和婉，使人可听。此可与李邺侯参看，说辞之最善也。弼始受命往，闻一女卒；再往，闻一男生，皆不顾。得家书，未尝发，辄焚之，曰：“徒乱人意！”有此一片精诚，自然不辱君命。

王守仁

土官安贵荣，累世骄蹇，以从征香炉山，加贵州布政司参政，犹怏怏薄之，乃奏乞减龙场诸驿，以偿其功。事下督府勘议。时兵部主事王守仁以建言谪龙场驿丞，贵荣甚敬礼之。守仁贻书贵荣，略曰：“凡朝廷制度，定自祖宗，后世守之，不敢擅改。改在朝廷，且谓变乱，况诸侯乎？纵朝廷不见罪，有司者将执法以绳之。即幸免一时，或五六年，或八九年，虽远至二三十年矣，当事者犹得持典章而议其后。若是，则使君何利焉？使君之先，自汉、唐以来千几百年，土地人民，未之或改。所以长久若此者，以能世守天子礼法，竭忠尽力，不敢分寸有所违越，故天子亦不得无故而加诸忠良之臣。不然，使君之土地人民，富且盛矣，朝廷悉取而郡县之，谁云不可？夫驿可减也，亦可增也，驿可改也，宣慰司亦可革也，由此言之，殆甚有害，使君其未之思耶？所云奏功升职，意亦如此。夫划除寇盗，以抚绥平良，亦守土常职。今缕举以要赏，则朝廷平日之恩宠禄位，顾将何为？使君为参政，已非设官之旧，今又干进不已，是无抵极也，众必不堪。夫宣慰，守土之官，故得以世有其土地人民。若参政，则流官矣，东西南北，唯天子所使。朝廷下方尺之檄，委使君以一职，或闽或蜀，弗行，则方命之诛不旋踵而至。若捧檄从事，千百年之土地人民，非复使君有矣。由此言之，虽今日之参政，使君将恐辞之不速，又可求进乎？”后驿竟不减。

此书土官宜写一通置座右。

张嘉言

张公嘉言司理广州时，边海设有总兵、参、游等官，幕下各数千防兵，每日工食三分。然参、游兵每岁涉远出讯，而总兵官所辖兵，皆借口坐镇不远行。每三年五年修船，其参、游部下兵，止给每日工食之半。即非修船，而仅不出汛也，亦减工食每日三分之一，俱贮为修船之用。独总兵官部下兵毫无所减，当修船时，另凑处于民间。积习已久，彼此皆视为固然。忽巡道申详军门，欲将总兵官所辖兵，以后稍裁其工食，留备修船之用。军门适与总兵有隙，乃仓卒允行。各兵哄然而哗，知张公为院道耳目，直逼其堂。张公意色安闲，命呼知事者五六人登阶述其故。众兵俱拥而前。即叱下堂，曰：“人言嚣乱，殊不便听。”众兵乃下。时天雨甚，兵衣尽湿，张公亦不顾，但令此六人者好言之。六人哓哓，称旧无减例。张公曰：“我亦与闻，汝等全不出汛，却难怪上人也。汝欲不减亦使得。虽然，亦非汝之利也。上司自今使汝等与参、游兵每岁更迭出汛，汝宁得不往乎？若往，则汝等且称参、游兵，工食减半矣。边批：怵之以害。汝所争而存者，非汝所能享，而参、游兵之来代者所得也。何不听其稍减，而汝等犹得岁岁称大将军兵乎？边批：歆之以利。汝等试思之！”此六人俯首不能对，唯曰：“愿爷爷转达宽恤。”张公曰：“汝等姓名为谁？”各相顾不肯言。张公骂曰：“汝等不言姓名，上司问我‘谁来禀汝’，何以对之？不妨说来，自有处也。”乃始各言姓名而记之。张公曰：“汝等传语诸人：此事自当有处，甚无哗！诸人而哗，汝之六人者各有姓名，上司皆斩汝首矣！”六人失色，唯唯而退。后议诸兵每月减银一钱，兵竟无哗者。

说得道理透彻，利害分明，不觉气平而心顺矣。凡以减省激变者，皆不善处分之过。

王　维

弘治时，有希进用者上章，谓山西紫碧山产有石胆，可以益寿。遣中官经年采取，不获，民咸告病。按察使王维，祥符人。令采小石子类此者一升，以示中官。中官怒，曰：“此搪塞耳？其物载诸书中，何以谓无？”公曰：“凤凰、麒麟，皆古书所载，今果有乎？”

秦　宓

吴使张温聘蜀，百官皆集，秦宓字子敕。独后至。温顾孔明曰：“彼何人也？”曰：“学士秦宓。”温因问曰：“君学乎？”宓曰：“蜀中五尺童子皆学，何必我！”温乃问曰：“天有头乎？”曰：“有之。”曰：“在何方？”曰：“在西方。《诗》云：‘乃眷西顾。’”温又问：“天有耳乎？”曰：“有。天处高而听卑。《诗》云：‘鹤鸣九皋，声闻于天。’”曰：“天有足乎？”宓曰：“有。《诗》云：‘天步艰难。’非足何步？”曰：“天有姓乎？”宓曰：“有姓。”曰：“何姓。”宓曰：“姓刘。”曰：“何以知之？”宓曰：“以天子姓刘知之。”温曰：“日生于东乎？”宓曰：“虽生于东，实没于西。”时应答如响，一坐惊服。

其应如响，能占上风，故特录之。他止口给者，概无取。

善言卷二十

唯口有枢，智则善转。孟不云乎，言近指远。组以精神，出之密微。不烦寸铁，谈笑解围。集“善言”。

孔　子

陈侯起凌阳之台，未终，而坐法死者数人。又执三监吏，群臣莫敢谏者。孔子适陈，见陈侯，与登台而观之。孔子前贺曰：“美哉台乎！贤哉主也！自古圣人之为台，焉有不戮一人而能致功若此者！”陈侯嘿然，使人赦所执吏。

说秦王

秦王与中期争论不胜。秦王大怒，中期徐行而去。或为中期说秦王曰：“悍人耳！中期适遇明君故也。向者遇桀、纣，必杀之矣！”秦王因不罪。

晏　子　二条

齐有得罪于景公者，公大怒，缚置殿下，召左右肢解之：“敢谏者诛！”晏子左手持头，右手磨刀，仰而问曰：“古者明王圣主肢解人，不知从何处始？”公离席曰：“纵之。罪在寡人。”

时景公烦于刑，有鬻踊者。踊，刖者所用。公问晏子曰：“子之居近市，知孰贵贱？”对曰：“踊贵屦贱。”公悟，为之省刑。

晏子之谏，多讽而少直，殆滑稽之祖也。其他使荆、使吴、使楚事，亦皆以游戏胜之。觉他人讲道理者，方而难入。

晏子将使荆。荆王与左右谋，欲以辱之。王与晏子立语，有缚一人过王而行。王曰：“何为者？”对曰：“齐人也。”王曰：“何坐？”对曰：“坐盗。”王曰：“齐人故盗乎？”晏子曰：“江南有橘，取而树之江北，乃为枳。

所以然者，其地使然。今齐人居齐不盗，来之荆而盗，荆地固若是乎？”王曰：“圣人非所与戏也，只取辱焉！”晏子使吴。王谓行人曰：“吾闻婴也，辩于辞，娴于礼。”命傧者：“客见则称天子。”明日，晏子有事，行人曰：“天子请见。”晏子慨然者三，曰：“臣受命敝邑之君，将使于吴王之所。不佞而迷惑，入于天子之朝。敢问吴王乌乎存？”然后吴王曰：“夫差请见。”见以诸侯之礼。晏子使楚。晏子短，楚人为小门于大门之侧而延晏子。晏子不入，曰：“使狗国者，从狗门入；臣使楚，不当从此门。”傧者更从大门入。见楚王，王曰：“齐无人耶？”晏子对曰：“齐之临淄三百闾，张袂成帷，挥汗成雨。何为无人？”王曰：“然则何为使子？”晏子对曰：“齐命使，各有所主，其贤者使贤主，不肖者使不肖主。婴最不肖，故使楚耳。”

晏子　敬新磨

景公有马，其圉人杀之。公怒，援戈将自击之。晏子曰：“此不知其罪而死。臣请为君数之。”公曰：“诺。”晏子举戈临之曰：“汝为我君养马而杀之，而罪当死！汝使吾君以马之故杀圉人，而罪又当死！汝使吾君以马故杀圉人，闻于四邻诸侯，而罪又当死！”公曰：“夫子释之，勿伤吾仁也！”

后唐庄宗猎于中牟，践蹂民田。中牟令当马而谏。庄宗大怒，命叱去斩之。伶人敬新磨率诸伶走追其令，擒至马前，数之曰：“汝为县令，独不闻天子好田猎乎？奈何纵民稼穑，以供岁赋？何不饥饿汝民，空此田地，以待天子驰逐？汝罪当死！亟请行刑！”诸伶复唱和。于是庄宗大笑，赦之。

郑涉

刘玄佐镇汴，尝以谗怒，欲杀军将翟行恭，无敢辨者。处士郑涉能谐隐，见玄佐曰：“闻翟行恭抵刑，愿付尸一观。”玄佐怪之。对曰：“尝闻枉死人面有异，一生未识，故借看耳。”玄佐悟，乃免。

李忠臣

辛京杲以私杖杀部曲，有司奏：京杲罪当死。上将从之。李忠臣曰：“京杲当死久矣！”上问其故。忠臣曰：“京杲诸父兄弟俱战死，独京杲至今日尚存。故臣以为久当死。”上恻然，乃左迁京杲。

武帝乳母

武帝乳母尝于外犯事，帝欲申宪，乳母求东方朔。朔曰：“此非唇舌所争。尔必望济者，将去时，但当屡顾帝，慎勿言！此或可万一冀耳。”乳母既至，朔亦侍侧，因谓之曰：“汝痴耳！帝今已长，岂复赖汝乳哺活耶？”帝凄然，即敕免罪。

简　雍

先主时天旱，禁私酿。吏于人家索得酿具，欲论罚。简雍与先主游，见男女行道，谓先主曰:“彼欲行淫，何以不缚？”先主曰:“何以知之？”对曰:“彼有其具！”先主大笑而止。

魏　徵

文德皇后即葬。太宗即苑中作层观，以望昭陵，引魏徵同升。徵熟视曰:“臣眊昏，不能见。”帝指示之。徵曰:“此昭陵耶？”帝曰:“然。”徵曰:“臣以为陛下望献陵，若昭陵，则臣固见之矣。”帝泣，为之毁观。

吴　瑾

石亨矜功夺门功。恃宠。一日上登翔凤楼，见亨新第极伟丽，顾问恭顺侯吴瑾、抚宁伯朱永曰:“此何人居？”永谢不知，瑾曰:“此必王府。”上笑曰:“非也。”瑾顿首曰:“非王府，谁敢僭妄如此！”上不应，始疑亨。

杨　晟

炀帝幸榆林，长孙晟从。晟以牙中草秽，欲令突厥可汗染干亲自芟艾，以明威重，乃故指帐前草谓曰:“此根大香。”染干遽嗅之，曰:“殊不香也！”晟曰:“天子行幸，所在诸侯躬亲洒扫，芸除御路，以表至敬。今牙中芜秽，谓是留香草耳。”染干乃悟，曰:“是奴罪过！”遂拔所佩刀，亲自芟草。诸部贵人争效之。自榆林东达蓟，长三千里，广百步，皆开御道。

贾　诩

贾诩事操。时临淄侯植才名方盛，操尝欲废丕立植。一日屏左右问诩，诩默不对。操曰:“与卿言，不答，何也？”对曰:“属有所思。”操曰:“何思？”诩曰:“思袁本初、刘景升父子。”操大笑，丕位遂定。

卫瓘“此座可惜”一语，不下于诩。晋武悟而不从，以致于败。

解　缙 二条

解缙应制题“虎顾众彪图”，曰:“虎为百兽尊，谁敢触其怒。唯有父子情，一步一回顾。”文皇见诗有感，即命夏原吉迎太子于南京。

文皇与解缙同游。文皇登桥，问缙:“当作何语？”缙曰:“此谓‘一步高一步’。”及下桥，又问之。缙曰:“此谓‘后面更高似前面’。”

史　丹

汉元帝不喜太子。时中山哀王薨，太子前吊。哀王者，帝之少弟，与太子同学，相长大。上望见太子，感念哀王，悲不自止。睹太子不哀，大恨曰："安有人不慈仁而可奉宗庙、为民父母者乎！"太傅史丹免冠谢曰："臣诚见陛下哀痛中山王，至于感损。向者太子当进见，臣切戒属：无涕泣感伤陛下。罪乃在臣，当死！"上以为然，意乃解。

此与上官桀"意不在马"之对同。而忠佞自分。

谷那律

高宗出猎遇雨，问谷那律曰："油衣若为不漏？"对曰："以瓦为之则不漏。"上因此不复出猎。

裴　度

裴度为相时，宪宗将幸东都，大臣切谏，不纳。度从容言："国家建别都，本备巡幸。但自艰难以来，宫阙署屯，百司之区，荒圮弗治。必假岁月完新，然后可行。仓卒无备，有司且得罪。"帝悦曰："群臣谏朕不及此。如卿言，诚有未便，安用往耶？"因止不行。

李　纲

李纲欲用张所，然所尝论宰相黄潜善，纲颇难之。一日遇潜善，款语曰："今当艰难之秋，负天下重责，而四方士大夫，号召未有来者。前议置河北宣抚司，独一张所可用，又以狂妄有言得罪。如所之罪，孰谓不宜？第今日势迫，不得不试用之。如用以为台谏，处要地，则不可；使之借官为招抚，冒死立功以赎过，似无嫌。"潜善欣然许之。

苏　辙

《元城先生语录》云：东坡下御史狱，张安道致仕在南京，上书救之，欲附南京递进，府官不敢受，乃令其子恕至登闻鼓院投进。恕徘徊不敢投。久之，东坡出狱。其后东坡见其副本，因吐舌色动。人问其故，东坡不答。后子由见之，曰："宜吾兄之吐舌也，此事正得张恕力！"仆曰："何谓也？"子由曰："独不见郑昌之救盖宽饶乎？疏云'上无许、史之属，下无金、张之托'，此语正是激宣帝之怒耳！且宽饶何罪？正以犯许、史辈得祸。今再讦之，是益其怒也。今东坡亦无罪，独以名太高，与朝廷争胜耳。安道之疏乃云'实天下之奇才'，独不激人主之怒乎？"仆曰："然则尔时救东坡者，宜为何说？"子由曰："但言本朝未尝杀士大夫，今乃是陛下开端，后世子孙必援陛下以为例。神宗好名而畏义，疑可以止之。"

此条正堪与李纲荐张所于黄潜善语参看。

施仁望

南唐周邺为左衙使，信州刺史本之子也，与禁帅刘素有隙。刘即长公主婿。升元中，金陵告灾，邺方潜饮人家，醉不能起。有闻于主者，主顾亲信施仁望曰："率卫士十人诣灾所，见其驰救则释，不然，就戮于床！"仁望既往，亟使召邺家语之。邺大怖，衣女子服，奔见仁望。仁望留之。洎火息，复命，至便殿门，会刘先至，亦将白灾事。仁望揣刘意不能蔽邺，又惧与偕罪，计出仓卒，遽排刘，越次见主，曰："火不为灾，邺诚如圣旨。"主曰："戮之乎？"仁望曰："邺父本方临敌境，臣未敢即时奉诏。"主抚几大悦曰："几误我事！"仁望自此大获奖用，邺乃全恕。

李　晟

李怀光密与朱泚通谋，事迹颇露。李晟累奏，恐其有变，为所并，请移军东渭桥。上犹冀怀光革心，收其力用，奏寝不下。怀光欲缓战期，且激怒诸军，言"诸军粮赐薄，神策独厚，厚薄不均，难以进战。"上以财用方窘，若粮赐皆比神策，则无以给之，不然，又逆怀光意，恐诸军觖望，乃遣陆贽诣怀光营宣慰。因召李晟参议其事。怀光欲晟自乞减损，使失士心，沮败其功，乃曰："将士战斗同，而粮赐异，何以使之协心？"贽未有言，数顾晟。晟曰："公为元帅，得专号令。晟将一军，受指纵而已。至于增减衣食，公当裁之。"怀光嘿然。

折契丹　二条

契丹遣使与中国书，所称"大宋""大契丹"，似非兄弟之国，今辄易曰"南朝""北朝"。上诏中书、密院共议，辅臣多言："不从将生隙。"梁庄肃曰："此易屈耳。但答言宋盖本朝受命之土，契丹亦北朝国号，无故而自去，非佳兆。"其年贺正使来，复称"大宋"如故。

皇祐末，契丹请观太庙乐人。帝以问宰相，对曰："恐非享祀，不可习也。"枢密副使孙公沔曰："当以礼折之，云：'庙乐之作，皆本朝所以歌咏祖宗功德也，他国可用耶？使人如能助吾祭，乃观之。'"仁宗从其言，使者不敢复请。

韩　亿

亿奉使契丹。时副使者为章献外姻，妄传太后旨于契丹，谕以南北欢好传示子孙之意，亿初不知也。契丹主问亿曰："皇太后即有旨，大使何不言？"亿对曰："本朝每遣使，皇太后必以此戒约，非欲达之北朝也。"契丹主大喜曰："此两朝生灵之福！"是时副使方失词，而亿反用以为德，时推其善对。

冯当世

王定国素为冯当世所知，而荆公绝不乐之。一日，当世力荐于神祖，荆公即曰："此孺子耳！"当世忿曰："王巩戊子生，安得谓之孺子！"边批：尖甚、恶甚！盖巩之生与同天节同日也。荆公愕然，不觉退立。

邵康节

司马公一日见康节曰："明日僧颙修开堂说法，富公、吕晦叔欲偕往听之。晦叔贪佛，已不可劝；富公果往，于理未便。某后进，不敢言，先生曷止之？"康节唯唯。明日康节往见富公，曰："闻上欲用裴晋公礼起公。"公笑曰："先生谓某衰病能起否？"康节曰："固也，或人言'上命公，公不起；僧开堂，公即出'，无乃不可乎？"公惊曰："某未之思也！"时富公请告。

谢　庄

庄字希逸，孝武尝赐庄宝剑，庄以与鲁爽。后爽叛，帝偶问及剑所在，答曰："昔与鲁爽别，窃借为陛下杜邮之赐矣！"

裴楷等　四条

晋武始登阼，采策得一。王者世数，视此多少。帝既不悦，君臣失色。侍中裴楷进曰："臣闻：天得一以清，地得一以宁，侯王得一以为天下贞。"帝悦，群臣叹服。

梁武帝问王侍中份："朕为有耶，为无耶？"对曰："陛下应万物为有，体至理为无。"

宋文帝钓天泉池，垂纶不获。王景文曰："良由垂纶者清，故不获贪饵。"

元魏高祖名子恂、愉、悦、怿，崔光名子劭、勖、勉。高祖曰："我儿名旁皆有心，卿儿名旁皆有力。"对曰："所谓君子劳心，小人劳力。"

王弇州曰："诸人虽取捷供奉，然语不妨雅致。若桓玄篡位，初登御床而陷，殷仲文曰："将由圣德深厚，地不能载。"梁武帝门灾，谓群臣曰："我意方欲更新。"何敬容曰："此所谓先天而天弗违。"又，武帝即位，有猛虎之建康郭，象入江陵，上意不悦，以问群臣，无敢对者。王莹曰："昔击石拊石，百兽率舞，陛下膺箓御图，虎象来格。"纵极赡辞，不能不令人呕秽。

杨廷和　顾鼎臣

辛巳，肃庙入继大统，方在冲年。登极之日，御龙袍颇长。上俯视不已。大学士杨廷和奏云："陛下垂衣裳而天下治。"圣情甚悦。

嘉靖初，讲官顾鼎臣讲《孟子》“咸丘蒙”章，至“放勋殂落”语，侍臣皆惊。顾徐云：“尧是时已百二十岁矣！”众心始安。

世宗多忌讳，是时科场出题，务择佳语，如《论语》“无为而治”节，《孟子》“我非尧、舜之道”二句题，主司皆获遣。疑“无为”非有为，“我非尧、舜”四字似谤语也。又命内侍读乡试录，题是“仁以为己任，不亦重乎”！上忽问：“下文云何？”内侍对曰：“下文是‘兴于诗’云云。”此内侍亦有智。

宗泽

宗汝霖泽政和初知莱州掖县时，户部着提举司科买牛黄，以供在京惠民和剂局合药用，督责急如星火。州县百姓竞屠牛以取黄。既不登所科之数，则相与敛钱以赂吏胥祈免。边批：弊所必至。汝霖独以状申提举司，言“牛遇岁疫则多病有黄，今太平日久，和气充塞，县境牛皆充腯，无黄可取。”使者不能诘，一县获免，无不欢戴。

潘京

晋良吏潘京为州所辟，谒见射策，探得“不孝”字，刺史戏曰：“辟士为不孝耶？”答曰：“今为忠臣，不得为孝子。”

布政司吏

相传某布政请按台酒。坐间，布政以多子为忧，按君止一子，又忧其寡。吏在傍云：“子好不须多。”布政闻之，因谓曰：“我多子，汝又云何？”答曰：“子好不愁多。”二公大称赞，共汲引之。

朱文公

廖德明，字子晦，朱文公高弟也。少时梦谒大乾，阍者索刺，出诸袖，视其题字云“宣教郎廖某”，遂觉。后登第改秩，以宣教郎宰闽，思前梦，恐官止此，不欲行。亲友相勉，为质之文公。公沉思良久，曰：“得之矣！”因指案上物曰：“人与器不同，如笔止能为笔，不能为砚；剑止能为剑，不能为琴。故其成毁久远有一定不易之数。唯人不然，有朝为跖暮为舜者，故其吉凶祸福亦随而变，难以一定言。今子赴官，但当力行好事，前梦不足芥蒂！”廖拜而受教，后把麾持节，官至正郎。

吴山

丹徒靳文僖贵之继夫人，年未三十而寡，有司为之奏请旌典，事下礼部，而仪曹郎与靳有姻娅，因力为之地。礼部尚书吴山曰：“凡义夫节妇、孝之顺孙诸旌典，为匹夫匹妇发潜德之光，以风世耳。若士大夫，何人不当为节义孝顺者？靳夫人既生受殊封，奈何与匹夫争宠灵乎？”确论名言。会赴直入西苑，与大学士徐阶遇。阶亦以为言，山正色曰：“相公亦虑阁老夫人再醮耶？”阶语塞而止。

今日“节义”“孝顺”诸旌典，只有士大夫之家，可随求随得。其次则富家，犹间可力营致之。匹夫匹妇绝望矣。若存吴宗伯之说，使士大夫还而自思，所以救旌异其亲者，反以薄待其亲，庶乎干进之路稍绝，而富家营求之余，或可波及单贱，世风稍有振乎？推之“名宦”“乡贤”，莫不皆然。名宦载在祭统，非有大功德及民者不祀，乡贤则须有三不朽之业，若寻常好官好人，分内之事，何以祠为？又推之“乡饮”亦然。乡饮须年高有德望者，乃可以表帅一乡。今封公无不大宾者，而介必以贿得，国家尊老礼贤之典，止以供人腹诽而已。此皆吴宗伯所笑也！

附：宋均　卢坦

东汉宋均常言：“吏能宏厚，虽贪污放纵犹无所害。边批：甚言之。唯苛察之人，身虽廉，而巧黠刻剜，毒加百姓。”识者以为确论。边批：廉吏无后，往往坐此。

唐卢坦，字保衡，始仕为河南尉。时杜黄裳为尹，召坦谕曰：“某巨室子，与恶人游，破产，盍察之？”坦曰：“凡居官廉，虽大臣无厚蓄。其能积财者，必剥下致之。如子孙善守，是天富不道之家，不若恣其不道，以归于人也！”黄裳惊异其言。

只说得“酷”“贪”二字，但议论痛快，便觉开天。

兵智部

冯子曰：岳忠武论兵曰："仁、智、信、勇、严，缺一不可。"愚以为"智"尤甚焉。智者，知也。知者，知仁、知信、知勇、知严也。为将者，患不知耳。诚知，差之暴骨，不如践之问孤；楚之坑降，不如晋之释原；偃之迁延，不如蓥之斩嬖；季之负载，不如孟之焚舟——虽欲不仁、不信、不严、不勇，而不可得也。又况夫泓水之襄败于仁，鄢陵之共败于信，阆中之飞败于严，邲河之縠败于勇；越公委千人以尝敌，马服须后令以济功，李广罢刁斗之警，淮阴忍胯下之羞——以仁、信、勇、严而若彼，以不仁、不信、不严、不勇而若此，其故何哉？智与不智之异耳。愚遇智，智胜；智遇尤智，尤智胜。故或不战而胜，或百战百胜，或正胜，或谲胜，或出新意而胜，或仿古兵法而胜。天异时，地异利，敌异情，我亦异势。用势者，因之以取胜焉。往志之论兵者备矣，其成败列在简编，的的可据。吾于其成而无败者，择著于篇：首"不战"，次"制胜"，次"诡道"，次"武案"。岳忠武曰："运用之妙，在乎一心。"武案则运用之迹也。儒者不言兵，然儒者政不可与言兵。儒者之言兵恶诈，智者之言兵政恐不能诈。夫唯能诈者能战；能战者，斯能为不诈者乎？

不战卷二十一

形逊声，策绌力。胜于庙堂，不于疆场；胜于疆场，不于矢石。庶可方行天下而无敌。集"不战"。

荀䓨　伍员

鲁襄时，晋、楚争郑。襄公九年，晋悼公帅诸侯之师围郑。郑人恐，乃行成。荀偃曰："遂围之，以待楚人之救也，而与之战；不然，无成。"边批：亦是。知䓨曰："许之盟而还师以敝楚。吾三分四军，与诸侯之锐，以逆来者，于我未病，楚不能矣。犹愈于战，暴骨以逞，不可以争。大劳未艾。君子劳心，小人劳力，先王之制也。"乃许郑成。后三驾郑，而楚卒道敝，不能争，晋终得郑。

吴阖闾既立，问于伍员曰："初而言伐楚，余知其可也，而恐其使余往也，又恶人之有余之功也。今余将自有之矣，伐楚何如？"对曰："楚执政众而乖，莫适任患。若为三师以肄焉，一师至，彼必皆出；彼出则归，彼归则出，楚必道敝。亟肄以罢之，多方以误之。既罢，而后以三军继之，必大克之。”阖闾从之，楚于是乎始病。

晋、吴敝楚，若出一辙。然吴能破楚，而晋不能者，终少柏举之一战也。宋儒乃以城濮之战咎晋文非王者之师，噫！有此议论，所以养成南宋为不战之天下，而竟奄奄以亡。悲夫！

按，吴璘制金，亦用此术。虏性忍耐坚久，令酷而下必死，每战非累日不决。于是选据形便，出锐卒，更迭挠之，与之为无穷，使不得休暇，以沮其坚忍之气，俟其少怠，出奇胜之。

高颎

开皇初，帝尝问高颎以取陈之策。颎曰：“江北地寒，田收差晚，江南土热，水田早熟。量彼收获之际，微征士马，声言掩集。彼必屯兵御守，便可废其农时。及彼聚兵，我还解甲。再三若此，贼以为常，后更集兵，彼必不信。犹豫之顷，我忽济师，出其不意，破贼必矣。又江南土薄，舍多竹茅，所有储积，皆非地窖。密遣行人，因风纵火，待彼修立，更复烧之。不出数年，自可令彼财力俱困。”帝用其策，卒以敝陈。

周德威

晋王存勖大败梁兵，梁兵亦退。周德威言于晋王曰：“贼势甚盛，宜按兵以待其衰。”王曰：“吾孤军远来，救人之急，三镇乌合，利于速战。公乃欲按兵持重，何也？”德威曰：“镇、定之兵，长于守城，短于野战。吾所恃者骑兵，利于平原旷野，可以驰突。今压城垒门，骑无所展其足，且众寡不敌，使彼知己虚实，则事危矣。”王不悦，退卧帐中，诸将莫敢言。德威往见张承业，曰：“大王骤胜而轻敌，不量力而务速战。今去贼咫尺，所限者一水耳。彼若造桥以薄我，我众立尽矣。不若退军高邑，诱贼离营，彼出则归，彼归则出，别以轻骑，掠其馈饷，不过逾月，破之必矣！”承业入，褰帐抚王曰：“此岂王安寝时邪？周德威老将知兵，言不可忽也！”王蹶然而兴，曰：“予方思之。”时梁王闭垒不出，有降者，诘之，曰：“景仁方多造浮桥。”王谓德威曰：“果如公言！”

诸葛恪

诸葛恪有才名，吴主欲试以事，令守节度。节度掌钱谷，文书繁猥，非其好也。武侯闻之，遗陆逊书，陆公以白吴主，即转恪领兵。恪启吴主曰：“丹阳山险，民多果劲。虽前发兵，徒得外县平民而已，其余深远，莫能擒尽。

恪请往为其守，三年可得甲士四万。”朝议皆以为：丹阳地势险阻，周旋数千里，山谷万重，其幽邃民人，未尝入城邑、对长吏，皆仗兵野逸，白首于林莽；逋亡宿恶，咸共逃窜，铸山为甲兵；俗好武习战，高气尚力，其升山赴险，抵突丛林，若鱼之走渊，猿狖之腾木也；时观间隙，出为寇盗。每致兵征伐，寻其窟藏，战则蜂至，败则鸟窜，自前世以来，不能驭而羁也。恪固言其必捷。吴主拜恪丹阳太守。恪至府，乃遗书四郡属城长吏，令各保其疆界，明立部伍，其从化平民，悉令屯居。乃分内诸将罗兵幽阻，但缮藩篱，不与交锋，候其谷熟，辄引兵芟刈，使无遗种。旧谷既尽，新田不收，平民屯居，略无所得，于是山民饥穷，渐出降首。恪乃复敕下曰：“山民去恶从化，皆当抚慰，徙出外县，不得嫌疑，有所执拘。”长吏胡伉获降民周遗。遗，旧恶民，困迫暂出，内图叛逆。伉执送于恪，恪以伉违教，遂斩以徇。民闻伉坐戮，知官唯欲出之而已，于是老幼相携而出。岁期，人数皆如本规。

杨　侃

魏雍州刺史萧宝夤反，攻冯翊。尚书仆射长孙稚讨之。左丞杨侃谓稚曰：“昔魏武与韩遂、马超据潼关相拒。遂、超之才，非魏武敌，然而胜负久不决者，扼其险要故也。今贼守御已固，不如北取蒲坂，渡河而西，入其腹心，置兵死地，则华州之围不战自解，长安可坐取也。”稚曰：“子之计则善矣。然今薛修义围河东，薛凤贤据安邑，宗正珍孙守虞坂，兵不得进，如何？”曰：“珍孙行阵一夫，因缘为将，可为人使，安能使人？河东治在薄坂，西逼河湄，封疆多在郡东。修义驱卒士民，西围郡城，其父母妻子，皆留旧村。一旦闻官军至，皆有内顾之心，势必望风自溃矣。”稚乃使其子子彦与侃帅骑兵，自恒农北渡，据石锥壁。侃声言：“停此以待步兵，且以望民情向背。而今送降名者，各自还村，俟台举三烽，即举烽相应。其无应烽者，乃贼党也，当进击屠之，以所获赏军士。”于是村民转相告语，虽实未降者，亦诈举烽。一宿之间，火光遍数百里。贼围城者不测，各自散归。修义亦逃还，与凤贤俱请降。稚克潼关，遂入河东，宝夤出奔。

高仁厚

邛州牙将阡能叛，侵扰蜀境。都招讨高仁厚帅兵讨之。未发前一日，有鬻面者到营中，逻者疑，执而讯之，果阡能之谍也。仁厚命释缚，问之，边批：善用间者，因敌间而用之。对曰：“某村民，阡能囚某父母妻子于狱，云汝诇事归，得实则免汝家，不然尽死，某非愿尔也。”仁厚曰：“诚知汝如是，我何忍杀汝？今纵汝归，救汝父母妻子，但语阡能云：‘高尚书来日发，所将止五百人，无多兵也。’然我活汝一家，汝当为我潜语寨中人，云：‘仆射愍汝曹皆良人，为贼所制，情非得已。尚书欲拯救湔洗汝曹，尚书来，汝曹各投兵迎降，尚书当以‘归顺’二字书汝背，遣汝还复旧业。所欲诛者，阡能、罗浑擎、句胡僧、罗夫子、韩求五人耳。必不使横及百姓也。’”谍曰：“此皆百姓心上事，尚书尽知而赦之，其谁不舞跃听命！”遂遣之。明日仁厚兵发，至双流，把截使白文现出迎。仁厚周视堑栅，怒曰：“阡能役夫，其众皆耕民耳。竭一府之兵，岁余不能擒，今观堑栅，重复牢密如此，宜其可以安眠饱食、养寇邀功也！”命引出斩之。监军力救，乃免，命悉平堑栅，留五百兵守之，余兵悉以自随。又召诸寨兵，相继皆集。阡能闻仁厚将至，遣浑擎立土寨于双流之西，伏兵千人于野桥箐，以邀官军。仁厚诇知，遣人释戎服，入贼中告谕如昨所以语谍者。贼大喜呼噪，争弃甲来降。仁厚因抚谕，书其背，使归语寨中未降者。寨中余众争出，浑擎狼狈逾堑走，其众执以诣仁厚。仁厚械送府，悉命焚五寨及其甲兵，唯留旗帜。明旦，仁厚谓降者曰：“始欲即遣汝归，而前途诸寨百姓未知吾心，借汝曹为我前行，过穿口、新津寨下，示以背字，告谕之。比至延贡，可归矣。”乃取浑擎旗倒系之，每五十为队，授以一旗，使前扬旗疾呼曰：“罗浑擎已生擒，送使府。大军且至，汝寨中速如我出降，立得为良人，无事矣！”至穿口，句胡僧置十一寨，寨中人争出降。胡僧大惊，拔剑遏之。众投瓦石击之，共擒以献仁厚，其众五千人皆降。明旦又焚寨，使降者又执旗先驱，到新津，韩求置十三寨，皆迎降，求自投深堑死。将士欲焚寨，仁厚止之，曰：“降人皆未食，先运出资粮，然后焚之。”新降者竞炊爨，与先降来告者共食之，语笑歌吹，终夜不绝。明日，仁厚纵双流、穿口降者先归，使新津降者执旗前驱，且曰：“入邛州境，亦可散归矣。”罗夫子置九寨于延贡，其众前夕望新津火光，已待降不眠矣。及新津人至，罗夫子脱身弃寨奔阡能。明日，罗夫子、阡能谋悉众决战，计未定，日向暮，延贡降者至。阡能走马巡塞，欲出兵，众皆不应。明旦大军将近，呼噪争出，执阡能、罗夫子，泣拜马首。出军凡六日，五贼皆平。

只用彼谍一人，而贼已争降矣。只用降卒数队，而二十四寨已望风迎款矣。必欲俘馘为功者，何哉？

岳　飞

杨幺为寇。岳飞所部皆西北人，不习水战。飞曰：“兵何常，顾用之何如耳！”先遣使招谕之。贼党黄佐曰：“岳节使号令如山，若与之敌，万无生理，不如往降，必善遇我。”遂降。飞单骑按其部，拊佐背曰：“子知逆顺者，果能立功，封侯岂足道！欲复遣子至湖中，视其可乘者擒之，可劝者招之，如何？”佐感泣，誓以死报。时张浚以都督军事至潭。参政席益与浚语，疑飞玩寇，边批：庸才何知大计？欲以闻。浚曰：“岳侯忠孝人也。兵有深机，何可易言！”益惭而止。黄佐袭周伦砦，杀伦，擒其统制陈贵等。会召浚还防秋，飞袖小图示浚。浚欲待来年议之，飞曰：“王四厢以王师攻水寇，则难。飞以水寇攻水寇，则易。水战，我短彼长，以所短攻所长，所以难。若因敌将用敌兵，夺其手足之助，离其腹心之托，使孤立，而后以王师乘之，八日之内，当俘诸酋。”浚许之。飞遂如鼎州。黄佐招杨钦来降，飞喜曰：“杨钦骁悍，既降，贼腹心溃矣！”表授钦武义大夫，礼遇甚厚，乃复遣归湖中。两日，钦说全琮、刘锐等降。飞诡骂曰：“贼不尽降，何来也？”杖之，复令入湖。是夜掩敌营，降其众数万。幺负固不服，方浮舟湖中，以轮激水，其行如飞；旁置撞竿，官舟迎之，辄碎。飞伐君山木为巨筏，塞诸港汊。又以腐木乱草，浮上流而下。择水浅处，遣善骂者挑之，且行且骂。贼怒来追，则草壅积，舟轮碍不行。飞亟遣兵击之，贼奔港中，为筏所拒。官军乘筏，张牛革以蔽矢石，举巨木撞其舟，尽坏。幺投水中，牛皋擒斩。飞入贼垒，余酋惊曰：“何神也！”俱降。飞亲行诸砦慰抚之，纵老弱归籍，少壮为军，果八日而贼平。浚叹曰：“岳侯神算也！”

按，杨幺据洞庭，陆耕水战，楼船十余丈。官军徒仰视，不得近。岳飞谋亦欲造大舟。湖南运判薛弼谓岳曰：“若是，非岁月不胜，且彼之所长，边批：名言可以触类。可避而不可斗也。今大旱，河水落洪，若重购舟首，勿与战，遂筏断江路，藁其上流，使彼之长坐废，而精骑直捣其垒，则彼坏在目前矣。”岳从之，遂平幺。人知岳侯神算，平幺于八日之间，而不知计出薛弼。从来名将名相，未有不资人以成功者。

岳忠武善以少击众，尝以八百人破群盗王善等五十万众于南薰门；以八千人破曹成十万众于桂岭；其战兀术于颍昌，则以背嵬八百，于朱仙镇则以五百，皆破其众十余万。凡有所举，尽召诸统制与谋。谋定而后战，故有战无败。猝遇敌，不动，敌人为之语曰：“撼山易，撼岳家军难！”其御军严而有恩。卒有取民麻一缕以束刍者，立斩以徇。卒夜宿，民开门愿纳，无敢入者。军虽冻死不拆屋，饿死不卤掠。卒有疾，则亲为调药。诸将远戍，则遣妻问劳其家。死事者，哭之而育其孤，或以子婚其女。

凡有颁赏，分给军吏，秋毫不私。每有功，必归之将士。吁！此则其制胜之本也！近日将官事事与忠武反，欲功成，得乎？

李 愬 三条

宪宗讨吴元济。唐邓节度使高霞寓既败，袁滋代将，复无功。李愬求自试，遂为随唐邓节度使。愬以军初伤夷，士气未完，乃不为斥候部伍。或有言者，愬曰："贼方安袁公之宽，我不欲使震而备我。"乃令于军中曰："天子知愬能忍耻，故委以抚养。战非我事也。"边批：能而示之不能。齐人以愬名轻，果易之。愬沉鸷，能推诚待士。贼来降，辄听其便。或父母与孤未葬者，给粟帛遣还，劳之曰："而亦王人也，无弃亲戚！"众愿为愬死。故山川险易，与贼情伪，皆能晓之。边批：虏在目中，不然不轻战。居半岁，知士可用，乃请济师。于是缮铠厉兵，攻马鞍山，下之。拔道口栅，战楂枒山，以取炉冶城，平青陵城。擒骠将丁士良，异其才，不杀，署捉生将。士良策曰："吴秀琳以数千兵不可破者，陈光洽为之谋也！我能为公取之！"乃擒以献。于是秀琳举文城栅降。遂以其众攻吴房，残外垣。始出攻，吏曰："往亡日，法当避。"愬曰："彼谓我不来，此可击也。"众决死战，贼乃走。或劝遂取吴房，愬曰："不可。吴房拔，则贼力专，不若留之，以分其力。"初，秀琳降，愬单骑抵栅下与语，亲释缚，署以为将。秀琳为愬策曰："必破贼，非李祐无以成功者。"祐，贼健将也，守兴桥栅，其战常易官军。愬候祐护获于野，遣史用诚以壮士三百伏其旁，见羸卒若将燔聚者。祐果轻出，用诚擒而还。诸将素苦祐，请杀之。边批：能苦诸将，定是有用之人。愬不听，以为客将。间召祐及李忠义，屏人语至夜艾。忠义亦贼将。军中多谏此二人不可近，愬待益厚。乃募死士三千为突将，自教之。会雨，自五月至七月不止。军中以为不杀祐之罚，边批：不通。将吏杂然不解。愬力不能独完祐，乃持以泣，曰："天不欲平贼乎？何见夺者众耶？"则械而送之朝，表言："必杀祐，无与共谋蔡者。"诏释以还愬。愬乃令佩剑出入帐下，署六院兵马使。祐奉檄呜咽。诸将乃不敢言。由是始定袭蔡之谋矣。

不械送祐，则谤者不息。此与司马懿祁山请战奉诏而止同一机轴，皆成言先入，度其必不迕而后行之者也。辛毗持节而蜀师老，李祐还幕而吴寇平。虽将之善，君亦与焉。

岳侯平杨幺，李愬克元济，无一不资才于敌，亦由威信素孚、操纵在手故也。后人漫然学之，鲜不堕敌之间矣。岑彭、费祎亡其身，俱为降人刺杀。曹瞒、苻坚亡其师，赤壁之役，操信黄盖之降以取败。淝水之战，降将朱序谋归晋，阴导晋败秦。彼皆老于兵事者，而犹如此，可不慎与？

李愬之将袭蔡也，旧令敢舍谍者族，愬刊其令，一切抚之。故谍者反效以情，愬益悉贼虚实。

能用谍，不妨舍谍。然必先知谍，方能用谍；必能使民不隐谍，方能知谍；必恩威有以服民，方能使民不隐谍。呜呼，难言矣！

近有邑宰，急欲弭盗，谓诸盗往往获自妓家，必驱妓出境，乃清盗薮。夫妓家果薮盗，正宜留之，以为捕役耳目之径。若薮之境外与薮之境内庸愈？假令盗薮民家，亦将尽民而驱之乎？不深严捕役之督，而求盗无薮，斯无策之甚者也。

时李光颜战数胜。元济率锐师屯洄曲以抗光颜。愬知其隙可乘，乃夜起师。祐以突将三千为前锋，李忠义副之，愬率中军三千，田进诚以下军殿，出文城栅，令曰："引而东。"六十里止，袭张柴，歼其戍。敕士少休，益治鞍铠，发刃彀矢。会大雨雪，天晦凛，风偃旗裂肤，马皆缩栗，士抱戈冻死于道十一二。张柴之东，陂泽阻奥，众未尝蹈也，皆谓投不测。始发，吏请所向，愬曰："入蔡州取吴元济！"边批：抖然。士失色，监军使者泣曰："果落祐计！"然业从愬，人人不敢自为计。边批：士有必死之心矣。愬分轻兵断桥道，以绝洄曲道，又以兵绝郎山道。行七十里，夜半，至悬瓠城，雪甚。城旁皆鹅鹜池，愬令击之，以乱军声。贼吴房、郎山戍晏然无知者。祐等坎墉先登，众从之，杀门者开关，留持柝，传夜自如。黎明雪止，愬入驻元济外宅。蔡吏惊曰："城陷矣！"元济尚不信，曰："是洄曲子弟来索褚衣耳。"及闻号令，曰："常侍传语！"始惊，曰："何常侍得至此！"率左右登牙城。田进诚进兵薄之。愬计元济且望救于董重质，乃访其家慰安之，使无怖，以书召重质。重质以单骑白衣降。进诚火南门，元济请罪，梯而下，槛送京师。

赵充国

先零、罕幵皆西羌种，各有豪，数相攻击，成仇。匈奴连合诸羌，使解仇作约。充国料其到秋变必起，宜遣使行边预为备。于是两府白遣义渠安国行视诸边，分别善恶。安国至，召先零诸豪三十余人，以尤桀黠，皆斩之，纵兵击斩千余级，诸降羌悉叛，攻城邑，杀长吏。上问："谁可将者？"充国对曰："无逾于老臣者矣！"充国时年七十余。上问："将军度羌虏何如？当用几人？”充国曰：“百闻不如一见，兵难隃度。臣愿驰至金城，图上方略。”充国至金城，须兵满万骑，方渡河，恐为虏所遮，即夜遣三校衔枚先渡，渡辄营阵。及明，以次尽渡。虏数十百骑来，出入军旁。充国意此骁骑难制，且恐为诱，戒军勿击，曰：“吾士马新倦，不可驰逐，击虏以殄灭为期，小利不足贪也！”遣骑候四望峡中，地名。亡虏。夜引兵至落都，谓诸校司马曰：“吾知羌无能为矣！使发数千人守杜四望峡中，兵岂得入哉！”遂西至西部都尉府，日飨军士，士皆欲为用。虏数挑战，充国坚守。边批：节节持重。初罕幵豪靡当儿使弟雕库来告都尉曰：“先零将反！”后数日，果反。雕库种人颇在先零中，都尉即留雕库为质。充国以为亡罪，遣归告种豪：“大兵诛有罪，毋取并灭，能相捕斩者，除罪：斩大豪有罪者一人，赐钱四十万，中豪十五万，下豪二万，大男三千，女子及老小千钱，又以所捕妻子财物与之。”欲以威信招降罕幵及劫略者，解散虏谋。酒泉太守辛武贤上言：“今虏朝夕为寇，土地寒苦，汉马不能冬，可益马食，以七月上旬赍三十日粮，分兵并出张掖、酒泉，合击罕幵。”天子下其议，充国以为：“佗负三十日食，又有衣装兵器，难以追逐。据前险，守后阨，以绝粮道，必有伤危之患。且先零首为畔逆，宜捐罕幵暗昧之过，先诛先零以震动之。”朝议谓：“先零兵盛而负罕幵之助，不先破罕幵，则先零未可图。”边批：似是而非。天子遂敕充国进兵。充国上书谢罪，因陈利害曰：“臣闻兵法：‘攻不足者守有余。’‘善战者致人，不致于人。’即罕羌欲为寇，宜简练以俟其至，以逸代劳，必胜之道也。今释致虏之术，而从为虏所致之道，愚以为不便。先零羌欲为背畔，故与罕幵解仇结约，然其私心，亦恐汉兵至而罕幵背之，其计常欲先赴罕幵之急，以坚其约。先击罕羌，先零必助之。今虏马肥、食足，击之未见利，适使先零得施德于罕羌以坚其约。党坚势盛，附者浸多，臣恐国家之忧不二三岁而已。于臣之计，先诛先零，则罕幵不烦兵而服。如其不服，须正月击之未晚。”上从充国议。充国引兵至先零。虏久屯聚，解弛，望见大军，弃车重，欲渡湟水，道阨狭，充国徐行驱之。边批：又持重。或曰：“逐利宜亟。”充国曰：“此穷寇，不可迫也，缓之则走不顾，急之则还致死。”诸校皆曰：“善。”虏赴水溺死数百，降及斩首五百余人，兵至罕地，令军毋燔聚落刍牧田中。罕羌闻之，喜曰：“汉果不击我矣！”豪靡忘来自归，充国赐饮食，遣还谕种人，时羌降者万余人。充国度羌必坏，请罢骑兵，留万人屯田，以待其敝。

析 公

晋、楚遇于绕角。栾武子书不欲战，析公曰："楚师轻窕，易震荡也。若多鼓钧声，以夜军之，楚师必遁！"晋人从之，楚师宵遁。

王德用

王德用为定州路总管,日训练士卒,久之,士殊可用。会契丹有谍者来觇，或请捕杀之，德用曰："第舍之，吾正欲其以实还告。百战百胜，不如以不战胜也！"明日故大阅,士皆踊跃思奋,乃阳下令:"具糗粮,听吾旗鼓所向！"觇者归告，谓："汉兵且大入。"遂来议和。

韩世忠

广西贼曹成拥众在郴、邵。世忠既平闽寇，旋师永嘉，若将就休息者。忽由处、信径至豫章，连营江滨数十里。群贼不虞其至，大惊。世忠遣人招之，成遂降，得战士八万。

程 昱

程昱守鄄城，兵仅七百人。操闻袁绍在黎阳将南渡，欲以兵三千益之。昱不肯，曰："袁绍拥十万众，自以所向无前。今见昱兵少，必不来攻。若益以兵，则必攻，攻则必克。"绍果以昱兵少，不肯攻。操谓贾诩曰："程昱之胆，过于贲、育。"

七百与三千，均非十万敌也，而益兵之名，足以招寇。昱之见胜于曹公远矣！

陆 逊

嘉禾三年,孙权北征,使陆逊与诸葛瑾攻襄阳。逊遣亲人韩扁赍表奉报，还遇敌于沔中，钞逻得扁。瑾闻之甚惧，书与逊云："大驾已旋，贼得韩扁，具知我阔狭，且水干，宜当急去！"逊未答，方催人种葑豆，与诸将奕棋射戏如常。瑾曰："伯言多智略，其当有以。"自来见逊。逊曰："贼知大驾已旋，无所复蹙，得专力于吾，又已守要害之处，兵将已动，且当自定以安之，施设变术，然后出耳。今便示退，贼当谓吾怖，仍来相蹙，必败之势！"乃密与瑾立计，令瑾督舟船，逊悉上兵马，以向襄阳城。敌素惮逊，遽还赴城。瑾便引舟出，逊徐整部伍，张拓声势，走趋船。敌不敢干，全军而退。

高仁厚

高仁厚攻东川杨师立。夜二鼓，贼党郑君雄等出劲兵掩击城北副使寨。杨茂言不能御，帅众弃寨走，其旁寨见副走，亦走。贼直薄中军。仁厚令大开寨门，设炬火照之，自帅士卒为两翼，伏道左右。贼见门开，不敢入，还去。仁厚发伏击之，贼大败。仁厚念诸弃寨者所当诛杀甚众，乃密召孔目官张韶，谕之曰："尔速遣步探子将数十人，分道追走者，自以尔意谕之曰：'仆射幸不出寨，皆不知，汝曹速归！来旦，牙参如常，勿忧也！'"边批：不唯省事，且积德。韶素长者，众信之。边批：择而使之。至四鼓，皆还寨。唯杨茂言走到张把，乃追及之。仁厚闻诸寨漏鼓如初，喜曰："悉归矣！"诘旦，诸将牙集，以为仁厚诚不知也。坐良久，谓茂言曰："昨夜闻副使身先士卒，走至张把，有诸？"对曰："闻贼攻中军，左右言仆射已去，遂策马骖随，既而审其虚，乃复还耳。"曰："仁厚与副使俱受命天子，将兵讨贼。若仁厚先走，副使当叱下马，行军法，代总军事，然后奏闻。边批：近日辽阳之役，制闻者若识此一看，何至身名俱丧。今副使既先走，又为欺罔，理当何如？"茂言拱手曰："当死。"仁厚曰："然。"命左右扶下斩之。诸将股栗。仁厚乃召昨夜所获俘虏数十人，释缚纵归。群雄闻之惧，曰："彼军法严整如是，又可犯乎！"自是兵不复出。后君雄斩师立，出降。

孙武戮宠姬以徇阵，穰苴斩幸臣齐景幸臣庄贾。以立法。法行则将尊，将尊则士致死。士有必死之气，则敌有必败之形矣。仁厚用法固善，尤妙在遣张韶一事。不尽杀之，威胜于尽杀；更驱而用之，不患逃卒不尽为死士也。

孙武子齐人，以兵法见于吴王阖庐。阖庐曰："子之十三篇，吾尽观之矣。可以小试勒兵乎？"对曰："可。"阖庐曰："可试以妇人乎？"曰："可。"于是出宫中美女，得百八十人。孙子分为二队，以王之宠姬二人各为队长，皆令持戟。令之曰："汝知而心与左右手、背乎？"妇人曰："知之。"孙子曰："前则视心，左视左手，右视右手，后即视背。"妇人曰："诺。"约束既布，乃设斧钺，即三令五申之。于是鼓之右，妇人大笑。孙子曰："约束不明，申令不熟，将之罪也。"复三令五申，而鼓之左，妇人复大笑。孙子曰："约束不明，申令不熟，将之罪也。既已明，而不如法者，吏士之罪也！"乃欲斩左右队长。吴王从台上观，见且斩爱姬，大骇，趣使使下令曰："寡人知将军能用兵矣，寡人非此二姬，食不甘味，愿勿斩也！"孙子曰："臣既已受命为将。将在军，君命有所不受。"遂斩队长二人以徇，用其次为队长。于是复鼓之，妇人左右前后跪起皆中规矩绳墨，无敢出声。于是孙子使使报王曰："兵既整齐，王可试下观之。唯王所欲用，虽赴水火犹可也！"吴王曰："将军罢休就舍，寡人不愿下观。"孙子曰："王徒好其言，不能用其实！”于是阖庐知孙子能用兵，卒以为将，西破强楚，入郢，北威齐、晋，显名诸侯，孙子与有力焉。

齐景公时，师败于燕、晋。晏婴荐司马穰苴。公以为将军。穰苴曰：“臣素卑贱，人微权轻，边批：实话。愿得君之宠臣以监军。”边批：少不得下次一着。公使庄贾往。苴与贾约：日中会于军门。苴先驰至军，立表下漏待贾。夕时贾始至。苴曰：“何后期？”贾曰：“亲戚送之，故留。”苴曰：“将受命之日，则忘其家；临军约束，则忘其亲；援枹鼓之急，则忘其身，何相送乎？”召军正问曰：“军法期而后至，云何？”对曰：“当斩！”贾始惧，使人驰报景公求救。未及返，遂斩贾以徇三军。久之，公遣使者持节赦贾，驰入军中。穰苴曰：“将在军，君命有所不受。”问军正曰：“军中不驰。今使者驰，云何？”对曰：“当斩！”苴曰：“君之使不可斩。”乃斩其仆、车之左驸、马之左骖，以徇三军。乃阅士卒次舍井灶饮食，问疾医药，身自抚循之。悉取将军之资粮飨士卒，而自比其羸弱者。三日而后勒兵，于是病者皆求行，争出赴战，大败晋师。

李光弼

史思明屯兵于河清，欲绝光弼粮道。光弼军于野水渡以备之。既夕，还河阳，留兵千人，使将雍希颢守其栅，曰：“贼将高廷晖、李日越，皆万人敌也，至勿与战，降则俱来。”诸将莫谕其意，皆窃笑之。既而思明果谓日越曰：“李光弼长于凭城，今出在野。汝以铁骑宵济，为我取之。不得，则勿反！”日越将五百骑，晨至栅下，问曰：“司空在乎？”希颢曰：“夜去矣。”日越曰：“失光弼而得希颢，吾死必矣！”遂请降。希颢与之俱见光弼，光弼厚待之，任以心腹。高廷晖闻之，亦降。或问光弼：“降二将何易也？”光弼曰：“思明常恨不得野战，闻我在外，以为可必取。日越不获我，势不敢归。廷晖才过于日越，闻日越被宠任，必思夺之矣。”

传云：“作事威克其爱，虽小必济。”然过威亦复偾事，史思明是也。

制胜卷二十二

危事无恒，方随病设。躁或胜寒，静或胜热。动于九天，入于九渊。风雨在手，百战无前。集“制胜”。

孙　膑　二条

孙子同齐使之齐，客田忌所。忌数与齐诸公子逐射。孙子见其马足不甚相远，马有上、中、下，乃谓忌曰："君第重射，臣能令君胜。"忌然之，与王及诸公子逐射千金。及临质，孙子曰："今以君之下驷与彼上驷，取君上驷与彼中驷，取君中驷与彼下驷。"既驰三辈毕，而田忌一不胜而再胜，卒得五千金。

唐太宗尝言："自少经略四方，颇知用兵之要，每观敌阵，则知其强弱。常以吾弱当其强，强当其弱。彼乘吾弱，奔逐不过数百步。吾乘其弱，必出其阵后，反而击之，无不溃败。"盖用孙子之术也。

宋高宗问吴璘以胜敌之术，璘曰："弱者出战，强者继之。"高宗亦曰："此孙膑驷马之法。"

魏伐赵，赵急请救于齐。齐威王欲将孙膑，膑以刑余辞，乃将田忌，而孙子为师，居辎车中，坐为计谋。田忌欲引兵救赵，孙子曰："夫解纷者不控卷，救斗者不搏撠；批亢捣虚，形格势禁，则自为解耳。今梁、赵相攻，轻兵锐卒必尽于外，老弱罢于内。君不若引兵疾走大梁，冲其方虚。边批：致人。彼必释赵而自救，是我一举解赵之困，而收敝于魏也。"忌从之，魏果去邯郸，与齐战于桂陵，边批：致于人。大破梁军。

赵奢

秦伐韩，军于阏与。赵王问廉颇："韩可救否？"对曰："道远险狭，难救。"又问乐乘，如颇言。及问赵奢，奢对曰："道远险狭，譬之两鼠斗于穴中，将勇者胜。"乃遣奢将而往。去邯郸三十里，而令军中曰："有以军事谏者，死！"边批：主意已定，不欲惑乱军心也。秦军军武安西，鼓噪勒兵，屋瓦皆振。军中候有一人言急救武安，奢立斩之。坚壁留二十八日，不行，复益增垒。边批：坚秦人之心。秦间来入，奢善食而遣之。间以报秦将，秦将大喜曰："夫去国三十里而军不行，乃增垒，阏与非赵地也！"奢既遣秦间，乃卷甲而趣之，一日一夜至。边批：出其不意。令善射者去阏与五十里而军。军垒成，秦人闻之，悉甲而至。军士许历请以军事谏，奢曰："内之。"许历曰："秦人不意赵师至，此其来气盛，将军必厚集其阵以待之，不然必败。"奢许诺。许历请就诛，奢曰："胥后令，至邯郸。"历复请谏，曰："先据北山上者胜，后至者败。"奢许诺，即发万人趋之。秦兵后至，争山不得上。奢纵兵击之，大破秦军，遂解阏与之围。

孙子曰："反间者，因敌间而用之。"又曰："我得亦利，彼得亦利，为争地。"阏与之捷是也。许历智士，不闻复以战功显，何哉？于汉广武君亦然。

李 牧

李牧，赵北边良将也。尝居雁门备匈奴，以便宜置吏，市租皆输入幕府，为士卒费。日击牛飨士，习骑射、谨烽火、多间谍、厚遇战士，为约曰："匈奴即入盗，急入收保。有敢捕虏者，斩！"如此数岁，匈奴以牧为怯，虽赵边兵亦以为吾将怯。赵王让李牧，牧如故。赵王怒，召之，使他人代将。岁余，匈奴每来，出战数不利，失亡多，边不得田畜，乃复请李牧。牧固称疾。赵王强起之。牧曰："必用臣，臣如前，乃可奉令。"王许之。李牧如故约，匈奴终岁无所得，然终以为怯。边士日得赏赐而不用，皆愿一战。于是乃具选车，得千三百乘，选骑得万三千匹，百金之士五万人，彀者十万人，悉勒习战。大纵畜牧，人民满野。匈奴小入，佯北，以数千人委之。单于闻之，大率众来入。牧多为奇阵，张左右翼击之，大破，杀匈奴十余万骑。单于奔走，其后十余岁，不敢近边。

厚其遇，故其报重；蓄其气，故气发猛。故名将用死士。兵之力，往往一试而不再，亦一试而不必再也。今之所谓兵者，除一二家丁外，率丐而甲、尪而立者耳。呜呼！尪也，丐也，又多乎哉！

周亚夫 二条

吴、楚反，景帝拜周亚夫太尉击之。既发，至霸上。赵涉遮说之曰："吴王怀辑死士久矣。此知将军且行，必置人于淆、渑阨陋之间。且兵事尚神密，将军何不从此右去，走蓝田，出武关，抵洛阳，间不过差一二日，直入武库，击鸣鼓。诸侯闻之，以为将军从天而下也。"太尉如其计，至洛阳，使搜淆、渑间，果得伏兵。

太尉会兵荥阳，坚壁不出。吴方攻梁急，梁请救。太尉守便宜，欲以梁委吴，不肯往。梁王上书自言，帝使使诏救梁，太尉亦不奉诏，而使轻骑兵绝吴、楚后。吴兵求战不得，饿而走，太尉出精兵击破之。

吴王之初发也，其大将田禄伯曰："兵屯聚而西，无他奇道，难以立功。臣愿得五万人，别循江、淮而上，收淮南、长沙，入武关，与大王会，此亦一奇也。"边批：魏延子午谷之计相似。吴太子谏曰："王以反为名，若借人兵，亦且反王。"边批：何不谏他勿反。于是吴王不许。少将桓将军说王曰："吴多步兵，利险；汉多车骑，利平地。愿大王所过城不下，直去疾西，据洛阳武库，食敖仓粟，阻山河之险，以令诸侯，虽无入关，天下固已定矣！大王徐行，留下城邑，汉军车骑至，弛入梁、楚之郊，事败矣！"

吴老将皆言："此少年摧锋可耳，安知大虑！"吴王于是亦不许。假令二计得行，亚夫未遽得志也。亚夫之功，涉与吴王分半。而后世第功亚夫，竟无理田、桓二将军之言者，悲夫！

李牧、周亚夫，皆不万全不战者，故一战而功成。赵括以轻战而败，夫差以累战而败。君知不可战而不禁之，子玉之败是也；将知不可战而迫使之，杨无敌之败是也。

周 访

贼帅杜曾屡败官军，威震江、沔。元帝命周访击之。访有众八千，进至沌阳，曾等锐气甚盛。访曰："先入有夺人之心，军之善谋也。"使将军李常督左甄，许朝督右甄，访自领中军，高张旗帜。曾果畏访，先攻左右甄。曾勇冠三军，访甚恶之，自于阵后射雉，以安众心。令其众曰："一甄败，鸣三鼓，两甄败，鸣六鼓。"赵胤兵属左甄，力战，败而复合，胤驰马告访。访怒叱，令更进。胤号哭复战。自旦至申，两甄皆败。访闻鼓音，选精锐八百人，自行酒饮之，敕不得妄动，闻鼓响乃进。贼未至三十步，访亲鸣鼓，将士皆腾跃奔赴。边批：出其不意。曾遂大溃，杀千余人。访夜追之。诸将请待明日，访曰："曾骁勇善战，向之败也，彼劳我逸，是以克之，宜及其衰，乘之可灭。"鼓行而进，遂定汉、沔。曾等走固武当，访出不意，又击破之，获曾。

先委之以两甄，以敝其力，以骄其气，卒然乘之，乃可奏功。然兵非素有节制，两甄先不为尽力矣。

陆 逊 陆 抗

昭烈率众伐吴，自巫峡至夷陵，连营七百余里，而先遣吴班将数千人，平地立营以挑战。吴诸将皆欲击之，陆逊不许，曰："此必有谲。"坚壁良久。昭烈知计不行，乃引伏兵从谷中出，凡八千人。逊谓诸将曰："所以不听击班者，正为此也！今而后吾知所以破之矣！"乃敕于暮夜，人各持茅一把，每间一营，辄攻一营，同时火举，首尾不能相救。于是四十余营，一战俱破。

魏文帝闻昭烈树栅连营状，顾谓群臣曰："备不知兵，必破矣！岂有七百里连营，而可以拒敌者乎？包原隰险阻以营军者，必为敌擒，此兵忌也！"后七日，而孙权捷书至。以昭烈之老于行间，而识不及曹丕，何也？岂所谓"老将至而耄及之"乎？

昭烈之伐吴，苻坚之寇晋，皆倾国之兵也。然昭烈之谋狡，故宜静以待之；苻坚之气骄，故宜急以挫之。狡谋穷则敌困，骄气挫败敌衰，所以虽众无所用之也。按，淝水之役，苻融攻硖石，坚留大军于项城，自引轻骑八千就之。朱序私于谢石曰："若秦兵尽至，诚难与为敌。今乘诸军未集，宜速击之。若败其前锋，则彼已夺气，可遂破也。"石从之。

西陵督步阐以城降晋。抗闻，日夜督兵赴西陵，别筑严围，使内可围阐，外可御寇，而不攻城。诸将咸谏曰："及兵之锐，宜急攻阐。比晋救至，阐必拔矣。何事于围，而以敝士民之力？"抗曰："此城甚固，而粮又足，其缮修备御具皆抗所亲规。攻之急未能克，而救且至；救至而无备，表里受敌，何以御之？"诸将犹不谓然。抗欲服众，乃听令一攻，果不利，于是围备始力。未几，晋杨肇帅兵来救。时我军都督俞赞忽亡诣肇。抗曰："赞，军中旧吏也，知吾虚实。吾尝虑夷兵素不简练，若敌来攻，必先此处。"是夜易夷兵，而悉以旧将统之。明日，肇果攻故夷兵处，抗击之，矢石雨下。肇夜遁，抗不追，而但令鸣鼓发喊，若将攻者。肇大溃，引去。遂复西陵，诛阐。

陆逊、陆抗，是父是子！

邓　艾

邓艾与郭淮合兵以拒姜维。维退，淮因西击羌。艾曰："贼去未远，或能复还。宜分诸军以备不虞。"于是留艾屯白水北。三日，维遣廖化自水南向艾结营。艾谓诸将曰："维今卒还，吾军少，法当来渡，而不作桥。边批：棋逢对手。此维使化持吾，今吾不得动，维必自东袭取洮城矣！"洮城在水北，去艾屯六十里。艾即夜潜军径到洮城。维果来渡，而艾先至据城，得以不破。

唐太宗　三条

唐兵围洛阳，夏主窦建德悉众来援。诸将请避其锋，郭孝恪曰："世充穷蹙，垂将面缚。建德远来助之，此天意欲两亡之也！宜据武牢之险以据之，伺间而动，破之必矣！"记室薛收曰："世充府库充实，所将皆江淮精锐，但乏粮食，故为我持。建德自将远来，亦当挫其精锐。边批：亦是朱序破苻秦之策。若纵之至此，两寇合从，转河北之粟，以馈洛阳，则战争方始，混一无期。今宜分兵守洛阳，深沟高垒，勿与战。大王亲帅骁锐，先据成皋，以逸待劳，决可克也！建德既破，世充自下，不过二旬，两主就缚矣！"世民从之。由是夏主迫于武牢，不得行。

按是时，凌敬言于建德曰："大王宜悉兵济河，攻取怀州、河阳，使重将守之。遂建旗鼓，逾太行，入上党，徇汾晋，趣蒲津，蹈无人之境，拓地收兵，则关中震惧，而郑围自解矣。"妻曹氏亦曰："祭酒之言是也。"夫此特孙子旧策，妇人犹知之，而建德不能用，以至败死。何哉？

谍告："夏主伺唐牧马于河北，将袭武牢。"世民乃北济河，南临广武而还，故留马千余匹，牧于河渚以疑之。建德果悉众出牛口，置阵亘二十里，鼓行而进。诸将皆惧，世民升高望之，谓诸将曰："贼起山东，未尝见大敌，今度险而嚣，是无纪律；逼城而阵，有轻我心。我按兵不出，彼勇气自衰，阵久卒饥，势将自退，追而击之，无不克矣！"建德列阵，自辰至午，士卒饥倦，皆坐列，又争饮水。世民命宇文士及将三百骑，经建德阵西，驰而南上。建德阵动。世民曰："可击矣。"帅轻骑先进，大军继之，直薄其阵。方战，世民又率史大奈等卷旆而入，出于阵后，张唐旗帜。夏兵见之，惊溃。

秦王世民至高墌。薛仁杲使宗罗睺将兵拒之。世民坚壁不出，诸将请战，世民曰："我军新败，士气沮丧。贼恃胜而骄，有轻我心，宜闭垒以待之。彼骄我奋，可一战而克也。"乃令军中曰："敢言战者，斩！"相持六十余日，仁杲粮尽，所部多降。世民乃命梁实营于浅水原以诱之。罗睺大喜，尽锐攻之。数日，世民度其已疲，谓诸将曰："可以战矣！"使庞玉阵于原南。罗睺并兵击之，玉几不能支。世民乃引大军自原北出其不意，自帅骁骑陷阵。罗睺军溃。世民帅骑追之。窦轨叩马苦谏，世民曰："破竹之势，不可失也！"遂进围之。仁杲将士多叛，计穷出降，得其精兵万人。诸将皆贺，因问曰："大王一战而胜，遽舍步兵，又无攻具，直造城下，众皆以为不可，而卒取之，何也？"世民曰："罗睺所将，皆陇外骁将悍卒，吾特出其不意破之，斩获不多；若缓之，则皆入城，仁杲抚而用之，未易克也。急之则散归陇外，折墌虚弱，仁杲破胆，不暇为谋，此吾所以克也。"众皆悦服。

李　靖

萧铣据江陵。诏李靖同河间王孝恭安辑，阅兵夔州。时秋潦，涛濑涨恶，铣以靖未能下，不设备。诸将亦请江平乃进，靖曰："兵事以速为神。今士始集，铣不及知，若乘水傅垒，是震雷不及塞耳，仓卒召兵，无以御我，此必擒也。"孝恭从之，帅战舰二千余艘东下，拔其荆门、宜都二镇，进至夷陵。萧铣之罢兵营农也，才留宿卫数千人。闻唐兵至，大惧。仓卒征兵，皆在江岭之外，道途阻远，不能遽集，乃悉见兵出拒战。孝恭将击之，李靖止之曰："彼救败之师，策非素立，势不能久，不若且驻南岸，缓之一日，彼必分其兵，或留拒我，或归自守。兵分势弱，我乘其懈而击之，蔑不胜矣！今若急之，彼则并力死战，楚兵剽锐，未易当也！"孝恭不从，留靖守营，自帅锐师出战。果败走，趣南岸。铣众委舟，收掠军资，人皆负重。靖见其众乱，纵兵奋击，大破之。乘胜直抵江陵，入其外郭，大获舟舰。李靖使孝恭尽散之江中。诸将皆曰："破敌所获，当借其用，奈何弃以资敌？"靖曰："萧铣之地，南出岭表，东距洞庭。吾悬军深入，若攻城未拔，援兵四集，吾表里受敌，进退不获，虽有舟楫，将安用之？今弃舟舰，使塞江而下，援兵见之，必谓江陵已破，未敢轻进，往来窥伺，动淹旬月，吾取之必矣！"铣援兵见舟舰，果疑不进。

朱 儁

黄巾贼党韩忠，以十万人据宛。诏朱儁以八千人讨之。儁张围结垒，起土山以临城内，鸣鼓攻其西南。贼悉众赴西南，儁自将精兵五千掩其东北，乘城而入。忠乃退保子城，惶惧乞降。时司马张超等议听之，儁曰："不可！今海内一统，独黄巾造逆，纳降徒长逆萌，非长计！"急攻之，不克。儁乃登土山望之，顾谓张超曰："吾知之矣，贼外围周固，乞降不受，欲出不得，所以死战。不如撤围，并兵入城。忠见围解，势必自出，出则意散，易破之道也。"即解围，忠果出，因击，大破之。

耿 弇

张步弟蓝，将精兵二万守西安，而诸郡合万人守临淄，相距四十里。耿弇进军二城之间，视西安城小而坚，临淄虽大实易取。乃下令：后五日攻西安。蓝闻，日夜警备。至期，夜半，弇敕诸将皆蓐食。及旦，径趋临淄。半日拔其城，蓝惧，弃城走。诸将曰："敕攻西安而乃先临淄，竟并下之，何也？"弇曰："西安闻吾攻，必严守具；临淄出不意而至，必自警扰，攻之必立拔。拔临淄则西安孤，此击一而得二也！若先攻西安，顿兵坚城，死伤必多。即拔之，吾深入其地，后乏转输，旬月间不自困乎？"诸将皆服。

韦 叡 三条

梁天监四年，王师北伐，命韦叡督军，攻小岘城。既至，城中忽出数百人，阵于门外。叡曰："城中二千余人，闭门坚守，足以自完。而无故出人于外，此必其骁劲者也。先挫其劲，城一鼓可拔。"诸将疑不前，叡指其节曰："朝廷授此，非以为饰，法不可犯也！"兵遂进，殊死战，魏兵大溃。急攻之，城遂拔。

进攻合肥，先按行山川，曰："吾闻之：'汾水可灌平阳，绛水可灌安邑。'"乃为之堰肥水。堰成，而魏援兵大至。诸将惧，请表益兵。叡笑曰："贼已至而请兵，虽鞭之长，能及马腹乎？"初战不利，诸将议退巢湖，又议走保三叉。叡怒曰："将军死绥，有前无却，妄动者斩！"乃取伞扇麾幢树堤下，示无动意，而更筑垒于堤以自固。久之，堰水满，魏救兵无所用，城竟溃。

魏中山王元英，以百万众寇北徐州，围刺史昌义之于钟离。帝遣曹景宗将大兵往救，敕叡帅所部往会之。叡自合肥径进。时魏兵声势甚盛，诸将惧，请缓行。叡曰："钟离望救甚急，车驰卒奔，犹恐其后，而可缓乎？魏兵深入，已堕吾腹中，勿忧也。"不旬日，至。遂于景宗营前二十里，一夜掘长堑，树鹿角，截土为城，比晓而营立。元英惊以为神。英先于邵阳洲两岸为两桥，树栅数百步，跨淮通道。叡乃装大艘，乘淮水暴涨，竞发以临其垒。而令小船载苇薹，灌之膏油，乘风纵火，烟焰障天，倏忽之间，桥栅尽坏。我军乘势奋勇，呼声动天地，无不一当百。魏兵大溃，元英仅以身免。昌义之得报，不暇语，但直叫曰："更生！更生！"

时魏人歌曰："不畏萧娘与吕姥，但畏合肥有韦虎！"韦即叡；吕，吕僧珍；萧者，临川王宏也。

马　燧

马燧既败田悦，会救至，悦复振。悦壁洹水，淄青军其左，恒冀军其右。燧进屯邺，请益兵。诏河阳李艽以兵会，次于漳。悦遣将王光进以兵守漳之长桥，筑月垒以扼军路。燧于下流以铁锁维车数百绝河，载土囊遏水而渡。悦知燧食乏，坚壁不战。燧令士赍十日粮，进营仓口，与悦夹洹而军，造三桥，逾洹日挑战。悦不出，阴伏万人，欲以掩燧。边批：亦谲。燧令诸军夜半食，鸡鸣时鸣鼓角，而潜师并洹。边批：攻其所必救。趋魏州，下令曰："须贼至，止为阵。"留百骑持火匿桥旁，待悦众尽渡，乃焚桥。燧行十余里，悦果率众逾桥。乘风纵火，鼓噪而前。燧令兵士无动，除蓁莽广百步，勇士五千人先为阵以待悦。边批：以逸待劳。比悦至，火止，气少衰。燧将兵奋击，大败之。悦还走，而三桥已焚矣。悦众赴水死者不可胜计。

郑子元　李　晟

桓王怒郑不朝，以诸侯伐之。王为中军，虢公林父将右军，蔡人、卫人属焉；周公黑肩将左军，陈人属焉。郑子元请为左拒，以当蔡人、卫人，为右拒，以当陈人，曰："陈乱，民莫有斗心，若先犯之，必奔。王卒顾之，必乱。蔡、卫不支，固将先奔，既而萃于王卒，可以集事。"从之。曼伯为右拒，祭仲为左拒，原繁、高渠弥以中军奉郑伯，为鱼丽之阵。先偏后伍，二十五乘为偏，五人为伍。伍乘弥缝。战于繻葛，命二拒曰："旝大将之麾。动而鼓！"

蔡、卫、陈皆奔，王卒乱。郑师合以攻之，王卒大败。

吐蕃尚结赞兵逾陇岐。李晟选兵三千，使王佖伏汧阳旁，诫之曰："蕃军过城下，勿击首尾，首尾纵败，中军力全。但候其前军已过，见五方旗、武豹衣，则其中军也。突其不意，可建奇功。"佖如晟节度，遇结赞，即出奋击，贼皆披靡。佖军不识结赞，故结赞仅而免。

犯王不祥，而三国非郑敌，故先动其左右以摇之。尚结赞劲而狡，小挫未可得志，故专力于中军，出不意以突之。若鄢陵之战，苗贲皇言于晋侯曰："楚之良，在于中军王族，请分良以击其左右，而以三军萃于王卒，必大败之。"此又因晋、楚力敌而然。故曰："知彼知己，兵法何常之有？"

刘 锜

刘锜字叔信。赴官东京。至涡口，方食，忽暴风拔坐帐。锜曰："此贼兆也，主暴兵。"即下令兼程而进。闻金人败盟南下，已陷东京，锜与将佐舍舟陆行，急趋至顺昌。知府陈规见锜问计。锜询知城中有米万斛，乃议敛兵入城，为守御计。诸将谓金不可敌，请以精锐遮老稚顺流还江南。锜曰："东京虽失，幸全军至此，有城可守，奈何弃之？敢言去者，斩！"置家寺中，积薪于门，戒守者曰："脱有不利，即焚吾家！"边批：李光弼纳刀于鞾中，相似。乃分命诸将守诸门、明斥堠，募土人为间谍。于是军士皆奋。时守备一无可恃。锜督取车轮辕埋城上，又撤民户扉，周匝蔽之。凡六日，粗毕，而金兵已至城下矣。初锜傅城筑羊马垣，穴垣为门，至是蔽垣为阵，金人纵矢，皆自垣端轶著于城，或止中垣上，锜用破敌弓，翼以神臂、强弩，自城上或垣门射敌，无不中者。敌稍却，即以步兵邀击，溺河水死者无算。金兵移砦二十里。锜遣阎充募壮士五百人夜斫其营。是夕，天欲雨，电光四起，见辫发者辄歼之，金兵复退十五里。锜复募百人以往，命折竹为器，如市井儿以为戏者，人持一以为号，直犯金营，电一闪则奋击，电止则匿不动。敌众大乱，百人者闻吹声而聚。边批：用百人如一人，又如千人万人，兵至此神矣。金人益不能测。终夜自战，积尸盈野。兀术在汴闻之，即索靴上马，帅十万众来援。诸将谓："宜乘方胜之势，具舟全军而归。"锜曰："敌营甚迩，而兀术又来，吾军一动，彼蹑其后，则前功俱废矣！"锜募得曹成等二人，谕之曰："遣汝作间，事捷重赏。第如吾言，敌必不杀汝。今置汝绰路骑中，汝遇敌，则佯坠马，为敌所得。敌帅问我何如人，则曰：'太平边帅子，喜声妓。朝廷以两国讲好，使守东京，图逸乐耳。'"已而二人果如其言，兀术大喜，边批：兀术之败，只为太自恃轻敌故。

即置鹅车炮具不用。翌日，锜登城，望见二人来，縋而上之。乃敌械成等来归，以文书一卷系于械上。锜惧惑军，立焚之。边批：有主意。兀术至城下，谴责诸将。诸将皆曰："南朝用兵非昔比，元帅临城自见。"适锜遣耿训请战，兀术怒曰："刘锜何敢与吾战？以吾力破尔城，直用靴尖趯倒耳！"训曰："太尉非但请与太子战，且谓太子必不敢济河，愿献浮桥五所，济而大战。"边批：怒而致之。迟明，锜果为五浮桥于河上，敌用以济。锜遣人毒颍上流及草中，戒军士虽渴死，毋饮于河，饮者夷其族。时大暑，敌远来，昼夜不解甲，锜军番休更食羊马垣下。而敌人马饥渴，饮食水草者辄病。方晨气清凉，锜按兵不动。逮未申间，敌气已索。忽遣数百人，出西门接战。俄以数千人出南门，戒令勿喊，但以锐斧犯之。敌大败，兀术遂拔营北去。是役也，锜兵不盈二万，出战仅五千人。金兵数十万，营西北，亘十五里，每暮，鼓声震山谷，营中喧哗，终夜有声。而我城中肃然不闻鸡犬。唯能以逸待劳，是以大胜。

朱晦庵曰："顺昌之役，正值暑天。刘锜分部下兵五千为五队，先备暑药，饮酒食肉，以一副兜牟与甲，晒之日下，时令人以手摸，看热如火不可着手，乃换一队。军至，令吃酒饭；少定，与暑药，遂各授兵出西门战。少顷，又换一队，出南门，如此数队，分门迭出送入，虏遂大败。缘虏众多，其立无缝，仅能操戈，更转动不得。而我兵执斧直入人丛，掀其马甲以断其足。一骑才倒，即压数骑，杀伤甚众。虏人至是方有怯中国之意，遂从和议耳。"

韩世忠

世忠驻镇江。金人与刘豫合兵分道入侵。帝手札命世忠饬守备，图进取，辞旨恳切。世忠遂自镇江渡师，俾统制解元守高邮，候金步卒；亲提骑兵驻大仪，当敌骑。伐木为栅，自断归路。会遣魏良臣使金。世忠撤炊爨，绐良臣："有诏移屯守江。"边批：灵变。良臣疾驰去，世忠度良臣已出境，而上马令军中曰："视吾鞭所向。"于是引军至大仪，勒五阵，设伏二十余所，约闻鼓即起击。良臣至金军，金人问王师动息，具以所见对。聂儿孛堇闻世忠退，喜甚，引兵至江口，距大仪五里，别将挞孛也引千骑过五阵东。世忠传小麾，鸣鼓，伏兵四起，旗色与金人旗杂出。金军乱，我军迭进，背嵬军各持长斧，上椹人胸，下斫马足。敌披重甲，陷泥淖。世忠麾劲骑四面蹂躏，人马俱毙，遂擒挞孛也等。

曹玮

曹玮知渭州，时年十九。尝出战小捷，虏引去。玮侦虏去已远，乃缓驱所掠牛马辎重而还。虏闻玮逐利行迟，师又不整，遽还兵来袭。将至，玮使谕之曰："军远来，必甚疲，我不乘人之急，请休憩士马，少选决战。"虏方甚疲，欣然解严，歇良久。玮又使谕之："歇定，可相驰矣！"于是鼓军而进，大破之。因谓其下曰："吾知虏已疲，故为贪利以诱之。比其复来，几行百里矣。若乘锐以战，犹有胜负，远行之人，小憩则足痹，不能立，人气亦阑，吾以此取之。"玮在军，得人死力，平居甚暇，及用师，出入若神。一日，张乐饮僚吏，中坐失玮所在，明日徐出视事，则贼首已掷庭下矣。贾同造玮，欲按边，邀与俱，同问："从兵安在？"曰："已具。"既出就骑，见甲士三千环列，初不闻人马声。

只看城中肃然不闻鸡犬，便知刘锜必能胜敌。只看甲士三千环列，初不闻人马声，便知敌必不能犯曹玮。

狄武襄

狄青字汉臣，汾州人。在泾原，常以寡当众。密令军中闻钲一声则止，再声则严阵而阳却，声止即大呼驰突。士卒皆如教，才遇敌，未接，遽声钲，士卒皆止，再声再却。虏大笑曰："孰谓狄天使勇！"钲声止，忽前突之，虏兵大乱，相蹂多死。追奔数里，前临深涧，虏忽壅遏山隅，青遽鸣钲而止，虏得引去。时将佐悔不追击，青曰："奔命之际，忽止而拒我，安知非谋？军已大胜，残寇不足贪也！"侬智高反邕州，诏以青为宣抚使击之，或言："贼标牌不可当。"青曰："标牌，步兵也，遇骑兵必不能施。愿得西边蕃落民自从。"或又言："南方非骑兵所宜。"青曰："蕃部善射，耐艰苦，上下山如平地，当瘴未发时，疾驰破之，必胜之道也！"及行，日不过一驿。所至州，辄休士一日。边批：未战养力。至潭州，遂立行伍，明约束。军人有夺逆旅菜一把者，立斩以徇，于是一军肃然。时智高还守邕州，青惧昆仑关险厄为所据，乃按兵不动，下令宾州具五日粮，休士卒。值上元节，令大张灯烛，首夜宴将佐，次夜宴从军官，三夜飨军校。首夜乐饮彻晓，次夜大风雨，二鼓时，青忽称病，暂起如内。久之，使人谕孙沔，令暂主席行酒，少服药乃出。数使劝劳座客，至晓，客未敢退。忽有驰报者，云："夜时三鼓，元帅已夺昆仑关矣！"边批：自营中且不知，况敌人乎？青既渡，喜曰："贼不知守此，无能为也。"已近邕州，贼方觉，逆战于归仁铺。青登高望之，贼据坡上，我军薄之。青使步卒居前，匿骑兵于后。蛮使骁勇者当前，尽执长枪。前锋孙节战不利，死。将士畏青，莫敢退。边批：畏主将，必不畏敌矣。青登高山，执五色旗，麾骑兵为左右翼，出其后，断蛮军为三，旋而击之。左者右，右者左，已而右者复左，左者复右，贼不知所为。贼之标牌军，为马军所冲突，皆不能驻。枪立如束，我军又纵马上铁连枷击之，遂皆披靡。智高焚城遁去。

按是役，谏官韩绛言："青武人，不足专任，请以侍从文臣为之副。"边批：顾其人何如，岂在文武！时庞籍独为相，边批：赖有此人。对曰："属者王师屡败，皆由大将轻，偏裨自用，不能制也。今青起于行伍，若以侍从之臣副之，号令复不得行。青昔在鄜延，居臣麾下，沉勇有智略。若专以智高事委之，必能办贼。"边批：兵法，将能而君不御者胜。于是诏岭南用兵，皆受节制。边批：成功在此。青临行，上言："古之俘馘奏凯，割耳鼻则有之，不闻以获首者。秦、汉以来，获一首，赐爵一级，因谓之'首级'。故军士争首级，以致相杀。又其间多以首级为货，售于无功不战之人，边批：大弊。愿一切皆罢之。"二条皆名言，可为命将成功之法。

又，青行时，有因贵近求从行者。青谓之曰："君欲从行甚善，然智高小寇，至遣青行，可以知事急矣。从青之士，击贼有功，当有厚赏；不然，军中法重，青不能私，君自思之，愿行则即奏取君矣。"于是无复敢言求从行者。即此一节，知青能持法，必能成功。又，青既入邕州，敛积尸内有衣金龙之衣者，又得金龙楯于其旁。或言"智高已死，当亟奏"！青曰："安知非诈，宁失智高，敢欺朝廷耶？"合观二事，不唯不敢使人冒功，即己亦不敢冒不可知之功。

威宁伯

王越抚大同。一日大雪，方坐地炉，使诸妓抱琵琶捧觞侍，而一千户诇虏还，即召入，与谈虏事甚析，大喜，曰："寒矣！"手金卮饮之。复谈则益喜，命弦琵琶而侑酒，即并金卮与之。边批：高。已又谈，则又喜，指妓中最姝丽者曰："欲之乎？以乞汝！"边批：更高。自是千户所至为效死力，积功至指挥。其夜袭虏帐，将至，风暴起，尘翳目，众惑欲归，一老卒前曰："天赞我也！去而风，使虏不觉。归而卒遇虏人掠者还，而我据上游。——皆是风也！"越不觉下马拜。功成，推卒功以为千户。边批：今人谁肯！

平蔡乘雪，夺昆关乘雨，破大同虏乘风，而皆以夜，所谓出其不意也。

威宁恩结千户，是大手段。至推功小卒，即淮阴北面左车，意何以加此？

文臣中那得此等快士！其雄略又出韩襄毅、杨文襄上矣，百陈钺何敢望之！而阿丑以“两钺”为戏，老、韩同传，非公论也！

尔朱荣

葛荣举兵向京师，众百万。相州刺史李神隽闭门自守。尔朱荣率精骑七千，马皆有副，倍道兼行，东出滏口。葛荣列阵数十里，箕张而进。荣潜军山谷为奇兵，分督将以上三人为一处，处有数百骑，令所在扬尘鼓噪，使贼不测多少。又以人马逼战，刀不如棒，密勒军士，马上各赍袖棒一枚。至战时，虑废腾逐，不听斩级，边批：斩级大误事。使以棒棒之而已。号令严明，将士同奋，荣身自陷阵，出于敌后。表里合击，大破之，擒葛荣，余众率降。荣以贼徒既众，若即分辖，恐其疑惧，乃普令各从所乐，亲属相随，任所居止。于是群情喜悦，数十万众，一朝散尽。待出百里之外，乃始分道押领，随便安置，咸得其宜。擢其渠帅，量才授用，新附者咸安。时人服其处分机速。

刘　江 二条

建文三年七月，平安自真定率兵攻北平，营于平村，离城五十里，扰其耕牧。世子督众固守。上闻北平被围，召刘江宿迁人。问策。江慷慨请行，遂与上约曰：“臣至北平，以炮响为号，一次炮响，则决围；二次则进城，若不闻第三次炮响，则臣战死矣。臣若得入城，守城者闻救至，勇气自倍，宜令军士人带十炮，俟三次炮响后，为殿者放炮常不绝声，则远近皆谓大军继至，平安必骇散矣！”江遂进兵，与安战，悉如其策，大败之。

永乐十七年，江为左都督，镇守辽东，巡视诸岛，相度地形，以金州卫金线岛西北之望海埚，地高可望，诸岛寇所必由，实滨海襟喉之地，请筑城堡，立烟墩瞭望。一日瞭者言“东南夜举火有光”。江计寇将至，亟遣马步官军赴埚上小堡备之，令犒师秣马，略不为意。以都指挥徐刚伏兵于山下，百户姜隆帅壮士潜烧贼船，截其归路，乃与之约曰：“旗举炮鸣，伏兵奋击，不用命者，斩！”翌日倭贼二千余人，乘海艄直逼埚下登岸，鱼贯而行，如入无人之境。江被发举旗鸣炮，伏兵尽起，为两翼而进。贼大败，横尸草莽，余众奔樱桃园空堡中。官兵环而攻之。将士欲入堡剿杀，江不许，故开西壁以纵之，俾两翼夹击，生擒数百，斩首千余级，有遁入艄者，悉为隆所缚，无一人得免。师还，诸将请曰：“明公见敌，意思安闲。及临阵披铠而战，追贼入堡，不杀而纵之，何也？”江曰：“寇远来必饥且劳。我以逸待劳，以饱待饥，固兵家治力之法耳。贼始鱼贯而来，成长蛇阵，故作真武阵以镇服之。贼既入堡，有死之心，我师攻之，宁无伤乎？故纵之出路而后掩击，即围城必缺之意耳。此皆在兵法，诸君未察乎？”

马 隆

晋泰始中，凉州刺吏杨欣失羌戎之和，马隆陈其必败。俄而欣败后，河西断绝。帝每有西顾之忧，临朝叹曰：“谁能为我讨此虏，通凉州者？”隆进曰：“陛下若能任臣，臣能平之。”帝曰：“必能灭贼，何为不任？顾卿方略何如耳。”隆曰：“陛下任臣，当听臣自任。边批：名言。臣请募勇士三千人，无问所从来。率之鼓行而西，禀陛下威德，丑虏不足灭也！”乃以隆为武威太守。公卿佥谓不宜横设赏募，帝不听。隆募限要引弩三十六钧、弓四钧，立标简试，自旦至申，得三千五百人。隆曰：“足矣。”因请自至武库选仗，并给三年军资。隆随西渡温水。虏树机能等众万许，乘险遏隆，边批，要紧。或设伏以绝隆后。隆依“八阵图”作扁箱车，地广则为鹿角车营，路狭则为木屋施于车上，且战且前，弓矢所及，应弦而倒。奇谋间发，出敌不意，转战千里，河西遂通。

陶 鲁

天顺初，韩襄毅公征广东峒贼。忧其险阻难下，方食踌躇，适新会丞陶鲁直膳在侧，公顾之，问曰：“丞揣我何意？”鲁曰：“得非谋贼耶？”雍曰：“然。丞能为我击贼否？”曰：“匪直能，且易耳！”边批：韩公异人，非大言不足以动之。公怒曰：“吾部下文武百千人，熟视无可当吾寄者。边批：真无当。若妄言，合笞！”鲁不拜，抗言曰：“夫贼难攻者，非贼难也，我难其攻贼者也。公特未悉我能耳。”公异之，改容问曰：“若所将几何而办？”曰：“三百人足矣。”公曰：“何少也？”曰：“兵在精不在多。”公曰：“唯汝择。”鲁乃标式曰：“孰能力举百钧、矢射二百步者。”军士凡十五万，其比于式者，才二百五十人。曰：“未也！”复下令募数日，始足。鲁乃为别将，日操练阵法，劳以牛酒，甘苦共之。士乐为死，率以先登，大破贼，斩首无算。所得贼穴中金帛，悉分给三百人，己无与者。边批：要紧。贼闻陶家军至，不遁即降，无敢抗。语有之：“一夫决，万夫避。”况三百人乎？

今塞下征兵，动数十万，其中岂无三百人哉？谁为鲁者？即有鲁，谁为用鲁者？噫！

王弇州云：“鲁机明内运，而神观不足，县事多不治。或从令、尉列见上官，时时昏睡，虽督榜不恤也。韩公威严拟王者，三司长吏见，长跪白事，慑悚失措。鲁事之，若不为意。”诚异人哉！使在今日，先以不治事、不敬上官罢去久矣，孰知此丞之有用如是乎？

韩　雍　二条

天顺初，两广乱，韩公雍往讨。师次大藤峡，道隘，旁夹水田。有儒生、里老数百人，跪持香曰：“我辈苦贼久矣。今幸天兵至，得为良民，愿先三军锋！”公遽叱曰：“是皆贼也！为我缚斩之！”左右初亦疑，既缚而袂中利刃出。乃悉断颈，截手足，刳肠胃，分挂箐棘中，累累相属，贼大惊沮。

公尝出兵，令五鼓战。将领闻贼已觉，恐迟失事，二更即发，大破之。公赏其功，而问以违令之罪，以军令当斩，乃具闻请释，曰：“万一不用命而败，奈何？”人谓公得将将之体。

街亭、马谡。好水川任福。之败，皆以违令致之。必不贪功，而后功成于万全，公之虑远矣！

李继隆

淳化中，李继捧为定难军节度使，阴与弟继迁谋叛。朝廷遣李继隆率兵讨之。继隆夜入绥州，欲径袭夏州。或谓夏州贼帅所在，我兵少，恐不能克，不若先据石堡以观贼势。继隆曰：“不然，我兵既少，若径入夏州，出其不意，彼亦未能料我众寡。若先据石堡，众寡一露，岂能复进！”乃引兵驰入抚宁县，继捧犹未觉。遂进攻夏州，继捧狼狈出迎，擒之以归。

吴成器

休宁吴成器由吏员为余姚主簿时，胡梅林用兵之际，闻倭至绍兴，欲择能事者往探。县令已遣丞，丞惧，不欲行。吴大言曰：“探一信便畏缩，况交锋耶！”丞以告令，令壮其言，荐于院。胡公召见，问：“吴簿能探贼乎？”曰：“能。”公曰：“若果能往，当以某部二千人畀汝，听汝指挥。”吴曰：“不须如许，但容某自选择，乃可从之。”吴于教场立格，选得五百人，帅之往，见所过山村俱束装谋遁，吴谕之：“无畏，大兵随后至矣！但尔曹须从我戒。”众唯唯听命。吴指山间草积，谓曰：“尔若遁，此皆非汝有。今与汝约：以炮声为号，为我举火焚之，我为尔杀贼。”众许诺。夜半行至陶家畈，探知倭船十三只泊河下，群倭掳掠既饱，聚饮村中，搂妇人而卧。乃分遣五百人歼其守船者，徙其舟，连举大炮。山民如约，皆举火。倭于梦中闻炮声，惊起，则火光烛天，疑大兵至，争窜至河下，已失舟。方彷徨寻觅，吴率众呼噪而至，斩获数百级。倭自此绝不敢犯绍兴。胡公上其功，随升绍兴府判，后升佥事。

如此吏员，恐科甲中亦不易得也。

王阳明

王阳明以勘事过丰城，闻逆濠之变，兵力未具，亟欲溯流趋吉安。舟人闻濠发千余人来劫公，畏不敢发。公拔剑馘其耳，遂行。薄暮，度不可前，潜觅渔舟，以微服行，留麾下一人，服己冠服，居舟中。濠兵果犯舟，得伪者，知公去远，乃罢。公至中途，恐濠速出，乃为间谍，假奉朝廷密旨，行令两广、湖襄都御史及南京兵部，各命将出师，暗伏要害地方，以俟宁府兵至袭杀。复取优人数辈，各将公文置夹衣絮中。将发间，又捕捉伪太师家属至舟尾，令其觇知，公即佯怒，牵之上岸处斩，已而故纵之，令其奔报。濠获优，果于衣中搜得公文，遂迟疑不发。公至吉安，调度兵粮粗备，始传檄征兵，暴濠罪恶。濠知为公所卖，愤然欲出。公谓："急犯其锋，非计也。宜示以自守不出之形，必俟其出，然后尾而图之。先复省城，以倾其巢。彼闻，必回兵来援，我则出兵邀而击之，此全胜之策！"濠果使人探公不出，乃留兵万余守省城，而自引兵东下。公闻濠已出，遂急促各府兵，刻期会于丰城。时濠兵已围安庆。众议宜急往救，公谓："九江、南康皆已为贼所据，而南昌城中精悍万余，食货重积。我兵若抵安庆，贼必回军死斗。安庆之兵仅足自守，必不能出而夹攻。贼令南昌兵绝我粮道，九江、南康合势挠摄，而四方之援又不可望，事其危矣！今我师骤集，先声所加，城中必恐，并力急攻，其势必下，此孙子救韩趋魏之计也！"侦者言："新、旧厂伏兵万余，以备犄角。"公遣兵从间道袭破之。溃卒入城，城中知王师雨集，皆大骇。遂一鼓下之。濠闻我兵至丰城，即欲回舟。李士实谏，以为"必须径往南京，既登大宝，则江西自服。"濠不听，遂解安庆之围，移兵泊阮子江，为归援计。公闻濠兵且至，召众议之。众云："宜敛兵入城，坚壁待援。"公曰："不然。彼闻巢破，胆已丧矣。先出锐卒，要其惰归，一挫其锐，将不战而溃，所谓'先声有夺人之气'也。"乃指授伍文定等方略：先以游兵诱之，复佯北以致之。俟其争前趋利，然后四面合击，伏兵并起。又虑城中宗室或内应为变，亲慰谕之，出给告示：凡胁从者不问；虽尝受贼官职，能逃归者，皆免死；能斩贼徒归降者，皆给赏。使内外居民及乡导人等四路传布。又分兵攻九江、南康，以绝其援。于是群力并举，逆首就擒。

按，陈眉公《见闻录》谓宸濠之败，虽结于江西，而实溃于安庆；虽收功于王阳明，而实得力于李梧山。李讳充嗣，四川内江人。正德十四年巡抚南畿，闻宸濠请增护卫，叹曰:“虎而翼，祸将作矣！”遂力陈反状。廷议难之。公乃旦夕设方略、饬武备，以御贼为念。谓安庆畿辅，适当贼冲，非得人莫守。当诸将庭参，于众中独揖指挥使杨锐而进之曰:“皖城保障，委之于子，毋负我！”十五年，贼兵陷九江。公自将万人，屯采石，以塞上游之路，飞檄皖城，谕以忠义。锐感激思奋，相机应敌，发无不捷。节发间谍火牌云:“为紧急军情事，该钦差太监总兵等官，统领边官军十万余，一半将到南京，一半径趋安庆，并调两广狼兵、湖广土兵，即日水陆并进，俱赴安庆会集，刻期进攻江西叛贼。今将火牌飞报前路官司，一体同心防守，预备粮草，听候应用等因。”宸濠舟至李阳河，遇火牌，览之惊骇，由是散亡居半。继又发水卒千人，盛其标帜，乘飞舰百余艘，鼓噪而进，声为安庆应援。城中望见，士气百倍。锐即开门出敌，水陆夹攻，贼遂大溃。时宸濠营于黄石矶，闻败将遁。公自将兵逐北。宸濠奔入鄱阳湖，适遇巡抚王公阳明引兵至湖，遂成擒焉。后论功竟不及公。胡御史洁目击其事，特为论列，不报。故今人盛称阳明，而不及梧山，亦有幸有不幸欤？又按，宸濠兵起，声言直取南京，道经安庆。太守张文锦与守备杨锐等合谋，令军士鼓噪登城大骂，激怒逆濠，使顿兵挫锐于坚城之下。而阳明得成其功。虽天夺其魄，而张、杨诸公之智，亦足述矣！

杨锐

杨锐守备九江、安庆诸郡。既获江贼，监司喜，公曰:“江贼何足忧，所虞者豫章耳！”意指宸濠也。又谓九江为鄱阳上流，不可恃。湖最要害，当以九江中左所一旅，置戍于湖口县之高岭，可以远望，有警即可达。乃绘图呈南部及各台，又请造战舰若干艘，习水战于江上。城中治兵食，多浚井。闻宁濠变作，先引军设钩距于江侧，禁勿泄。比寇至，船二百余艘抵岸，为钩距所破。寇攻城后败去。濠泊船南岸，闻不克，大怒，率众分攻五门，各首举木为蔽，甚急。公裂帛布覆纸裹火药千数，散投所蔽木上，火发，尽弃走，火光周匝不绝，寇无所遁。寇复于北濠结木为栈，与城接，挟兵而进。城中大惊，公曰:“事急矣！”乃诡以“大将军”火铳实石被绯，金鼓迎置城上，寇兵望见，惊惧未进。潜使一卒从间道出，烧栈绝。寇众解结，且溽暑，力惫，夜鼾睡去。公募善泅者数人，于船中闻鼾声即斩首，绝其缆，放之中流。又遣一二强卒，突入岸上营，举火炮，城上应之。乘胜捕杀，声震数里。濠浩叹出涕，举帆顺风而返。

安庆不守，则阳明之功不成，故以杨锐附阳明之后。

沈希仪

沈都督希仪，初为右江参将。右江城外五里，即贼巢。贼诇者耳目遍官府，即闺闼中稍动色，贼在溪洞数百里外辄知。希仪至，顾令熟瑶恣出入，嬉游城中，而求得与瑶通商贩者数十人，厚抚之，使为诇。边批：军中用诇，是第一义。于是贼动静声息，顾往往为我所先得。每出剿，即肘腋亲近不得闻。至期鸣号，则诸兵立集听令。边批：曹玮后身。令曰："出某门。"旗头即引诸军贸贸行。问旗头，旗头自不知，顷之扎营。贼众至，战方合而伏又左右起，贼大败去。已贼寇他所，官军又已先在。虽绝远村聚，贼度官军所不至者，寇之，军又未尝不在，贼惊以为神。即官军亦不知希仪何自得之也。所剿必其剧巢，缚管绳为记，无妄杀。得妇女牛畜，果邻巢者，悉还之。唯阴助贼者，还军立剿，曰："若奈何阴助贼战？"或刀弩而门瞷者，曰："罚若牛五，若奈何刀弩瞷我师？"于是贼惊服，无敢阴助贼及门瞷者。常欲剿一巢，乃佯卧病。所部入问病，谢不见。明日入问，希仪起曰："吾病，思鸟兽肉，若辈能从我猎乎？"边批：裴行俭袭都支。即起出猎。出贼一二里而止营，军中乃知非猎也。最后计擒其尤黠猾善战者，支解之，四悬城门，见者股栗。常以悲风凄雨，天色冥冥夜，察诸贼所止宿，散遣人赍火若炮，衣毳帽，与草色同，潜贼巢中。夜炮举，贼大骇曰："老沈来矣！"挈妻子逃至山顶，儿啼女咷，往往寒冻死，或触崖石死。妻子相怨："汝作贼何利至此！"明诇之，则寂无人，已相闻，愈益惊；阴诇之，则老沈固在参府不出也。边批：的是鬼神不测。自此贼胆落，或易面为熟瑶，而柳城旁一童子牵牛行深山，无敢诇者矣。后熟瑶既闻公威信，征调他巢，虽惧仇，不敢不往。甚而大雨，瑶惧失期，泅溪水以应。论者以为自广西为将，韩观、山云之伦，能使瑶不为贼，希仪则使瑶人攻贼，前此未有也。

赵 臣

岑璋者，归顺州土官也，多智略，善养士，田州岑猛，其婿也。猛不法，督抚上反状。诏诸土官能擒贼猛者，赐秩一级，畀半地，党助者并诛。都御史姚莫将举兵，而虑璋合谋，咨于都指挥沈希仪。沈知部下千户赵臣与璋善，召臣问计曰："微闻璋女失宠，璋颇恨猛。吾欲役璋破猛，如何？"臣对曰："璋多智而持疑，直语之，必不信，可以计遣，难以力役也。"沈曰："计将安出？"

臣曰:“镇安、归顺,世仇也。公使人归顺,则镇安疑;使人镇安,则归顺疑。公若遣臣征兵镇安,璋必邀臣询故,而端倪可动也。”沈如计遣臣。臣枉道诣璋所,坐而叹息。璋叩之,不言。明日,璋置酒款臣,固叩之:“军门督过我耶?璋受侮邻仇,将逮勘耶?”臣皆曰:“否,否。”璋愈疑,乃挽臣卧内,跪叩之。臣潸然泣下,璋亦泣,曰:“嗟乎赵君!璋今日死即死耳,君何忍秘厄我!”臣曰:“与君异口骈心,有急不敢不告。今日非君死,即我死矣!”璋曰:“何故?”臣曰:“军门奉旨征田州,谓君以妇翁党猛,将檄镇安兵袭君。我不言,君必死矣;我言之,而君骤发,败机事,我必死,是以泣耳!”璋大惊,顿息曰:“今日非赵君,我族矣!”遂强臣称病,留传舍,而亟遣人驰军门,备陈猛反状。恐波及,愿自效。沈许之,遂以白莫。莫始专意攻猛。猛子邦彦守王尧隘。璋阳遣千人助之,使为内应,皆以寸帛缀裾为识,而潜以告沈。时田州兵死守隘,众莫敢前。沈独往,战三合,沈以奇兵千余骑间道绕隘侧,旗帜闪闪,归顺兵呼曰:“天兵从间道入矣!”边批:朱序间秦兵类此。田州兵惊溃。沈乘之,斩首数千,邦彦死。猛闻败,欲自经。璋诱之,使走归顺,奉以别馆。边批:多事。而别将胡尧元等嫉沈功,边批:可恨。欲以万人掎归顺。璋先觉之,遣人持百牛千酝,迎军三十里,谓尧元曰:“昨猛败,将越归顺走交南。璋邀击之,猛目集流矢南去,不知所往。急之,恐纠虏为变。幸缓五日,当搜致。”尧元许之,璋复构茅舍千间,边批:有用之才。一夕而讫。诸军安之,无进志。璋还诡猛曰:“天兵退矣,然非陈奏不白。”猛曰:“然。顾安得属草者?”璋即令人为猛具草,促猛出印封之。既知猛印所在,乃置酒贺猛。鼓乐殷作,酒半,璋持鸩饮猛曰:“天兵索君甚急,不能相庇!”猛大呼曰:“堕老奸矣!”遂饮药死。璋斩其首,并印从间道驰诣军门,而斩他囚贯猛尸,诣掷诸军。诸军嚣争,击杀十余人;飚驰军门,则猛首已枭一日矣。诸将大恚恨,遂浸淫毁璋。而布政某等复阴害莫,倡言猛实不死,死者道士钱一真也。御史石金遂劾莫落职,边批:好御史!而希仪等功俱不叙。璋怏怏,遂黄冠学道。见田汝成《留青日札》。

田汝成曰:“岑猛之伏诛也,岑璋掎之,赵臣启之,沈希仪王之,而功皆不录,其何以劝后?两广威令浸不行于土官,类此。书生无远略,琐琐戚戚,兴逸参嫉,宁惜军国重轻哉!”

王弇州一代史才,其叙岑猛事,亦云猛实不死,岂惑于石侍御之言耶?李福达之狱,朝是暮非,迄无确见,不知异日又何以定真伪也。

王　式

浙东贼裘甫作乱，以王式为观察使讨平之。诸将诣于式曰：“公始至，军食方急，而遽散之，何也？”式曰：“贼聚谷以诱饥人。吾给之食，则彼不为盗。且诸县无守兵，贼至，则仓谷适足资之耳。”“不置烽燧，何也？”式曰：“烽燧所以趋救兵也。今兵尽行，徒惊士民耳。”“使懦卒为候骑而少给兵，何也？”式曰：“彼勇卒操利，遇敌则不量力而斗，斗死则贼至不知矣。”皆拜曰：“非所及也！”

诡道卷二十三

道取其平，兵不厌诡。实虚虚实，疑神疑鬼。彼暗我明，我生彼死。出奇无穷，莫知所以。集“诡道”。

郑公子突

北戎侵郑，郑伯御之，患戎师，曰：“彼徒我车，惧其侵轶我也。”公子突曰：“使勇而无刚者，尝寇而速去之，君为三覆以待之。戎轻而不整，贪而无亲，胜不相让，败不相救。先者见获，必务进；进而遇覆，必速奔。后者不救，则无继矣，乃可以逞。”从之，戎人之前遇覆者奔，祝聃逐之，衷戎师，前后击之，尽殪，戎师大奔。

茅元仪曰：“千古御戎，不出数语，今则反是，戎安得不逞！”

夫概王

吴败楚师于柏举，追及清发，将击之。阖闾之弟夫概王曰：“困兽犹斗，况人乎！若知不免而致死，必败我。若使先济者知免，后者慕之，蔑有斗心矣。半济而后可击也。”从之，大败楚人，五战及郢。

斗伯比

楚武王侵随，使求成焉，而军瑕以待之。随人使少师董成。斗伯比曰：“我之不得志于汉东也，我则使然：我张吾三军，以武临之，彼则惧而协以谋我，故难图也。汉东之国，随为大，随张，必弃小国，小国离，楚之利也。少师宠，请羸师以张之。”少师归，请追楚师。季梁谏曰：“楚之羸，其诱我也！”乃止。

当时微季梁，几堕楚计。楚子反有言：“围者，柑马而秣之，使肥者应客。”故凡示弱者皆诱也。

汉兵乘胜追匈奴。高帝闻冒顿居上谷，使人觇之。冒顿匿其壮士肥牛马，见老弱羸畜。使者十辈来，皆言匈奴可击。上复使刘敬往，敬还报曰：

“两国相击，此宜矜夸见所长。今臣往，徒见羸瘠老弱，此必欲见短，伏奇兵以争利。愚以为匈奴不可击。”上不听，果围于白登。

天后中，契丹李尽忠、孙万荣之破营府也，以地牢囚汉俘数百人。闻麻仁节等诸军将至，乃令守者绐之曰：“家口饥寒，不能存活，待国家兵到即降耳。”一日引出诸囚，与之粥，慰曰：“吾等乏食养汝，又不忍杀汝，纵放归，若何？”众皆拜伏乞命，乃纵去。至幽州，具言其故。兵士闻之，争欲先入。至黄壑峪，贼又令老者投官军，送遗老牛瘦马于道侧。仁节等弃步卒，将马先入。贼设伏，横截将军，生擒仁节等，全军皆没。二事皆类此。

艻贾

楚大饥，庸人率群蛮叛楚。麇人帅百濮聚于选，将伐楚。于是申、息之北门不启。楚人谋徙于阪高。边批：无策。艻贾曰：“不可，我能往，寇亦能往。不如伐庸。夫麇与百濮谓我饥不能师，故伐我也。若我出师，必惧而归。百濮离居，将各走其邑，谁暇谋人？”及出师侵庸，及庸方城。庸人逐之，囚子扬窗。三宿而逸，曰：“庸师众，群蛮聚焉，不如复大师，且起王卒，合而后进。”边批：庸策。师叔曰：“不可。姑又与之遇以骄之。彼骄我怒，而后可克。先君蚡冒所以服陉隰也。”又与之遇，七遇皆北。庸人曰：“楚不足与战矣！”遂不设备。楚子乘驲，会师于临品，分为二队以伐庸。群蛮从楚子盟，遂灭庸。

楚以不徒而存，宋以南渡而削。我朝土木之变，徐武功倡言南迁，赖肃愍诸公不惑其言。不然，事未可知矣。

田单

燕昭王卒，惠王立，与乐毅有隙。边批：肉先腐而虫生。田单闻之，乃纵反间于燕，宣言曰：“齐王已死，城之不拔者二耳。乐毅畏诛不敢归，以伐齐为名，实欲连兵南面而王齐。齐人未附，故且缓攻即墨，以待其事。齐人所惧，唯恐他将来，即墨残矣。”燕王以为然，使骑劫代毅。毅归赵，燕军共忿。而田单乃令城中，食必祭其先祖于庭。飞鸟悉翔舞下食，燕人怪之。田单因宣言曰：“神来下教我。”乃令城中曰：“当有神人为我师。”有一卒曰：“臣可以为师乎？”边批：此卒通窍。因反走，田单乃起，引还，东向坐，师事之。卒曰：“臣欺君，实无能也。”单曰：“子勿言。”因师之。每出约束，必称神师，乃宣言曰：“君唯惧燕军之劓所得齐卒，置之前行与我战，即墨败矣。”燕人闻之，如其言。城中人见齐诸降者悉劓，皆坚守，唯恐见得。单又宣言：“君惧燕人掘吾城外冢墓，戮先人，可为寒心。”燕军尽掘垄墓、烧死人。边批：骑劫一至墨即此。墨人从城上望见，皆涕泣，俱欲出战，怒自十倍。田单知士卒之可用，乃身操版锸，与士卒分功，妻妾编于行伍之间，尽散饮食飨士。令甲卒皆伏，使老弱女子乘城。遣使约降于燕，燕皆呼“万岁”。田单乃收民金，得千镒，令即墨富豪遗燕将，曰：“即墨即降，愿无掳掠吾族家妻妾。”燕将大喜，许之。燕军由此益懈。单乃收城中，得千余牛，为绛缯衣，画以五采龙文，束兵刃于其角，而灌脂束苇于尾，烧其端，凿城数十穴，夜纵牛，壮士五千人随其后。牛尾热，怒而奔。燕军夜大惊。牛尾炬火光炫耀，燕军视之，皆龙文，边批：应神师。所触尽死伤。五千人因衔枚击之，城中鼓噪从之，老弱皆击铜器为声，声动天地。燕军大骇，败走，遂杀骑劫。

胜、广假妖以威众。陈胜与吴广谋举事，欲先威众，乃丹书帛曰“陈胜王”。置人所罾鱼腹中。卒买鱼，烹食，得腹中书，怪之。又令广于旁近丛祠中，夜篝火作狐鸣，呼曰：“大楚兴，陈胜王。”于是卒皆夜惊。旦相率语，往往指目胜。

世充托梦以誓师。王世充欲击李密，恐众心不一，乃假托鬼神，言梦见周公，乃立祀于洛水之上，遣巫言“周公欲令仆射急讨李密，当有大功，不则兵皆疫死。”世充兵皆楚人，信巫，故以惑之。众皆请战，遂破密。皆神师之遗教也。

王德征秀州贼邵青。谍言将用火牛。德曰：“此古法也，可一不可再。彼不知变，只成擒耳。”先命合军持满。阵始交，万矢齐发，牛皆反奔。我师乘之，遂残贼众。此可为徒读父书者之戒。陈涛斜之车战亦犹是。

伯比羸师以张之，芀贾则累北以诱之。至于田单，直请降矣。其诈弥深，其毒弥甚。勾践以降吴治吴，伯约以降会谋会。真降且不可信，况诈乎？汉王之诳楚，黄盖之破曹，皆以降诱也！岑彭、费祎，皆死于降人之手，噫，降可以不察哉！必也，谅己之威信可以致其降者何在，而参之以人情，揆之以兵势，断之以事理，度彼不得不降，降而必无变计也——斯万全之策矣！

江东桥

陈友谅既陷太平，据上流，遣人约张士诚同侵建康。或劝上自将击之，上曰：“敌知我出，以偏师缀我，而大军顺流，直趋建康，半日可达。吾步骑急回，百里趋战，兵法所忌。”乃召康茂才，谓曰：“二寇相合，为患必深。

若先破友谅，则东寇胆落矣。汝能速之使来乎？”茂才曰：“家有老阍者，旧尝事友谅，今往必信。”遂令阍者赍书，乘小舸径至伪汉军中，许以内应。友谅果信之，甚喜，问康公，曰：“今何在？”曰：“见守江东桥。”又问：“桥何如？”曰：“木桥也。”赐食遣还，嘱曰：“吾即至，至则呼老康为号。”阍者还告，上曰：“虏落吾彀中矣！”乃使人撤木桥，易以铁石，一宵而成。冯胜、常遇春率三万人，伏于石灰山侧，徐达等军于南门外，杨璟驻兵大胜港，张德胜、朱虎率舟师出龙江关外，上总大军于卢龙山，令持帜者偃黄帜于山之右，偃赤帜于山之左，戒曰：“寇至则举赤帜，闻鼓声则举黄帜，伏兵皆起。”是日，友谅果引舟师东下，至大胜港，水路狭，遇杨璟兵，即退出大江，径以舟冲江东桥，见桥皆铁石，乃惊疑。连呼“老康”，莫应，始觉其诈。即分舟师千余向龙江，先遣万人登岸立栅，势甚锐。时酷暑，上度天必雨，令诸军且就食。时天无云，忽风起西北，雨大至。赤帜举，诸军竞前拔栅。友谅麾军来争，战方合，适雨止，命发鼓，鼓声震，黄帜举，伏发。徐达兵亦至，舟师并集，内外合击，友谅军大败。乘胜逐之，遂复太平。

张　良

沛公欲以兵二万人击秦峣下军。张良说曰：“秦兵尚强，未可轻。臣闻其将屠者子，贾竖易动以利，愿公且留壁，使人先行，为五万人具食，益张旗帜诸山上，为疑兵，令郦食其持重宝啗秦将。”秦将果叛，欲连和俱西袭咸阳。沛公欲听之，良曰：“此独其将欲叛耳。恐士卒不从，不如因其懈击之。”沛公乃引兵，击破秦军。

郦生既说下齐，而韩信袭击，遂至临淄。颉利兵败求和，太宗遣鸿胪卿唐俭等慰抚之。颉利外为卑顺，内实犹豫。李靖谋曰：“颉利虽败，其众尚十余万，若走度碛北，则难图矣！今诏使至彼，虏必自宽。若选万骑袭之，不战可擒也，唐俭辈何足惜！”遂勒兵夜发，大破之。二事俱同此。

李　广　　王　越

广与百余骑独出，望匈奴数千骑，见广，以为诱骑，皆惊，上山陈。广之百骑皆大恐，欲驰还走。广曰：“吾去大军数十里，今如此以百骑走，匈奴追射，我立尽。今我留，匈奴必以我为大军之诱，必不敢击。”乃令诸骑曰：“前！”未到匈奴阵二里所，止，令曰：“皆下马解鞍！”其骑曰：“虏多且近，即有急，奈何？”广曰：“彼虏以我为走，今皆解鞍以示不走。”于是胡骑遂不敢击。有白马将出护其兵，广上马，与十余骑奔射杀胡白马将，而复还至其骑中，解鞍，令士皆纵马卧。会暮，胡兵终怪之，不敢击。夜半，疑汉伏军欲夜取之，皆引去。平旦，广乃归大军。

威宁伯王越与保国公朱永帅千人巡边。虏猝至，主客不当。永欲走，越止之，为阵列自固。虏疑未敢前。薄暮，令骑皆下马衔枚，鱼贯行，毋反顾。自率骁勇殿。从山后走五十里，抵城。虏不觉。明日乃谓永曰："我一动，虏蹑击，无噍类矣。结阵，示暇形以惑之也。次第而行，且下马，无军声，故虏不觉也。"

吕蒙　马隆

吕蒙既领汉昌太守，与关羽分土接境。知羽有并兼之心，且据上流，乃外倍修好。后羽讨樊，留兵将备公安、南郡。蒙上疏曰："羽讨樊，而多留备兵，必恐蒙图其后故也。蒙常有病，乞分士众还建业，以治病为名。羽闻之，必撤备兵尽赴襄阳，昼夜驰上。袭其空虚，则南郡可下，而羽可擒也！"遂称病笃。权乃露檄召蒙还，阴与图计。蒙以陆逊才堪负重而未有远名，乃荐逊自代。逊遗书与羽，极其推让。羽意大安，稍撤兵以赴樊。权闻之，遂行，先遣蒙在前。蒙至浔阳，尽伏其精兵𦨴䑸中，使白衣摇橹，作商贾人服。昼夜兼行，羽所置江边屯候，尽收缚之，故羽不闻知。直抵南郡，傅士仁、糜芳皆降。蒙入据城，尽得羽及将士家属，皆抚慰。有取民一笠以覆官铠者，其人系蒙乡里，垂涕斩之。于是军中震栗，道不拾遗。蒙旦暮使亲近存恤耆老，问所不足，病者给医药，饥寒者赐衣粮。府藏财宝，皆封闭以待权至。羽还，在道路数使人与蒙相问，蒙辄厚遇其使，周游城中，家家致问，或手书示信。使还，私相参信，咸知家门无恙，见待过于平时，故吏士无斗心，羽遂成擒。

太康初，南虏成奚每为边患，西平太守马隆帅军讨之。虏据险拒守。隆令军士皆负农器，将若田者。虏以隆无征讨意，御众稍怠。隆因其无备，进兵击破之。毕隆之政，不敢为寇。

孙膑　虞诩

魏庞涓攻韩。齐田忌救韩，直走大梁。涓闻之，去韩而归，齐军已过而西矣。孙子谓田忌曰："彼三晋之兵，素悍勇而轻齐，齐号为怯。善战者，因其势而利导之。兵法：'百里而趣利者，蹶上将；五十里而趣利者，军半至。'"使齐军入魏地，为十万灶，明日为五万灶，又明日为三万灶。涓行三日，大喜曰："吾固知齐军怯。入吾地三日，士卒亡者过半矣！"乃弃其步军，与其轻锐兼程逐之。孙子度其行,暮当至马陵。马陵道狭,而旁多阻隘,可伏兵。乃斫大树,白而书之,曰:“庞涓死此树下。”边批:奇计独造。于是令齐军善射者万弩夹道而伏,期曰:“暮见火举而俱发!”涓果夜至斫木下,见白书,乃钻火烛之。读未毕,齐军万弩俱发。魏军乱,大败,庞涓自刭。

李温陵曰:世岂有十万之师,三日之内减至三万,而犹不知其计者乎?

羌寇武都,迁虞诩为武都太守。羌乃率众数千,遮诩于陈仓崤谷。诩军停车不进,而宣言“上书请兵,须到乃发”。羌闻之,乃分钞旁县。诩因其兵散,日夜进道,兼行百余里。令军士各作两灶,日增倍之。羌不敢逼,或问曰:“孙膑减灶,而君增之;兵法曰‘行不过三十里’,而令且二百里,何也?”诩曰:“虏众我寡,徐行则易为所及,速进则彼所不测。虏见吾灶日增,必谓郡兵来迎。众多行速,必惮追我。孙膑见弱,吾今示强,势不同也。”既到郡,兵不满三千,而羌众万余,攻围赤亭数十日。诩乃令军中使强弩勿发,而潜发小弩。羌以为矢力弱不能至,并兵急攻。诩于是使二十强弩共射一人,发无不中,羌大震退。诩因出城奋击,多所杀伤。明日悉阵其众,令从东郭门出,北郭门入,贸易衣服,回转数周。羌不知其数,更相恐动。诩计贼当退,乃潜遣五百余人,浅水设伏,候其走路。虏果大奔,因掩击,大破之。

祖逖等 三条

祖逖将韩潜与后赵将桃豹分据陈川故城,相守四旬。逖以土囊盛土,使千余人运以馈。潜又使数人担米息于道,豹兵逐之,即弃而走。豹兵久饥,以为逖士众丰饱,大惧,宵遁。

宋檀道济伐魏,累胜,至历城。魏以轻骑邀其前后,焚烧谷草。道济军食尽,引还。有卒亡降魏,具告之。魏人追之,众汹惧将溃。道济夜唱筹量沙,以所余少米覆其上。及旦,魏兵见之,谓道济资粮有余,以降者为妄而斩之。道济全军以归。

岳飞奉诏,招抚岭表贼曹成。不从,乃上奏:“群盗力强则肆横,力屈则就招。不加剿而遽议招,未易也。”遂率兵入。会得成谍者,缚之帐下。飞出帐,调兵食。吏白曰:“粮尽矣,奈何?”边批:飞使之。飞阳曰:“且反茶陵。”已而顾谍作失意状,顿足而入,阴令逸之。计谍归告,成必来追。即下令蓐食,潜趣绕岭。未明,已逼贼垒,出不意,惊呼曰:“岳家军至矣!”飞乘之,遂大溃。自是连夺其险隘,贼穷。飞乃曰:“招今可行矣!”

孙膑强而示之弱,虞诩弱而示之强。祖逖、檀道济饥而示之饱,岳忠武饱而示之饥。

臧宫等 三条

建武十一年，臧宫将兵至中卢，屯骆越。时公孙述将田戎、任满与岑彭相拒于荆州。鼓战数不利。越人谋叛从蜀。宫兵少，力不能制。会属县送委输车数百乘至。宫夜使锯断城门限，令车声回转出入至旦。越人候伺者闻车声不绝而门限断，相告以汉兵大至，其渠帅乃奉牛酒劳军。宫陈兵大会，击牛飨酒，飨赐慰纳之。越人由是遂安。

周访击斩张彦于豫章，访亦中流矢，折前两齿，形色不变。及暮，访与贼隔水，贼众数倍。自知力不敌，乃密遣人如樵采者而出，于是结阵鸣鼓而来，大呼曰："左军至！"士卒皆呼"万岁"。至夜，令军中多布火而食。贼谓官军益至，未晓而退。访谓诸将曰："贼虽引退，然终知我无救军，当还掩袭，宜促渡水北。"既渡，断桥讫，而贼果至，隔水不得进。

陈独孤永业守金墉。周主攻之，不克。永业通夜办马槽二千。周人闻之，以为大军且至，惮之。适周主有疾，遂引还。

贺若弼

贺若弼谋攻京口，先以老马多买陈船而匿之，买弊船五六十艘，置于渎内。陈人觇之，以为中国无船。又令缘江防人交代之际，必集广陵，大列旗帜，营幕被野。陈人以为隋兵大至，急发兵为备；既而知之，不复戒严。又缘江时猎，人马喧噪。及是济江，陈人遂不知觉。

按，贺若弼攻京口。任忠言于陈主曰："兵法：'客贵速战，主贵持重。'今国家足食足兵，宜固守台城，缘淮立栅。北军虽来，勿与交战。分兵断江，勿令彼信得通。给臣精兵一万，金翅三百艘，下江径掩六合。彼大军必谓其渡江将士已被俘获，自然挫气。淮南之人，与臣旧相知悉。今闻臣往，必皆景从。臣复扬声欲往徐州，断彼归路，则诸军不击自去。此良策也！"陈主不从，以至于亡。

用间 三条

东魏将段琛据宜阳，遣其扬州刺史牛道恒煽诱边民。韦孝宽患之，乃遣谍人访获道恒书迹，令善学书者习之。因伪作道恒与孝宽书，论归款意，又为落烬烧迹，若灯下书者，还令谍人送琛。琛得书，果疑道恒，不用其谋，遂相继被擒。

齐相斛律明月多智用事。孝宽令参军曲岩作谣曰："百升飞上天，明月照长安。”“百升”，斛也。又言“高山不摧自崩，槲树不扶自竖”。令谍人广传于邺下。时祖孝徵正与明月隙，既闻，复润色奏之，明月竟坐诛。孝宽真熟于用间者！

岳飞知刘豫结粘罕，而兀术恶刘豫，可以间而动。会军中得兀术谍者，飞阳责之曰：“汝非吾军中人张斌耶？吾向遣汝至齐，约诱致四太子，汝往不复来。吾继遣人问齐，已许我今冬以会合寇江为名，致四太子于清河。汝所持书竟不至，何背我耶？”谍冀缓死，即诡服，乃作蜡书，言与刘豫同谋诛兀术事，因谓谍曰：“吾今贷汝，复遣至齐，问举兵期。”刲股纳书，戒勿泄。谍归，以书示兀术。兀术大惊，驰白其主，遂废豫。

元昊有腹心将，号野利王、天都王者，各统精兵，最为毒害。种世衡谋欲去之。野利尝令浪里、赏乞、媚娘三人诣世衡乞降。世衡知其诈，曰：“与其杀之，不若因以为间。”留使监税，出入骑从甚宠。有紫山寺僧法崧，世衡察其坚朴可用，诱令冠带。因出师，以获贼功白于帅府，表授三班阶职，充指挥使。又为力办其家事，凡居事骑从之具，无不备。崧酗酒狎博，无所不为，世衡待之愈厚。崧既感恩，一日世衡忽怒谓崧曰：“我待汝如子，而阴与贼连，何相负也！”边批：苦肉计。械系数十日，极其楚毒，崧终不怨，曰：“崧，丈夫也。公听奸人言，欲见杀，有死耳！”居半年，世衡察其不负，为解缚沐浴，延入卧内，厚抚谢之，曰：“汝无过，聊相试耳。欲使为间，其苦有甚于此者，汝能为我卒不言否？”崧泣允之。世衡乃草野利书，膏蜡致衲衣间，密缝之，仍祝之曰：“此非濒死不得泄。若泄时，当言‘负恩不能成将军之事也’。”又以画龟一幅、枣一蔀遗野利。野利见枣龟，边批：影“早归”。度必有书，索之。崧目左右，又对“无有”。野利乃封信上元昊。元昊召崧并野利至数百里外，诘问遗书。崧坚执无书，至箠楚极苦，终不说。又数日，私召至其宫，乃令人问之，曰：“不速言，死矣！”崧终不说。乃命曳出斩之，崧乃大号而言曰：“空死，不了将军事矣！吾负将军！吾负将军！”其人急追问之，崧于是褫衲衣，取书进入。边批：书中必以及浪里等三人，使视之而可信。移刻，命崧就馆，而阴遣爱将假为野利使，使世衡。世衡疑是元昊使，未即相见，只令官属日即馆舍劳问。问及兴州左右则详，至野利所部多不悉。边批：可知非野利使。适擒生虏数人，世衡令于隙中密觇之，生虏因言使者姓名，果元昊使。乃引见使者，厚遣之。边批：只觉恶草具进项王使其策未工。世衡度使返，崧即还，而野利报死矣。世衡既杀野利，又欲并去天都，因设祭境上，书祭文于版，述二将相结，有意本朝，悼其垂成而败。其祭文杂纸币中。有虏至，急爇之以归。版字不可遽灭，虏得之以献元昊，天都亦得罪。元昊既失腹心之将，悔恨无及，乃定和议。嵩复姓为王嵩，后官至诸司使，至今边人谓之“王和尚”。

沈存中《补笔谈》亦载此事，云：“世衡厚遣嵩，以军机密事数条与之，曰：‘可以此借手。’临行，解所服絮袍赠之，曰：‘虏地苦寒，以此为别。至彼须万计求见遇乞，即野利王。非此人无以得其心腹。’嵩如所教，间关求通遇乞。虏人觉而疑之，执于有司。数日，或发其袍领中，得世衡与遇乞书，词甚款密。嵩初不知领中书，虏人苦之备至，终不言情，虏人因疑遇乞，杀之，迁嵩于北境，亡归。”事稍异。据《笔谈》则领中书并嵩不知，嵩胆才壮，似更奇。

世衡又尝以罪怒一番将，杖其背，僚属为请，皆莫能得。其人杖已，即奔元昊，元昊甚亲信之。岁余，尽得其机密以归。乃知世衡能用间也。

李光弼　李希烈

李光弼募军中有少技皆取之，人尽其用。有钱工三者，善穿地道。史思明寇太原，光弼遣人诈为约降，而穿地道周贼营中，枝之以木。至期，遣裨将将数千人出，如降状，咸皆属目。俄而营中地忽陷，死者千余人。贼众惊乱，官军鼓噪乘之，俘斩万计。

李元平至汝州，募工徒葺理郛郭。李希烈阴使勇士应募，执役版筑，凡入数百人，元平不之觉。希烈遣将以数百骑突至其城，执役者应于内，缚元平驰去。

嘉靖四十一年，倭入寇，围兴化府。都督刘显奉敕赴援。去府城三十里，隔一江，逗留不进。久之，惧罪，遣五卒赍文诣府，约欲率兵越城御敌。贼获五卒，杀之，用其职衔，伪为显文，约“某日夜某时率兵潜入应援，城中勿举火作声，恐贼惊觉。”择奸细五人，诈充刘卒，赍入，城中信之。至期，贼冒刘兵入城，遂陷之。夫中国所以能制夷狄者，智也，今智反在夷狄，可不为寒心哉！

刘　鄩　二条

刘鄩，安丘人，初事青州王师范。唐昭宗幸凤翔，朱温率师迎于岐下。师范欲乘虚据兖州。鄩先遣人诈为鬻油者，觇城内虚实及出入所。视罗城下一水窦，可引众而入，遂志之。鄩乃告师范，请步兵五百，自水窦衔枚而入。

边批：不虞之道。一夕而定。军城宴然，市民无忧。

朱温遣大将葛从周来攻城，良久，外援俱绝。鄩料简城中，凡不足当敌者，悉出之于外；与将士同甘苦。一日，副使王彦温逾城走，守陴者从之，不可止。鄩即遣人从容告彦温曰："请少将人出，非素遣者，勿带行。"又扬言于众曰："素遣从副使行者，即勿禁；其擅去者，族之！"外军果疑彦温，即戮于城下。于是守军遂固。鄩后从师范降梁。

刘 鄩　毕再遇

刘鄩败晋王于河曲，欲乘胜潜走太原。虑为晋军追，乃结刍为人，缚旗于上，以驴负之，循堞而行。数日，晋人方觉。

毕再遇尝与金人对垒。一夕拔营去，留旗帜于营，豫缚生羊，置其前二足于鼓上，击鼓有声。金人不觉为空营，复相持数日。及觉，欲追之，则已远矣。

侯 渊

魏尔朱荣使大都督侯渊讨韩楼，配卒甚少。或以为言，荣曰："侯渊临机设变，是其所长。若总大众，未必能用。"渊遂广张军声，多设攻具，帅数百骑深入。去蓟百余里，值贼。渊潜伏以乘其背，大破之，虏五千人。皆还其马杖，纵使入城。左右皆谏，渊曰："我兵少，不可力战。为奇计以间之，乃可克也。"度其已入，帅骑夜进。昧旦，叩其城门。楼果疑降卒为内应，遂走。追擒之。

韩 信 三条

汉王以信为左丞相，击魏。魏盛兵蒲坂，塞临晋。信乃益为疑兵，陈船欲渡临晋，而伏兵从夏阳以木罂渡军，袭安邑。遂虏魏王豹，定河东。

信既破魏、代，遂与张耳东下井陉击赵。赵王歇、成安君余闻之，聚兵井陉口，号二十万。广武君李左车说成安君曰："信乘胜远斗，其锋不可当。臣闻'千里馈粮，士有饥色；樵苏后爨，师不宿饱'。今井陉之道，车不得方轨，骑不得成列。行数百里，其势粮食必在其后。愿假臣奇兵三万人，从间道绝其辎重。足下深沟高垒，勿与战。彼前不得斗，退不得还。吾奇兵绝其后，野无所掠。不十日，而两将之头可致麾下。"成安君不听。信使间视，边批：精细。知其不用，乃敢引兵遂下。未至井陉口三十里，止舍。夜半传发，选轻骑二千人，人持一赤帜，从间道望赵军，诫曰："赵见我走，必空壁逐我，若疾入赵壁，拔赵帜，立汉帜。"令其裨将传飧，曰："今日破赵会食。"诸将皆莫信，佯应曰："诺。"乃使万人先行，出背水阵。边批：创法。赵兵望见大笑。平旦,信建大将旗鼓,鼓行出井陉口。边批:欲以致敌。赵开壁击之,大战。良久,信、耳佯弃鼓旗,走水上军。水上军开入之。赵果空壁争汉旗鼓,逐信、耳。信、耳已入水上军,军皆殊死战,不可败。于是赵军还归壁,见壁皆汉帜,大惊,以为汉皆已得赵王将矣,遂乱走。汉兵夹击,大破之,斩陈余,擒赵王歇。诸将效首虏毕,因问信曰:"兵法:'右倍山陵,前左水泽'。今反以背水阵取胜,何也?"信曰:"此在兵法,顾左右不察耳。法不曰'陷之死地而后生,投之亡地而后存'乎?且信非得素拊循士大夫也,所谓驱市人而战之。其势非置之死地,使人人自为战。即予之生地,皆走,宁尚得而用之乎?"诸将乃服。

秦姚丕守渭桥以拒晋师。王镇恶溯渭而上,乘蒙冲小舰。行船者皆在舰内,秦人但见舰进,惊以为神。至渭桥,镇恶令军士食毕,皆持仗登岸,后者斩。既登,即密使人解放舟舰。渭水迅急,倏忽不见。乃谓士卒曰:"此为长安北门,去家万里。舟楫衣粮,皆已随流。今进战而胜,则功名俱显;不胜,则骸骨不返矣!"乃身先士卒,众腾踊争进,大破丕军。

李复乱,宣抚使檄韩世忠追击。所部不满千人,乃分为四队,布铁蒺藜,自塞归路,令曰:"进则胜,退则死,走者命后队劓杀!"于是莫敢反顾,皆死战,大败之,斩复。此皆背水阵之故智也。

沈存中曰:"韩信袭赵,先使万人背水阵,乃建大将旗鼓,出井陉口,与赵人大战。佯败,弃旗鼓走水上军,背水而阵,已是危道;又弃旗鼓而趋之,此必败势也。而信用之者,陈余老将,不以必败之势邀之,不能致也。信自知才过余,乃敢用此策。设使余少黠于信,信岂得不败!此所谓知己知彼,量敌为计。后之人不量敌势,袭信之迹,决败无疑。"又曰:"楚、汉决胜于垓下,信将三十万,自当之,孔将军居左,费将军居右,高帝在其后,绛侯、柴武在高帝后。信先合不利,孔将军、费将军纵楚兵不利,信复乘之,大败楚师。信时威震天下,籍所惮者独信耳。信以三十万人不利而却,真却也,然后不疑,故信与二将得以乘其隙。信兵虽却,而二将维其左右,高帝军其后,绛侯、柴武又在其后,异乎背水之危。此所以待项籍也。用破赵之迹,则歼矣。此皆信之奇策。班固为《汉书》,乃削此一事,盖固不察所以得籍者,正在此一战耳。

信已袭破齐临淄,遂东追齐王。楚使龙且将兵救齐。或说龙且曰:"汉兵远斗穷战,其锋不可当。齐、楚自居其地战,兵易败散。不如深壁,使齐王遣其信臣招所亡城。亡城闻其王在，楚又来救，必反汉。汉兵二千里居齐，齐城皆反之，其势无所得食，可不战而降也。”龙且轻韩信为易与，遂战。与信夹潍水而阵。信乃夜令人为万余囊，盛沙，壅水上流。引兵半渡击龙且，佯不胜，还走。龙且果喜曰：“固知信怯。”遂追信，渡水。信使人决壅囊，水大至。龙且军大半不得渡，即急击，杀龙且。

使左车之谋行，信必不能得志于赵。使或人之说用，信必不能得志于龙且。绕朝曰：“子无谓秦无人，吾谋适不用也！”士固有遇不遇哉。

张弘范 二条

张弘范字仲畴。讨李璮于济南。其父柔戒之曰：“汝围城勿避险地。汝无怠心，则兵必致死。主者虑其险，苟有来犯，必攻救，可因以立功。勉之！”弘范营城西。璮出军突诸将营，独不向弘范。弘范曰：“我营险地，璮乃示弱于我，必以奇兵来袭。”遂筑长垒，内伏甲士，而外为壕，开东门以待之。夜令士卒浚濠，益深广。璮不知也，明日果拥飞桥来攻。未及岸，军陷壕中。得跨壕而上者，遇伏皆死。

元兵逼宋少帝于崖山。或请先用炮，弘范曰：“火起则舟散，不如战也。”明日四分其军，军其东、南、北三面，弘范自将一军，相去里余，下令曰：“闻吾乐作，乃举，违令者斩！”先麾北面一军，乘潮而战，不克。李恒等顺潮而退。乐作，宋将以为且宴，少懈。弘范舟师犯前，众继之。预构战楼于舟尾，以布幕障之，命将士负盾而伏。令曰：“闻金声起，战。先金而妄动者，死！”飞矢集如猬，伏盾者不动。舟将接，鸣金撤障，弩弓火石交作，顷刻并破七舟。宋师大溃，少帝赴水死。

越勾践 柴绍

吴阖闾伐越，越子勾践御之，陈于槜李。勾践患吴之整也，使死士再禽焉，不动。使罪人三行，属剑于颈，而辞曰：“二君有治。臣奸旗鼓，不敏于君之行前，不敢逃刑，敢归死！”遂自刭也。吴师属目，越子因而伐之，大败之。

叶谷浑寇洮、岷二州。遣柴绍救之，为其所围。虏乘高射之，矢如雨下。绍遣人弹胡琵琶，二女子对舞。虏怪之，相与聚观。绍察其无备，潜遣精骑，出虏阵后，击之，虏众大溃。

罪人胜如死士，女子胜如劲卒。是皆创奇设诱，得未曾有。

朱儁 周亚夫

黄巾贼十万人据宛。朱儁围之，起土山以临城内，鸣鼓攻其西南，贼悉众赴西南。儁自将精兵五千，掩东北。边批：弯弓南指，情实西射。遂乘城而入。

太尉周亚夫击吴、楚，坚壁不战。吴兵乏粮，数挑战，终不出。后吴奔壁东南陬，边批：即朱儁之计。太尉使备西北。已而精兵果奔西北，不得入。

合观二条，可识用兵之变。

宇文泰

高欢督诸军伐魏。遣司徒高昂趣上洛，窦泰趣潼关。欢军蒲阪，造三浮桥欲渡河。宇文泰军广阳，谓诸将曰："贼犄吾三面作浮桥，以示必渡。此欲缀吾军，使窦泰西入耳。欢自起兵以来，窦泰常为前锋，其下多锐卒，屡胜而骄，今袭之必克。克泰，则欢不战自走矣！"诸将皆曰："贼在近，舍而袭远，脱有蹉跎，悔何及也！不如分兵御之。"泰曰："欢再攻潼关，吾军不出坝上。今大举而来，谓吾亦当自守，有轻我之心。乘此袭之，何患不克！贼虽作浮桥，未能径渡。不过五日，吾取窦泰必矣！"乃声言欲保陇右，而潜军东出。至小关，窦泰猝闻军至，自风陵渡河。宇文泰击破之，士众皆尽，窦泰自杀，传首长安。

韩世忠

金人与刘豫合兵，分道入侵。时韩世忠驻镇江，俾统制解元守高邮，候金步卒。亲提骑兵驻大仪，当敌骑。会遣魏良臣使金。世忠撤炊爨，给良臣曰："诏移屯守江。"良臣去，世忠即上马，令军中曰："视吾鞭所向！"于是引军次大仪，勒五阵，设伏二十余所，约闻鼓即起。良臣至金，孛堇闻世忠师退，即引兵至江口，距大仪五里，副将挞孛也拥铁骑，过五阵东。世忠传小麾鸣鼓，伏兵四起，旗色与金人旗杂出。金军乱，我军迭进。背嵬军各持长斧，上揕人胸，下砍马足，敌披甲陷泥淖。世忠麾劲骑蹂之，人马俱毙，遂擒挞孛也。

冯异　王晙

冯异与赤眉战，使壮士变服与赤眉同，伏于道侧。旦日，赤眉使万人攻异前部。贼见势弱，遂悉众攻异。异乃纵兵大战。日昃，贼气衰，伏兵卒起，服色相乱。赤眉不复识别，众遂惊溃。异追击，大破之。

吐蕃寇临洮，次大来谷。安北大都护王晙率所部二千，与临洮兵合，料奇兵七百，易胡服，夜袭敌营。去贼五里，令曰："前遇寇大呼，鼓角应之。"贼惊，疑伏兵在旁，自相斗，死者万计。

达奚武

宇文泰遣达奚武觇高欢军。武从三骑，皆效欢将士衣服。日暮，去营数百步，下马潜听，得其军号，因上马历营，若警夜者，有不如法，往往挞之，具知敌之情状而还。

厨人濮等 四条

华氏叛宋，宋公讨之。华登以吴师救华氏，败于鸿口。华登帅其余以败宋师。公欲出，厨人濮曰："吾小人，可藉死，而不能送亡，君请待之。"乃徇曰："扬徽者，公徒也！"众从之。华氏北，复即之。厨人濮以裳裹首而荷以走，曰："得华登矣！"遂败华氏于新里。

厨人濮一奋，而众皆扬徽；王孙贾一呼，而市皆左袒。忠义在，人心不泯也，难其倡之者耳！

桓玄既败，西走江陵，留何澹之守湓口。澹之空设羽仪旗帜于一舟，而身寄他舟。时何无忌欲攻羽仪所在者，诸将曰："澹之不在此舟，虽得无益。"无忌曰："固也。彼既不在此，守卫必弱。我以劲兵攻之，成擒必矣！擒之，彼且以为失军主，而我徒扬言已得贼帅，则我气盛，而彼必惧。惧而薄之，迎刃之势也！"果一鼓而舟获，遂鼓噪唱曰："斩何澹之矣！"贼骇惑以为然，竟瓦解。

李密与王世充战。世充先索得一人貌类密者，缚而匿之。战方酣，使牵以过阵前，噪曰："已获李密矣！"士皆呼万岁，密军乱，遂溃。

王文成与宁王战，尚锐。值风不便，我兵少挫。急令斩取先却者头，知府伍文定等立于铳炮之间，方奋督各兵殊死抵战。贼兵忽见一大牌，书"宁王已擒，我军毋得纵杀"，一时惊扰，遂大溃。次日，贼兵既穷促，宸濠思欲潜遁，见一渔船隐在芦苇之中。宸濠大声叫渡，渔船移棹请渡，竟送中军，诸将尚未知也。其神运每如此！

狄　青

狄青为延州指挥使，党项犯塞。时新募万胜军未习战阵，遇寇多北。青一日尽将万胜旗号付虎翼军，使之出战。边批：陆抗破杨肇之计类此。虏望其旗，易之，全军径趋，为虎翼所破。

朱　景　　傅　永

梁之渡淮而南也，表其可涉之津。霍丘守将朱景浮表于木，徙置深渊。乃梁兵败还，视表而涉，溺死大半。

齐将鲁康祚侵魏。齐、魏夹淮而阵。魏长史傅永曰："南人好夜斫营，必于淮中置火，以记浅处。"乃夜分兵为二部，伏于营外。又以瓢贮火，密使人于深处置之，戒曰：“见火起，亦燃之！”是夜，康祚等果引兵斫营。永伏兵夹击之。康祚等走趋淮。火既竞起，不辨浅深处，溺死及斩首不知其数。

张齐贤

齐贤知代州，契丹入寇。齐贤遣使期潘美以并师来会战。使为契丹所执。俄而美使至云：“师出至柏井，得密诏，不许出战，已还州矣。”齐贤曰：“敌知美之来，而不知美之退。”乃夜发兵二百人，人持一帜，负一束刍，距州西南三十里，列炽燃刍。契丹兵遥见火光中有旗帜，意谓并师至，骇而北走。齐贤先伏卒二千于土镫砦，掩击，大破之。

藁　人 三条

令狐潮围睢阳。城中矢尽，张巡缚藁为人，披黑衣，夜缒城下。潮兵争射之，得箭数十万。其后复夜缒人，贼笑不设备。乃以死士五百斫潮营，焚垒幕，追奔十余里。

开禧中，毕再遇被围于六合。军中矢尽，再遇令人张青盖往来城上。金人意主兵官也，争射之。须臾矢集楼墙如猬，获矢二十余万。又敌尝以水柜败我。再遇夜缚藁人数千，衣以甲胄，持旗帜戈矛，俨立戎行。昧爽，鸣鼓，敌虏惊视，急放水柜，旋知其非真也，意甚沮。急出师攻之，敌遂大败。

沅州蛮叛，荆湖制置遣兵讨之。蛮以竹为箭，傅以毒药，血濡缕立死。官军畏之，莫敢前。乃束藁人，罗列焜耀。蛮见之，以为官军，万矢俱发。伺其矢尽，乃出兵攻之，直捣其穴。

张　巡　　种世衡

张巡守睢阳。安庆绪遣尹子奇将劲兵十余万来攻。巡厉士固守，日中二十战。巡欲射子奇而不识，因刻蒿为矢。中者谓巡矢尽，走白子奇。巡乃使南霁云射之，一发中其左目，子奇乃退。

宝元中，党项犯边。有明珠族首领骁悍，最为边患。种世衡为将，欲以计擒之。闻其好击鼓，乃造一马持战鼓，以银裹之，极华焕，密使谍者阳卖之。后乃择骁卒数百人，戒之曰：“凡见负银鼓自随者，并力擒来！”一日，羌酋负鼓而出，遂为世衡所擒。

裴行俭

调露元年，大总管裴行俭讨突厥。先是馈粮数为虏钞。行俭因诈为粮车三百乘，车伏壮士五辈，赍陌刀劲弩，以羸兵挽进。又伏精兵踵其后。虏果掠车，羸兵走险。贼驱就水草，解鞍牧马。方取粮车中，而壮士突出，伏兵至，杀获几尽。自是粮车无敢近者。

贺若敦

后周时，陈将侯瑱等围逼襄州，贺若敦奉命往救，相持于湘、罗之间。初，土人密乘轻船，载米粟及笼鸡鸭以饷瑱军。敦患之，乃伪为土人，装船伏甲士于中。瑱军人望见，谓饷船至，竞来取。敦伏甲尽擒杀之。又，敦军数有叛人乘马投瑱者。敦别取一马，牵以趋船，令船中逆以鞭鞭之，如是者再三，使马畏船不肯上。后伏兵江岸，使人乘畏船马，诈投附以招陈军。陈军竞来牵马。马既畏船不上，伏兵发，又尽杀之。以后实有馈及亡奔瑱者，并疑不受。

李光弼

史思明有良马千余匹，每日出于河南渚浴之，循环不休。李光弼命索军中牝马，得五百匹，絷其驹而出之。思明马见之，悉浮渡河，尽驱入城。思明怒，泛火船欲烧浮桥。光弼先贮百尺长竿，以巨木承其根，毡裹铁叉，置其首，以迎火船而叉之。船不能进，须臾自焚尽。

虞　翻

吕蒙既诱糜芳出降，未入郡城，而召诸将高会作乐。翻曰：“今区区一心者，糜将军也。城中之人，岂可尽信？何不急入城，持其管钥乎？”蒙从之。翻曰：“未也。设城中有伏，吾与将军休矣！”复将芳入城，而翻代芳教曰：“芳得间归，愿共死守。有能破吴军者，吾当低首拜之。”于是谋伏兵者皆前，翻尽按诛之，蒙乃入。

有此谋伏辈，南郡自足死守。未战而下，芳真奴才也！总是玄德不定都荆州之误。

程　昱

昱，东阿人。黄巾贼起，县丞王度反应之。吏民皆负老幼，东奔渠丘山。度出城西五六里止屯。昱因谓县中大姓薛房曰：“度得城郭而不居，其志可知，此不过欲掠财物耳。何不相率还城而守之？”吏民不肯从。昱谓房等“愚民不可计事”，乃密遣数骑举幡东山上，令房等望见，因大呼曰：“贼至矣！”便下山趣城。吏民奔走相随，昱遂与之共守。度来攻，昱击破之。

度　尚

桓帝延熹中，长沙、零陵贼反，交趾守臣望风逃溃。帝诏度尚为荆州刺史。尚至，设方略击破之，穷追入南海。军士大获珍宝。然贼帅卜阳、潘鸿遁入山谷，聚党犹盛。尚拟尽歼之，而士卒骄富，莫有斗志。尚乃宣言：“阳、鸿作贼十年，习于战守。我兵甚寡，未易轻进。当须诸郡悉至，并力攻之。军中且恣听射猎。”兵士大喜，皆空营出猎为乐。尚乃密遣所亲，潜焚诸营，珍宝一时略尽。猎者还，无不涕泣。尚乃亲出慰劳，深自引咎，因曰：“阳、鸿等财宝山积，诸卿但并力一战，利当十倍，些些何足介也！”众且愤且跃。尚遂敕秣马蓐食。明旦，出不意赴贼屯。贼不及拒，一鼓尽歼之。

孔　镛

阿溪者，贵州清平卫部苗也，桀骜多智，雄视诸苗。有养子曰阿剌，膂力绝伦，被甲三袭，运二丈矛，跃地而起，辄三五丈。两人谋勇相资，横行夷落。近苗之弱者，岁分畜产，倍课其入。旅人经其境者，辄诱他苗劫之。官司探捕，必谒溪请计。溪则要我重贿，而捕远苗之不可用者，诬为贼以应命。于是远苗咸惮而投之，以为寨主。监军、总帅，率有岁赂，益恣肆无忌。时讧官、苗，以收鹬蚌之利。弘治间，都御史孔公镛巡抚贵州，廉得其状。询之监军、总帅，皆为溪解。公知不可与共事，乃自往清平，访部曲之良者，得指挥王通，厚礼之，扣以时事。通亹亹条答，独不及溪。公曰：“闻此中事，唯阿溪为大，若何秘不言也？”通不对。固扣之，通曰：“言之而公事办，则一方受福；不则公且损威，而吾族赤矣！”公笑曰：“第言之，何患弗办！”通遂慷慨陈列始末。公曰：“为阿溪通赂上官者，谁也？”通曰：“指挥王曾、总旗陈瑞也，公必劫此两人方可。”公曰：“诺。”翌日，将佐庭参。公曰：“欲得一巡官，若等来前，吾自选之。”乃指曾曰：“庶几可者。”众既出，公私诘曾曰：“若何与贼通？”曾惊辩不已。公曰：“阿溪岁赂上官，汝为居间，辩而不服，吾且斩汝矣！”曾叩头不敢言。公曰：“勿惧。汝能为我取阿溪乎？”曾因阿溪、剌谋勇状，且曰：“更得一官同事乃可。”公令自举，乃曰：“无如陈总旗也。”公曰：“可与偕来。”少选，瑞入。公讯之如讯曾者。瑞屡顾曾，曾曰：“勿讳也，吾等事公已悉知，第当尽力以报公耳。”瑞亦言难状。公曰：“汝第诱彼出寨，吾自能取之。”瑞诺而出。苗俗喜斗牛，瑞乃觅好牛，牵置中道，伏壮士百人于牛旁丛薄间，乃入寨见溪。溪曰：“何久不来？”瑞曰：“都堂新到，故无暇。”溪问：“都堂何如？”曰：“懦夫，无能为也。”溪曰：“闻渠在广东时杀贼有名，何谓无能？”瑞曰：“同姓者，非其人也！”溪曰：“赂之何如？”瑞曰：“姑徐徐，何以遽舍重货？”溪遂酌瑞，纵谈斗牛事，瑞曰：“适见道中牛，恢然巨象也，未审比公家牛若何？”溪曰：“宁有是，我当买之。”瑞曰：“败牛者似非土人，恐难强之入寨。”溪曰：“第往观之。”顾阿剌同行，瑞曰：

“须牵公家牛往斗之，优劣可决也。”苗欲信鬼，动息必卜。溪以鸡卜，不吉。又言：“梦大网披身，出恐不利。”瑞曰：“梦网得鱼，牛必属公矣！”遂牵牛联骑而出。至牛所，观而喜之。两牛方作斗状，忽报：“巡官至矣！”瑞曰：“公知之乎？乃王指挥耳。”溪笑曰：“老王何幸，得此荣差！俟其至，吾当嘲之！”瑞曰：“巡官行寨，公当往迎，况故人也！”溪、剌将策骑往。瑞曰：“公等请去佩刀，恐新官见刀，以为不利。”溪、剌咸去刀见曾。曾厉声诘溪、剌曰：“上司按部，何不扫廨舍、具供帐，而洋洋至此何为！”溪、剌犹谓戏语，漫拒之。曾大怒曰：“谓不能擒若等耶！”溪、剌犹笑傲。曾大呼，伏兵起丛薄间，擒溪、剌。剌手搏，伤者数十人，竟系之。驰贵州见公，磔于市，一境始宁。

武案卷二十四

学医废人，学将废兵。匪学无获，学之贵精。鉴彼覆车，借其前旌。青山绿山，画本分明。集“武案”。

项梁　司马师

项梁尝杀人，与籍避仇吴中。吴中贤士大夫皆出梁下，每有大繇役及丧，梁常主办，阴以兵法部勒宾客、子弟，边批：知兵者无处非兵法。以知其能。后果举事，使人收下县，得精兵八千人，部署豪杰为校尉、侯、司马。有一人不得官，自言。梁曰：“某时某丧，使公主某事，不能办，以故不任公。”众乃皆服。

司马师阴养死士三千，散在人间。诛爽时，一朝而集，竟莫知其所来自。

李纲

李纲云：古者自五、两、率、旅，积而至于二千五百人为师，又积而万二千五百人为军，其将、帅、正、长皆素具。故平居恩威，足以相服；行阵节制，足以相使。若身运臂，臂使指，无不可者，所以能御敌而成功。今宜法古，五人为伍，中择一人为伍长；五伍为甲，别选一人为甲正；四甲为队，有队将正副二人；五队为部，有部将正副二人；五部为军，有正副统制官；节制统制官有都统，节制都统有大帅，皆平时选定。闲居则阅习，有故则出战，非特兵将有以相识，而恩威亦有以相服。又置赏功司，凡士卒有功，即时推赏，后有不实，坐所保将帅。其败将逃卒必诛，临阵死敌者，宽主帅之罚，使必以实告而优恤之。又纳级计功之法，有可议者，如选锋精骑陷阵却敌，神臂弓、强弩劲弓射贼于数百步外，岂可责以斩首级哉！若此类，宜令将帅保明，全军推赏。

其法本于《管子》，但彼寄军令于内政，犹是“井田”遗意，此则训练长征，尤今日治兵第一务。

李纲

李纲请造战车，曰：“虏以铁骑胜中国，其说有三，而非车不足以制之。步兵不足以当其驰突，一也。用车则驰突可御。骑兵，马弗如之，二也。用车则骑兵在后，度便乃出。战卒多怯，见敌辄溃，虽有长技，不得而施，三也。用车则人有所依，可施其力，部伍有束，不得而逃，则车可以制胜明矣。靖康间，献车制者甚众，独总制官张行中者可取。其造车之法：用两竿双轮，推竿则轮转；两竿之间，以横木筦之，设架以载巨弩；其上施皮篱以捍矢石，绘神兽之象，弩矢发于口中，而窍其目以望敌；其下施甲裙以卫人足；其前施枪刃两重，重各四枚，上长而下短，长者以御人也，短者以御马也；其两旁以铁为钩索，止则联属以为营。其出战之法：则每车用步卒二十五人，四人推竿以运车，一人登车望敌以发弩矢，二十人执牌、弓弩、长枪、斩马刀，列车两旁，重行，行五人；凡遇敌，则牌居前，弓弩次之，枪刀又次之；敌在百步内，则偃牌，弓弩间发以射之；既逼近，则弓弩退后，枪刀进前，枪以刺人，而刀以斩马足；贼退则车徙，鼓噪相联以进，及险乃止，以骑兵出两翼，追击以取胜。其布阵之法，则每军二千五百人，以五分之一凡五百人为将佐卫兵及辎重之属，余二千人为车八十乘；欲布方阵，则面各用车二十乘，车相联，而步卒弥缝于其间，前者其车向敌，后者其车倒行，左右者其车顺行；贼攻左右而掩后，则随所攻而向之；前后左右，其变可以无穷；而将佐卫兵及辎重之属，皆处其中，方圆曲直，随地之便；行则鳞次以为阵，止则钩联以为营，不必开沟堑、筑营垒，最为简便而完固。”

先臣余子俊言：“大同宣府地方，地多旷衍，车战为宜，器械干粮，不烦马驮，运有用之城，策不饲之马。”边批：二句尽车之利。因献图本。及兵部造试，所费不赀，而迟重难行，率归于废。故有“鹧鸪车”之号，谓“行不得”也。夫古人战皆用车，何便于昔而不便于今？殆考之未精，制之未善，而当事者遂以一试弃之耳。且如秦筑长城，万世为利，而今之筑堡筑垣者，皆云沙浮易圮。赵充国屯田，亦万世为利，而今之开屯者，亦多筑舍无成。是皆无实心任事之人合群策以求万全故也。法曷故哉？

呜呼！苟无实心任事之人，即尽圣祖神宗之法制，皆题之曰“鹧鸪”可也！

吴玠 吴璘

吴玠每战，选劲弩，命诸将分番迭射，号“驻队矢”，连发不绝，繁如雨注，敌不能当。

吴璘仿车战余意，立“叠阵法”，每战以长枪居前，坐不得起，次最强弓，次强弩跪膝以俟，次神臂弓。约贼相搏，至百步内，则神臂先发，七十步，强弓并发。次阵如之。凡阵，以拒马为限，铁钩相连，伤则更代之，遇更代则以鼓为节。骑为两翼蔽于前，阵成而骑退，谓之叠阵。战士心定，则能持满，敌虽锐，不能当也。

璘著《兵法》二篇，大略谓：金人有四长，我有四短。当反我之短，制彼之长。四长曰骑兵，曰坚忍，曰重甲，曰弓矢。吾集番、汉所长，兼收而用之，以分队制其骑兵，以番休迭战制其坚忍，以劲弓强弩制其重甲，以远克近、强制弱制其弓矢。布阵之法，则以步军为阵心，翼以马军，为左右肋，而拒马布两肋之间。

郭固

熙宁中，使六宅使郭固等讨论“九军阵法”，著之为书，颁下诸帅府，副藏秘阁。固之法：九军共为一营阵，行则为阵，住则为营。以驻队绕之。若依古法：人占地二步，马四步，军中容军，队中容队，则十万人之阵，占地方十里余。天下岂有方十里之地、无丘阜沟涧林木之碍者？兼九军共以一驻队为篱落，则兵不复可分，如九人共一皮，分之则死——此正孙武所谓“縻军”也。予再加详定，谓九军当使别自为阵，虽分列左右前后，而各占地利，以驻队外向自绕，纵越沟涧林薄，不妨各自成营。金鼓一作，则卷舒合散，浑浑沦沦，而不可乱。九军合为一大阵，则中分四衢，如“井田”法。九军皆背背相承，面面相向，四头八尾，触处为首。上以为然，亲举手曰：“譬如此五指，若共为一皮包之，则何以施用？”遂著为令。出《补笔谈》。

张威

张威自行伍充偏裨，其军行，必若衔枚，寂不闻声。每战必克，金人惮之。荆鄂多平野，利骑不利步。威曰：“彼铁骑一冲，则吾技穷矣！”乃以意创“撒星阵”，分合不常，闻鼓则聚，闻金则散。每骑兵至则声金，一军辄分数十簇；金人随分兵，则又趋而聚之，倏忽间分合数变，金人失措，然后纵击之，以此辄胜。

威临阵战酣，则两眼皆赤，时号“张红眼”云。

戚继光

戚继光每以“鸳鸯阵”取胜。其法：二牌平列，狼筅各跟一牌；每牌用长枪二支夹之，短兵居后。遇战，伍长低头执挨牌前进。如已闻鼓声而迟留不进，即以军法斩首。其余紧随牌进。交锋，筅以救牌，长枪救筅，短兵救长枪；牌手阵亡，伍下兵通斩。

郭　登

定襄侯郭登，智勇兼备，一年百战，未尝挫衄。以己意设为“搅地龙”“飞天网”；凿深堑，覆土木，人马通行，如履实地；贼入围中，令人发其机，自相击撞，顷刻十余里皆陷。

今其法想尚存，何不试之？

赵　遹

政和中，晏州夷酋卜漏反。漏据轮囤，其山崛起数百仞，林箐深密；垒石为城，外树木栅，当道穿坑井，仆巨枿，布渠答，夹以守障。官军不能进。时赵遹为招讨使，环按其旁，有崖壁峭绝处，贼恃险不设备。又山多生猱，乃遣壮丁捕猱数千头，束麻作炬，灌以膏蜡，缚之猱背。于是身率正兵攻其前，旦夕战，羁縻之。而阴遣奇兵，从险绝处负梯衔枚，引猱上。既及贼栅，出火燃炬，猱热狂跳，贼庐舍皆茅竹，猱窜其上，辄发火。贼号呼奔扑，猱益惊，火益炽。官军鼓噪破栅。遹望见火，直前迫之，前后夹攻，贼赴火堕崖，死者无算。卜漏突围走，追获之。

邓艾自阴平袭蜀，行无人之地七百余里，凿山通道，造作桥阁，山高谷深，至为艰险。艾以毡自裹，推转而下。将士皆攀木缘崖，鱼贯而进。其功甚奇，而其事险。夫计程七百，非一日之行也；凿山构阁，非一日之功也。即平日不知儆备，而临时岂无风闻？岂皓等蒙蔽，庸禅怡堂，如所谓置羽书于堂下者乎？不然，艾必无幸矣。赵遹之用猱，出于创奇，亦由贼不设备而然。故曰：“凭险者固，恃险者亡。”

李光弼军令严肃，虽寇所不至，警逻不少懈，贼不能入。如是则必无阴平、轮囤之失矣。

《元史》：金人恃居庸之塞，冶铁锢关门，布铁蒺藜百余里，守以精锐。元祖进师，距关百里，不能前。召扎八儿问计，对曰：“从此而北，黑树林中有间道，骑行可一人。臣向尝过之。若勒兵衔枚以出，终夕可至。”

元祖乃令扎八儿轻骑前导。日暮入谷，黎明诸军已在平地。疾趋南口，金鼓之声，若自天下。金人犹睡未知也，比惊起，已莫能支。关门既破，中都大震，金人遂迁汴。夫以极险之地，迫于至近而金不知备，此又非阴平之可比矣！

安万铨

嘉靖十六年，阿向与土官王仲武争田构杀。仲武出奔，阿向遂据凯口囤为乱。囤围十余里，高四十丈，四壁斗绝，独一径尺许，曲折而登。山有天池，虽旱不竭，积粮可支五年。变闻，都御史陈克宅、都督佥事杨仁调水西兵剿之。宣慰使安万铨，素骄抗不法，邀重赏乃行。提兵万余，屯囤下，相持三月，仰视绝壁，无可为计者。独东北隅有巨树，斜科偃蹇半壁间，然去地二十丈许。万铨令军中曰："能为猿猱上绝壁者，与千金！"边批：重赏之下，无不应者。有两壮士出应命。乃锻铁钩傅手足为指爪，人腰四徽一剑，约至木憩足，即垂徽下引人，人带铳炮长徽而起。候雨霁，夜昏黑不辨咫尺时，爬缘而上。微闻剌剌声，俄而崩石，则一人坠地，骸骨泥烂矣。俄而长徽下垂，始知一人已据树。乃遣兵四人，缘徽蹲树间。壮士应命者复由木间爬缘而上，至囤顶。适为贼巡檄者鸣锣而至，壮士伏草间，俟其近，挥剑斩之，鸣锣代为巡檄者。贼恬然不觉也。垂徽下引树间人，树间人复引下人，累累而起。至囤者可二三十人，便举火发铳炮，大呼曰："天兵上囤矣！"贼众惊起，昏黑中自相格杀，死者数千人。夺径而下，失足坠崖死者又千人。黎明，水西军蚁附上囤，克宅令军中曰："贼非斗格而擅杀，及黎明后殿者，功俱不录！"边批：非严也，刻也，所以表功。自是一军解体，相与卖路走贼。阿向始与其党二百人免。囤营一空，焚其积聚，乃班师。留三百官兵戍囤。

凯口之功奇矣，顾都御史幕下岂乏二壮士，而必令出自水西乎？宜土官之恃功骄恣，乱相寻而不止也。至于阿向之局未结，而遽尔班师，使薄戍孤悬，全无犄角。善后万全之策果如是乎？其后月余，阿向复纠党袭囤，尽杀戍卒。向以中敌，今还自中。复忽按察佥事田汝成之戒，轻兵往剿，自取挫衄。昔日奇功，付之煨烬。吁！书生之不足与读兵也久矣，岂独一克宅哉！田汝成上克宅书，谈利害中窾，今略附于左。

汝成闻克宅复勒兵剿囤，献书曰："窃料今日贼势，与昔殊科，攻伐之策，亦当异应。往往一二枭獍，负其窟穴，草窃为奸者，皆内储糇糒，外翼党与，包藏十有余年，乃敢陆梁，以延岁月。今者诸贼以亡命之余，忧在沟壑，冒万死一生之计，欢呼而起，非有旁寨渠酋，通谍结纳，拥群丑以张应援也。守弹丸之地，蹝伏其中，无异瓮缶；襁升斗之粮，蹑尺五之道，束腓而登，无异哺鷇。非素有红粟朽贯积之仓庾，广畜大豕肥牛以资击剥也。失此二者，为必败之形，而欲攝枵腹，张空拳，睅目而前，以膺貔虎，是曰'刀锯之魂'，不足虑也。然窃闻之，首祸一招，而合者三四百人，课其十日之粮，亦不下三四十石，费亦厚矣。而逾旬不馁者，无乃有间道捷径偷输潜挽以给其中者乎？不然何所恃以为生也？夫蛮陬夷落之地，事异中原，譬之御寇于洞房委巷之中，搏击无所为力。故征蛮之略，皆广列伏候、扼险四塞以困之。是以诸贼虽微，亦未可以蓐食屠剪。唯在据其要害，断其刍粟之途，重营密栅，勤其间觇，严壁而居，勿与角利，使彼进无所乘，退无所逸，远不过一月，而羸疲之尸藁磔麾下矣。若夫我军既固，彼势益孤，食竭道穷，必至奔突，则溃围之战，不可不鏖也。相持既久，观望无端，我怠而衰，彼穷而锐，或晨昏惰卧，刁斗失鸣，则劫营之虞不可不备也。防御既周，奸谋益窘，必甘辞纳款，以丐残息，目前虽可安帖，他日必复萌生，则招抚之说不可从也。肤见宵人，狃于诡道，欲出不意以徼一获；彼既鉴于前车，我复袭其故辙，不唯徒费，抑恐损威，则偷囤之策不可不拒也。至于事平之后，经画犹烦。"云云。

太子晃

魏主以轻骑袭柔然，分兵为四道。魏主至鹿浑谷，遇敕连可汗。太子晃曰："贼不意大军猝至，宜掩其不备，速进击之！"尚书刘絜曰："贼营尘盛，其众必多，不如须大军至击之。"晃曰："尘盛者，军士惊扰也，何得营上而有尘乎？"魏主疑之，不急击。柔然遁，追之不及，获其候骑，曰："柔然不觉魏军至，惶骇北走，经六七日，知无追者，始乃徐行。"魏主深悔之。

栾枝使舆曳柴而伪遁，是又诈扬尘以诱敌，不可不知。

司马楚之

司马楚之别将督军粮，柔然欲击之。俄军中有告失驴耳者，楚之曰："此必贼遣奸人入营觇伺，割以为信耳。贼至不久，宜急为备！"乃伐柳为城，以水灌之，城立而柔然至。冰坚滑不可攻，乃散走。

张魏公

绍兴中，虏趋京，所过城邑，欲立取之。会天大寒，城池皆冻。虏籍冰梯城，不攻而入。张魏公在大名，闻之，先弛濠鱼之禁，人争出取鱼，冰不得合。虏至城下，睥睨久之，叹息而去。

垣崇祖

魏师二十万攻豫州，刺史垣崇祖欲治外城，堰淝水以自固。众恐劳而无益，且众寡不敌。崇祖曰："若弃外城，虏必据之，外修楼橹，内筑长围，则坐成擒矣！"乃于城西北堰肥水，堰北筑小城，周为深堑，使数千人守之，曰："虏见城小，以为一举可取，必悉力攻之，以谋破堰。吾临水冲之，皆为流尸矣。"魏果攻小城，崇祖着白纱帽，肩舆上城，决堰下水，魏人溺死千数，遂退走。

孟 珙

孟珙攻蔡，蔡人恃柴潭为固，外即汝河，潭高于河五六丈，城上金字号楼伏巨弩，相传下有龙，人不敢近，将士疑畏。珙召麾下饮酒，再行，谓曰："此潭楼非天造地设，伏弩能及远，而不可射近。彼所恃，此水耳，决而注之，涸可立待。"遣人凿其两翼，潭果决。实以薪苇，遂济师，攻城克之。

宗 泽

宗泽以计败却金人，念敌众十倍我，今一战而退，势必复来，使悉其铁骑夜袭吾军，则危矣。乃暮徙其军。金人夜果至，得空营，大惊，自是惮泽不敢犯。

李存进　　樊若水

晋副总管李存进造浮梁于德胜。旧制浮梁须竹笮、铁牛、石囷。存进以苇笮维巨舰，系于王山巨木，逾月而成。浮梁之简便，自存进始。

唐池州人樊若水，举进士不第，因谋归宋。乃渔钓于采石江上，乘小舟，载系绳维南岸，疾棹抵北岸，以度江之广狭。因诣阙上书，请造浮梁以济。议者谓江阔水深，古未有浮梁而济者。帝不听，擢若水右赞善大夫，遣石全振往荆湖，造黄黑龙船数千艘。又以大舰载巨竹絙，自荆渚而下，先试于石碑口，移置采石，三日而成，不差寸尺。

韦孝宽

魏韦孝宽镇玉壁。高欢倾山东之众来攻，连营数十里，直至玉壁城下。城南起土山，欲乘之以入城。城上先有两楼，直对土山，孝宽更缚木接之，令极高。欢遂于城南凿地道，又于城北起土山，攻具昼夜不息。孝宽掘长堑，简战士屯堑，每穿至堑，战士辄擒杀之。又于堑外积柴贮火，敌人有在地道者，便于柴火，以皮排吹之，火气一冲，咸即灼烂。城外又造攻车，车之所及，莫不摧毁，虽有排楯，亦莫能抗。孝宽令缝布为幔，随其所向，布悬空中，车不能坏。城外又缚松于竿，灌油加火，欲以烧布焚楼。孝宽使作长钩利刃，火竿一来，钩刃遥割之。城外又四面穿地，作二十一道，分为三路，于其中各施梁柱，以油灌柱，放火烧之，柱折，城并崩陷。孝宽随其崩处，竖木栅以捍之，敌终不得入。欢智勇俱困，因发疾遁去，遂死。

羊　侃　　杨智积

侯景之围台城也，初为尖顶木驴来攻，矢石不能制。侃作雉尾炬，施铁镞，灌以油，掷驴上，焚之立尽。俄又东西两面起土山临城，城中震骇。侃命为地道，潜引其土，山不能立。贼又作登城楼车，高十余丈，欲临射城内。侃曰："车高堑虚，彼来必倒，可卧而观之，无劳设备矣！"车动果倒。贼既频攻不克，乃筑长围。朱异等议出击之，侃曰："不可，贼久攻不克，其立长围，欲引城中降人耳。今击之，兵少，不足破贼；若多，万一失利，门隘桥小，自相蹂躏，必大挫衄，此自弱也！"异不从，一战败退，争桥赴水死者大半。后大雨，城内土崩，贼乘之，垂入，侃令多掷火把，为穴城以断其路，而徐于内筑城，贼卒不能进。未几，侃遘疾卒，城遂陷。

杨智积，隋文帝侄也。杨玄感反，攻城，烧城门。智积于内益薪以助火势，贼不能入。

张　巡

尹子奇围睢阳，张巡应机守备。贼为云梯，势如半虹，置精卒二百于其上，推之临城，欲令腾入。巡预于城潜凿三穴，候梯将至，一穴中出大木，末置铁钩钩之，使不得退；一穴中出一大木，柱之使不得进；一穴中出一木，末置铁笼，盛火焚之。贼又以钩车钩城上棚阁，巡以大木置连锁大环，拨其钩而截之。贼又造木驴攻城，巡熔金汁灌之。贼又以土囊积柴为磴道，欲登城，巡潜以松明、干蒿投之，积十余日，使人顺风持火焚之。贼服其智，不敢复攻。

王　禀

金粘罕攻太原，悉破诸县，独城中以张孝纯、王禀固守不下。其攻城之具，曰炮石、洞子、鹅车、偏桥、云梯、火梯，凡有数千。每攻城，先备克列炮三十座。凡举一炮，听鼓声齐发，炮石入城者大于斗，楼橹中炮，无不坏者。赖总管王禀先设虚栅，下又置糠布袋在楼橹上，虽为所坏，即时复成。粘罕填壕之法，先用洞子，下置车转轮，上安居木，状如屋形，以生牛皮缦上，又以铁叶裹之，人在其内，推而行之，节次相续，凡五十余辆，人运土木柴薪于中。粘罕填壕，先用大板薪，次以荐覆，然后置土在上，增覆如初。王禀每见填，即先穿壁为窍，致火鞴在内，俟其薪多，即便放灯于水中，其灯下水寻木，能燃湿薪；火既渐盛，令人鼓鞴，其焰亘天，至令不能填壕。其鹅车亦如鹅形，下亦用车轮，冠之以皮铁，使数十百人推行，欲上城楼。王禀于城中亦设跳楼，亦如鹅形，使人在内迎敌。鹅车至，令人在下以搭钩及绳拽之，其车前倒，又不能进。其云梯、火梯亦用车轮，其高一如城楼。王禀随机应变，终不能攻。

孟宗政

孟宗政权枣阳军。金完颜讹可拥步骑薄城，宗政囊糠盛沙以覆楼棚，列瓮潴水以堤火，募炮手击之，一炮辄杀数人。金人选精骑二千，号“弩子手”，拥云梯、天桥先登。又募凿银矿石工，昼夜陷城，运茅苇，直抵围楼下，欲焚楼。宗政先毁楼，掘深坑防地道，创战棚防城陨。穿井才透，即施毒烟烈火，鼓鞴以薰之。金人窒，以湿毡析路以刓土。城颓楼陷，宗政撤楼益薪，架火山以绝其路，列勇士，以长枪劲弩备其冲，距楼陷所亟筑偃月城，袤百余尺，翼傅正城，深坑培仞，躬督役，五日而成，金人卒不得志。

刘　馥

刘馥为扬州刺史，高为城垒，多积木石，编作草苫数千万枚，益贮鱼膏数千斛，为战守备。边批：预备有用。建安十三年，孙权十万众攻围合肥城百余日。时天连雨，城欲崩，于是以苫蓑覆之，夜燃脂照城外，视贼所作而为备，贼败走。

盛　昶

盛昶为监察御史，以直谏谪罗江县令，为政廉明，吏畏而民信之。时邑寇胡元昂啸集称叛，昶进檄谕散其党。邻邑德阳寇赵铎者，僭称赵王，所至屠戮。攻成都，官军覆陷，杀汪都司，势叵测。罗江故无城，昶令引水绕负县田，边批：以水为城，亦一法。昼开市门，市中各闭户，藏兵于内，约炮响兵出。又伏奇兵山隈，阳示弱，遣迎贼入室未半，昶率义勇士闻炮声，兵突出，各横截贼。贼不相救，山隈伏兵应声夹攻，殊死斗，贼大北，斩获不记数，俘获子女财物尽给其民。邑赖以完。父老泣曰：“向微盛公，吾属俱罹锋镝矣！”

许　逵

许逵，河南固始人，令乐陵，期月，令行禁止。时流贼势炽，逵预筑城浚隍，贫富均役，边批：要紧。逾月而成。又使民各筑墙，高过屋檐，仍开墙窦如圭，仅可容一人。家令一壮丁执刀，俟于窦内，其余人皆入队伍。令曰："守吾号令，视吾旗鼓，违者从军法。"又设伏巷中，洞开城门。未几，贼果至。火无所施，兵无所加；旗举伏发，尽擒斩之。

愚谓：近城要地，皆当仿此立墙，可使寇不临城矣。

王 濬　王彦章

吴人于江碛要害处，并以铁锁横截之；又作铁锥，长丈余，暗置江中，以逆拒舟舰。濬作大筏数十，方百余步，令善水者以筏先行，遇铁锥，锥辄着筏而去。又作大炬，灌以麻油，遇锁燃炬烧之，须臾熔液断绝，舟行无碍。

晋王尽有河北，以铁锁断德胜口，筑河南、北为两城，号"夹寨"。王彦章受命至滑州，置酒大会，阴遣人具舟于杨村，命甲士六百人，皆持巨斧，载冶者，具鞴炭，乘流而下。彦章会饮酒半，佯醉，起更衣，引精兵千，沿河以趋德胜。舟兵举火熔锁，因以巨斧斩断浮桥，而彦章引兵急击南城，遂破之。

韩世忠

世忠与兀术相持于黄天荡，以海舰进泊金山下，预用铁绠贯大钩，授骁健者。明旦，敌舟噪而前。世忠分海舟为两道，出其背，每缒一绠，则拽一舟沉之，兀术穷蹙。

嘉靖间，倭寇猖獗吴郡，亦有黄天荡之捷。时贼掠民舟，扬帆过荡，官军无敢抗者，乡民愤甚，敛河泥船数十只追之，以泥泼其船头。倭足滑不能立，而舟人皆蹑草履，用长脚钻能及远，倭覆溺者甚众。

杨 素

杨素袭蒲城，夜至河际，收商贾船，得数百艘，置草其中，践之无声，遂衔枚而济。

马 隆

马隆讨树机能。虏兵劲，皆负铁铠。隆于夹道累磁石。贼行不得前。而隆卒悉被犀甲，无所留碍，遂大破之。

吕 蒙

周瑜使甘宁前据夷陵。曹仁分众围宁，宁困急请救。蒙说瑜分遣三百人，柴断险道，贼走，可得其马。瑜从之。军到夷陵，即日交战，所杀过半。敌夜遁去，行遇柴道，骑皆舍马步走。兵追蹙之，获马三百匹。

贺若弼　崔乾祐

隋兵与陈师战，退走数四，贺若弼辄纵烟以自隐。

哥舒翰追贼入隘道，贼乘高下木石，击杀甚众。翰以毡车驾马为前驱，欲以冲贼。会东风暴急，贼将崔乾祐以草车数十乘，塞毡车之前，纵火焚之。烟所被，官军不能开目，妄自相杀。

李　勣

薛延陀教习步战，每五人，以一人经习战阵者使执马，而四人前战，克胜，即援马以追奔；失于应接，罪至死，没其家口，以赏战人。及入寇，李勣拒之。延陀弓矢俱发，伤我战马。勣令去马步战，率长稍数百为队，齐奋以冲之，其众溃散。薛万彻率数千骑，收其执马者。众失马，莫知所从，遂大败。

岳　飞　　刘　锜

兀术有劲兵，边批：骑兵。皆重铠，贯以韦索，三人为联，名“拐子马”，又号“长胜军”。每于战酣时，用以攻坚，官军不能当。郾城之役，以万五千骑来。岳飞戒兵卒以麻扎刀入阵，勿仰视，但斫马足。拐子马相连，一马仆，二马不能行。官军奋击，大败之。

> 慕容绍宗引兵十万击侯景。旗甲耀日，鸣鼓长驱而进。景命战士皆被甲，执短刀，入东魏阵。但低视，斫人胫马足。边批：此即走板桥戒勿旁视之意。飞不学古法，岂暗合乎？

兀术有牙兵，边批：步卒。皆重铠甲，戴铁兜牟，周匝缀长檐，三人为伍，贯以韦索，号“铁浮图”。顺昌之役，方大战时，兀术被白袍，乘甲马，以三千人来。刘锜令壮士以枪摽去其兜牟，大斧断其臂，碎其首。

钱传瓘

吴越王镠其子传瓘击吴。吴人拒之，战于狼山。吴船乘风而进，传瓘引舟避之。既过，自后随之。边批：反逆为顺。吴回船与战，传使顺风扬灰，吴人不能开目。及船舷相接，传瓘使散沙于己船，而散豆于吴船。豆为战血所渍，吴人践之皆僵仆。因纵火焚吴船，吴兵大败。

杨　璇

杨璇为零陵太守。时苍梧、桂阳贼相聚攻郡县，贼众多而璇力弱，吏忧恐。璇乃特制马车数十乘，以排囊盛石灰于车上，系布索于马尾，又为兵车，专彀弓弩。克期会战，乃令马车居前，顺风鼓灰。贼不得视，因以火烧布，布燃马惊，奔突贼阵。后车弓弩乱发，钲鼓鸣震，群盗骇散，追逐伤斩无数，枭其渠帅，郡境以清。

刘锜

刘锜顺昌之战，戒甲士带一竹筒，其中实以煮豆，入阵则割弃竹筒，狼籍其豆于下。虏马饥，闻豆香，低头食之，又多为竹筒所滚，脚下不得地，以故士马俱毙。

毕再遇尝引敌与战，且前且却，至于数四，视日已晚，乃以香料煮黑豆布地上，复前搏战，佯败走。敌乘胜追逐，其马已饥，闻豆香，就食，鞭之不前。我师反攻之，遂大胜。

假兽 四条

鲁庄公十年，齐师、宋师次于郎。公子偃曰："宋师不整，可败也，宋败齐必还。"乃自雩门窃出，蒙皋比而先犯之，大败宋师，齐师乃还。

城濮之战，胥臣蒙马以虎皮，先犯陈、蔡，本此。

魏主为南阳太守房伯玉所败，乃自引兵袭克宛。伯玉婴内城拒守。宛城东南有桥，魏主过之。伯玉使勇士数人衣斑衣，戴虎头帽，伏窦下，突出击之，魏主人马俱惊。

檀和之等攻林邑。林邑王倾国来战，以具装被象，前后无际。宗悫曰："吾闻外国有狮子，威服百兽。"乃制其形，与象相拒。象果奔走，遂克林邑。

朱滔围深州。李惟岳以田悦援后至，惟岳将王武俊以骑三千，方阵横进。滔绘帛为狻猊象，使猛士百人蒙之，鼓噪奋驰。贼马惊乱，因击破之。

管仲 隰明

齐桓公伐山戎，道孤竹国，前阻水，浅深不可测。夜黑迷失道，管仲曰："老马善识途。"放老马于前而随之，遂得道。行山中无水，隰朋曰："蚁冬居山之阳，夏居山之阴。蚁壤一寸而仞有水。"乃掘地，遂得水。以管仲之圣，而隰朋之智，不难于师老马与蚁，今人不知以其愚心而师圣人之智，不亦过乎！

古圣开天制作，皆取师于万物，独济一时之急哉！

张贵

襄城之围，张贵为无底船百余艘，中竖旗帜，各立军士于两舷以诱之。敌皆竞跃以入，溺死者万余。亦昔人未有之奇也。

铁菱角 火老鸦

流贼犯江阴。县人以铁菱角布城外淖土中，纵牲畜其间。贼争掠豕，悉陷，着菱角，不能起。擒数十人，后更不敢近城。

流贼刘七等，舟泊狼山下。苏人有应募献计用火攻，其名“火老鸦”，藏药及火于炮，水中发之。又为制形如鸟喙，持之入水，以喙钻船，而机发之，以自运转，转透船可沉。试用之，已破一船。贼骇谓：“江南兵能水中破船，是神兵也！”乃舍舟登山，遂为守兵所蹙。

勾践　袁乔

越伐吴，军于江南。吴王军于江北。越王中分其师，为左右军，以其私卒君子六千人为中军。明日将战，及昏，乃令左军衔枚，溯江五里以须，亦令右军衔枚，逾江五里以须。夜中，乃令左军右军鸣鼓中水以须。吴师闻之，大骇曰：“越人分为二师，将以夹攻我！”乃不待旦，亦中分其师，将以御越。越王乃令其中军衔枚潜涉，不鼓不噪，以袭攻之。吴师大北，遂围吴。

桓温伐汉。议者欲分为两军，异道俱进，以分敌势。袁乔曰：“今悬军深入，当合势力，以取一战之捷。万一偏败，大事去矣！”乃令军而进，弃去釜甑，持三日粮，以示必死。遂败汉兵，直逼成都。

分兵用其计，合兵用其锐。有分而胜者，钟会牵姜维于剑阁，而邓艾别由阴平道袭蜀是也。有合而胜者，吴夫差三万人为方阵，以势攻，晋人畏之是也。有分而败者，黥布为三军，欲以相救，或言兵在散地，偏败必皆走，布不听而败是也。有合而败者，兀术顺昌之战，兵集城下，太众，不能转动是也。

晁　错

匈奴数苦边。晁错上言兵事曰：“臣闻用兵临战，合刃之急有三：一曰得地形，二曰卒服习，三曰器用利。故兵法：‘器械不利，以其卒予敌也；卒不可用，以其将予敌也；将不知兵，以其主予敌也；君不择将，以其国予敌也。’四者兵之至要也。臣又闻以蛮夷攻蛮夷，中国之形也。今匈奴地形技艺与中国异。上下山阪，出入溪涧，中国之马弗与也；险道倾仄，且驰且射，中国之骑弗与也；风雨罢劳，饥渴不困，中国之人弗与也：此匈奴之长技也。若夫平原易地，轻车突骑，则匈奴之众易挠乱也；劲弩长戟，射疏及远，长短相杂，游弩往来，什伍俱前，则匈奴之兵弗能当也；材官驺发，矢道同的，则匈奴之革笥木荐弗能支也；下马地斗，剑戟相接，去就相薄，则匈奴之足弗能给也：此中国之长技也。以此观之，匈奴之长技三，中国之长技五。帝王之道，出于万全。今降胡义渠来归者数千，长技与匈奴同，可赐之坚甲利兵，益以边郡之良骑；平地通道，则以轻车材官制之，两军相为表里，此万全之术也。”错又上言：“胡貉之人，其性耐寒；扬粤之人，其性耐暑。秦之戍卒，不耐水土，见行如往弃市。陈胜先倡，天下从之者，秦以威劫而行之之敝也。不如选常居者为室庐、具田器，以便为城堑丘邑，募民免罪拜爵，复其家，予衣廪。胡人入驱而能止所驱者，以其半予之。如是则邑里相救助，赴胡不避死，非以德上也，欲生亲戚而利其财也。此与东方之戍卒，不习地势而心畏胡者，功相万也。”上从其言，募民徙塞下。

万世制虏之策，无能出其范围。

范　睢

范睢说秦王曰：“以秦国之大，士卒之勇，以治诸侯，譬走韩卢而搏蹇兔也。而闭关十五年，不敢窥兵于山东者，是穰侯为秦不忠，而大王之计亦有所失也。”王跽曰：“愿闻失计！”睢曰：“夫穰侯越韩、魏而攻齐，非计也。今王不如远交而近攻，得寸则王之寸也，得尺则王之尺也。今夫韩、魏，中国之处，而天下之枢也。王必亲中国以为天下枢，以威楚、赵，楚、赵必皆附。楚、赵附，齐必惧矣，如是韩、魏因可虏也！”王曰：“善！”

王　朴

周世宗时，拾遗王朴献《平边策》，略云：“攻取之道，从易者始。当今唯吴易图，东至海，南至江，可挠之地二千里。从少备处先挠之，备东则挠其西，备西则挠其东，彼奔走以救弊，则奔走之间，我可窥其虚实。避实击虚，所向无前，则江北诸州举矣。既得江北，用彼之民，扬我之兵，江南亦不难下也。江南下，而桂、广、岷、蜀，可飞书召之矣。吴、蜀既平，幽必望风而至，唯并为必死之寇，必须强兵力攻，然不足为边患也。”世宗奇之，未及试。其后宋兴，卒如其策。

任　瓌 等

李渊兵发晋阳，入临汾，去霍邑五十余里。隋将宋老生帅精兵二万屯霍邑，大将军屈突通将骁骑数万屯河东以拒渊。诸将请先攻河东。任瓌说渊曰：“关中豪杰，皆企踵以待义兵。瓌在冯翊积年，知其豪杰，请往谕之，必从风而靡。义师自梁山济河，指韩城，逼郃阳，萧造文吏，必望尘请服。然后鼓行而进，直据永丰。虽未得长安，关中固已定矣。”裴寂曰：“屈突通拥众据城，吾舍之而去，若进攻长安不克，退为河东所踵，腹背受敌，此危道也。”边批：此亦常理。李世民曰：“不然，兵贵神速，吾席累胜之威，抚归附之众，鼓行而西，长安之人，望风震骇，智不及谋，勇不及断，取之若振槁叶耳。若淹留时日，敝于坚城之下，彼得成谋修备以待，我坐费日月，众心离沮，则大事去矣！且关中蜂起之将，未有所属，不可不早怀也。屈突通自守虏耳，不足为虑！”会久雨，渊不能进，军中乏粮，刘文静请兵于始毕可汗，未返。或传突厥与刘武周乘虚袭晋阳，渊欲还救根本。世民曰：“今禾菽被野，何忧乏粮？老生轻躁，一战可擒。李密顾恋仓粟，未遑远略。武周与突厥外虽相附，内实相猜，武周虽远利太原，岂可近忘马邑？本兴大义，奋不顾身，以救苍生，当先入咸阳，号令天下。今遇小敌，遂已班师，恐从义之徒，一朝解体，还守太原一城之地，为贼尔，何以自全？”渊不听，世民将复入谏，会渊已寝，不得入，号哭于外，声闻帐中。渊召问之，世民曰：“今兵以义动，进战则克，退还则散；众散于前，敌乘于后，死亡无日，何得不悲。”渊乃悟曰：“兵已发，奈何？”世民曰：“右军严而未发，左军去亦未远，请自追之。”乃与建成分道夜进，追左军复还。已而太原运粮亦至。诱老生战，斩之。日已暮，无攻城具，将士肉薄而登，遂克霍邑。

按，任瓌之策，即李密说杨玄感，魏思温说徐敬业者，特太宗用之而胜，二逆不用而败耳。

杨玄感之谋逆也，李密进三策曰：“天子远在辽海，公若长驱入蓟，直扼其喉，前有高丽，退无归路，不战而擒，此上计也。关中四塞，吾鼓行而西，经城勿攻，直取长安，收其豪杰，抚其士民，据险而守之，天子虽还，失其根本，可徐图也。若随近先向东都，以号令四方，但恐彼知固守，若攻之百日不克，援兵四至，非吾所知矣！”玄感曰：“不然。今百官家口，俱在东都，若先取之，足以动其心。且经城不拔，何以示威？公之下计，乃为上策。”密知计不行，退谓人曰：“楚公好反而不求胜，吾属为虏矣！”未几，玄感败。徐敬业举兵，问计于军师魏思温，对曰：“公既以太后幽系天子，宜身自将兵，直趋洛阳。山东、韩、魏知公勤王，附者必众，天下指日定矣！”敬业曰：“不然。金陵负江，王气尚在，宜先并常、润为霸基，然后鼓行而北。”边批：此谋反，非勤王也，何以服众？思温曰：“郑、汴、徐、亳，世皆豪杰，不愿武后居上，蒸麦为饭，以待我师，奈何欲守金陵，投死地乎？”敬业不从，使敬猷屯淮阴，韦超屯都梁山，而自引兵击润州，下之。思温叹曰：“兵忌分，敬业不知席卷渡淮，率山东士先袭东都，吾知无能为矣！”

李密为玄感何智，自为策又何愚也！思温之谋善矣，而敬业本谋，实不为勤王，奈何从之！李士实亦劝逆濠直捣南都，勿攻安庆，亦李、魏之故智，濠不听而败。夫隋炀弑虐，则天篡统，二李举兵，犹曰有名，彼逆濠何为者哉！天不佑叛贼，即直捣南都，亦未见其必胜也。

习马炼刀法

北虏马生驹数日，则系骒马于山半，驹在下盘旋，母子哀鸣相应，力争而上，乃得乳，渐移系高处，驹亦渐登，故能陟峻如砥。今养马宜就高山所在放牧，亦仿其法，马自可用。又，倭国每生儿，亲朋敛铁相贺，即投于井中，岁取锻炼一度。至长成，刀利不可当。今勋卫之家，世武为业，而家无锐刃。愚意亦宜仿此，箕裘弓冶，不足为笑也。

闺智部

冯子曰：语有之："男子有德便是才，妇人无才便是德。"其然，岂其然乎？夫祥麟虽祥，不能搏鼠；文凤虽文，不能攫兔。世有申生、孝己之行，才竟何居焉？成周圣善，首推邑姜，孔子称其才与九臣埒，不闻以才贬德也！夫才者，智而已矣，不智则懵。无才而可以为德，则天下之懵妇人毋乃皆德类也乎？譬之日月：男，日也；女，月也。日光而月借，妻所以齐也；日殁而月代，妇所以辅也，此亦日月之智、日月之才也！今日必赫赫，月必噎噎，曜一而已，何必二？余是以有取于闺智也。贤哲者，以别于愚也；雄略者，以别于雌也。吕、武之智，横而不可训也。灵芸之属智于技，上官之属智于文：纤而不足，术也。非横也，非纤也，谓之才可也，谓之德亦可也。若夫孝义节烈，彤管传馨，则亦闺阃中之麟祥凤文，而品智者未之及也。

贤哲卷二十五

匪贤则愚，唯哲斯肖。嗟彼迷阳，假途闺教。集"贤哲"。

高皇后

高皇帝初造宝钞，屡不成。梦人告曰："欲钞成，须取秀才心肝为之。"觉而思曰："岂欲我杀士耶？"马皇后启曰："以妾观之，秀才们所作文章，即心肝也。"上悦，即上本监取进呈文字用之，钞遂成。

赵威后

齐王使使者问赵威后。书未发，威后问使者曰："岁亦无恙耶？民亦无恙耶？王亦无恙耶？"使者不悦，曰："臣奉使使威后，今不问王而先问岁问民，岂先贱而后尊贵者乎？"威后曰："不然。苟无岁，何有民？苟无民，何有君？有舍本而问末者耶？"乃进而问之曰："齐有处士钟离子，无恙耶？是其为人也，有粮者亦食，无粮者亦食，有衣者亦衣，无衣者亦衣，是助王养其民者也，何以至今不业也？叶阳子无恙乎？是其为人，哀鳏寡，恤孤独，振困穷，补不足，是助王息其民者也，何以至今不业也？北宫之女婴儿子无恙耶？撤其环瑱，至老不嫁，以养父母，是皆率民而出于孝情者也，胡为至今不朝也？此二士不业、一女不朝，何以王齐国、子万民乎？于陵子仲尚存乎？是其为人也，上不臣于王，下不治其家，中不索交诸侯，此率民而出于无用者，何为至今不杀乎？”

刘　娥

刘聪妻刘氏，名娥，甚有宠于聪。既册后，诏起䳨仪殿以居娥。廷尉陈元达切谏，聪大怒，将斩之。娥私敕左右停刑，手疏上，略曰：“廷尉之言，关国大政，忠臣岂为身哉？陛下不唯不纳，而又欲诛之。陛下此怒，由妾而起；廷尉之祸，由妾而招。人怨国怨，咎皆归妾；拒谏戮忠，唯妾之故。自古败亡之辙，未有不因于妇人者也。妾每览古事，忿忿忘食，何意今日妾自为之！后人视妾，亦犹妾之视前人也，复何面目仰侍巾栉？请归死此堂，以塞陛下色荒之过。”聪览毕，谓群下曰：“朕愧元达矣！”因手娥表，示元达曰：“外辅如公，内辅如娥，朕复何忧！”

姜后、樊姬、徐惠妃一流。

李邦彦母

李太宰邦彦父曾为银工。或以为诮，邦彦羞之，归告其母。母曰：“宰相家出银工，乃可羞耳；银工家出宰相，此美事，何羞焉？”

狄武襄不肯祖梁公，我圣祖不肯祖文公，皆此义。

唐肃宗公主

肃宗宴于宫中，女优弄假戏，有绿衣秉简为参军者。天宝末，番将阿布思伏法，其妻配掖庭，善为优，因隶乐工，遂令为参军之戏。公主谏曰：“禁中妓女不少，何须此人？使阿布思真逆人耶，其妻亦同刑人，不合近至尊之座；若果冤横，又岂忍使其妻与群优杂处，为笑谑之具哉！妾虽至愚，深以为不可。”上亦悯恻，遂罢戏而免阿布思之妻，由是咸重公主。公主，即柳晟母也。

房景伯母

房景伯为清河太守。有民母讼子不孝，景伯母崔曰：“民未知礼，何足深责？”召其母，与之对榻共食，使其子侍立堂下，观景伯供食。未旬日，悔过求还。崔曰：“此虽面惭，其心未也，且置之。”凡二旬余，其子叩头出血，母涕泣乞还，然后听之，卒以孝闻。

此即张翼德示马孟起以礼之智。

柳仲郢婢

唐仆射柳仲郢镇郪城，有婢失意，于成都鬻之。刺史盖巨源，西川大将，累典支郡，居苦竹溪。女侩以婢导至，巨源赏其技巧。他日巨源窗窥通衢，有鬻绫罗者，召之就宅，于束缣内选择，边幅舒卷，第其厚薄，酬酢可否。时婢侍左，失声而仆，似中风。边批：诈。命扶之去，都无言语，但令还女侩家。翌日而瘳，诘其所苦，青衣曰："某虽贱人，曾为仆射婢，死则死矣，安能事卖绫绢牙郎乎？"蜀都闻之，皆嗟叹。

此婢胸中志气殆不可测，愧杀王濬冲一辈人！

崔敬女　络秀

唐冀州长史吉懋欲为男顼取南宫县丞崔敬女，敬不许。因有故，胁以求亲，敬惧而许之。择日下函，并花车卒然至门。敬妻郑氏初不知，抱女大哭曰："我家门户低，不曾有吉郎！"女坚卧不起，其小女白其母曰："父有急难，杀身救解，设令为婢，尚不合辞，姓望之门，何足为耻？姊若不可，儿自当之！"遂登车而去，顼后贵至拜相。

周颉母李氏，字络秀，少在室，颉父浚时为安东将军，因出猎遇雨，止秀家。会秀父兄出，乃独与一婢为具数十人馔，甚精腆，寂不闻人声。浚怪觇之，见秀甚美，因求为妾，父兄不许。秀曰："门户单寒，何惜一女，焉知非福？"已归浚，生颉及嵩、谟，已三子并贵显。秀谓曰："我屈节为汝门妾，计门户耳。汝不与吾家为亲亲者，吾亦何惜余年！"颉等敬诺，自是李氏遂振。

绝无一毫巾帼气。"生男勿喜女勿悲"，此诗正堪为二女咏耳。

乐羊子妻　三条

乐羊子尝于行路拾遗金一饼，还以语妻。妻曰："志士不饮盗泉，廉士不食嗟来，况拾遗金乎？"羊子大惭，即捐之野。

乐羊子游学，一年而归。妻问故，羊子曰："久客怀思耳。"妻乃引刀趋机而言曰："此织自一丝而累寸，寸而累丈，丈而累匹。今若断斯机，则前功尽捐矣。学废半途，何以异是！"羊子感其言，还卒业，七年不返。

乐羊子游学，其妻勤作以养姑。尝有他舍鸡谬入园，姑杀而烹之。妻对鸡不餐而泣。姑怪问故，对曰："自伤居贫，不能备物，使食有他肉耳。"姑遂弃去不食。

返遗金，则妻为益友；卒业，则妻为严师；谕姑于道，成夫之德，则妻又为大贤孝妇。

孙太学妓

嘉靖间，娄东有孙太学者，与妓某善，誓相嫁娶，为之倾赀。无何孙丧妇，家益贫落，亲友因唆使讼妓。妓闻之，以计致孙饮食之，与申前约，以身委焉。孙故不善治产，妓所携簪珥，不久复费尽。妓日夜勤辟纑以奉之，馇粥而已。如是十余年，孙益老成悔过，选期已及，自伤无赀，中夜泣。妓审其诚，于日坐辟绩处，使孙穴地得千金，皆妓所阴埋也。孙以此其选县尉，迁按察司经历。宦橐稍润，妓遂劝孙乞休归，享小康终其身。

既成就孙，而身亦得所归，可谓两利；所难者，十余年坚忍耳。

吴生妓

真定吴生有声于庠，性不羁。悦某妓，而橐中实无余钱。妓怜其才，因询所长，曰："善樗蒲。"妓乃馆生他室中，所遇凡爱樗蒲者，辄令生变姓名与之角。生多胜，因以供生灯火费。妓暇则就生宿，生暇则读书。后生成进士，欲娶妓，而妓适死，因为制服执丧，葬之以礼，每向人言，则流涕。

吴生从未出丑，此妓胜洴国夫人多多矣。

陶侃母

陶侃母湛氏，豫章新淦人。初侃父丹聘为妾，生侃。而陶氏贫贱，湛每纺绩赀给之，使交结胜己。侃少为浔阳县吏，尝监鱼梁，以一封鲊遗母。湛还鲊，以书责侃曰："尔为吏，以官物遗我，非唯不能益我，乃以增吾忧矣。"鄱阳范逵素知名，举孝廉，投侃宿。时冰雪积日，侃室如悬磬，而逵仆马甚多。湛语侃曰："汝但出外留客，吾自为计。"湛头发委地，下为二髲，卖得数斛米；斫诸屋柱，悉割半为薪，剉卧荐以为马草，遂具精馔，从者俱给。逵闻叹曰："非此母不生此子！"至洛阳，大为延誉，侃遂通显。

李畬母

监察御史李畬母，清素贞洁。畬请禄米送至宅，母遣量之，剩三石。问其故，令史曰："御史例不概。"问脚钱几，又曰："御史例不还脚车钱。"母怒，令送所剩米及脚钱，以责畬，畬及追仓官科罪，边批：既沿例亦不必科罪。诸御史皆有惭色。

王孙贾母

齐湣王失国，王孙贾从王，失王之处。其母曰："汝朝出而晚来，则吾倚门而望；汝暮出而不还，则吾倚闾而望。汝今事王，不知王处，汝尚何归？"贾乃入市呼曰："从我者左袒！"从者三百人，相与攻杀淖齿，求王子奉之，卒复齐国。

不杀淖齿，则乐毅之势不孤，而兴复难于措手，非但仇不共戴天已也。

张伯起作《灌园记》传奇，只谱私欢，而于王孙母子忠义不录，大失轻重，余已为改正矣。

赵括母　柴克宏母

秦、赵相距长平，赵王信秦反间，欲以赵奢之子括为将而代廉颇。括平日每易言兵，奢不以为然。及是将行，其母上书言于王曰："括不可使将。"王曰："何以？"对曰："始妾事其父，时为将，身所奉饭饮而进食者以十数，所友者以百数；大王及宗室所赏赐者，尽以予军吏；受命之日，不问家事。今括一旦为将，东向而朝，军吏无敢仰视之者；王所赐金帛，归藏于家，而日视便利田宅可买者买之。父子异志，愿王勿遣！"王曰："母置之，吾已决矣。"括母因曰："王终遣之，即有不称，妾得无坐。"王许诺。括既将，悉变廉颇约束，兵败身死。赵王亦以括母先言，竟不诛也。

括母不独知人，其论将处亦高。

后唐龙武都虞候柴克宏，再用之子也。沈嘿好施，不事家产，虽典宿卫，日与宾客博奕饮酒，未尝言兵，时人以为非将帅才。及吴越围常州，克宏请效死行阵，其母亦表称克宏"有父风，可为将，苟不胜任，分甘孥戮"。元宗用为左武卫将军，使救常州，大破敌兵。

括唯不知兵，故易言兵；克宏未尝言兵，政深于兵。赵母知败，柴母知胜，皆以其父决之，异哉！

陈婴母　王陵母

东阳少年起兵，欲立令史陈婴为王。婴母曰："暴得大名不祥，不如有所属，事成封侯；不成，非世所指名也。"婴乃推项梁。

王陵以兵属汉，项羽取陵母置军中。陵使至，则东向坐陵母，欲以招陵。陵母私送使者，泣曰："愿为妾语陵，善事汉王，汉王长者，毋以老妾故持二心！"遂伏剑而死。边批：干净。

婴母知废，胜于陈涉、韩广、田横、英布、陈豨诸人；陵母知兴，胜于亚父、蒯通、贯高诸人。姜叙讨贼，其母速之；马超叛，杀刺史、太守，叙议讨之，母曰："当速发，勿顾我！"超袭执叙母，母骂超而死。明大义也。乃楚项争衡，雌雄未定，而陵母预识天下必属长者，而唯恐陵失之，且伏剑以绝其念，死生之际，能断决如此，女子中伟丈夫哉！徐庶之不终于昭烈也，其母存也；陵母不伏剑，陵亦庶也。

叔向母

初，叔向晋大夫羊舌肸。欲娶于申公巫臣氏，其母欲娶其党。叔向曰："吾母多而庶鲜，吾惩舅氏矣。"其母曰："子灵之妻夏姬也。杀三夫、一君、一子，而亡一国两卿矣，可无惩乎？吾闻之：甚美必有甚恶。昔有仍氏生女，发黑而美，光可以鉴，名曰玄妻。乐正后夔取之，生伯封，实有豕心贪惏无厌，忿纇无期，谓之封豕。有穷后羿灭之，夔是以不祀。今三代之亡，共子之废，皆是物也，汝何以为哉？夫有尤物，足以移人，苟非德义，则必有祸！"叔向惧，不敢取，平公强使取之，生伯石。伯石始生，叔向之母视之，及堂，闻其声而还，曰："是豺狼之声也！狼子野心，非是，莫丧羊舌氏矣！"遂弗视。

严延年母

严延年守河南，酷烈好杀，号曰"屠伯"。其母从东海来，适见报囚，大惊，便止都亭，不肯入府。因责延年曰："天道神明，人不可独杀。我不意当老见壮子被刑戮也！行矣，去汝东归，扫除墓地。"遂去归郡。后岁余，果败诛。东海莫不贤智其母。

伯宗妻

晋伯宗朝，以喜归。其妻曰："子貌有喜，何也？"曰："吾言于朝，诸大夫皆谓我智似阳子阳处父。"对曰："阳子华而不实，主言而无谋，是以难及其身，子何喜焉？"伯宗曰："我饮诸大夫酒而与之语，尔试听之。"曰："诺。"其妻曰："诸大夫莫子若也，然而民不能戴其上久矣，难必及子，盍亟索士，慭赖也。庇州犁焉？州犁，伯宗子。"得毕阳，后诸大夫害伯宗，毕阳实送州犁于荆。初伯宗每朝，其妻必戒之曰："盗憎主人，民怨其上。子好直言，必及于难。"

李新声

李新声者，邯郸李岩女。太和中，张谷纳为家妓，长而有宠。刘从谏袭父封，谷以穷游佐其事。新声谓谷曰："前日天子授从谏节钺，非有拔城野战之功，特以先父挈齐还我，去就间未能夺其嗣耳。自刘氏奄有全赵，更改岁时，未尝以一履一蹄为天子寿。且章武朝数镇倾覆，彼皆雄才杰器，尚不能固天子恩，况从谏擢自儿女子手中耶！以不法而得，亦宜以不法而终。公不幸为其属，若不能早折其肘臂以作天子计，则宜脱旅西去。大丈夫勿顾一饭恩，以骨肉腥健儿衣食。"言毕悲泣不已。谷不决，竟从逆死。

娄妃

宁藩将反，娄妃尝泣谏之，不听。既就擒，槛车北上，与监押官言往事即痛哭，且曰："昔纣用妇言而亡天下，吾不用妇言而亡家国，悔恨何及！"

仆固怀恩之母劝其子勿反，谢综等赴东市，综母独不出视，皆能识大义者，与妃而三耳。

董氏

则天朝，太仆卿来俊臣之强盛，朝官侧目。上林令侯敏偏事之，其妻董氏谏曰："俊臣国贼也，势不可久，一朝事坏，奸党先遭，君可敬而远之。"敏稍稍而退，俊臣怒，出为涪州武隆令。敏欲弃官归，董氏曰："但去莫求住。"遂行，至州，投刺参州将，错题一张纸，边批：故意。州将展看尾后有字，大怒曰："修名不了，何以为县令！"不放上。敏忧闷无已，董氏曰："但住莫求去。"停五十日，忠州贼破武隆，杀旧县令，略家口并尽，敏以不许上获全。后俊臣诛，逐其党流岭南，敏又获免。

王章妻

王章为诸生，学长安，独与妻居。章疾病，无被，卧牛衣中，与妻诀，涕泣。其妻呵怒之曰："仲卿，在朝廷贵人谁逾仲卿者！今疾病困厄，不自激昂，乃反涕泣，何鄙也！"后章历位至京兆，欲上封事。妻又止之曰："人当知足，独不念牛衣中涕泣时耶？"边批：遭乱世不得不尔。章曰："非女子所知。"书遂上。果下廷尉狱，妻子皆收系。章小女年可十二，夜起，号哭曰："平日狱上呼囚，数常至九，今八而止，我君素刚，先死者必君！"明日问之，章果死。

吴长卿曰：妻能料生，女能料死。虽然，其妻可及也，其女不可及也。

陈子仲妻　王霸妻

楚王聘陈子仲为相。仲谓妻曰："今日为相，明日结驷连骑、食方于前矣！"边批：陋甚！妻曰："结驷连骑，所安不过容膝；食方于前，所甘不过一肉。今以容膝之安、一肉之味，而怀楚国之忧。乱世多害，恐先生之不保命也！"于是夫妻遁去，为人灌园。

王霸与同郡令狐子伯为友。子伯为楚相，子为郡功曹。子伯遣子奉书于霸，客去，久卧不起。妻怪问之，霸曰："向见令孤子容甚光，举措自适。而我儿蓬发历齿，未知礼则，见客而有惭色。父子恩深，不觉自失耳。"妻曰："君少修清节，不顾荣禄，今子伯之贵孰与君之高？奈何忘夙志而惭儿女子！”霸决起而笑曰：“有是哉！”遂共终身隐遁。

孟光梁鸿妻、桓少君鲍宣妻得同心为匹，皆能删华就素，遂夫之高，而子仲、王霸之妻，乃能广其夫志，使炎心顿冷，化游无患，丈夫远不逮矣。

屈原姊

屈原既放逐。其姊闻之，亦来归，责原矫世，喻令自宽，故其地名姊归县。《离骚》曰：“女嬃之婵媛兮，申申其詈余。”楚人谓女曰嬃。

梁公委蛇，其姊讽之以方正。仁杰往候卢姨，欲为表弟求官。卢曰：“姨只一子，不欲其事女主。”仁杰大惭。屈平方正，其姊进之以委蛇。各具卓识，而姊之作用大矣。

僖负羁妻

晋公子重耳至曹，曹共公闻其骈胁，使浴而窥之。曹大夫僖负羁之妻曰：“吾观晋公子之从者皆足以相国，若以相，夫子必反其国。反其国，必得志于诸侯。得志于诸侯而诛无礼，曹其首也。子盍早自贰焉？”乃馈盘餐，置璧焉。公子受餐反璧。及重耳入曹，令无入僖负羁之宫。

僖负羁始不能效郑叔詹之谏，而私欢晋客。及晋报曹，又不能夫妻肉袒为曹君谢罪，盖庸人耳。独其妻能识人、能料事，有不可泯没者。

漂　母

韩信始为布衣时，贫无行，尝从人寄食，人多厌之。尝就南昌亭长食数月，亭长妻患之，乃晨炊蓐食，食时信往，不为具食。信觉其意，竟绝去。信钓于城下，诸母漂，有一母见信饥，饭信，竟漂数十日，信喜，谓漂母曰：“吾必有以重报母！”边批：信之受祸以责报故。母怒曰：“大丈夫不能自食，吾哀王孙而进食，岂望报乎！”信既贵，酬以千金。

刘季、陈平皆不得于其嫂，何亭长之妻足怪！如母厚德，未数数也。独怪楚、汉诸豪杰，无一人知信者，虽高祖亦不知，仅一萧相国，亦以与语故奇之，而母独识拔于邂逅憔悴之中，真古今第一具眼矣！淮阴漂母祠有对云：“世间不少奇男子，千古从无此妇人。”亦佳，惜祠大隘陋，不能为母生色。

刘道真少时尝渔草泽，善歌啸，闻者莫不留连。有一老妪识其非常人，边批：具眼。甚乐其歌啸，乃杀豚进之。道真食豚尽，了不谢。边批：果非常人。妪见不饱，又进一豚，食半而去。后为吏部郎，妪儿时为小令史，道真超用之。不知其故，问母，母言之。此母亦何愧漂母，而道真胸次胜淮阴数倍矣！

何无忌母

何无忌夜于屏风里草檄文，其母，刘牢之姊也，登凳密窥之，泣曰："汝能如此，吾复何忧！"问所与谋者，曰："刘裕。"母尤喜，因为言玄必败、事必成以示之。

既识大义，又能知人。

王珪母

王珪始隐居时，与房、杜善。母李尝曰："儿必贵，然未知所与游者何如人，试与偕来。"会玄龄等过其家，李窥见，大惊，敕具酒食，尽欢。喜曰："二客公辅才，尔贵不疑！"见《新唐书》。一说：珪妻剪发供客，窥坐上数公皆英俊，末及最少年虬髯者，曰："汝等成名，皆因此人！"少年乃太宗也。杜子美有诗纪其事。

潘炎妻

潘炎侍郎，德宗时为翰林学士，恩渥极异。妻刘晏女。有京兆谒见不得，赂阍者三百缣。夫人知之，谓潘曰："为人臣，而京兆尹愿一谒见，遗奴三百缣，其危可知也！"劝潘公避位。子孟阳初为户部侍郎，夫人忧惕，谒曰："以尔人材，而在丞郎之位，吾惧祸之必至也！"户部解喻再三，乃曰："试会尔同列，吾观之。"因遍召客至，夫人垂帘观之。既罢会，喜曰："皆尔俦也，不足忧矣！"边批：轻薄。问末座惨绿少年何人，曰："补阙杜黄裳。"夫人曰："此人全别，必是有名卿相！"

辛宪英 二条

晋羊耽妻辛宪英，魏侍中毗女，有才鉴。初曹丕得立为世子，抱毗项谓曰："知吾喜不？"毗归语之，宪英叹曰："世子，代君主国者也，代君不可不戚，主国不可不惧，宜戚宜惧而反喜，魏其不昌乎？"弟敞为曹爽参军，宣帝谋诛爽。或呼敞同赴爽，敞难之。宪英曰："爽与太傅同受顾命而独专恣，于王室不忠，此举度不过诛爽耳。"敞曰："然则敞无出乎？"宪英曰："为人执鞭而弃其事，不祥，安可不出？若夫死难，则亲昵之任也，汝从众而已。"敞遂出。宣帝果诛爽，敞叹曰："吾不谋诸姊，几不获于义！"

钟会为镇西将军，宪英谓耽从子祜曰："钟士季何故西出？"曰："将伐蜀。"宪英曰："会任事纵恣，非持久处下之道，吾畏其有他志也！"及会行，请其子琇为参军。宪英忧曰："他日吾为国忧，今难至吾家矣！"琇固辞，文帝不听。宪英谓琇曰："行矣戒之：军旅之间，唯仁恕可以济！"会至蜀，果反，琇守其戒，竟全归。

许允妇

魏许允为吏部郎，选郡守多用其乡里，明帝遣虎贲收之。妇阮氏跣出，谓允曰："明主可以理夺，难以情求。"既至，帝核问之，允对曰："'举尔所知。'臣之乡人，臣所知也。陛下检校为称职与否，若不称职，臣受其罪。"既检校，皆得人，乃释允。及出为镇北将军也，喜谓其妇曰："吾其免矣！"妇曰："祸见于此，何免之有！"允与夏侯玄、李丰善，事未发而以他事见收，竟如妇言。允之收也，门生奔告其妇。妇坐机上，神色不变，曰："早知尔耳。"门生欲藏其子，妇曰："无预诸儿事。"乃移居墓所。大将军遣钟会视之，曰："乃父便收。"儿以语母，母曰："汝等虽佳，才具不多，率胸怀与会语，便自无忧。不须极哀，会止便止，不可数问朝事。"儿从之。大将军最猜忌，二子卒免于祸者，母之谋也。

李衡妻

丹阳太守李衡，数以事侵琅琊王。其妻习氏谏之，不听。及琅琊即位，衡忧惧不知所出。妻曰："王素好善慕名，方欲自显于天下，终不以私嫌杀君明矣。君宜自囚诣狱，表列前失，明求受罪，如此当逆见优饶，非止活也。"衡从之。吴主诏曰："丹阳太守李衡以往事之嫌，自拘司狱，其遣衡还郡。"

庾玉台妇

庾友妇，桓宣武温弟豁女也。桓诛庾希，将及友。桓女徒跣求进，阍禁不纳，女厉声曰："是何小人！我伯父门不听我前！"因突入，号泣请曰："庾玉台友小字脚短三寸，常因人，当复能作贼不？"宣武笑曰："婿故自急。"遂原庾友一门。

李文姬

李固既策罢，知不免祸，乃遣二子归乡里。时燮年十三。姊文姬为同郡赵伯英妻，贤而有智，见二兄归，具知事本，默然独悲，曰："李氏灭矣！自太公以来，积德累仁，何以遇此！"密与二兄谋，豫藏匿燮，托言还京师，人咸信之。有顷难作，下郡收固三子，二兄受害。文姬乃告父门生王成边批：知人。曰："君执义先公，有古人之节，今委君以六尺之孤，李氏存灭，其在君矣！"成感其义，乃将燮乘江东下，入徐州界内，令变姓名为酒家佣，而成卖卜于市。名为异居，阴相往来，燮从受学。酒家异之，意非常人，以女妻燮。燮专精经学。十余年间，梁冀既诛，为灾眚屡见，明年，史官上言："宜有赦令，又当存录大臣冤死者子孙。"于是大赦天下，并求固后嗣。燮乃以本末告酒家。酒家具车，重厚遣之，皆不受，遂还乡里。姊弟相见，悲感旁人。既而戒燮曰："先公正直，为汉忠臣，而遇朝廷倾乱，梁冀肆虐，令吾宗祀血食将绝。今弟幸而得济，岂非天耶！宜杜绝众人，勿妄往来，慎无以一言加于梁氏。边批：尤大见识。加梁氏则连主上，祸重至矣，唯引咎而已。"

王佐妾

都指挥使王佐掌锦衣篆，而陆松佐之。松子炳未二十，佐器其才貌，教以爰书、公移之类，曰："锦衣帅不可不精刀笔。"炳甚德焉。后佐卒，炳代父职，有宠，旋掌篆，势益张。而佐有孽子不肖，纵饮博，有别墅三，炳已计得其二。最后一墅至雄丽，炳复图之，不得，乃陷以狎邪中罪，捕其党与其不才奴一二，使证成佐子罪而后捕之，死杖下者数人矣。佐子窘甚，而会其母——故妾也——名亦在捕中。既入对，炳方与其僚列坐，张刑具而胁之。其子初亦固抗，母膝行而前，道其子罪甚详。其子恚，呼母曰："儿顷刻死，忍助虐耶！"母叱曰："死即死，何说！"指炳坐而顾曰："而父坐此非一日矣！作此等事亦非一，而生汝不肖子，天道也！复奚言！"炳颊发赤，伪旁顾，汗下，趣遣出，事遂寝。

王冀公孙女

陈恭公执中当国日，曾鲁公由起居注除待制。恭公弟妇，王冀公孙女，曾氏出也。岁旦拜恭公，公迎谓曰："六新妇，曾三除从官喜否？"王固未尝归外家，辄答曰："三舅甚荷相公收录，但太夫人不乐，责三舅曰：'汝三人及第，必是全废学，丞相姻家，备知之，故除待制也。'"恭公嘿然，未几改知制诰。盖恭公不由科举，失于查考。女子之警敏如此。

袁隗妻

袁隗妻，马融女也，字伦，有才辩。家世丰豪，资妆甚盛。初成礼，隗问之曰："妇奉箕帚而已，何过珍丽乎？"对曰："慈亲垂爱，不敢逆命。君若慕鲍宣、梁鸿之高者，妾亦请从少君、德曜之事矣。"隗又曰："弟先兄举，世以为笑，处姊未适，先行可乎？"对曰："妾姊高行殊貌，未遭良匹，不似鄙薄，苟然而已。"边批：隗应大惭。又问曰："南郡君学穷道奥，文擅词宗，而所在动以贿闻，何也？"对曰："孔子大圣，蒙毁武叔；子路大贤，见愬伯寮。家君获此，固其宜耳。"隗默然，不能屈。

李夫人

李夫人病笃，上自临候之，夫人蒙被谢曰："妾久寝病，形貌毁坏，不可以见帝，愿以王及兄弟为托。"李生昌邑哀王。上曰："夫人病甚，殆将不起，属托王及兄弟，岂不快哉！"夫人曰："妇人貌不修饰，不见君父。妾不敢以燕媠见帝。"上曰："夫人第一见我，将加赐千金，而予兄弟尊官。"夫人曰："尊官在帝，不在一见。"上复言，必欲见之。夫人遂转向嘘唏而不复言。于是上不悦而起。夫人姊妹让之曰："贵人独不可一见上，属托兄弟耶？何为恨上如此？"夫人曰："夫以色事人者，色衰而爱弛，爱弛则恩绝。上所以恋恋我者，以平生容貌故。今日我毁坏，必畏恶吐弃我，边批：识透人情。尚肯复追思闵录其兄弟哉！所以不欲见帝者，乃欲以深托兄弟也。"及夫人卒，上思念不已。

张说女

张说女家卢氏。女尝为其舅求官，说不语，但指搘床龟示之。归告其夫曰："舅得詹事矣！"

唐湖州妓

湖守饮饯，客有献木瓜，所未尝有也，传以示客。有中使即袖归曰："禁中未曾有，宜进于上。"顷之解舟而去。郡守惧得罪，不乐，欲撤饮。官妓作酒纠者立白守曰："请郎中尽饮。某度木瓜经宿，必委中流也！"守征其说，曰："此物芳脆，初因递观，手掐必损，何能入献？"会送使者还，云："果溃烂弃之矣！"守因召妓，厚赍之。

谚云："智妇胜男。"即不胜，亦无不及。吾于赵威后诸人得"见大"焉，于崔敬女、络秀诸人得"远犹"焉，于柳氏婢得"通简"焉，于侯敏、许允、宰宪英妇得"游刃"焉，于叔向母、伯宗妻得"知微"焉，于李新声、潘炎妻等得"亿中"焉，于王陵、赵括、柴克宏诸母得"识断"焉，于屈原姊、娄江妓得"委蛇"焉，于王佐妾得"谬数"焉，于李文姬得"权奇"焉，于陶侃母得"灵变"焉，于张说女得"敏悟"焉，所以经国祚家、相夫勖子，其效亦可睹已！

雄略卷二十六

士或巾帼，女或弁冕。行不逾阈，谟能致远。睹彼英英，惭余谫谫。集"雄略"。

君王后

秦王使人献玉连环于君王后，齐襄王之后，太史氏。曰："齐人多智，能解此环乎？"君王后取椎击碎之，谢使者曰："已解之矣。"

君王后识法章于佣奴之中，可谓具眼。其椎碎连环，不受秦人戏侮，分明女中蔺相如矣。汉惠时，匈奴为书以谑吕后，耻莫大焉，而乃过自贬损，为好语以答之。平、勃皆在，无一君王后之智也，何哉？

齐姜　张后

晋公子重耳出亡至齐，齐桓妻以宗女，有马二十乘，公子安之。留齐五岁，无去心。赵衰、咎犯辈乃于桑下谋行。蚕妾在桑上闻之，以告姜氏。姜氏杀之，劝公子趣行。公子曰："人生安乐，孰知其他？"姜氏曰："子一国公子，穷而来此，数子者以子为命，子不疾反国，报劳臣，而怀女德，窃为子羞之！且不求，何时得功？"乃与赵衰等谋醉重耳，载以行。

五伯桓、文为盛，即一女一妻，已足千古。

张氏，司马懿后也，有智略。懿初辞魏武命，托病风痹不起。一日晒书，忽暴雨至，懿不觉自起收之。家唯一婢见，后即手杀婢以灭口，而亲自执爨。

艺祖姊

宋太祖将北征，京师喧言"军中欲立点检为天子"。太祖告家人曰："外间汹汹如此，将若之何？"太祖姊方在厨，引面杖击太祖，逐之曰："丈夫临大事，可否当自决于怀，乃来家间恐怖妇女何为耶？"太祖嘿而出。

分明劝驾。

刘太妃　二条

太妃刘氏，晋王克用妻也。克用追黄巢，还军过梁，朱温阳为欢宴，阴伏兵，夜半攻之。克用逃归，即议击温。刘谏曰："公本为国讨贼，今梁事未暴，而遽反兵相攻，天下闻之，莫分曲直。不若敛军还镇，自诉于朝，然后可声罪也。"克用悟，从之，天下于是不直温。

按，克用困上源驿，左右先脱归者，以汴人为变告刘。刘神色不动，立斩之，阴召大将约束，谋保军以还。此其智勇，岂克用所可及哉！假令克用不幸而死，必能为张茂之妻；设犹幸未死，必能为邵续之女。虽然，为张茂之妻、邵续之女易，为刘太妃难。何也？其勇可及，其智不可及也。

张茂为吴郡守，被江充所害。妻陆氏率茂部曲为先登讨充。充败，遂为陆所杀。邵续女嫁刘遐。遐为石季龙所困，女将数骑拔围，出遐于万人之中。

太原被围，克用屡败，忧窘不知所为。时大将李存信劝且亡入北边，以图后举。克用以语刘，刘骂曰："存信代北牧羊奴，何足与计成败！公尝笑王行瑜弃邠州走，卒为人擒，今乃躬蹈之耶？昔公亡走鞑靼，几不能自脱，赖天下多故，乃得南归。今屡败之兵，人无固志，一失守，谁复从公者？北边其可至乎？"克用悟，乃止。

苻坚妻

坚妻张氏，明辨，有才识。坚将寇晋，群臣切谏不从。张氏进曰："妾闻圣王御天下，莫不因其性而圈之。汤、武灭夏、商，因民欲也，是以有因成，无因败。今朝臣上下，皆言不可，陛下复何所因乎？术士有言：'鸡夜鸣者，不利行师；犬群嗥者，宅室必空；兵动马惊，军败不归。'秋冬以来，每夜犬嗥鸡鸣，又闻厩马惊逸，武库兵器，无故作声。即天道崇远，非妾所知，遽斯人事，未见其可。愿陛下熟思之。"坚曰："军旅之事，岂妇人所知？"遂兴兵，张氏请从。坚败，氏即自杀。

刘智远夫人

刘智远至晋阳，议率民财以赏将士。夫人李氏谏曰："陛下因河东创大业，未有惠泽及民，而先夺其生资，殆非新天子所以救民之意也。请悉出军中所有劳军，虽复不厚，人无怨言。"智远从之，中外大悦。

李景让母

唐李景让母郑氏，性严明。景让宦达，发已斑白，小有过，不免捶楚。其为浙西观察使，有牙将逆意，杖之而毙。军中愤怒，将为变。母闻之，出坐厅事，立景让于庭而责之曰："天子付汝以方面，岂得以国家刑法为喜怒之资，而妄杀无罪！万一致一方不宁，岂唯上负朝廷，使垂老之母含羞入地，何以见汝之先人哉！"命左右褫其衣，将挞其背。将佐皆为之请，良久乃释，军中遂安。

按，郑氏早寡，家贫子幼，母自教之。宅后墙陷，得钱盈船，母祝之曰："吾闻无劳而获，身之灾也。天若矜我贫，则愿诸孤学问有成，此不敢取。"遽掩而筑之，盖妇人中有大见识者。景让弟景庄，老于场屋，每被黜，母辄挞景让。此事可笑。然景让终不肯属主司，曰："朝廷取士，自有公道，岂可效人求关节乎？"其渐于义方深矣。

杨敞妻

霍光与张安世谋废立，议既定，使大司农田延年报杨敞。敞惊惧，不知所言，汗出浃背。延年起更衣，敞夫人遽从东厢谓敞曰："此国家大事，今大将军议已定，使九卿来报君，君不疾应，与大将军同心，犹豫无决，先事诛矣！"延年更衣还，夫人与延年参语许诺。

此何等事，而妇人乃了然于胸中，不唯敞不如，即大将军亦不如。

莒　妇

莒有妇人，莒子杀其夫，已为嫠妇。及老，托于纪鄣。纺焉，以度而去之。及师至，则投诸外。或献诸子占，子占使师夜缒而登。登者六十人，缒绝。师鼓噪，城上之人亦噪，莒公惧，启西门而走。

莒妇之为嫠且老矣，血恨积中，卒以灭国。人亦何可轻杀也！君犹不能得之一嫠妇，一嫠妇犹能报之其君，况他乎！

孟昶妻

孟昶妻周氏，昶弟顗妻，又其从妹也。二家并丰财产。初桓玄尝推重昶，而刘迈毁之，昶深自惋失。及刘裕将建义，与昶定谋。昶欲尽散财物以充军粮。其妻非常妇，可语大事，乃谓曰："刘迈毁我于桓公，便是一生沦陷，决当作贼。卿幸可早尔离绝，脱得富贵，相迎不晚。"周氏曰："君父母在堂，欲建非常之谋，岂妇人所谏！事之不成，当于奚官中奉养大家，义无归志也！"昶怆然久之而起。周氏追昶坐云："观君举厝，非谋及妇人者，不过欲得财物耳。"因指怀中所生女曰："此儿可卖，亦当不惜，况资财乎！"遂倾资给之，而托以他用。及将举事，周氏谓顗妻云："吾昨梦殊恶，门内宜浣濯沐浴以除之，且不宜赤色，当悉取作七日藏厌。"顗妻信之，所有绛色者，悉敛以付焉。乃置帐中，潜自剔绵，以绛与昶，遂得数十人被服。赫然，悉周氏所出，而家人不之知也。

周氏非常妇，其夫犹知之未尽。

邓　曼

楚屈瑕伐罗，斗伯比送之。还，谓其御曰："莫敖官名，即屈瑕。必败，举趾高，心不固矣。"遂见楚子，曰："必济师！"楚子辞焉。入告夫人邓曼。邓曼曰："大夫其非众之谓，其谓君抚小民以信，训诸司以德，而威莫敖以刑也。莫敖狃于蒲骚之役，先是屈瑕败郧人于蒲骚。将自用也，必小罗。君若不镇抚，其不设备乎！夫固谓君训众而好镇抚之，召诸司而训之以令德，见莫敖而告诸天之不假易也。不然，夫岂不知楚师之尽行也！”楚子使赖人追之，不及。莫敖果不设备，师败而缢。

冼 氏 二条

高凉冼氏，世为蛮酋，部落十余万家。有女，多筹略，罗州刺史冯融聘以为子宝妇。融虽世为方伯，非其土人，号令不行。冼氏约束本宗，使从民礼;参决词讼,犯者虽亲不赦。由是冯氏得行其政。高州刺史李迁仕遣使召宝，宝欲往，冼氏止之曰:“刺史被召援台，时台城被围。乃称有疾，铸兵聚众而后召君,此必欲质君以发君之兵也。愿且勿往,以观其变。”数日,迁仕果反,遣主帅杜平虏将兵逼南康。陈霸先使周文育击之。冼氏谓宝曰:“平虏今与官军相拒，势不得还，迁仕在州，无能为也。君若自往，必有战斗，宜遣使卑词厚礼，告之曰:‘身未敢出，欲遣妇参。’彼必喜而无备。我将千余人步担杂物，昌言输赕，得至栅下，破之必矣。”宝从之，迁仕果不设备，冼氏袭击，破走之，与霸先会于灨石，还谓宝曰:“陈都督非常人也，甚得众心，必能平贼，宜厚资之。”及宝卒，岭表大乱，夫人怀集百粤，数州宴然，共奉夫人为“圣母”。

智勇具足，女中大将。

隋文帝时，番州总管赵讷贪虐，诸俚獠多叛。夫人遣长史上封事，论安抚之宜，并言讷罪状。上置讷于法，敕夫人招慰亡叛。夫人亲载诏书，自称使者，历十余州，宣述上意，所至皆降。及卒，谥“诚敬夫人”。

白瑾妻

白瑾妻，山阴葛氏女也。瑾素弱，葛善为调节，使读书。成化中，以进士为分宜令，葛与俱往。其明年，瑾病逾时，而库所贮折银尚数千两。邻境有因饥作乱者，聚徒百人，将劫取。县固无城郭，寇卒至，诸簿丞挈家去匿。葛独分命家人力拒其两门，乃迁白公于他室，边批:不慌不忙，有条有理。埋其银污池中，著公之服，升堂以候贼。贼至，则阳为好语相劳苦，尽出其所私藏钗珥衣服诸物以与贼。贼谢而去，不知阴已表识，竟物色捕得之。

白公衣，合让与此妇穿戴。

朱序母

朱序镇襄阳，苻坚遣其将苻丕率众围之。先是序母韩氏亲登城审势，谓西北角当先受敌，乃率百余婢并城中女丁，于其角头预斜筑城二十余丈。其后贼攻城，西北角果溃，凭新筑处固守，得完。襄阳人遂号其筑为“夫人城”。

唐平阳昭公主

唐平阳昭公主，大穆皇后所生，下嫁柴绍。初，高祖兵兴，主居长安，绍曰："尊公将以兵清京师，我欲往，恐不能偕，奈何？"主曰："公行矣，我自为计。"绍诡道走并州，主奔鄠，发家资，招南山亡命，得数百人以应帝。遣家奴马三宝谕降名贼何潘仁，因略地至盩厔、武功。纪律严明，远近咸附，勒兵七万，威震关中。帝渡河，绍以数百骑从南山来，主引精兵万人，与秦王会渭北。绍及主对置幕府，京师号"娘子军"。

李侃妇

建中末，李希烈陷汴州，谋袭陈。李侃为项城令，欲逃去。妇曰："寇将至，当守。力不足则死，焉逃之？若重赏募死士，可守也。"侃乃召吏民告之曰："令诚若主，然满岁则去，非如吏民生此土地，坟墓皆在，宜相与竭力死守。"众皆泣。乃徇曰："以瓦石击贼者，赏钱千；以刀矢杀贼者，赏钱万！"得数百人，率以乘城。妇自炊爨以享众，使报贼曰："项城父老，义不下贼。得吾城不足为威，徒失和，无益也！"会侃中流矢，走还。妻怒曰："君不在，人谁肯守！死于外，不犹愈于床乎？"侃乃登城，贼引去，县卒完。

晏恭人

晏氏，宁化人，嫁福之曾氏。夫死，守幼子不嫁。宋绍定间，寇大举。晏依山为砦，召田丁谕曰："汝曹衣食吾家，可念主母，各当用命。不胜，即杀我！"因解藏橐悉散与之，田丁莫不感奋。晏自捶鼓，令诸婢鸣金。贼退散，乡人挈家归砦者甚众，晏以家粮助不给者。拓砦为伍，互相援应，贼弗能攻，全活老幼以数万计。事闻，封恭人，赐冠帔，补其子承信郎。

汉天子曰："吾独不得廉颇、李牧为将，岂忧匈奴哉！"虽然，何必颇、牧，诚得李侃妇、晏恭人以守，邵续女、崔宁妾以战，刘太妃为上将，平阳昭公主副之，邓曼、冼氏为参军，荀崧女为游奕使，虽方行天下可也！

大历中，杨子琳袭成都据之，崔宁屡战力屈。宁妾任氏魁伟果干，出家财十万募勇士，信宿间得千人，设队伍将校，手自麾兵，以逼子琳，琳拔城自溃。

荀崧小女灌，有奇节。崧守襄城，为杜曾所围，力弱食尽，求救于故吏平南将军石览，计无从出。灌时年十三，乃率勇士数十人，逾城突围夜出。贼追甚急，灌且战且走，卒获免。自诣览乞师，又为崧书，与南中郎将周访请援。贼闻救至，遂散走。

窦良女

李希烈入汴时，强娶参军窦良之女。女顾其父曰："慎无戚，我能灭贼！"边批：奇。女闻希烈将陈仙奇忠勇，因劝希烈任之。又闻其妻亦窦姓，言于希烈，愿与通家往来，以结其心。及希烈有疾，窦女乘间谓仙奇妻曰："贼虽强，终必败，奈何！"妻以告仙奇，仙奇始悟，赂医人使毒杀之。希烈已死，子不肯发丧，欲悉诛诸将而自立。适有献桃者，窦女请分遗诸将以示暇，因染帛裹絮如桃状，而藏书信于中。仙奇妻剖桃，始知希烈凶信。仙奇乃率兵入，斩希烈子，并枭希烈一门共七首，献诸天子，诏拜淮西节度使。

王翠翘

王翠翘，临淄妓也。初曰马翘儿，能新声，善胡琵琶，以计脱假母，而自徙居海上，更今名。倭寇江南，掠翠翘去。寨主徐海越人，号明山和尚。绝爱幸之，尊为夫人，凡一切计画，唯翘指使。乃翘亦阳昵之，实阴幸其败事，冀一归国以老也。会督府遣华老人招海降，海怒，缚老人将杀之。翘谏曰："降不降在君，何与来使事？"亲解其缚，而赠之金，且劳苦之。边批：示之以意。老人者，海上人，翘故识之，而老人亦私觑所谓"王夫人"似翘，不敢泄，归告督府曰："贼未可图也，第所爱幸王夫人者，臣视之，有外心，可借以磔贼耳。"督府曰："善！"乃更遣罗中军诣海说，而益市金珠宝玉以阴贿翘。翘日在帐中从容言："大事必不可成，不如降也。江南苦兵久，降且得官，终身共富贵。"海计遂决。督府大整兵，佯称逆降，迫海寨。海信翘言不为备。边批：愚人。官兵突入，斩海首而生致翘，倭人歼焉。凯旋，督府设大飨于辕门，令翘歌而行酒。诸参佐皆起为寿。督府酒酣心动，降阶与翘戏。夜深，席大乱。明日悔之，而以翘功高，不忍杀，乃以赐所调永顺酋长。翘去，渡钱塘，叹曰："明山遇我厚，我以国事诱杀之，杀一酋，更属一酋，何面目生乎！"夜半，投江死。边批：可怜。

鸟尽弓藏，红颜薄命，翠翘兼之。始疑西子沉江，真有是事！胡梅林脱略边幅，其乱而悔，悔而使翘不得志以死，此举殊不脱酸腐气。吾谓翠翘有功，言于朝，旌之可也；若侠骨相契，虽纳之犹可也；不则开笼放雪衣，亦庶几不负其归老之初意乎？梅林之功而获罪，或者其天道与？

孙翊妻

孙翊为丹阳守，妫览时为都督督兵，戴员为郡丞，与左右亲信边洪等数患苦翊。会翊送客，洪从后斫杀诩，迸进入山。翊妻徐氏，购募追捕得洪，杀之。览遂入军府，悉取翊嫔妾及左右侍御，欲复取徐。徐恐见害，乃绐之曰："乞须晦日设祭除服乃可。"览听之。徐潜使人语翊旧将孙高、傅婴等，高、婴相与涕泣，共誓合谋。至晦日，徐氏设祭讫，乃除服，薰香沐浴，更于他室安施帏帐，言笑欢悦。览密觇，无复疑意。徐先呼高、婴与诸婢罗列户内，览入。徐出户拜览，即大呼，高、婴俱出，共杀览，余人就外杀员。徐乃还缞绖，奉览、员首以祭翊，举军震骇。

申屠希光

申屠氏，长乐人，慕孟光之为人，自名希光。有诗才，既适侯官秀才董昌，绝不复吟，食贫作苦，宴如也。郡中大豪方六一闻希光美，心悦之，乃使人诬昌阴重罪，罪至族。六一复阳为居间，边批：恶极。得轻比，独昌报杀，妻子俱免。因使侍者通殷勤，强委禽焉。希光具知其谋，谬许之，密寄其孤于昌之友人。边批：要紧着。乃求利匕首，挟以往，好言谢六一，因请葬夫而后成礼。边批：大事。六一大喜，使人以礼葬昌。希光则伪为色喜，艳妆入室。六一既至，即以匕首刺之帐中，六一立死。因复杀其侍者二人。至夜中，诈谓六一暴病，以次呼其家人，至则皆杀之，尽灭其宗。因斩六一头，置囊中，至昌葬所祭之。明日悉召村民，告以故，且曰："吾将从夫地下！"遂缢而死。时靖康二年事。

六一陷人于族，乃人不族而已族矣。以一文弱妇人，奋其白刃，全家为戮，义愤所激，鬼神助之，有志竟成，岂必须眉丈夫哉！

邹仆妻

梁末，襄州都军务周景温移职于徐，亦管都军之务。有劲仆自恃拳勇，独与妻策驴而行。至芒砀泽间，大声曰："闻此素多豪客，岂无一人与吾曹决胜负乎！"边批：太恃。言毕，有五六盗自丛薄间跃出，一夫自后双手交抱，搏而仆之，抽短刃以断其喉，盖掩其不备也。唯妻在侧，殊无惶骇，边批：好急智。但矫而大呼曰："快哉！今日方雪吾之耻也！吾以良家之子，遭其俘掠，以致于此。孰谓无神明哉！"贼谓其诚而不杀，与行李并二驴，驱以南迈。近五六十里，至亳之北界达孤庄南而息焉。庄之门有器甲，盖近戍巡警之卒也。此妇遂径入村人之中堂。盗亦谓其谋食，不疑。乃泣拜其总首，且告其夫遭屠之状。总首潜召其徒，一时执缚，唯一盗得逸。械送亳城，咸弃市。妇返襄阳，为尼终焉。

徐氏、申屠氏、邹仆之妻，皆能为夫报仇于身后者也。徐，贵人之妇，而又宿将合谋于外，诸婢协力于内，以制一粗疏不备之妫览，如击病鼠耳。

申屠氏则难矣，然仇迹未露，犹可从容而图之。邹仆妻则又难矣，变起仓卒，亲见群凶攒刃于其夫，即秦舞阳旁观，不能不动色，而意中遂作复仇之算，甘言诳贼，不逾日而以计擒灭，可不谓大智大勇者乎！生于下贱，何曾读书知礼义，而临变不乱，处分绰如。世之自命读书知理义者，吾不知有此手段乎否也？

谢小娥

谢小娥者，豫章估客女也，生八岁，丧母，嫁历阳段氏。故二姓常同舟，贸易江湖间。小娥年十四，始及笄，父与夫皆为劫盗所杀，二姓之党歼焉。小娥亦伤脑折足，漂流水中，为他船所获，经夕而活。因流转乞食，至上元县，依妙果寺尼净悟。初，小娥父死时，梦父谓曰："杀我者'车中猿，门东草'。"又数日后，梦其夫谓曰："杀我者'禾中走，一日夫'。"小娥不能解，常书此语，广求智者辨之，历年不得。至元和八年，李公佐罢江西从事，泊舟建业，登瓦官寺阁，僧齐物为李述之。李凭栏书空，疑思嘿虑，忽然了悟。令寺童疾召小娥，谓之曰："杀汝父者申兰，杀汝夫者申春也。其曰'车中猿'者，车字之中乃'申'字，申非属猴乎？草下有门，门中有东，'兰'字也。又'禾中走'，是穿田过，亦是'申'字，'一日夫'者，夫上更一画，下一日，是'春'字。其为申兰、申春可明矣！"小娥恸哭再拜，密书四字于衣，誓访二贼以复其冤。更为男子服，佣保江湖间。岁余，至浔阳郡，见纸榜子召佣者，娥应召，问其主，果申兰也。娥心愤貌顺，边批：大有心人。在兰左右，积二岁余，甚见亲爱，金帛出入之数无不委之。每睹谢之衣物器具，未尝不暗泣。兰与春，宗昆弟也。春家在大江北独树浦，往来密洽。一日春携大鲤兼酒诣兰，至夕群贼毕至，酣饮。暨诸凶既去，春沉醉卧于内室，亦覆寝于庭。小娥潜锁春于内，边批：贼在掌中，从容摆布。抽佩刃先斩兰首，呼号邻人并至，春擒于内，兰死于外，获赃货至数千万。初，兰、春有党数十人，暗记其名，悉擒就戮。时浔阳太守张公嘉其孝节，免死。娥竟剪发为尼以终。边批：还当旌异，岂特免死！

其智勇或有之，其坚忍处，万万难及！

吕 母

王莽时，琅琊海曲有吕母者，子为县吏，犯小罪，宰杀之。吕母怨，思报宰。母家故丰资，乃益酿醇酒，买刀剑衣服。少年来沽者，辄奢与之，衣敝者辄假衣，不问直。数年而财尽。少年欲相与偿之。母泣曰："所为厚诸君，非求利也，徒以县宰枉杀吾子故。诸君肯哀之乎？"少年壮之，皆许诺。遂招合亡命数千，吕母自称将军，引兵攻破海曲，执宰，数其罪。诸吏叩头请宰，母曰："吾子不当死，为宰枉杀。杀人者死，又何请乎？"遂斩宰，以头祭子冢，因以众属刘盆子。边批：更高。

世间有此等奇妇人，酷吏或少知警。

李诞女

东越闽中有庸岭，高数十里，其西北隰中有大蛇，长七八丈，围一丈。土俗常惧。东冶都尉及属城长吏多有死者。祭以牛羊，故不得祸。或与人梦，或喻巫祝，欲得啖童女年十二三者。都尉、令长患之，共求人家生婢子兼有罪家女养之，至八月朝祭送蛇穴口，蛇辄夜出吞啮之，累年如此，前后已用九女。一岁将祀之，募索未得。将乐县李诞家有六女，无男，其小女名寄，应募欲行。父母不听，寄曰："父母无相留，今唯生六女，无有一男，虽有如无。女无缇萦济父母之功，既不能供养，徒费衣食。生无所益，不如早死。卖寄之身，可得少钞以供父母，岂不善耶？"父母慈怜不听去，终不可禁止。寄乃行，请好剑及咋蛇犬。至八月朝，怀剑将犬诣庙中坐。先作数石米餈蜜麨，以置穴口。蛇夜便出，头大如囷，目如二尺镜，闻餈香气，先啖食之。寄便放犬，犬就啮咋。寄从后斫蛇，因踊出，至庭而死。寄入视穴，得其九女髑髅，悉举出，咤言曰："汝曹怯弱，为蛇所食，甚可哀愍！"于是寄女缓步而归。越王闻之，聘寄为后，拜其父为将乐令，母及姊皆有赏赐。自是东冶无复妖邪。

刘季斫杀蛇，遂作帝；李寄斫杀蛇，遂作后。天下未尝无对。

红　拂

杨素守西京日，李靖以布衣献策。素踞床而见。靖长揖曰："天下方乱，英雄竞起，公为重臣，须以收罗豪杰为心，不宜倨见宾客。"素敛容谢之。时妓妾罗列，内有执红拂者，有殊色，独目靖。靖既去，而执拂者临轩指吏曰："问去者处士第几？住何处？"边批：见便识李靖。靖具以对，妓诵而去。靖归逆旅，其夜五更初，忽闻叩门而声低者。靖启视，则紫衣纱帽人，杖一囊。问之，曰："杨家红拂妓也。"延入，脱衣去帽，遽向靖拜。靖惊答之，再叩来意，曰："妾侍杨司空久，阅天下之人多矣，无如公者，故来相就耳！"靖曰："如司空何？"曰："彼尸居余气，边批：又识杨素。不足畏也！诸妓知其无成，去者甚众矣，边批：如何方是有成，须急着眼。彼亦不甚追也。——计之详矣，幸无疑焉。"问其姓，曰"张"。问其伯仲之次，曰"最长"。观其肌肤仪状、言辞气语，真天人也，靖不自意获之，愈喜愈惧，万虑不安，而窥户者无停履。

数日，亦闻追讨之声，意亦非峻。乃雄服乘马，排闼而去，将归太原。行次灵石旅舍，既设床，炉中烹肉且熟。张氏以发长委地，立梳床前；靖方刷马。忽有一客，中形，赤髯如虬，策蹇驴而来，投革囊于驴前，取枕欹卧，看张梳头。边批：便知非常人。靖怒甚，欲发。张熟视客，一手映身摇示靖，令勿怒。边批：又识虬髯客。急梳毕，敛衽前问其姓。客卧而答之，曰："姓张。"对曰："妾亦姓张，合是妹。"遽拜之，问其第几，曰："行三。"亦问妹第几，曰："最长。"客喜曰："今日幸逢一妹！"张氏遥呼："李郎，且来见三兄！"靖骤拜之，遂环坐。问煮何肉，曰："羊肉，计已熟矣。"客曰饥，靖出市胡饼，客抽腰间匕首，切肉共食。复索酒饮，于是开革囊，取下酒物，乃一人首并心肝。却头囊中，以匕首切心肝共食之，曰："此人乃天下负心者。衔之十年，今始获之。"又曰："观李郎贫士，何以得致异人？"靖不敢隐，具言其由。曰："然，故知非君所致也。今将何之？"曰："将避地太原。"曰："望气者言太原有奇气，吾将访之。"靖因言州将子李世民。客与靖期会于汾阳桥，遂乘驴疾去。及期候之，相见大喜。靖诈言客善相，因友人刘文靖得见。"世民真天子矣！"废然而返，遂邀靖夫妇至家，令其妻出见，酒极奢，因倾家财付靖，文簿匙锁，共二十床，曰："赠李郎佐真主立功业也。"与其妻戎服跃马，一奴从之，数步遂不复见。靖竟佐命，封卫公。

吴长卿曰："红拂见卫公，自以为不世之遇，视杨素蔑如矣。孰知又有一虬髯也，视李郎又蔑如矣。惜哉，不及见李公子也！"

沈小霞妾

锦衣卫经历沈錬以攻严相得罪，谪佃保安。时总督杨顺、巡按路楷皆嵩客，受世蕃指："若除吾疡，大者侯，小者卿。"顺因与楷合策，捕诸白莲教通虏者，窜錬名籍中，论斩，籍其家。顺以功荫一子锦衣千户，楷侯选五品卿寺。顺犹怏怏曰："相君薄我赏，犹有不足乎？"取錬二子杖杀之，而移檄越，逮公长子诸生襄。至则日掠治，困急且死。会顺、楷被劾，卒奉旨逮治，而襄得末减问戍。襄之始来也，只一爱妾从行，及是与妾俱赴戍所。中道微闻严氏将使人要而杀之，襄惧欲窜，而顾妾不能割。妾曰："君一身，沈氏宗祧所系，第去勿忧我。"边批：自度力能摆脱群小故。襄遂给押者："城中有年家某，负吾家金钱，往索可得。"押者恃妾在，不疑，纵之去。久之不返，押者往年家询之，云："未尝至。"还复叩妾，妾把其襟大恸曰："吾夫妇患难相守，无顷刻离，今去而不返，必汝曹受严氏指，戕杀我夫矣？"观者如市，不能判，闻于监司。监司亦疑严氏真有此事，不得已，权使妾寄食尼庵，而立限责押者迹襄。押者物色不得，屡受笞，乃哀恳于妾，言："襄实自窜，毋枉我。"因以间亡命去。久之，嵩败，襄始出讼冤，捕顺、楷抵罪，妾复相从。襄号小霞，楚人江进之有《沈小霞妾传》。

严氏将要襄杀之，事之有无不可知，然襄此去实大便宜、大干净。得此妾一番撒赖，即上官亦疑真有是事，而襄始安然亡命无患矣。顺、楷辈死，肉不足喂狗。而此妾与沈氏父子并传，忠智萃于一门，盛矣哉！

邑宰妾

万历中，政务宽缓，刑部囚人多老死者。某乡科，北人，为邑宰，坐事入诏狱，久之不得雪，且老矣。已分必死，而自伤无子，乃尽鬻其产，营一室于近处，置所爱妾，而厚赂典狱者，阴出入焉。有侄颇不肖，稍窃其资，入博场中，为逻者所疑，穷诘之，因尽吐，且云："家有一青骡子，叔行必乘之，无事则出赁，请以骡为验。"逻者伺数日，果如其言。宰方与妾对食中堂，群逻至，惊失箸。妾遽起迎曰："翁胆薄，毋相迫，尔曹与翁有隙耶？"曰："无之。"曰："若然，不过欲多得金耳。金属我掌，第随我行，当以饱汝。"逻者顾妇人貌美而言甘，乃留一人守视宰，而群尾妾入房。妾指所卧床曰："金在其颠。"携小梯而登，众自下谑之，殊不怒，笑声达于外。须臾，捧一匣下，发之多金。妾曰："未也。"再捧一巨箱下，大镪实焉。众攫金，声愈哄。守者贪分金，不能忍，足不觉前，宰以间潜逸。众怀金既餍，出视失宰，惧欲走。妾择弱者一人力持之，大呼"攫金贼在"！众奋拳齐殴，齿甲俱集，妾且死，终不释，声愈厉，动外人。外人入，众窜，获其一，并妾所持者两人，送巡城潘御史。妾诉群凶淫贪状，兼具所失鬻产银数。此两人不能讳，尽供其党姓名。顷之，悉擒至，银犹在怀也，而以犯官逸出为解。御史使视诏狱，则宰在焉。众语塞，乃委罪于不肖侄。御史收侄，尽毙之箠下。妾取故金归，籍数报宰。病数日，乃死。

狱中囚私出入，非法也，诏狱甚矣。方群逻押至，不以宰为奇货哉！言胆薄坚其志，言多金中其欲，忍谑以坚之，空橐以饵之，怠守者而逸宰，固已在吾算中矣。出其不意，持一弱以羁众强。假令身毙老拳之下，罪人其免乎！至群凶先我死，而目可瞑也。妇之智不必言，独其猝不乱，死不怵，从容就功，有丈夫之智所不逮者。惜传者逸其名，虽然，千秋而下，知有一邑宰妾在浣纱女、锐司徒妻、车中女子之俦，斯不为无友也已！

崔简妻

唐滕王极淫，诸官美妻，无得白者，诈言妃唤，即行无礼。时典签崔简妻郑氏初到，王遣唤。欲不去，则惧王之威，去则被王之辱。郑曰："无害。"遂入王中门外小阁。王在其中，郑入，欲逼之。郑大叫左右曰："大王岂作如是，必家奴耳！"取只履击王头破，抓面流血。妃闻而出，郑乃得还。王惭，旬日不视事。简每日参候，不敢离门。后王坐，简向前谢，王惭，乃出。诸官之妻曾被唤入者，莫不羞之。

不唯自全，又能全人，此妇有胆有识。

蓝　姐

绍兴中，京东王寓新淦之涛泥寺。尝宴客，中夕散，主人醉卧。俄而群盗入，执诸子及群婢缚之。群婢呼曰："司库钥者蓝姐也！"蓝即应曰："有，毋惊主人。"付匙钥，秉席上烛指引之，金银酒器首饰尽数取去。主人醒，方知，明发诉于县。蓝姐密谓主人曰："易捕也。群盗皆衣白，妾秉烛时，尽以烛泪污其背，当密令捕者以是验。"后果皆获。事见《贤奕编》。

辽阳妇

辽阳东山虏，剽掠，至一家，男子俱不在，在者唯三四妇人耳。虏不知虚实，不敢入其室，于院中以弓矢恐之。室中两妇引绳，一妇安矢于绳，自窗绷而射之。数矢后，贼犹不退，矢竭矣，乃大声诡呼曰："取箭来！"自绷上以麻秸一束掷之地，作矢声。贼惊曰："彼矢多如是，不易制也！"遂退去。

妇引绳发矢，犹能退贼，始知贼未尝不畏人，人自过怯，让贼得利耳。

李成梁夫人

相传李帅成梁夫人乃辽阳民家女也。辽民时苦寇掠，往往掘深井以藏货财。此家以避寇去，独留女伏守井中。有二寇入其室，觉井中有人，一人悬縋而下，得女甚喜，呼党先牵女上。党复临视，欲下縋。女自后遽推堕，即以物压盖之。得系马于门，跨而走。数日寇退，父母俱还家。女言其故，相与毙二寇，取首邀赏。李帅时在伍，闻女智略，求为妇，后为一品夫人。

木兰等　三条

秦发卒戍边，女子木兰悯父年老，代之行。在边十二年始归，人无知者。

韩氏，保宁民家女也。明玉珍乱蜀，女恐为所掠，乃易男子饰，托名从军。调征云南，往返七年，人无知者，虽同伍亦莫觉也。后遇其叔，一见惊异，乃明是女，携归四川。当时皆呼为"贞女"。

黄善聪，应天淮清桥民家女，年十二，失母。其姊已适人，独父业贩线香。怜善聪孤幼，无所寄养，乃令为男子装饰，携之旅游庐、凤间者数年，父亦死。善聪即诡姓名曰张胜，边批：大智术。仍习其业自活。同辈有李英者，亦贩香，自金陵来，不知其女也，约为火伴。同寝食者逾年，恒称有疾，不解衣袜，夜乃溲溺。弘治辛亥正月，与英皆返南京，已年二十矣。巾帽往见其姊，乃以姊称之。姊言："我初无弟，安得来此！"善聪乃笑曰："弟即善聪也！"泣语其故。姊大怒，边批：亦奇人。且詈之曰："男女乱群，玷辱我家甚矣！汝虽自明，谁则信之！"因逐不纳。善聪不胜愤懑，泣且誓曰："妹此身苟污，有死而已！须令明白以表寸心！"其邻即稳婆居，姊聊呼验之，乃果处子，始相持恸哭，手为易去男装。越日，英来候，再约同往，则善聪出见，忽为女子矣。英大惊，骇问，知其故，怏怏而归，如有所失，盖恨其往事之愚也，乃告其母，母亦嗟叹不已。时英犹未室，母贤之，即为求婚。善聪不从，曰："妾竟归英，保人无疑乎？"边批，大是。交亲邻里来劝，则涕泗横流，所执益坚。众口喧传，以为奇事，厂卫闻之，边批：好媒人。乃助其聘礼，判为夫妇。

木兰十二年，最久；韩贞女七年，善聪逾年耳。至于善藏其用，以权济变，其智一也。若南齐之东阳娄逞，五代之临邛黄崇嘏，无故而诈为丈夫，窜入仕宦，是岂女子之分乎！至如唐贞元之孟妪，年二十六而从夫，夫死而伪为夫之弟，以事郭汾阳。郭死，寡居一十五年，军中累奏兼御史大夫。忽思茕独，复嫁人，时年已七十二，又生二子，寿百余岁而卒。斯殆人妖与？又不可以常理论矣！

练　氏

章郇公得象之高祖，建州人，仕王氏为刺史，号章太傅。其夫人练氏，智识过人。太傅尝用兵，有二将后期，欲斩之。夫人置酒，饰美姬进之。太傅欢甚，迨夜饮醉，夫人密摘二将使亡去。二将奔南唐，后为南唐将攻建州。时太傅已死，夫人居建州。二将遣使，厚以金帛遗夫人，且以一白旗授之，曰："吾且屠城，夫人可植旗为识，吾戒士卒令勿犯。"夫人反其金帛，曰："君幸思旧德，愿全合城性命。必欲屠之，吾家与众俱死，不愿独生也！"二将感其言，遂止不屠。

夫人之免二将，必预知其为有用之才而惜之，或先请于太傅，不从，故释去耳。不然，军法后期者死，夫人肯曲法以市恩乎？至于后之食报，何其巧也！夫人免二将之死，而二将且因夫人以免一城之死，夫人之所收者厚矣！按，太傅十三子，其八为夫人出。及宋兴，子孙及第至达官者甚众，皆出八房。阴德之报，岂诬也哉！

陈觉妻

陈觉微时，为宋齐丘之客。及为兵部侍郎也，其妻李氏妒悍，亲执匕爨，不置妾媵。齐丘选姿首之婢三人与之，李亦无难色，奉侍三婢若舅姑礼。问其故，李曰："此令公宠幸之人，见之若面令公，何敢倨慢？"三婢既不自安，求还宋第。宋笑而许之。

近有一甲科丧偶，眷一土妓。及继娶，每托言宿于外馆，深夜潜诣妓家，辨色即归。继夫人察知之，绝不漏言。伺其再往，于五鼓集其童仆轿伞，往彼迎接，传夫人之命。甲科大惭，遂止。亦善于用妒者也。

杂智部

冯子曰：智何以名杂也？以其黠而狡、慧而小也。正智无取于狡，而正智或反为狡者困；大智无取于小，而大智或反为小者欺。破其狡，则正者胜矣；识其小，则大者又胜矣。况狡而归之于正，未始非正；小而充之于大，未始不大乎？一饧也，夷以娱老，跖以脂户，是故狡可正，而正可狡也。一不龟手也，或以战胜封，或不免于洴澼洸，是故大可小，而小可大也。杂智具而天下无余智矣。难之者曰：大智若愚，是不有余智乎？吾应之曰：政唯无余智，乃可以有余智。太山而却撮土，河海而辞涓流，则亦不成其太山河海矣。鸡鸣狗盗，卒免孟尝，为薛上客，顾用之何如耳。吾又安知古人之所谓正且大者，不反为不善用智者之贱乎？是故以杂智终其篇焉。得其智、化其杂也可，略其杂、采其智也可。

狡黠卷二十七

英雄欺人，盗亦有道。智日以深，奸日以老。象物为备，禹鼎在兹。庶几不若，莫或逢之。集“狡黠”。

吕不韦

秦太子妃曰华阳夫人，无子。夏姬生子异人，质于赵，秦数伐赵，赵不礼之，困不得意。阳翟大贾吕不韦适邯郸，见之曰：“此奇货可居！”乃说之曰：“太子爱华阳夫人而无子，子之兄弟二十余人，子居中，不甚见幸，不得争立。不韦请以千金为子西游，立子为嗣。”异人曰：“必如君策，秦国与子共之！”不韦乃厚赀西见夫人姊，而以献于夫人，因誉异人贤孝，日夜泣思太子及夫人。不韦因使其姊说曰：“夫人爱而无子，异人贤，自知中子不得为适，诚以此时拔之，是异人无国而有国，夫人无子而有子也，则终身有宠于秦矣。”夫人以为然，遂与太子约以为嗣，使不韦还报异人。异人变服逃归，更名楚。不韦娶邯郸姬绝美者与居，知其有娠。异人见而请之，不韦佯怒，既而献之，期年而生子政，嗣楚立，是为始皇。

真西山曰：“秦自孝公以至昭王，国势益张，合五国百万之众，攻之不克，而不韦以一女子，从容谈笑夺其国于衽席间。不韦非大贾，乃大盗也！”

陈　乞

齐陈乞将立公子阳生，而难高、国，乃伪事之，每朝，必骖乘焉。所从，必言诸大夫曰：“彼皆偃蹇，将弃子之命。其言曰：‘高、国得君必逼我，盍去诸？’固将谋子，子早图之！图之莫如尽灭之，需，事之下也。”及朝，则曰：“彼虎狼也，见我在子之侧，杀我无日矣，请就之位。”又谓诸大夫曰：“二子恃得君而欲谋二三子，曰：‘国之多难，贵宠之由，尽去之而后君定。’既成谋矣，盍及其未作也先诸？作而后悔，亦无及也！”大夫从之。夏六月，陈乞及诸大夫以甲入于公宫。国夏闻之，与高张乘如公，战败奔鲁。初，景公爱少子荼，谋于陈乞，欲立之。陈乞曰：“所乐乎为君者，废兴由我故也。君欲立荼，则臣请立之。”阳生谓陈乞曰：“吾闻子盖将不立我也！”陈乞曰：“夫千乘之王，废正而立不正，必杀正者。吾不立子，所以生子也。走矣！”与之玉节而走之。景公死，荼立，陈乞使人迎阳生置于家。除景公之丧，诸大夫皆在朝。陈乞曰：“常之母有鱼菽之祭，愿诸大夫之化我也。”诸大夫皆曰：“诺。”于是皆之陈乞之家。陈乞使力士举巨囊而至于中霤，诸大夫见之皆色然而骇。开之，则闯然公子阳生也！陈乞曰：“此君也已！”诸大夫不得已，皆逡巡北面再拜稽首而君之，自是往弑荼。

自陈氏厚施，已有代齐之势矣，所难者，高、国耳。高、国既除，诸大夫其如陈氏何哉！弑荼立阳生，旋弑阳生立壬，此皆禅国中间过文也。六朝之际，此伎俩最熟，陈乞其作俑者乎！

徐　温

初，张颢与徐温谋弑其节度使杨渥。温曰：“参用左右牙兵，必不一，不若独用吾兵。”边批：反言之。颢不可，温曰：“然则独用公兵。”边批：本意如此。颢从之。后穷治逆党，皆左牙兵，由是人以温为实不知谋。

荀伯玉

或言萧道成有异相，宋主疑之，征为黄门侍郎。道成无计得留，荀伯玉教其遣骑入魏境。魏果遣游骑行境上。宋主闻而惧，乃使道成复本任。

高　欢

欢计图尔朱兆，阴收众心，乃诈为兆书，将以六镇人配契胡为部曲，众遂愁怨。又伪为并州符，征兵讨步落稽，发万人，将遣之，而故令孙腾、尉景伪请留五日，如此者再。欢亲送之郊，雪涕执别。于是众皆号哭，声动地。

欢乃喻之曰："与尔俱失乡客，义同一家，不意乃尔！今直向西，当死；后军期，又当死；配胡人，又当死。奈何？"众曰："唯有反耳！"欢曰："反是急计，须推一人为主。"众愿奉欢。欢曰："尔等皆乡里，难制，虽百万众，无法终灰灭。今须与前异，不得欺汉儿，不得犯军令，否者，吾不能取笑天下！"众皆顿首："生死唯命！"于是明日遂椎牛享士，攻邺，破之。

潘 崇

楚成王以商臣为太子，既而又欲立公子职。商臣闻之，未察也。告其傅潘崇曰："若之何而察之？"潘崇曰："飨江芈成王嬖，而勿敬也。"商臣从其策，江芈果怒，曰："呼，役夫！宜君王之欲废汝而立职也！"商臣曰："信矣！"

阳山君相卫，闻卫君之疑己也，乃伪谤其所爱樛竖以知之。术同此。

曹 操 四条

魏武常行军，廪谷不足，私召主者问："如何？"主者曰："可行小斛足之。"曹公曰："善！"后军中言曹公欺众，公谓主者曰："借汝一物，以厌众心。"乃斩之，取首题徇曰："行小斛，盗官谷。"军心遂定。

曹公尝云："我眠中不可妄近，近便斫人，亦不自觉，左右宜慎之！"一日阳眠，所幸一人窃以被覆之，因便斫杀，复卧。既觉，问："谁杀我侍者？"自是每眠人不敢近。

魏武言人欲危己，己辄心动，因语所亲小人曰："汝怀刃密来我侧，我必说必动，执汝使行刑，汝但勿言，保无他故，当厚相报。"亲者信焉，不以为惧，遂斩之。此人至死不知也。左右以为实，谋逆者挫气矣。

操少时，尝与袁绍观人新婚，因潜入主人园中，夜叫呼云："有偷儿贼。"青庐中人皆出观，操乃入，抽刃劫新妇。与绍还出，失道，坠枳棘中，绍不能得动，操复大叫云："偷儿在此！"绍惶迫，自掷出，遂以俱免。

《世说》又载：袁绍曾遣人夜以剑掷操，少下不着。操度后来必高，因帖卧床上，剑至，果高。此谬也！操多疑，其儆备必严，剑何由及床？设有之，操必迁卧，宁有复居危地、以身试智之理。

田 婴 刘 瑾

田婴相齐，人有说王者曰："终岁之计，王盍以数日之间自听之？不然，无以知吏之奸邪得失也。"王曰："善。"田婴即遽请于王而听其计。王将听之矣，田婴令官具押券斗石参升之计，王自听计。计不胜听，罢食后复坐，不复暮食矣。田婴复请曰："群臣所终岁日夜不敢偷怠之事也，王以一夕听之，则群臣有为劝勉矣。”王曰：“诺。”俄而王已睡矣，吏尽偷刀削其押券升石之计。王终不能听，于是尽以委婴。

刘瑾欲专权，乃构杂艺于武庙前，候其玩弄，则多取各司章奏请省决。上曰：“吾用尔何为？而一一烦朕耶，宜亟去！”如此者数次，后事无大小，唯意裁决，不复奏。

赵高　李林甫

赵高既劝二世深居，而己专决。李斯病之。高乃见斯曰：“关东群盗多，而上益发繇治阿房宫，臣欲谏，为位卑，此真君侯之事，君何不谏？”斯曰：“上居深宫，欲见无间。”高曰：“请候上间语君。”于是待二世方燕乐，妇女居前，使人告斯：“可奏事矣！”斯至上谒，二世怒。高因言丞相怨望欲反，下斯狱，夷三族。

李林甫谓李适之曰：“华山有金矿，采之可以益国，上未之知也。”边批：使金果可采，林甫何不自言？他日适之言之，上以问林甫，对曰：“臣久知之，但华山陛下本命，王气所在，凿之非宜，故不敢言。”上以林甫为爱己，而疏适之，遂罢政事。严挺之徙绛州刺史。天宝初，帝顾林甫曰：“严挺之安在？此其才可用。”林甫退召其弟损之，与道旧，谆谆款曲，且许美官，因曰：“天子视绛州厚要，当以事自解归，得见上，且大用。”边批：天子果欲大用，何待见乎？因给挺之使称疾，愿就医京师。林甫已得奏，即言挺之春秋高，有疾，幸闲官得养。帝恨咤久之，乃以为员外詹事，诏归东郡。挺之郁郁成疾。帝尝大陈乐勤政楼，既罢，兵部侍郎卢绚按辔绝道去。帝爱其蕴藉，称美之。明日，林甫召绚子，曰：“尊府素望，上欲任以交、广，若惮行，且当请老。”绚惧，从之，因出为华州刺史，绚由是废。

三人皆在林甫掌股中，为所玩弄而不知，信奸人之雄矣！然使适之不贪富贵之谋，挺之不起大用之念，卢绚不惮交、广之远，则林甫虽狡，亦安所售其计哉！愚谓此三人之愚，非林甫之智也。

石显

石显自知擅权，恐天子一旦入间言，乃时归诚，取一言为验。显尝使至诸官有所征发，先白上，曰：“恐漏尽宫门闭，请诏吏开门。”上许之，显于是故投夜还，称诏开门入。旦果有人上书，告显矫诏开宫门者。天子得书，笑以示显。显因泣曰：“陛下过私小臣，群下嫉妒，欲陷臣。”上以为然，愈宠信之。

蓝道行

世庙时，方士蓝道行以乩得幸。上故有所问，密封使中官至乩所焚之，不能答。则咎中官秽，不能格真仙。中官以密封授道行，使自焚。道行乃为伪封付火，而匿其真迹，所答具如旨。上以为神，益信之。

蓝诈矣，然廷臣卒赖其力，假神仙以去严嵩，则诈亦有用处也。

严　嵩

伊庶人为王时，以残暴历见纠于台使者，迫则行十万余金于嵩，得小缓。及嵩败家居，则遣军卒十辈造嵩家，胁偿金。嵩置酒款之，而好语曰："所惠金十万，实无之，仅得半耳，而又半费，请以二万金偿。"因尽以上所赐金有印识者予之。既去而闻于郡曰："有江盗劫吾家二万金去矣。速掩之，可获也！"郡发卒追得金，悉捕军卒下狱论死。

吉　温

李适之为兵部尚书，李林甫恶之，使人发兵部诠曹奸利事，收吏六十余人，付京兆尹。尹使法曹吉温鞫之。温入院，先于后厅取二重囚讯问，或杖或压，号呼之声，所不忍闻。兵部吏素闻温惨酷，及引入，皆自诬服，顷刻狱成，而囚无榜掠。适之遂得免。

阳　虎

阳虎之败，鲁人闭门而捕之，围之三匝。虎奔及门，门者曰："天下探之不穷，我今出子！"虎因扬剑提戈而出，边批：句有味。顾反，取戈以伤出之者。出之者怨之曰："我非故与子友也，为子脱死被罪，而反伤我！"鲁君闻失虎，大怒，问所出之门，有司拘之，不伤者被罪，而伤者独蒙厚赏。

伪　孝 二条

东海孝子郭纯丧母，每哭则群鸟大集。使检有实，旌表门闾。复讯，乃是每哭即撒饼于地，群鸟争来食之。其后数数如此，鸟闻哭声，莫不竞凑，非有灵也。

田单妙计，可惜小用。然撒饼亦资冥福，称孝可矣！

河东孝子王燧家猫、犬互乳，其子言之州县，遂蒙旌表。讯之，乃是猫、犬同时产子，取其子互置窠中，饮其乳，惯遂以为常。

即使非伪，与孝何干？

丁　谓　　曹　翰

丁谓既窜崖州，其家寓洛阳。尝作家书，遣使致之洛守刘烨，祈转付家，戒使者曰："伺烨会僚众时呈达。"烨得书，遂不敢隐，即以闻。帝启视，则语多自刻责，叙国厚恩，戒家人无怨望。帝感恻，遂徙雷州。

曹翰贬汝州。有中使来，翰泣曰："众口食贫不能活，以袱封故衣一包，质十千。"中使回奏之，太宗开视，乃一画障，题曰"下江南图"，恻然怜之，因召还。

秦　桧

秦桧用事，天下贡献先入其门，而次及官家。一日，王夫人常出入禁中，显仁太后言："近日子鱼大者绝少。"夫人对曰："妾家有之，当以百尾进。"归告桧，桧咎其失言，明日进糟青鱼百尾。显仁拊掌笑曰："我道这婆子村，果然！"又，程厚子山与桧善，为中舍时，一日邀至府第内阁，一室萧然，独案上有紫绫缥一册，写《圣人以日星为纪赋》，尾有"学生类贡进士秦埙呈"，文采艳丽。程兀坐静观，反复成诵，唯酒肴问劳沓至，及晚，桧竟不出，乃退，程莫测也。后数日，差知贡举宣押入院，始大悟，即以此命题。此赋擅场，埙遂首选。

李道古

李道古便佞巧宦，常以酒肴棋博游公卿门。角赌之际，伪为不胜而厚偿之，故得一时虚名，而嗜利者悉与之狎。

邹老人

邹老人，吴之猾徒也。有富人王甲夜杀其仇家李乙而事露，有司捕置于狱，以重贿求老人。老人索百金，怀之走南都，纳交于刑曹徐公，往来渐密。时留宿，忽中夜出金献徐，诉以内亲王甲枉狱。徐曰："吾不吝为谋，然吴越事隔，何可致力？"老人曰："不难，昨公捕得海盗二十余人，内两人吴产也。公第敕二盗，认李乙为其夜杀，则此不加罪，而彼得再生矣。"徐许之。老人退，又密访二盗妻子，许以养育，二盗亦许之。及鞫，刑曹问："若吴人，曾杀人否？"二盗即招某月日杀李乙于家，掠其资。老人抱案还吴，令王甲之子鸣于官，竟得释。甲自狱归，遇李乙于门，竟死。

啮耳讼师

浙中有子殴七十岁父而堕其齿者，父取齿讼诸官。子惧甚，迎一名讼师问计，许以百金。师摇首曰："大难事！"子益金固请，许留三日思之。至次日，忽谓曰："得之矣！辟人，当耳语若。"子倾耳相就，师遽啮之，断其半轮，血污衣。子大惊，师曰："勿呼，是乃所以脱子也！然子须善藏，俟临鞫乃出。"

既庭质，遂以父啮耳堕齿为辩。官谓耳不可以自啮，老人齿不固，啮而堕，良是，竟免。

殴父而以计免，讼师之颠倒王章，可畏哉！然其策亦大奇矣。

土豪张

北京城外某街，有张姓者，土豪也，能以财致人死力，凡京中无赖皆归之。忽思乞儿一种未收，乃于隙地创土室，招群丐以居，时其缓急而周之。群丐感恩次骨，思一报而无地。久之，先用以征债，债家畏丐嬲，无不立偿者。已而诇人有营干之事，辄往拜，自请居间；或不从，则密喻群丐嬲之，复阴使人为之画策，谓非张某不解。乃张至，瞋目一呼，群乞骇散。人服其才，因倩营干，任意笼络，得钱不赀。复以小嫌怒一徽人。其人开质库者，张遣人伪以龙袍数事质银，意似匆遽，嘱云："有急用故，且不索票，为我姑留外架，晚即来取也。"别使人首之法司，指为违禁。袍尚存架，而籍无质银者姓名，遂不能直，立枷而死。逾年，张坐他事系狱，徽人子讼父冤，尽发其奸状，且大出金钱为费。张亦问立枷，而所取枷，即上年所用以杀徽人者，封识姓名尚存。人或异之，张竟死。边批：天道不远，巧于示人，然则天更智矣。

丐，废人也，而以智役之，能得其用。彼坐拥如林，而指臂不相运掉者，何哉？张之险狡不足道，乃其才亦有过人者，若虞诩设三科募士，堪作一队长矣！

皦生光

万历间，皦生光以妖书事论死，京都快之。生光才而狡，往往以术制人为利。有缙绅媚一权贵，求得玉杯为寿，偶询之生光。不三日，生光持杯一双来售，云："出自中官家，价可百金，只索五十金。"缙绅欣然鬻之。逾数日，忽有厂校束缚二人噪而来，势甚急，视之则生光与中官也。生光蹙额言："前杯本大内物，中官窃出。今事觉不能讳，唯有速还原物，彼此可保无害。"缙绅大窘，杯已馈去，无可偿，反求计于生光。生光有难色，久之，乃为料理纳贿："某中官若干，某衙门若干，庶万一可以弥缝。"缙绅不得已，从之，费几及千金，后虽知生光狡计，无如何矣。

永嘉舟子

湖中小客货姜于永嘉富人王生，酬直未定，强秤之，客语侵生，生怒，拳其背，仆户限死。生扶救，良久复苏，以酒食谢过，遗之尺绢。还次渡口，舟子问："何处得此？"具道所以，且曰："几作他乡鬼矣！"时数里间有流尸，舟子因生心，从客买其绢，并丐[illegible]篮。客既去，即撑尸近生居，脱衫裤衣之，走叩生门，仓皇告曰："午后有湖州客过渡，云为君家捶击垂死，浼我告官，呼骨肉直其冤，留绢与篮为证，今已绝矣。"生举家惧且泣，以二百千赂舟子，求瘗尸深林中。后为黠仆要胁，闻于官。生因徙居，忘故瘗处，拷掠病死。而明年姜客具土仪来访，言买绢之故。其家执仆诉冤，官并捕舟子毙死。

孙　三

临安北门外西巷，有卖熟肉翁孙三者，每出，必戒其妻曰："照管猫儿，都城并无此种，莫令外人闻见；或被窃去，绝吾命矣！我老无子，此与我子无异也！"日日申言不已。乡里数闻其语，心窃异之，觅一见不可得。一日，忽拽索出到门，妻急抢回，其猫干红色，尾足毛须尽然，见者无不骇羡。孙三归，责妻慢藏，棰詈交至。已而浸淫达于内侍之耳，即遣人啖以厚直，孙峻拒。内侍求之甚力，反复数四，仅许一见。既见，益不忍释，竟以钱三百千取去。孙涕泪，复棰其妻，竟日嗟怅。内侍得猫喜极，欲调驯然后进御。已而色泽渐淡，才及半月，全成白猫。走访孙氏，已徙居矣。盖用染马缨法积日为伪，前之告戒棰怒，悉奸计也。

铁牛道人

绍兴间，淮堧有一道人求乞，手持一铁牛，高呼"铁牛道人"。在浮光数月，忽一日入富家典库乞钱。主人问："铁牛何用？"曰："能粪瓜子金。"主人欲以资财易之，道人坚不肯。后议只赁一宿，令置密室。来早开视，果粪瓜子金数星。道人至，取铁牛去。主人妄想心炽，寻访道人，欲买此牛，道人不从，百色宛转方允，议以日得金计之，偿以一岁金价。在家数日，粪金如前，未几遂止，视牛尾后有一窍，无他异。忽家中一婢暴疾，召其夫赎去。后有人云："道人预买此妇人，密持其金在其家，前后粪金，皆此妇人所为。"急寻之，已遁矣。出《赵灌园就日录》。

若能粪金，尚须乞钱耶？其伪甚明。而竟为贪心所蔽。"利令智昏"，信哉！

京邸中贵

嘉靖间，一士人候选京邸。有官矣，然久客囊空，欲贷千金，与所故游客谈。数日报命，曰："某中贵允尔五百。"士人犹恨少，客曰："凡贷者例以厚贽先，内相性喜谀，苟得其欢，即请益非难也。"士人拮据，凑货器币，约值百金。为期入谒及门，堂轩丽巨，苍头庐儿皆曳绮缟，两壁米袋充栋，皆有御用字。久之，主人出，壮横肥，以两童子头抵背而行，边批：极力装扮。享礼微笑，许贷八百。庐儿曰："已晚，须明日。" 主人可之。士人既出，喜不自胜，客复属耳："当早至，我俟于此。" 及明往，寥然空宅，堂下煤土两堆，皆袋所倾。问主宅者，曰："昨有内相赁宅半日，知是谁？" 客亦灭迹，方悟其诈。

一钱诓百金

肤箧唯京师最黠，有盗能以一钱诓百金者。作贵游衣冠，先诣马市，呼卖胡床者，与一钱，戒曰："吾即乘马，尔以胡床侍。" 其人许诺，乃谓马主："吾欲市骏，试可乃论价。" 马主谨奉羁靮。其人设胡床，盗上马，疾驰而去。马主初意设胡床者其仆也，已知其非，乃亟追之。盗径扣官店，维马于门，云："吾某太监家下，欲缎匹若干，以马为质，用则奉价。" 店睹良马，不之疑，如数畀之，负而去。俄而马主踪迹至店，与之争马，成讼。有司不能决，为平分其马价云。

老妪骗局

万历戊子，杭郡北门外有居民，年望六而丧妻，二子妇皆美，而事翁皆孝敬。一日忽有老妪立于门，自晨至午，若有期待而不至者。翁出入数次，怜其久立，命二子妇询其故。妇曰："吾子忤逆，将诉之官，期姐子同往，久候不来，腹且枵矣。" 子妇怜而饭之，言论甚相惬。至暮，期者不来，因留之宿。一住旬日，凡子妇操作，悉代其劳，而女工尤精。子妇唯恐其去也，谓妪无夫而子不孝，茕茕无归，力劝翁娶之，翁乃与合。又旬余，妪之子与姐子始寻觅而来，拜跪告罪，妪犹厉詈不已。翁解之，乃留饮，其人即拜翁为继父，喜母有所托也。如此往来三月，一日妪之孙来，请翁一门，云已行聘。妪曰："子妇来何容易，吾与翁及两郎君来耳。" 往则醉而返。又月余，其孙复来请云："某日毕姻，必求二姆同降。" 子妇允其请，且多货衣饰，盛妆而往。妪子妇出迎，面黄如病者。日将晡，妪子请二姆迎亲，且曰："乡间风俗若是耳。" 妪佯曰："汝妻虽病，今日称姑矣，何以不自往迎，而烦二位乎？" 其子曰："规模不雅，无以取重。既来此，何惜一往？" 妪乃许之，于是妪与病妇及二子妇俱下船去。更余不返，妪子假出觇，孙又继之，皆去矣。边批：金蝉脱壳计。及天明，遍觅无踪，访之房主，则云："五六月前来租房住，不知其故。" 翁父子怅怅而归，亲友来取衣饰，倾囊偿之。而二妇家来觅女不得，讼之官。翁与子恨极，因自尽。

骗驴妇

有三妇人雇驴骑行，一男子执鞭随之。忽少妇欲下驴择便地，呼二妇曰：“缓行俟我！”因倩男子佐之下，即与调谑，若相悦者。已乘驴，曰：“我心痛，不能急行。”男子既不欲强少妇，追二妇又不可得，乃憩道旁。而不知少妇反走久矣，是日三驴皆失。

朱化凡

瞽者朱化凡，居吴江，善卜，就卜者如市，家道浸康。一日晡时，忽有青衣二人传主人命，欲延朱子舟中问卜。其主人，贵公子也。朱辞以明晨，青衣不可，曰：“主人性卞急，且所占事不得缓。”固请同行，因左右翼而去。步良久，至一舟，似僻地，而入甚伙。坐定，且饮食之，谓朱曰：“吾侪探囊者，实非求卜。今宵拟掠一大姓，借汝为魁。”朱大悲，自云：“盲人无用。”答曰：“无他，但乞安坐堂中，以木拍案，高叫‘快取宝来’而已，得财当分惠汝，不然者，斫汝数段，投波中矣！”朱惧而从之，夜半如前翼之而行。到一家，坐朱堂中，朱如其戒，且拍且叫。群盗罄所藏而去，朱犹拍呼不已。主人妻初疑贼尚在，未敢出。久之，窃视，止一人，而其声颇似习闻者。因前缚，举火照之，乃其夫也，所劫即化凡家物！惊问其故，方知群贼之巧。

黄铁脚

黄铁脚，穿窬之雄也。邻有酒肆，黄往贳，肆吝与。黄戏曰：“必窃若壶，他肆易饮。”是夕肆主挈壶置卧榻前几上，镝户甚固，遂安寝。比晓失壶，视镝如故，亟从他肆物色，壶果在，问所得，曰：“黄某。”主诣黄问故，黄自言用一小竿窃其中，俾通气，以猪溺囊系竿端，从霤引竿，纳囊于壶，乃嘘气胀囊，举而升之，故得壶也。

窃铜磬

乡一老妪，向诵经，有古铜磬。一贼以石块作包，负之至媪门外，人问何物，曰：“铜磬，将鬻耳。”入门见无人，弃石于地，负磬反向门内曰：“欲买磬乎？”曰：“家自有。”贼包磬复负而出，内外皆不觉。

躄伪　跛伪

阊门有匠，凿金于肆。忽一士人，巾服甚伟，跛曳而来，自语曰：“暴令以小过毒挞我，我必报之！”因袖出一大膏药，薰于炉次，若将以治疮者。俟其熔化，急糊匠面孔。匠畏热，援以手，其人即持金奔去。又，一家门集米袋，忽有躄者，垂腹甚大，盘旋其足而来，坐米袋上，众所共观，不知何由。

匿米一袋于胯下，复盘旋而去。后失米，始知之，盖其腹衬塞而成，而躄亦伪也。

躄 盗

有躄盗者，一足躄，善穿窬。尝夜从二盗入巨姓家，登屋翻瓦，使二盗以绳下之。搜资入之柜，命二盗系上，已复下其柜，入资上之，如是者三矣。躄盗自度曰:“柜上,彼无置我去乎？”遂自入坐柜中,二盗系上之,果私语曰:“资重矣,彼出必多取,不如弃去！”遂持柜行大野中,一人曰:“躄盗称善偷,乃为我二人卖。”一人曰:“此时将见主人翁矣！”相与大笑欢喜，不知躄盗乃在柜中。顷二盗倦，坐道上，躄盗度将曙，又闻远舍有人语笑，从柜中大声曰:“盗劫我！”二盗惶讶遁去，躄盗顾乃得金资归。何大复作《躄盗篇》。

京都道人

北宋时，有道人至京都，称得丹砂之妙，颜如弱冠，自言三百余岁。贵贱咸事慕之，输货求丹、横经请益者门如市肆。时有朝士数人造其第，饮啜方酣，阍者报曰:“郎君从庄上来，欲参觐。”道士作色叱之。坐客或曰:“贤郎远来，何妨一见？”道士颦蹙移时，乃曰:“但令入来！”俄见一老叟须发如银，昏耄伛偻，趋前而拜。拜讫，叱入中门，徐谓坐客曰:“小儿愚騃，不肯服食丹砂，以至此，都未及百岁，枯槁如斯。常日斥至村墅间耳。”坐客愈更神之。后有人私诘道者亲知，乃云:“伛偻者，即其父也！”

丹 客 二条

客有炫丹术者，舆从甚盛。携美妾日饮于西湖，所罗列器皿，望之灿然，皆黄白。一富翁见而艳之，前揖问曰:“公何术而富若此？”客曰:“丹成，特长物耳！”富翁遂延客并其妾至家，出二千金为母，使炼之。客之铅药，炼十余日，密约一长髯突至，始曰:“家罹内艰，求亟返！”客大恸，谓主人曰:“事出无奈，烦主君同余婢守炉，余不日来耳。”客实窃丹去，又嘱妇私与主媾,而不悟也,遂堕计中,绸缪数宵而客至。启炉视之,大惊曰:“败矣！似有触之者！”因詈主人无行，欲掠治妾。主人不能讳,复出厚镪谢罪,客作怏怏状去,主君犹以得遣为幸,而不知银器皆伪物,妾则典妓为骗局也。翁中于贪淫，此客亦黠矣哉！

嘉靖中，松江一监生，博学有口而酷信丹术。有丹士，先以小试取信，乃大出其金而尽窃之。生惭愤甚,欲广游以冀一遇。忽一日,值于吴之阊门，丹士不俟启齿，即邀饮肆中，殷勤谢过，既而谋曰:“吾侪得金，随手费去。

今东山一大姓，业有成约，俟吾师来举事。君肯权作吾师，取偿于彼，易易耳。”生急于得金，许之，乃令剪发为头陀，事以师礼。大姓接其谈锋，深相钦服，日与款接，而以丹事委其徒辈，且谓师在，无虑也。一旦复窃金去，执其师，欲讼之官，生号泣自明，仅而得释。及归，亲知见其发种种，皆讪笑焉。

以金易色，尚未全输，但缠头过费耳。若送却头发博“师父”一声，尤无谓也。

近年昆山有一家，为丹客所欺，去千金，忿甚，乃悬重赏物色之。逾数日，或报丹客在东门外酒肆中聚饮，觇之信然，索赏而去。主人入肆，丹客欢然起迎。主人欲言，客遽止之，曰：“勿扬吾短，原物在，且饮三杯，当璧还耳。”主人喜，正剧饮间，丹客起小便，伺间逸去。问同席者，皆云：“偶此群饮，初不相识。”方知报信者亦其党，来骗赏银耳。

谲　僧

有僧异貌，能绝粒。瓢衲之外，丝粟俱无。坐徽商木筏上，旬日不食不饥。商试之，放其筏中流，又旬日，亦如此。乃相率礼拜，称为“活佛”，竞相供养。曰：“无用供养，我某山寺头陀，以大殿毁，欲从檀越乞布施，作无量功德。”因出疏，令各占甲乙毕，仍期某月日入寺相见。及期，众往询寺，绝无此僧，殿即毁，亦无乞施者。方与僧骇之，忽见伽蓝貌酷似僧，怀中有簿，即前疏。众诧神异，喜施千金，恐泄语有损功德，戒勿相传。后乃知始塑象时，因僧异貌，遂肖之，作此伎俩；而不食，乃以干牛肉脔大数珠数十颗，暗啖之，皆奸僧所为。阌乡一村僧，见田家牛肥硕，日伺牛在野，置盐己首，俾牛舔之，久遂闲习。僧一夕至田家，泣告曰：“君牛乃吾父后身，父以梦告我，我欲赎归。”主驱牛出，牛见僧即舔僧首，主遂以牛与僧。僧归，杀牛，丸其肉置空竹杖中，又以坐关不食欺人焉。后有孟知县者，询僧便溺，始穷其诈。

白铁余

白铁余者，延州稽胡也，埋一铜佛像于穷谷中柏树之下，俟草遍生，宣言佛光现。乃集数百人设斋以出圣佛，佯从他所劚之，不得，谓是众诚未至，不布施耳。盖舍者百余万，即劚埋处，获像焉。求见圣佛者日益众，乃以绀紫绯黄绫为袋数重盛像，观者去其一重，一回布施。数百里老少士女就之若狂，遂作乱，自称“光王军师”。程务挺讨斩之。

一智也，善用之，即李抱真、刘玄佐；不善用之，则白铁余矣！于智何尤哉？

刘龙子

唐高宗时，有刘龙子者，作一金龙头藏袖中，以羊肠盛蜜水绕系之。每聚众，出龙头，言“圣龙吐水，百病皆差”，遂转羊肠水于龙口中出，与人饮之，皆罔云“病愈”，施舍无数，后以谋逆被诛。

马太守

兴古太守马氏在官，有亲故人投之，求恤焉。马乃令此人出外住，诈云是神人道士，治病无不手下立愈，又令辩士游行，为之虚声云“能令盲者登视，躄者即行”。于是四方云集，礼之如市，而钱帛固已积山矣。又敕诸求治病者：“虽不便愈，当告人言愈也，如此则必愈；若告人未愈者，则后终不愈也。道法正尔，不可不信！”于是后人问前来人，辄告云“已愈”，无敢言未愈者也。旬日之间，乃致巨富焉。

大安国寺奸民

唐懿宗屡微行游寺观。奸民闻大安国寺有江淮进奏官寄吴绫千匹在院，于是暗集其群，内选一人肖上之状者，衣上私行之服，多以龙脑诸香薰袭，引二三小仆，潜入寄绫小院。其时有丐者一二人至，假服者遗之而去。逡巡，诸色丐求之人接迹而至，给之不暇。假服者谓院僧曰：“院中有何物可借之！”僧未诺间，小仆掷眼向僧，僧惊骇，曰：“柜内有人寄绫千匹，唯命是听。”于是启柜罄而给之。小仆谓僧曰：“来早于朝门相觅，可奏引入内，所酬不轻。”假服者遂跨卫而去。僧自是经月访于内门，杳无所见，乃知群丐并是奸党。

南京道者

万历丙午间，南京有山西贾人，鬻羢货于三山街。忽一日，有客偕一道者至，单开羢货，约百余金，体制俱异，先留定银一大锭，俟货足兑绝。自是以催货为名，频频到店，到则两人耳语，指天画地，若甚秘密事。贾人疑而问之，不言，再问，乃屏人语曰：“吾道兄善望气者。昔秦皇谓江南有天子气，因埋金千万以厌之，故曰‘金陵’。从来莫知其处，夜来道兄见宝气腾空，知藏金久当出世，未卜其处。今详察宝气所腾之处，在尊店第三重屋下。诚祷祠而发之，富可敌国。”贾人贪，信之，乃曰：“第三重乃吾内室也，发之当如何？”客曰：“此事须问吾道兄。”道者曰：“可引吾一观乎？”贾人曰：“可。”既审视，曰：“的矣！自此至彼，三丈余皆金穴也！此金数千年而气上腾，的是天数。足下若非莫大之福，亦不能遇吾至也。今唯择吉，具牲醴，祭告天地，集耰锄数十辈，于人静后，齐工发掘，至五尺余，便可知矣。”

贾人信其言，与之订期。至日午后，客与道者偕来，祭尊极诚，道者复披发仗剑作法事良久。使众皆饱食，俟深夜，櫌锄并举，发至五尺深，并无所见。天已大明，忽闻门外呵殿之声，则督府某以通家红帖来拜。贾人方惊讶，而某衣花绣登堂，固请相见。贾人强出，拜伏于地。某掖起之，因曰："闻秦皇埋金为足下所发，其富敌国，某特奉贺。方今边饷告匮，诚以数万佐国家之急，万户侯不足道也！某当为足下奏闻。"贾人觳觫谢无有。某直入内室，见户外杯盘狼籍，地下开垦纵横，而客与道士俯伏前谒，言"埋金实有之，但不甚多。"贾人不能白，惧祸，不得已，馈三千金求免，并还定货之银，由是毡业遂废。

《太平广记》载：薛氏二子野居伊阙，有道士叩关求浆。薛氏钦其道气，接谈甚洽。道士因夸所居气色甚佳："自此东南百步，有五松虬偃，在境内否？"曰："是某良田也。"道士遂屏人语："此下有黄金百金，宝剑二口，其气隐隐浮张、翼间，某寻之久矣。黄金可以施德，其龙泉自佩，当位极人臣。某亦请其一，效斩魔之术。"二子惑之。道士择日起土，索灰缠三百尺，五色采缣甚多，又用祭坛十座，器皿俱用中金，约费数千。又言："某善点化之术，视金银如粪土。今有囊箧寄太徽宫，欲暂寄。"须臾令人负箧而至，封鐍甚固，重不可举。至某夜，与其徒设法于五松间，戒勿妄窥，俟法事毕，当相召。及晓杳然。二子往视之，但见轮蹄之迹，所陈设为之一空矣。事颇相类。

文科 二条

江南有文科者，衣冠之族，性奸巧，好以术困人而取其资。有房一所，货于徽人。业经改造久矣，科执原直取赎，不可，乃售计于奴，使其夫妇往投徽人为仆。徽人不疑也。两月余，此仆夫妇潜窜还家，科即使他奴数辈谓徽人曰："吾家有逃奴某，闻靠汝家，今安在？"徽人曰："某来投，实有之，初不知为贵仆，昨已逸去矣。"奴辈曰："吾家昨始缉知在宅，岂有逸去之事！必汝家匿之耳，吾当搜之！"徽人自信不欺，乃屏家眷于一室，而纵诸奴入视。诸奴搜至酒房，见有土松处，佯疑，取锄发之，得死人腿一只，乃哄曰："汝谋害吾家人矣！不然，此腿从何而来？当执此讼官耳！"徽人惧，乃倩人居间。科曰："还吾屋契，当寝其事耳。"徽人不得已，与之期而迁去。向酒房之人腿，则前投靠之奴所埋也。

科尝为人居间公事，其人约于公所封物，正较量次，有一跛丐，右持杖，左携竹篮，篮内有破衣，捱入乞赏。科掂零星与之，丐嫌少，科佯怒，取元宝一锭掷篮中，叱曰："汝欲此耶！"丐悚惧，曰："财主不添则已，何必怒。"双手捧宝置几上而去。后事不谐，其人启封，则元宝乃伪物，为向丐者易去矣。丐者，即科党所假也。

苏城四方辐凑之地，骗局甚多。曾记万历季年，有徽人叔侄争坟事，结讼数年矣。其侄先有人通郡司理，欲于抚台准一词发之。忽有某公子寓阊门外，云是抚公年侄，衣冠甚伟，仆从亦都。徽侄往拜，因邀之饮，偶谈及此事，公子一力承当。遂封物为质。及期，公子公服，取讼词纳袖中，径入抚台之门。徽侄从外伺之，忽公事已毕而门闭矣，意抚公留公子餐也。询门役，俱莫知。乃晚衙，公子从人丛中酒容而出，意气扬扬，云："抚公相待颇厚，所请已谐。"抵徽寓，出官封袖中，印识宛然。徽侄大喜，复饮食之。公子索酬如议而去。明日，徽侄以文书付驿卒。此公子私从驿卒索文书自投，驿卒不与。公子言是伪封不可投，驿卒大惊，还责徽侄。急访公子，故在寓也，反叱徽人用假批假印，欲行出首。徽人惧，复出数十金赂之始免。后访知此棍惯假宦、假公子为骗局。时有春元谒见抚院，彼乘闹混入，潜匿于土地堂中，众不及察，遂掩门。渠预藏酒糕以烧酒制糕，食之醉饱。啗之，晚衙复乘闹出。封筒印识皆预造藏于袖中者。小人行险侥幸至此，亦可谓神棍矣。

猾　吏 二条

包孝肃尹京日，有民犯法当杖脊。吏受赇，与约曰："今见尹必付我责状，汝第呼号自辩，我与汝分此罪。"既而包引囚问毕，果付吏责状。囚如吏教，分辩不已。吏大声呵之曰："但受杖出去，何用多言！"包谓其市权，捽吏于庭，杖之七十，特宽囚罪以抑吏势，不知为所卖也。

"包铁面"尚尔，况他人乎！

有县令监视用印，暗数已多一颗，检不得，严讯吏，亦不承。令乃好谓曰："我明知汝盗印，今不汝罪矣，第为我言藏处。"此令素不食言者，于是吏叩头谢罪曰："实有之，即折置印匣内，俟后开印时方取出耳。"又闻某按院疑一吏书途中受贿，亲自简查，无迹而止。盖按院止搜其通身行李，而串铃与马鞭、大帽明置案前，贿即在内，不及察也。吏之奸弊，何所不至哉！

袁术诸妇

司隶冯方女有国色，避乱扬州。袁术登城见而悦之，遂取焉。诸妇教以"将军贵人，重节气，宜数涕泣以示忧愁也。若此，必加重。”冯女后见术，每垂泣，术果以为有心，益宠之。诸妇乃共绞杀，陷之于厕，言其哀怨自杀。术以其不得志而死，厚加殡敛。

达奚盈盈

达奚盈盈者，天宝中贵人之妾，姿艳冠绝一时。会同官之子为千牛者失，索之甚急。明皇闻之，诏大索京师，无所不至，而莫见其迹。因问近往何处，其父言：“贵人病，尝往候之。”诏且索贵人之室。盈盈谓千牛曰：“今势不能自隐矣，出亦无甚害。”千牛惧得罪，盈盈因教曰：“第不可言在此。如上问何往，但云所见人物如此，所见帘幕帷帐如此，所食物如此，势不由己，决无患矣。”既出，明皇大怒，问之，对如盈盈言。上笑而不问。边批：错认了。后数日，虢国夫人入内，上戏谓曰：“何久藏少年不出耶？”夫人亦大笑而已。边批：亦错认。

妇人之智可畏。

小慧卷二十八

熠熠隙光，分于全曜。萤火难嘘，囊之亦照。我怀海若，取喻行潦。集“小慧”。

周 主

周主亡玉簪，令吏求之，三日不能得也。周主令人求，而得之家人屋间。边批：自置自得，以欺众目。周主曰：“我知吏之不事事也！”于是吏皆悚惧，以为神明。

商太宰

商太宰使少庶子之市，顾反而问之曰：“何见于市？”曰：“无见也。”太宰曰：“虽然，何见？”对曰：“市南门之外，甚众牛车，仅可以行耳。”太宰因诫使者：“毋敢告人吾所问于汝。”因召市吏而诮之曰：“市门之外，何多牛屎？”市吏甚怪太宰知之疾也，乃悚惧其所也。

韩昭侯 子 之

韩昭侯握瓜而佯亡一瓜，求之甚急。左右因割其瓜而效之。昭侯以此察左右之诚。

子之相燕，坐而佯言曰：“走出门者何白马也？”左右皆言不见，有一人走追之，报曰：“有。”子之以此知左右之不诚信。

綦母恢

韩咎立为君，未定也，弟在周，周欲重之，而恐韩咎不立也。不立其弟。綦母恢曰："不若以车百乘送之。得立，因曰为戒；不立，则曰来效贼也。"

苏 代

苏代自燕之齐，见于章华南门。齐王曰："嘻，子之来也！秦使魏冉致帝，子以为何如？"对曰："王之问臣也卒，而患之所从生者微。今不听，是恨秦也；听之，是恨天下也。不如听之以为秦，勿庸称之以为天下。秦称之，天下听之，主亦称之；先后之事，帝名为无伤也。秦称之而天下不听，王因勿称，于以收天下，此大资也。"

薛 公

齐王夫人死，有七孺子皆近。薛公欲知王所立，乃献七珥，美其一。明日视美珥所在，劝王立为夫人。

江西日者

赵王李德诚镇江西。有日者，自称世人贵贱，一见辄分。王使女妓数人与其妻滕国君同妆梳服饰，立庭中，请辨良贱。客俯躬而进曰："国君头上有黄云。"群妓不觉皆仰视。日者因指所视者为国君。

江 虨

诸葛令女，庾氏妇。既寡，誓云："不复重出！"此女性甚正强，无有登车理。恢既许江思玄虨婚，乃移家近之，初诳女云："宜徙于是。"家人一时去，独留女在后。比其觉，已不复得出。江郎暮来，女哭詈弥甚，积日渐歇。江暝入宿，恒在对床上。后观其意转帖，江乃诈魇，良久不寤，声气转急。女乃呼婢云："唤江郎觉！"江于是跃然就之，曰："我自是天下男子，魇何与卿事，而烦见唤？既尔相关，那得不共语！"女嘿然而惭，情意遂笃。

孙 绰

王文度坦之弟阿智处之，字文将。恶乃不翅，当年长而无人与婚。孙兴公绰有女阿恒，亦僻错，无复嫁娶理。孙因诣文度，求见阿智。既见，便佯言："此定可，殊不如人所传，那得至今未有婚处！我有一女，乃不恶，但吾寒士，不宜与卿计，欲令阿智娶之。"文度欣然而启蓝田王述云："兴公欲婚吾家阿智。"蓝田惊喜。既成婚，女之顽嚚殆过阿智，方知兴公之诈。

阿恒得夫，阿智得妻，一人有智，方便两家。

张幼于

科试故事，邑侯有郊饯。酒酸甚，众哗席上，张幼于令勿喧，保为易之，因索大觥，满引为寿。侯不知其异也，既饮，不觉攒眉，怒惩吏，易以醇。

俞羡章

吴中镂书多利，而甚苦翻刻。俞羡章刻《唐类函》将成，先出讼牒，谬言新印书若干，载往某处，被盗劫去，乞官为捕之。因出赏格，募盗书贼，由是《类函》盛行，无敢翻者。

孟　佗

张让在桓帝时，权倾中外。让有监奴主家，扶风富人孟佗倾囊结奴。奴德之，问佗何欲，欲为成就。佗曰："望汝曹为我一拜耳。"时公卿求谒让者车每填门，佗一日诣让，壅不得前。监奴望见，为率诸苍头迎拜于路，共舆入。时宾客大惊，谓让厚佗，遂争赂佗，旬日积资巨万。

无故而我结者，必有以用我矣。孟佗善贾，较吕不韦术更捷。

窦　公

唐崇贤窦公善治生，而力甚困。京城内有隙地一段，与大阉相邻，阉贵欲之，然其地止值五六百千而已。窦公欣然以此奉之，殊不言价。阉既喜甚，乃托故欲往江淮，希三两护戎缄题。阉为致书，凡获三千缗，由是甚济。东市有隙地一片，洼下停污，乃以廉值市之，俾婢妪将蒸饼盘就彼诱儿童，若抛砖瓦中一指标，得一饼。儿童奔走竟抛，十填六七，乃以好土覆之，起一店停波斯，日获一缗。

窦　义

扶风窦义年十五，诸姑累朝国戚，其伯工部尚书，于嘉令坊有庙院。张敬立任安州归，安州土出丝履，敬立赍十数緉，散诸甥侄，咸竞取之，义独不取。俄而所剩之一緉，又稍大，义再拜而受，遂于市鬻之，得钱半斤密贮之。潜于锻炉作二支小锸，利其刃。五月初，长安盛飞榆荚，义扫聚得斛余。遂往谐伯所，借庙院习业，伯父从之。义夜则潜寄褒义寺法安上人院止，昼则往庙中，以二锸开隙地，广五寸，深五寸，共四十五条，皆长二十余步，汲水喷之，布榆荚于其中。寻遇夏雨，尽皆滋长。比及秋，森然已及尺余，千万余株矣。及明年，已长三尺余，义伐其并者，相去各三寸，又选其条枝稠直者悉留之，所斫下者作围束之，得百余束。遇秋阴霖，每束鬻值十余钱。又明年，汲水于旧榆沟中。至秋，榆已有大者如鸡卵，更选其稠直者以斧去之，又得二百余束，此时鬻利数倍矣。后五年，遂取大者作屋椽，约千余茎，鬻之，得三四万钱。其端大之材在庙院者，不啻千余，皆堪作车乘之用。此时生涯已有百余，遂买麻布，雇人作小袋子，又买内乡新麻鞋数百緉，不离庙中。长安诸坊小儿及金吾家小儿等，日给饼三枚、钱十五文，付与袋子一口，至冬拾槐子实其内，纳焉。月余，槐子已积两车矣，又令小儿拾破麻鞋，每三緉以新麻鞋一緉换之，远近知之，送破麻鞋者云集，数日获千余緉。然后鬻榆材中车轮者，此时又得百余千，雇日佣人于宗贤西门水涧，洗其破麻鞋，曝干，贮庙院中。又坊门外买诸堆积弃碎瓦子，令工人于流水涧洗其泥滓，车载积于庙中，然后置石嘴碓五具，剉碓三具，西市买油靛数石，雇人执爨，广召日佣人，令剉其破麻鞋，粉其碎瓦，经疏布筛之，合槐子、油靛，令役人日夜加工烂捣，从臼中熟出，命二人并手团握，例长三尺以下，圆径三寸，垛之，得万余条，号为"法烛"。建中初，六月，京城大雨，巷无车轮，义乃取此法烛鬻之，每条百文，将燃炊爨，与薪功倍，又获无穷之利。先是西市秤行之南，有十余亩坳下潜污之地，目为"小海池"，为旗亭之内众污所聚。义遂求买之，其主不测，义酬钱三万。既获之，于其中立标悬幡子，绕池设六七铺，制造煎饼及团子，召小儿掷瓦砾，击其幡标，中者以煎饼团子啗。不逾月，两街小儿竞往，所掷瓦已满池矣。遂经度造店二十间，当其要害，日收利数千。店今存焉，号为窦家店。

石鞑子

吴中有石子，貌类胡，因呼为石鞑子，善谑多智。尝困倦，步至一邸舍，欲少憩。有一小楼颇洁，先为僧所据矣。石登楼窥之，僧方掩窗昼寝，窗隙中见两楼相向，一少妇临窗刺绣。石乃袭僧衣帽，微启窗向妇而戏。妇怒，以告其夫。夫因与僧闹，僧茫然莫辨，亟移去，而石安处焉。

黠童子

一童子随主人宦游，从县中索骑，彼所值甚驽下，望后来人得骏马，驰而来，手握缰绳，佯泣于马上。后来问曰："何泣也？"曰："吾马奔逸绝尘，深惧其泛驾而伤我也。"后来以为稚弱可信，意此马更佳，乃下地与之易。童子既得马，策而去。后来人乘马，始悟其欺，追之不及。

黠竖子

西邻母有好李，苦窥园者，设阱墙下，置粪秽其中。黠竖子呼类窃李，登垣，陷阱间，及其衣领，犹仰首于其曹，曰："来，此有佳李！"其一人复坠，方发口，黠竖子遽掩其两唇，呼“来！来！”不已。俄一人又坠，二子相与诟病。黠竖子曰：“假令三子者有一人不坠阱中，其笑我终无已时。”

小人拖人下浑水，使开口不得，皆用此术，或传此为唐伯虎事，恐未然。

齐贡父

刘贡父为馆职。节日，同舍遣人以书筒盛门状，遍散人家。刘知之，乃呼所遣人坐于别室，犒以酒肴，因取书筒视之，凡与己一面之旧者，尽易以己门状。其人既饮食，再三致谢，遍走巷陌，实为刘投刺，而主人之刺遂已。

事虽小，却是损人利己。

某秀才

王卞于军中置宴。一角牴夫甚魁岸，负大力，诸健卒与较，悉不敌。坐间一秀才自言能胜之，乃以左指略展，魁岸者辄倒。卞以为神，叩其故，秀才云：“此人怕酱，预得之同伴；先入厨，求得少许酱，彼见辄倒耳。”

定远弓手

濠州定远县一弓手善用矛。有一偷亦精此技，每欲与决生死。一日，弓手因事至村，值偷适在市饮，势不可避，遂曳矛而斗，观者如堵。久之，各未能进。弓手忽谓偷曰：“尉至矣，我与尔皆健者，汝敢与我尉前决生死乎？”偷曰：“诺。”弓手应声刺之而毙，盖乘其隙也。又有人曾遇强寇，斗方接刃，寇先含水满口，忽噀其面，其人愕然，刃已揕胸。后有一壮士复与寇遇，已先知噀水之事，寇复用之，反为所刺。

种氏取虎

忻、代种氏子弟，每会集讲武，多以奇胜为能。一夕步月庄居，有庄户迎曰：“数夕来，每有一虎至麦场软藁间，转展取快，移时而去。宜徐往也。”或请以一矢毙之，一子弟在后笑曰：“我不烦此，当以胶黐取之，如粘飞雀之易。”众责其夸，曰：“请醵钱五千具饮，若不如所言，我当独出此钱。”众许之。翌晨，集庄户置胶黐斗余，尽涂场间麦杆上，并系羊为饵，而共伺其旁。至月色穿林，虎果至，遇系羊，攫而食之，意若饱适，即顾麦场转舒其体。数转之后，胶杆丛身，牢不可脱。畜性刚烈，大不能堪，于是伏地大吼，腾跃而起，几至丈许。已而屹立不动。久之，众合噪前视，已死矣。

王阳明

王阳明年十二，继母待之不慈。父官京师。公度不能免，以母信佛，乃夜潜起，列五托子于室门。母晨兴，见而心悸。他日复如之，母愈骇，然犹不悛也。公乃于郊外访射鸟者，得一异形鸟，生置母衾内。母整衾，见怪鸟飞去，大惧，召巫媪问之。公怀金赂媪，诈言："王状元前室责母虐其遗婴，今诉于天，遣阴兵收汝魂魄，衾中之鸟是也。"后母大恸，叩头谢不敢，公亦泣拜良久。巫故作恨恨，乃蹶然苏。自是母性骤改。

制妒妇

《艺文类聚》：京邑士人妇大妒，尝以长绳系夫脚，唤便牵绳。士密与巫妪谋，因妇眠，士以绳系羊，缘墙走避。妇觉，牵绳而羊至，大惊，召问巫。巫曰："先人怪娘积恶，故郎君变羊。能悔，可祈请。"妇因抱羊痛哭悔誓。巫乃令七日斋，举家大小悉诣神前祈祝。士徐徐还。妇见，泣曰："多日作羊，不辛苦耶？"士曰："犹忆噉草不美，时作腹痛。"妇愈悲哀。后略复妒，士即伏地作羊鸣，妇惊起，永谢不敢。

敖陶孙

韩侂胄既逐赵汝愚至死，太学生敖陶孙赋诗于三元楼壁吊之。方投笔，饮未一二行，壁已舁去矣。敖知必为韩所廉，急更衣持酒具下楼。正逢捕者，问："敖上舍在否？"对曰："方酣饮。"亟亡命走闽。韩败，乃登第一。

俞　澹

荆公素喜俞清老。一日谓荆公曰："吾欲为浮屠，苦无钱买祠部牒耳。"荆公欣然为具僧资，约日祝发。过期寂然，公问故，清老徐曰："吾思僧亦不易为，祠部牒金且送酒家还债。"公大笑。

肯出钱与买僧牒，何不肯偿酒债，清老似多说一谎。

下马常例

宋时有世赏官王氏，任浙西一监。初莅任日，吏民献钱物几数百千，仍白曰"下马常例"。王公见之，以为污己，便欲作状，并物申解上司。吏辈祈请再四，乃令取一柜，以物悉纳其中，对众封缄，置于厅治，戒曰："有一小犯，即发！"由是吏民讋惧，课息俱备。比终任荣归，登舟之次，吏白厅柜。公曰："寻常既有此例，须有文牍。"吏赍案至。俾舁柜于舟，载之而去。

不矫不贪，人己两利，是大有作用人，不止巧宦已也。

吞舍利

《广记》：唐洛中，顷年有僧持数粒所谓"舍利"者，贮于琉璃器中，昼夜香火，檀越之礼日无虚焉。有贫士子无赖，因诣僧请观舍利子。僧出瓶授与，遽取吞之。僧惶骇无措，复虑外闻之。士子曰："与我钱，当服药出之耳。"

赠二百缗，乃服巴豆泻下，僧欢然濯而收之。

陈 五

京师闾阎多信女巫。有武人陈五者，厌其家崇信之笃，莫能治。一日含青李于腮，绐家人疮肿痛甚，不食而卧者竟日。其妻忧甚，召女巫治之。巫降，谓五所患是名疔疮，以其素不敬神，神不与救。家人罗拜恳祈，然后许之。五佯作呻吟甚急，语家人云："必得神师入视救我可也！"巫入案视，五乃从容吐青李视之，捽巫，批其颊而叱之门外。自此家人无信祟者。

以舍利取人，即有借舍利以取之者；以神道困人，即有诡神道以困之者。无奸不破，无伪不穷，信哉！

幻 术

凡幻戏之术，多系伪妄。金陵人有卖药者，车载大士像问病，将药从大士手中过，有留于手不下者，则许人服之，日获千钱。有少年子从旁观，欲得其术。俟人散后，邀饮酒家，不付酒钱，饮毕竟出，酒家如不见也。如是三，卖药人叩其法，曰："此小术耳，君许相易，幸甚。"卖药人曰："我无他，大士手是磁石，药有铁屑则粘矣。"少年曰："我更无他，不过先以钱付酒家，约客到绝不相问耳。"彼此大笑而罢。

朱古民

朱古民文学善谑，冬日在汤生斋中，汤曰："汝素多智术，假如今坐室中，能诱我出户外乎。"朱曰："户外风寒，汝必不肯出，倘先立户外，我则以室中受用诱汝，汝必信矣。"汤信之，便出户外立，谓朱曰："汝安诱我入户哉？"朱拍手笑曰："我今诱汝出户矣！"

谢 生

长洲谢生嗜酒，尝游张幼于先生之门。幼于喜宴会，而家贫不能醉客。一日得美酒招客，童子率斟半杯。谢生苦不足，因出席小遗，纸封土块，招童子密授之，嘱曰："我因脏病发，不能饮，今以数文钱劳汝，求汝浅斟吾酒也。"发封得块，恨甚，故满斟之。谢是日独得倍饮。

图书在版编目（CIP）数据

智囊 /（明）冯明龙编 .—杭州：浙江古籍出版社，2017.2

（古典文库）

ISBN 978-7-5540-0951-2

Ⅰ. ①智… Ⅱ. ①冯… Ⅲ. ①笔记小说－小说集－中国－明代 Ⅳ. ① I242.1

中国版本图书馆 CIP 数据核字（2017）第 014027 号

智　囊

冯梦龙　编

出版发行　浙江古籍出版社
（杭州体育场路 347 号　电话：0571-85176986）
网　　址　www.zjguji.com
责任编辑　关俊红
责任校对　余　宏
装帧设计　刘　欣
责任印务　楼浩凯
照　　排　杭州立飞图文制作有限公司
印　　刷　浙江新华印刷技术有限公司
开　　本　880 × 1230　1/32
印　　张　11.875
字　　数　400 千字
版　　次　2017 年 2 月第 1 版
印　　次　2017 年 2 月第 1 次印刷
书　　号　ISBN 978-7-5540-0951-2
定　　价　22.00 元